JN194720

ヨーロッパはプラハで死んだ

ヒトラー、スターリン支配下の文学風景

ユルゲン・ゼルケ［著］
浅野 洋［訳］

新水社

Europa starb in Prag

Jürgen Serke

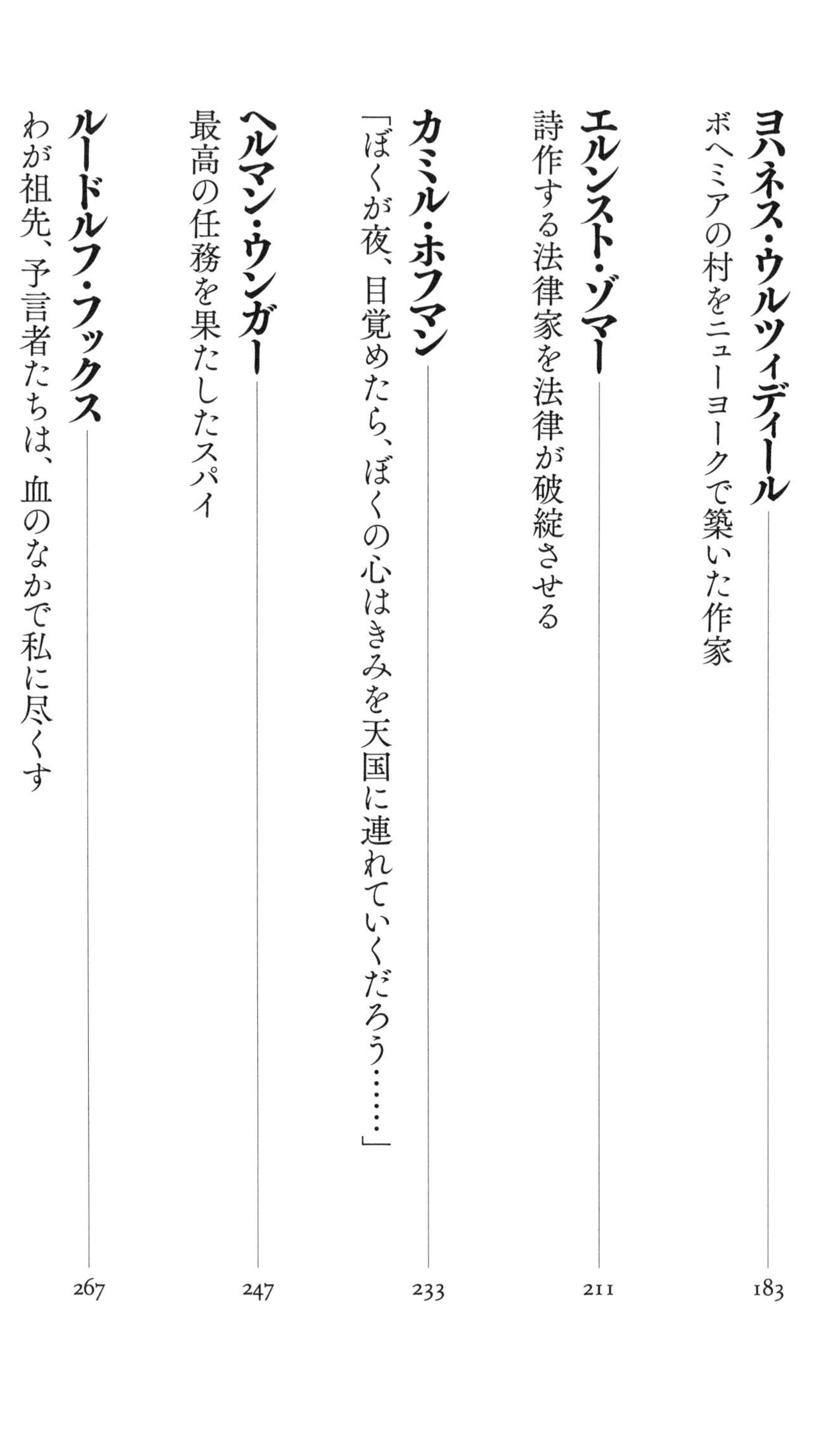

装丁＝奥定泰之

ヨーロッパはプラハで死んだ

――ヒトラー、スターリン支配下の文学風景

序　ヨーロッパはプラハで死んだ

一九六八年、ルドヴィーク・スヴォボダがチェコスロバキア大統領に選出されたことで、「プラハの春」はチェコ人の心情を象徴する言葉となった。この選挙は民主的ルールの奪還となり、「人間の顔をした社会主義」という理念を含む、ヨーロッパ精神の統一にむけた表明であった。

古い秩序が崩壊し、プラハ城の敷地が閉鎖されるなどという事態は考えられなかったことであり、選挙後、国の行事は混乱し、軍の儀仗兵も持ち場を守るのに苦労するほどだった。当選した大統領は大衆と直接ふれあうことになった。

その当時プラハの通信員であった筆者は、アレクサンデル・ドプチェクにぴたりとついていた。ソ連の戦車が「プラハの春」を壊したとき、ドプチェクは自国の歴史から姿を消した。選挙後の公式写真で、筆者は当時の首相、ヨゼフ・レナールトと党首ドプチェクの背後から肩越しに二人をながめている。だがドプチェクはソ連の占領のあとは「過去の人」として説明され、今ではなじみになっている同じ公式写真から削除されているのに、筆者はこの写真でいまなおレナールトとスヴォボダの間に立っている。

写真を偽造した人たちは筆者

1968年のプラハの春の真実と虚偽。大統領選後のルドヴィーク・スヴォボダ(写真右)。アレクサンデル・ドプチェク(写真中央)、ヨゼフ・レナールト(写真左)と一緒。ソ連の占領後、ドプチェクは歴史から消えただけでなく、公式の写真からも消えた。スヴォボダは残り、ゼルケもかれの左後方にいる。

にいくぶんか、歴史的な場面を提供してくれたことになる。筆者は文学を「民族の日記をつけること」と見なしたカフカに味方したい。日記をつけることは、「歴史の記述とはまったく異なる」。筆者が書きたいのは、政治の犠牲となった文学である。チェンバレンは文学の破壊を可能にし、ヒトラーはそれを遂行し、スターリンは完成させた。ヨーロッパはプラハで死んだ。

「ボヘミア王国」の名前を冠し、一九一八年にチェコスロバキアの主要な地域となったのがかつての中央ヨーロッパであった。一四九二年のアメリカ発見は中世から近世への転換点とされているが、それでは真の大変革が華々しいアメリカ発見によって隠蔽されることにならないか。大変革の真の年号は一四一五年であり、それはチェコの改革者、ヤン・フスが異端者としてコンスタンツで焼かれた年である。ルターとカルヴィンを経由して現代にいたるヨーロッパ思想を方向づけたのが、ヤン・フスである。われわれはみなボヘミアを出自としている。

長編『審判』を書いた1914年、15年ごろのフランツ・カフカ。この作品はかれが死去して1年後の1925年にマックス・ブロートのあとがきをつけて、ディー・シュミーデ書店から刊行された。

ヤン・フスは、だれにも認められる真実を、神から啓示を受けた良心を、人間の権威の上位にすえた。内面的な、それまで隠されていた個人の尊厳を信じる姿勢はフスによって見いだされ、この信念はすべての人間にとって精神的、道徳的な価値をもつ大陸的な頼もしい存在となった。

一六一八年にプラハではじまった三〇年戦争は、ヨーロッパの精神的な統一のために戦い抜かれたが、ヨーロッパは敗れた。それがためにプラハの古い美しさは、外にむけて表出されるよりもますます隠蔽されることになる。この点についてカフカほど理解していた作家はいなかった。一世紀まえに生まれたカフカにとって街の歴史は、われわれのおかれた今世紀の状況を解き明かす記号的な存在であった。一六二〇年にボヘミア革命の鎮圧とともに弾圧ははじまり、イエズス会は民衆にカトリックにもどるように強制し、プラハをバロック教会の華やかさであふれさせた。今世紀となり占領軍がもたらしたものはなにもなく、すべてを持ち去った。まずナチスが、そしてソ連が。プラハはいまなおその精神をもとめて戦っている。

この戦いの象徴となったのが、作家たちによって発足された公民権運動「七七年憲章」であり、ソ連による占領のあとにチェコ文学は公式に解体され、作家たちは追放されたり亡命することになるが、チェコ文学に遺されたものは「忘れられたことにたいする記憶の戦い」(ミラン・クンデラ)であった。フランスに亡命中のクンデラほど、ドイツ語を用いたプラハのユダヤ人であるカフカの像に決然と、そして精緻に言及したチェコの作家はこれまでいなかった。クンデラが遅まきながら発見したのは、クンデラがかつて若きコミュニストのときに破壊した美点であり、それはハプスブルク帝国の崩壊のあとも生きのびていたカカーニエンの文化の特質のことである。

一九四八年の共産革命にいたるまでのプラハでは、今世紀、第一次世界大戦によってふたたびボヘミア的な中心要素が形成され、いくつかの民族グループをふくむ独立共和国という衣装をまとい、その頂点でトマーシュ・ガリッグ・マサリクという哲学者が民主主義の衣装をまとっていた。ボヘミアと呼ばれた地域では、チェコ人、ドイツ人（人口の四分の一ぎりぎり）、そしてユダヤ人が「三重の精神」――プラハ出身のフランツ・ヴェルフェルの言葉――を形成していた。

この意味で中央ヨーロッパを特徴づける、まだ知られざる文化の隆盛があった――それはイデオローグたちによって粉々に打ち砕かれ、一片の夢物語のように現在では思い出のなかに輝いているにすぎない。プラハで出会い交わり、たがいに生長し、混ざりあった三重の文化の力。ハシェクからチャペックにいたるチェコ文学は、ドイツを媒介として翻訳によって世界文学に進出していった。『シュヴェイク』を書いたハシェクの偉大さを知らしめたのは、チェコの読者ではなく、はじめはドイツ人であった。このハシェクをドイツで有名にしたのが、カフカの発見者でもある、ドイツ語を用いたチェコのユダヤ人、マックス・ブロート（一八八四―一九六八年）だった。

ハシェクの生涯がカフカのそれとどんなにかけはなれていても、二人の作品にはその内面構造においてひじょうに近しいものがあり、その作品はともに歴史の底なし状態を表現したものだった。『城』における召使いたち、かれらはカフカの作品で違和感をあたえる神秘的な存在として元気に走りまわるが、『シュヴェイク』では生き生きとした存在として捉えられている。城が存在していることを知っているカフカ、城の存在を眺めているハシェク。ハシェクはそれに加えていつもこう言う。城があるなんて嘘に違いない、おそらく誰もなかには住んでいないだろう、と。ハシェクは、城のなかは空っぽか、人でいっぱいかなどに見向きもせず、城の下で生活しようとする。

カフカの作品の主人公たちは制度の合法性を受けいれ、シュヴェイクはその合法性を受けいれず、受けいれるのはその現実だけである。ヨーゼフ・Kは『審判』で「悪いことをしていないが」逮捕される。Kは告訴されていることを知るが、だれによって、なぜなのかは分からない。Kは説明不可能な罪のなかで生きて――処刑される。

シュヴェイクは罪のことは考えず、倫理というものを意に介さない。有罪か無実かだけを考えて、最後にはすべてが打ち砕かれる。ハシェクが抜け目のないシュヴェイクとともに提示するのは人生の出口ではなく、まずまずの人生である。「まずまず」であるとは、人生の価値は人生それ自体にある、ということだ。

プラハで書かれた作品は、現在のヨーロッパにおける危機の予兆となっている。つまり、ヨーロッパがイデオロギーによって歴史性の欠如のなかに消えていくことであり、ヨーロッパが抑圧のなかでゆったりと、また実験のなかではやばやと消えていくことである。ミラン・クンデラはこう主張する。「ヨーロッパの人間は、自らの処刑をチェコスロバキアで眺めることができる」。歴史をまざまざと思い起こさざるをえないからだ。一八三七年にプラハのドイツ人とチェコ人が共同の仕事をするために集い、雑誌「東と西」を創刊したとき、硬直した彫刻のような東側のチェコ人と常軌を逸したダイナミックな西側のドイツ人との間で、建設的な精神を発展させようとすればできたかもしれない。しかしすでに当時、あらゆる流派のユートピア主義者は、革命を前提とする待望の状況がやってくるように熱心に活動していた。そのチェコの文化からは汎スラブ主義の考えが発展したが、その背景に隠れていたのは、まず国家の主権という狙いだった。三世紀続いた依存関係のあとに奪還された独立政府の考え、つまり民族国家の思想はウィーン、ベルリンと対決しながら、ヨーロッパに背をむけるかたちで進展していった。一九四八年の共産党の暴動とともに、新たな隷属をもたらす汎スラブ主義の思想が、ロシア帝国主義のもとで、夢見ていたのとは最終的にはまったく異なる形で実現されてしまった。

ボヘミアのドイツ文化から生まれたのが、ファシズムへとつながるドイツ民族主義の思想であった。建国されたばかりのマサリク共和国にはドイツ系ボヘミア人にたいする不平等があったのだ。しかし歴史的に客観的に距離をおいてみれば、ドイツ人とチェコ人の間の葛藤は、現在のベルギーにおけるフラマン人とワロン人の衝突とおなじような趣があるように思える。マサリク共和国は中央ヨーロッパで模範的な民主制へと発展し、それはいかなる全体主義とも対決する砦であった。この共和国は、すべてのヨーロッパの国のなかで一九三三年のドイツの亡命者にたいしてもっとも開放的であり、またトーマス・マンのためには公民権をあたえたのであり、それは力強い表明となった。

チェコが民主制を破壊され自立性を失ったのは、西側の宥和政策の結果である。プラハ政府を除外した一九三八年のミュンヘン協定は、イギリスとフランスという西側列強のヨーロッパにたいする裏切りであった。重装備のチェコの軍隊には戦闘意欲があったが、西側諸国は小国を犠牲にして自分の国を救済して平和をもとめた。ミュンヘン協定で決定されたドイツ側のズデーテン地方の割譲に続いて、半年後にはヒトラーがプラハへ進駐し、ボヘミアとモラビアの帝国保護領が樹立されるにいたった。

チェコ人にたいする西側諸国の背任行為は重大な結果をともなったが、その結果をマサリクの後継者、エドヴァルド・ベネシュは悪用したために、かれと、したがってかれの国もその犠牲となった。つまりイギリス亡命中のベネシュはズデーテン・ドイツ人を追放する考えを発展させ、ミュンヘンで裏切った人物のやましい政治家の心理を利用して、西側の国々を計画通り自分の側にひきこみ、スターリン支持で固めることが可能となったわけである。少数派民族の追放――これは民族主義の国家思想を「最終解決」に適用したのであり、集団責任論を適用したのが、この「最終解決」であった。小型マキャベリストであるベネシュ（「ドイツ人を粛清する」）は、大型マキャベリストのスターリンなしで清算した。その結果、ズデーテン・ドイツ人の追放は、チェコ人をソ連にがっちり固定する羽目となった。

ズデーテン・ドイツ人の追放は、チェコのコミュニストによってきわめて残虐な方法で実施されたため、中産階級出身のベネシュは距離をとらざるをえなかった。コミュニストは、大いに煽動したチェコの狂信的排外主義によって過半数の支持を獲得し、ついに一九四八年のコミュニストの暴動を可能にしたのである。ズデーテン・ドイツ人の追放——これは自らその不可侵性を放棄し、子どもや孫たちを隷属状態のまま運命的にひき渡した民族の歴史となった。

有名となったミラン・クンデラが、現在のように反駁できるまでには一〇年かかっている。かれの長編小説『存在の耐えられない軽さ』のなかにこうある。「中央ヨーロッパの共産主義体制は、犯罪者によってつくられた以外のなにものでもないと信じる人たちは根本の真実を見のがしている。犯罪的体制をつくったのは犯罪者ではなく、天国に通じる唯一の道を見いだしたと確信する狂信主義者である。その道をその人たちは死守したのであり、そのために多くの人びとを殺害した。あとになって、天国は存在せず、狂信主義者はしたがって殺人者であることがあきらかになった」。

現在のように進歩した世界と、もう一方の世界との間で緊張緩和が問題になっているときは、狂信主義の殺人者が問題になることはないが、狂信主義の殺人者は問題のありかを指摘する。かれらが教えているのは、権力を維持するというだけの理由で共産主義という「誤った希望の原理」にこだわるあまり欲求不満になり、失望する人間がいるということである。悪や人間の汚点とはまったく戦わず、すべてを堕落させるために人間を利用する人間こそが、心の底から嘘をつく人間である。かれらは善意を打ちくだき平等をうちたてる。それは権力をもつすべての人間を品位のないレベルにおとしめることである。

このことは予見でき、じっさいに予見された。プラハでドイツ語作家たちによって、おもにユダヤの出自の作家たちによって予見されたのだ。プラハのフランツ・カフカだけが、今世紀は他人を支配するために恐怖が利用されている時代であると看破していたわけではない。しかし恐怖の時代の社会は、その状況をカフカの名前になららって、カフカ的（カフカエスク）と呼んだ。全体主義の体制ほど、人間が進歩の実験のために道具や物に変身できる場所はほかにない。カフカはイデオローグではなかった。カフカは見抜く人であり、より深く観察し、全体主義の構造を官僚主義と看破した。

チェコスロバキアの国家としての自立は二〇年間続いた——一九一八年から一九三八年まで。カフカはその間に死んだ。チェコ人は一九三九年にドイツ人に占領され、現在はソ連によって占領されている。ドイツ人の占領者はこの国のユダヤ文化を破壊した。チェコ人は一九四五年の解放のあとにこの国のドイツ文化を破壊した。そのあと共産主義への権力委譲とともにやってきたのは、「ボヘミアの終息」であり、この国が、マルクス主義の唯物論を実現しようという夢をいだいたことは、ヨーロッパに背をむけることであった。ヨーロッパはプラハで死んだ。

ヨーロッパの思想には、現在の自然科学的な進歩のモデルとはかけはなれた形而上学的な次元がまだ存在しているので、ヨーロッパ復活の可能性も残っている。そのためには西洋思想の根源を見つめなおし、歴史の連続性を定める必要がある、つまり断念できると思われた旧い価値を断念できないものとして、ふたたびわれわれの生活に組みいれるという連続性である。この点においてプラハで試みられたことは、二〇年代、三〇年代のパリやベルリンという文化都市とはちがっていた。

パリとベルリンは旧いものを破壊するところであり、人間がなんでもなしえる場所であった。それは世俗的なものを永遠なものにする試みであり、世界の進歩の可能性にたいする限りない信仰であった。そしてどこでもだれの頭にも、マルクスが音をたててうなっていた。

プラハは田舎の首都であり、プラハには息づまる生活の雰囲気があった。プラハは百塔の都であったが、塔のように高く積み重ねられたバベルの混乱があった。プラハには、われわれが人生と呼んでいる死の歩みがあり、死は片づけられないままであり、したがって生はいつでも秘密であり啓示のままだった。「たとえ救済がなかろうと」とカフカは言う、「私はわが人生のいかなる瞬間でも救済に値したいと思う」。

プラハは生きる喜びであり、謙虚に生きる力であった。そしてボヘミアを一七回訪ねたゲーテは、こう言った。「大陸のなかの大陸であった」。第一次世界大戦のはじめ、プラハにはほかの首都とはまったくちがい、戦争にたいする愛国的な陶酔状態はなかった。

プラハ出身の小説家ヨハネス・ウルツィディール（一八九六―一九七〇年）は、ナチスから逃れてアメリカに逃げ場を見いだしたが、一九一四年をこう回想している。「われわれは戦争と戦闘がなにを意味しているか知っていた。われわれを見つめている幾千の星々はそのことを雄弁に証明している。ヨーロッパの巨大な闘争は、すでにわれわれの街ではじまっていたのだ。フス戦争、三〇年戦争、これは戦いの方法において正真正銘の闘争である。というのは、そこで重要だったのは物質的な問題ではなく、道徳的、宗教的な自由の究極的な問題だったのだ。これらのおそるべき破壊の戦争は、どれも問題を解決したことはなく、言葉で表わせない、とりかえしのつかない災厄を戦争の当事者のだれにももたらしたのだ。プラハにいたわれわれには、事の行く末が分かっていた」。

つぎつぎにひとが窓から落下するプラハ。皇帝ルードルフ二世から出された親書には不敬表現があったので、それに抗議するためにボヘミアのプロテスタントは、一六一八年に皇帝の代官二人をプラハ城から突き落とした。それに続いて起きたのが三〇年戦争だった。落下の最後を締めくくったのは、国の創設者の息子で、一九四五年以降では最初の外務大臣、ヤン・マサリクであり、かれは一九四八年のコミュニストによる暴動のあと窓から飛び降りて死んだ。

プラハはかつてボヘミアであった、かつては、である。ボヘミアの民は、ドイツ人がユダヤ人から奪った民族であり、この国のドイツ人によって解放された民族であった。暴力を受け、そのあと自ら暴力をふるい、いまは暴力を受けている民族である。歴史をうばわれ、歴史を消した民族である。切除された民族である。犠牲者であり同時に外科医でもある。ヒトラードイツがもたらした破壊は、ドイツ人の自己破壊につながった。チェコ人によるドイツ人すべての破壊は、自らの歴史の自己破壊でもあった。というのは数世紀にわたってズデーテン・ドイツ人はこの国の歴史の一部分であったからだ。その他の地域はソ連が一九六八年以来支配している。ソ連がチェコの手先と一緒になってチェコの文化の破壊にとりかかったのだ。

この結果にいたる道は半世紀前に締結されたミュンヘン会談から用意されていた。つまり、そのときすでにドイツは分割され、世界は分割されていたのだ。「ボヘミアの村々」が増えたのである。ドイツの概念、ヨーロッパという概念はこの間にすべて「ボヘミアの村々」になっていった。

最初に故郷を追われたのはチェコ人であり、かれらはミュンヘン会談締結によってドイツ人に属すると認められたズデーテン地方を去らねばならなかった。

「ボヘミアの村々」――これは、理解できないもの、未知のものという意味であり、ファンタジーにのみ存在しているようなものである。チェコスロバキアにおけるユダヤ人の没落は、この国におけるドイツ語の没落を先取りしていた。ユダヤ人はチェコ人の目からはハプスブルク君主国の支持者に数えられ、ボヘミアの国ではおもにドイツ語を話していた。今世紀はじめますます愛国的な傾向をつよめたチェコ人とズデーテン・ドイツ人のもとで、ユダヤ人は双方の側からユダヤ野郎と呼ばれる存在となり、そのさいチェコ人はまたしてもユダヤ人とドイツ人の区別をしなかった。

ズデーテンのドイツ文学が民族主義を目指して発展し続けていき、アーダルベルト・シュティフター（一八〇五―一八六八年）という創造的な天才と関わりがなかったのにたいし、チェコ文学は三世紀以上も奉公人の部屋に身を囲いつつも思わぬ開花をみた。ようやくのこと最初のノーベル文学賞は、一九八四年にチェコ人ヤロスラフ・サイフェルトに授与されたが、これはチェコ文学が認知されるまでどれほど待たねばならなかったかを如実に示している。

ノーベル賞の栄誉は、この国を破壊から救おうとする文学にあたえられた。サイフェルトが統括していた作家連盟は一九六九年に解散された。というのはこのメンバーたちがドプチェクの後継者、グスターフ・フサークのソ連路線に変更しようとしなかったからだ。それ以来、文学は亡命のなかにあった。チェコスロバキア国内にいた作家は、劇作家ヴァーツラフ・ハベル、散文家ルドヴィーク・ヴァツリークであり、チェコスロバキア以外では、ミラン・クンデラ（パリ）、パヴェル・コホウト（ウィーン）、イジー・グルシャ（ボン）、ヨゼフ・シュクヴォレツキー（トロント）がいた。

ミラン・クンデラは喪失の経験からこう書いた。「ユダヤ人の存在は、二〇世紀においてもっとも重要な世界市民的な要素であり、かれらは中央ヨーロッパの主導者であった。私はかれらの遺産を私のそれと思っている」。

この遺産とはドイツ語の文学である。今世紀の終焉とともにチェコスロバキアの文学は死に絶え、その代表者としてはわずか三人がまだ生存しているにすぎない。その一人が七七歳のH・G・アードラーである。強制収容所で殲滅を逃れ、戦後はプラハではなくロンドンで執筆した世界精神の持ち主である。アードラーはソ連の攻撃を予測して、ズデーテン・ドイツ人は連帯責任の原則によって追放され、ドイツ語はその故郷ですべて役割を終えることも分かっていた。「韋駄天記者」エーゴン・エルヴィン・キッシュがメキシコ亡命から帰還しても、またルイス・フュルンベルクがパレスチナから、F・C・ヴァイスコップがニューヨークから——かれらはドイツ語を話すユダヤ人でありコミュニストでもあったが——帰還したからといって、チェコスロバキアにおけるユダヤ人とドイツ人の追放や虐殺はなかったとアードラーに思い込ませることはできなかった。

チェコスロバキアでスターリンの粛清が五〇年代前半にはじまり、コミュニストが「世界ユダヤ主義の陰謀」というナチスの用語を受け継いだとき、すでにキッシュは死んでいた。したがって追放は免れることになった。フュルンベルクと外交官の職に就いたヴァイスコップはともに東ドイツに移住したが、かれらコミュニストにとってもボヘミアのドイツ人作家以上によい機会にめぐまれることはなかった。

精神的な統一体としてのヨーロッパに背をむけるという行為は偉大なチェコスロバキアの作家たちにもみられ、詩人のヴィーチェスラフ・ネズヴァルのような堕落しなかった作家の例がそうである。ウラジミール・ホランは修道院にはいったように自宅にこもり、沈黙をまもった。フランティシェク・ハラスは、スターリニストにくそみそに言われたが、死んだことでイデオロギーのキャンペーンからまぬがれた。コンスタンティン・ビーベルは自分の宿泊所の窓から飛び降り、自殺した。カレル・テイゲは死ぬほどこきつかわれた。ザーヴィシ・カランドラは首を吊らされた。ヤン・ザフラトニーチェクは監獄にはいった。

チェコ人はスラブびいきの自分たちの考えを苦々しく思い、またロシア人からはスラブ人としてたえず不信の目でじろじろ見られた。その精神性からしてナチスドイツの目からは許されるものではなかった。つまりはスラブ人だということである。ロシア人の目からはチェコ人は勤勉すぎ、几帳面にすぎ、働きすぎである。つまりはドイツ人だということである。

現実の二律背反——このことがボヘミアよりほかにヨーロッパで見られるところはなかった。ローベルト・ムージル（『特性のない男』）の両親はボヘミア出身で、かれ自身はモラビアで育ち、プラハのことを「古い世界の軸が交差するヨーロッパの中心」と呼んだ。ハプスブルク君主国、人種の坩堝であるこの国も第一次世界大戦で崩壊し、マサリク共和国のプラハではさまざまな主義のもとに主張が闘わされ、統一ヨーロッパの理念のかけらが生き残っていた。

「大ドイツ帝国」は小オーストリアのアドルフ・ヒトラーを必要とした。「大ドイツ帝国」——それは小オーストリアの精神性のなかで満たされていた。この精神性のことをミラン・クンデラが言うときは、観念としてはドイツを中央ヨーロッパにいれていない。というのは、ハプスブルク主導のこの中央ヨーロッパは、ますますもってひとつの帝国以上のものとなり、帝国に耐えて生きられる状況であり、プラハには帝国ドイツがくるまで華やかな全盛期があったからである。ここプラハでは政治的な発展よりも優先されたのは、文化意識であった。

数世紀におよぶ迫害の経験をボヘミアの文学に移入したのはドイツ語を用いるユダヤ人であり、中央ヨーロッパはそのアイデンティティを文化によって発展させ擁護した。全体主義が絶対的なものの選択肢とみなされる、形而上学の精神病院ヨーロッパにおいて、ドイツ語を用いるユダヤ人作家たちはボヘミアで神との社会契約を守った——多くの場合、まだ神に背くことはあったが。

この点で、将来生活のためのイデオロギーを問題外とするこれらのユダヤ人作家たちと、ほかのヨーロッパの都市の作家とは区別される。このかなりの辺境ぶりは、聖書の人間像を基にしており、人間に過大な要求はしないアダムの世界改善に限界を見ている。この辺境さが今世紀のプラハとその周辺で育まれた唯一無比の文学的特質であった。善なる信仰をもつ知識人の大半がほかのヨーロッパの首都でイデオロギーの混乱に巻き込まれたとき、プラハにおけるユダヤ人のドイツ語作家はつぎの世紀の指標となる立場をとっていた。

なぜよりによってドイツ語で書かれたユダヤ文学なのだろうか。結束——これは少数派であるすべてのユダヤ人の夢であった。だがこの結束はプラハだけのことであり、プラハはシオニズムの最初の拠点のひとつであった。現実の二律背反、つまりマックス・ブロートは政治状況に動かされなかったならば、シオニストのかれがけっしてプラハを離れることはなかっただろう。一九三九年にエルサレムに移ったシオニスト、フェリックス・ヴェルチュの「愛国的ヒューマニズムのテーゼ」を読まれたい。プラハの人間であることにどんな意味があるか分かってくる。「プラハはひとを去るにまかせない。ここの母親は爪をたてている」（カフカ）。

ボヘミアのドイツ語作家たちは、世界にむかってプラハを、その本質の特性を、開示してイメージとして刻んだ。つまり、黄金のプラハ、邪悪なプラハ、不気味なプラハ、ラビ・レーブとゴーレムのプラハ、ユダヤ人とゲットーのプラハである。

伝説によれば破壊されたエルサレムの寺院は、天使によってプラハへと運ばれ、この地でふたたび建造されたという。片隅の多い都市プラハのユダヤ人街は前世紀末に衛生面で改善されたものの、曲がり角があり、直進することが不可能な中世の道路網のままだった。モルダウの街の原型であり、生活の迷宮であった。

プラハとその周辺におけるユダヤ人のドイツ文学は、耐えて生きながらえた芸術の歴史と言えた。それは驚くべきことへのカフカ的な憧れであり、同時にまた人間の根源の状況をめぐる知見でもあった。つまり無実の宣告を受けた人とその死刑執行人との間の秘めた結びつきである。カインとアベルである。この文学の美意識は、倫理的にまで高められた。プラハはユダヤ人の作家たちにとっても歴史的に多くの敗北を経験した都市として、断末魔の苦しみと没落の象徴でもあった。

きわめて官能的に物語られるプラハの文学には、すべての事物のおさえがたい移ろいやすさが反映され、今世紀のイデオロギーの思い上がりが意味のない断片として表現されている。テクノロジーの文明主義者が創造者から創造性を奪いとったと錯覚し、いすわった時代にあって、プラハのユダヤ人作家は、われわれを永遠に苦しめる課題である死と生の意義を探求している。

世界を改革するというコンセプト――美しくそして善であること。このコンセプトは世界を苦しめているジレンマを、つまり、生がより美しくなるように、死が不可欠なものとして詩人たちによって表現されている偉大なる存在論的なジレンマを、解消するものではない。そしてこの尺度はまさに美学的な次元を越えるものであり、この美は個人がそれぞれ決めるものである。人生の核心が死にあることを人間にたえず思い起こさせ、つねにこの知見に自分の命運をゆだね、それによって行動する場合に、人間は自分の尊厳がいかにあるべきかを決める。ボヘミアにおけるユダヤ人のドイツ語文学をきわだたせているものこそ、この姿勢であった。今世紀、ヨーロッパの心臓部で純粋にヨーロッパ的な文学が書かれていたのである。ほかのヨーロッパではどこでも文学がイデオロギーの誘惑にしたがったのにたいし、ここの心臓部では西欧の根本精神からはなれることはなかった。しかし、これらの作家の作品は、現代のわれわれには不思議な未知の「ボヘミアの村々」となる。一九六〇年と一九六六年に状況を揺るがした二冊の本が出版された。『けんかっぱやい人生』と『プラハ・サークル』。だがこれらの本が揺るがしたことはむだに終わった。これらの作品を書いた作家にたいしわれわれが感謝しているのは、原稿を破棄するようにというカフカの遺志をこの作家がかなえなかったために、今世紀最大の作家のひとりが失われなかったことである。

カフカに関し二次文献が無数にある現在、一九二四年に死んだ作家の作品が受容されるまでにどれほどかかったのか、あまりにも容易に忘れ去られている。そして受容されたときは、こともあろうにこのマックス・ブロートは知ったかぶりの連中から誹謗中傷をあびたのである。非難はこうだった。ブロートは鍵の保管者として――かれはカフカのオリジナル原稿をもっていた――カフカにたいし解釈上の愚考をしたというものだった。この非難の背景には、ボヘミアについてはまったく理解せず、なにも真摯に理解しようとはしない知ったかぶりの高慢さがはっきりとひそんでいた。カフカをただドイツ文学に加え、カフカに国籍をあたえてやろうという高慢さである。文学上の表看板的な「宮廷―ユダヤ人」カフカというドイツ人的見方である。

カフカにとってボヘミアとの関連で望ましくないこんな事件があった。一八九九年のある日、縫い子のアグネス・フルザが消えたあと、ボヘミアのポルナーの森の道で遺体が発見され、ポルナーではユダヤ人が、いわゆる典礼儀式のためにキリストの血を用いたかどで殺人罪に帰せられた。結局二〇歳の行商人レオポルト・ヒルスナーに疑いがむけられ、逮捕された。殺人のかどで告訴され、五日間にわたった審理のあとに陪審裁判所によって絞首刑が宣告された。いわゆる儀式殺人は民衆に反ユダヤ主義の波を惹き起こすことになった。

その当時、トマーシュ・G・マサリクという名の一介の私講師〔教授資格のある講師〕が、徹底した独自調査のあとに、根拠のない不幸な事件に反対の立場を表明したために、自分の出世を危うくした。マサリクの仮綴本『ポルナーの裁判における上告の必要性』が警察に没収された。そのあとベルリンで『儀式殺人の信仰にとってのポルナーの犯罪意義』が発刊され、学生と労働者によるマサリクに反対するデモとなった。マサリクの講義は喧騒で声が聞きとれず、中断を余儀なくされた。マサリクに投げつけられたのはかれの家の窓ガラスだった。

ほとんどひとりで国の独立を戦いとり、そののちにチェコスロバキア初代大統領になったマサリクは当時、チェコの反ユダヤ主義に直面して故郷を見限るかどうか思案していた。レオポルト・ヒルスナーへのマサリクの擁護は、最終的にヒルスナーの恩赦につながり終身刑となった。無罪判決は共和国建設ののちにようやく可能となった。ヒルスナーにたいする一審での付帯訴訟の原告として弁護士のカレル・バクサが登場したが、かれは一九一八年の革命のあとプラハ市長になった。バクサは一九一八年以降マサリクのもっとも親密な協力者となったベネシュの支持した政党に属していた。

世紀末のころボヘミアでは、儀式殺人のあったことを信じていた反ユダヤ主義者によって多くの出版物が刊行されることになる。黒い帽子をかぶった三人の男がユダヤ式にアグネス・フルザを屠殺している絵葉書は大量に販売されていた。当時このように描くのはごくふつうのことであり、これはフランツ・カフカにとって小説『審判』の最終場面を着想するきっかけとなった。したがってこの作品には、完全に事実にもとづく背景があったことになる。だが、ドイツに亡命して暮らしているチェコの作家イジー・グルシャが、カフカ生誕百年記念としてS・フィッシャー書店から出版された『プラハのフランツ・カフカ』で、同時代の絵葉書で完全な事実に裏づけられた背景を再現しようとすると、それはノーということになった。出版社の反論は、ポルナーという名前はカフカの作品には出てこない、というものだった。したがってカフカ生誕百年記念のためのグルシャの著書は反ユダヤ主義の絵葉書なしで出版された。拒否

カフカにとってボヘミアの反ユダヤ主義の絵葉書は、長編小説『審判』の最終場面における着想のもとになった。チェコの世論は複数の犯人と黒幕が関わった宗教殺人であると信じていた。

の本当の理由は、あきらかにべつのところにある。つまり、S・フィッシャー書店が『ミレナへの手紙』――恋人ミレナ・イエセンスカーへのカフカの手紙――を削除版で出版することに長いこと拘ったのと同じ理由なのである。

一九八三年にようやく出版された増補版はいまだに完全版とはなっていないが、増補版から分かることは、これまで知らされずにいたことが、第三者の版権によって生じうる侵害という表向きの理由だけでは説明できない、ということである。

一九八三年の増補版によってグルシャは正当化された。増補版『ミレナへの手紙』においてカフカは明確な言葉でポルナーにおける反ユダヤ主義の事件について語っている。したがってカフカの『審判』は、かれの時代にあった反ユダヤ主義との相克を描いていることになる。カフカの象徴性は、概念の世界によそよそしくたゆたいながらふわふわしているのではなく、ボヘミアの大地に固く根ざしている。

＊　＊　＊

プラハのインターコンチネンタルホテルのタクシー運転手は、新ユダヤ人墓地に筆者を連れていくことになっていたが、運転手はその場所を知らなかった。ジシュコフからヤナ・ゼリフスケーホへいってくれるように、筆者は運転手に告げた。運転手は、筆者が墓地でなにをしたいのかと訊ねてきたが、西側の外国人用の安宿であるインターコンチネンタルホテルの運転手として、根ほり葉ほり聞くのがかれの仕事であり、国家公安局の人間に報告しなくてはならなかったわけである。事情があって入国させなくてはならないジャーナリストが到着した場合はとくにそうであった。

筆者の事情とはこうだった。ほかのジャーナリストと同様に、筆者はドイツの外相に付いてきており、外相はプラハでチェコの外相と対談することになっていた。外相に同行してきた筆者が新ユダヤ人墓地にいったのは、フランツ・カフカの墓をたずねるためだった。運転手は聞いてきた。「フランツ・カフカってだれですか」。カフカがどのように国家公安局で教えられているのか、筆者はかれに答えようと思えばできた。フランツ・カフカは反革命分子である、と。しかし筆者は無難に答えた。「作家だ」。

かれは仕事の指示者に答えるのだろう、墓地でチェコの作家と会おうとしているドイツのジャーナリストは怪しい、と。かれは、チェコの作家たちが「プラハの春」をひき寄せるために執筆活動をしていたぐらいのことは知っていた。だが当の作家たちはこの国からまだ去らなくてもいい時点では、戦車が踏みにじることはないという見方に固執していた。

筆者は料金を払った。墓地の正面玄関を過ぎてすぐに右に曲がった。前回ここに来たのは一五年前のことである。一五年前、筆者はチェコスロバキアにいてあの「プラハの春」を体験した。ソ連が「プラハの春」を破壊したときである。

フランツ・カフカは白い玉砂利の下に横たわっていた。「世界の秩序のために嘘はつくられた」とかれは書いている。そしてこう書く。「一通りしかないのだ、真実と嘘。真実は二つに分けられないので、自らが真実かどうかは分からない。真実を認識しようとするひとは嘘つきにちがいない……悪は善の星空に満ち満ちている……善意とは勝利をおさめる悪のことである」。そして、「革命は治まり、あとに遺るのは新しい官僚主義の泥沼だけだ……苦しめられた人間性の手枷足枷は官庁の用紙からでてくる」。カフカの言葉は、資本主義と共産主義の区別をせず、自分の本を発禁本にして害毒の収納棚に閉じ込めた人間を裁く。これはいまだに東側の世界ではふつうのことである。というわけでカフカの作品は、イデオロギーによって疎外を排除できると信じたためにひき起こされたあの大破局の描写にもなっている。

フランツ・カフカのプラハは真実を旨とする故郷であったので、そこで真実を嘘としたフサーク政権のときほど真実が憎まれることはほかになかった。四〇歳で亡くなったこの作家にたいする激しい敵意は、文学がいかなる力をもちえるかを示している。スターリンの死までソ連の衛星国家のなかでチェコスロバキアだけが、カフカが文学でなにをどう書いたかを詳細に報告していた。スターリンの敵対者になりえた人物を追跡していたのだ。『審判』の冒頭部分のとおりであった。「だれかがヨーゼフ・Kを中傷したにちがいない、というのはなにも悪いことをしていないのにある朝、かれは逮捕されたからだ」。

「一九四八年二月、共産党の指導者クレメント・ゴットヴァルトは、プラハの旧市街広場からあふれた数十万の市民に演説するために、プラハのバロック宮殿のバルコニーに現われた」。ゴットヴァルトは同僚につきそわれていた。かれの横には外相のクレメンティスが立っていた。「寒かったので、おもいやりのあるクレメンティスは自分の毛皮の帽子をとって、無帽のゴットヴァルトの頭にのせてやった」。ゴットヴァルトは国民にむかって演説をした。そのあと党が配布した写真は、そのときが共産党の政権ひき継ぎであることを示していた。

四年後、クレメンティスはスターリンの命令で絞首刑に処せられた。プロパガンダの部門は、写真からかれを削除し修正した。かれに遺されたものは唯一ゴットヴァルトのかぶった帽子だけだった。「ゴットヴァルトもクレメンティスも、自分たちが歴史的なバルコニーにのぼったときの階段をフランツ・カフカがほとんど毎日使っていたことを知らなかった。かつてこの宮殿はドイツのギムナジウムに宿舎として提供されていたのである。ゴットヴァルトもクレメンティスも同じ建物の一階にカフカの父親が店をもっていたことも知らなかった。店の名前が書かれた看板の横にはカラスが描かれた看板があった。カラスはチェコ語でカフカ（kavka）のことだからだ」。

ミラン・クンデラは、一九六八年のプラハの春の共同発起人であり、ソ連の占領のあとに出版禁止の処分を受けたが、一九八〇年に出版された『笑いと忘却の書』のなかでこう記している。「ゴットヴァルト、クレメンティス、そしてそのほかの連中がカフカについてなにも知らなかったとしても、カフカはかれらの無知を知っていたのだ。プラハはカフカの長編では記憶のない街だ……カフカの長編における時間は人類の時間だ……もはやなにも知らず、なにも想い出せず、名前のない街の名前のない通りに住んでいる人類の時間だ」。「フランツ・カフカが記憶をもたない、世界の預言者であるならば、グスターフ・フサークはその建設者、いわば忘却の大統領である」。一九五一年にスターリニストから追われ、そしてスターリニストになってしまったロシア人たちがフサークを権力につけた。クンデラの判断によれば、一六二〇年にボヘミアの改革で倒されて以来というもの、チェコの民衆の歴史ではフサーク政権のときほどに文化と知性を殺戮した時代はなかった。チェコの歴史家ミラン・ヒューブルはこう言う。「民衆を抹殺しようとするなら、まずその記憶からだ」。

チェコの文化をかつてのドプチェク支持者や現在のフサークの友人カレル・ゴットが目指すような水準にひきあげようとする試み（クンデラ『阿呆者と音楽』）では、カフカが大きな障害となった。カフカは東側世界の文化担当役員にはずっと以前から「デカダン、出口なしの絶望、非人間そのもの」の作家と見なされていたからだ。

チェコのリベレッツにおける一九六三年と一九六五年の画期的な二

ソ連のチェコ侵入によってプラハの春が破壊されて半年後。グスターフ・フサーク (写真右) と一緒のアレクサンデル・ドプチェク (写真左)。1969 年 4 月、ドプチェクは党書記のポストを失い、ともにプラハの春の政治を分かち合ったフサークに代わったが、かれはその後モスクワの指示で粛清された。

つの会議で、プラハ大学の正教授エードゥアルト・ゴルトシュテュッカーは、東側ブロックにおけるカフカのタブーをしばしこじ開けることに成功する。この文学者がフランツ・カフカのために尽力したのは、かれの亡命生活で二度目のことだった。このユダヤ人のコミュニストはナチスがくるまえにイギリスに避難所を見いだした。そして、第二次世界大戦のあとはイスラエルの最初のチェコスロバキア大使となる。一九五三年、チェコスロバキア社会主義共和国で「傷害行為」と「シオニズムの世界謀反のための労働」によって終身刑の判決を受けたが、一九五六年に特赦を受け、一九六八年にはプラハのカレル大学の学長代理となった。

カフカの会議を主催したゴルトシュテュッカーは、ソ連にとって「反革命の精神的な先駆者」であった。カフカは反革命分子となり、戦車によってソ連共産主義が一九六八年八月二一日にチェコスロバキア社会主義共和国で要求を押し通したとき、カフカの作品はすべての公共図書館と書店から消えた。ソ連から戦車とともに共産主義がやってくると、屈することのなかった作家たちの戦いがチェコスロバキア社会主義共和国ではじまり、「プラハの春」の数か月で象徴的なことがおきた。戦後にスターリンを信じそのあとクンデラとおなじく裏切られたと感じたパヴェル・コホウトは、けっして共産党員にはならなかったヴァーツラフ・ハヴェルの友人となった。

二人は数年後、ヘルシンキ協定で東側からも保障された人権遵守のために市民権運動「七七年憲章」で共闘する。ハヴェルは軍を出動させたために禁固四年半の刑を下され――「共和国にたいする破壊活動」という理由だった――パヴェル・コホウトは市民権を剥奪された。

チェコ人の過半数は、ソ連占領の二年後には新政権にうまく適応していた。しかし「プラハの春」の意味がこめられた一九六八年の「二千語宣言」を書いたハヴェル、グルシャ、コホウト、ルドヴィーク・ヴァツリークは、作家とはなにかというカフカの定義を心の拠りどころにしていた。「作家は人類の贖罪のヤギであり、作家はほとんど罪なくして罪を受けいれる人間を許している」。そして「罪とは自らの任務を避けて後退することである――正しい言葉はひとを導くが、過った言葉はひとをそそのかす」。

一九六七年に催されたチェコスロバキアの作家会議、それは「プラハの春」への起爆剤となり、ハヴェルはそこでこう告白する。「重要なことは、われわれ全員が、われわれ自身の責任を負えるかどうかであり、けっして――なんとしても――われわれ自身によって窮地に追いこまれてはならない。それがわれわれの虚栄心によってであれ、われわれの恐怖によってであれ。これは打算をもとめているのではなく、信頼をもとめているのである」。

こうしてカフカのプラハは、危険な生涯を送ることになるカフカの後継者たちを見いだすことになるが、それはカフカの最愛の恋人、ミレーナ・イェセンスカーが一九二四年にこの作家への追悼文で書いていたことだった。カフカは死ななくてはならなかった、「なぜなら、ほかの人のように、高貴で知的であれ、誤謬という安全のなかで救われたいとは思わず、圧力に屈することはなかったからだ」。

ミレーナ・イェセンスカーをその後も追跡したひとは、数年後に彼女をスターリン主義の共産党のボス、クレメント・ゴットヴァルトの恋人として再発見することになる。そして彼女はナチスの占領後、ドイツ人の犠牲となる。これほどにボヘミアの事情は複雑である。

　ボヘミアの歴史がはじまった九三五年に兄弟殺しがあり、公爵のヴァーツラフは弟ボレスラフに殺害された。かれは神聖に奉られ、国の守護聖人に昇進したあのヴァーツラフのことである。ボヘミアの歴史のはじめに、兄弟のはげしい憎しみ合いがあり、このカインとアベルの物語はこの国の行く末の暗示のようだった。この憎しみは優に一千年はたえることなく続いた。共通言語のラテン語によって記述された古い国家概念によれば、唯一ボヘミア王国だけが存在しただけである。二つの言語をもつ一つの共同体であり、共通の国の、共通の歴史における一つの民族である。

　ドイツとボヘミア王国の神聖ローマ帝国国王、カレル四世（一三一六―一三七八年）は、プラハをヨーロッパの中心にした。偉大なるヨーロッパ人であるこのカレルは、父方がルクセンブルク人であり、親戚にはフランス人がいて、母方はプシェミスルの公爵家の出身である。中世で最初の大学となったプラハ大学を建設したのもカレル四世だった。カレル四世のもとでドイツ語の書き言葉が成立し、ラテン語とともにスラブの公式言語として受けいれられた。この一事をもってしてもドイツ人を優先することにはならなかった。

　カレル四世は、ラテン語、フランス語、イタリア語のほかに、ドイツ語とおなじくチェコ語を流暢に話したが、チェコ語はまだ一般的でなく、とりわけ市庁舎の会議室や法廷ではそうではなかったときに、チェコ語を国の公用語として採用した。国王は、プラハのエマオの修道院でながいこと忘れられていたスラブ風の教会の伝統をあらたに蘇らせ、スラブ民族の一部が混じっている、獲得されたばかりの帝国ドイツ領にスラブの役人を送り込んだ。国王はすぐに、当時かろうじて六千人を数えた小さな町ハンブルクにボヘミアの聖人ヴァーツラフのために祭壇を五つ建造させた。

　ボヘミアの「黄金時代」は、聖人ヴァーツラフの兄弟殺しによって命運が分かれた時代であり、当時は、なにもかもが密接に関わっていた。ヴァーツラフはそのころ、プラハ城の敷地に建設された大聖堂のためにドイツ王ハインリヒ一世から高価な聖遺物である、ザクセンの守護聖人ファイトの腕を贈られた。そして聖ファイトにちなんで大聖堂には、現在もなおその名前が冠せられている。兄を殺したボレスラフの娘は、夫である、ピアスト家出身のポーランドの公爵ミセコから洗礼を受け、キリスト教を採りいれさせた。ポーランドが現在、カトリックの国となり、しかも今世紀のいかなるイデオロギー的な誘惑にも抗してきたのは、チェコの兄弟殺しの娘のおかげである。そしてボレスラフ自身は、暴力によって先頭に立ち、教会の教えを、温和なヴァーツラフよりも強力にその暴力的な本性によって推し進めた。これほどにボヘミアの事情は複雑である。

　そしてこのように複雑きわまりない状況にあって、まだこれまで述べていない決定的に複雑なことがある。その複雑さとは皇帝カレル政権最後の一〇年の間に誕生したヤン・フスの人物像と関わることである。教会にたいするフスの戦いも、のちのルターの場合のように困窮した状況との戦いであった。フスの殉教のあとフス派の信徒は、かれが望んでいた地平よりもはるかに高く越えなくてはならなかったが、なんといっても、ヤン・フスの出現によって、ボヘミアの歴史は未来永劫に宗教の歴史となり、信仰の戦いの歴史となっていた――一九四五年以降でさえ神からの離反が相次ぎ、フス派運動の一部であったタボル派のキリスト教共産主義は、結局のところマルクス主義の共産主義に行き着いた。

一四一五年にコンスタンツでヤン・フスを薪の山にほうり込んだ状況は、あきらかに裏切りによるものであった。皇帝ジギスムントはフスのための宗教会議にむけて安全な護衛の約束をしていなかった。そして当時すっかり腐敗し堕落した教会は、異端者フスにジギスムントがあたえた言葉を責任なしと宣言することで、皇帝をあらゆる道徳的な疑念から解放した。一九世紀にチェコの民衆は新たなカトリックの意識に芽生え、フスを、そしてある状況をひき継ぐことになった。その状況とは、かつてチェコ人がフスの影響で洗練されたキリスト教義の支持者となったことにより、すべての西洋の国々が裏切られたと感じた状況であり、またチェコ人だけが西洋のすべての十字軍従軍者に抵抗した状況である。

一九三八年にフランスとイギリスがチェコスロバキア共和国を見捨て、ミュンヘン協定が締結され、ヒトラードイツがこの国を占領できるようになった状況は、あきらかに裏切りによるものであった。この裏切りのトラウマとともにチェコスロバキアは西側の国から離反をはじめ、スラブの兄弟に目をむけはじめた。ふたたび殺人者として化けの皮が剥がれた兄弟であるソビエト連邦共和国に。

プラハの人、ライナー・マリア・リルケはボヘミアについてこうしたためている。「だれが勝利のことを語れるというのだ、耐え忍ぶことがすべてだ」。

一三九三年、皇帝カレルの手に負えない息子である国王ヴァーツラフ四世によって、プラハ大司教の総代理ヨハネス・フォン・ネポムクは告解の秘密を漏らした罪で逮捕された。国王はネポムクを拷問にかけ、松明でやけどをさせた。ネポムクは沈黙していたが、この拷問吏の父親カレルにちなみ名づけられたカレル橋に国王の手先によって連行され、この沈黙する者を溺死させた。翌日かれの遺体は陸にあげられ、埋葬された。数世紀後にかれの棺が開けられたとき、なにか塵のようなもの、二、三の遺骨、されこうべがあった。そしてされこうべには無傷のままの舌があり、世界の暴力はその舌によって潰えたと言われている。カレル橋にはそれ以来ネポムクの立像が並び、一七二九年に聖人の列に加えられた。聖者ネポムクには肖像画がないので顔が分からないためにフスの容貌になっている。

一九一〇年にプラハで生まれたユダヤ人のドイツ語作家、H・G・アードラーはこう書いている。「最初に死んだ人間はアダムではなく、殺されたアベルであることは注目されていない。アダムとイブが堕罪となったので、人間はただ死ぬのではなく、死の知識をもって死なねばならなかった。というのは、人間はこの知識を木の実とともに食べてしまったからだ」。

「しかし、最初の死刑を主の天使が執行したわけではない。人間が死刑を殺人によって執行しなくてはならなかった。こうして人間の死は人間自身の所業によってなされた。死は友人によって、隣人によって、血を分けた兄弟によってこの世にふりかかってきた。また、人類に死をもたらした罪深い二人は、末裔たちの先頭に立つことなく、まず子どもの死、それはべつの子どもの暴力によってひき起こされた死であることを認識しなくてはならなかった。こうしてアダムとイブは、この厳しい処罰を、そしてその過ちによってもたらされた、ありとあらゆる災厄を、自身とその家族とともに耐え忍んだ」。

「この苦行のゆえにカインは穏便に処せられ、根絶やしにはされなかった。殺人者と刻印されたが、庇護を受けて増殖さえ許された。そのため殺人、戦争、このことに起因するすべて滅亡させる行為が、人類のもとに遺された。アベルの後継者は現われなかった。このことは注目してよいだろう。わずかにセトとセトの名前のついていない兄弟たちには子どもがあった。アベルにとってセトはべつの系統の子孫と呼ばれたが、セトはアベルのためにアベルの無実を保証し、そのためひどく危険な目に遭った。つまり人類には犠牲をともなう無実が遺された。セトとかれの兄弟は、守られているカインの系統とともに増殖していったことに注目しなくてはならない」。

「この聖書の物語には、これまでの、そしてこれからの人類のすべての歴史が、救世主の国のはじまりまで記述されているが、キリスト教徒や世界改良家が、殺人を、つまり人間をほろぼす罪を不可としなかったのは、すべて根拠のない思惑であった」。

このような歴史から、ボヘミア王国ではドイツ語を用いるユダヤ人の文学が出現した。このような歴史から、今世紀がはじまるとともに文学が発展したが、文学の質の比類なさという点でいまだに遺っているのはカフカの名前だけである。それは進歩の可能性について幻想をもたない文学である。社会危機からマルクス主義思想が出たのではなく、マルクス主義思想がわれわれを社会危機へと深く導きいれたのであり、社会危機の計測器となったユダヤ人のドイツ語作家は、ヨーロッパにおける今世紀の多くの偉大な文学者の願望に反する、マルクス主義の「希望の思想」に打ち負かされることはなかった。

とどまることのない小国分立の時代にあって文学史は、本質的にずっと民族の歴史であった。プラハで生まれ、アメリカで暮らした文学者のペーター・デーメッツがいみじくもつぎのように書いているのはただしい。「われわれは、民族文化の閉じた持続性についてこちら側であろうとあちら側だろうと常に注意をはらい、狭い空間で及ぼす作用を意図的に取り除くようにしている。そのために、われわれは民族国家を目指しつつも民族国家を越えるようなカテゴリーに入らない傾向や内容のことは忘れるようにしている……」。今世紀にまだ保持されている、唯一にして重要なヨーロッパの概念とは、欠点は多くあったものの連邦的な理念によって導かれたハプスブルクの体制であった。

中央ヨーロッパの分割は、戦場がボヘミアであった一八八六年のケーニヒグレーツの戦いとともにはじまり、政治上の区分は一九四五年に地図上から消滅することになるプロイセンによってはじめられた。そしてチェコスロバキアとして建設されるはずだった国家においてドイツ人の政治的影響力の低下がはじまったのは、フリードリヒ大王のもとでボヘミア王国からシレジアを強奪したプロイセンによるものだった。その喪失によってボヘミア王国のドイツ人は、一九一八年には少数派へと転じ、乏しくなった役割を受けいれた。

T. G. マサリクは1918年10月18日、フィラデルフィアでチェコスロバキアの建国を宣言する。

チェコスロバキア共和国の最初の国勢調査は一九二一年に実施され、人口割合がつぎのようにあきらかになった。チェコ人六七〇万人、ドイツ人三一〇万人、スロバキア人二〇〇万人、ハンガリー人七〇万人、ルテニア人五〇万人、ユダヤ人三〇万人、ポーランド人一〇万人。ユダヤ人がこの共和国ではじめてユダヤ国籍であると告白でき、そう告白した人数は実数の通りではない。ドイツ語を話していたユダヤ人の大半はドイツ人には数えられていなかった。つまりかなりの数のユダヤ人がチェコ人と見なされていた。

ユダヤ人の評価が共和国でどんなに上がろうとも、かれらはチェコ人とドイツ人の攻撃に晒されていた。ボヘミアのユダヤ人がきわめて悪質な攻撃を受けた一八九七年と一九二〇年の暴動は、軍事力を使って鎮圧されねばならなかった。二度ともチェコ人の暴力行為はドイツ人が対象となったが、ハプスブルクの側にたってドイツ人のように自立していたユダヤ人がもっとも手ひどい目にあった。

一八九七年の暴力行為の原因は、ウィーンのドイツ政党に失脚させられたカジミール・バデーニ伯爵の内閣にあり、バデーニはチェコ人の要求に言語の問題で大幅に譲歩しようとしていた。その譲歩とは、ボヘミア王国における過半数であるチェコ人に配慮して、チェコ語とドイツ語を対等にすることだった。

一九二〇年における暴力行為の対象はユダヤ人であり、当時ユダヤ人は、ドイツの市民エリートの内部で経済的に突出していた。チェコ建国以来、組織的にユダヤ人への嫉妬を煽ったのは、チェコの左右の新聞であった。マサリク自身は、国家建設のまえに国に帰還したさい、国家建設の基本綱領に沿った「ユダヤ人はわが国の市民と同等の権限を享けるだろう」という宣言をくりかえすことはできなかった。マサリクがこの国の大統領として国民に最初にした演説で、チェコの政党はユダヤ人敵視にたいするマサリクの警告を完全に阻止したのである。

すでに一九一八年一二月一日には、「自衛」紙が書いているように、プラハを歩くドイツ人の通行人には野卑な言葉が浴びせられていた。「ユダヤ人を絞首刑にしろ」と、「くりかえし絶叫が浴びせられた」。「自衛」紙は、「ユダヤ人と見えるだけでも」、「それは挑発である」と断言したチェコの将校について報じている。共産党の機関紙「ルデー・プラーヴォ」は、一九二〇年にこう書いている。「ユダヤ人は迫害にあってもいいのだ、……ユダヤ人の資本家から……全財産を押収できるように迫害をやりぬくのだ。われわれは迫害を金持ちの根絶の開始とみているのだ……だが共感をよべるようにこの事態を展開するには……しずかに富裕なユダヤ人からはじめるのだ」。

右翼からみればユダヤ人は世界共産主義の黒幕だった。地主政党の機関紙「ヴェンコフ」はこう書いている。「外国のユダヤ人によってわずかでも危害が加えられれば、チェコの民衆はユダヤ人の指導者をすべて……言葉の真の意味で踏みつぶすだろう。そして世界がまだ経験したことのないユダヤ人の迫害が共和国で勃発するだろう。われわれは地方にむかって声を大にして言う、一人のこらず全員準備をととのえよ」。

それから反ユダヤ主義の暴力行為がいっきょに噴出した。民衆はユダヤ人の市庁舎に突撃し、ユダヤ資料館を破壊し、通りでモーセ五書を踏みにじった。共産主義の作家、ヴァイスコップは、のちにかれの長編小説『スラブ人の歌』（一九三一年）で暴徒と化した民衆についてこう書いている。「暴徒はドイツ人の家で青─白─赤の旗を掲げ、ドイツ人の新聞編集局を破壊し、ドイツ人の学校やクラブのレストランに隠されていた皇帝の写真をくまなく探し回り、ドイツ人の旅行者を叩きのめした……そして『新旧のシナゴーグ』の前で終日ヘブライ語で書かれた羊皮紙の本の山を焼いた」。

プラハの市長、カレル・バクサは反ユダヤ主義の暴力行為を「民族意識の立派な表明」とよんだ。カフカはミレーナ・イェセンスカーにこう伝えている。「ぼくは小路で午後ずっと、ユダヤ人憎悪の声を浴びています。ユダヤ人のことを『疥癬にかかった民族』と呼ぶのを聞きました。これほどに憎まれている場所からひとが逃げ出すのは当然ではないでしょうか。これに対抗するシオニズムや民族感情はまったく不要です。そこに依然としてある英雄主義は、トイレからも根絶できないあのゴキブリとおなじです……」。しかしどこに行くというのだろう。いよいよカフカが「自分の」プラハからしばしはなれたとき、かれはベルリンでおなじ反ユダヤ主義の暴力行為を体験することになった。

すでに一九一四年にかれの小説『流刑地にて』で描写された隠喩としてのプラハ。失神によって勝利した文学。失神のなかで毒虫として自身を感じていたカフカ、そのあとユダヤ人を毒虫にしたヒトラー。カフカが『流刑地にて』で記述した狂気のシステムをそのままもちこんだヒトラー。

チェコの狂信的排外主義はドイツの民族主義に呼応していた。ドイツ系ボヘミア人は半世紀以上にわたって、チェコ人への冷遇を正当化するためにはなんでもした。一九世紀にドイツ人はチェコ人がプラハで増大し多数派となる事態に直面して、ボヘミア王国をおそれて逃げはじめ、ボヘミアのドイツ人は、ハプスブルク君主国の連邦主義を浮揚させたオーストリアの中央集権主義の指導者となっていった。

ボヘミアの有力なドイツ人こそが、チェコの同胞がボヘミア独自の国法の実現を連邦主義者としてずっと長く支持していたにもかかわらず、自分たちをチェコの同胞から決定的に分離する道を拓いたのである。一八八二年にプラハ大学がドイツ部とチェコ部に分割されたが、このことはドイツ人自身によるドイツ人の孤立の象徴的表明にすぎなかった。むろん孤立とは、ボヘミア統治における立場をさす。

ドイツ語を話す父とチェコ語を話す母をもつ歴史家、アントン・ギンデライは、当時分割されていたにもかかわらずプラハ大学の教師として文化的、学問的な共同体を――かれは双方の部で教えようとした――正当化しようとしたが、チェコ人とドイツ人の間にはさまれ挫折した。一八六二年にはすでに、二人のドイツ人がドイツの体操協会の前例にならってチェコの「ソコル」を創設したが、ドイツ人の同胞の介入で挫折している。ドイツ人は体操運動でドイツ語の指揮用語のほかにチェコ語の用語も導入するのは望まなかったのだ。

そこでハインリヒ・フュンガーとフリードリヒ・エマーヌエル・ティルシュはドイツ体操協会から離脱し、そのあとはチェコ名でインドシフ・フュークナーとミロスラフ・ティルシと名乗り、チェコの「ソコル」のためにチェコ語の指揮用語を発展させた。それが一九一八年以降は、チェコの軍隊用語となった。「ソコル」は「国の学校」となり、チェコの国をずっと象徴することになる。「ソコル」は、反チェコ的なドイツの姿勢に反発したドイツ人による創造物だった。

作家ヘルマン・バールは、ボヘミアのドイツ人は「時宜をえてチェコ人とともにチェコ語」を話すべきだった、と判断していたが、それはドイツ人のジレンマの本質をついていた。ハプスブルク君主国が存続していたときには、ボヘミアのドイツ人はたいてい、チェコ語つまり多数派の言語を学習し、習得する努力に欠けていた。ドイツ人にとってなにが大事であったのか、一八九七年にドイツの歴史学者テオドーア・モムゼンはドナウ君主国のドイツ人宛ての公開書簡でつぎのように書いた。「きびしくあれ。チェコ人の頭は理性など受けつけない。だが殴打は受けいれるのだ……肝要なことは、屈服は壊滅につながるということだ」。

ボヘミアのドイツ人が、ハプスブルク帝国が崩壊したあとに、オーストリアとの併合を模索させ、独断専横が引き金になってチェコ軍が崩壊するまで、当分の間独自の政府さえ出現させるにいたったのは、厳密にいえば作為的に惹き起こしたパニックによってだった。どちらの狂信的排外主義が他方をはげしく刺激したか、どちらに罪があるか最終的に結論は出ないだろう。この問題には答えは出ないだろう。もちろん紛争を煽動したドイツとチェコの当事者たちは、たがいに相手側の立場から自分のことを知り尽くしていた。

チェコ生まれのクリスティアン・ヴィラースは著書『ボヘミアの城塞』でこう書いている。「ドイツ語を話すチェコスロバキアの市民が新しい国家をさんざんに非難しようと、かれらはポーランドのドイツ人にたいしてよりもこの国のスラブの同居人であるドイツ人に熱烈な連帯感をもち続けていた。両者の関係を決めたのはしばしば憎悪であったが、それはまさに同族間の憎悪であり、外国人との間の憎悪ではなかった。嫌がらせと陰険さによってそそられた双方の狂信的排外主義も、伝統的な共生の足跡を消すほどではなく、多くの点で自分の側がまさっていると幻想をいだくわけにはいかなかった」。

チェコ人が共和国のはじめに歴史的な役割がまちがっていることを知り尽くしていても、新国家の憲法は自由な活動の余地を保証した。つまり、チェコスロバキア共和国におけるドイツ人は、三二九八校の小学校、四四七校の（市立の）高等小学校、九〇校の中学校、一〇八校の専門技術学校、二校の工業大学、一校の大学と音楽学校を自由に使えた。一九三五年には四三万三四三一人のドイツ人の子どものなかで、総数四一万七〇一三人がドイツ人の学校でドイツ人の教師から授業を受けていたのである。

チェコスロバキア共和国においてドイツ人はラジオ局をもち、そのほかにチェコとスロバキアのラジオ放送局のなかで一二％の放送時間の枠をもっていた。三三六七のドイツの公共図書館、六三のドイツの日刊紙、一四三の週刊誌があった。

マサリクの共和国ではほじめの数年、ドイツ人とチェコ人との衝突がはげしかったが、一九一八年以降ドイツでよく見られたような血なまぐさい事態には発展しなかった。ズデーテン・ドイツ人はチェコ人とおなじ狂信的排外主義者となったため、もはやおなじく排外主義者を名乗るわけにいかないボヘミアのドイツ人が、考え方を根本から改めてドイツ人の政党を通じてプラハの政府にはいりこんだときにはうまくいくようにみえた。プラハのヴァイマル共和国との関係は、はじめのうちはチェコのフランスとの結びつきのために緊張関係にあったが、うまく展開しロカルノ条約のあとは親密にさえなった。

この背景と深く関わっていたのは、ドイツ語を用いるチェコのユダヤ人二人だった。作家のヨハネス・ウルツィディール（一八九六―一九七〇年）とカミル・ホフマン（一八七八―一九四四年）である。ウルツィディールは一九三九年にイギリス経由でアメリカに亡命したが、カミル・ホフマンは亡命しようとはせず、ドイツ人によってアウシュヴィッツで殺害された。ウルツィディールは一九二〇年から一九三三年までチェコ国民としてプラハのドイツ在外公使館で広報担当官として勤め、ドイツ公使、ヴァルター・コッホ博士の和解にむけた活動に影響をあたえた。ホフマンはベルリンでチェコの在外公使館の文化担当官として勤め、マサリク大統領の腹心となり、その任務が大臣級であったためベルリンにおけるホフマンの影響力は大きかった。一九三三年以降、ナチスから追放された人びとがチェコスロバキアに逃亡するさいに助けたのはホフマンだった。

マサリクの国家は、七つの民族にとって故郷となるはずだった。七〇歳となったこの政治家はあらたに建国されたチェコスロバキアの首脳に選ばれたが、ドイツ人とコミュニストの票数を上まわっていた。ハプスブルク君主国から少数民族の問題を未解決のままひき継ぎ——地理的には狭いが、それゆえに問題は深刻であった。マサリクが八五歳になった一九三五年に、ベネシュに政権をひき渡したとき、チェコスロバキアは依然として中央ヨーロッパにおける唯一完全に保たれた民主制の国家であった。マサリクは最晩年の二年間、迫りくるヒトラードイツの脅威を感じとっていたが、かれの後継者ベネシュがチェコ人の心情を打ち砕く政治を準備していることにはまだ気づいていなかった。

マサリクはかつてこう書いたことがあった。「われわれがドイツの文学、科学、哲学、技術に依存していることを否定してはならない。しかし、知的教養は国民文化の一部分にすぎない。ドイツ文化はその一面的な知性偏重主義によって衰弱した。重要なのは、神への崇拝に代わるあの学者ぶったえせ知識、文化に代わる抽象的な美学、宗教に代わる神学というわけだ。知性偏重主義は暴力主義に仕えた。つまりドイツの哲学者が構築したのは、理性に従属する教えと、いつもながらの盲目のエネルギーや強い力には従属するという教えである」。

そして、「カントにはじまるドイツ思想の一面性を否定することで、ドイツ哲学をはじめとするすべてのドイツ思想が疑わしい、と私は言うつもりはない。それは弱く、表層的で、面白みがない、と私は言わない。いや、それはおもしろく、深淵な哲学である。しかし、ドイツ思想は自由であることはできず、じっさいそうであったがゆえにこそ、深かったのである。それは中央ヨーロッパの哲学とおなじくスコラ哲学であり、完成された、まえもって確定された信念に依存する哲学である。プロイセンの国家ならびにプロイセン的なものとおなじように、ドイツ哲学、ドイツの理想主義は絶対的、暴力的、虚偽的であるために、自由な人間性の偉大さと、バビロンの塔の壮大な建築とを混同してしまった」。

マサリクによるドイツ思想の分析は核心にはいっていくのだが、それはヒトラードイツの犯罪が話題になるときはまっさきに除外される核心である。つまり「第三帝国」はドイツの精神史と連携することによってのみ可能となった、とする見方だ。ドイツのたどった道は、グリルパルツァーの言葉から拾えば、人間性から民族主義を経由して残忍さにいたった過程、ということになる。チェコスロバキアの解体は、徹頭徹尾ドイツ中産階級のエリートのためであった。たしかにヒトラーは中産階級を軽蔑していたが、中産階級がひそかにすでにずっと願っていたことをヒトラーがすべて叶えたので、中産階級はヒトラーにながいことすっかり夢中になってしまった。

「ボヘミアを支配する者がヨーロッパの主人である」とビスマルクは言った。これはひとつの名言であり、はるかにそれ以上のもの、つまり、要求にまでなった。クリスティアン・ヴィラースは『ボヘミアの城塞』でこう書いている。「ドイツの民主主義の困難さ、伝統的なドイツの民族意識にある反民主的な特徴、あらゆる混乱がつきまとう権威的な民族主義の傾向は、ズデーテン・ドイツ人の特性ではなく、ドイツ史全体において容易に確認できるものである。注目してほしいのはヴァイマル共和国、または両大戦間においてオーストリアの身分国家が発展したことである」。

マサリクがチェコスロバキアによって提示したことは、民族主義に煽動されたヨーロッパにあって壮大で挑戦的な実験であった。それは成功確実といえた実験であり、歴史がこの国に、かつてスイスがスイスとなるために必要とした歳月の片鱗さえゆだねていれば成功しただろう。よりによって、マサリクが信頼をおくベネシュがこの実験をみすみす逃したために、この国は現在のような破局にいたった。

とくにズデーテンの産業地域にまでおよぶ世界経済の危機にあって、コンラート・ヘンラインのズデーテン・ドイツ人党の政治的な意味を、あやまって評価してしまった人物こそ、ベネシュであった。たしかに、ナチスが多数派をもってこの運動の全体を狂信的排外主義によって支配するまではそうであった。ベネシュは国家に忠実なチェコのドイツ社会民主党にたいして、ズデーテン地方の自治権をたえず拒否して撥ねつけていたが、結局はベネシュがズデーテン・ドイツ党にそのすべてを明け渡してしまった。

ウィンストン・チャーチルは、ベネシュを介してミュンヘン協定を受けいれようとしてこう言った。「ベネシュは屈服したときの対応が間違っていた、というのが私の見方だった。かれは自分の城塞を守るべきだったのだが……」。ドイツ国防軍の総司令部長官、ヴィルヘルム・カイテルはニュルンベルク裁判の被告としてこう説明した。「われわれの変わらぬ見方では、チェコスロバキアの境界にある要塞にたいするわれわれの攻撃手段は十分ではなかった」。

戦いの準備がととのっている国民を戦わせなかったのが、ベネシュであった。ベネシュの親密な協力者であるフーベルト・リプカはのちにこう書いている。下された動員命令、そしてそのあとにふたたび解除された動員命令にも「ズデーテン・ドイツ人は二、三の特殊な例外もふくめてためらうことなく」従った。

ヴィラースは『ボヘミアの城塞』でこう書く。「ミュンヘン会議の決定を受けいれるか、拒否するか、そしてヒトラーをチェコスロバキアとはげしく衝突させるかはプラハにかかっていた。けっきょく、バイエルンの州都で自国の運命ではない、チェコスロバキアの運命が協議された。フィンランドは一九三九年と一九四〇年の間、ソビエト連邦共和国の圧倒的な優勢にたいし圧倒的に不利な条件のもとで自己主張したが、それは一〇三日におよぶ防衛戦でのことであり、そのことできびしい講和条件にもかかわらず政治的な自立は保たれ、民衆の心情は傷つくことはなかった」。

「ベネシュが動員命令を一九三八年に撤回しなかったならば、現在の中央ヨーロッパはべつの形になっていただろう」と一九三八年生まれのチェコの作家イジー・グルシャは言う。「イギリスとフランスが、戦闘態勢にあるチェコスロバキアにどのような態度をとったかは、だれも断言できないだろう。おそらく両国は、ポーランド攻撃のさいにようやく下したのと同じ決定を強いられたであろう。まちがいなく私にはこう思えるのだ、チェコスロバキアは一九四五年以降ソ連のものにはならなかっただろう。ズデーテン・ドイツと共同でヒトラーと戦っていれば、われわれの歴史は破壊からも守られただろう。つまりドイツ人の追放はなかっただろうと」。

* * *

ベネシュは一九三八年にヒトラーにたいし、自国防衛のために軍隊を出動させなかった。それとおなじように、ベネシュは一九四八年、クーデタを起こす共産主義者にたいし軍隊を民主主義の擁護のために投入しなかった。一九三八年一〇月五日と一九四八年六月七日に大統領職を二度辞した人物がベネシュだった。かれは出口のないようにみえる状況にあってトマーシュ・G・マサリクほどに卓越性をもちあわせていなかったので、二度とも無力ぶりをさらけだした。一九四五年にベネシュがヒトラーとの戦いにおいて勝者として国の再建に登場したとき、この民主主義者は自分の挫折をすでに織りこんでいたのである。ベネシュは、自分とおなじくヒトラーに敵対していたズデーテン・ドイツ人をすべて見殺しにしてしまった。とくに見殺しにしたのはベネシュ率いる指導部がロンドンにあった、チェコスロバキアのドイツ社会民主主義者であった。ズデーテン・ドイツ人の追放によってベネシュは民主主義へのいかなる理解をも放棄したことになる。つまり多数派を握っていたのに少数派にその権利を渡してしまったわけである。

一九七七年にスイスで刊行された長編小説『ボヘミアの退屈』の著者で、一九二九年生まれのチェコ人、アレクサンドル・クリメントはそのなかでこう書いている。「きみ知るや、ヨーロッパの中央にあるひとの住まない土地を。ものめずらしい忘れがたい体験だ。住民が減り、死滅した都市、村々、そして小村。捨てられた家々、ぐんと開け放たれた教会、そして酒場ではテーブルのグラスのまえにだれもすわっていない。……ステパンは地下室から上等なワインをもってきて、国境にある村々のひとのことを語っていた。古くから住みついた土着のドイツ人は戦後出ていかざるをえなかったが、私はずっと、これは合法的ではなく、出ていく必要はない、と思っていたのだ。この戦いは政権にむけられたのであり、民衆にむけられたわけではない。しかしこのことをわれわれは理解しようとせず、ドイツ人を追いたて追放した。われわれがわれわれ自身をヨーロッパから駆逐してしまったのだ。列強の大統領たちの決断によって、つねに二重言語であったこの国の千年におよぶ悪しき伝統を払拭しようと思えばできたのだ。しかし二つの言語グループは、たがいに理解しようとはせず根絶しようとした」。

プラハ出身の七三歳の文学者、ヴァーツラフ・チェルニーは、一九八三年にカナダの亡命出版社から刊行された『回想』のなかでこう書いている。「一九四五年の夏、私はふたたび故郷の山を散策し、——ながいこと私はここにきていなかった——ザッテルの小さな教会に『荘厳』ミサがはじまるまえにやってきた。教会にはすべての教区民がきて、ひしめきあっていて、司祭が顔を会衆にむけていた。燃えるロウソクのあかりのもとで、おそろしいほどに静まりかえり、私は敷居をまたげないほどだった。この一瞬に子どものときに死者のミサの話を聞いたことを想いだしていた……そして私は生まれた土地と祖先に別れをつげる教区民の光景から眼をそらした。そこにはすべてのひとがいあわせた、老人や子どもも。そしてみんなは翌日の出発を前にしてもういちど静かに祈った。それは堪えがたい光景であった……そして山から駅へとむかう行進中に監視人たちは林間の空き地、つまりメッタの新市街地区の『地獄』で司祭を射殺した。私はその理由が分からなかった。ひょっとして司祭は自分の教区の聖杯をこっそり外国にもちだそうとしたのだろうか……このときから毎夏、ザッテルの墓地にまいり、雑草でおおわれて見えなくなっている破壊された墓石から私はここに葬られた故人の名前を読みとった。私はこの人たちのいく人かは知っていた。私に非があるわけではなかったが、私はかれらに許しを乞うた。私にはなにもできない。老いたポール、ホーニヒ、ノヴォトニー。かぎりない羞恥の念をいだき、かれらに言う、来年までさようなら……」

それはチェコ人がこの追放によってさらに追放したものは、死んだユダヤ人であり、ドイツ語で表現されたユダヤ文化であった。チェコ人にその歴史的な継続性を保証した者こそユダヤ人であった。つまりはハプスブルク帝国が、一六二〇年に「白山」の戦いで勝利し、国に残ったチェコ人に——かれらの多くはブランデンブルクにいき、当地ですくなからずプロイセンの興隆の分け前にあずかった——カトリックに復帰するように強制したとき、フス派のプロテスタントにとって許されたただひとつの選択肢、それはユダヤ教だった。多くのチェコ人は当時ユダヤ教に改宗した。

この選択肢はフス派の改革にふさわしかったが、時代をとおしてずっとこの改革の特色となっていたものは旧約聖書の存在であり、キリスト教よりも親しみがあり、すでにフスの時代にはボヘミアの地名が変えられ——現在でもまだ——タボル、オレブ、シオン、オリヴェート、ヨゼファト、ヨルダンなどの地名を拾いあつめることはできる。とくに一九一八年には、多くのチェコ人は敗戦で無気力にとりつかれていたために、フス主義と共和国建設の間にあったわだかまりを一気に払拭できると信じたので、一九一八年以降、このユダヤ教の例はチェコ人の歴史的な継続性への橋渡しとなっていった。

＊　＊　＊

プラハには世紀末から「通路のある家」があった。この名称は、家をとおって路地から路地へいける、という意味である。エーゴン・エルヴィン・キッシュは、第二次世界大戦のときもメキシコ亡命によって生きのびたあと一九四八年にプラハで死んだが、かれの著書『プラハでの冒険』で、「通路のある家」の哲学が近代的なパサージュ

プラハの日刊紙「ボヘミア」でジャーナリズムの経歴がはじまったキッシュ。1911年9月、当時64歳で電球と蓄音機の発明家トーマス・A・エディソンにインタビュー。1921年にベルリンに移住したが、「アルト・プラハ年鑑」に寄稿することでまだプラハと結びついていた。

の発明と混ざったことにはげしく抗議している。「いったいこのパサージュとはなんなのだ。まったくありふれた現代の通りではないか、パサージュはわれわれの古きよき『通路のある家』と間違えられるように、屋根で隠されているのだ。いったいこの現代の通りのどこに、プラハの裏庭にでてくるおとぎ話の魔法はあるというのだ。秘密の出入り口はどこにあるのだ。箒でひとの入ってくるのを防ぐ、そらおそろしいツェルベルスのアパート管理人はどこにいるのだ。とくにたまらないほど魅力的な食事の案内版は、どこでひとが通り過ぎるのを禁じたらよいというのだ――通り抜け禁止！」。

　ユダヤ人キッシュの名前は芸術形式としてのジャーナリズムとつよく結びついているが、かれは前述の描写で――まったく意図せずに――プラハにおけるドイツ語のユダヤ文学とはなんであったかを示した。それは「通路のある家」の文学である。プラハとは国全体のことである。

　キッシュは、「通路のある家」にまつわる冒険に魅せられてこう報告している。「われわれの感覚がむかうのは、裏口によってとつぜん開かれる新しい世界であり、予期せぬ地上、すばらしい街、りっぱな大通りに通じる裏口を発見することだけだ。つまり反吐の路地である」。ウルツィディールがボヘミアの代表者、アーダルベルト・シュティフターの姿勢を――「どんなに小さなことにも最大のことが見える」――と言い改めるとき、キッシュとおなじことを指している。それにはイロニーのきいた落ちがないだけである。そしてリルケが「人間にとってもっとも近いものが深遠なのだ」と認めるとき、かれのこの眼差しはもっとも近い

ボヘミアのオーバープラン出身のアーダルベルト・シュティフター（写真左）は、だれもが認める大物作家だった。1901年にプラハで生まれたヤロスラフ・サイフェルト（写真右）は1984年にノーベル文学賞を受賞。1986年1月に死去。

もの、つまりボヘミア出身のドイツ語作家たちがもとめていたものにむいていた。

　プラハ、ボヘミアは一九世紀には文学の辺境の地であった。この点ではボヘミアのオーバープラーン出身のシュティフターの卓越した人物像から目をそらすことはできない。カトリックのシュティフターにとって世界の信頼性は神があたえる永遠の秩序にあり、シュティフターはドイツとチェコの争いでは仲裁しようとした。晩年の作品『ヴィティコー』（一八六五／六七年）の愛国的な自己はこの作家にとっては嫌悪すべきものであったが、シュティフターがこの作品とともに中世のボヘミアにもどったのは、その当時、人間的な連帯によってなにが可能であるかを時代に示すためであった。シュティフターは『ヴィティコー』をプラハの街に、かれのボヘミアの同郷人に捧げた。

　この国の人間が敵対する二つの陣営に分裂していることを、シュティフターは警告した。「これについてはボヘミア人の不幸が証明している。かれらは復讐し、復讐の残酷さに興じ、財産を暴力でひき裂き、傲慢に愉しむ。するとべつの者がやってきて、かれらに復讐し、財産をとりかえす。かれらはその者を追っていき、ふたたび復讐し、またも倒される。こうしたことはしばしば起きており、確固とした慣習がつくられなければ、ふたたび起きることになろう」。シュティフターは嘆く。「宗教では内面的なものが剥きだしの状態となり、思いあがった熱狂へとなりさがってしまう。善悪の見境がなくなり、個人が全体を軽蔑する……」。

　さらに前世紀の文学的な絶頂期を築いたのはモラビア出身の作家である。一七九三年ズナイムのポピッツで生まれたカール・アントン・ポストルは、母親の誓願にしたがって司祭の地位についた。だが一八二三年にプラハのカレル橋のたもとにあった聖十字架修道会士の修道院の壁から逃げだすことになる。その五年後、政治闘争をよびかける文書『現在のオーストリア』が、はじめは英語版で、つぎにフランス語版で出版されたが、その内容は無理解についてであり、メッテルニヒのオーストリアが君主国内部で非ドイツ民族をあつかったときの無理解、そしてチェコの国民がヨーロッパでもっともひどく弾圧を受けたときの無理解を描いている。モラビア出身のこの人物がモラビアからむかったアメリカでは、根っからの共和主義者となり、リアリズムの長編小説がセンセーションとなった。これらの小説は、「サイドンズ」や「シールズフィールド」の筆名で書かれ、シールズフィールドの名は、北アメリカの社会と自然の世界を描いたヨーロッパではじめての作家となった。ドイツ文学では「船室の本」の作家として通っていたシールズフィールドである。

シールズフィールド。本名はカール・アントン・ポストルで出身はモラビア。かれは闘争文書『現在のオーストリア』で、メッテルニッヒのオーストリアが君主国内部における非ドイツ民族の扱い方の無理解に反抗。本書は1828年にまず英語で出版。この時代に、プラハ出身のベルタ・フォン・ズットナーは、さらに声望をあげ、1889年に『武器を捨てろ』が出版された。

一八六四年にスイスのソロトゥルンで死去したが、遺稿からようやくこの作家の実名が分かった。政治的な意義の点では、たしかに長編小説『武器を捨てろ』(一八八九年)を書いたプラハ出身のベルタ・フォン・ズットナーがシールズフィールドを凌駕したが、文学的な資質ではちがっていた。また、一九世紀にはユダヤ人のドイツ語作家としてはじめて、プロレタリアートの子弟であるヤーコプ・ユーリウス・ダーヴィト(一八五九―一九〇六年)が登場した。肥沃なモラビアの平原を描いた小説『ハンナ』、『モラビアの村物語』は、田舎で文学生活をつらぬいたことによって生まれた珠玉の作品である。社会問題は穏やかに表現され、人間の罪なき罪への確信をもって書かれていて、それはすこしあとになってフランツ・カフカやほかのプラハの作家によって具現化されていく。

　ダーヴィトの散文は、旧姓ドプスキーの作家マリー・フォン・エープナー＝エッシェンバッハ(一八三〇―一九一六年)の小説よりも辛辣にきびしい調子で書かれているが、チェコの貴族を出自とする伯爵夫人であり、チェコ語で育ったエープナー＝エッシェンバッハの長編小説『ボゼナ』には、母親の早逝のあとにチェコの童話に慣れ親しみながら生長した彼女自身の運命が描かれている。ドイツとチェコの間の民族の戦いで、彼女は信条を示した。「われわれは死の恐怖にあるために、隣人愛ははるかに遠のいているかもしれない。そして隣人愛に遮断機を立ててしまったのが民族性なのだ」。

　カレル・ヒュネク・マーハ(一八一〇―一八三六年)は、貧しいプラハの境遇からでた、天才的なチェコの小説家であり、はじめはドイツ語で詩を書いた。その出来ばえはチェコ語で書いたものより劣ることはない。このようなことは政治的レベルで先鋭化していくあらゆる紛争にもかかわらず可能となった。ボヘミアのチェコ文学も一九世紀に短いながら絶頂期を迎えた。多くの国で翻訳された作品『祖母』を書いたボジェナ・ニェムツォーヴァー(一八二〇―一八六二年)、オタカル・ブジェジナ(一八六八―一九二九年)、チェコ語を用いたユダヤ人、ヤロスラフ・ヴルフリツキー(一八五三―一九一二年)、そしてユリウス・ゼイエル(一八四一―一九〇一年)。

今世紀チェコ文学の全盛期。カレル・チャペック(写真右)は自国の政治的な破局によって挫折、1938年に死亡。ヴラディスラフ・ヴァンチュラ(写真左)は1942年にドイツ人によって処刑された。チャペックの弟ヨゼフは1945年にベルゲン－ベルゼンで死亡。

　そしてむろん、『マラストラーナ物語』を書いたヤン・ネルダ(一八三四―一八九一年)。ネルダはジャーナリストとしては嫌悪すべき反ユダヤ主義者であった。

　ボヘミアにおけるドイツ文学の発展はチェコ文学のそれと軌を一にしている。チェコ文学はその最高の作家たちによって、むしろ強圧的に影響をあたえてくる民族の復活思想を克服していた。この最高の作家たちのなかで西側のわれわれが知っているのは、せいぜいシュヴェイクの創案者、ヤロスラフ・ハシェクにすぎない。一九四二年にナチスによって殺害されたヴラディスラフ・ヴァンチュラも挙げられるかもしれない。もしくはカレル・チャペックとヨゼフ・チャペックの兄弟、後者はベルゲン－ベルゼンの強制収容所で一九四五年のうちに命を落とした。一九八四年のヤロスラフ・サイフェルトによるノーベル賞受賞は忘れ去られて久しいが、この忘却のなかにはまぎれもない偉大な名前が眠っていた。ヴァイナー、デムル、ホラ、パリヴェツ、ハラス、ホラン、ネズヴァル、ポラーチェク、ザフラドニーチェク、フランティシェク・ランゲル。かれらの作品も、ヨーロッパ文学が今世紀にプラハで奏されたことを証明できるだろう。

　旧い家屋、切り立つ破風屋根、
　しきりに鐘を鳴らす高い塔、塔、
　その狭い中庭にたわむれに忍びよるは
　　空がわずかばかり。

　このように二〇歳のライナー・マリア・リルケは『家神への捧げ物』で高らかに声をあげた。リルケが一年たらずのちに永遠にプラハをあとにしたとき、リルケは初期の詩によって、ドイツ人とチェコ人の敵対関係を克服しボヘミアに橋を架けていた。リルケの初期の詩は新ロマン派的な脆弱さがあるとたびたび批判をあびてきたが、それにたいしロンドンに暮らしていたプラハ出身のH・G・アードラーは猛然と抗議した。たとえば『家神への捧げ物』にあるリルケの詩「ボヘミアの民謡」をアードラーは「チェコ語の響きをドイツ語によって天才的に模倣した」と見ていた。

　ぼくの心をふかく穿つは
　ボヘミアの民謡の調べ
　心にそっと忍び寄り、
　ぼくの心は重くなる。

　子どもが馬鈴薯の雑草をぬきながら
　静かに歌えば、
　歌は夜のおそい夢のなかでも
　きみにひびいてくる。

　国をこえて遠くへと
　出て
　歳月を経てもきみには
　いくども想い出はよみがえる。

　詩人カール・クロロウは、一九七五年にリルケの生誕一〇〇年記念の寄稿文でつぎのように書いている。「衆目の一致していたところではあるが、ライナー・マリア・リルケにあってまず表現が『不可能』とされてきた『ボヘミアの民謡』、『旗手』、『私の祝福』などのユーゲントシュティールそのものを賛美するがらくたのような詩には、現在でもなお驚くべき点がある」。クロロウは驚きながらもこう確信している。「しかし、繊細ながらくたには……考えられていたよりも抵抗力と修正する力もあった」。この驚きには、ペーター・デーメッツが著書『ルネ・リルケのプラハ時代』（一九五三年）で認めている心情が共鳴しあっている。しかしリルケがドイツ語でボヘミアの文学を書いたという視点はデーメッツの著書では抜けている。

　われわれがドイツでプラハのドイツ語、プラハのドイツ文学、ボヘミアのドイツ文学について知っていることは、すくない。カフカ研究はあまりにもながく放っておいた間違いをすくなくとも取りのぞくことはした。つまりカフカの芳しくないチェコ語から取りのぞいたというわけだ。カフカから間違いがのぞかれたが、チェコ語を上手に話すほかのドイツ語作家からはのぞかれなかった。そして、もっぱらドイツ語だけに熟達していたわずかな人びとは、プラハやボヘミアの名前がついたスラブの海に浮かぶドイツの島に繋がれていた。しかし、世紀末のころのプラハの民族構成は、たったひとつのことをあきらかにした。栄耀栄華の文学はほとんど消えゆく少数民族によって書かれたことである。

　プラハには世紀末のころ四一万五千人のチェコ人と四万二千人のドイツ人が住んでおり、そのうち二万五千人はドイツ語を話すユダヤ人であった。ドイツ人の割合の変化は一九三〇年まではわずかであるが、むろんチェコ人の数は倍増した。プラハのドイツ語文学、それはおもにユダヤ人の文学であり、歴史の地盤にもとづく言語的な境界の内側で生きており、その歴史の地盤ではチェコ語、ドイツ語、ヘブライ語、もっとほかの言語、つまりハプスブルク君主国によるカカーニエンの言語も対等であり、言語上の境界によって引かれていた区分は許されていなかった。

　チェコ語を教え伝える役目をしたのは、チェコ人の乳母、子守娘またはメイド、チェコ人の恋人だけではなかった。いつでもチェコ語の文学——堅い文学も——が存在したのであり、それについてわれわれの知識が乏しいのは、ボヘミア的な要素には真摯な興味をむけなかった文学研究によるものだ。フランツ・ヴェルフェルのチェコの子守娘はあきらかにこの小説家が成長するうえで重要な存在であった。しかし、ユダヤ人ヴェルフェルがそのことでカトリックへと連れていかれたと主張することは、『バーバラまたは敬虔性』は、ボヘミア的感覚の多面性を超越したすばらしい長編小説というのとおなじように一面的な見方である。

　チェコという海に浮かぶ言語の島で孤立するドイツ人について、この島のドイツ語作家にとってあやまった結論がくりかえしみちびかれ、また現在もみちびかれているように、ドイツ文学研究でプラハのドイツ語は不毛で、硬直していて、まずしいとひときわ好んで低く評価する場合、そこにはフランツ・カフカはいないことになっている。ウルツィディールはプラハのドイツ語への過小評価にたいして反論している。「プラハのドイツ人、そしてプラハのドイツ系ユダヤ人は、古典的と呼びうるドイツ語の世話人であり庇護者である。このドイツ語の言語的特徴に、かれらをとりまくチェコ人のスラブ的磁場が、ちょうどヘブライ語の根源的な力とおなじように影響をあたえたということは、なにも異常なことではないだろう」。

ライナー・マリア・リルケはこう言う。「言語と言語のみじめな関係が、そしてわが国では言語の周縁でたえまなく続くこの悪い状況が生じています。そのためプラハで育った人間は、幼いときからひどく衰弱した言語の屑によって育てられることになり、さらに成長してはその人間にもたらされたきわめて成熟したこと、情愛の細やかなことのすべてにたいし、嫌悪をもよおすことになり、一種の恥の感覚さえいだいてしまうのです」。

母国語が文化全体を覆うという状況にはなかったので、このような不満は、母国語の可能性を模索するときの大きな要因となった。しかしリルケ、そしてかれとともにボヘミアにおける多くのほかのドイツ語作家たちは、この困難を克服していった。複雑なこのプラハ固有の困難をあきらかにするためには、イスラエルの最近の文学状況が、葛藤を解決していかなくてはならないプラハと類似した状況におかれている点を参考にされたい。ともかくもユダヤ人は、共通言語に基礎をおいて文化の多様性という視点から、比類のない芸術作品を束ねるためにイスラエルにきたのだ。

ライナー・マリア・リルケ

スイス人のJ・R・フォン・ザーリスがリルケの場合に強調しているのは「文化体験の多様性」である。「リルケにあってことさらに注目すべきは、リルケが、堅固に組み立てられた建物の中心部から円天井のアーチをスラブの東部からロマンス語圏の西部、南部にいたるまで橋を架けたことである」。自分が没入したどの文化からも異質なものを摂取するというのが、リルケのボヘミア的な特質であった。このような精通の仕方によってロシア風に感じとれるフランス詩を巧みに書けた。変身することによって可能となった境界の克服であった。「変身の世界に出入りしなさい」。

リルケは文学を宗教の「委託」として感じていた。リルケがもとめたことは、チェコの詩人イジー・グルシャが現在でもまだ要求していることである。つまり「文学の義務はなにか新しいことを書くことにあるのではなく、他人がきみの前で言ったのと同じことを語るのである。哲学とはこういうものだった。したがってプラトンは逆行的にならず、ずっと後世に生きたカントは前進的であった。私にとって哲学者とむかしの詩人とのちがいは遠近感だけであり、この遠近感というのは詩人たちが究極においてもっているもの、それは私にとっては神のことである」。

境界の状況からでてきたプラハの詩人リルケは、「言葉／言葉が終わるところ」と述べる。リルケは一九一〇年に『マルテ・ラウリッツ・ブリッゲの手記』によって工場生産による死、これは第二次世界大戦でユダヤ人絶滅において頂点に達するが、これに抗して書いた。リルケはこの死を生活から遮断しなかった。そうはせずにこう予見していた。死を生活から追放する世界、また死を認識しようとせず、あらゆるカリカチュア風な社会生活の背後に死を隠す世界が、死の苦痛をいっそうひとにあたえるだろう、と。「固有の生」において「固有の死」を発展させる——このようにリルケは生き、そして一九二六年にスイスのヴァル・モンで死去した。

別れよう、満天の夜空に
ひき離されたふたつの星のように
距離があっても自らが判る
それははるか遠方にあっても自らの存在を認める近さ。

プラハはいつでも視界にはいっている。プラハとはボヘミアのことだった。そしてボヘミアとは、言語の接点、西洋史の接点であり、すべての歴史、古代史に固執するところである。死に関するリルケの熟考は、ヨハネス・フォン・ザーツの『ボヘミアの農夫』との関連を想起させる。あの散文の対話でできた作品は一四〇〇年ごろ、中世とルネサンスの間の大変革の時代に成立し、その対話では生の意義について生者と死者の間で論争がくりひろげられ、そこには和解と神による啓示という中世の信仰原理に反発する個人の葛藤がみられる。

中世に関するリルケの歴史観をわれわれは知っている。リルケの詩は理性が踏みいることに背かず、理性に依存し、外部と内部が分けられている科学技術の世界に背くこともない。たとえリルケの詩には、地上の「夢」を「見ないままにわれわれのなかで蘇らせる」姿勢があり、それがイデオローグたちには逃避に思えても、リルケは背くことはない。変わらぬ古い世界を諦めないまま、世界を近くにひき寄せるのであれば、それは逃避となろう。リルケの悲歌では変身とは、天使の眼差しのまえに世界を現前させることなのだ。

「祈りを捧げられ、仕えられ、跪かれた」事物を破壊した現代世界にたいするリルケの見方を、素描家、版画家、画家、挿絵画家であるアルフレート・クービン（一八七七—一九五九年）は、両大戦を通して浮かび上がってきた冷徹さで描写した。プラハ生まれのカフカと、「熟練した」プラハの人、マイリンクに甚大な影響をあたえたクービンの『裏面』には、世界の目前に迫っていた不気味な破滅の幻影が精緻に描写されている。クービンのこの作品が出版されたのは一九〇九年のことだった。

クービンの長編小説で語り手はある旅行で生き残り、アジアの中央にある、かつての学友、パテラの夢の王国に案内される。クービンは作品で欧風家屋のある舞台を創っただけでなく、ヨーロッパ的な思想世界も創りあげた。つまり、その世界では内面と外面がまだ調和していて、合理主義の進歩の福音が認められていない世界であり、認識する力を通して——それもすべてを一方的に強奪していく

「自然」の科学を通して――認識の喪失が回避されなくてはならない思想世界である。

夢の国ペルレの首都にやってきたアメリカの進歩的人間、ヘアクレス・ベルにとって、そこの生活はとことんばかげていて、大衆を催眠させることで成り立っている。ベルはそこで支配者パテラの失脚を訴え、純粋に合理的な思考による革命によって夢の国を破滅にひきずりこんでいく。夢の国は「汚物、ごみ、流血、内臓、動物と人間の死骸」の流れに沈んでいく。

第一次大戦後、クービンの長編小説は滅びゆくハプスブルク帝国の早めの予告と見られていたが、今世紀末となり、この長編小説には予見以上に美点があることが分かった。クービンは、ヨーロッパの機械的な進歩志向が全世界を破壊していること、また破滅の警告がわれわれから出されていないことを示した。その理由は、われわれの自然の維持と自然の破壊との間の戦いは、人間には本性を改善しようとする意志があるゆえにまずは双方の間の戦いではなく、個々の人間の内面における戦いになっているからだ。なんども人間は人間自身にたいする戦いを決意し、そして悲劇的な破局に至る敗北を喫したのである。

クービンにとって精神のトポスはボヘミアである。プラハと認められる夢の国ペルレからそのトポスを見えるようにしただけでなく、文学者と芸術家が当時愛していた古いプラハ像から見えるようにした。夢の国の支配者、パテラにはカフェ・ウニオンの給仕長の名前がついている。ボヘミアのライトメリッツ(リトムニェジツェ)に生まれたクービンに続いたのは、一九一五年に出版されたベストセラー小説『ゴーレム』によって登場したウィーン生まれのグスタフ・マイリンク(一八六八―一九三二年)だった。一九二二年に「プラハ日報」は「あなたはなぜプラハを去ったのか」というアンケートにたいするプラハのドイツ人作家の答えを公表した。マイリンクはこう表明している。

「私はプラハにギムナジウムの生徒としてやってきて、一七年間プラハにいて作家となって一九〇三年に去ったが、そのときは病気でしかも貧しかった。一九一六年に寄り道をしてプラハの駅に降りたったとき、すぐさま吐き気をもよおさせる、不快な感情におそわれたが、それは私がずいぶん経ってからふたたびプラハの空気を吸いこんだときにおそったのとおなじだった。どうにもならないことだが、私にはプラハは犯罪者の知恵の街であり、その雰囲気は憎悪からくるものである。私がプラハを去った理由、それは運命的だった。何年来の私の宿願となっているのは、プラハに永久に背をむけたいという願いだった。プラハは刑務所の壁のように私をつかまえてはなさなかった。その願いはうまくいくことはほとんどなかったが、わが運命もよい方向にむかった。『あなたはプラハを再訪したいですか』と訊かれれば、私は『はい』と答える。しかし想い出のなかでだけだ、じっさいには一時間の滞在でもだめだ。夜中にしばしば私はプラハのことやその気味の悪い、魔術的な魔法の夢をみる。それから、目覚めて悪夢から解放されたようになる。私はプラハを去ってから、ウィーンの二年間をのぞけば、ドイツで暮らしたり、多くの都市を見てきたが、ドイツの都市にはプラハとおなじように美しい中世の建築物があり、またそこには似たような血なまぐさい過去がある。しかし不可解なことにどの街にもあの怪しげな雰囲気が残っていない。それらの都市は殺菌されている。ひとはその都市を退屈な博物館のようにあちこち歩いているだけなのだ」。

多くのドイツの作家は、愛憎半ばのプラハへの感情によってこの街に結びつけられていた。かれらの作品がこの愛憎半ばの感情から生まれ、チェコの作家もこの矛盾した感情を分かっていた。フランティシェク・ハラスは「人を葬るような」プラハの歴史について語っている。ヴラジミール・ホランはこう書いている。「死刑執行人は作家の死の床をつくる／だまれ、地上よ、おまえは葬られるのだ」。

マイリンクは、ヴュルテンベルク州の国務大臣とシレジア出身の女優との間に生まれた息子で婚姻外の子どもであった。一八八六年にプラハにやってきて、そこで大学入学資格試験に合格し、商人の見習いと商業専門学校の生徒になった。マイリンクは一八八九年から一九〇二年まで、戸籍上の名前であるグスタフ・マイアーを名乗っていたが、クリスティアン・モルゲンシュテルンの甥といっしょにプラハの壕〔ナ・プシコピェ通り〕にあった銀行の所有者となって経営していた。そのかたわらこの銀行家は秘教やオカルトの研究にいそしみ、夜になると出歩いた。「プラハの夜の世界でかれは、アレクサンダー・モイシなどと一緒にところかまわず訪ね歩く一団として知られていた。俳優、作家、銀行家、あらゆる職業の人間がこの仲間にはいっていた。というのはマイリンクの目くるめくような語りの天分がたえず大群の聴衆をひき寄せたからだ」。

このように回想しているのは、プラハで「ボヘミアの無冠の帝王」と目されていたパウル・レッピン（一八七八―一九四五年）である。レッピンは、長編小説『ゼーヴェリーンの幽冥行』（一九一四年）でこの魔術的な銀行家のために文学の記念碑を打ちたてた。作品に登場する謎に包まれたニコラーウス氏の人物像にはマイリンクの特徴が織り込まれている。レッピンはこう回想している。「ひじょうに権力的な警察上級官吏オリシは、マイリンクをはじめからとことん嫌い、プラハから追放した」。さらに回想はつづく。「マイリンクは結婚前にある歌手と関係があったが、彼女はウィーンのヒュベルナー通りにあった当時のホテル・シャンタントに出演していた。オリシはこの女性に心惹かれ、ひとの言うところでは、マイリンクに嫉妬の炎をもやし憎悪していたという」。

マイリンクの義兄がトップにいるオーストリアの士官たちからすれば、ともあれ憎まれている人間の職業をダメにするために、オリシを金銭によって駆りたてるのは容易であった。マイリンクの義兄は――マイリンクが非嫡出子の出自なので――もともと自分の妹の結婚に反対していて、それで挑発のきっかけをさがしていた。当時の結婚観からするとオリシにとって決闘は不可避のことであった。だがオリシと友人たちは、マイリンクがすばらしいサーベルの剣術家であるという評判がたっていることはよく分かっていた。そこで友人たちはオリシを買収して、口実をつくりマイリンクを逮捕させた。マイリンクが――完全に名誉が回復されて――釈放されるまでに数週間がたった。だが顧客はマイリンクの銀行との取引を逮捕後に破棄した。この銀行は破産した。マイリンクは重病にかかりプラハを去ることになった。

銀行家マイアーは、作家マイリンクに変身することで破滅の事態から免がれた。現在、プラハでコミュニストから追放され、『捜査官との一杯のコーヒー』を書いたルドヴィーク・ヴァツリーク〔「プラハの春」における二千語宣言の起草者、自由知識人派の「七七年憲章」に参加〕の事情聴取をした役人が生き残っているように、マイリンクの小説では当時の腐敗した警察官吏が「警察官吏オチン」や「偽証人」となって生き残っていた。マイリンクは小説『蝋人形館』(一九〇七年)のなかでこう書いた。「われわれのきわめて日常的な出来事をおどろくばかりに新鮮に思わせる瞬間がなんどかわれわれの意識を過ぎていった。……それは突然に覚醒され、すぐさままた眠りこんでしまい、心臓の鼓動のほんの一瞬に、意味のある、なぞに満ちた事件をのぞきこんだかのようである」。

マイリンクの長編『ゴーレム』でも語り手は、夢の世界に消えて、プラハのゲットー、古いユダヤ人街の迷宮にアタナシウス・ペルナートとしてふたたび登場する。「三〇年に一度ユダヤ人街を稲妻のような速さで精神の疫病のようなものが通り過ぎ、人間の魂に襲いかかり、独特の格好をした人間の輪郭を、蜃気楼のように蘇えらせるのだ、この人間はひょっとして何世紀か前にここに住んでいたかもしれず、いまもなおある姿に変わることを恋い焦がれているのだ」。

ゴーレムは、ロボットの時代にあって驚きを失っているあの妖怪の先駆者であり、電気はその間にわれわれの生活の一部となった。チェコ人ヨゼフ・チャペックは、ロボットという言葉を創りだし、弟カレルは一九二〇年に官僚化された世界の恐怖が呼び覚まされるユートピア小説『R・U・R』を書いた。そして恐怖は、いま、ここにある。チャペックの場合、ロボットの創造は化学の発明の結果であった。マイリンクの場合、ゴーレムは合理的な介入から逃れたあの旧い世界の一部であった。

偉大な学者にして神秘学者のラビ、イェフダ・レーヴ・ベン・ベザレル〔一五二五―一六〇五年。ゴーレム伝説の主人公。モラビアの主席ラビ、プラハのラビ、ポーランドの主席ラビなどを経験〕に人間創造の才能をもたらしたのは、ユダヤ的な伝統による。つまり人間の魔術的な力によって人間を創る才である。ラビのゴーレムは粘土でできていた。ゴーレムは精神の集中力によって、生へと覚醒させられた。精神力は、もちろん、神がかりの創造力の反映にすぎない。ゴーレムは師匠の命令にしたがい、指示どおりに動ける。すべてこういうことができるのは、ラビがゴーレムの口に神秘的で言葉に表わせない神の名前が書かれた紙切れをくわえさせたときに限られる。

ゴーレムは口にくわえたこの紙切れとともに生き、それがなければ生命のない泥人形と化した。一度ラビがユダヤ教の安息日がはじまるときにゴーレムの口から紙切れをとるのを忘れるということがあった。ゴーレムは自分ででかけてしまい、不気味なほど大きく生長して、荒れ狂いはじめ、なにもかも壊そうとする。ラビは旧新シナゴーグでの祈祷のさい、通りに飛び降りて、ゴーレムの口から聖

プラハの新旧シナゴーグとユダヤ市庁舎。プラハのシナゴーグの最も古い礎石は6世紀のもの。ユダヤ市庁舎の時計の針は普通の時計とは逆回りに進む。最初の市庁舎はモルデハイ・マイスルの資金で建立。何回かの火災をへて1765年にブレスラウ出身の建築家ヨゼフ・シュレジンガーによりバロック様式で修復された。

なる名前をうまくもぎとり、ゴーレムはしぼんで生気のない土の塊となった。

ほとんどが人間の被造物であるゴーレム伝説について、ベルリン生まれでエルサレムのカバラ研究者ゲアショム・ショーレム〔一八九七—一九八二年。ドイツ生まれのイスラエルの思想家。カバラの権威〕はこう書いている。「とどのつまり、ゴーレム——最初の人間自身であるアダムの再生そのものである——は、人間的な知性と精神の集中によってつくられた存在であり、たしかにゴーレムの創造主の統御のもとにあり、命じられた任務を満たすが、同時にこの統御から抜けでて、——人間自身とおなじように——破壊能力を伸ばすという危険な性質を発揮できる」。

ラビのレーヴ伝説によって創造の物語はふたたびセンセーショナルとなった。プラハで、そして現在の危機の予兆として。二〇世紀初頭に、一七世紀のプラハに出された警告は、ゴーレムが自らの鏡像として登場するアタナシウス・ペルナトの姿でわれわれに語りかける。マイリンクは『ゴーレム』で人間の危機、傲慢を過去の秘密の話として語りながら、世界の崩壊を秘密なしで隠さずにあきらかにした。

マイリンクの『ゴーレム』は、機械化され気の抜けた文明の妖怪に対抗する。これは世紀末のころに衛生面で改良されたプラハのユダヤ人街をふたたび蘇生させる物語である。これもまた！　マイリンクである。かれは一七、一八世紀におけるプラハのすぐれたヘブライ文学を摂取して理解していた非ユダヤ人である。時代が進もうとも、旧市庁舎にかかるヘブライ文字の時計の針は逆回りに進んでいた。

プラハの版画家フーゴ・シュタイナーはマイリンクの小説に八枚の石版画を捧げたように、プラハのユダヤ人女性でベルリンで死去したアウグステ・ハウシュナー〔一八五一—一九二四年〕の最高の小説〔『ライオンの死』〕にも挿絵を描いた。挿絵つきで出版されたアウグステ・ハウシュナーの長編小説には、聖書の万人救済説を放棄した西洋精神の崩壊がなぞに包まれた皇帝ルードルフ二世のプラハ像にもとづいて描かれている。この時代は、ラビのレーヴもプラハで暮らした時代であり、皇帝が「賢者の石」を探しもとめるのをジョルダーノ・ブルーノ〔イタリア中世の思想家。異端の思想家としてヨーロッパ各地を転々とし、ドイツ、ボヘミアでも神学論争を繰り広げた〕が宮廷に支持するためにやってきた時代のことである。

1880年プラハ生まれの画家で版画家フーゴ・シュタイナー。今世紀の偉大な挿絵画家の一人。27歳でグラフィック美術と書籍製本のアカデミー（ライプツィヒ）の教授となる。アメリカ亡命中の1945年にニューヨークで死去。『ライオンの死』は死の2年前、シュタイナーの銅版画付きで出版され、愛書家向けの傑作が1922年に番号付き限定で400部発行された。

　レオ・ペルッツの長編小説『夜毎、石橋の下で』の舞台もおなじ時代であり、一九五三年に出版された。このプラハの作家は生涯にわたってこの作品に携わることになる。二一歳になったばかりのフランツ・ヴェルフェルは、ドイツ語で書いたプラハ出身のはじめてのユダヤ人作家であり、波乱のなかで名声を手にいれたが、ボヘミアのギチン（イチーン）出身のカール・クラウス（一八七四―一九三六年）を頑固で無慈悲な文学上の敵手と見なしていた。表現主義の雑誌「人類の薄明」の編集長であるクルト・ピントゥスは、一九一一年の冬をこう回想している。「プラハ出身のマックス・ブロートは……ベルリンで自分の作品を朗読しているときに、とつぜん原稿をばたんと閉じて、拍手に感謝してこう述べた。『私自身の作品よりも私がすぐれていると思っている無名の作家の詩を、これから朗読することをお許しください』。そして心やさしいこの友人はフランツ・ヴェルフェルの詩を読みはじめた。その詩はこうはじまる。『おお人間よ、ぼくの唯一の希いは、きみと親しくなることだ』。そしてこう終わる。『だからぼくはきみの、そしてすべてのものだ！／どうか、ぼくは抗いたくないのだ！／おお、兄弟よ、いつかぼくたちが、腕に抱かれんことを！』

　拍手がはげしく鳴りひびいた。だれもが即座に、中央ヨーロッパ中にひびきわたるだろう、と感じた。これは終焉にむかっている写実主義の中央ヨーロッパ、そして誇り高く、もったいぶった象徴主義のヨーロッパにおける新しい調べだからだ。新しい調べとは、長いこと忌避され、忘れられていた心の調べ、世界と人間への愛の調べである――これはそのあとヴェルフェルの詩、戯曲、長編小説、エッセイにおいて三十年以上も鳴りひびき、もっとも愛らしいフルートソロや、予言者のフリオーソ（「激しく怒ったように」）となってひびいた。これは訴えであり呼びかけであった。アメリカにおけるウォルト・ホイットマンの詩作以来ついぞ聞いたことのないもので、それは雰囲気というよりも、叫びであった。それ以来、力強さと音楽性においてこの声に比肩できる作家は出なかったことを、だれもが知るところとなった」。

　フランツ・ヴェルフェルは一八九〇年に、陶酔的な人類救済の詩によって音楽的なまでに熱狂させる称賛の声をあびて、バロック的な神がかりの努力によって新しいスタイルを創造し、それが表現主義の重要な構成要素となった。ヴェルフェルが新しいスタイルをつくれば、それが流行となったが、一九四五年の死去のときはとっくに廃れていた。アメリカでヴェルフェルは一九四三年に映画化されたベストセラー『ベルナデッテの歌』を書いたが、これは小説家としては大成功となった最初の作品ではない。それよりもっと以前に発行部数の多い長編小説『ヴェルディ』（一九二四年）、『大学入学資格試験の受験生の日々』（一九二八年）、『バーバラまたは敬虔』、『ムサ・ダグの四〇日』（一九三三年）——すべてショルナイ書店からの出版——が刊行されていた。

マックス・ブロートは一九〇八年に短編小説集『死者に死を』（一九〇六年）、『実験』、詩集『恋する男の道』、長編小説『ノルネピュッゲ城』を刊行したことでドイツ文学界の大御所となり、作品の出版者であるアクセル・ユンカーに影響力をもち、この出版社に一九一一年にヴェルフェルの処女詩集『世界の友』を強引にひき受けさせた。ヴェルフェルの詩はこんな調子だ。「すべての人間は兄弟となる」、「世界は人間からはじまる」、「おお地球よ、晩よ、幸福よ、この世に生があるとは！　——きみ、創造せよ、きみ、耐えよ、もちこたえよ／笑いの幾千の河がきみの手にはある！」。ヴェルフェルはプラハでのちに「文学世界」の編集者となるヴィリー・ハース、表現主義演劇の主導者パウル・コルンフェルトとともに通学していたころ、抒情詩を書きはじめていた。ヴェルフェルは抒情詩とともに人生を終えた。五四歳の作家は抒情詩の選集に没頭しながら、カリフォルニアのビバリー・ヒルズで亡くなった。詩集は死後一年してこの太平洋出版から私家版で出版された。

フランツ・ヴェルフェルは熱狂的な人類解放の詩で知られ、詩集『世界の友』で世に登場。長編『ベルナデッテの歌』で有名になる。1919 年夏、1911 年に死去した作曲家グスタフ・マーラーの妻と一緒のヴェルフェル。二人は 1929 年に結婚。

おお主よ、わたしをひき裂け！
わたしはまだ子どもだ。
そして存分に歌おう、
そしてきみに名づけよう、
そしてその事物に伝えよう、
われわれは存在している、と。

プラハ出身であるこのユダヤ人のドイツ語作家は、幼年時代からいっさい制限のない神の子であるという意識で生活していた。「幼年時代という人間の発達段階は天才的である。もっとも凡庸なひとでさえ幼児のときは、受肉のときには考えられないような創造的仕事を続けるようにもとめられている。事物の命名とは、事物の新たな創造のことである」。

手袋工場主の息子ヴェルフェルは、一九一一年にライプツィヒのクルト・ヴォルフ書店で原稿審査係として雇われ、クルト・ピントゥスとともにシリーズ「最後の審判の日」の創刊者となった。このシリーズでピントゥスとヴェルフェルは、現在では近代の古典に属するもの、そして当時未発見のものをすべてまとめて出版した。その作家とは、ベッヒャー、ベン、ブラス、ボルト、ブロート、エーレンシュタイン、ゴル、ハルデコップ、ハーゼンクレーヴァー、ユング、カフカ、ロッツ、ミュノーナ、ロート、シッケレ、トラー、トラークル、ウルツィディール、ヴォルフェンシュタインである。同時に、ヴェルフェルはチェコ文学の仲介者となって、自らエミール・ザウデクとともにオタカル・ブジェジナの『北極からの風』を翻訳した。

ヴェルフェルは、第一次世界大戦にガリツィア戦線でプラハの野戦榴弾砲の連隊士官として参戦し、一九一七年にはウィーンの戦争報道宿営地に迎えられた。戦後はウィーンで「赤い親衛隊」に属し、キッシュはヴェルフェルを一時、共産主義陣営のために獲得したが、当時ヴェルフェルは共産主義を世俗化された救世主信仰として理解していた。ウィーンではのちの妻となる作曲家の未亡人、アルマ・マーラーとの恋がはじまっていた。のちのスターリニスト、アルフレート・クレラは、当時この作家に手紙を書いた。「若者があなたを仰ぎ見て、きらめくような改革をねがっています、あなたのすばらしい良心に期待しています」。しかしこの確信は見当はずれにみえた。とっくにヴェルフェルはキリスト教信仰への道を歩んでいて、それでもユダヤ教の信仰を断念することはなく、他人が必要ないとみていた橋を架けた。ヴェルフェルはユダヤ人としてキリスト教徒をユダヤ民族にみちびいた。「人間キリストはイスラエルにある」。

ヴェルフェルの、時代にたいする分析力は二〇世紀末になっても、その効力は消えていないが、現在ではほとんど忘れられている。文学界はヴェルフェルの「カトリック」の著書を嫌悪すべきものとみていたが、さらに嫌悪すべきは、この作家の売り上げの実績であった。かつての希望の担い手の一人であったヴェルフェルは、イデオロギーの時代にあってあきらかに非イデオロギーの解決方法を支持していた。そしてヴェルフェルのキリスト中心主義は敬虔なユダヤ人を怒らせ、ひとを適応させては突きはなすことになった。一方で全面的に強調されたこの信仰は、休日だけのキリスト教徒からは押しつけがましいとされたので、ヴェルフェルはどっちつかずとなり、その位置にとどまり続けた。

一九三二年、ヴェルフェルはウィーンでこう語った。「この世界は左右という昔ながらの味気ない国会の地理学のせいで、上下があることを忘れてしまった。数年来『危機』と言われているもっとも深い理由がこの点にあり、つまるところすべて社会的なことは人間に関わることだからだ。これはまさしく信頼の危機である。施された金メッキははがれ、悪魔と化した利害関係の競争地獄がわれわれを囲んでいる」。

この作家は自らについてこう告白している。「私はヨーロッパの自由な市民の息子として育ち、博愛的な自律性と進歩への信仰という精神のなかで教育されたが、その教育は形而上学的、宗教的、または神秘的な思考と感情にたいして深く懐疑をいだいた私が、背をむけながら受けた教育であった。またそれは自由と道徳的な無秩序の不幸な混同のなかで受けた教育でもあった……嘲笑、怒り、そして無関心のうちに時代がわれわれの生のこの最後の価値に背をむけていくにもかかわらず、いつでもどこでも私は書き物によって神の神秘と人間の神聖さを賛美する、と誓ったのであるが、これはすでに習作を日々書いていたころのことだった」。

ヴェルフェルはさらにこう表現する。「われわれの精神が、これからは破壊はないと信じることはなく、それにともなう永遠の責任に信をおくことはない。横取りされた神は現代の大いなる損失であり、そのせいで勘定はもとにもどらない、政治でも経済でも。というのは人間の源はすべておなじであるからだ。神のいない世界はまるで遠近法のない世界とおなじである。遠近法のない絵はそれ自身平板である。遠近法がなければすべては無意味となる。このまったくの無意味のために、われわれの当然の人格は無意味となり、殺されないという権限さえも意味をなくす。したがって、現代に唯一残っているのは、いわゆる現実の支配、もしくはジャングルの掟、つまり無法である。これは同時代人がこのままであるかぎり長いこと支配するだろう。同時代人は破壊がないと信じることはできないので、すでに悪魔の信条を信じている。同時代人にとってすべては過ぎゆくものであり、とどまるものはなにもない……われわれが技術、スポーツ、現実志向に嫌気がさせば、形而上的な意識へのあこがれが、大胆な先駆者にはもっとも進歩した感覚となるだろう」。

プラハの前衛派であるヴェルフェルは精確に、自分の死後四〇年に西側の世界像がどのような姿となっているか、記述している。「社会機構のもつ麻酔のような霧の背後にはとげとげしい死の恐怖がうずくまり、その恐怖は虚無にたいする恐怖にまさる。癌とおなじようにたえずほかに転移してはこじ開けるのだ。叫び声が生活の安定をもとめて、街中にとどろきわたり、それはかつてないほどのかん高さとなる。生活は、生活自身をかきまわす虚無から守ろうとはしない。永遠の虚無という危機にたいしては、時代の生活保障金によって対処されるべきとする。さらに国家の理念はますます保障社会の制度を受けいれていく。富裕者の世界はサナトリウムの世界となる。いたるところ、清潔な神秘学者、美容のヨガ行者、若返る預言者、新陳代謝をする苦行者であふれかえる。苦行者は腸に関する福音書によってサルのようなリンパ節をもつ預言者を打ち負かす。菜食主義者、そしてマメ科の植物主義者は流行からは吹き消され、プラムが馬鈴薯にとって代わる。そして予想されているのは、下腹部に病気のある専門家気取りの俗物どもが頂点にとどまるために、近々ニシンによる治療やサボテンの棘治療に送られるということだ。永遠の団結心が欠けているので、一時的な結びつきでずたずたにされた個人が、愛の啞や関係性の啞となって他者のもとを通り過ぎて行く」。

ヴェルフェルは今世紀に流行したすべてのイデオロギーを克服した。なぜならかれは政治的な代替宗教に対抗したボヘミアの歴史経験とともに生きたからであり、神を信仰することの無効性によって反論した。ヴェルフェルの詩作は、われわれの根源的な精神力から消え失せている統一性をもとめているが、作品の人物の秘密をなにも暴露しなかった。ヴェルフェルは人物を神秘のなかに包み、こう言う。「私が意識しているのは、私の書物はすべて、ひじょうに現実的ではあるが、隠蔽されたメッセージを含んでいるということだ」。ヴェルフェルは論拠を示す。「かつて哲学者はその体系において意識と現実を切りはなせなかった。物質の世界は神の理念とおなじく私の意識の一部にすぎない。われわれは子どもとなって組織的な遺産と教えによって目覚めていく。遺産が現実に対峙しようとも、神の理念に対峙しようとも、遺産が傷つけば教えは乏しくなり愚か者が誕生する」。

ヴェルフェルはチェコスロバキアにおける最初のドイツ語作家であり、一九二八年にドイツ語文学のために新設された国家栄誉賞を受賞した。そこでかれは『バーバラと敬虔』によって自国に文学上の謝意を示した。作品のなかでかれ自身のボヘミアの乳母をあらゆる女性の範とした。もちろん詩のなかではとっくに彼女たちの無私の愛情と自然な敬虔性を謳っていた。その道は、バーバラからはじまり、自分の人生のすべてをもっぱら永続的に続けることに焦点を合わせる『横領された神』の登場人物、ボヘミア領主の料理人テータ・リンクを経由して、さらにベルナデット・スビルーへと続いていく。ヴェルフェルはドイツの侵入者からのがれる途上でほんの束の間の逃亡先となったルドで誓いをたてた。アメリカに脱出できたら聖女ベルナデットの名誉のために一冊の本を書く、と。

一九三三年、ヴェルフェルはナチスの勢力圏でユダヤ人を襲った二度目の大量虐殺の前に、長編小説『ムサ・ダの四〇日間』でアルメニアのトルコ人多数派によるキリスト教少数派にたいする最初の大量虐殺を描いた。まだこの長編小説の原稿段階で、一九三二年末にドイツに校正のために旅立った。ヒトラーの権力掌握の数日前に、ヴェルフェルはその一部をベルリン・芸術アカデミーでも朗読し、一九三三年五月五日、ナチス政権によってアカデミーから締め出された。ミュンヘン会談については「恐怖と恥辱」であり、「私はかつて抱いていた共感以上のものをボヘミアにおぼえている」と語った。亡命誌「新日記」にヴェルフェルはこう書いた。「チェコ人はわれわれの理想のために戦った、二〇年前からではなく何世紀も前から」。

ヴェルフェルが見ていたのは無為の西ヨーロッパが見ようとはしなかった「文化的な自殺」であった。「首都プラハをふくむヴァーツラフの王国は独自の世界である。戦いのなかで二つのナショナリズムの本質が混ざり合い、きわめて純粋な豊穣さの流れを生み出している。ボヘミアには、オーストリア、ボヘミア、モラビア、シレジアという民族国家の高貴なモデルがあり、またスロバキアも才人たちの大きな貯蔵庫をつくり、その才人たちによって古いオーストリアは近代的なナショナリズムにたいして長い間、抵抗できた」。

そしてヴェルフェルはその才人たちを列挙する。『チェコ人の歴史』をドイツ語で書きはじめ、チェコ語で締めくくった歴史家フランツ・パラツキー、哲学者で国家創設者のマサリク、哲学者で物理学者のエルンスト・マッハ、哲学者で発明家のポッパー・リュンコイス、社会主義の師匠カール・カウツキーとヴィクトル・アードラー、物理学者で哲学者ボルツァーノ、精神分析学の創始者ジークムント・フロイト、作曲家ベドジフ・スメタナ、アントニーン・ドボルザーク、グスタフ・マーラー、レオシュ・ヤナーチェク。「さらにふれるべきは、この世界を出自としているのが、フーゴ・フォン・ホーフマンスタール、アルトゥア・シュニッツラー、ペーター・アルテンベルク、リヒャルト・ベーア＝ホフマン、マクス・ラインハルトなどの一連の芸術家グループである」。亡命中にヴェルフェルはこう書いている。

そう、そうだ、それはなじみの小路、
ここにぼくは三十年間住みつづけ……
ここにいていいのか？　ぼくを群衆とともに追いやるのは
ぼくをつかんでいるもの。

改札口がにらんでいる……ぼくは落ち着かないままに、
腕をつかまれ、「身分証明書を！」
ぼくの身分証明書！　身分証明書はどこだ？　嘲笑と憎悪に
囲まれ、よろめき、蒼ざめる……

このおののきに人間の勇気は堪えられるのか？
ぼくを鞭打つ鋼がひゅうひゅうと鳴る、
ぼくは自分がくずおれたように感じる……
そして視えざる者がぼくに唾をはき、
「なにもしていない」と叫ぶぼくの声が聞こえる、

「きみたちの、そしてぼくの言葉を話しただけなのだ」。

ヴェルフェルは長編小説『未生の星』の出版を見届けることはできなかったが、そのなかでヴェルフェルは同時代の年長の敵対者であるユダヤ人のドイツ語詩人、フーゴ・ザールス（一八六六―一九二九年）のことを回想している。ザールスはおなじくユダヤ人の詩人、フリードリヒ・アードラー（一八五七―一九三八年）とともにドイツの愛国的な調子でプラハのドイツ文学界を支配していた。ともに新ロマン主義の作家であるザールスとアードラーは、第二次世界大戦後は「スラブハウス」となる「ドイツハウス」で、ドイツの芸術家団体「コンコルディア」における芸術家の生活を支配していた。かれらの影響力は、一八四八年完成の「プラハにおけるドイツ人学生の読書室と演説ホール」にもおよび、そこにはカフカも執筆をはじめたころに姿をみせていた。

ザールスとアードラーは自らドイツ精神の先駆者であることを自覚し、ドイツ人が築かれた壁をなんども打ち破りつつも一九世紀半ばから孤立化する動きを根本から擁護していた。アードラーはチェ

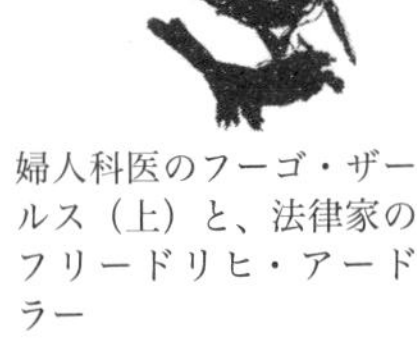

婦人科医のフーゴ・ザールス（上）と、法律家のフリードリヒ・アードラー

コ語で書くユダヤ人、ヤロスラフ・ヴルフリツキーの詩を翻訳している。ザールスはすでに一九〇三年に自分の詩集『収穫』でドイツの若い詩人にむけて「使徒書簡」をこのように発した。「きみたちに言いたい、きみたちに分かるように、／きみたちの貧しさは何ゆえか、／惨めさの責めは／きみたちがあまりに―文学的すぎることだ……」

そしてアードラーは、一九一六年に『戦争の詩』で「エーゴン・エルヴィン・キッシュへ」という詩を献じた。「さあ、われわれに喜びの知らせがやってくる／戦場のきみからも／きみの事態は深刻だ／防具をつけた英雄も／いまは武器が大事だ／ペンと紙よりも――／われわれプラハの物書きは／礼砲を発射する」。「モーリス・メーテルリンクへ」という詩のなかで、アードラーはこう書く。「ドイツ人民が／きみの詩に眼をくれた／これをきみは根こそぎ／一片の同情もなく否定しようとしている！」

ヴェルフェルは『未生の星』で、詩作する婦人科医フーゴ・ザールスを回想しながら、プラハへの愛憎とともになにが自分に重要だったかあきらかにしている。三民族の住む都市の「狭隘さ」にたいする不満、そしてここをはなれようとする試みは、根本では歴史の重みを前にして対抗できないという恐怖心にすぎず、それはまた言語を共生させようとしてチェコ的なものをドイツの芸術作品に組みいれることのむずかしさでもあった。そしてカフカ、ブロート、バウム、ヴィンダー、ヴァイス、ヴェルフェル、コルンフェルト、ウンガー、フックス、ピック、ペルッツ、ゾンカはユダヤ人だったので、当時台頭してきたシオニズムとともにさらにユダヤ的な要素が加わっていた。

ヨーロッパのいたるところで知識人が、自分たちの幸福をカール・マルクスの日和見イデオロギーに見いだすために「歴史書」である聖書に背をむけている間に、そしてそれゆえに歴史の断絶、歴史の破壊が完遂される間に、「歴史書」はシオニズムとともに同化されたプラハのユダヤ人の息子たちに近づいてきた。「インターナショナル〔社会主義運動〕」がユダヤ人の息子たちのためにようやく崩壊したのは、第一次世界大戦がはじまったときではなく、社会主義者がいつでも愛国主義のもっとも忠実な息子であると判ったときでもない。それよりはるか前に「インターナショナル」は崩壊していた、つまり一九一四年よりずっと前の、ハプスブルク帝国の社会民主主義が愛国主義となって分裂していったときのことである。

テオドーア・ヘルツル（一八六〇―一九六〇年）にシオニズムを目覚めさせ、第一次世界大戦の終戦に効力を発揮したのは、厳密にはいたるところに充満していたこの愛国主義であった。カフカは一九一二年に「イーディシュ語に関する演説」でこう説明した。「われわれ西ヨーロッパの状況は、われわれが留意してうわべだけに眼差しをむける分には、十分に秩序だっている。すべては、その静かな軌跡をあゆんでいる。われわれは悦ばしい調和のなかに暮らし、望もうとすればたがいに理解しあう。われわれはたがいに相手なしではやっていけないとき、それでも望もうとすればたがいに理解しあうのだ」。第一次世界大戦後プラハのユダヤ人から憎まれた東方ユダヤ人がこの国に流入してきて、この信念はかれらとともに後退していった。

プラハのユダヤ人は、一八世紀後半にユダヤ人の人種的、宗教的な差別を撤廃した皇帝ヨーゼフ二世にちなんでヨーゼフ街とも呼ばれていた古いユダヤ人街から外に出て適応していた。カフカが表現したように、ユダヤ人はゲットーや「監獄」のイメージを喚起する古い価値体系を捨て去り、新しい価値体系によって富裕層にのぼりつめた。ユダヤ人は自分たちが要塞のなかで逃げ道が見つからなくなったときに、ゲットーが要塞でもあったことを確認した。

反ユダヤ主義の暴力事件で視力を失い、盲人の作家となったオスカー・バウム（一八八三―一九四一年）は、成功したユダヤ人の父親世代について一九二二年にこう書いた。「かれらは堅固な因果性によって基礎工事がなされた路線（唯物的な歴史理解、哲学の心理主義、自然科学の一元論的―ダーウィン的な宇宙論）に安住することで、ますます高速度に進む、人類の理念としての文明に信頼をおいていた。そしてユダヤ人にとって大事なことは、金儲けと資産形成のための最高の技術（個人のためのもっとも有利な経済状況）か、もしくは最高の理想としての労働と財産を分配する最善のメカニズム（大衆のための最高の物質的な状況）であった。ただしかれらが子どもじみて人類の理念という言葉の調子を極端に強めたり、屈辱的に請い願うようなことをしなければだが。かれらの愛国劇は『賢者ナータン』であった……」。

そしてシオニストも、奇妙なことをつぎのように自分の日記に書きこんでいたヘルツルの『ユダヤ人国家』からかなり遠ざかっていた。「次の戦争が勃発したときにわれわれがまだ移住していなければ、すべてのユダヤ人の選民は前線に出陣しなくてはならない……そしてかれらがたがいに敵の陣営で撃ちあったら」。ボヘミアのシオニスト、フーゴ・ツッカーマンは、一八八一年にエーガー（ヘプ）で生まれ、最後はイタリアのメラーノで弁護士となり、一九一四年に君主国のために戦死したが、「オーストリアの騎士の歌」とともに当時もっともポピュラーになった歌のひとつを書いた。

むこうの草原のはずれに
ちいさな鳥が二羽しゃがんでいた、
ぼくはドナウの岸で倒れてしまうのか
ぼくはポーランドで死んでしまうのか
大事なのは
かれらがわが魂を迎えにくるまで
ぼくは騎士として戦うことだ。

一九〇七年に創刊されたシオニズムの週刊紙「自衛」に載ったツッカーマンに関する記事で、いかに愛国的なユダヤ精神がドイツの愛国精神に近いかが書かれている。「良識のあるユダヤ人、ツッカーマンがよりによってドイツ軍歌の最高の作詞家になるとは……なにゆえにツッカーマンが、ドイツ人民のために心の底から歌い、ふさわしい表現を見いだすことができたのか。それはかれの性格の一本気なところと自国民へのかたくななまでの誠実さによるのだろう。それゆえにツッカーマンはドイツ人のことを理解し、ユダヤ人としてドイツ人の偉大さにたいし驚嘆する力があり、ドイツ人もかれのことが分かっていた」。

これがプラハで十分に適応したユダヤ人の息子たちの状況、つまり境界と分裂の街の状況であり、かれらは「歴史書である聖書にこだわり、崩壊の遊びには加わらない文学を世に問い、同時に個人の内面を境界が切りきざむ恐れのある状況をのり越えて問おうとしていた。そこにいたのは強い、生産的な父親たちであり、かれらは湧きあがるユダヤ人憎悪をともなったマサリク共和国の建設のあとには、チェコの「勝者たち」にたいする確固とした——結局はうまくいく——指南を必要とみていた。そしてユダヤ人の父親たちの目には息子たちが脆弱にみえたが、息子たちからみれば、じっさいに変化することは精神的な財産の破壊を意味していたのだろう。その変化とは母国語としてのドイツ語の変化だった。ドイツ語には書き手としての立場以外はなかった。ところが父親たちの変化にたいしすくなからず憎悪がむけられ、カフカの『父親への手紙』にみられる表現はその典型だった。結局のところこのような文学的な書き物から父親を護る勇気を奮い起こすべきだったのか。ユダヤ人の息子たちが父親にむかって書いた憎悪の本質とは、この息子たちが父親の経済的な保障のおかげを被り、父親の金銭をなんども必要以上に要求したことからくる隠された自己憎悪ではなかったのか。かれらは自らの罪悪感という双眼鏡を通して父親たちの罪を凸（とつ）レンズで見てはいなかったのか。

シオニズムの理念は、くりかえし主張されたことだが、これらのユダヤ人の息子たちにかれらの根っこのなさを見せたわけではなく、ただ根っこだけを見せたにすぎない。そしてかれらは罪悪感という双眼鏡を通して、父親にたいする罪の批判を無視してカフカが作品のなかで表現し、不当にもカフカの「創作」と見なされているあの罪なき罪にいたったわけである。これに反しパウル・コルンフェルト、ヘルマン・ウンガー、レオ・ペルッツ、ルートヴィヒ・ヴィンダーなどの同時代に成立した作品は、カフカがのちにではあるが経験したあのような評価を獲得することはもちろんなかった。

ボヘミアにおけるユダヤ人のドイツ語作家は、作品を通して今世紀の罪を背負っていた。ルートヴィヒ・ヴィンダー（一八八九—一九四六年）はモラビアのシャッファからプラハにやってきて、イギリス亡命中に死んだがこう書いている。「呪われ、迫害され、なんどとなく唾を吐かれ、根こそぎにされた——われわれがくりかえし立ち上がれば、われわれの胸中にはオルガンがなんども騒ぐ、ユダヤ人のオルガンが。恐ろしきは、この幸せ、この呪い」。

そしてキリストをほころびなくユダヤ精神に連れもどしたヴェルフェルは、こう書いている。「イスラエルの神は二千年前から偉大なる聖書の宗教によって地上の公の神となった。つまり二千年前から、二千年の間、ユダヤ精神は内面の姿勢を、もっとも重要な国々の道徳のあり方の方向を決めてきたのだ。ユダヤ精神は逆説的な精神である。その精神は自然の精神をその拘束から解放しようとし、自然の精神をつぎなる善と聖なるものとして夢見るものの理想の姿にまで高く揚げようとする。二千年の間、自然の人間、『民衆の人間』、『非ユダヤ人』は、『きみはすべきだ——きみはすべきだ——きみはすべきだ』という強制された、永遠に充たされぬ逆説のもとでため息をついてきた。ユダヤ精神は、あるがままであろうとし、自然や善悪の彼岸を越えた存在であろうとした。海、雲、河、山のようにたわむれの創造的な力であろうとした」。

学問にたいしヴェルフェルは、人間の「鈍感な反抗」に手を貸した、として批判した。「学問は人間から形而上的な、神学的な障害を取り除いた。最近の世代の哲学は、解放の仕事をなしとげた……そして技術の進歩はいま、古い価値にたいする戦いにおいてその最強の盟友となっている。現代世界で進行しているものが、途方もない影響力をもつ社会革命として、われわれの前に現われている……人類が二千年の逆説に対抗して、つまりその特徴がいろいろなところに現われているイスラエルの精神に対抗して導くものこそが、あらゆる時代をとおしてもっとも暴力的である宗教戦争である」。

これは第二次世界大戦の終戦時に書かれた言葉である。一九四五年を過ぎてもなお生きている分析である。飢餓と貧困の世界を解放するために、人間には多くの可能性があるとあきらかになった世紀はかつてなかった。人間がそれをなしえなかったことは、たんなる作業事故ではない。聖書の人間像は、美しい約束の地の世界とは矛盾している。理性、生産、物質主義はわれわれのなかで破壊的なまでに侵入してきた。今世紀はじめの革命が古い秩序を破壊したのは、人間を解放するためにではなく人間をさらにきびしく鎖につなぐためであった。

反ユダヤ主義にたいするヴェルフェルの究明調査は、現在いまだに通用している研究よりも深い。「われわれは、なぜ近代の反ユダヤ主義、現代のユダヤ人憎悪が想像もつかない様相になっているかも理解している。今は、かつてのようにある国々のユダヤ人から権限を奪ったり、略奪したりすることが問題とはならない。さらにその先に問題はあり、あらゆることが問題となる。敵の目標は、この惑星からユダヤ人の精神を根絶することであり、しかもそれはかれらのスタイルと論理によってなのだ」。

ヘルツルが言い表わすように、むしろ窮屈と言えるシオニズムの概念は、プラハにおけるユダヤ人のドイツ語作家の世界観を刺激した。哲学者マルティン・ブーバー（一八九七—一九六五年）は『ユダヤ人に関する三つの演説』によってプラハのユダヤ人の学生団体「バル・コホバ」を鼓舞した。その後、この演説は時をおかず一九一一年にドイツ語だけでなくチェコ語でも出版された。だがチェコ語を用いるユダヤ人の作家たちがその創作活動においてこの書物から影響を受けることはほとんどなかった。ともかくもかれらは安泰を、つまり確固とした言語上の立脚点をもたなくてはならなかった。かれらも彼方のフランス、ロシア、そしてドイツにむかって自分の道を進めたが、ドイツからはボヘミアのつぎの危機がしみこんできた。

リヒャルト・ヴァイナー（一八八四—一九三七年）は、一時パリで生活したことがあり、キュービズムの要素をチェコの文芸に移入し、とくにユダヤ人の問題をあつかったわけではないが、だれにもましてまだユダヤ精神に一番近かった。カレル・ポラーチェク〔一八九二―一九四四年、強制収容所で死亡〕の書物には、ハプスブルクの過去が失われてから、人間の歴史性がもたらしたものを表現したヨーゼフ・ロートの姿勢がいくぶんこめられている。フランティシェク・ランゲル（一八八八―一九六五年）は、第一次世界大戦の間、ロシアの戦争捕虜地で反オーストリアのチェコ義勇軍の医師として参戦したが、同化にかなりとらわれていた。イジー・モルデハイ・ランゲルとも呼ばれていたかれの兄ゲオルク・ランゲルは、東方ユダヤ人のキリスト教と完全に結びついていた。パレスチナに放浪したかれは、詩作においてもヘブライ語にもどるまでは、チェコ語でもドイツ語でも書いていたのである。

ブーバーの文化シオニズムがプラハのユダヤ人の知識人にあたえた可能性とは、ゲオルク・ランゲルへの可能性であり、ボヘミアとイスラエルの交換を真剣に考えたことのない人びとへの可能性であった。ユダヤ人の知識人は、この文化シオニズムを本質的にユダヤ人の自意識の先鋭化と感じていた。その自意識とは、外におかれているということ――つまり楽園から追放されたということ――を狭い意味において亡命とは理解せずに、人間の根源的な状況の隠喩として理解する自意識のことである。エルサレムはある意味でプラハの上空に浮かんでおり、エルサレムはボヘミアでも実現できた。長いこと逡巡しながらこのような姿勢を示していたのは、チェコスロバキアを去らなくてはならなかったシオニストのマックス・ブロート、フェリックス・ヴェルチュ、そしてハンス・リヒトヴィッツであった。ドイツ人はこの国の残りの地域も支配して、ようやく最後の最後にはなれていった。のちにウリ・ナオルの名前でイスラエルの外交官になったリヒトヴィッツは、モラビアのオストラヴァの鉱山の坑をくぐってようやくポーランドにたどり着いた。

カフカの学校友達であるフェリックス・ヴェルチュ（一八八四―一九六四年）は、一九一八年にシオニズムの週刊紙「自衛」の編集主幹をひき継ぎ、ハンス・リヒトヴィッツとともに高級紙に刷新した。すでに一九一七年に「自衛」紙によって編集された著作集『ユダヤ人のプラハ』では、ドイツ語を用いるユダヤ人作家の自省の念が表現されていた。フランツ・カフカ、マックス・ブロート、パウル・コルンフェルト、エルンスト・ヴァイス、フランツ・ヴェルフェル、ルードルフ・フックス、オットー・ピック、ハンス・ナートーネク、オスカー・バウム、フーゴ・ザールス、フリードリヒ・アードラー、フリッツ・マウトナー、アウグステ・ハウシュナーが一丸となって寄稿していた。非ユダヤ人も寄稿しその代表格はパウル・レッピン、オタカル・ブジェジナ、K・H・マーハ、ヤン・ネルダであった。

ヴィンダーは一九一四年から、かつてキッシュが属していた、保守的な「ボヘミア・ドイツ新聞」の文化欄で、雑誌が一九三八年末に休刊するまで決定的な役割を果たしていた。プラハ在住のほとんどすべてのユダヤ人のドイツ語作家は、プラハのドイツ語新聞で生活の糧を稼いでいた。現在ではほとんど忘れられている、ナチス体制下で殺害されたウィーン生まれのゲオルク・マンハイマー（『ユダヤ人の歌』）は、第一次世界大戦末から「ボヘミア」紙で仕事をしていた。マックス・ブロートとルードルフ・フックスは発行部数最大の日刊紙「プラハ日報」（六万部）で執筆していた。一九二一年に政府の資金援助によって創刊され、そのコンセプトがカミル・ホフマンによって維持された「プラハ日報」では、まず作家のパウル・アードラーとメルヒオール・フィッシャーが雇われ、そのあとにオット・ピックとオスカー・バウムが続けて雇われた。

詩作するジャーナリストたちが——現在では知られていることだが——ローベルト・ムージル、マン兄弟、アルベルト・エーレンシュタインというドイツ文学のえり抜きの作家を寄稿者としてひき入れた。フリードリヒ・トーアベルクとハインツ・ポリツァーがプラハにやってきたが、安定したチェコの貨幣クローネは、危機に陥っているドイツ共和国からやってきた作家たちには魅力だった。プラハには輝かしい演劇と音楽の世界があった。相手の文化活動をたがいにボイコットする事態に終止符を打ったのは、ユダヤ人のドイツ語作家であり、それまでドイツの新聞でチェコ演劇の公演は紹介されることはなかったが、このタブーは破られた。

Dreizehntes der kleinen Saturnbücher
Die Entführung der Eveline Mayer
Eine Pantomime von František Langer
Berechtigte Übertragung aus dem Tschechischen von Otto Pick

ドイツ語に翻訳されたチェコ文学。オット・ピックは1913年にフランティシェク・ランゲルの作品を、1920年にブジェジナの作品を公刊。おなじくほかのブジェジナの著書もエミル・ザウデクとフランツ・ヴェルフェルの翻案によって1920年に出版された。

若き才人たちは、すでに第一次世界大戦前に言葉の壁を打破しはじめていた。ヴィリー・ハースとオットー・ピック（一八八七—一九四〇年）は、「ヘルダー・ブレッター」誌で一九一一年から一九一二年までの間——この雑誌は四号を越えることはなかった——ペトル・ベズルチ（一八六七—一九五八年）の社会詩を受けいれた。若いプラハの才人たちは、やはりドイツの周縁に位置していた作家、ルネ・シッケレの「ヴァイセン・ブレッター」誌と連携し、フランツ・プフェンフェルト主宰のベルリンの「アクツィオーン」誌、ハイデルベルクの出版社ヘルマン・マイスター発行の月刊誌「サターン」と接触をはかっていた。プラハ特有の表現主義がドイツで評判をよび、表現主義の可能性が歓迎すべき方向に展開したと評価された。そしてプラハのドイツ語作家がドイツの出版社に一人根をおろすときは、きまってチェコの作家が一人伴われていた。

ピックとルードルフ・フックス（一八九〇—一九四二年）——二人ともイギリス亡命中に亡くなった——の登場によって、チェコの作家たちは不屈の仲介者を二人見いだしたことになった。かれらの翻訳は原作に劣らず、また自らは高い水準の詩人であり、ドイツ語によって世界文学へと開かせ、チェコ文学のためには自分の作品の掲載を辞退することがなんどもあった。しかし後年、シュラーメク、ブジェジナ、ベズルチ、チャペック、ランゲル、ヴォルカー、ノイ

マサリクが1918年に新国家チェコスロバキアの大統領に選ばれた。カレル・チャペックの別荘には毎週金曜日に芸術家が集まり、マサリクと対話した。

マン、ヴァイナー、オット・ピック、ルードルフ・フックスはその作品とともに忘れ去られていった。

　プラハ出身である二人のユダヤ人の仲介者は、「アクツィオーン」誌のなかでチェコの詩をはじめて大々的に発表し、「チェコの波」がドイツで起こりつつあると評価された。ルードルフ・フックスは、同年にクルト・ヴォルフ書店からペトル・ベズルチの『シレジアの歌』をヴェルフェルの前書きを添えて出版した。インゼル書店ではパヴェル・アイスナーが一九一七年に、『チェコのアンソロジー』を、一九二〇年には『スロバキアのアンソロジー』を出版した。ルードルフ・フックスは、一九二六年にクルト・ヴォルフ書店からチェコ詩の百年間の展望を「実りの冠」という表題で発表した。F・C・ヴァイスコップは、マーリク書店から『チェコの歌』という表題をつけて詩を発表した。『チェコ人　五百年のアンソロジー』が一九二八年にピーパー書店から出版された。

　マックス・ブロートはマサリク共和国の状況をこのように特徴づけている。「プラトンの箴言は的中しているか、またはある程度、標的に近づいているようだ。哲学者が支配の舵を手にいれさえすればプラトンの箴言のとおりこの世のことはただしく秩序づけられただろう。当時すべてのことがあらたにはじまった。マサリク大統領は、カレル・チャペックの別荘で毎週金曜日、国家の指導的な人物、作家、哲学者の選ばれたグループと会い、社会政治的、文化的な議論に測量技師として参加した。この『月曜の男たち』のグループから重要な提案が出てきた……」。

　マサリク共和国が年齢を重ねるとともにプラハでは、「城」は浮きあがり現実からはなれた、という声もあった。その声が国の共産党からでてきたとき、そこに、この国がソ連の対案に心を開きたくないことからくる無力感が隠されていた。共和国は西側との堅固な連携によって、ソ連と意識的に一線を画すことによって発展していき、チェコから世界に展開された汎スラブ主義の理念は重要ではなくなっていた。チェコ人は独自の国家をもっていた。そしてチェコ人は「ハンマー」を用いずに国家を建設し、「ハンマー」によってドイツの支配から自由になろうとした。マサリクにとって汎スラブ主義の理念は、感情にとらわれた無意味なことであり、そのうえ危険なものだった。ともかくもソ連の法律上の承認は一九三四年までは拒否された。

　感情にとらわれた無意味なことは、マサリクの腹心である「秘書」

――それ以上の存在ではなかった――が共産党のクーデターで国を明け渡したことで一九四八年に現実のものとなった。クーデターのあとに復帰したベネシュが一九四八年九月三日に死去したとき、コミュニストはかれに国営墓地を用意した。ベネシュは、マサリクがずっと遮っていたコミュニストの目論見を導いたのだ。

一九三七年九月、マサリクが墓地に運ばれたとき、国家行事としてチェコスロバキアの軍人六人が、首都を通過して先導していく砲架の横に立ちマサリクの棺をガードした。一人のチェコ人、一人のスロバニア人、一人のドイツ人、一人のハンガリー人、一人のポーランド人、一人のルテニア人であった。カレル・チャペックは当時こう書いている、砲架のうえで「民主主義を神格化」した、と。この表現に――現在ではこう思えるのだが――すでにその終焉が示されていた。チャペックの作品の明確な保証人は死んだ。いっぽう砲架のうえに乗ったエドヴァルド・ベネシュの遺体がプラハの街中を進んでいったとき、ベネシュが権力につけてやった幹部は棺に唾をはき、民主主義のために戦った人びとは刑務所行きとなった。

ドイツ語を用いたチェコのユダヤ人でナチスのガス室から逃れた者は、雲散霧消した。帰還しようとした者は、――ベネシュとの合意で――チェコスロバキアのドイツ人とおなじように扱われた。ベネシュは一九四五年にこう説明した、ユダヤ人はドイツ人のために積極的に道具となり、ドイツ人と対等であろうとして解放のために戦わざるをえなかった、と。ドイツ語を用いたユダヤ人はチェコスロバキアの国籍をあらためて懇請した。ユダヤ人は「ドイツの」食料品の配給を受け、ドイツ人として自己同一化する特徴を身につけなくてはならなかった。

ヴィルマ・アーベレス・イッガースは、アメリカのバッファローに住む、チェコスロバキア生まれのドイツ文学の教授であり、著書『ボヘミアとモラビアにおけるユダヤ人』のなかでこう書いている。「戦争前にドイツやハンガリーの体操協会で組織的に活動していたユダヤ人は、国籍獲得の権利から排除されていた。さらには、第二次世界大戦前にユダヤ国籍と表明したユダヤ人も排除されていた」。

悲劇はさらに進行した。スターリンが予測したのは、パレスチナのユダヤ人国家はパレスチナ地域で社会主義の国家になるだろうということだった。スターリンはプラハの共産党幹部に、アラブ人との戦いでは武器の供与によってユダヤ人を助けるように指示した。チェコスロバキアにはユダヤ人パイロットのために訓練基地が設けられたが、ソ連の支持によってチェコスロバキアは、イスラエルの存続に大きく関わることになった。しかしイスラエルは社会主義にはならなかった。

共産党の総書記ルードルフ・スラーンスキーは実権を握るために一九四八年に共産党員に暴動を煽ったために、一九五一年に一三人の高官とともに逮捕され、公開裁判に出頭させられた。告訴の内容は、シオニズムにもとづく謀反であり、一四人の被告人のうち一一人がスラーンスキーとおなじユダヤ人であった。一一人の被告人は死刑宣告を受け、三人が終身の禁固刑を受けた。死刑に処せられた者には、メキシコに亡命していたキッシュの伴侶、アンドレ・シモーネがいた。エードゥアルト・ゴルトシュテュッカーは、最初で最後のイスラエル大使となったが、求刑された死刑をべつの訴訟手続きによって免れた。フランスの詩人ブルトンとエリュアールの友人であったトロツキストのザーヴィシュ・カランドラは、死刑を免れなかった。ブルトンは、コミュニストにちやほやされたエリュアールのもとでカランドラのために協力したが、エリュアールは恣意的な判決を正当化し、カランドラ恩赦のための発言を拒否した。

トロツキストのフーゴ・ゾネンシャインは、一八八九年にモラビアのスロバキアで生まれたユダヤ人であり、「かろうじて」難をのがれ無事であった。ゾネンシャインは一九五三年に死亡するまで長期にわたり監禁されていた。ゾンカ——詩人としてこう呼ばれて有名であった——は、チェコスロバキア共産党の共同創設者であった。ゾネンシャインはサイフェルト、ヴァンチュラ、オルブラハト、ホラ、ノイマン、マリージョヴァー、マイェロヴァーなどのチェコ人の作家のように、二〇年代末に党のスターリン化に対抗する態度をとったため党から除名され、ドイツ人によるチェコスロバキア占領のあとに妻とともにアウシュヴィッツに送られた。妻はガス室で殺された。ゾネンシャインは生きのびソ連人によって解放されたあと、モスクワに送られ、そして最初のチェコスロバキア政府代表団とともにプラハに送り返された。プラハで逮捕され、誣告——ナチとの協力——によって二〇年の禁固刑に処せられた。

ゴルトシュテュッカー教授は、老コミュニストのキッシュ、ヴァイスコップ、ルイス・フュルンベルクについてこう書いている。

「一九四八年三月三一日に死んだキッシュはいい頃合いで死んだ。というのはその死によっておどろくべき認識の苦痛からキッシュは守られたからだ。もはや利用されないだけでなく、疑いをもたれず、追放されもしないのである……そしてプラハの二人のドイツ人作家、ヴァイスコップとフュルンベルクは、キッシュとおなじくユダヤ人かつ老コミュニストであり、戦後は故郷にもどって政権に価値のある貢献をしたが、苛酷な運命から逃れるすべは事実上の東ドイツへの強制移住によってのみ可能だった。そこでは十分な栄誉をもって迎えられたが、ともに相次いですぐに心筋梗塞で死んだ。チェコスロバキアにおいて共産党を支持した、ドイツ語作家たちのグループの規模は小さく、全体主義のイデオロギーはその危険性をたいてい見抜かれ、選択肢となることはなかった。小説家のヴァイスコップは一九二七年にモスクワで、プロレタリア作家、革命的作家の第一回国際会議でチェコスロバキアの文学状況をこう報告している。チェコスロバキアにはドイツ語で書くプロレタリア作家がたった一人いる、つまり自分自身である、と。ヴァイスコップはニューヨークで生きのび、フュルンベルクはエルサレムで生きのびていた。

ボヘミアで生まれた非ユダヤ人のドイツ語作家のなかでは、ファシズムのイデオロギーをおおむね受けいれた者に比べ、抵抗する者のほうが多かった。抵抗した者は、一九四五年以降ほとんどすべての者が忘れ去られたり、のけ者にされたりした。かれらは多くのユダヤ人のドイツ語作家と似たような運命に見舞われた。一八八八年にボヘミアのフンポルツに生まれた詩人フェリックス・グラーフェは、詩集『イドリス』（一九一〇年）と『ルイト　ホラ』（一九一六年）によって有名となり、クロスターノイブルクにいた義兄のために反ヒトラーの詩を著した。グラーフェの義兄は、抵抗グループのリーダーであり、宣伝ビラのためにその詩を必要とした。そのグループは挫折し、グラーフェと義兄は死刑の判決を下され、一九四二年に処刑された。

一八九二年に北ボヘミアのエルヴィェニツェに生まれたゲオルゲ・ザイコは、第二次世界大戦後に長編小説『筏のうえで』と『船の男』で世に登場したが、一九一三年に最初の小説を雑誌「燃焼炉」に発表した。この文化史家はナチスの時代に執筆したが出版できず、ウィーンではグラフィックデザインの美術館「アルベルティーナ」で雇われ、この館の貴重品がナチスの襲撃と、そのあとのソ連の占領者から守られたのはかれのおかげであった。

一九一二年にモラビアのシェーンベルク（シュンペルク）に生まれた詩人のロマーン・カール・シュルツは、ナチスによってギロチンで殺された。クロスターノイブルクの修道院のこの司祭は、まだ叙階の前に二〇歳そこそこでナチスに加わったが、ナチスの敵対者へと変貌し、自分のまわりに敵対者のグループを集めたが失敗に終わった。獄中で書かれた長編『ゴネリル』はオーストリアで一九四七年に発刊されたが、現在では忘れ去られ、詩集は出版されていない。

『やせ細った人たちの追放』、『イスラエルの女王』の作家、ディーツェンシュミットは、敬虔なカトリック教徒の劇作家であるが、テプリッツ-シェーナウ（テプリツェ）で一八九三年に生まれ、一九一三年にはベルリンに行き、その作品は一九三三年以降は好ましからざるものと判断され、一九四五年以降は演劇界から注目されることはなかった。エスリンゲンで死去したディーツェンシュミットは、一九一九年にドイツでもっとも著名な文学賞であるクライスト賞を受賞した。メルヒオール・フィッシャーもおなじくテプリッツ-シェーナウで生まれ、一九二〇年に『脳髄を貫く瞬間』でセンセーショナルなダダの前衛作家となってベルリンで生きのび、ナチス時代にはフスの伝記を刊行したが、発禁となり忘れ去られたまま一九七五年に死去した。

小説家ヨーゼフ・ミュールベルガーは、一九〇三年にボヘミアのトラウテナウ（トルトノフ）に生まれ、西ドイツに追いやられ「故郷ズデーテン・ドイツを追放された人びとの同盟」に参加し、一九八五年にアイスリンゲン／フィルスで亡くなった。ミュールベルガーはチェコスロバキアのズデーテン・ドイツ地域から出て、エーガーで自ら編集した芸術と文学のための雑誌「ヴィティコー」によって、プラハでドイツ-ユダヤ文学との接触をはかり関係を築いた。この作家は西ドイツでも人間関係を築き続け、二冊の文学史を著し、一冊はボヘミアにおけるドイツ文学、もう一冊はチェコ文学についてであった。後者は、いかにかれが精緻に一九四五年以降もチェコ文学の足跡をたどったかということ、そして時代にたいするかれの分析がいかに正鵠を射ていたかを示している。

つねにこの文学史家の視角にはいっていたのは、血と大地の作家、ナチス礼賛者の存在であり、ズデーテン・ドイツの文学像の全体を決定し続けたのはこの礼賛者であったわけだ。つまりエルヴィン・ギド・コルベンハイアー、ヴィルヘルム・プライアー、ハンス・ヴァツリク、カール・ハンス・シュトローブルのことである。二〇年代のプラハにこの作家たちはおなじカフェに一堂に会し、ドイツのユダヤ人作家とも交流をもった。シュトローブルとヴァツリクは、ドイツのユダヤ人作家によって編集されたアンソロジーにも登場した。ヴァツリクは一九三一年にドイツ文学部門でチェコスロバキア国家賞を受けた。

ヒトラーの亡霊が迫っていたとき、すでにナチスはボヘミアに進駐していた。ハンス・トラーマーは「三民族の都市プラハ」についてこう書いている。「北ボヘミアには当時すでにある運動が広がりをみせ勢いを増し、のちにドイツ・ナチズムの直接的な先駆的運動であると特徴づけられることになる。この運動はかれらの『総統たち』であるゲオルク・フォン・シェーネラーとカール・ヘアマン・ヴォルフをともなったズデーテン・ドイツの国民社会主義労働者党（ナチス）であった。かれらは完全にドイツ的、そして反ハプスブルク帝国の姿勢をとり、とりわけ反カトリック的、残虐な反ユダヤの人種主義であった。あまりに悲劇的ゆえにのちに有名となった手口のすべてが、この男たちによってすでに実践に移されていたのだ。反ユダヤ主義の集会に関するジークムント・カツネルゾンの説明によれば、その集会の入り口のドアには看板がとりつけられこう書かれていた。『ユダヤ人と犬は立ち入り禁止』。ともかくもチェコ側にも似たようなことがあったということだ」。

しかしボヘミアで、なにもかもとりかえしのつかないほど危険になる前に、まずはオーストリア人アドルフ・ヒトラーがドイツにきて勝利しなくてはならなかった。

ドイツのオーストリア併合に尽力し、そして一九四五年以降は、オーストリアの政治家としてソ連にたいし暴力による併合であったと理解させたのも、南モラビア生まれの社会主義者カール・レナーであった。カール・レナーはオーストリアの戦後政治をになった人物の一人で、オーストリアを分割から守った政治家であり、この国の主権はかれの功績であった。

ボヘミア・モラビアの状況にはいろいろなことが複雑に反映することがなんどもあった。ナチスとの過去があったために大いに物議をかもしたオーストリア大統領の出自はボヘミアの王室領地であり、オーストリアにきたかれの家族がそのチェコ名をドイツ名ヴァルトハイムに変えていなければ、本名を名乗りクルト・ヴァツラヴィク大統領になっていただろう。かれはアーリア人の大ドイツ軍隊にあって本物のスラブ人だった。これもボヘミアの村々ということか。

このような例としてドイツ語を用いるユダヤ人作家、イジー・グルシャはチェコ文学への展望（「現在の世界文学」）でこう書いている。「こんなことがあったのだ。プラハにおけるドイツ語のユダヤ文学は、けっして『世界体験』を装っていたわけではないがそういう要素をもっていたのであり、炯眼なことにはチェコの社会環境で創造的な人物を認め、かれらを有害な派閥支配から救出したのである」。

その主だった救助者マックス・ブロートについてヨハネス・ウルツィディールはふたたびこう書いている。「マックス・ブロートは、プラハの文学の友人、古い同志、若者、ユダヤ人、非ユダヤ人、そしてドイツ人だけでなくチェコ人にとっても重要なインスピレーションの源泉であり、どこかヴォルテール的なところ、百科全書派的な面を放射していた。かれの知識は懐疑心で充満していたが、人生の完全肯定、そして可能性、奇蹟の実現への信仰という金色の下地があった。他の人間であればそのような実現に努力しつつも迷いながら過ぎてしまったり、またはそのことから解放されるために懸命に通俗化したりするものだが」。

ブロートがテル・アヴィヴで人生の最期に、百冊近い本のなかから誇らかにふり返ることができたのは一作品だった。ブロートがヤロスラフ・ハシェクのために尽力したことは二点あり、まずチェコ人が軽視していた『シュヴェイク』をたぐいまれな影響力をもって認めさせたこと、そして、この文学作品に肩入れし、シュヴェイクをいわば二〇世紀の国民的英雄にしたことである。長いことチェコ人から軽蔑されていたハシェクからはつぎの言葉が伝えられている。「これまで自分にはなにもなかった。しかしいまはそれを一人のユダヤ人がひき受けている、いまに分かるさ」。

ハシェクは、一九二八年のピスカトーアの演出、マックス・パレンベルク出演の戯曲『シュヴェイク』のすばらしい成功をベルリンで観ることはなかった。このすばらしい舞台の出来は長編の成功に繋がり、マックス・ブロートがハンス・ライマンとともに台本を書いた。またチェコ人の反対を押し切って、ブルノの作曲家レオシュ・ヤナーチェクを世界で、そしてチェコスロバキアでも認めさせた人物こそマックス・ブロートであり、多くのジャーナリストの尽力とウィーンでの不幸な初演をへて、一九二六年にようやく成功にこぎつけた。ブロートが台本を翻訳し「イェヌーファ」のタイトルがついたオペラ『彼女の養女』は、エーリヒ・クライバーによるベルリン上演を皮切りに、すべてのオペラハウスを席巻する凱旋行進がはじまった。

ブロートは文学の資質を見究める途方もない能力をもち、すでに一九一三年にライプツィヒのクルト・ヴォルフ書店から『アルカディ

チェコ人は最初ヤロスラフ・ハシェクの『シュヴェイク』について知ろうとはしなかった。ヨゼフ・ラダの挿絵付きのグレーテ・ライナーのドイツ語訳でようやく『シュヴェイク』は世界文学への道を切り開いた。

ア』というタイトルの「詩の年鑑」を出版し、当時多くのひとから後世に残るとは認識されていなかった作家の作品をまとめた。その作家とはフランツ・カフカ、ローベルト・ヴァルザー、フランツ・ヴェルフェル、クルト・トゥホルスキー、オスカー・バウム、アルフレート・ヴォルフェンシュタイン、マルティン・ベラート、フランツ・ヤノヴィッツとハンス・ヤノヴィッツの兄弟、オットー・ピックだった。ピックとおなじような「嗅覚」の持ち主であるオスカー・ヴィーナーは、一九一九年に『プラハのドイツ人作家』というアンソロジーを出版し、ピックは一九二二年に『チェコスロバキアのドイツ人作家』選集を出版した。

そして奇怪なものも価値をもち続けることになった。『ワイン』というタイトルの書物が出版され、挿絵はアドルフ・ホフマイスターが描き、本文を書いたのはエルンスト・ヴァイス、ヴェルフェル、ピック、フリードリヒ・トーアベルク、パウル・レッピン、ルードルフ・フックス、ディーツェンシュミット、ヨーゼフ・ミュールベルガー、ルートヴィヒ・ヴィンダー、パヴェル・アイスナーであった……これはプラハのワイン会社J・オッペルトの甥がその創立百周年を記念して経済支援した書物である。パヴェル・アイスナーはビールの街プラハで無益な抵抗をした。「霧とビール、この二つはなんとも密接な関係にある……ビールを呑んで酔いが醒めれば霧も消えてなくなる、霧が晴れればビールは香りもいい鼻も失う……モーツァルトがひびき、シャンパングラスのかわりに泡立つパウラーナーのジョッキを掲げるドン・ジュアンの姿を想像すれば、ビールとワインの諍いは立ちどころに決着がつく。ビールよ、もうおしまいさ……聖体の飲物を明るいブロンドのビールに替えるなどという笑止な思いつきは、白けさせるだけ」。パヴェル・アイスナーはさらにこうつけ加えた。「ワインは北の民族の飲み物だと分かっている男こそ、スケールの大きな社会の改革者だ」。北部にはヴィリー・ハースが雑誌「文学世界」とともに陣取ってこう書いた。「白ワインは酔っぱらうまで飲めるので、とことん酔っぱらってしまう。だが赤ワインは酔っぱらうまで飲め、さらに素面になりきるまで飲めてしまう」。

ヒトラーの権力奪取、それに続く追放を伴う帝国議会の放火、そして一九三三年の焚書はプラハの文化生活からすべて晴れやかなものを奪いとり、突然街中に追放の空気がみなぎっていた。チェコスロバキアへのナチスの攻撃によって迫害を受けた者の数が増えていき、ドイツからきたナチスが各地で攻撃に出てマリーエンバートでは、ナチスからのがれた作家テオドーア・レッシングが一九三三年に殺害された。プラハでは突然、亡命中のSPD幹部の動きがとれなくなった。プラハで「新たな前進」誌が刊行され、「新世界舞台」誌も刊行された。オスカー・マリア・グラーフ、アンナ・ゼーガース、ヴィーラント・ヘルツフェルデ主宰の「ノイエ・ドイチェ・ブレッター」誌がここから誕生した。プラハのジンプル書店が「第三帝国」に関する三か国語による諷刺漫画をアルフレート・ケアの前書きを付けて『第三帝国におけるユダヤ人、キリスト教徒、異教徒』と題して出版した。政府の財政援助によってさらにドイツ語の新聞「プラハの真昼」が創刊された。ヴィリー・ハースは雑誌「言葉の世界」

を創刊した。プラハはパリとならんでヨーロッパにおける文化的な、亡命の一大中心地となり、ユダヤ人のドイツ語作家はプラハの新聞で亡命者を救済するために全力を尽くした。

一九三八年、オーストリアはドイツに併合される。一九三八年九月二八日、ミュンヘン協定がヒトラードイツ、フランス、イギリス、イタリアの間で締結され、チェコスロバキアからズデーテン・ドイツが切りはなされ、難民はチェコスロバキアのほかの地域にさらに押し流された。ファシズムと戦ったチェコ人、ズデーテン・ドイツ人は主として社会民主主義者であった。プラハのユダヤ人のドイツ語作家のほとんどが最後の瞬間までとどまり、とどまって外に出なかった作家の中には強制収容所で殺害された者もいた。殺害された作家はつぎのとおりであった。カミル・ホフマン、パウル・コルンフェルト、マックス・ブロートの弟オットー、ゲオルク・マンハイマー、マックス・フライシャー、ヴァルター・ゼルナー、エーミール・ファクトーアであった。「ベルリン株式新報」誌の編集主幹のファクトーアは、ゼルナーとおなじく一九三三年にふたたび故郷ボヘミアに隠れ家を見つけていた。ナチスの手に落ちたほとんどすべての作家がまずむかったのは、テレージエンシュタットのゲットー、死の待合室であった。テレージエンシュタットのゲットーとともにナチスは自慢できてあたりまえの強制収容所をつくっておいた。外国の代表団、外交官は、卑劣な手段で手に入れた正常化によってだまされた。劇の上演、オペラの上演、オーケストラのコンサート、室内楽のマチネ、合唱の夕べ、講演会などはユダヤ人による自己管理によって催されたからである。

異常な数の芸術家、異常な数の重要人物がテレージエンシュタットに連行され集められたが、それはアウシュヴィッツへの強制移送のためだった。テレージエンシュタットではSSから時間がほんのしばしあたえられる収容者もいた。まだ書物によって有名になっていなかった作家が何人か、眼前で死者を見ながら、死神から芸術作品を奪いかえす作家となって資質を伸ばした。そのなかにはゲオルク・カフカ、ハンス・コルベン、そしてスウェーデンに逃れたペーター・ヴァイスの友人ペーター・キーンがいた。かれらの詩、かれらの散文は忘れ去られている。ペーター・キーンは幸い現在になってようやく、保存されていた素描——かれは絵画の研究者だった——をきっかけにして抒情詩、そして書いてあった台本をもとにゲットーで完成したオペラ『アトランティスの王』も注目をあびることになった。

ライトを浴びたテレージエンシュタットの貨物専用ホームはアウ

ナチス帝国にたいする風刺画家の闘い。プラハで1935年にアルフレート・クービンの前書きとフランティシェク・ビドロ、アドルフ・ホフマイスター、E. ベルト、ヨハネス・ヴュステンなどによる風刺漫画を付けて出版された。

シュヴィッツの専用ホームに通じていた。模範となったゲットーも、ナチスがユダヤ人の殺害を「最終解決」と言い換えた計画通りの死に通じていた。当時まだ書物を出版していなかったH・G・アードラーもアウシュヴィッツに旅立ったとき、書類カバンにいれた自分の文学財産をラビのレオ・ベックに託しておいた。生き残ったアードラーは書類カバンをレオ・ベックから受けとった。追放されていた時代にずっと保管していたベックのおかげで、アードラーは一九八五年になってようやく七五年の生涯をふり返ることができた。ドイツ語出版社が公刊したわずかな作品を、エリアス・カネッティからはじまってハインリヒ・ベルにいたるまで高く称賛したが、それらの作品がドイツ文学界に影響をあたえることはなく、世紀を代表するアードラーの浩瀚な作品群は出版されないままにロンドンの住居に眠っている。

テレージエンシュタットは、アードラーが書いているように、「プラハ学派の、そしてかれらの創造的なドイツ語文学の最後の飛び地であった」。プラハ学派の文学は、ヨーロッパで比類のないものだろう。しかしながらこのヨーロッパはリルケやカフカで満足し、ほかの作家にはほとんど目をくれなかった。生きのびた者たちの指摘は黙殺された。「プラハ・サークル」をひきいたマックス・ブロート、「プラハのトリプティカ（三連祭壇画）」を紹介したウルツィディール、ボヘミアの文学史を書いたヨーゼフ・ミュールベルガー、「プラハ学派」に関する講演をしたH・G・アードラー。そして、一九四〇年にチェコスロバキアからパレスチナに行き、文学者として「プラハ・サークル」を生涯のテーマとしたマルガリータ・パジも、文学研究の域を越えることはなかった。ゴルトシュテュッカー教授の文学史の仕事はここでも忘れ去られている。

本書で紹介されている人物の名前は、フランツ・カフカの関係項目のいたるところに登場するが、西ドイツでささやかなルネサンスを経験したのは、ドイツのパリ進軍のときに命を絶ったエルンスト・ヴァイスと、ヴェルナー・ゼルナーのみであり、それもかれらの死の半世紀後のことだった。西ドイツは、自分たちの「焚かれた

皇帝ヨーゼフ２世に因んで、ヨーゼフシュタットとも呼ばれたプラハのゲットー。かれは18世紀の後半にユダヤ人にたいする民族的、宗教的な差別を撤廃した。19世紀末にゲットーの衛生は著しく改良された。ようやく市民の主導権で、ゲットーがすべて鋭利なつるはしの犠牲にならないように防ぐことになった。

詩人たち」を再発見するのに多くの時間を要した。右翼、左翼の枠組みのなかで文学を研究し、勝手に消耗していたので、ボヘミア出身のドイツ人作家の質を認識するにはべつの努力が必要だったのだろう。

東ドイツはボヘミアのドイツ語文学のなかから東ドイツのイデオロギー像に適合する作品を選んだ。そして、適合する共産主義の作家の数は多くなかった。それでも東ドイツは、亡きエーゴン・エルヴィン・キッシュの作品をイデオロギーの観点から部分的に削除し許諾をえて西ドイツで原典版として出版させた。チェコスロバキアがチェコスロバキアの作家ボフミル・フラバルの作品を原典版が重要であったにもかかわらず、国家機関を通じて危険個所を除いた版で出版したのとおなじことである。

オーストリア君主国は一九一八年にチェコ人にとどめの一発をくらわしたが、ボヘミア文学から得るところきわめて多かったにもかかわらず、ボヘミア出身のドイツ語作家への関心はすこぶる乏しかった。三つの国家の民族はかつてヨーロッパの破壊に決定的に参加したが、この三つの国家はドイツ語を用いるボヘミアの作家たちをついにヨーロッパ史において文字通り追放された作家にした。

そしてドイツ語作家がその境界域で誕生したこの国は、すべてのドイツ人を追放するというベネシュの理念を受けいれた人間によっていまだに主導されている。まだ一九三一年にチェコスロバキアにおける少数派のために完全な自立を弁護し、第二次世界大戦後は、戦争責任の程度を国別に比べて測った党こそが、共産党だった。それ以来ボヘミア文化の本質的な構成要素としてのドイツ語は死に絶えている。死んだままでいなくてはならないのだ。というのはボヘミアのドイツ語文学は、あの全体主義にたいする活発な弾劾になるからだ。

チェコスロバキアにたいするヒトラーの思惑は明白であった。チェコ人は、ナチスの計画にしたがって三つの処置によって清算されるはずだった。つまり、強制移住、ドイツ化、そして物理的な全滅という処置である。ナチスの人種主義的な狂気にまつわる奇妙な話としては、秘密情報機関のボスであり、ボヘミアとモラビアの帝国保護領の代表者ラインハルト・ハイドリヒが指示した人種調査によってつぎの結果が暴露されたことである。つまりチェコ人の半数は「人種的に問題なし」、ズデーテン・ドイツ人で問題がないのは三分の一のみ。

事実は、現在西ドイツに暮らしているチェコの作家オッタ・フィリプが書いているように、「ヒトラーがチェコスロバキアの国家をことごとく清算した一九三九年、射殺されたり強制収容所で死んだ犠牲者は、とりわけチェコの知識人メンバーであった」。事実はこうでもあった。チェコの大衆はドイツの占領に適応したこと、そして大衆は占領軍に協力したこと、大衆がナチスによる特別補償を受けるために、終局になっても自分たちの国だけはまだ崩壊していない軍事産業の機能の保証をしていたこと、大衆が過剰ノルマによる勤勉の結果、戦争をいっしょになって長びかせたことである。ヒトラーがフランス占領中にフランス人を巻き込んだ戦争責任の問題は、フランス人による大虐殺で終止符が打たれたのだが、それは国が解放されたあとでは占領に協力したことを忘れ、他人を殺害しながらも自分たち自身の失敗をなかったことにしようとしたフランス人による大虐殺だった。それにたいしチェコ人には、自国のドイツ人入植者の地域で自らのジレンマから関心をそらすことのできた歓迎すべきスケープゴートであるドイツ人がいた。

一九四二年にハイドリヒがプラハで殺害されたが、それは保護領におけるチェコ人の穏やかな姿勢がロンドンのベネシュ亡命政権を不安にさせたからである。対抗措置は外部から内部にむけられねばならなかった。チェコスロバキア西軍のあの九人の落下傘部隊がイギリスの爆撃機によって保護領の上空から降下された。ベネシュがハイドリヒ暗殺というセンセーショナルな成功を果たしたのにたいして、ドイツはドイツ人のテロによって秘密の抵抗エリートをほぼ完全に壊滅させて報復した。リディツェとレジャーキの村は同時に完全破壊され、ドイツ人によって住民が大量虐殺され、両村の運命は、その後に続くナチスの犯罪のほんの一こまを示しているにすぎない。

数十万人のプラハ市民がプラハのヴァーツラフ広場と旧市街リングに集まり、窮地にあってもナチス支持を告白し、海外にいる自分たちの代表者を弾劾した。保護領の大臣たちと労働組合の代表はドイツ人の前で慈悲を乞い、ヒトラー式に挨拶し、帝国への忠誠を誓った。戦後、大臣たちは刑務所に送られ、労働運動の指導者は抵抗運動の闘士に任命された。クリスティアン・ヴィラースは『ボヘミアの城塞』でこう書いている。「このような変化をひどい損害を被らずに克服できる国はない」。

一九三八年に、自身の国家の領土不可侵性をめぐってチェコ人が戦うのを拒んだのはベネシュではなかったのか、そしてその戦いにすべての力をそそぎただ一事に集中し、生きのびるための方途をチェコ人に示すのを拒んだのはベネシュではなかったのか。一九三八年に、チェコの不可侵性の維持について長編小説を発表したのはイギリスの作家であった。そこではっきり示されているのは、チェコ人は——その書物の名前は『プラハの没落』——犠牲の危険を冒し、犠牲をはらわなくてはならなかったということである。S・ファウラー・ライトの本はイギリスで出版されたが、ドイツ語版でも亡命出版社のエディシオン・デュ・カルフール（パリ）から出版された。

ヒトラーは最終解決を公然とはじめたが、その発案者はヒトラーではなかった。というのは最終解決は進歩思想の徹底した仕上げであったからだ。その進歩思想は、よいことにも悪いことにも、左右の政治にも分配されており、物から精神を切りはなし、生から意識を切りはなし、世界を言葉のほんとうの意味で予測可能なものにし、人間を予測可能な物質にした。そして改良の妄想とその成果のために人間を解放した。機械による解決、国外への紛争の持ち越し。そして追放もおなじことである。たしかにアウシュヴィッツ強制収容所のヨーゼフ・メンゲレ博士によるあのおぞましい人体実験が嫌悪とともに語られているが、メンゲレの行為は進歩思想を結論として提示した極論にすぎなかった。というのは世界のメンゲレ化――これは自然科学の帰結によって製品を実用化する能力そのものだからだ。

われわれのじっさいの危機となる原因は、ここ西洋における人生という偽善のもつ悪意である。西洋にいるわれわれはみな、どことなくなんらかの形で小さな最終解決の愛人なのだ。宗教による救済思想が世俗的なものにひき寄せられてからは、幸福の理念にひき寄せられている。この幸福の思いのためにわれわれは生き、われわれのもっとも美しい最終解決は、ハッピー・エンドとなる。しかしわれわれの本性は死に絶えることにあり、われわれのハッピー・エンドは死にあるのかもしれない。

この認識によってボヘミアの多くのドイツ語作家は書き、この認識はかれらの文学作品に重みをあたえることになった――二〇世紀のイデオロギーが人間社会への道程においてわれわれにもたらしたものはなにもない、という今世紀末の予測に直面してみるとその感がする。ボヘミアのドイツ文学はまだどこに生きているのだろうか。

ロンドン市内の場所を異にした二か所でのこと。H・G・アードラーはアウシュヴィッツから帰還後にイギリスでじつに百科事典のごとき作品の数々を今世紀に書き遺し、七七歳の作家のもとには、抒情詩、散文、管理された人間の社会学、哲学、文学史の仕事、テレージエンシュタットに関する作品などが遺っている。八〇歳の芸術批評家ヨーゼフ・パウル・ホーディンは、ロンドンのハンプステッド区の庭付きの家で鉄製の箱を発見し、ひっかき回して長編小説の原稿をとりだしてみると、それは第二次世界大戦前にアードラーが書いた作品であり、現在西ドイツで出版されている。

このほかにはココシュカの友人の伝記作家が一九八五年に感動的な新しいプラハの書物『ここの母親は爪をたてている――あるプラハの若者の物語』を世に問うた。ボヘミアの田舎出身で一九二八年にアウスィヒ（ウースチー・アド・ラベム）に生まれた、アメリカ在住のユダヤ人女性ハナ・デーメッツは、文学的な自伝『ボヘミアの家』（一九七〇年）を遺している。ニューヨークに住む抒情詩人ヨーゼフ・ハーンは、一九一七年にボヘミアのベルクライヒェンシュタイン（カシュペルスケー・ホリ）に生まれ、画家を志していたが断念して未完の叙情詩の作品をアルバニー大学のドイツ部門の資料室に送ることになった。

スイスには一九二六年にプラハで生まれた抒情詩人フランツ・ヴルムが住んでいる。ヴルムは一九三九年、一三歳のときにプラハを去りイギリスのオックスフォードに隠れ家をもとめた。戦後ロンドンで行動生理学者モシェ・フェルデンクライス（一九〇四―一九八四年）と知り合い、その後にイスラエルの公式文書のドイツ語翻訳家となった。ヴルムの詩集二冊は評判の高い出版社から刊行されている。アルヒェ書店から『パンかご』（一九五九年）、インゼル書店から『錨と不穏』（一九六四年）を出版した。この詩人は一九六八年の「プラハの春」のあとプラハに三年間住み、現在はチューリヒでフェルデンクライスの教育者として勤務し、一九八六年にふたたび自分の詩集を出版する書店をようやく見つけた（『犬の日々』（ホーヴェーク書店、チューリヒ）。

はるかかなたで手がふられ、挨拶のひとことが
伴侶に
届くようにと、肩が
伝える。近寄ったわれわれ――

地、塩、世界、火、
血のなかで愛の石灰が――
われわれに溝を掘る。怪物が
満々たる水を呑みこむ。

岸辺。こちらに眼をやるきみは、
開く眼を、毀れる眼を観る。
愛の熱気はしばし
われわれを急き立てるが、そこまで。

きみ、苦悩のひとに、
きみがいつも名づけるものが答える、
広間と壁のあいだでは自由に、きみは、
独りで燃える、と。

一九二二年にロッホリッツに生まれた東ドイツの作家フランツ・フューマンは、一九三八年にズデーテン地方がドイツに併合されたとき、ナチス突撃隊となって自分の道を歩みはじめ、ソ連で戦争捕虜になったあとは共産主義に救いをもとめた。その古くさい救済の教義は、フューマンの抒情詩では苦もなく新しいスターリン主義の教義に受けつがれた。その詩にはこうある。

われわれの手をとれ、ドイツよ、祖国よ、
大いなる愛と憎悪の燃えあがる心を、聴け
抑えがたい意志の声を、そうだ、われわれは
創造のため、戦うため、われわれの愛のため、
成熟した時代を通り、きみドイツをささえるためにやってきた。
そしてわれわれはきみに、聖なる、新生ドイツを、
われわれの生を、きみの将来を建設する切石をもちこもう。

一九八四年に死んだフューマンが、自らの文学作品によって全体主義から解放されるにはながいことかかった。この解放は一九六二年の連作小説『ユダヤ人の車』によってはじまり、そのなかでボヘミアの若者の問題に立ちもどり、自分のかつての愛国思想とは距離をとった。フューマンもこう告白した。「もしも私の過去を慈悲ぶかく支配した偶然が、最高の審判員となって私の運命を決めたというのであれば、私は私の過去を克服した、などと言えるだろうか。過去を克服するというのは、あらゆる可能性、つまりきわめて外的な可能性を問うことである」。

終戦とともに捕虜となったドイツ兵とドイツ市民がプラハから収容所へ連行される。

偶然にフューマンは、一九三八年に突撃隊に入会を申し込み、SSには申し込まなかった。かれが伴にした突撃隊の友人との関係のほうが、最後はSSのメンバーとしてアウシュヴィッツの監視人となった男との関係よりも近かったということになる。フューマンの著作は人間の危うさに関する告白であり、著作の一つの表題が示すように『天使の転落』に関する告白であった。

一九一二年にピルゼン（プルゼニュ）で生まれたオーストリアの女流作家ゲルトルート・フッセンエッガーは、後年になってボヘミアの歴史に関し重要な長編小説を三作書くまでは、熱狂的なヒトラー崇拝者だった。三作とは『ラサヴァの兄弟』、『暗い壺のある家』、『生き埋めにされた顔』。一九三九年にフッセンエッガーはこのような詩を書いた。

　ドイツ、とわれわれは呼び、
そして帝国と名づけた、
帝国は、謀反人の輪でみだらに
われわれの魂を焦がした。
そこで、覆面した者よ、
われわれは仕えることができた、
偉大なる祖国ドイツの子どもたちに。

しかしかれは、自ら心中で
ひそかに身震いしながら、
かれの幼年時代を育んだ
聖なる園をじっと眺め、
故郷、故郷と呼んだ。
自ら故郷にささげる、と
告白した。

おお、なんという静寂よ……
そしてむだにキスをしながらきみをもとめ
すすり泣きながらわれわれは跪いた、
おお柔らかな、聖なる大地よ――

一九三〇年にシュテルンベルクで生まれたエリツェ・ペデレッ

ティ――旧姓はシュフター――は、モラビアから一九四五年末にスイスにやってきた。ペデレッティはホーエンシュタット／ザブレフ（ヴィロストラ／ザーブジェフ）で育ち、チェコ人とドイツ人が混在した住民のなかで育った。彼女のテーマは逃亡である。彼女の逃亡者のイメージとは、まだ自分が発見されていないこと、つまり追跡されていることが分かっているというイメージだ。彼女は在外スイス人、逃亡者、かつてのドイツ人の囚人とともに軍事列車で、チェコを去った。彼女の作品『変化』（一九七七年）にはこうある。

「列車の小さな喫茶室で、モラビアのオストラバ出身のスイスの若者がくりかえし歌っていた、走行中ずっと若者のレールは歌っていた。『ぼくらはケーキとお茶のとき二人で座っていた』。このケーキとお茶、そして愛への憧れだけがあるかのように、このおろかなメロディーだけがあるかのように、われわれもみななんども口ずさんだ。『ケーキとお茶のとき／小さなメロディーが／かすかにひびいた』。アウシュヴィッツ行きの人びとは、これ以上のことに気づき、微笑んだ、……」。

ボヘミアは死に、プラハは死んだ。そこで生き残った者は亡命するか、亡命を強いられたからだ。ユダヤ人の大部分は死んだ――ドイツ人の罪によって。チェコ人はどうだろうか。本物の作家が排除され、執筆禁止にされ、迫害されたプラハで、作家たちは死んだユダヤ人を、死んだドイツ人を自国へ連れ帰った。チェコの三人の作家が『失われた歴史』という本で、フランティシェク・イェーダーマンのペンネームで一九四五年を回想して書いている。「『零年』は本来、新時代のはじまりのはずだった。人間があらたにことをはじめもっとうまくやっていける、と思えたのだ。しかし現実は違って見えることがしばしばあった。人生と歴史はそれぞれの道を歩み、人間の意図がその目標を達成するのは、現実が表に出ずに、隠れている秩序と調和するときだけだった……」。

その本の終わりにはこうある。「人間というものがようやく賢くなったのは、隠れた秩序を認めることにいかなる労も惜しまなくなったときだった。つまりその秩序には強制力はなく、暗示的にも発言の許可がもとめられ、かんたんに聞きもらしても問題のない秩序のことである。われわれ自身の運命や、運命との関わりを反省するきっかけは、かつては輝き、そしていまは深く傷ついている国にひそむ決定的な要因――とりわけわれわれの責任による――にもとめるべきである」。

プラハの共産主義体制は、カトリック教徒のイジー・グルシャから市民権を剥奪したのとまったくおなじように、かつての共産党員ミラン・クンデラから市民権を剥奪した。クンデラはパリに住み、フランス人としてチェコ語で書きその国境線を消している。「中央ヨーロッパは国家ではない――それは文化であり運命である。境界は想像上のものである」。イジー・グルシャはボンに住み、チェコ人がカインを追放した国に住んでいる――チェコ人はアベルのままではなかった。イジー・グルシャは「自分の」チェコ人についてこの詩を書いている。

皮剥人よ
放浪する職人たちよ
谷間の骨粉製造者よ
兄弟よ
おお、チェコ人よ
ぼくは
郷土誌のなかで
　またも悪人になってしまった

イジー・グルシャも国境線を消した。このチェコ人は、ボヘミア第二の言語に立ちもどった。かれの長編小説『ミムナー、または悲しみの動物』はチェコスロバキアで執筆した作品である。かれがこの書をボンでドイツ語に翻訳すると、その書は様相を一変した。それ以来イジー・グルシャはドイツ語で書いている。

老いて私がやってきたのは
海を望むボヘミアだ
そしてここからは
追われることはなかった
わたしがここで死ぬのを
拒むものはだれもいない
私の墓は
風通しがよく
明るい友でいっぱいだ
鈍い緑の二枚貝が吹き鳴らしている
地面と水面のあいだで
巌のうえにキリストの石像が身体を伸ばしている
潮の満ち干でかき消されても
碑は読める
傾いた影から
岸へと投げかえされ
干潮のとき
午後の陽のなか
私は裸足で
尽きない砂浜を歩く
ほかの人とおなじく
私たちがかつて送った
人生におどろきながら

ハンス・ナートーネク 「これからなんど新たに人生を始められるだろうか」

一九四一年一月二〇日、ハンス・ナートーネクはニューヨークのマンハッタンに到着した。船はリスボンからきたが、リスボンからきたどの船も、壊滅的となったヨーロッパ大陸で傷を負いながら新世界にむかう人びとを乗せていた。リスボン――当時、ドイツ軍によって蹂躙されたヨーロッパにあって、ヒトラーから追放された人びとにとって最後の開けゴマの場所であった。ナートーネクはリスボンに逃げる途上ですべてをなくしてしまった――すでに存在していない役所の文書、推薦文、覚え書きがはいった薄い書類鞄にいたるまで……ナートーネクは地獄をわたり歩いてきた。四八歳になったかれは、こう自問する。「これからなんど新たに人生を始められるだろうか」。

移民局の役人は質問の答えをもとめた。「あなたの職業は」。ナートーネクは学校で習った英単語を動員して答えた、「作家です」。「なんの作家か」と質問され、「本の」と答えた。かれは車の機械工や電気工に言うように答えたかった。「あなたは自分で生計をたてることができるか」。「そうするつもりです」。「親戚がアメリカにいるのか」。「いいえ」。「入国に必要な最低額の五〇ドルを所持しているか」。「いいえ」と言わざるをえなかった。「ズボンのポケットには全部で四ドルしかない」と言った。かれはいつの間にか市内に出ていて、時間はかなり遅くなっていた。空腹で、疲労し、凍えていた。「ここで死ぬのもやむなし」と考えたとのちに書いている。「これが家に帰る一番の近道かもしれない」。強い横風のなかマンハッタンの街を目的もなく上り、下りさまよっていると、パリ郊外の墓地に埋葬された友人のなじみの声が聞こえてくるような気がした。「さあ行け、行け。おまえはヒトラーの時代を生きのびたくはないのか」。かれらはトゥルノン通りのレストラン街で、果てしない逃走の終点としてアメリカのことをなんど夢見たことだろう。しかし、このカトリックのユダヤ人はアメリカ合衆国のことをヨーロッパの地から悼みつつ、「この地で死ぬんだ、ここで……」という憧れをずっと抱いていた。

　一匹狼ヨーゼフ・ロートはイデオロギーの彼方で酒の飲みすぎで死んだが、間近にいたナートーネクは、ロートの死んだ晩、それを快い死だと思った。するとふたたびヨーゼフ・ロートの声が聞こえてきた。「きみはほんとうに小人や阿呆者になりきるまで演じるのだ。もうそうなっているかもしれないが、どのみち演じるのだ……」。未来が黒い壁のように立ちはだかっているときに、過去に逃避するのはどこか仕方ないところがあった。ナートーネクは時代に聞き耳をたてたが、自分の優柔不断さのために聞こえてくるのはおどろくべき静寂だけだった。ナートーネクは弱い人間だった。

1938年パリのカフェ「トゥルノン」で。中央がナートーネク、右隣が『放蕩息子』の作家ゾーマ・モルゲンシュテルン。左のロートは1939年5月27日パリで死去。

　そしてナートーネクはこの弱さの仮借なき観察者であり、あまりの仮借のなさに自分をいくじなしとみていた。ほかの人であれば自分が死なないように他人に訴訟をおこすところを、かれは自らに訴訟をおこした。「神よ、お護りください」とアメリカ亡命中に書いた、「人間を愛さないように心がけても、それでも愛することになってしまうのが人間だ。だが私の人間憎悪は私自身を容赦しないだろう」。

　ヒトラーが、良心はユダヤ人のつくりごとである、というとき、それは中傷であり、ヒトラーの言葉の意味では「ユダヤ人の退廃」を指していた。プラハ生まれのナートーネクは、ヒトラーを中傷するために名誉をかけた誓約の言葉をかかげ、それを歴史的な遺産と位置づけた。良心はユダヤ人のつくりごととされても、良心の反乱はボヘミアの反乱となった。その反乱とはヤン・フスが火刑のための薪の山で犠牲になったあの出来事である。「私はいかなる正統信仰にたいしても異端にならざるをえない」とナートーネクはすでに一九二七年に書いている。「私が私の正統信仰を護るのは、疑わしいことにたいしてだけである」。

　ナートーネクはアメリカの実利主義からもソビエトの実利主義からもおなじように遠ざかっていた。決断できない男はどうしたらよいか。このような作家は砂漠に送られることになる。ナートーネクは砂漠に行き、そこで一九六三年一〇月二三日、忘れられたまま死去した。アメリカで書かれた長編はどれも出版されなかった。

　「わが思いははるかなる地平線をさがしもとめ、そこではカオスからにわかに新しい時代の夜明けがはじまっている」と一九四四年の原稿の一部に書かれている。「私が恐れていることだが、すでにかなり間近に迫っている戦争の終結は、不意に、またはまちがって突然にやってくるだろう。数年前、展望もなく世界の崩壊が無気力で現実ばなれした世代を襲ったのとおなじように」。

かつて、逃げ出していくプラハ出身者のなかにユダヤ人種の人間がいた。ナートーネクは皇帝時代のオーストリアで誕生したが、オーストリアは一九一八年に多民族国家となって没落した。するとかれはオーストリア人ではなくなり、ヴァイマル共和国のドイツに定住した。ヴァイマル共和国は一九三三年に没落し、かれはもはやドイツ人ではなくなり、自分の生まれた街にもどりチェコスロバキア人となった。チェコスロバキアは一九三九年に没落し、かれはフランスに逃れることになったが、フランスは一九四〇年に没落した。かつて、逃げだしていくユダヤ人種のなかにプラハ出身者がいた。ナートーネクはモーゼス・メンデルスゾーン（一七二九―一七八六年）が示したドイツ文化への適応、融合の方法に従った。ナートーネクは作家になろうとして、まずジャーナリストになった。そしてこの職業による解決はないままに、自分の職業であるジャーナリストの弱点は臆病さにあると見破り、自分のことも見抜いていた。ジャーナリストとして長編三作を書き、一九三二年にゲーテ賞牌を受賞し、ライプツィヒの作家財団の賞を受賞したが、それは一九四五年にナチスによって処刑された市長カール・フリードリヒ・ゲールデラーによって手渡された。

「われわれ自身の身元の確認は」とナートーネクはアメリカ到着後に書いている、「われわれに多くの真の苦痛をもたらした」。どこから、どこへ行くのか。これは一生涯かれにつきまとった問題である。ヴァイマル共和国でナートーネクは左翼の知識人として見なされ、また、ヨーゼフ・ロート、ヘルマン・ブロッホ、フランツ・カフカとおなじく一匹狼であった。かれの歴史観は、古い生活を一新し修正できることに懐疑的な考えからでてきた。ナートーネクは形而上的な見方をする現実主義者であり、人間の本性からくる二律背反と、マルクス主義を打ちたてた新しい道徳とのあいだにある矛盾を見逃すことはなかった。

ナートーネクは、肯定的な面における否定的な側面、否定的な面における肯定的な見方を区別しながら、人間の貧困にのみ真実があると判断していた。この多様性はナートーネクの叙事的な無限のダイナミズムからきている。政治的な行動家は一面的でなくてはならないが、ナートーネクが非政治的な人間であるかぎり行動家になることはなかった。ナートーネクの作家としての影響――かれの著書は一九二七年から一九三二年にかけて発行された――はドイツでは広がりを見せなかった。アメリカでは、虚空をつかむように書く作家となり、マルクス主義の新しい道徳に懐疑的になるのがいかに正しいかを身をもって体験することになる。ナートーネクの息子は、ナチスのドイツで半ユダヤ人として、無国籍者として生きのびた。そして当時のソ連支配の地域でリベラルな政党の支持者として二度にわたって学生リーダーに選出されたが、アカデミックな生活にたいする共産主義の言論統制を乱したために、一九四七年にソ連によって逮捕され二五年の懲役刑に処された。

ナートーネクが作家として築いた財産は通常ではない経路をたど

る。ナートーネクはドイツ軍のパリ進駐のさいにゲシュタポからかろうじて逃れたが、ゲシュタポは、ナートーネクがあわただしくフランスの宿においていったトランク五個を原稿ごと押収した。ゲシュタポはトランクをベルリンへ送り、ベルリンではソ連側が一九四五年に保管しモスクワに移送された。東ドイツの内務省が一九五七年にゲシュタポの遺産をひき継ぎ、それ以来中央国家文書館に保管されている。東ドイツに作家の住所は知らされていたが、この作家に略奪品が返還されることはなかった。

＊　＊　＊

シュタルンベルク湖畔のオーバーアルマンスハウゼンに一九八二年まで、かつて表現主義者として第一級の名前を冠した人物が住んでいたのだが、あまりにその名声を落としたために一九四五年以降は文学界に登場することはなかった。その人物は第一次世界大戦の終わるころ、ブレヒト、ブロンネン、トラーの同行者であり友人であった。ベーテルのボーデルシュヴングの施設で看護人となり、宣教師の職からはじめ、劇作家として有名になり、ナチスが設けた帝国文書院の総裁として一九三三年から一九四五年まで悪名を馳せた。その人物の名前はハンス・ヨースト、一八九〇年生まれ。

戦後、ハンス・ヨーストはなんとか無事に切り抜けた。かれは非ナチ化の手続きの過程でたんなる「同調者」としてランク付けされた。バイエルンの農家の庭はかれの妻の名前で登記されていたので、庭はかれに遺されたが、財産の半分は非ナチ化審査機関によって没収された。ヨーストが戦後一〇年してふたたび長編を世に問うたとき、その出版は批評家から黙殺された。かれが晩年を迎えて文学上の繋がりがあったのは、若いミュンヘンの古書店主だけだったが、かれはヨーストが埃をかぶった多くの興味深い本を倉庫にもっていることを知っていた。

古書店主ハンス・ヘヒトベルガーはそれを購入しようとしたが、ハンス・ヨーストが売りたいのはわずかだったために、訪問者は商売気を抑えられてしまい再訪せざるをえなかった。「それはいつでもお祭り騒ぎとなりました」と古書店主は回想している。「ヨーストと妻のための祭りでした。二人は同い年で、二人ともひじょうに虚弱でした。二人は本を机のうえに慎重に積み上げて、机のまえに座りながら私を待っていました。『それはなにか役にたつのか』という二人の質問からはじまって、私が提示した値段、作家、本の質へと話は移ってきました。その場面は二人を覆っていた沈黙を幽霊が打ち破ったようでした。ハンス・ヨーストはある本からはなれようとしませんでした。それはブレヒトの『バール』の初稿版で、ヨーストに献呈された第一作の贈呈本でした。ハンス・ヨーストが亡くなると、妻は二週間後にあとを追いました」。

筆者はハンス・ヨーストのおかげでナートーネクの存在を知ったことに感謝している。ヘヒトベルガーの古書店で、筆者はパウル・ショルナイ書店から一九三二年に刊行された長編『ある街の子どもたち』を発見した。献呈の字が直筆で書かれた一冊である。「騎士のような敵対者ハンス・ヨーストへ。ハンス・ナートーネク」。日付はない。『ある街の子どもたち』はプラハ生まれの四人の物語であり、かれらの世界は一九一八年に崩壊し、旧い価値が廃墟のなかで新しい拠り所をさがすという話である。『ある街の子どもたち』は四人のジャーナリストの物語であり、かれらは対立的な関係にはあるが、分かちがたいほど互いに絡み合い、たがいに折り合いをつけてはいるのだが、それは自分のために政治の路線闘争を利用するためだった。

ハンス・ヨーストがナートーネクをドイツから「排除する」直前に、どうして政治的に炯眼なナートーネクがこのような献辞を書くことになったのか。『ある街の子どもたち』のなかの登場人物、ハンス・ヴァイスルは悪魔に恐れをなして身をかくそうにも見分けられないほどには小さくなれていない人物だが、ナートーネク自身は、自分にはだれも手出しはできないという信念のもとに、うまくいくと信じていたのだろうか。同化したユダヤ人ナートーネクが自らの安らぎの場としているのが作品の人物ヴァイスルであり、すべて神を基準に比べることを無意味とするユダヤ人である。「われわれはみな恥辱や没落と紙一重である」とハンス・ヴァイスルは本のなかで語る。

この献辞の動機を調べることに意味はあるだろうか。その価値はある。「ジャーナリストとは、あらゆることを幻想するタイプの人間であり、その幻想とともにうろうろ歩きまわる」とナートーネクの長編にある。この長編は、自らを乗り越えていくジャーナリスト像を書いたといえる。エーゴン・エルヴィン・キッシュはジャーナリストのままだった。クルト・トゥホルスキーはスウェーデン亡命中にジャーナリズムについてなにも知ろうとはしなかった。詩作がかれの目的であり、フランス語で書こうとしたが、詩人としては挫折し自殺した。ナートーネクは詩人になった。

ナートーネクはドイツ文学史には登場しない作家であり、また作品の半数が英語で書かれているにもかかわらず、アメリカ文学史にも登場しない作家である。ドイツ人でこの作家を一九四五年以降アリゾナの砂漠地帯に訪ねた人はだれもいない。デイヴィド・ブロンソンというアメリカの文学者のみが、ツーソンに顔をみせたが、かれに関心があったのは、パリ亡命中のヨーゼフ・ロートの最後にして唯一の友人、ナートーネクのことだった。つまり、一九七四年に刊行されたロートの大部の伝記を書くためだった。

1943年ニューヨークの住居でバルトルト・フレスと妻ルート。フレス宅にナートーネクはかくまわれた。

ジョン・M・スパーレクがナートーネクのためにやってきたのは遅すぎたが、ニューヨーク州立大学のアルバニー校に遺稿を保存するには間にあった。この作家が晩年になってもまだ「個人的な過去のドキュメント」と見ていた原稿を、未亡人のアネ・G・ナートーネクがどうにかできるはずもなく、彼女はすべて捨てずにまとめて遺稿を家のガレージにいれておいた。スパーレクが訪ねたときには、すでにゴキブリが遺稿の三分の一を食い破っており、そのなかにはほぼ五〇冊の日記があった。現在アルバニーで整理されているものは、本物の宝のままである。

ツーソンはアリゾナ州の州都〔当時〕で人口三〇万人を擁する航空産業の地であり、温暖で乾燥した気候のために関節疾患の治療の本場になっている。ナートーネクが一九四四年に「コンチネンタル・ゼフィル・ロケット」で到着し、三日三晩車に乗ったあとに目の前に現われたのがわずか人口三万人の都市だった。駅舎は現在もある。そして当時空き室のなかった向かいのホテルもある。ツーソンは軍需景気でにぎわい、三つの空軍基地、軍事施設があり、町は兵隊によって占拠されていた。ナートーネクは最初の夜を駅のベンチで過ごす。「私がさがしもとめるはるかなる地平線、そこでカオスからにわかに新しい時代の夜明けがはじまっている……」。

なぜよりによってツーソンになったのか。「私が誕生したことは確かなことだろう。しかしそのことでさえ私には夢のようにあいまいに思えるのだ」とナートーネクはニューヨークに到着したあとにメモに残した。「生まれたのはプラハで、私にはきのうのことのようだ。私がこの日をしばしば呪うことはあっても、この日のことを忘れたいとは思わない。私が誕生したときのことを、私は予感にあふれて日記帳に書きつけた。『われわれが負ける賭けがはじまる。われわれはみな、あまたの人間の一人にすぎない』。そして次のページには謎の言葉を書きつけた。『おまえは形にしてなにひとつとどめてはならない……。人生はすばらしかった、そして時代はよかった。罪悪のはじまりはどこからだ。私は手探りではるかな道をもとめていく。世紀は少しずつ裏切られ、世紀は過ぎ去っていくまで裏切られた……すると世紀が崩落し、私を埋めつくした……』」。

ナートーネクは自分の墓石のために碑文を考え出した。

ぼくはあまたの人間のひとりにすぎず
わが人生は夢のようだった
賭けに興じるときにぼくはたくましく
苦悩のときはたくましくなかった。
ぼくを知るひとはなく
神のみが心のなかを見やる。
われわれはみな
あまたの人間のひとりにすぎず
ぼくは断じて神の子ではないのだ。

墓石には、白血病患者の誕生日と死亡日だけが刻まれているが、ナートーネクはそこからほんの数キロはなれたメディカルセンターにくりかえし通院しなくてはならない患者だった。長方形の墓石が、ほかの墓石とおなじくイースト・ゲイト・セメタリーの広い芝地に埋められている。義理の娘である一九一八年生まれのルート・クロニクはこう回想している。「父は三日間病院に臥せっていました。死について語り、カトリックになろうかと思案していました。最後はだれにも会おうとはしませんでした。それが父の死んだ日でした」。

すでにとっくに最期はきていた。ナートーネクは数千ページもツーソンで書いていた。十年以上にわたって英語で、もっぱら英語で書き、そのあとドイツ語にもどろうとしていた。「亡命は解決になりません」と一九六一年にドイツにいる息子に書いている。「言語は移住するわけにはいきません……このことを自分自身で体験し、それは当然の帰結でした……ハインリヒ・ハイネはドイツ語を亡命先のパリにもっていくことはできました。ラインは越えられても、大西洋を越えたり、この世の没落を乗り越えるのはかなりむずかしいことです」。ドイツ語の散文を書く力はもはや尽きていた。英語で書いた散文を翻訳しようとは思わず、そこでナートーネクはドイツ語の詩を書いた。「……疲労困憊で思うようにいかない」と一九六一年の息子宛のべつの手紙に書いた。だが「白血病はおだやかに進行しています……」。ナートーネクは抒情詩人として自分の不満も感じとっていた。そこでかれは初期の長編を手にとり改訂した。改訂作業をしながら文学の質を上げていった。

バルトルド・フレスはニューヨークに住むオランダ人で、イグナチオ・シローネ、ハインリヒ・マン、アルノルト・ツヴァイクの作品の代理人であり、ナートーネクの亡命初期の支援者で友人であった。かれはツーソンで病気の作家を最後に見舞ったときのことをこう回想している。「ハンスは部屋に隠れていました。だれもかれの部屋にはいれませんでした。私は外で窓越しに見ていました。かれは白紙をまえにして座っていました。白紙のまえで過ごしているだけで、もはや書けませんでした。書くことはなく、創作力は衰えていたのです」。

筆者はナートーネクのかつての仕事部屋に座ってみた。ごく小さな部屋で、せいぜい一四平方メートルの大きさだ。平屋の小さな家のなかの部屋で、数人の若者がマットレスを床に敷いて使っていた。わが国のルームシェアだ。まだナートーネクのことを覚えているのは、かれの仕事部屋の窓のまえにある樹木だけだ。かれがその樹木を植え、いまでは大きく成長して陰ができている。ここで最後に書いた詩行はこうだった。

押し黙るひとは、かつて歌っていたひと、
黙したまま生まれたひとは、
自分の声を失うことはなかった、
沈黙はかれらに逆らわず、
自分を掘りおこすこともない。

これこそが逃亡の終着駅だ。すでにナートーネクの長編第一作にはこの逃亡のモチーフがある。「ぼくは逃げてきた、つねに逃げどおしだった、家から、職から、故郷から、結婚から、そして最後はわが人種から、自分自身から先へどんどん逃げていった」と一九二九年に出版された作品の主人公は語る。その特性をふまえて作品の表題を『けっして満足しない男』にした。ナートーネクは長編ではつねに自分の運命の先を見越していた。かれのテーマは、優柔不断さから解放されようとして、決定の最後の可能性を失ってしまう人間となる。その背後にいるのは確固とした価値をもとめて問題をかかえる人間である。

「逃走の最後に消えてなくなる」。これもナートーネクの長編第一作の一文である。「逃走の最後に消えてなくなる……」。かれはうまく言い表わした。まだ生きているわずかな時代の証人のなかで、ナートーネクについてなにか言えるのはナートーネクのほかにいない。観察者であったのはかれらではなく、かれこそが観察者であった。かれは見抜いていた。ヒトラーが権力に就くまえに、逃亡の専門家になっていた。かれは捕まえられず、捉えどころがなかった。しかもドイツに遺してきた子どもたちにとって、ナートーネクは戦争が過ぎてもなお失われた父親のままであった。

そこできみはある日の午後ハンブルクを発って、フランクフルトとダラスで乗り換え、アメリカ時間の午後遅くアリゾナに到着した。ハンブルクとツーソンの間は一晩かからない。かれの友人と話し、義理の娘と話す。かれの歩んだ道を歩く。かれを見つけることはない。きみは今度は夜通しかけてハンブルクにもどる。きみはハンブルクを歩く、そしていまだに知られていないことだが、ここにもかれはいたことがあり隠れ家をもとめていたのだ、結婚から逃れたあとの愛の隠れ家を。しかしナチスが権力に就いていたので、隠れ家は幻想に終わった。

ハイルヴィヒ通り一二番地。泡沫会社乱立時代の建物がまだ残っており、いまだに牧歌的な風景が残っている。アメリカのアルバニーにあるナートーネクの遺稿のなかに、『裏切りの通り』という表題のついた長編の原稿がある。これはあるジャーナリストの恐怖の物語であり、かれの市民としての存在がナチスの体制によって壊されるその瞬間に結婚も破綻する。ジャーナリストのペーター・ニュマンの離婚する相手の名はマルグレート、二人の子どもの母親である。彼女はユダヤ人ではない。しかしペーター・ニュマンが離婚弁護士に夢中になってしゃべっているのはルートというつぎの相手となる女性のことである。「ロシアの画家シャガールの絵の巻き毛の小さなユダヤ人少年や、ムリーリョの暗い天使を知っていますか。そう、そういう感じがするのがルートです。ルートはユダヤ人女性です」。

この長編は自伝のように読める。すべてはこの長編が事実とそっくりであることを語っていて、ドイツから逃亡した直後に書かれた。ナートーネクは自分が誕生した町、故郷プラハに亡命中に書いた。ナートーネクは薄い書類カバンに唯一この原稿だけをいれてニューヨークにもってきた。戦後この原稿についてだれにも語ったことはなく、これを出版社に持ち込むことはなかった。しかしルートとはだれだろうか。一九一九年生まれのナートーネクの息子ヴォルフガングは、ゲッティンゲンのグライヒェン出身でギムナジウムの元教師で年金暮らしをしているが、この息子は、ドイツ出身の父親が結婚し、一緒に消えたこの女性の名前を思い出したのだ。「彼女の名前はエーリカ・ヴァッサーマンで、父親マルティンはハンブルクで弁理士をしていました」。

「インターナショナル・バイオグラフィカル・ディクショナリー・オブ・セントラル・ヨーロピアン・エミグレ一九三三―一九四五年」(Volume II, part 2, p.1210) にはマルティン・ヴァッサーマンの運命がこう記録されている。弁理士、大学の教員、ハンブルク大学の共同設立者、経済法の基礎的な本の著者、ユダヤ人。一九三八年にイギリス亡命、一九三九年にアルゼンチンに行き、一九五三年にブエノスアイレスで死去。かれの子どもたちも記入されている。そのなかの一人エーリカ・シュミットは一九〇九年生まれで、おなじく一九三八年にイギリスに亡命し、一九四五年にはアメリカに亡命して、ニューヨークでソーシャルワーカーをしている。

幸運なら彼女をさがせる。というわけで、筆者はニューヨークに飛んだ。ドイツの電話案内ではなにも用をなさなかった。ニューヨークにもシュミットという名前は文字通り無数にあった。筆者がマンハッタンの電話帳をめくったのは、ニューヨークのホテルの部屋であり、これは長くかかりそうだった。ニューヨークの人間はうたぐり深く、電話番号をさがしている人間にだれが関わるというのだろう。彼女がもう生きていないとすれば、どうして数年前にツーソンにいるナートーネクの義理の娘ルート・クロニクは、彼女のことを聞いて知っていると言いはったのだろう。そして彼女がまだ生きていれば、彼女をさがすきっかけは、筆者が知らない彼女の夫のファーストネームとつながっているのではないか。

それは長くかかるかもしれなかったが、ことのほか早く進んだ。E・シュミット-ヴァッサーマンという複合名があった。電話をかけると、その番号に女性の声がでて、筆者がドイツ語で話しかけると、相手はドイツ語で答えた。彼女が当人だった。彼女はナートーネクについて筆者と話そうとはせず、自分のことをナートーネクの自伝に書き込むことを禁じた。筆者がどうやって彼女の名前にたどりついたのか、彼女は知りたいのだろうか。筆者は説明し、東ドイツではナートーネクの本が出版されたことも話した。『裏切りの通り』のことである。この原稿を東ドイツの出版社は中央国家文書館から手に入れたのだが、これはかつてのゲシュタポの戦利品であり、手稿の第二版であった。

エーリカ・シュミット-ヴァッサーマンもこの長編作品ができあがったとき、ナートーネクとプラハで一緒に暮らしていたにもかかわらず、長編の内容についてはまったく知らなかった。これはかれらの愛の物語である。彼女が質問したのは、かれが役立たずであったことが書かれているか、ということだった。私は「はい」、「かれの最初の妻にたいしては」と答えた。「私には役に立たなかったと書いているか」と聞くので、私は「いいえ」と答えた。「あなたはハッピーエンドです」。またべつの電話のときに切りぎわに、「ああ、ハンスなんて気弱な夫よ」といった。「ナートーネクという名前で質問攻めにされるなんて、つらいですよ。たとえ半世紀が過ぎても、何者かが警告なしで現われ、なにか当時のことを知ろうとするなんて、おどろきでしょ。私はこのハンスに戦後一度だけ再会したことがあります、一九五七年にここで。そのときかれはヨーロッパ旅行から帰ってきて、ニューヨークで途中下車したのです」。

それは戦後のヨーロッパへのナートーネクの唯一の旅行であった。かれは西ドイツで暮らしているかれの子どもたちにバート・ヴィルドゥンゲンで会い、最初の妻のゲルトルート・ナートーネクには会わなかった。彼女のほうが会いたくはなかった。彼女は別れたことで心の傷を負っていなかった。二番目の妻エーリカも心の傷を負うことはなかった。

それでわれわれは会うことになった。われわれはアメリカ街と六五番通りの交差点にある喫茶店で会った。彼女がナートーネクと左派リベラルの「新ライプツィヒ新聞」で知り合ったとき、二三歳だった。かれは責任のある文芸欄の編集者で、彼女の上司となり、はじめ彼女はジャーナリストだった。いちはやくだれよりもさきに、彼女はかれと知り合った。卓越したかくれんぼの名人ナートーネクが、葛藤した状況のなかであとにもさきにもこれほど率直になったことはなかった。自分の内向性をほかにむけるために、一度長編のなかでその率直さを隠さないことがあったが、それとおなじ状況だった。

* * *

初期の思い出にこんなことがあった。「子ども時代のもっとも初期の思い出で記憶に残っているのは、もはやはっきりしたものはなくほとんどが失われてしまっているが、唯一おぼろげに覚えているのは、発音のはっきりしない歌でそれはボヘミアにおけるかれの子守女の歌だった。こんな響きだった。タヌリンキ、タヌリンキ、タヌラ……」。このようにのちのナートーネクの長編に書かれている。かれのすべての長編にはボヘミアが——なにか行方知れずのものとして、沈潜したものとして登場する。同化したり、反抗するユダヤ人の登場人物もなんども登場する。なんども屈折するなかで、孤独の人間が描かれており、その孤独は宗教的、社会的、愛国的な結びつきが失われたことからもたらされていた。

ハンス・ナートーネクは、四人兄弟の末っ子として一八九二年一〇月二八日にプラハで生まれた。かれの父親は保険会社トリエステ・ロイドの取締役の一人だった。ユダヤ人の出自は家族のなかでは重要ではなかった。父は無神論者だった。散文『ゲットー』は一九一七年に出版された作品集『ユダヤ人のプラハ』のなかでカフカの『夢』とならんで掲載されているが、そのなかの場面でナートーネクは、子どものときに父親に伴われていったプラハのゲットーでユダヤ人の敬虔さを体験した様子を描き、父子の間で交わされたそのときの会話の様子を書いている。「これがユダヤ人の街だよ——ゲットーの最後のなごりさ、ほら見てみな、いまその片付けがはじまっているから」。——父が見せたのは、曲がり角が多くもつれあっている街に高層の建物が聳え、差し迫る夕刻に影を伸ばしている光景だった——「新しい街がすでにゲットーに侵入してきているのだ」。

「ゲットーってなに」。

「ここではほかの世界から隔離されたユダヤ人が、ひじょうに古い法律にしたがって暮らしているんだよ」。

「なぜぼくたちはここには住まないの、上の新しい街に住んでいるほかのひとはみなどうしてここに住まないの」。

「ここは不衛生だからさ。暗くて湿っているだろう」。

「でもこんなに多くのひとが住んでいるのに――」。

「いまはもうそれほど多くのひとが住んではいないさ。かつてはみんながここに住んでいて、それから多くのひとは引っ越しちゃって、いろんなところに散っていったのさ」。

「でも、なぜ引っ越していったの」。

「明かりや空気や自由をもとめていたのさ」。

「とても狭くて暗いけど、ここの人はみんな誠実だからほかの人たちがのこれば、ぼくたちだってここにいられたんでしょう」。

「いったいなにを考えているんだ、さあこい」。

「でもみんなはゲットーに住んでいたんだから、とうさんもゲットーにも住めたんじゃない」。

「とうさんもかい」。

「とうさんは全部忘れちゃったんだね――」。

「進歩といっしょに歩んでいかなくてはならないんだよ――でも分からないだろうね」。

ナートーネクはプラハへの四二歳の「帰郷者」として、長編『裏切りの通り』にこう書いた。「ユダヤ人の本能は弱くなり、自信と幻想がユダヤ人を脆弱にした。しかし、もしも果てしなく危機に瀕しているという感覚をもたず、先祖のように旅立ちの大いなる泰然自若さをもたないのであれば、ユダヤ人はなんのためにいるのか。それはユダヤ人にもとめすぎだろうか。そうであればユダヤ人に要求できなくなる。かれらはくりかえし旅立たなくてはならず、新しくするために破壊しなくてはならなかった。これがかれらの『選ばれた資質』であり、この資質は賢い頭にあるのではなく、商売上手にあるのでもない。それを感じとるひとも、それに従うひともいたが、多くのひとはかれらの並外れた運命のはるか下にとどまり、その下でくぐり抜けようとしていた」。

自らが消えてなくなるのではないかという恐怖は、自分自身に帰っていくという確信がふくらむことですでに消えつつあった。知らなくてはならないことは、なんのために生きるのかであった。適応したユダヤ人であるナートーネクはこの疑問によってプラハから追放された。つまり、プラハの底なしの状態から、この底なし状態の根源から、この最初の逃亡の原因となるものからはなれていった。ヨーロッパの中央から、価値の崩壊したヨーロッパの中央から、まだなおこの崩壊の悲惨さをもとめているヨーロッパからはなれていった。すでに若きナートーネクには秘密めいてくすぶる出来事には嗅覚がはたらいていた。かれを衝き動かした唯一の欲望は好奇心であった。のちにかれが「永遠の欲望は永遠への欲望に通じる」と書くとき、自らの優柔不断さをおぼろげな感覚で埋めることになった。

ナートーネクはウィーン大学とベルリン大学で勉強した。ハレでは「ザール新聞」で無給で働いた。のちにかれが書いているように、第一次世界大戦は、「小さな反政府主義者を黙殺した」。この若い編集者はすばやくハレからはなれて出ていった。ジャーナリズムのかれの恩師、ジークフリート・ヤーコプゾーンは、のちに「世界舞台」に名前が変わることになる「シャウビューネ」の編集者だったが、ナートーネクはヤーコプゾーンの死を悼みこう書いた。「戦争が私をたたきのめして否応なく沈黙させたとき」、「私の言語をひき剥がしたのは戦争だった。私はこのことを忘れることはない……」。ヤーコプゾーンの出版社で刊行された『絶望の日記』で平和主義の姿勢をぶちまけたが、皇帝の検閲によって一部削除され、作家は戒められた。

　ナートーネクは終戦になるまえに、「ライプツィヒ日報」の仕事のためにライプツィヒに行った。この新聞社は一九二六年に「新ライプツィヒ新聞」と合併し、この名称のままウルシュタイン書店の一部となる。ハレで、ナートーネクは最初の妻ゲルトルートと知り合う。この一八歳の娘は職人の家庭出身で親戚の靴店に勤めていて、このジャーナリストよりも六歳若かった。「愛情は運命にもともとある環境だ」とべつのプラハ出身者、ライナー・マリア・リルケの「遺言」にあるが、リルケとおなじくナートーネクも、自分の愛する人間を回避する名人であった。ぎりぎりの場面での回避だった。カフカにとってそれは、「そうすれば私はもう独りではない」という帰結とともに、「繋がってしまい、向こう側へと流れることの恐怖」であった。

　ナートーネクのすべての長編は、愛情や、われわれが愛情と見なすものから、つまり恋愛物語から発展したものだ。

　ナートーネクが一九一八年八月三日にハレ出身の娘と結婚したとき、かれはまだ分かっていなかった――ゲルトルート・ナートーネクは知る由もなかったが――彼女がかれを作家にすることを。さらにほぼ一〇年間、ナートーネクはライプツィヒを中心に繊細さと簡潔さをもって書きながら、もっぱらジャーナリズムで活動し、政治参加しながらリベラルな立憲国のために戦い、また旧体制の復活に対抗して戦った。そして左翼がわるふざけの革命と戯れ続けるさまを、旧体制の復活に対しては見せかけの抵抗を書いた。ナートーネクは「ライプツィヒ新聞」から出版しただけでなく、「アクツィオーン」、「ダス・フォールム」、「生活」、「ベルリン日報」、「竜」、「やまあらし」、そしてもちろん「世界舞台」などの雑誌に発表した。

　作家ナートーネクにとってゲルトルート・ナートーネクは、かれをつき動かすすべてのはじまりであり、基点となった。結婚生活が終わったときにかれが確信したのは、自分が憎悪を世界にもちこんだということだった。罪をもつことは憎まれることだった。ジャーナリストのナートーネクはこう書いていた。「世界のあらゆる不正に対処するためには、自分が個人的に全滅させられるのではないかと良心が鋭敏に研ぎすまされていなくてはならない。というのはすべての不正はとらえがたくからまりあっているからだ」。

　ゲルトルート・ナートーネクは夫を憎むことになった。ナートーネクは憎悪の爆発を避けがたいと予見していたが、この予見のなかでかれのジャーナリズム像は変わった。そこでかれが見たものは不実の行使だった。つまりひとを捨てさることを前提とする職業のこ

親戚の靴店で働いていた18歳の少女ゲルトルート。彼女は1918年にナートーネクの最初の妻となる。

とである。つぎからつぎにある物語が捨てられていき、それとともにその物語で役割を演じる人間もおきざりにされ、つぎの新しいことのために放棄される。ナートーネクはこう判断した。「ジャーナリズムはひとを滅ぼすことになるので、もはやひとを観察するのではなく、人物の品定めをして形式化していくだけとなる」。そしてさらに悪いことには、「ジャーナリストは何事にも関心をもつが、ジャーナリストに関わりをもとうとする人間はいない。ジャーナリストは俳優のようにあらゆる危機に対処して構えているが、ジャーナリストと意見の一致をみる人間はだれもいない」。

ナートーネクは一九一八年に結婚に逃げこんだ。第一次世界大戦後、すべてが失われたようにみえたときに——ハプスブルクの多民族国家は崩壊し、適応の状況が根無し草のように思えてきた。したがってすべて失われてしまったときに、ハレの農家の出身である土着の娘は支えとなり、芯となり、目的となった。「彼女の若さ、彼女の美しさはほかのものすべてを埋め合わせるはずだった」。ナートーネクは当時すでにファンタジーを夢見る人、幻像を見る人であったが、まだ幻滅を感じる人ではなかった。そこでかれは洗礼をうけ、プロテスタントになり、注目をひかないように適応していった。

ナートーネクがこの女性に描いたイメージは想像上のもので、その想像された像がかれをぐっとひき寄せた。救いの手をのばす救済者としての女性だった。かれは感情というものに確信がもてなかったので、確固としたものをもとめたり、失われることのない感情、結びつきというものをもとめることに苦しんだ。かれは自分の策略が見えたときは、自分の感情を認めようとせずに急に向きを変えた。「かれは幻想の真っただ中にいて、幻想をまばたきしながら透視する力があった。この二重の感情はそれ自身楽しみにあふれた悪徳であった」。

ナートーネクはそのあと幻想の真っただ中にいられなくなったとき、文学による解決に逃げこむ。生活から芸術に逃げこんで救済され、自らの本で人生には忍耐以外に解決はないことを証明する。人生を耐え忍ぶことが芸術である。かれの情熱には、すべてを認識し、反論の余地のないように記述するという心意気がある。自らはっきりと恥をさらす力をもってのみ、他人を恥さらしにできる。良心の冒険から苦悩に満ちた自己解体が生まれた。かれが体験した苦悩である。「苦痛は、たえずかれの心の近くにある故郷のようなものであり、そこには魂が生きている本来のオーラがある」と書いている。かれは自己との結びつきが強かったが、ほかに逃げ道を見いださなくてすむほど十分に強かったわけではない。「かれの苦痛は表現を通しては克服されないのだろうか」。つぎからつぎと本を書きながら、さらに苦悩の深淵を書き、それがあまりにはなはだしくなり、自らに警告するほどだった。「書き手が人間を食い尽くしてしまうことに用心せよ」。

長編『裏切りの通り』でジャーナリストのニュマンの妻のことはこう書かれている。「彼女はいつでも嫌気がさしていた。彼女が結婚に躊躇しつつ同意したのは、過去の出来事にたいし庶民として埋め合わせをするためであり、ペーター・ニュマンというあやしげな自分の運命に順応したのである。しかし彼女はその運命をけっしてもとめず、はいりこむことはしなかった。傍観的であり、条件は出さずに、ルートのようになにごとにも心の準備ができていた」。救いの女性はべつにいた。現在ニューヨークに住んでいる女性、救いとなった女性である。『裏切りの通り』でニュマン——ユダヤ人女性ルートのように追放された——は彼女に喜んでだまされた。

しかし「私は私たちの愛をこの時代から救い、あなたを救うのです」というルートの発言にこの作家はすでに疑問をなげかけていた。「彼女は緊張していた。彼女は背伸びをした。成長が乏しく、精神的につま先で立っていた。無理をしていた」。ナートーネクは、すでに『裏切りの通り』を書くまえに、自分の文学のなかで献身をテーマとして、自分自身に関わる目的として最後まで演じきっていた。「雅量が大きいとは身をささげることである。献身はいつでも危険である」。かれはこの危険に恐怖をいだいていた。これを体験して、ふたたび逃亡した。

逃亡——これはプラハ文学の中心テーマである。「愛情はもともと運命にある環境だ」というリルケの言葉があり、そしておなじくかれの言葉にはこうある。「愛されることの不安は、かれの少年時代における最初期の苦悩から生まれ、かれからはなれることはなかったが、この不安はかれが最後まで従わざるをえない警告だったのか、もしくは昔ながらの誤りから、そして誕生の不安からいかに救われるかが問題だったのだろうか」。「誕生することへの躊躇」とはカフカの言葉である。「男性がどうなるかは、いつでも女性の手中にあり、ずっとそうである」とナートーネクの言葉にある。またこうある。「なにかを喪失するさいにも頑強に作用していたのはかれを導いてきた法則であった。つまり、『きみ』の存在を感じとり、きみとともに考える力の欠如、そしてそうできることへの憧憬であった」。

この作家の息子、ヴォルフガング・ナートーネクは、子ども時代の父親をこう回想している。「自分の行動に完全に没頭する人間でした。父の人生は職業そのものでした。自分の余暇は全部つぶし、毎晩夜中に帰宅しました。旧劇場で初演があるときはいつも母は一人で帰宅しました。父の仕事場はヨハネス通りにあり、劇評を書いていました。父の最良の友、リヒャルト・レーマンは、『新ライプツィヒ新聞』の編集主幹であり、第一次世界大戦で農家の息子は海軍の戦隊に属し、戦後は大学で勉強し、ジャーナリストとして輝かしい経歴を誇っていました」。

ボヘミアのユダヤ人ナートーネクを友人とする左翼過激派のレーマンは、ヒトラーの権力掌握のさいに自分の経歴を思い知り、一夜にしてナチスに急旋回し、編集部を「整理して」友人を解雇した人物である。かれはフランス急襲のさいにプロパガンダの中隊長となって、制圧されたフランスの都市に進入するさいに待ち伏せしていた男から射殺された。『裏切りの通り』でナートーネクは、ヒトラーにたいし言葉を武器に戦っていたあの新聞は、危機がスリルの次元を超えない限り有効に作用しなかったことを書いた。長編『裏切りの通り』はドイツでジャーナリズムを扱った唯一の文学作品となったが、このような作品として認識されずにいるのは、ナートーネクが他人の弱点を軽蔑に晒さないように、弱点を自分のなかで追跡し暴露していることにも起因している。「日常の生活は優柔不断によってのみ維持されている」とナートーネクの作品にある。かれはジャーナリストのニュマン像に自分を重ねて回想している。

「職業上の死を恐れてパニックとなった日々に、かれは途方にくれて、無気力となり、家族や自分を救うためにユダヤ人としての民族性を半分に削ろうとした。かれには偉大なるユダヤ人が厳しい試練で行なったような、純化させる炎に飛び込む力はなくなっていた。半ユダヤ人——そう、これには素性を明かすという意味でもっとも な理由があった。なぜならかれは完全なユダヤ人になれるほどに、完全な人間ではなかったからだ」。

ヒトラーはヒトラーの敵対者に自分の決断を強要した。ナートーネクは、一九二七年にドイツの国籍をとったが、この国に根をおろすことは幻想にすぎないことはとっくに分かっていた。それでも一九三三年にライプツィヒにとどまったのは、新たな幻想によって自分の存在が根無し草になることから逃れるためだった。かれは自分自身からの亡命者だった。「どこにいくかを予感するには、どこからきたのか知らなくてはならない」と書いている。そしてヒトラーは——とてもシニカルに思えるが——ナートーネク自身にあの最後の逃亡を強制し、完全なユダヤ人になることを強要した。

ナートーネクは自分の寄る辺なさについてあれこれと思い悩んだ。「かれはもっとも深い意味において非政治的な人間だった——政治的であることは、予測どおりに行動し憎悪という仮借のない力によって反応する能力があることだが——かれには強靭な思考力と共感する心情のおかげで見通す力があり、それはそれでさらに悩ましいことだった……」。ナートーネクは憎しみをもつ人ではなく、そうであったことは一度もなく、一九一八年のドイツ革命の成功を望んでいたにもかかわらず、そこには理念にとりつかれた大いなるエゴイズムがあることは分からなかった。ナートーネクはいかなる善行にも両面価値を見ており、人間の成功のすべての面にある暗い面を見のがすことはけっしてなかった。

『裏切りの通り』にこうある。「一滴の酸で鉢のなかのミルクを凝固させるように、純粋な世界観をぶちこわすには一滴の憎悪で十分である。こうして世界の凝固や硬直が起きる。うしろをふり返らないことだ、そうしなければロトの妻の塩柱のようなことが起きてしまう〔逃げる途中にふり返らないようにと神に言われたが、ロトの妻がふり返ったので塩柱にされた」。自ら呆然と立ちつくしてしまう。これが憎悪のぶちこわす力である」。

こうも書かれている。「ユダヤ人であることが、パニックのような驚きや狂気の沙汰とともにかれの身にふりかかってきた。それは北ボヘミアの落ちぶれた間抜け男が、傷つき血のついた指を出して『さあ、血を飲め、ユダヤ』と言った子ども時代の当時とまったく変わらなかった。この恐怖からかれは逃げ出した、当時とおなじく現在も……」。

しかし、ナートーネクは自分が逃げ出してきたところのものを払いのけなくてはならなかった。人間は愛が不足して悪人になるのであれば、悪人から暴力を奪うことはできなかった。作家であるナートーネクはだれにも理性を強要せずに悪人に近づいた。「私は人間の弱さ、無力さについて知りすぎるほど知った」とかれは書いている。「私は自分について知りすぎている」。ナートーネクはなぜ悪人が愛の世界から落ちぶれたかを考えながら、悪人が失ったものを悪人のために取りもどした。つまり、しかめ面の顔、仮面をかぶった顔を。

亡くなった友人リヒャルト・レーマンをナートーネクはかれ独特の喪失感のうちに見ていたが、アーリア的な基準を満たすおなじジャーナリスト、レーマンを、さらにべつの大きな喪失感で見ることになった。『裏切りの通り』で最後の手紙が、転向を考えている編集主幹に差し出される。「亡命は恐ろしい運命です。私は外国で誠実な人間として生きるよりもむしろドイツで哀れな犬でありたいと思います。そうでしょ、われわれを屈服させ、ひどい目にあわせることをたとえわれわれが望んだとしても、それを拒否するのは、われわれに大きな利点があるのです。神はわれわれが誇り高く、そして力強いことを望んでいます……」。

ナートーネクは確固たる信念をもつ敗者だ。われわれが映画から知るチャーリー・チャップリンとまったく同じである。このジャーナリストは記者時代、このチャップリンにずっと付き添った。チャップリンについて一ダースほどの物語を書いた。ナートーネクが散文の第一作（『化粧と日常』（一九二七年））にいれた物語のひとつに、チャーリーの仮面にたいする不満が書き込まれている。「なぜかれの真実の相に戯れの仮装のみすぼらしい面をあたえるのか、かれらしくない型に偉大な部分を嵌めこむのか。型は粉々にくずれた。チャーリーは深い眼差しで、ものを究めるようにしてあたりを見まわす。自分の立っている曲がりくねった道を見る。世界の田舎道をふたたび見た、遠くまで、尽きることなく、自由に……」。

チャップリンの物語は、ナートーネクにとって自分のジャーナリ

アイスナーはバイエルン独立社会民主党の議長で、王国崩壊後の最初の州首相。1919年2月21日、伯爵アルコ＝ファーライによって殺害される。ナートーネクはアイスナーを「民主主義の革命家」と呼び、「ドイツ革命の躓き」を悲しみ、このような歩みの主たる責任はフリードリヒ・エーベルトにあると見ていた。

ズムの限界を超えてさらに究められる物語だった。チャップリンの幻影とともに生きることができた。だがナートーネクが精神的に近かったほかの人びとが挫折することの意味はなんだったのだろうか。ナートーネクが「民主主義の革命家、精神的な政治家のタイプ」と見なしていたクルト・アイスナーが殺害されたとき、かれにはどんな意味があったのか。社会民主党は、皇帝の戦争政治を支持し、第一次世界大戦の終戦時には皇帝のドイツにもっと執着したかったのだが、国際的な社会主義者アイスナーは自分の政党の楽天主義の方向に転換することはなかった。ミュンヘンで共和国政治を宣言しバイエルンの首相になったアイスナーは、この間に社会民主党から分裂した独立社会民主党のメンバーとなり、気のない社会民主党の政治の行く末を見事に予測していた。

五一歳のドイツのユダヤ人アイスナーが一九一九年に右翼過激派によって殺害されたとき、二六歳のナートーネクは「世界舞台」にこう書いた。「革命の創始者の闇討ちがこの調子で続けば、あとに残るのは、受益者のことや、遺産の精神など気にかけない、高笑いする相続人以外のなにものでもない……」。

今世紀初頭にアイスナーが書いた言葉は今では、今世紀への最後の調べのように聞こえる。「人間自身がもはや適応しない世界をつくりあげてしまった。人間は自らの作品を追い払ってしまい、いまや自分自身の帝国で勝手が分からなくなっている。落ち着きなく、意地悪く、故郷を喪失して……」。

ナートーネクは、社会民主主義者の最後の目標となった国境往来者の姿を哲学者レオナルト・ネルソンのなかに見いだした。一九一七年に独立社会民主党に入党したネルソンは、第一次世界大戦でヨーロッパ文化が崩壊するさまを見て、このゲッティンゲン大学の教授は、戦争中であっても万国の青年を理性によって平等に教育することを目的とした国際青年同盟（IJB）を創設し、プロレタリアの青年のために独自の教育計画を発展させた。かれはマルクス主義の倫理的な基盤を不十分とみて、政治家と教育者を自分の計画のために体系的に養成するために、一九二四年に「哲学—政治アカ

(上) 1924年に創設された、政治家と教育者を養成するための「哲学的政治アカデミー」の大きな施設。
(左) 哲学者レオナルト・ネルソン。1882年ベルリン生まれ。社会民主主義の了見の狭さによる犠牲者。かれは指標となる教育学を発展させたが、かれの国際青年同盟とともに、社会民主党から除名された。1927年死亡。1930年に刊行された長編『金銭は世界を支配する、または良心の冒険を』でナートーネクはゲッティンゲン大学のネルソン教授に文学的な記念碑を捧げた。

デミー」を創設し、つぎにヘッセンのメルズンゲンに子どものための教育施設「ヴァルケンミューレ」を創設した。

独立社会民主党（USPD）が一九二二年にふたたび社会民主党（SPD）と合併したので、一八八二年にベルリンで生まれたユダヤ人ネルソンが属した政党は、狭量な思考パターンの党から逸脱する者にたいしプロイセンの規律の伝統にしたがって除名をもって仕打ちをする政党だった。ネルソンは社会民主党から除名され、それに続けて国際社会主義戦闘同盟（ISK）を創設した。一九二七年にネルソンは四五歳で死去した。ヴァルケミューレ出身の弟子たちはほとんど例外なく一九三三年から一九四五年の間ファシズムに抵抗した。ナチスが権力に就き、ヴァルケミューレでの教育の試みは中断させられ、そこにあったネルソンの墓石は遠くにやられた。

ナートーネクは、ゲッティンゲン大学で教鞭をとっていたネルソンに大いに魅了され、ドイツでヴァイマル共和国の間に起きた事件にネルソンがとりうる精神のあり方を、二番目の作品『金銭は世界を支配する、または良心の冒険を』に描いたほどだった。この長編の精神的な雰囲気を決めている人物がケルゼン教授であった。ジャーナリストで作家のナートーネクにとって、ネルソンはヴァイマル共和国の屹立した精神的な人間像のもち主であり、理論と実践、信念と性格が一体となった人物だった。

ナートーネクからみると社会民主党は、災厄にたいしてつねに小さな災厄で撃退した党であった。「状況ははるかに後退し悪くなっていった。その理由は、これまた小さな災厄であったヒンデンブルクの選挙までのおどろくべき怠慢と実行力の欠如した一八年間にあった。ドイツ民族の歴史ほどに残酷な論理をもっている長編の物語はない。実行力の欠如のために他者の力が強まり、そしてその他者の力のみが決断していくことになった」。

社会民主主義のもとでなにごとも可能にしてくれるものはなにか。ナートーネクは圧倒的な筆力で精確に記述した――トゥホルスキー、ルードルフ・オルデン、オシエツキーのように。一九一九年にライプツィヒで行進する兵士たちについてナートーネクは「世界舞台」に短い記事を書いた。「なんと、ためらいながら平和主義と武装解除のために最初の一歩を踏み出す民族に、このような武器の遊びを実演してみせるとは。行進のきっかけをあたえるよりは、むしろほかのことにきっかけをあたえるべき時代にである。これは理性に対する痛烈な皮肉である。しかしこの皮肉がつねに最高の行進につながっている」。

一年後ナートーネクは同誌にこう書いた。「われわれに必要なのは新たな英雄主義である。つまりさしあたり同意はせずに、多くの人から嘲笑を浴びてもよいという信念をもつ勇気が必要なのだ。われわれに必要なのは理性の軍隊的強化、軍隊の非武装である」。

ナートーネクは一九二四年の「世界舞台」にフリードリヒ・エーベルトについてこう書いている。「この共和国には失うものはなにもない。黙して語らない国家元首の損失はだれにとっても損失とはならないだろうからだ。節度、忍耐、繊細な心遣いをもってしても、六年後には、社会的、経済的な復活をかけて戦った共和国の手強い敵手に、新しい国家改革に尊敬の気持ちを起こさせることに失敗した……この共和国で真に支配している者は鉄兜団の精神であり、ヒトラー＝ルーデンドルフである……まだバイエルンがさしあたりドイツ共和国に属していながらも、大統領はミュンヘンのヒトラー＝ルーデンドルフのばかげた法廷の喜劇に沈黙していた。いまや白装束の処女たちの松明の行進に伴われて家にもどされるアルコ伯爵の保釈に大統領は沈黙していた。この殺人者は親密に愛情をこめて歓迎されたが、この人物の犠牲となったのは沈黙する帝国大統領の党員であった――そして大統領はハレ出身の君主制主義者の訴えに沈黙した」。

ナートーネクはふたたび「世界舞台」にこう書いた。「しかしわれわれは国王の夢を最終的に葬る無血の可能性があることなど理解していたわけではなかった。皇帝支配の根絶と精神の伴わない形式的な退位との間には、じつにさまざまなありふれた中間段階があるのだが、よちよち歩きのドイツ革命はまさしくこのことを見失っていた……」。

そして一九三二年にはこう書いている。「『偉大な総統』を認めることによって、自らわずかな威信が確保されることになる。総統はまさしく、没落の時代にあって曖昧なまま影響力への欲望と復讐の欲望として登場するあらゆるディレッタントの代表であり、そしてかれを救世主として熱狂的に歓迎すれば、鞭打苦行者がだれかを鞭で打っても正当性をもつことになる。ここにいるのは厚顔で劣等な主導者であり、独裁によってあらゆる不確実なことに終止符を打ってしまう。血なまぐさいディレッタントには、じっさいに多くの幻滅を味わった小粒のディレッタントが盲目的についていく。かれらは無能が可能にした狂信主義の信奉者である。血なまぐさいディレッタントと盲従――なんという、隠されている病状の象徴的な結合であろうか……」。

「世界舞台」になんども掲載されたナートーネクの文章はすべてベルリンで書いたように思われたが、地方のライプツィヒで書かれていた。「地方はほかに代わりがないという意味でベルリンよりもすぐれていて、大いなる静寂、人間の集い、洗練さ、余暇が多くある」とナートーネクは自分の立場上の利点を理解していた。「ベルリンで生産されたものには影響力がない。それらはたえず大量消費とスピードの崇拝によって脅かされている。こだまにははっきりと跳ね返す余裕がなく、すばやくつぎつぎと続くのは叫び声である……田舎がベルリン的になり、批判的に検証するかわりにそこから提供されるものを模倣すれば田舎は失われていく」。

ベルリンのこの雑踏にライプツィヒの男性はなれきっていた。「出世と成功、そしてとり憑かれたような労働、これは深いところで蠢いている権力によるある種の鎮静化であった。かれは仕事の陶酔と熱狂ですべてを忘れることができた。かれには忘れたいことが多くあったので、それはそれでよいことであった……」。このような自己分析、自分の執筆動機のほんとうの理由を見抜くこと、矛盾からでてくる疑問――これらはすべてジャーナリズムの仕事を越えてナートーネクを導いていった。永遠が消えてなくなるまではその日のごみを食い尽くすことにこだわらなかった。

どこから、どこへというつもの質問がくりかえされる。「私が上にいるときは、下に追いやられる」とナートーネクは書く。「矛盾が私を追いやる」。または「かれは自分が産み落とされた中心の位置を嫌っていた。中心を確かめながら真下を見る誘惑に駆られた……」。または「中心に家をもとうとは思わず、またほかの場所にも家はなかった」。ナートーネクは社会生活上のジプシーだった。ナートーネクは自分自身からこっそり抜け出るために壮大な世界観に同調すべきだったのだろうか。「あきらかに真実はないので世界像は地下室で造られる」と書いている。

ナートーネクは、マルクス主義に、経済的なものに倫理的なものを築きあげようとする不吉な欠陥をみている。マルクス主義はあらゆる社会構造を改革可能と見なしてきた。人間だけはそうはいかず、人間は本質において変わることはなかった。ナートーネクの歴史を見る眼は旧約聖書のなかで築かれた。啓蒙的な意識をもつナートーネクでも払拭できなかったのは、生活条件を変えることはできても、人間の性格は変えられないという苦渋に満ちた経験的知識であった。ナートーネクは人間の悪を耐えがたい真実とみた。

トゥホルスキーとおなじくナートーネクはジャーナリズムの可能性のすべてを利用した。ナートーネクは政治的な作家、文芸欄の執筆者、演劇評論家、書評家であり、論争、小話、風刺などとおなじく社会、時代現象の分析力もあり、ひとの才能をみる炯眼をもっていた。ナートーネクが発掘し支援したブルノ・アピッツは、第二次世界大戦後に強制収容所を題材にした長編『裸のまま狼の中で』を書いて有名となった。ペーター・フリントというペンネームで第一作を書いたエーリヒ・ケストナーの作品を出版し、かれを「新ライプツィヒ新聞」の文芸欄に補佐役として迎えたのもナートーネクであった。

ナートーネクはライプツィヒでエーリカ・マン、クラウス・マン、パメラ・ヴェーデキント、グスタフ・グリュントゲンスの「有限会社文学家族」が演じたクラウス・マン作の『四人のレビュー』の初演を仔細に観察した。リンゲルナッツの作品『瓶』の上演については主人公を演じる作家のことも劇評している。絶大な権力をもつ劇評家アルフレート・ケアのもとで、ゲオルク・カイザーの復讐劇を観たが、カイザーを『製紙工場』の主人公にしたのはケアだった。そしてナートーネクは突撃隊――ヒトラーはすでに権力に就いていた――によって妨害されたカイザーの作品『銀の海』の初演についても書いた。この作品のテーマは、搾取された人びとや権利を剥奪された人びとの連帯であり、カイザーはその上演のあと禁止作家となった。

「本の書き手というものはしばしば逃走の導き手以外のなにものでもない」とすでにナートーネクは一九一八年に書いている。しかしながらかれ自身は、逃走が阻止されることになる作品を書いた。ナートーネクの本は、あらゆる文学の基準から大きく逸脱しておりかれ個人の逃亡のブレーキの痕でもあった。かれの本は、個人的な逃亡の姿を逃亡という壮大な物語世界で見えるようにする臨時停車場であった。個人的なことは公的な視点で、公的なことが個人的な視点で描写された。当時の危機意識を書いたナートーネクの本は、小説らしい軽快さ、行為と思想の絡み合いにおいてほとんど口当たりのよい読み物であった。現在、亡命したチェコ人クンデラのことを賛嘆する人は、ナートーネクにおいてクンデラ的な文学の構想と同等の先駆性を見いだすことになる。

一九二七年にライプツィヒのF・クリック書店から『化粧と日常』という題で出版されたナートーネクの第一作の小説は、その後の長編小説ではすべてが統一的に融合しているのにたいし、まだ全体の結びつきが希薄である。つまり、短編、寸評、アフォリズム、比喩、内的独話、詩がそのままになっている。ナートーネクは副題でその作品を「いろとりどりの散文」と名づけている。すでにここには未解決のままだった女性が多彩な表現によって言及されている。妻ゲルトルートのことである。ゲルトルート・ナートーネクには、破綻した生活が小説的に表現されていることは分かっていた。この物語のなかの一作に『結婚における沈黙』がある。「口げんかよりも悪いのは押し黙ったままの反目である。敵が語っているかぎり、どこかで急所をつかまえることができるが、沈黙するパートナーからはなにかをひき出せる望みはない。嘘の言葉でさえもまだありがたいのであり、相手を見抜くことで勝利を手にするか、錯覚の慰めを手にする。だが沈黙の砂漠からは希望は芽生えない」。

ほとんど同時におなじ出版社からナートーネクは、テレーゼ・フォン・コナースロイトの不可思議な現象について書いた『聖者か、病人か、女ペテン師か　コナースロイトの奇跡の批判』を刊行した。ナートーネクは小説家として戦争末期に亡命地ツーソンで長編小説『トーマスとテレーゼ』を執筆し、ふたたびこのテーマに取りくむことになる。この作品でコナースロイトの設定をアリゾナの砂漠に移し、アメリカ社会とこの事件とを対比した。一九四四年から五五年にかけて書かれた『トーマスとテレーゼ』は最初は英語で書かれた本であるが、アメリカ的なものへの愛着が、ヨーロッパの解決に通じるところはどこにもなかった。

ドイツ国籍のプラハのユダヤ人が三作の時代小説を公表したのは、ナチスが侵入してきてナートーネクの本を焚書にする前のことであり、炯眼にもその本にはナチスがドイツを暴力的にした理由が書かれていた。一九二九年にショルナイ書店から出版されたナートーネクの長編第一作『けっして満足しない男』は見かけはまったく非政治的な傾向の小説だが、クラブントの『ブラッケ』とトーマス・マンの『フェーリクス・クルル』の間に入りこんだ悪漢小説である。しかし、この悪漢は凡人に憧れる小男である。会計係のアーダルベルト・ヴァイヒハルトがたらふく着服したあとにあこがれの冒険によって空虚な内面から逃れようとすること、かれが人生の生き甲斐をもとめていること、自分の生への執着がかれをさらにいっそう無意味へと追いやっていること——これらがナートーネクによって喜劇のように構築されている。

凡人氏は悪漢小説のなかで夢に生きて、妻をおいて大金をもってパリに消え、人生の享楽を必死に追いもとめるあまり、結局は、かつて銀行で会計係として勤めていたときとおなじ不満をもつことになる。凡人氏は金銭を浪費するが、自分の幸福を見つけはしなかった。いつか有名になるにちがいないと夢見て、挫折したパイロットの助けを借りて飛行機を乗っ取り旧いヨーロッパから新世界へと最初の大陸横断に出かける。大海原を越える飛行は噂をもたらし、噂は金銭をもたらし、その金銭によってアーダルベルト・ヴァイヒハルトは映画会社の社長になる。かれはすべてを手にいれるが、すべてが欠けていることも知る。

長編作家ナートーネクにとって出発点となったのは、「主人公」の内面を語りながらよどみなく流れている場所で逆流していくものを示すことである。たいていは卑小なこと、私的なことのもつれあいからはなにも決定的なことは出てこないが、ここではよい意味でも悪い意味でもなにか大きなことは、この小さなもつれあいから出てくる。ナートーネクはつねに小説の人物のなかに不誠実な動機をさぐり、その動機があらゆる決断につきまとっている――影響をあたえるとか、決定をくだしたりするのだが、後者が多い。人間――善と悪からなるこの気まぐれなもの。

「けっして満足しない男」は空虚にのがれる自分を断ち、愛の代償として名声に手を伸ばし、妻のもとにもどっていく。救い手としての女性――これこそがナートーネクのモチーフである。「妻をべつの女性以上に忘れることはできるが、千人の女性以上には忘れることはできない。数知れぬ女性たちから一人の女性をさがすのは狂乱状態となる。千人の女性は性の神秘のなかで不思議にもふたたび一人の女性に融けこんでいく。ひとりの女性を目指すことは、すべての女性をもとめることにも通じる。もとめられ、受けいれる女性はだれでも、遠くの暗闇に幻影として立っている女性がもつ、目には見えない細やかな心の動きをしている。この女性こそは、ひとが鎮めがたい復讐心をもって復讐しようとする唯一の女性であるが、この女性は欺かれた女性であり、すべての女性がなにもなしえないことを知ってほほ笑み、勝ち誇る」。

ナートーネクは、一九三〇年に出版された二番目の長編『金銭が世界を支配する、または良心の冒険』では小男の夢をふくらませるために、アーダルベルト・ヴァイヒハルトを財産の継承者に、そしてＩＧファルベンと容易に読者にわかる化学コンツェルンの株所有者に設定している。ナートーネクは意識的に低俗な人物に設定した状況から金銭の心理を、富裕者の内面を小説で展開し、大衆を利用して富を手にいれようとする人間の知的な代弁者について展開した。

この作品からヴァイマル共和国におけるイデオロギーの闘争が見えてくる。イデオロギーの目標が、しかもイデオロギーを支持しているひとのさまざまなエゴイズムが見えてくる。ナートーネクが示したのは、いかに市民社会の経済の論理が欲求のシステムとともにイデオロギーの純粋性をなんども打ち砕いたか、いかに市民社会から脱落した人間が市民文化の暴力的な性格によってなんども遅れを取りもどしたかということである。それでもマルクス主義は社会に背きつつも資本主義の子どものままである。ひとつの欠陥がべつの欠陥を覆い隠すのである。

ナートーネクは長編で奇妙な事象を指摘している。とくに知識人は二〇世紀における意義の喪失によってマルクス主義に駆りたてられ、キリスト教が生活の目標を無視したように生活の意義を無視したマルクス主義に駆りたてられた。このキリスト教の保守主義はその基盤を失い、マルクス主義は基盤をもつことはけっしてなかった。思考様式が消えてしまった合目的な世界では、新しい物質主義が意味の充足を約束するようにして影響を及ぼした。この悪しき解決案をナートーネクならびに長編の人物アーダルベルト・ヴァイヒハルトは見通していた。

ナートーネクが語っているのは、ヴァイヒハルトがいかに「自分の階級から脱出しようとしているか」、いかにコンツェルンがかれを巧みに操作しいているか、いかにかれが資本家の方法を使ってだましながら企業に関わることで脱出に成功したかである。ヴァイヒハルトは独自のユートピアの生活を送る人物のところに金銭をもってたどり着く。たどり着いた先は、理性を植えつける若者の教育者、ラインハルト・ケルゼン教授であった。しかしかれが着いたときには、ケルゼン――この比類のない人物の設定はレオナルト・ネルソンをモデルにしている――は死去していた。

アーダルベルト・ヴァイヒハルトが自分で決断したのは、「自分の内面を吐露する」こと以外にはなかった。かれがケルゼン流のユートピアの人生を生きられるか。この問題をナートーネクは亡命中に追求することになった。「私ではない……しかしひょっとしてきみかも」という答えは、イデオロギーが切断された彼方にある意味にむかって行きつもどりつしながら探求した結果であった。ナートーネクは三部作をパリ亡命で完結した。ゲシュタポの手に落ちた原稿は、現在ポツダムの東ドイツ国家文書館にある五つのトランクにはいっている。

ほぼ五〇年後にペーター・ヴァイスが自分のユートピア的な人生を世に問い、その「抵抗の美学」によってセンセーションをひき起こしたときに、等身大のナートーネクを回想するひとはいなかった。ペーター・ヴァイスは社会主義の犯罪を徹底的に見直すなかで、権力闘争で敗れたときのあの目論見をふたたび社会主義にとりもどした。ナートーネクは市民における犯罪を徹底的に見直し、暴力のない、相互理解のある市民社会を展望した。「人間は探求するものだ」と書いている、「神よ、展望を見いだすためにはどこに降り立つべきだろうか……」。

ナートーネクはアーダルベルト・ヴァイヒハルトの人物像において自分自身の変革の可能性をくまなくさがした。ここにも性における解放の問題が登場し、妻ゲルトルートとの私的な葛藤がふたたび、今度はべつの解決の提示をもとめながら描かれている。私的なことが社会の発展と切りはなせないまま絡み合い、自身の生活の可能性のなかでもっとも誘惑的なところがもっともみじめであると認めた。

ナートーネクは抵抗作家、急進的な文学についてこう書いている。「たんに脊椎を折った踊り子にすぎず、そのほとんどの作家はひどい不安に襲われ、ひそかに粉飾された精神の崩壊を感じていた。ほとんどの作家はわれ勝ちに逃げる精神によって身勝手なパニックにとらわれ——独立して純粋な精神になるために大いに稼ぎ、そのことでかれらはいっそう破滅に陥った。ほとんどの場合、抵抗作家は失った場と心地よい場を交換しようとしていた……」

原因はこうである。「抵抗作家は急進的な文学に代償行為を嗅ぎとっている……抵抗作家は世に出ることのできない、才能のない活動家であり、この不満にたいし自分たちの辛辣な要求によって復讐した。抵抗作家は実生活からはなれるほどに、ますます急進的になっていく。しかしかれらは具体例を示さず、文学のみを提供する……」。

ユートピアの高揚した緊張状態とユートピア主義者の隠されたエゴイズム。ナートーネクはこの矛盾をヴァイヒハルトの妻に詳しく説明させる。「最後の人が最初の人になると、最後の人は最後の人を忘れてしまう最初の人になるでしょう。あなたの清い友人たちを思い出して、じっと見てみてください。かれらが金銭をもてば、発言は変わるのです」。

ナートーネクは三部作を完結するまえに、精神と行為の間の緊張関係を自分がよく心得ているあの職業によってあきらかにした。言葉の代弁者と言葉の誘惑者という職業において、つまり良心の表明を政治家とおなじように名人芸的に隠さなくてはならない職業においてあきらかにした。ナートーネクは一九三二年に大部なジャーナリスト小説『ある街の子どもたち』を刊行する。第一次世界大戦で大事な価値が投げ売りされたために、当然の結果として起こるひどい悲劇が描かれた時代小説である。ここではジャーナリズムにおける全体的な腐敗、そして表向きの理想主義の腐敗も、いかにナチスの排外主義を容易にしたかが書かれている。

プラハの幼なじみの四人は同じ職業で結びついたままでいる。しかしジャーナリストの四人には、この職業とはべつのことが重要となる。一人目の人物には女性、二人目には共産主義、三人目には神、四人目には憎悪である。最後の四人目は、復讐という名の「ある課題の奴隷」になっている。かれは少年のときに侮辱されたことがあり、なにごとも苦労して闘いとらなくてはならず、恐怖をまき散らしながら自分自身の恐怖を追いやり、自分の出世をむずかしくした連中を抹殺することで解決を見いだした。かれが出世してもなれないような裕福な中産階級を出自として当然のごとくの優越感をもっている人間にかれが出会ってみると、かれらはみな上層部を独占した連中ということになる。

かれは、自分が憎んだかつての幼なじみと出会い、平然と自分の雑誌で個人的な策謀を弄して自殺に追いこむ。裕福な中産階級の出自である幼なじみを、そしてさまざまに反論をくり広げる自由主義のジャーナリストを抹殺するためには、ヒトラーを権力につけることになるあの反動主義者たちの権力をもとめなくてはならなかった。つまりかれはユダヤ人気質を、ブロンドに染めたり、愛国的な調子でごまかすことだと理解しているユダヤ人であるが、そのようなかれを追放することになるあの反動主義者たちの権力をもとめなくてはならなかった。

ナートーネクが示したのは、いかにジャーナリストの私的なたくらみが気骨のある政治姿勢のうしろに隠れているか、そしていかにこの私的なたくらみがこの政治姿勢を決定しているかであった。「憎悪は敵を破壊するか、もしくは憎悪の担い手を破壊する」とナートーネクは作品の「勝者」に語らせている。「善意は……そのさい気絶するほどばかばかしい役割を演じる……尽きない憎悪よりましなのは罪のほうだ……」。

『ある街の子どもたち』は現在では書籍愛好家の垂涎の的である。その理由は、「騎士らしい敵対者」ハンス・ヨーストに献呈したにもかかわらずこの本が一九三三年五月一〇日の焚書から守られなかったからではなく、ナートーネクがこの本をショルナイ書店から刊行した直後にある諍いのために回収させたことにある。現在、紀行作家としてわずかに知られているリヒャルト・カッツ（一八八八―一九六八年）は、自身のことに良心の呵責を感じなかったジャーナリストだが、「新ライプツィヒ新聞」も傘下にあったウルシュタイン書店内部ではかなりの権力者であった。その間に特派員となったカッツには成果をあげる雑誌編集者という評判がウルシュタイン書店内にあった。そして一九二七年に、日曜紙「ディー・グリューネ・ポスト」の創刊者となり成功をおさめる。カッツは大衆の本能に本能的な感覚をもつプラハ出身者だった。

ナートーネクはアリゾナのツーソンでリヒャルト・カッツとの争いをこのように想い起こしている。「私は自由につくりあげた小説の筋で、屈辱にたいし容赦なく復讐する者の暗い性格を描いた。私はかれのもっとも内面的な部分を外部に向けて、事実的な特徴と想像上の特徴を混在させた。この本の影響は唖然とさせるほど凄まじかった。この男は突然叫び声をあげて、この登場人物と自分を同一視して、この本と著者が抹殺されるまで自分に休息はない、と誓った。それはかれの人間像が額縁から抜け出てきたかのようであり、現実の反応が私の物語の正しさを証明しているかのようであった……それはぞっとするような、不気味な出来事だった。私は地獄の王子を描き、笑い物にはしないでその実物を描いたのだ。『それは私ではない』とつくりものの人物は苦情をつぶやいた。私は自分がつくりあげた人物に恐れをなしはじめた……叔父殺しが良心を奪われてしまうハムレットの寓意的な劇中劇のように、私の本は『ねずみ捕り』として計画されたわけではない。私は故意ではない影響にいっそう狼狽した」。

回想するナートーネクは、この体験を何年かかっても六千マイル隔てても脳裏から消せなかったことに驚いている。「しかし私は現在ではべつに見ている。私が風刺的な気持ちから『ねずみ捕り』を書いたり、ある人間について本能的な嫌悪から――正当であれ不当であれ――イアーゴ風なところがあると言っても、後悔することはまったくないだろう。私が後悔しているのは、私自身の良心が『ねずみ捕り』に捕まったことである。肩をすくめる代わりに、『やましい馬にはびくっとさせておけ』と言って私は自らぎくっとする。私が後悔しているのは、私が自分の本をめちゃくちゃにしてしまったことであり、それは私の良心が告発を受けいれ、私自らに訴訟を起こしたからだった。本というものは子どものように、その生産者の血液によって生きている。それが成功作であれ失敗作であれおなじことである。本はそれ独自の生の法則、その秘密、その鍵をもち、その著作者による放棄は子殺しのようなものである。ここに、負わされた罪がある」。

ヨーゼフ・ロートはナートーネクの『裏切りの通り』について、長編の解説的なパッセージを余分だと見なしていたが、印象は感動的だった。ロートは一九三二年一〇月一四日の手紙でナートーネクの『地獄の天使』を「忘れがたい」と評し、この作家の言語を「輝かしい」と書いた。長編がエッセイ的、解説的という非難はロート流の批判である。「私はへりくつ屋でもあります。しかしそれを隠していません……長編ではいっさい抽象的なものがでてくる必要はありません。これはトーマス・マンに委ねましょう。あなた自身には具体的すぎるほどの直観力があるのですから……」。

ロートはこの長編に自伝に近いものを察知して、皮肉をこめてこう言っている。「自分の日記を公にしてもよいのはノーベル賞を受賞してからです」。そしてロートは「ジャーナリズムから内面的に遠ざかるように試みてください」と警告を発しながら、ナートーネクにとってジャーナリズムからはなれる時がきた、と感じていた。

ナートーネクはジャーナリストとして内面の不愉快なことに決着をつけるかのように、予見したことを追体験せざるをえなかった。「かれは裏切りの通りを歩く多くのひとに出会った。ウルシュタイン－モッセの編集者たちは、かつてはブレヒト、ブライトシャイトのためには火をも辞さなかったが、それがいまでは足跡をすべて消すために、できれば一九三三年までの新聞の束を燃やしたがっている……きみたちは納得して色目をつかっていたが、納得するために戦うことはけっしてなかった。きみたちはまたもきみたちの新たな、ほやほやのナチズムの裏切り者となるのだろう。私は良心をゆっくりと押し殺していく経過を見てきた。私はすべてを自ら克服し、突きぬけていった」。

エーリカ・ヴァッサーマンは、ナートーネクと知り合ったときは二一歳だった。裕福な家庭の娘であり、両親はウルシュタインと懇意だった。それで彼女はウルシュタインの新聞「新ライプツィヒ新聞」を訪れ、見習いとして働いてから編集者となった。法廷記者、そして地方記者となった。彼女の目当てはナートーネクだった。かれの部局にはいるために彼女はベルリンのヘルマン・ウルシュタインを訪ねた。かれは笑いながら言った。「かれをものにするのはそう簡単ではありませんよ」。彼女は反抗的に、「でも私は」と答えた。彼女は実行に移した。長編『裏切りの通り』は、当時の出来事をこと細かく伝えている。なんとなれば、エーリカ・ヴァッサーマンは彼女が中身を知らないこの長編の内容を私に、くわしく語ってくれた。

『裏切りの通り』にはこうある。「彼女の配属先のペーターは、彼女の少しばかりの書き物を奪い、彼女が削った赤鉛筆の一本で校正し、くずかごに投げ入れた。彼女は目に涙を浮かべ、笑った……新聞社の若い娘……夜一一時に終わるような労働日には、告白できないようなむだなことにたいする深い反発の感情のなかで、恍惚、上昇、解脱にあこがれながら神経を緊張させていた……いつも夜中に編集室から『アルハンブラ』に出かけるときに、彼女も同行したのはペーターもいたからだが、かれのほうは彼女を気にかけなかった……」。

べつの箇所でナートーネクはこう書いている。「なんにもならない、とかれは思い、小柄な娘ルートを払いのけた……彼女に心の端をかすめ通らせたのだ。それ以上のことではなく、たいしたことではなかった。そうあってはならなかった。遊びごとがはじまり、かれは自分の情熱を適当にふり分け、距離をとった。遊びごととして終わらざるをえなかった。人生最高の恋はマルグレートによって満たされていた、とかたくなに信じていた。おなじことはくりかえされなかった――かれは率直ではなかった……」。

エーリカ・ヴァッサーマン、七七歳。ニューヨークのコーヒークラブで、雨模様の日。そのレストランには客が数人だけいた。筆者は彼女の古い写真は見たことがなく、『裏切りの通り』にある記述を信頼して、外から窓越しに眺めていた。もはやシャガールの絵の人物のようにばたばた飛んでいくような解放された女性ではなかったが、ナートーネクのいうムリーリョの天使は見分けがついた。小柄な女性、眼鏡、茶色の目、カールした短髪、白くなりかかった髪。懐中鏡を覗くときの人目を忍ぶ眼差し。手早い化粧直し。筆者は彼女のまえに立った。美しく老いた顔でしわが均等に網状になっている――そのうえアメリカ風の魅惑的な顔、パウダーは濃くはないが十分だ。

ハンブルクの弁理士、大学教員、ハンブルク大学の共同設立者の娘である21歳のエーリカ・ヴァッサーマン。このときナートーネクと知り合った。離婚していたナートーネクと恋に落ち、「第三帝国」で結婚した。

エーリカ・シュミット-ヴァッサーマンは、久しぶりのドイツ人に慣れるのに手こずっていた。短いセンテンスの言い回しはアメリカ的なしゃべり方だった。彼女の話はライプツィヒのことにもどった。「ハンスは青い目、黒髪で細身でした。印象の強い人で、独立独歩の人として知られ、ずっと自分のことにだけ関わっている人でした。いま考えてみても、かれのジャーナリズムの仕事は自分に関心のあることを表現しただけでした。編集局のかれの小さな部屋はいつでも乱雑で、机のうえはあふれかえっていました」。

エーリカは書評を書き、辛辣な寸評などを書いていた――そして詩も。ナートーネクは彼女に忠告して詩から遠ざからせた。「ながいことわれわれの間にはなにもありませんでした」と彼女は回想している。「一九三二年にナチスの地獄の魔術がはじまりました。状況はがたがたしていました。そこで私たちは親しくなっていきました。編集部での書き手としての気力はぼろぼろに砕けていきました。用心深くなりました。臆病な気持ちが小さな足音とともにやってきました。それが私たちを排除したのですが、それはまだほかの人びとがひどい不安によってナチスへと駆り立てられるまえのことでした。ハンスは、一番の親友である編集長のレーマンが、最悪の楽天主義者に転じてしまったことを認めようとはしませんでした」。

エーリカは一九三三年四月一日に解雇された。「私たちはすでに数か月まえからいっしょに住んでいました」と彼女は説明した。「かれの結婚はとっくに破綻していました。しかしかれの妻は強い女性でした。かれはいつでも強い女性たちを必要としていましたが、女性たちからするとかれが成長することはありえませんでした。かれが結婚生活から出ていったわけではありません。良心のある男性でしたが、かれの罪悪感には自己破滅的な面がありました。かれは突然いきなり二重の悲劇に見舞われました。政治的に、そして個人的に。そこからおそるべき大混乱の状態となりました。ナチスの憎悪の言葉が絶望した女の語彙となったのです。こういう関係でも私たちふたりはユダヤ人だったのです」。

彼女はとうとうたる弁舌のままこう話す。「私はすぐに分かりました、私たちはドイツから出ていかなくてはならないと。この認識はもちろん、わが恋人もおなじでした。『先に行かなくてはならない者を銀の湖がつれていく』。この文は私には約束とおなじでした。これはドイツで上演されたゲオルク・カイザーの最後の作品にある台詞です。私はハンスと初演を見ました。『批評家』のかれにとって、論評することはナチスとの戦いの継続になりました。そしてナチスはあの時点ですでに権力に就いていたのでした。私にとってこの作品は個人的な呼びかけでした」。

ナートーネクが解雇を通告されても編集局のかれの部屋を用事があって訪ねたことを伝えるエーリカは、なぜか現在でも、納得がいかず頭をふっている。かれは『裏切りの通り』で――自分に認識させる方法で――このように描写した。「われわれは遠くから、はるか遠くからやってくるので、ときたま根源と本質を忘れたり、失うことがある」。解雇されたジャーナリスト、ニュマンは「うなずきながら、うずくまって座っていた。苦痛で顔の表情はぐったりし、口をふくらましてだまりこくっていた。これまでの顔が崩れ落ちて、新しい顔が浮かんできたようだった。あたらし物好きのその女は突然、かれがユダヤ人のようにみえる、と思った」。その女にナートーネクはもう一度会いたいと思った。

ドイツから逃亡した直後に書かれたこの本は、ナートーネクがすべてを見ていたことを証明している。すでにかれの長編『ある街の子どもたち』には、強制的にジャーナリストの職に就かされ、神と偽りの関係にあるユダヤ人が登場する。かれがこの状況から解放されるときのことを、ナートーネクはこう書いた。「かれははじめて自分のことを告白した瞬間、自分自身が極度に確信がもてず、あやしげになった」。ナートーネクは一九三三年にさらに問題のある状況にいた。自分のことを告白したとき、かれが近づこうとした拠点となる場所はまだ遠くにはなれていた。一九三五年に異郷に帰ったことはこういう事情による。プラハ、キーワードとなる首都。

エーリカはナートーネクの命を救った。これはたしかなことであり、この愛情関係がなかったらナートーネクはライプツィヒにいたままだったろう。妻はナートーネクを守れなくなり、ナチスがかれを強制収容所に連れていくまでそのままだったろう。エーリカには結婚生活を救うだけの力があった。彼女はこう言う。「ハンスは危険から故意に目をそむける態度をとりたかったのです。かれは去りたくなかったのです。プラハ出身のユダヤ人であると認めたくはなかったのです。編集室に閉じこもり、おまえは去れと言われるまで承知したくはなかったのですが、かれにはほかに行動のとりようがありませんでした。だれが国外に連れだせたというのでしょう。かれ自身ですか。それはありえません」。

精力あふれるエーリカはナートーネクの背中を押した。彼女はかれの想像力から現実的な結論をひきだした。彼女は「悲観的に見る」かれの癖を肯定的なことにむけさせた。「私はかれのことをひどく心配していました」と彼女は言う。「私は夜陰に乗じてかれをある列車に乗せました。かれはテシーンにいきました。アスコナ方面です。かれはどこか山間で小屋をさがしました。私はあとからいきました。かれは妻に手紙を書きました。彼女がやってきて、ドイツに連れ帰りました。かれはほんとうに帰っていったのです。私はそのあとパリに旅行しました。私は思いました、すべては終わった、と」。

それでは終わらなかった。終わりはずっとあとまわしになり、ナートーネクはそれから執筆することになるすべての本で彼女のことを悼むことになる。

「ハンスがどれほどライプツィヒにいたのか、私は知りません」とエーリカは話す。「かれは私のパリの住所をさがしだし、私にベルリンから電話してきました。かれは離婚していました。私たちはハンブルクで会いました。私たちは結婚し、私の両親の家に住みました。私がかれのためにシャミッソーの小説に必要な調査をして、かれが執筆したのです」。

フランスからドイツ亡命へと押しやられてきたアーダルベルト・シャミッソー（一七八一―一八三八年）は、かれの友人にペーター・シュレミールの物語の原稿を託し、自然科学者としてロシアの軍艦に乗って世界中をめぐった。もどってみるとシャミッソーは有名な男になっていた。この間にこの友人は原稿をかれには内緒で印刷させていた。ナートーネクの長編『シュレミール』は一九三六年にオランダの亡命出版社アラート・デ・ランゲから出版された。これが第二次世界大戦後に再刊された唯一の本となった――一九五七年にベーレント書店から、その後ベルテルスマン・レーゼリング書店から『影のない男』のタイトルでドイツで刊行された。ナートーネクが一九五七年に、逃亡のあとの唯一のヨーロッパ旅行のさいにドイツに帰ったとき、かれに注意をむける者はだれもいなかった。

エーリカがナートーネクをふたたびある列車に乗せなかったら、そのままハンブルクに腰をおろしていたかもしれなかった。国籍はナチスから剥奪され、無国籍だった。旅券のない国境越え。「われわれのメイドの男友達が、プラハ行きの列車の車掌と友達でした」と七七歳の彼女は語る。「車掌はかれを隠してくれました。こうしてかれは国境を越えてチェコスロバキアにやってきました」。これが一九三五年五月のことである。「ハンスは以前にもう一度子どもと会っていました。最初の妻とも会っていました。彼女は金銭がほしかったのです」。彼女は金銭を必要とし、エーリカの父親から、二年分に相当する生活費を手にいれた。

ゲルトルート・ナートーネクと子どもたちにとってドイツ国籍を剥奪されることの意味にエーリカが気づいたのは離婚後のことだった。彼女たちも無国籍になったのだ。そして彼女たちは無国籍者として国の援助を得たいとは主張しなかった。孤独による完全な絶望が憎悪を駆りたてる状況となり、ユダヤ人の教授ヴァッサーマンと、ナートーネクが今度その一員となる家族にとって、憎悪は危険なものとなった。

エーリカ・ナートーネクとハンス・ナートーネクは、チェコに亡命した。すると父親のヴァッサーマンはハンブルクでナートーネクの最初の妻から手紙をもらった。ゲルトルート・ナートーネクは一九三七年五月一四日の日付でこう書いている。「あなたの娘のへたくそな絵と私の別れた夫の絵がドイツならびにチェコ当局ですばらしい評価を得ました……それでユダヤ風に『インチキ商売』ができると信じている者は、ひどく判断をまちがえるのです。将来、罪として指をはたきますよ。ハイルヒトラー」。

エーリカは、この手紙がどうしてナートーネクの手にはいり、いまはこの手紙が東ドイツ国家文書館におけるパリの遺稿セクションにはいっているのか、これ以上思い出すことはできない。しかし彼女は言う。「私にはすくなくとも陰険にしか思えないこの手紙の記憶が残っています。ひどいとしかいいようがありません」。ナートーネクはあの時代に憎悪を解消するように試みたが、ひどく絡みついたその糸はもはや完全に解きほぐせるものではなかった。しかしはっきりしているのは、かれが子どもたちと妻をプラハに呼びもどそうと努めたことである。この作家の娘、ズザンネ・ダックヴァイラーはフランクフルトに住んでいて事情を語るのに適しているが、こう言っている。「父は当時、『プラハに来なさい』と手紙に書いて寄こしました。戦後、父が私たちと再会したとき、私は父のチェコ国籍をひき継ぎましたが、弟はひき継ぎませんでした。父は一九四五年にアメリカからライプツィヒの市役所に手紙を送っておいたのです。私たちは呼ばれ、検閲を受けた箇所が黒く塗られ、陳列されていた手紙を受けとりました」。

息子のヴォルフガング・ナートーネク、娘のズザンネ・ダックヴァイラーは父親が世を去ったあと、又借り人のヴォルフガング・コイトナーが引越して出ていき、家具が担保として提供されたときに、大胆にして、強靱で、優しい母親を迎えいれることになり、そのシングルルームに越してきた母親は、本屋をしながら生活費を稼いだ。最後に母親は爆撃された家をまえにして、唯一、燃えさかる炎のなかから一番大事なものが入ったトランクを救い出したが、このトランクは盗まれてしまった。

『裏切りの通り』にはこうある。「奇妙奇天烈で驚くべきこと」に「その女性はじっさいに不公正という意識を少しももたずに、復讐をまったく自分自身の権利として見なしていた。彼女は、そう見られていたのであるが、じっさいには罪はなかった。しかし彼女が権利意識を培ったのは、この無実ということからだけではなく、一時的な権力状況やユダヤ人にたいするドイツ人の優越感からだった。時代は彼女にこの『有利さ』をあたえ、彼女はこの有利さを利用した。彼女は訴訟を、愛でさえ——訴訟は愛をめぐる問題だったのだから——権力闘争として理解していた。これが彼女の罪であり、彼女の運命だった」。

長編『裏切りの通り』は、別れた妻がドイツに残される場面で終わる。つまり、父親が子どもたちをプラハに迎えにくる場面である。ナートーネクが「マルグレートの変容、または完結」と名づけたエピローグで、ルートが子どもをもうけること——「彼女の希望はかなえられた」——そして、読者はマルグレートが憎い夫にたいし神のまえでも赦しを断ることを知る。「きみはきみ自身の罪に盲目だったので、きみには答えもないし、新生活もない。きみの『ノー』はきみの罪である。かれの罪を赦したまえ」。神の審判はこうであり、彼女が頭上で折るはずの杖を彼女にわたす。

「静かに杖はぽきんと折れた。『祈りを繰り返しなさい、私はかれのことを赦しますと』。彼女ははじめて学ぶ新しい言語のように見なれぬ文字をつづった。すると神が彼女の琴線にふれた……折れた杖で彼女は自身を打ちつけると、彼女は一変し、無実となり、ペトロがくるまえのように病気を患うこともなくなった。そう、ペトロのほうからやってきたかのようであり、彼女がペトロを選んで定めたかのようであり、彼女がペトロを期待したかのようだった——強固で完全なものとして」。

「……見捨てられた女性は公平にあつかうことだ、そして、その女性が執念深いならば、女性から自分自身を守ることだ」とナートーネクのべつの作品にある。二番目の妻エーリカ自身をかれは守る必要はなく、結婚はすでにプラハで破綻していた。エーリカは戦争を生きのびてロンドンに亡命中、爆撃に三度あった。最後はイギリスで着の身着のままになってしまった。彼女が言うには、「私が救ったのはかれと私の写真だけでした。そう、かれは心もとない男でした。でも心もとない男こそりっぱな男なのです」。

筆者はメモをとりながらこの独白のドラマツルギーに驚いた。筆者が顔をあげると、彼女は泣いていた。泣きながら彼女はさらにつづけた。「プラハは私の人生で最高に美しい街でした。プラハでハ

（上）ハンブルクのユダヤ人ブルジョアの家族写真。1921年バルト海で水浴びを楽しむ蝶結びのリボンを付けたエーリカ、姉のリーゼロッテ、母、姉のウルズラ、弟のエルンスト、そして乳母。（下左）1917年、祖父母のまえで跪いているエーリカ、姉妹とともに。（下右）1929年、汽船「ニャサ」号の船長の隣にいるエーリカと両親、マヨルカからハンブルクへの旅の途上で。

ンスと過ごした時間はもっとも幸福な時間であり、もっとも不幸な時間でした。私はかれの子どもがほしかったのですが、かれはのぞみませんでした。『この時代ではね』とかれは言いました。私は妊娠していました。子どもはなくしました。それで私は去りました。私が一九五〇年にニューヨークで結婚した男性はハンスとおなじく二〇歳若く、かれも子どもをのぞみませんでした。それが私の生涯の悲劇かもしれません（英語）」。

＊　＊　＊

逃げ去る場所プラハ——ナートーネクはプラハをこう描写した。「かれが戦争前に去った古都は、かれのなかを流れる血液のようであり、われわれが生まれ育った場所にすぎなかった。子ども時代がわれわれのなかに眠っているように、街は深く沈みこむようにかれのなかで眠っていた。かれが帰郷してはじめてチェコ語の話し声やドイツ語を話すプラハ人の声を聞いたとき、歓喜の大波がかれの心に打ち寄せた。帰郷者の涙腺はゆるんだ。時間感覚はよろけて混乱した。二〇年の歳月は一日のごとくであり、昨日は今日のようだ」。

これは子ども時代の手探りである。「危険な帰郷であり、忘我の心境とほとんど区別がつかないほどだ」とナートーネクは感じていた。「かれはかつてかたくなに静かに生活していた人の手がかりをつかもうとして、奇妙な階段のある家のなかに立ち、子どものときに昇り降りした階段をのぼった。不思議な住居のドアのまえでひと休みした……家にはいるとすぐに、歳月の洪水がせきとめられた。オルゴールが、チェルニーのピアノのエチュードを鳴らしはじめ、古びた絨毯からもとの模様が浮かびあがってくる。テーブルのうえで真珠のフリンジがまばらについている古い子ども用のランプがゆれている」。

印象に関する印象—忘我の地理学。「もっとも遠いもの、しだいに消えていくもの、とっくに失踪した者が、かれの心にふたたび浮かんできた。小学校時代の子どもの歌『郵便馬車の御者がきた、やってきた』、子守り女の子守唄『えんとつそうじ屋さんがえんとつをそうじする、こなひき屋さんがこなをひく』が聞こえてきた。午後の庭から、吹き消されそうなスラブの手回しオルガンの歌がなりはじめる。そして通りのざわめきが、にわかにチェコ人の戦いの歌と憧れの歌となり、強くそしてしなやかに変わっていく、『わが故郷はどこ』の歌へと——この問いはかつてはおそろしい、差し迫った問いだったが、今ではこう答えられよう……故郷をさがす者がみな心の底から歌い、骨の折れる長い放浪の道中での歌だった、と」。

エーリカはこう回想している。「かれは町中をあちこち連れていってくれました。かれは過去に、私は未来に目をむけていました。かれが過去にながく目をむけるほど、ふたたびかれの狂った不安症がもたげてきました。無力にさせる不安症が。なにか悪いことが起きそうな不安症、なにかをしてしまいそうな不安症。かれの言っていることはただしく、われわれにはまだ迫害は終わっていたわけではありませんでした。かれは危険が迫ってくるのを予見していました。そう、それはきびしいものでした。かれは二言三言を除いてチェコ語を話すことはありませんでした。プラハのドイツ語雑誌はすくなく、亡命誌はもっとすくなかったのです。多くの亡命者が職をもとめていました。かれは辛抱強く考えをめぐらし、われわれは飢え死にしそうでした。かれはたゆまず働きましたが、たいていは雑用でした」。

エーリカが覚えている支援者は、プラハのドイツ人であるルートヴィヒ・ヴィンダー、マックス・ブロート、ハリー・クレペタールだった。「しかしハンスはいっそう孤独になっていき、プラハでの出来事には参加しませんでした。これ以上責任をひき受けようとはしませんでした。かれには責任はありませんでしたが、私にはありました。この国はドイツ人の亡命者をじっさいに助けました。しかし上部組織と下部組織があり、上部からくる援助は速やかでした。私たちへの援助は上部からはきませんでした。われわれは下部の担当部局を通さなければなりませんでした。下部組織からチェコ国籍を手にするのは容易ではありませんでした。たしかに、ハンスはプラハ生まれで、最終的には申請書類は受理されたでしょうが、それでは国外に出られなかったでしょう。そこでことを急ぎました。私はブエノスアイレスにいるおじに手紙を書きました。おじはお金を送ってくれて、そのお金で私たちはチェコ国籍を買ったのです」。

エーリカはふたたび――チェコの旅券で――両親に再会するためにドイツへむかった。「私の父はおどろくほどドイツ的でした」と言う。「父はドイツから出ようとはしませんでした」。それはこの国への彼女の最後の訪問となり、第二次世界大戦後も二度と行くことはなかった。エーリカは、反ユダヤ主義の暴力沙汰を自身に受けた。そしてゲシュタポから召喚されたときに聴取の係官の机には「プラハ夕刊新聞」と「ボヘミア」の記事の切抜きがあった。「身の毛のよだつような残虐行為だ」と書いたことで彼女は非難され、それはこのまま引きとめておけるのだという脅しであった。ようやく彼女に外出の許可が出たが、「私はもうこの国から出られない、と考えていました」と回想している。「私はプラハ行きの汽車に座りながらほとんど身体は麻痺していました。身体が動いたのは、ようやく『熱いソーセージ、ハム、ビール』というチェコ語が聞こえたときでした。汽車はチェコのボーデンバッハ（ポドモクリ）にとまりました。チェコ語だった――これで助かりました。涙が頬をつたわり、鼻血がでました」。

彼女はプラハでナートーネクと離婚した。「かれは離婚したくはありませんでした」。「私はロンドンに飛行機で行きました。私の妹が当地で隠れ家をさがしておいてくれました。私はロンドンで『プラハ・モンターク』紙の仕事をしたかったのです。ところが妹はふたたびプラハにもどったのです」。これは一九三八年一一月のことだった。イギリスとフランスの宥和政策、そしてミュンヘン会談が悪影響をおよぼした。ドイツのズデーテン地域からチェコ人に強要された撤退は、新しい亡命者の流れをつくった。労働党と労働組合は労働者基金国家会議（National Council of Labour's Fund）を創設した。二万二千ポンドスターリングの寄付が集まった。すでに寄付活動を提唱していた「ニュース・クロニクル」紙は新たな救済基金を募集し、四万ポンドスターリングを寄付としてかき集めた。「チェコスロバキアからの亡命者のためのイギリス委員会」(British Committee for Refugees from Czechoslovakia) が創設された。一九三八年一一月のドイツにおける「帝国水晶の夜」によって、多くのイギリス人は真実を知ることになった。

エーリカはイギリス人の援助グループに協力を申し出て、「チェコスロバキアからの亡命者のためのイギリス委員会」のために、そして「ニュース・クロニクル」紙の基金のためにプラハで働いた。「私たちは多くの人をイギリスに送りました」と彼女は回想する。「ハンスは私の事務仕事にはかまわずに書類を書いてくれました。不安定になるほどに、不幸になるほどに、多くの書類がかれのまわりに積みあげられました。かれは私とロンドンに行きたかったのです。私は説き伏せてパリに行かせました。パリにはかれの知り合いが多くいました。私はパリにかれを訪ねました。私たちはヨーゼフ・ロートと会食しました。ロートの住居近くのカフェ・トゥルノンには身寄りのない人たちがいました。無一物になるのを心配する、流行のイデオロギーとは関係のない男たちでした。私はロンドンに逃げもどり、ハンスにこのような新しい共同生活をどう思うのかと怒りくるった手紙を書きました。それからハンスがドイツ軍からのがれてフランス中を逃げまわったときには、心配と罪悪感で私はほとんど死ぬかと思いました。ハンスはバイヨンヌ、トゥールーズ、マルセイユなどから手紙を寄こしました……」。

一九三八年一一月八日からナートーネクはパリで生活していた。レオポルト・シュヴァルツシルトの「新日記」誌のために、そして共産主義から転向したヴィリ・ミュンツェンベルクの「未来」誌のために書いた。「バーゼル国民新聞」、そして「新チューリヒ新聞」もフランスに亡命中のチェコ旅券をもつドイツ系ユダヤ人の原稿を載せた。ナートーネクはパリで『私ではない—ひょっとしてきみも』の巻がはいっている三部作のアーダルベルト・ヴァイヒハルトの物語を完成させた。ナートーネクは青ひげの小説を構想し、これは歴史の衣装をまとった、破綻した恋愛関係に取り組む作品となった。

これらはすべて、現在東ドイツが管理しているゲシュタポの略奪品のなかに見いだせるものである。それには「古きパリの路地、トゥルノン通りの物語、ヴェルレーヌの手綱をつけた死にゆく詩人の物語」の原稿だけが抜け落ちていて、これには『トゥルノン共和国』という表題がつけられることになっていた。ナートーネクはのちにこの原稿の存在をべつの原稿である『私自身への探求』でふれている。これは一九四三年に"In Search of Myself" の表題をつけて唯一の英語の翻訳としてニューヨークのパットナム書店から出版されることになっていた。ヨーゼフ・ロートに関するこの長編『トゥルノン共和国』がじっさいに書かれたかどうかはむしろ疑わしく、ヨーゼフ・ロートは著名な作家であったので、ロートの名前と結びつけパリの原稿を紛失したとするのがもっとも賢明な方法であった。

一九四〇年六月の第一週にパリに爆弾が落とされ、フランス空軍省、シトローエンの工場、工場のあるセーヌに架かる橋に命中し

ヴァルター・メーリングとヘルタ・パウリは、アメリカに亡命しているトーマス・マンに救助を期待することは、絶望的とみていた。しかし、ナートーネクは影響力のある作家への電報を押し通した。トーマス・マンは、三人だけでなくエルンスト・ヴァイスもヴァリアン・フライの救助リストに載せるように手配した。しかしヴァイスはドイツ軍のパリ侵入のとき自殺した。ほかの三人はなんとか切り抜けた。

た。ヒトラーに迫害されたヴァルター・メーリング、エルンスト・ヴァイス、ヘルタ・パウリ、ナートーネクの四人は、集結し自分たちが希望のない状況にいることが分かった。ヘルタ・パウリはその著書『時代の亀裂がわが心を貫く』（一九七〇年）でこう回想している。「突然、ナートーネクにある着想がうかんだ。『トーマス・マン——かれは国外にいる。かれに手紙を書こう。かれにわれわれを迎えにこさせよう』。

メーリングは嘲笑した。『ナートーネクよ——あなたはわれわれのなかで本物の詩人だ』。

ナートーネクはファンタジーを紡ぐのをやめなかった。『電報だ』とかれは言った。『トーマス・マン宛ての電報だ——われわれは国外に出なくてはならない、必要なのは旅券だ……』

『よりによってわれわれ四人が』とメーリングは嘲笑した……」。

そのあとかれらは電報文を書いて、同行者全員の名前で署名し、一九四〇年六月九日に打電した。そのうちの三人が最終的にニューヨークに到着した。エルンスト・ヴァイスはパリに残り、自殺した。「パニックの騒乱のなかでわれわれはかれのことを忘れてしまった」とナートーネクは書いている。「われわれはかれを無視して逃げ出し、ただひたすら、やみくもに逃亡する兵だった……」。ヘルタ・パウリとヴァルター・メーリングがいっしょで、ナートーネクは独りだった。ドイツ人からだけでなく、フランス人からも逃げていく経路だった。パリでは一九三九年に「年齢一七歳から五〇歳までのすべてのドイツ人とほかの外国人」にたいする最初の収容があり、ドイツのフランス攻撃の数日後には二回目の収容が実行に移され、そのときは年齢制限が上げられ、女性も含められた。

ナートーネクはオルレアン経由でバイヨンヌに到着し、アフリカに出航する船舶の席をさがしたがむだであった。ナートーネクはさらに三〇キロ南に位置するサン・ジャン・ドゥ・リュズに逃げのびた。そこは危険に晒された多くの人間にとって越えがたいスペイン国境手前の終点であった。ナートーネクがドイツ人から逮捕されなかったのは、のちにかれが書いているように、「忘れがたく記憶に残っているポーランド人の仲間」のお陰だった。ナートーネクが誓ったことは、アメリカへの逃亡が成功したときは、生活をかけて戦っている人びとの「出来事について」けっして書かないということだった。かれはそれを守った。

ジョセフ・ウィットリン（「地の塩」）が「最後のきわどい瞬間に」ナートーネクを連れていった、満員の人であふれていたポーランド赤十字のトラックは、ドイツ人から逃れてピレネーにむかった。マルセイユで危険の迫っていた名士たちのためにニューヨーク行きの障害を除いた「緊急救助委員会」のアメリカ人ヴァリアン・フライ（一九〇七―一九六七年）とおなじく、一九四一年にひとりニューヨークに到着することになるナートーネクにとって人間的にすぐれたウィットリンは圧倒的存在であった。「ポーランドの奇跡」についてナートーネクはこう書いた。「ジョセフ・ウィットリンの兄弟のような眼差しは、地獄で仏に会ったようだった」。ヴァリアン・フライについてはこう書いた。「ゲッベルスによる敵のリストが遅く出てアメリカの救済者リストに勝てなかったのは真の奇跡である。アメリカのリストのほうが素早かったのだ……」。

ポーランド人の移送によってナートーネクはルルドに着いた。そこで動けずにいたフランツ・ヴェルフェルも救われ、『ベルナデッテの歌』を書くと約束していた。ナートーネクはルルドからチェコの軍事輸送でトゥールーズに着き、そこでヴァルター・メーリングとヘルタ・パウリと再会した。かれはマルセイユで、トーマス・マン宛ての電報が着いただけでなく、役立ったことを知った。かれの名前はアメリカの救済者リストの一番上に載っていた。だがアメリカはまだドイツと交戦中ではなく、反ファシストの救済に向けてアメリカが公式に政治参加するには問題があった。アメリカは、ヴィシーに居を構えてヒトラーに従順なペタン元帥の政権を認知していた。「精神的に動揺したわれわれは、汗をかきながら入国と出国の旅券をねだりアメリカ領事館とマルセイユの警察官舎のあいだを走りまわったが、ともに入手できなかった」とナートーネクは回想している。

しかしアメリカの自由主義者でハーバード大学卒業のヴァリアン・フライは、なんどもアメリカ領事館の抵抗を乗り越え、みごとに亡命者をスペイン国境を通過させてリスボンに導いた――かれが一九四一年八月二九日逮捕され、最終的に追放処分となるまで。なんども策略をめぐらしてゲシュタポとヴィシーに打ち克ったかれは、多くの亡命者をドイツ人とその協力者の介入から守った。ナートーネクはマルセイユのポワント・ルージュ通り三一番地の隠れ家でこう書いた。「思い出というのは過去のことと比べることであり、また現在と比べることで美化される過去へのあこがれのことである」。

ナートーネクは、ハプスブルク構想に関するヨーゼフ・ロートの夢のなかにヨーロッパの未来構想を描いてみた。つまり「過大評価された国家の主権を制限する連邦的な統合」を描いた。ナートーネクは、「歴史はくりかえされるか」という表題のエッセイで思い出を侮辱し、否定しようとする自分の世紀の「革命主義」に反駁した。たとえ「歴史を復活させようとする多くの試みが十分とはいえず、失敗していると認めても」と書いている。「復活の試みが挫折するのは、硬直して、頑固に以前の君主国とおなじ状況をひき継ごうとするからであり、そのよい例が、ナポレオンの『馬上の世界精神』が崩壊した一八一五年に、復活したブルボン王朝である。だからといって、復活してくるすべて崩壊したものが幽霊とはかぎらない。よりよいものを将来に形成するために、過ぎ去ったことを呼びもどし、改善することはできる。しかしおなじ位置から過去に到達するのではなく、いわば過ぎ去ったことから螺旋状に上昇しながら到達するのである」。

ナートーネクは一九四〇年八月二九日にリスボンに到着したが、チェコ人向けの入国割り当て数に応じて発給される入国査証を一九四一年一月二日まで待たなくてはならなかった。最初の長編でその「主人公」アーダルベルト・ヴァイヒハルトにこう語らせる。「私は綿羽のように人生のなかで渦巻き、最後に大陸から舞いあがった。そうかんたんに神は私に二回目は舞いあがらせなかった。神の手は私を導き、いま私を地上にすわらせ、その重さを私は感じはじめ、最後は逃げて飛んでいく」。

ニューヨークにおける四八歳のナートーネク。人生の真ん中を越えてしまい、人生行路は下り坂となり、歳月は疾走した。「別れのたびに青春のかけらが消えていった」と書いている。「去れ、と私がひそかにいうと、青春がかまわず去ってしまった」。そしてライプツィヒでのかつてのジャーナリズムの仕事は経済的に収入はよかったが、その思い出を皮肉をこめて書きとめている。「私は幸福なハンスのように、黄金の荷から見放されている」。ニューヨークではようやく「国立亡命者サービス」から週に一度九ドル五〇セント支給された。ナートーネクの英語は学校で習った程度だったが、学習は早かった。「私は米語を学び、ヨーロッパ語も忘れないようにする」と独白している。

ナートーネクはこの二言語を組み合わせたために挫折し、またも敗北を喫することになる。ニューヨークで「消耗させる、破壊的な自己決着によって書かれた自画像の作品」を二作、著した。ナートーネクは、元帥としてジャンヌ・ダルクの随員となり、同時に歴史的には大量殺人者としての人生を送ったとされるジル・ド・レの生涯に関し、信頼できる資料をニューヨークのパブリック・ライブラリーでさがした。ナートーネクにとっては——多くの歴史家とおなじく——ジル・ド・レは殺人者でもなく、女性を行方不明にさせる罪を犯したわけでもなかった。しかしナートーネクはこの残虐行為の神話を、残虐行為を欲望する社会の罪に帰するように用いた。

ナートーネクからみれば、ジルはまさしく純粋な情熱には耐えられない社会による陰険な言動の犠牲者となる。それはジルがつき従い勝利を導いてやるが、捨て去られることになるジャンヌ・ダルクもおなじである。ジャンヌ・ダルクは魔女として、ジルは淫楽殺人者として火炙りにされた。天国の快楽は処罰され、現世の快楽もおなじように処罰された。過激な性愛主義、これは夢のなかの夢であるが、多くの人びとが犠牲となった夢である。あえてこの真実のために生きようとする者は、到達可能なものがじつは到達不可能なままであると証明されることで、失敗者から誹謗され、犠牲となる。犠牲となった者の過激さが実現するのは伝説のなかだけである。

ナートーネクによる青春時代のジル像には、相続権のある七人の女性像が押しつけられている。六人は自然死だった。ジルは七番目の妻に遠方にある城をあたえたが、その妻とは住みたいとは思わなかった。彼女は夫に「ゆるぎない忠誠を誓うのだが、それはまるで復讐を誓うようだ」とナートーネクの長編『青ひげ　フランスから来た元帥』にはある。「彼女は憎悪するペネロペとなり、狂喜してかれの借金、負債をかぶった。彼女は高利で計算し……自らの手で清算した」。

ナートーネクは遠くはなれた者と近寄りがたい者を対置させる。「いつでも私は女性の顔のなかに天使をさがしていた」とジルに言わしめる。そして、「ジャンヌ・ダルクは天使だったので、私は彼女の恩寵を手にいれることはやめなかった。私は罪人なので、天使といっしょに寝たかったのだ」。ジルは天国の欲望と現世の欲望を一致できないので、ジャンヌを見捨てる。ジルは想像のなかで、ある純朴な田舎娘のなかに自分の夢の姿であるジャンヌを見ることができた。天使を模したジルの天使は、最後に病的なほど上昇志向の強い恋人ジルに反乱を起こす。

ジルの被造物であるこの女性は、きみは神よりも私を愛しているのかという誘惑者ジルの質問に、こう答える。「私は私の人生よりもあなたを愛しています」。この女性はジルの子どもをあこがれていたが、こう予感していた。「私はジルの夢なので、ひょっとして私には子どもはできないかもしれません。夢ではあれどうやって子どもをもうけられましょうか」。この女性がジルを捨て逃走中に死ぬと、ジルにはこの恋人の告白だけが残った。「私がジャンヌでなければ、私があなたのためにジャンヌになってあげられたのに」。ジルは、こうして自分が異端裁判で告訴されるようにジャンヌの殺人のうわさを自分にむけながら、裁判に臨む。

ジルの思い。「かれは自分の無罪を自分では証明はできず、裁判官のまえではもってのほかだった」。カフカの到達しえない「城」、カフカの「訴訟」、第二の現実世界――このボヘミア的なテーマはナートーネクでも具体化されている。「作家とは不可解なものの判断と解決を笑いながら時代にゆだねる魔術師だろうか。比喩の人物と実在の人物、そして鏡に映る像と鏡に映された像がともに出会う瞬間がやってくることを知りつつもゆだねる魔術師だろうか」とナートーネクの文にある。

ジルが火刑用の薪の山にのぼるまえに、かれの聴罪司祭は驚いて自ら有罪者にこう言う。「きみは私より神の近くにいる」。この長編のべつの箇所ではこう書かれている。「全身でフレル・リヒャールは、カトリックの唯一の権威にたいし新しいものが反乱を起こし、権威が動揺しているのを感じていた、つまりボヘミアにおけるフス派の登場を、そしてすべてのキリスト教世界における新しい良心と個人の覚醒を、感じていた。神や凱旋教会にたいし正面から直接とりくんだこの馬上の乙女、ジャンヌは、教会にはおどろくべき不快感となったのではなかろうか」。

『青ひげ』の長編小説にはまたもやナートーネクの個人的な愛の葛藤がはいりこみ――自伝的な面からみると――これはエーリカ・ヴァッサーマンへの愛の告白にあたる。これには作品に彼女の像をこめる意味合いがあり、「個人の覚醒」とともにヨーロッパの歴史意識の栄光と悲惨が地球上に広まっていく出発点となる兆候を示している。ナートーネクは神によってきずなを解かれることのみじめさのなかで、良心との断ちがたい結びつきをふたたび神へと導くことのできる道をはっきりと示した。

この長編の結末に老ユダヤ人の錬金術師が登場する。「私が誤謬を蒸留し、投射し、純化するのは、真実の金をさがすためなのだ。金を、きみは金をほしいのだろう。金は哲学の本質だ……」。ナートーネクの著書『私自身への探求』にはこうある。「神に疑問をいだけるのは、神が人間を否定することはないからだ。神はこのことになれており、冷静に黙認している」。

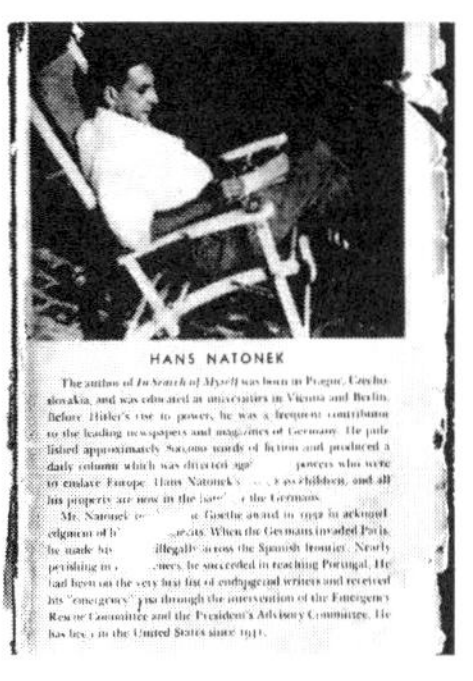

追放、そしてヨーロッパでの逃走のあとの生活の総括。ニューヨークで文学作品の代理人バルトルド・フレスの提案で『私自身への探求』を書き、英語の翻訳はニューヨークのパットナム書店から刊行。この本で、ヨーロッパでの経験、フランス亡命とアメリカでの最初の印象を対比。アメリカでの唯一の出版であった。その後英語で書かれた長編に出版者はつかなかった。

＊　＊　＊

『私自身への探求』でナートーネクはこう告白している。「私は、冒険文学の戯れやハリウッドの戯れに手をだしたり、虚栄心と自己顕示欲のばか騒ぎに手をだすつもりはない。そう、これを私は捨てているのだ。私が通り抜けてきたすべての体験のあとに、そしてくるだろうと予感できるあらゆる決着のまえに、金銭や成功をほしがるのは、言葉には表わせないほどに空虚で不気味に思えるのだ。私はなにごとも体験しては驚かされたが、そのことに厭きた。ひょっとして苦痛が私をべつの人間にしたのかもしれない」。

『私自身への探求』でナートーネクはニューヨークに到着したばかりの、ヒトラーから逃れてきたヨーロッパの知識人の体験と思想を、アメリカにおける修行の最初の年を、描写した。戦争突入までほとんど一二か月間あったアメリカ人は孤立主義にこだわっていた。ナートーネクは、この民族はその成功気質が原因でヒトラーにたいし中立的な立場をとりながら好意をいだいていると看破していた。「ヒトラーは大ヒットをとばした。私は、成功を崇拝する人びとがひそかにヒトラーのことを多少は認めざるをえなくなることを恐れている。ともかく……その男が成功することは認めざるをえない」。

しかしナートーネクも認識していた。「ヨーロッパは世界の悲しいまでの浪費家であり、いまやアメリカの玄関で物乞いをしている。ヨーロッパ自身では失敗したことでもアメリカでは成功した、と私は言いたい。アメリカは一度、大革命をなしとげ、それは正当な革命となって永久にその基礎となっている。ヨーロッパもかつて大革命であるフランス革命を果たしたが、その後すべてがもとにもどり細分化され、革命は結果をだせずに利用もされないままだった。したがってヨーロッパがこの国のように統一されることはなかった」。

ナートーネクは幸福へのあこがれを告白した。——「私はこのテーマについてあまりに多くを費やし、かつ失った」。——そしてかれが同時に知ったのは、「権利の請求書」によって宣伝された幸福への要求（"Pursuit of Happiness"）は高慢だということだ。商売と金銭というアメリカ的な回転軸によって、ナートーネクは自分の物語のなかでフランツ・フォン・アッシジをアメリカに到着させ、アメリカ精神と貧困の精神を対置させた。このように対比するとアメリカ像が悪くなることは分かっていた。しかしナートーネクが二重の意味で「私には貧乏になるよりは裕福になるほうがむずかしい」と告白するのとおなじ理由でアメリカの状況は悪かった。

ナートーネクはこのような言い方をする。「難民をどのように遇しているか言ってみなさい、そうすればあなたが何者か言ってあげましょう」。フランスはかれにとって恥ずべき例である。きわめて多くのひとを密告によって司直の手にわたした、かの国をナートーネクは、「マルキ・ド・サドを政党役員として模倣した官僚的な精神病院」と特徴づけた。フランスと組んでチェコスロバキアを犠牲にしたイギリスは、ナートーネクの目には——いよいよ絶望的と思える状況になってようやく——ヒトラーとの戦いで信頼に足ることが証明された。そしてアメリカはどうだ。アメリカは亡命者に、孤独で見捨てられる人間が多くいるかぎり自由をあたえた。ナートーネクはこのような自由な姿を評価した。

ナートーネクはニューヨークにおけるヨーロッパ大陸の亡命者グループに加わらなかった。「もう一度——または何度か——まるで存在しなかったものを存続させるように、失われたものを結び合わせてなにかをすることは、言葉に言い表わせないほど私を悲しくさせる。一度このことに終止符を打たなくてはならない。亡命におけるヨーロッパ主義——これはまだパリではうまくいっていたが、ここ、ヨーロッパから遠くはなれた場所では、うまくいかなかった……」。ナートーネクは、ある仕事をものにすることが大事なときに、亡命者がたがいに裏切るのを見てきた。とくにアメリカが戦争に突入したあと、政治的なプロパガンダの領域で知識人がもとめられている時期にである。「私の本能が私にいう」とかれは書いた、「私は『私の仲間』に期待するものはほとんどない。かれらの心は手を結ぶのか、たがいに避けるかという衝動によって矛盾をはらみながらひき裂かれている。根本でかれらが愛しあうことはない」。

ここにはまだかれの亡命の最終段階は姿を現わしていないが、方向性はこの本のなかに示されていて、こう書かれている。「ひどく混雑のする場所、狭苦しく不快な温もりのある場所には行くな。むしろ砂漠に行け、そこに居場所がある。きみのことを『きみの仲間』が他民族の人間よりも理解しているとは信じるな。まったく見知らぬ間柄にこそ真実の幸福がある。そして、不快なこととは、『専門家』の目からみればふさわしくない写真におさまることなのだ」。

ナートーネクは亡命グループのなかで共通言語を人間関係の基礎と見なすことはなかった。かれは「大洋という金魚鉢のなかであふれんばかりにいる金魚の息苦しいイメージ」を抱いていた。「アメリカ大陸のうれしくさせる広大さは、狭いという感覚を先鋭化させるだけだ」。ナートーネクはこうも書きとめている。「私は、バランスを失ってショックを受けた人間から学びたいとは思わない——私は自分のバランスは自分でもとめて奮闘する」。

ナートーネクは終戦まえにとっくにこう書いている。「ドイツ人が負けるときは、死んだふりをするか、コミュニストのようにふるまうだろう。かれらは自分の無罪を表明し、こう言うだろう、自分たちはヒトラーから誘惑され、寄る辺なくヒトラーの暴力のなかにいた、と。そしてかれらはアメリカから生計を立てさせてもらうだろう。いずれにせよドイツ人のリスクは小さく、それゆえに最後まで好機をのがすことはないだろう。歴史の問題児の扱い方は、まずは叩き、それから説教するほかにはないのだ」。

ナートーネクは「比喩がイメージ化される」夢を見ていて、世界史の舞台を最後の審判とみていた。「ワシントンはこの審判の理想的な裁判所だろう」。戦後ニュルンベルクでなされた審判は、この作家が「カタルシス」として出現することをねがっていた裁判とはほとんど無縁だった。

そしてナートーネクが夢見ていたのは、かつてハプスブルク君主国に属していたあの国々に新たな秩序が出現することだった。「この地域において民族の境界線と国の主権が二度と発生せずに、オーストリア合衆共和国のようなものの出現をねがっている」。このような「異端」の考え方があらゆる現実政治とは距離があるのを、ナートーネクは知っていた。ナートーネクはニューヨークのチェコ領事館の役人に、「いわゆる現実政治は、過去の誤りからなにも学ばず、未来への創造的な着想をもっていない」と反論し、西側におけるこのチェコ人たちの亡命はもはやマサリクの創造的な力とはなんの関係もないと、みていた。国家の創設者の精神的なかばん持ちに期待できるのは古いヨーロッパの愛国主義だけだった。かれらは戦後、かれらが亡命中にチェコ人ではないあのドイツのユダヤ人たちを無力にしたマサリクの憲法をもって故郷に帰還することになる。ナートーネクはニューヨークのチェコ総領事館で登録し、「ユダヤ人」の国籍——チェコの憲法では可能だった——として申告したが、チェコ人の役人から保留されざるをえなかった。「われわれは母国語で国籍を判断する以外にほかに基準をもちあわせていません」。その役人は「ユダヤ人」を線で消し、「ドイツ人」と書き込んだ。チェコスロバキアで圧倒的にドイツ人と結びついていたユダヤ人は、チェコスロバキア国内のドイツ人が消えるまえに、チェコ大使館内ですでに消えていた。

「私が母国語を忘れたのは、ほぼ二千年前にはじめて亡命し、長い放浪生活をはじめたときのことである……夢を見ている私は、子どものとき読書用の拡大鏡を手にもってヘブライ語の祈禱のテキストをまえにして座り、一語一語判読している。そして私は思いがけなく大人になり、驚いたことに私の老いた宗教教師は古代アルファベットの文字を識別できず、偉大なラビの孫にとって不名誉なことだった……」。

ニューヨークの図書館でナートーネクは、大きなカタログ室の索引カードをめくりながら、作家ヨーゼフ・ナートーネクの宗教学の本に出くわした。この作家はかれの祖父で、子どものときに会ったことがあり、忘却の彼方からその生涯が浮かびあがってきた。ハンガリーのシュトゥールヴァイセンブルクのラビであった祖父は、かれの教区にたいし同化して忘れてしまうことに警告しなかったのだろうか。

「ユダヤ人はハンガリーでうまくいっているので、このことをユダヤ人がとくに祝賀すべきかどうかは問題にはならない」とかれは言っていた。「ユダヤ人にとって問題なのはハンガリー人に、オーストリア人に、またはオーストリア系ハンガリー人に適応しているかどうかではなく、肝心なのは、ユダヤ人としての根源と、その意識を失っていないことである」。このとき祖父は、解放感にひたっていたかれの教区で抗議の嵐に見舞われた。

ニューヨークの真ん中でハンス・ナートーネクは、ヨーゼフ・ナートーネクが創造の歴史と物質主義的な発展理論における妥協なき対立を解決しようとした『信仰と科学』という本を手にした。シオニズム運動について当時まだ話題にできなかったので、国のラビであるヨーゼフ・ナートーネクは、コンスタンチノープルのトルコ帝国のスルタンのもとに、パレスチナにおける国家の建設のことで相談に出向いた。ナートーネクの思い出に残っているのは、父親がときどき開けていた紐のかかった箱のことである。そこにはいっていたのは、かれがいままさに手にしている本であり、印刷された説教、往復書簡、銀板写真だった。箱は紛失したが、思い出ははっきりとした形で残っている。

ある写真をみた記憶も孫のハンス・ナートーネクには残っていて、そこには長いカフタン〔ユダヤ人などが着る衣服〕風の法衣をまとったラビのヨーゼフ・ナートーネクが、バロック風の机のまえでスータン〔聖職者の通常服〕を着た司教のとなりに座り、二人の聖職者がある原稿の仕事をしている姿が写っていた。かれはまた、祖父と司教が新約聖書の釈義のためのギリシャ語・ドイツ語・ハンガリー語の辞書の仕事に従事していたことも無宗教の父から聞いていた。その時代に、ラビと司教が共同の仕事で顔を合わせるというのは異例のことである。

ナートーネクは、それ以来この祖父が視界から消えることはなく、ツーソンで執筆を予定していた最後の長編『昨日は明日』で、このラビから子どものときに受けた印象について述べている。息子のハンスは「ぼくはだれかに属したい」と父親に抵抗した。「ぼくは無宗教にはなりたくない」。そして父親はかれに答える、おまえは大きくなったら信仰を選べるのだよ、と。父親はこうも言った。「おまえが規律を守らなくても、おまえはユダヤ人でいられるんだ。キリスト教の教義を信じないのなら、キリスト教徒にならなくていいのだ」。

ユダヤ人が消えてなくなるようなことがあるのだろうか。もしそうであれば、ナートーネクにとってなんの意味があろうか。「ぼくはタルムードのかけらである、ぼくはバロックのかけらである」と『私自身への探求』で書いている。ナートーネクがまだフランスから逃亡の途上にあるとき、「ニューヨーク・タイムズ」はかれの訃報を流した。アメリカに到着してナートーネクはつぶやいた。「生きのびても救済にならないのだ」。難破同然の上陸だった。「私がなんのために残されたのか、知ってさえいたら」。ナートーネクはこう書いている。「書くことは求愛である」。かれは執筆によっては生活できなかった。ドイツ語、フランス語、歴史の教師の職をさがした。機械工の講座の手続きをした。死体洗浄の仕事で生活費を稼いだ。

ニューヨーク在住のバルトルド・フレスは、現在八四歳でオランダの守護神ラレスのある芸術家施設に住んでいる文学のエージェントであるが、アメリカにおけるナートーネクの最初の見習い期間をこう回想している。「かれは不器用な人間でした。作家の仕事に切り替えてからは、それ以外のことは語りませんでした。自分のジャンヌ・ダルクのことを語っていました。そして私は、かれにまずアメリカにおける最初の印象を本に書くべきだと説得しました。かれは笑ってこう言いました、私はまだここに来てようやく数週間たったばかりですよ、と。私はこう答えました。『外国人の新鮮な反応にアメリカ人というのは恐れいるんですよ』。ハンスは座りつづけて執筆していました。第一章を私はパトナムにもちこみ、パトナムは契約を申し出ました。最終的にハンスは青ひげの長編のほうは中断しました。私は『探求』を翻訳しました。この本は営業上では「失敗作」となりましたが、断念しようとする誘惑を力の限りふり払いました」。

公立図書館の向かいに事務所をもっていたバルトルド・フレスは、公立図書館のまえでナートーネクと知り合った。「ナートーネクはヘルマン・ケステンといっしょでした。それからナートーネクは毎晩、私の家にきました。食事とおしゃべりに」。バルトルド・フレスの最初の妻はこう回想している。「ハンスにはだれかしゃべる相手が必要でした。かれはこの点でもまったく飢えていたのです。夜中の二時、三時までも話していて、私は安楽椅子で眠り、バルトは聞いていました。あるとき私たちはかれをニューヨークから二五キロはなれたドブスフェリーに連れていきました。そこで私の母は

1920年代初め、医師のグリューンヴァルト、妻のアネ、娘のルート、故郷フランクフルトで。この家族もアメリカで避難所を見つけた。ルートはバルトルド・フレスの妻となった。ナートーネクは医師の死去のあと、その妻アネと結婚。

クエーカー教徒の助けでダンススクールを開いていたのです」。

母親の名前はアネ・グリューンヴァルトで、フランクフルトでダンスの教師をしていた。彼女もユダヤ人の逃亡の運命を経験していた。アネ・グリューンヴァルトの夫は医者で、ふたたび医者として開業するにはアメリカの資格試験に合格しなくてはならなかった。アネ・グリューンヴァルトは夫といっしょに住んではいたが、とっくに隣り同士で住む関係になっていた。アネ・グリューンヴァルトとナートーネクの出会いが恋愛に発展しても悲劇にはならなかった。「彼女はかれにとってほんとうに幸せな存在だった」とバルトルド・フレスは語る。「屈託のない魅力的な女性でした。最終的にツーソンの大学でダンス部門を率いるために、彼女はニューヨークでお手伝いさんをはじめました。強い女性でした」。

バルトルド・フレスの最初の妻はのちのルート・クロニクであり、ナートーネクの義理の娘となる。「私の母は関節炎で苦しんでいた」とクロニクはおしえてくれた。「ドブスフェリーにいたら進行する関節の病気のためにダンス教育家としてはあっという間に終わっていたでしょう。アリゾナはすでに当時、関節の病気ではスイスのダヴォスの肺結核治療に比肩されるほどの評判がありました。それで私たちは一九四四年一月にツーソンに移りました。気候が奇跡を起こし、関節炎はそれ以上進行しませんでした。ハンスは住みつづけました」。

ナートーネクは一九四六年にアメリカ国民となる。一九四八年にアネ・グリューンヴァルトの夫が死去し、一年後にナートーネクは三回目の結婚をした。アネ・グリューンヴァルトのほうもこの男性を愛していた女性たちのことは知っていた。「手ぶらで……あなたはまず人間を影にしてしまい、つぎに呪文で人間を呼びだすのね。あなたが私を愛するためには私も過去の人間にならなくてはならないのかしら」。アネ・ナートーネクは夫より一六年長く生きて、一九七九年に八五歳でツーソンで死去した。

ツーソンでナートーネクは『私自身への探求』を書き続けた。ところが第二巻は完結せず九六頁以降の執筆予定を中断した。中断された原稿にはこうある。「わが道が私をここまで導いたことは大事なことであり、どうしても必要なことだった。私はマンハッタンでは見いだせなかった、自分にふさわしい場所にいるのだ……砂漠はひとりの聖地巡礼者にふさわしい場所であり、マンハッタンとくらべ穏やかな場所だ。ここで私はわが夕べにふさわしいものを見つけていきたい。瞑想と徒歩旅行、幻影と幻の夢、身近な小さなこと、広野を遠く望むこと。ここでは勢いのある声は純粋に自由にのびやかになっていく。砂漠の歴史に以前からなじんでいる悪の誘惑者は、ここにやってきては出ていけばよい。誘惑者の誘いはここでは意味がない。窮乏はつらいものではなく、孤独は母の腕のように安らかだからだ」。

中断されたこの『私自身への探求』の続編はまだドイツ語で書かれていたが、原稿のなかではアメリカ人の登場人物が自分の言語で押し合いへしあい群をなしている。未完の草稿には、『砂漠の足跡』という英語のタイトルがついている。一九四一年に間に合わせの英語でニューヨークにやってきたこの男性は、この国に慣れようとしてツーソンで一九四五年にこの国の言語で最初の長編『トーマスとテレサ』を書いた。それがテレーゼ・フォン・コナースロイトの物語であり、設定はアメリカの事情に移し変えられている。

ナートーネクはツーソンで作家のチャールズ・フィニーと知り合う。かれは「デイリー・スター」紙でジャーナリストとして活動し、一九四六年に『ラーオ博士のサーカス』で大成功を収めた作家である。女流作家のミルドレッド・クリンガーマンは、大学で研究していたナートーネクと同席していた。彼女との共同の仕事から長編『訓練されたシールの反抗』が生まれ、これはうわついた現在の読者の嗜好にたいする三人の作家による反抗の物語である。ナートーネクはコロンビア大学で教鞭をとっていた作家のジョセフ・ウッド・クラッチと書簡のやりとりがあった。

ナートーネクはさらにツーソンでジャーナリズム出身のドイツ人を知る。このドイツ人はケルン生まれのフレート・ベルケンホフで、かつて「ベルリン日報」のバルセロナ特派員をしていた人物であり、ツーソンでは私立学校のスペイン語教師をしていた。一九五四年には病理学者のゲルト・T・シュロスがアリゾナにきたが、かれの友人たちが話すことはナートーネクが深く関わっていたテーマとはかけはなれていた。そしてチャールズ・フィニーも――バルトルド・フレスも――作家ナートーネクに「ほれ込んで」いたが、生粋のヨーロッパ人を理解しようとはしなかった。

フィニーとの共同の仕事によって一九四五年に長編『テア嬢』が完成したが、これは戦後アメリカにやってきた誘惑的な美しい女性の物語であり、最終的にかつての強制収容所の残忍な人間として暴かれることになる。しかしその煽情的な筋のためこの長編は出版者に届くことはなかった。ナートーネクはこの危機的な状況にあって、ヨーロッパとアメリカの思想界を結びつけるという考えからはなれていき、ふたたび自分自身の人生を眺め、自分の生涯をフランツ・マイモンとかれが名づけた人物のなかで描いてみた。

ナートーネクは自伝を最後の時期からさかのぼり、長編『知られざる運命　フランツ・マイモンの死後の書類』で描く。一八世紀のユダヤ教の学者であるマイモンと一二世紀のラビであるマイモニデスはつながりのない二人だが、ナートーネクの描写は、このユダヤ人二人の幻影の跡を第二次世界大戦による「世界の没落その二」の舞台で追っている。あるヨーロッパの亡命者がアメリカで死に直面して、「新世界」との対立のなかで自分がどのように救われたか厳格に釈明している。

『昨日は明日』はナートーネクの最後の書であり、第一次世界大戦による「世界の没落その一」に相当する。この作家は登場人物フランツ・マイモンのなかでふたたび自分の子ども時代に設定し、「プラハ新聞」のスイス戦時特派員として生きのびた「主人公」をオーストリア君主国の没落に立ち合わせている。

この二作の完結のあとにナートーネクは、すでに生活者の視点から刊行してあった戦前の長編小説の改稿に着手し、跡形もないほどに修正する。長編『ある街の子どもたち』と、英語で書いてあったマイモンの本を直接結びつけ、新版では登場人物のハンス・ヴァイスルをフランツ・マイモンに名前を改めたが、これは軽すぎる手術にすぎない。この作でナートーネクはプラハの教師たちとの対立をおだやかに鎮めた。

「ヴァイスルが化粧を落とすと、肌は容赦なくぼろぼろになっている」と描写されているこのユダヤ人の人物ナートーネクは、生活を侮辱されたことに反乱を起こし、神のなかに罪人をみる。そして個人的な葛藤を公にすることで作家になっていく人物である。「ヴァイスル、後生だから注意しろ、それは化粧なんかではない、おまえの顔だ」。

ナートーネクが化粧を落とすと、肌は容赦なくぼろぼろになっている……『私自身への探求』のなかで恋人は亡命した作家の手相をみる。「私はこんなにもつれた相は見たことがありません。生活を紡いだこの網模様のなかにすべてが集まっています。これはあなたの自発的な自画像なのです。ここにはあなたの性格のすべての矛盾がみえます。たがいに交差し、消しあっているので、あなたの顔はいろんな顔から合成されているように見えるのです」。

顔の表情や、表現方法の多彩さによって、自由をもとめたが救済とはならなかった。ナートーネクは自分の天才性から逃げようとした。それは苦悩の終焉を意味し、べつの顔、つまり宿命的な顔になることであった。解き放たれた者、そして郷土喪失者は拘束されることへの絶望的なまでの憧憬をいだいた。自由の正当性をめぐって戦うナートーネクは、われわれのだれにもあてはまるもっともな理由によって自らを怒る。どこから、どこへ行くのか。どこからかは分かっている。プラハは破壊された楽園に通じる針の穴であり、ナートーネクの背後にある。『私自身への探求』ではナートーネクのアメリカ到着が、晒し者になり、追放されていることの比喩として出てくる――カフカの作品『失踪者』のカール・ロスマンの到着のように。だが、ナートーネクは作品自身のなかであきらかにしているように、この本と同時にべつの筋の展開の作品も構想していた。かれは比喩されたように自分が生きることに耐えられるだろうか。耐えられないことは分かっていた。

「自分自身では自分のことを証明できない」とナートーネクは書いている。「われわれの訴訟では証人が必要となる。過去の砂のなかに残してきたわれわれの足跡はわれわれの生活を証明している。それは乱れて、雪のなかで迷い込んだ子どもの足跡のようにあちこちべつの方向をむいている。われわれ自身は、洪積層における貝や魚の刻印のように、過去の深淵に保存されている。われわれが愛している女性たちはわれわれの証人だ……」。

そして、こう書く。「生きながら同時に死体解剖を見るわけにはいかない。率直になるというのはタンタロスの達成できそうでできない悪戦苦闘を意味する……伝記作者というのは自ら具体的な人物を構想し、その人物になりきる。かれが想像するままの人物となる。伝記作者はいわば顔から皮膚を剥ぎとる、というのは、かれは最後には、顔が、そして仮面がなんであるか分からなくなってしまうからだ。告解の最後に、伝記作者はカトリック教会内の告解室の席で倒れそうになる」。
ナートーネクは人生で自分自身の死体解剖を見ていたので、今世紀の良心の冒険について印象深い文学的なドキュメントを残した。ナートーネクは死の前年に、この詩を書いた。

ぼくはこの時代のどこにいるのだろう。
ぼくには見当がつかない。
六千年はもうすぐなのか。
われわれの民族はそれほどに古いのか。
苦悩とおなじほどに古く、
帰郷の夢ほどに新しい。

無限がビロードで覆われたモーセ五書の巻き枠から
身をよじりのがれる。
金の紐がきみを、ぼくを縛り、
紡いではひきちぎり、神のユダヤ人の学校で
永遠に結びつく。

ナートーネクはユダヤ教の重要性を新たに再発見したが、そこに心の平静を見いだすことはなかった。それで人生の最期に、カトリックという慈悲の王国への逃走を夢見た。すでにヨーロッパからアメリカへの逃走の途上でナートーネクは自分に判断をくだしていた。「おまえは告解者だ。おまえに必要なのは罪の許しだ」。

一九六二年、ツーソンで医者からナートーネクはこう言われる。「あなたは白血病ですが最良の状態にあります」。ナートーネクはニューヨークの知人に手紙を書いた。「私の病状は穏やかで、弱々しく、痛みはありません。夢のような経過といいたいほどです」。「火刑の薪の山」というタイトルのソネットのなかで、文学の成果を燃やしたり、「苦い思いもせず」疎遠になったことを報告している。詩のべつの箇所にはこうある。「鉛筆を手にもちながら／言葉に飽きてかれは眠りこんだ／ゆるんだ指からはなれて／石のごとく重いペンが落ちた／知られざる深みへ」。そして、「最後の夢が、ひょっとして、きみを弁護する／そして空いた手の意味を明かす」。
最後の願いは「逃走の最後で消えてなくなること」――このような空想は最後に、悩ましい矛盾のためにもはや鎮められることはなかった。だがこのような文も残っている。「……だれかがわが弱々しい足跡の暗号を解く……」。
ハンス・ナートーネク、良心のある愚者。兄弟のようなヨーゼフ・ロートがこの友人を生きのびさせるためにパリから逃げだしてアメリカに見送ったとき、すべてを予見していた。

＊　＊　＊

ナートーネクはアリゾナで、自分の息子ヴォルフガングがソ連の暴虐の犠牲になったことを、身をもって知る。ヴォルフガングはバウツェン収容所、そのあとトルガウの要塞に消え、二五年の強制労働の刑に処された。アメリカのメディアも、ライプツィヒ大学のリ

ベラルな学生指導者が共産主義の言論統制に口をはさんだことを報じた。

ナートーネクは多くの書簡を書き息子の救助活動を活発にしようとしたが、むだに終わる。冷戦の最中だった。アルバニー大学の遺品にはいっている書き物、請願書、回答、息子の運命に関する新聞記事は、父親の狼狽をはっきりと証明している。

ツーソンのゲルト・T・シュロス教授はこう回想している。「ハンス・ナートーネクは息子について大いに語り褒め称えていました」。

息子は父親の伝記をべつの形で、つまりハンス・ナートーネクが国内に逃亡するという形で自伝を完成した。息子の国外への逃亡はとめられた。父親が確信していたように、息子は逃亡しなかった。息子は父親が弱いと感じているところで強さを示し、自分の確信していることにすべての犠牲を払い、屈せずに耐えた。

ヴォルフガング・ナートーネクは「第三帝国」でナチスの国防軍に召集され、その後ふたたび追放される。のちにかれが無国籍者になったことが確認されたが、これには父親の国籍剥奪の影響があった。ヴォルフガングはライプツィヒでBMWの総代理人として雇われ、その工場は国防軍の車両用に配置替えされ、終戦までかれはこの工場で勤務していたが、この工場はフランス人とロシア人の戦争捕虜も雇い入れていた。

ヴォルフガングは工場の主任とは良好な関係にあり、二人とも政権の評価は心得ていた。戦争の最後の数か月にロシア人がSSの指令で逮捕され、四人のロシア人が逃走し、ヴォルフガング・ナートーネクと上司は工場の敷地に四人をかくまい、かれらは生きのびた。

ヴォルフガングは終戦のとき二六歳だった。ライプツィヒ大学の再開ののち、ドイツ文学、英文学、新聞学に学生登録した。ヴォルフガングが党員となったソ連占領地区の自由民主党には現在名士となっているヴォルフガング・ミシュニクとハンス゠ディートリヒ・ゲンシャーが所属していた。ヴォルフガングは一九四六年に行われた学生評議会の最初の選挙で、圧倒的な過半数で第一議長に選出される。ドイツ社会主義統一党はこう書いている。「進歩的な学生委員会は、学生委員会トップにいる反動主義者ナートーネクにどれほどまだ我慢しなくてはならないのか」。

ヴォルフガングは一九四七年の選挙でも勝利した――前回よりもよい投票結果で。そしてヴォルフガングは、大学教育を受けた親の子弟を大学から排除するという規則の決定に公式に反対した。「一九三七年に学業につけなかったのは非アーリア人である祖母の子弟であり、一九四七年に学業につけないのはプロレタリアではない祖母の子弟ということになる」。

ヴォルフガングはFDJ（東ドイツの「自由ドイツ青年団」）に召集された二つの青年会議に参加した。当時のFDJの議長、エーリヒ・ホネッカーは、ライプツィヒの学生指導者を二回目の選挙のときにそとに連れだす。一九四八年四月二〇日のこと、対談の場所は、ベルリン北部のボーゲンゼー城だった。ヴォルフガングはSEDに鞍替えする気があるか訊かれた。ヴォルフガングは明快だった。「そうはいきません。シャツを替えるように政治信念を変えるわけにはいきません」。ヴォルフガングは三回目の選挙に立候補した。

当時、ロストック、イェーナ、ハレの各大学、ドレスデン工業大学の学生評議会はとっくに解散していたか、自主的に解散していた。ライプツィヒ大学のみがまだ解散に同意していなかった。一九四八年一一月一一日、帰宅したヴォルフガングは家のドアのまえでロシア人の士官に逮捕され、ライプツィヒの第四八SS連隊の建物、当時のソ連邦内務人民委員部の本部に連れていかれた。数か月にわたってヴォルフガングはベッドもなにもない地下室ですごし、夜の尋問に連れだされた。ソ連は起訴の手がかりをさがしたが、なにも見つからなかった。

ヴォルフガングが逮捕された翌日、自由民主党の活動グループはソ連によって解散させられた。共産党方式の選挙にもはやなんの邪魔もなくなった。選挙で選ばれたのは同志のヘルベルト・マイスナーだった。かれはのちに東ドイツのアカデミーの教授、そして会長になった人物であり、一九八六年の西ベルリン訪問のさいに百貨店で泥棒をはたらき逮捕され、西側に残ろうとしたがふたたび東ベルリンにもどった人物である。

ヴォルフガングはソ連の軍事法廷によって秘密審理で裁かれた。起訴理由は、経済報告を西ドイツに提出した学友のことを、かれが届け出なかった、ということだった。

一九五六年の釈放のあと、ヴォルフガングは逮捕の直前に知り合い、かれのことを待ち続けた女性と結婚したが、ヴォルフガングは無国籍のままであり、政府は東ドイツの身分証明書を発行しなかった。ライプツィヒ大学でヴォルフガングは、ハンス・マイアーに偶然出会う。かれは西側から東側にいき、ふたたび一九六三年に西側にもどった人物である。「かれの言葉はまだひじょうに鮮明に記憶に残っています。それは私を不快にさせたからではなく、またもつぎの言葉に滑稽と感じたからです。『われわれは不愉快なことに終止符を打つのです。暗い出来事に終止符を打つのです。われわれの提案は、あなたが東ドイツにとどまることであり、このままベルリンにいけば、ベルリンではあなたに役立つことがあるでしょう。ただしある条件があります。自分が殉教者であるという印象を呼び起こしてはならないという条件です』」。

ヴォルフガングは自分の国籍の問題をあきらかにするために、ライプツィヒ出身の法律家、エルヴィン・ヤコビ教授の書類を用意してベルリンにいき、ドイツ国籍を獲得したが、それはナチスの人種法が公布されて二一年後のことだった。

ヴォルフガング・ナートーネクはさらにむかった――西ベルリンへ。西ベルリンからさらに西ドイツに飛行機でむかった。かれはふたたびドイツ人となった――たやすく。

ヴォルフガング・ナートーネクは、自分が犠牲となった体制に憎悪をいだくことなく生活をつづけている。しかし、東ドイツによって不法に獲得された市民の歴史遺産に人気がでていることについてかれが語るとき、自分たちの無能力を語ることなく祝っている輩によって、この遺産を守るために投獄された犠牲者のことも問いただすのである。

オスカー・バウム　子どものときに失明した作家

フランツ・カフカの手紙と日記に限りなく登場するのが、オスカー・バウムである。マックス・ブロートが回想録『プラハ・サークル』（一九六六年）のなかでこの作家の生涯に一五頁も捧げたものの、一九四〇年に五七歳で死去した作家バウムに役立つことはなにもなかった。一〇篇の長編のうちどれも戦後に再版されることはなかった。ある長編で、ユダヤ人の少年についてこう書かれている。「満たされた思いでシナゴーグを巡礼していたフリーデは、ポケットに特別のものをしのばせていた。『グラント船長の子どもたち』の第一巻である」。

チェコの子どもたちは「ドイツ語の本を全員のまえで読む」ような生徒には腹を立てて、ユダヤ人の少年フリーデを見境なくなぐった。

バウムが一九〇九年に長編『暗闇の世界』で描写しているユダヤ人の少年とは、かれ自身のことである。バウムは一一歳で失明する。シュテファン・ツヴァイクはこの本を「光のない世界からのきわめて感動的なドイツ語の記録」と呼んだ。カフカはグスタフ・ヤノーホとの対話でこう言っている。「オスカー・バウムはドイツ人として視力を失ったのです。つまりかれにもともとありえなかったもの、けっしてあたえられなかったものです。オスカーは、プラハのいわゆるドイツ系ユダヤ人の悲しい象徴にすぎないのかもしれません」。バウムの生涯には、ボヘミアでの初期の国籍闘争で犠牲者が責任問題を追及するような場面はなく、自分にふりかかった悪事を、神があたえた厳しい試練として受けいれていた。

バウムはドイツ文化の崇拝者であり、ドイツ精神が優れて高い位置にあると信じていた。だが、高い位置にあるということは格別に倫理的な責務もあるとみていた。ボヘミアのユダヤ人がドイツ人と結びついても、ひとりのユダヤ人の知識人による道徳的な要請に関わることはもちろん乏しかった。ユダヤ人が結びついていたのは、ハプスブルク君主国で指導的役割を演じていた層であったが、このように結びつき、一九一八年以降にチェコ国民に視線がむけられても反ユダヤ主義の緩和とはならなかった。チェコ人とドイツ人の戦いでは、つねにユダヤ人に攻撃はむかい爆発したが、最悪であったのは、ようやく軍事力で治められた、一八九七年と一九二〇年のチェコ人による迫害のときであった。

　バウムは一八八三年一月二一日にピルゼン（プルゼニュ）に生まれ、まだユダヤ教があたりまえという環境で育った。父親は、教会に面した美しく大きなリングプラッツに反物小売店を所有していた。バウムは八歳になるまえに片方の目の視力を失い、その後チェコの生徒がバウムをさんざん打ちのめしたときに、もう片方の目はひどく傷つき、病院を出るときには盲人になっていた。両親は息子をウィーンのユダヤ人盲学校、ホーエ・ヴァルテに送ったが、そこでの耐えがたい訓練は長編『暗闇のなかの生活』に描写されているとおりである。バウムはピアノとオルガン演奏の国家試験に合格し、プラハにもどった。

　バウムは、同情される疎外者という立場に安住したくないと心に決め、はじめから同権だけでなく、同等の扱いももとめた。たえず意識して努力し、なによりも制約を受けない人生を送った。ようやくのことシナゴーグのオルガン奏者として、つぎに「ワンレッスンで二クローネ」のピアノ教師として、最後は一九二二年から「プラーガー・プレッセ」紙の音楽批評家として生計をたてることになった。書いていくうちにマックス・ブロート、フェリックス・ヴェルチュ、フランツ・カフカのグループのなかで「ひけをとらない成果」を目指していた。カフカにとってバウムは「不屈の人間」であり、うつ病をかかえていたカフカは、同輩の落ち着きぶりに驚嘆した。

　バウムとマックス・ブロートの最初の出会いは、音楽マニア二人の出会いだった。もちろんマックス・ブロートはすでに書いていた。シュテファン・ツヴァイクは一九二九年に、バウムの才能が発見されたときのことをあきらかにしている。「オスカー・バウムはある時、かれとおなじく有名になったプラハの友人、フランツ・カフカ、ヴェルフェル、ブロートのサークルのなかで、自分の物語の何篇かを語って聞かせた。あらゆる友人のなかでもっともかれの助けとなり、もっとも献身的であったマックス・ブロートは、バウムのすばらしい造形力ゆえに、そして感動のあまり、それをすばやく速記でしたため、はじめて世に送り出すことになった。それは本となり、本は当たった」。その表題は『岸辺の存在』。

　マックス・ブロートはこう回想している。

若き日のオスカー・バウム、1918年の撮影。

「われわれのサークルでオスカー・バウムは、最悪の障害と闘わなくてはならなかったが、(またはそれゆえに)、かれはもっとも強い、不屈の人間であった。かれの気力が衰えているように思えることが一度はあったが、すばやく復活を遂げた。かれは自分のところに相談にくるひとを倦まずたゆまずだれでも助けたのだ……」。ヨハネス・ウルツィディールはこう書く。「カフカの環境にあるすべての人間のなかでオスカー・バウムは、もっとも明朗で、前向きに思え、生への信仰はもっともすばらしかった」。そしてシニカルな言動をするプラハの文人ヴァルター・フュルトは、バウムにたいし自分の否定主義を切り捨てた。「私が一番多くのものを発見したのは、バウムとの散歩のときだった」。

バウムが必要としたことは、自分の周辺の人間とのふれあいであった。このことがかれに可能となったのは最初の一一年間の人生であり、ブロートが書いているように、「想い出から見る人の世界というのは記憶力のおかげによるが、そこでのかれの記憶の精確さたるや、盲目であることを知らない人のだれにも、これは盲人が書いた描写である、と言わしめないほど不思議そのものであった」。しかし、かれが自分の表現の内的な緊張を維持できるようにするには、対話、友人との議論が必要であった。マックス・ブロートは、カフカを一九〇四年から規則的にバウム宅での文学者の会合に連れていった。

「ところでバウムはわれわれ四人のなかでもっとも恰幅がよかった」とブロートは『プラハ・サークル』のなかで回想している。「カフカとヴェルチュはひじょうに似た体格であり、ふたりとも痩身で、ひょろながく、痩せぎすの体質であったかもしれないが、すこしはなれて見るとたがいにどちらか見分けがつかないほどだった。それにたいしバウムはつよく、美しく、肩幅のひろい男であった。かれの眼は外見からは異常なところはなにもなく、その眼が見えていないとは分からなかった。若かりしときのバウムはひところ濃い、明るい茶の髭をたくわえていた。若者のあいだではこれは当時ふつうのことではなかった。しかしこの華やかさを望んでいたのはバウムの若い妻のほうだった……この髭に、情熱あふれたこの若者にほれ込んだかわいい娘たちがいたが、彼女たちはかれが選んだ本を朗読するために、公式な慈善活動としてやってきた心やさしい娘たちだった」。

バウムは、友人との散歩でつねにブライユの点字器機を持ち歩いていた。「われわれは、ときおり秘密に満ちた、かすかな動きをとおしてわれわれが見たものをかれに伝えることができたと信じていた」とブロートは書いている。「その盲人はわれわれの眼をとおして見ていた。われわれは見晴らしのよい地点に立って、広大な空間の感覚、そして遠い町とその失われつつある色彩の感覚をかれに伝えようとした。それからわれわれはベンチに座った……バウムは分厚い紙を小さな二つの部分からなる真鍮のふたにはさみ、彫刻刀でてきぱきと作業して、金属でできた四角形の穴のなかでかたかた音を立てた。こうしてメモをとったのだ」。

マックス・ブロートの第一作(『死者に死を』)は一九〇六年にア

クセル・ユンカー書店から出版されたが、ブロートは二年後に序文をつけてバウムの散文第一作『岸辺の存在』を同書店にうまくもちこんだ。感謝をあてにした同情に盲人が反発する三作の短編で二五歳のバウムは、自分の大きなテーマを見いだした。つまり視覚健常者の内面の盲目というテーマである。「醜い感謝」についてこう書いている。「これはしばしば使われている、用意周到な乞食の策略であり、もともとは物を贈られた者の不平等感を象徴するものであり、いかなる慈善行為もいかに屈辱をあたえるかという見せしめの表現であった」。

この短編では、感謝の形は「抜け目のない低い購入価格」となっていると暴露され、「維持している自尊心」をふやかす「憐みのための養殖肥料」であると暴露される。「このことを疾患をもつ私以上に的確に、明確に感じるひとはいないだろう。信望の高い犬のもつ美徳が私にはいろいろな場面で割り当てられた。それを私は嫌悪していた」。この本の作中人物ペーター・グルンデはバウムのことを指しているが、こうも言う。「けっして私は私の行為と感情をひとにむけることはない。このような不誠実で、冷たい打算を私は無粋と思う。ただあるのは愛そのものだけだ。感謝は不毛で醜い」。

視覚的な把握が欠落していることで、盲目のプラハ人の詩作が衰えることはいっこうになかった。散文の第一作では、音の響き具合が見え方を伝え、逃げ出す子どもについてはこう書かれている。「やせて元気な子どもの声が早足で歩いていく」。もしくは、壊れた時計の印象を読者に把握させる感触はこうだ。「かれの懐中時計は、文字盤のガラス板が抜けていることだけが、ほかの時計と唯一ちがうにもかかわらず、なんと小ざっぱりしていることだろう。針は笑い物にされ、裸に見えた……」。

盲目の経験世界では、感情と思考の内的世界が知覚の枠組みによって外的世界に最終的な輪郭をあたえることになるが、バウムはこの経験世界を一九〇九年に長編『暗闇のなかの人生』で描写した。外的世界は作家の幼少時、少年時の感覚のなかにとどまったままである。しかし出来事の頂点となるのは、バウムと見られる登場人物フリーデ・エルマンが失明に至る恐ろしい殴りあいの経験ではなく、その頂点は、不幸をべつの幸福の出発点にしようとする意志にあった。『暗闇のなかの人生』とは意志による克服のことである。

バウムは、人生を変えることになる殴り合いのイデオロギー的、人種的な背景を省略して書いている。かれが描写するのは、フリーデ・エルマンの眼鏡が正常な眼に突き刺さり粉々になる様子であり、中心に描いているのは不良グループではなく救助者仲間である。チェコ人の少年フランタを長とする救助者グループが、フリーデ・エルマンを殴ったチェコ人の子どもたちに歯が立たないことは、バウムにとって重要なことではない。重要なことは善行への意志にある。バウムは一九三四年にかれらが善行への意志をもっていたことを受けとめ、長編『ふたりのドイツ人』のなかではコミュニストをナチスによって助けさせる。

一九三七年にふたたびバウムは、子どものときの不幸に立ち返る。シオニズムの雑誌「自衛」の「ユダヤ年鑑」に掲載された小説『神が侮蔑する』では、失明したチェコの少年を救助する行為を完全に取り消す。「通りすがりの自転車乗りが救助者を連れてきて、少年の負傷はもっぱらかれの転倒が原因であると分かった。かれの頭がとがった石に当たったのだ。かれを追いかけてきた少年たちは、出血して横たわっている意識のない少年の光景におどろいて逃げ出した……」。

一九三七年の小説では登場する少年ライザー・グリューンシュタインに、入院中しばしば質問がむけられる。「この世でもあの世でも、悪事をはたらく人間は、神の侮蔑のもとでは、悪事をされる人間よりもはるかに気の毒に思われることに苦悩はないのか」。

バウムは嫌悪を催させる人間を描かない。他人にむける眼差しは嫌悪を催させるかもしれないので、バウムは見たものを抑圧し、それに結びついた心理的な印象も抑圧できる。また盲目のバウムは高度な意味で現実主義者であるので、なにも押しのけることなく人間の深部をすべて見せる。

バウムが初期の文学作品で自己宣言のように掲げたものが、最終的には認められた現実となった。「私が盲目であることはよいことである。そうでもなければまちがいなく不幸な人間になっていただろう」。一歩一歩バウムは自分の個人的な存在の危機から解放され、健常者の精神的な欠損にたいする感覚を養っていった。隠された空間をもつ人間精神にたいするバウムの神経過敏さは本から本へと顕著になっていった。しかしすでにバウムの初期の長編作品は、独特の運命を小説として加工しながら、同時に独自の内面世界の経験とともに外部世界を形成する発展のあり方を教えている。『暗闇における人生』から『変化した世界』（一九一九年）、『新しい現実』（一九二一年）への道は続く。

盲人が役割を果たしている本がまだある。長編『変化した世界』でバウムは新しい視点に立って世界を構想した。盲目の危機が忍び寄る病気の音楽家像で追及した問題である。つまり空気の化学的な汚染によって全人類が盲目となり、偶然にも無傷の部分がわずかしか残らなかったらどうなるのか、という問題である。たしかに、これを問い、それに最後まで答えることは、長編小説の中核をなすファンタジーの想像力と根本的に関わることである。だが、ファンタジーが病人の現実に切れ目なく押し入った結果、「外観は役目を終えて」、注意深く聴く人、音の人、音楽的な人間が人生を築き、人類を導く世界が誕生する。

環境を題材にした、戦傷による失明者の物語である長編『新しい現実』が出版されたとき、すでにバウムはべつの世界へと突き進んでいた。小説『恋人』では、農家の娘が恋人の命を救うが、精神を狂気にさせる暗闇に恋人を晒す娘を描いている。戦時中、農家の娘は、戦線に呼ばれることになった恋人を、窓のない地下の石炭倉庫にむりやり捕えておく。この物語はクルト・ヴォルフ書店から一九一九年にシリーズ「早朝」の第五二巻として出版された『二篇の小説』に収められている。『ある庶民の末期に関する信じられない噂』のなかの二作目の作品では、自分の家族を犠牲にして、人類の恩人としてふるまう警察官の運命が描かれている。

バウムの創造力の絶頂期は、クルト・ヴォルフ書店から出版された長編『不可能への扉』を執筆した時期にあたる。ある人間が世界の罪をひき受け、挫折していく。これは、神なしで救済が達成されるとする、聖書に背をむけた時代における聖書のテーマである。絶対的な意志に基づく行動によって地上の楽園を創造するテーマである。バウムはこの行動によって見ることを、べつの方法でかなり集中して学んだのであるが、絶対的な意志には限界があることを長編で示した。つまり自らに責任がないとする人間は、慈悲のことをなにも分かっていないのである。

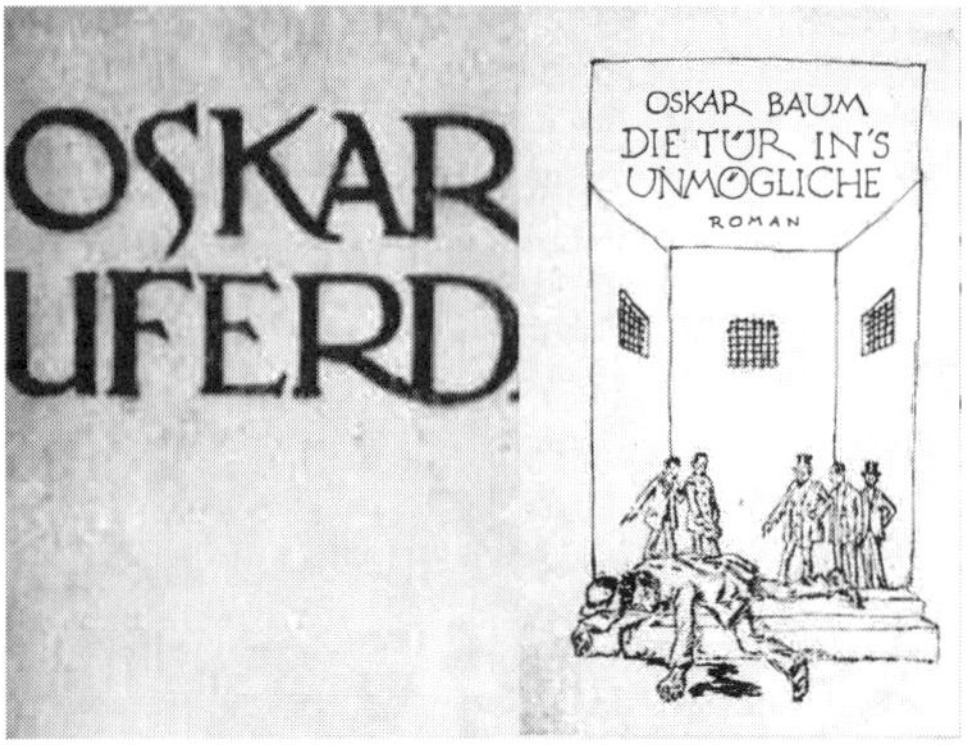

（左）第一作『岸辺の存在—盲目生活による現在の日々と冒険』が1908年にマックス・ブロートのまえがきをつけてアクセル・ユンカー書店から出版された。（右）1920年にクルト・ヴォルフ書店から出版された長編『不可能への扉』は盲目の作家の傑作である。

バウムは、アイロンかけ職人である母親が身障者の自分の子どもを殺す事件を描いているが、結末は、誤って犯人とされた上級公務員のクラスティクが罪を被ることで刑務所へいくことになる。このK（クラスティク）の自己告発は不当とされるが、それでも独房を去らずに、衆目のなかを「救世主」のもとに昇っていく姿を、描写していく。クラスティクが「あたりまえのこと」からはなれているので、大衆にはその「不可解さ」が政治—宗教的な色あいを帯びてくる。政治というものは救済の理念をむりやりわがものとし、それを自らの目的のために歪曲する。刑務所のクラスティクはなにも約束しないが、政治はすべてを約束する。政治は罪を無視する。クラスティクはこのことを認めると、自殺する。

クラスティクは、バウム流に愛を排除して罪に服すので恩寵を受けることなく、かれは自ら救われようと試みて失敗する。かれは自分の欠陥を感じていたが、こう理解していた。「……正しいこと、純粋なことには意味がない、成果がないかもしれない、と思ってはならない」。

バウムは安っぽい救済の概念に対抗する長編『不可能への扉』を書く。救済はバウムには生のなかにある実の部分を意味し、個々人が闘いとらなくてはならない真実であった。「なぜ人類は途方にくれて虚無へとふらふら歩くのだろう。いざ何事にもひるまず、完全な真実にむかってまっすぐな近道を試すと、全員の状況が悪化するのを恐れて、出血多量で死ぬからだ」。

カフカは一九二一年の春にバウム宛てにこう書いた。「この本はなんど読んでもうれしいのですが、ある意味で抑制の利かなくなるのがその理由です、きみの本のなかでぼくのお気にいりの一冊です……」。カフカが一九二四年に死去したときに、バウムは初期のことをこう回想している。「最初の出会いでカフカが私の部屋にはいってきたとき、私の印象はすこぶる印象深いものだった。ブロートが紹介している間、カフカはだまって私にお辞儀をした。それを私は見ることはできなかったが、私にたいする意味のないかしこまった儀式であった。その間にかれのまっすぐに撫でられた髪は、おそらく私が同時に勢いよくお辞儀をしたせいで私の額にかすかに触れてきた。私は感動を覚えたが、それがなぜか私には瞬時には完全に判然とはしなかった。私が出会ったすべての人間のうちで、私固有の欠陥を指摘した最初の人間だった。それは私を思いやって対処したのでもなく、かれの態度のほんのわずかな変化によって指摘したわけでもなかった。かれはそういう人だった」。

信心深いユダヤ人だがシオニストではないバウムは、ユダヤ人の状況を厳密に観察する人間だった。「自由主義の花盛りにおけるヨーロッパの市民階級は、ほとんど克服されていない保守主義の残骸と、すでに押し寄せていた社会主義の青年、またはもろく過度に洗練された社会主義の青年のあいだに挟まれていた。したがってヨーロッパの市民階級は、その運命と本質を、ユダヤ人の辺境地区でよくいわれていた、パロディー的な明瞭さにおいて反映させていた。祖父たちは、厳密に伝統的なゲットーの信心深さのなかで育てられた小市民であり、父親たちは、政治的な流行にしたがった世界市民であり、その教養、世界像は愛国主義で熱くなった学校と新聞に由来しているのがお決まりであった。かれらには自分自身と関わる時間がなかった。息もつかせずに現実的にせわしく労働することを崇拝しながら、きわめて高い社会的な価値と経済的な保証を獲得しようと苦心していた」。

この作家はこう評価していた。「父親たちの空虚なまやかしの賭けは、西方ユダヤ人の青年には、革命のための美辞麗句となって干からびた残骸とともに耐えがたいものとなり、かれらは革命と高い自分の立場、それへの努力を引き換えとし、また生存の悲劇による良心のわずらわしさもなくのらくら暮らしていた……かれらの国民劇は賢者ナータンであり、そこではすべての人間の宗教体験の平等性が、あまりに自明の前提が土台となっているので、その土台に下りていく必要はない。また人種や民族の生活の色によるさまざまな影響を払拭することで、形式へと流れていくナータンの表現によって宗教体験自身を容易に軽視させることにもなる」。

バウムの二作の長編はユダヤの問題と関係している。『悪しき無実』は、一九一三年にフランクフルトのリュッテン・ウント・レーニング書店から出版された。この作品では、ある小さな街のユダヤ人の環境がドイツ文化との結びつきのなかで描かれている。「この地域出身のユダヤ人は唯一ドイツ社会を形成している。ドイツ人が優勢であった名残り、国家による数世紀におよぶ文化活動……これらはもちろんはるかに感動的なことである。またほとんど理解できないことであるが、ユダヤ人はこのドイツの言語を忠実に守り、さらにはかれらのせいではあるが、祖先から生まれつきふさわしいとされたこの民族性を忠実に守ったのである。チェコ人が民族意識に目覚め、怒れる若者の力の誇りをもって古い権利と全財産、新しい財産をひき裂こうとして、すべてが不確実となった……だが、ユダヤ人はこの大混乱のなかで毅然としたままであった」。このことは、「ドイツ人の過半数が公然と、とくに政治的な綱領において、ユダヤ人が依存してくることに憎悪をもって拒絶することは義務であると宣言した」ときでも変わらなかった。

第二の長編――内容はナチスドイツのユダヤ人追放である――は、しかも、出版者が見つかったバウム最後の作品でもある。『安眠できない民族』は、一九三一年にウィーンのレーヴィット書店から出版された。ユダヤ民族を戦闘態勢へと目覚めさせようとする作家の試みである。バウムは以前にある文章で、「ユダヤ人のエネルギーの秘訣」は「近づく没落を知っている」ことにあると説明していたので、この長編では、受動的な態度をあえて書かなかった。

バウムはこの作品の主人公ブランにこのように反論させている。「奇跡の時代はけっして過ぎ去ってはいない、むしろ奇跡の時代はなかった。われわれはだれしも神の御意志の一部である人間となったが、それは人間を完成させるためだった。われわれにおける神の御意志の一部、そしてわれわれ以外のところにずっとあったものが一緒になって奇跡をなしとげる。しかし神はそれをなしとげることはできないのだ」。イスラム教、キリスト教、ユダヤ教の宣伝のなかから、ブランは信仰をユダヤ教に決め、八世紀にカスピ海とカルパチア山脈の間に、あらゆる良心の内的強制力から自由で、あらゆる宗教の平等が貫かれている帝国を建設した。

二世紀にウラル地方から南ロシアの広大な草原に侵入したタタール民族のカザンの運命をもとにして、バウムは、展望がないと思われる状況でも没落に抗する戦いは果たされなくてはならないと明言する。ブランの精神的な敵手が諦めにはいり、自分の民族と没落をともにする準備ができると、ブランは敵手に反語をこう投げかける。「救済し勝利するためには、民族への愛情は民族が没落して犠牲となるときよりも、乏しくていいのか」。

バウムがユダヤ人にこの長編とともに勧める態度とは、自明のことであるユダヤ人の信仰の基盤に立つことであり、それはヨーロッパにおける多くのユダヤ人の思慮のない適応にたいする拒否であり、あの文化的なシオニズムの変種にたいする拒否である。この変種をマルティン・ブーバーは一九三三年を過ぎても信じていたが、それはバウムが裏切られ挫折してドイツを一九三八年に去るまえのことだった。長編『安眠できない民族』を書いた使命は、バウムが第一次世界大戦中に書いたことと矛盾していなかった。つまり、ドイツ民族が「物理的に支配し――かなり確かなことである――精神的にも支配する場合に、『世界に恒久平和』をもたらせるかどうかが問題となるが、それはドイツ民族の体質に理由がある」というのである。

バウムの勘違いは、ヘーゲルからニーチェを経由してマルクスに至る偉大なドイツ的理念のもつ実効性に信頼をおいたことによる。二〇世紀の最終解決のための扉と門を開いたのは、よりによってその必要性を唱えたあのナチスの理念とあの思考法であったのだ。こうなることをバウムは予測してはいたが、信じようとはしなかった。

作家的な予測を文書にしたのが長編『不可能への扉』であり、この予測を、小説『解決法』も支持しているが、これはプラハで出版されていた亡命誌「ノイエ・ドイチェ・ブレッター」のためにバウムが寄稿した唯一の作品である。ある教授がヒトラーの帝国に急いで駆け込む。オーストラリアとアフリカの原住民との実験で、教授は「輸血並びに血液更新法を用い注射と食餌療法によって人種を変えられる」薬剤を開発する。この教授は人種衛生学の協会のまえで、「異人種の影響の途方もない危険を一撃で永遠に片づける唯一の方法について」自分の考えを発表する。かれはこう約束した。「すべてのユダヤ人だけでなく――東方の出自のユダヤ人もふくめて――外見の特徴なしで精神的な徴候（マルクス主義の考え方）のみによってユダヤ人の血の嫌疑がかかっている人間も、もっとも有効な北方タイプのゲルマン人に変えます」。

バウムは、ナチスに敵視されたすべての人間をもとの場所にもどすというあの幻想を「かれの」教授に展開させる。「芸術家、学者、どんなにしがない会社員でもその出自ゆえに解雇する必要はないし、商人をボイコットする必要はない。保証つきの統一性と純粋性をもとに新しい帝国は、大いなる未来にむかっていくのだ」。ナチスはこのような可能性のあることにおどろいてしまい、この教授をまず強制収容所にいれ、つぎに精神病院にいれる。理由は「国民の革命」に何の意味があるのか、教授にはあきらかになっていないからである。つまり、「もしもだれも排除されずに、自分の現在いる場所にだれもが留まることになれば、革命に何の意味があろうか」。

1929年、バウムの作品がレクラム文庫に入った。シュテファン・ツヴァイクは『あたりは夜に』のあとがきにこう書いた。「オスカー・バウムは世界を、内面から紡ぎ出された世界を、しばしば生気のあるように情熱的に書いた。したがって世界は見たことがあるように感じられてしまう。偏見のない読者はこの作品におけるほんのわずかな芸術性、または乏しい色彩感を非難するには及ばない」。1928年に自伝的な小説『三人の女と私』がシュトゥットガルトのJ・エンゲルホルン書店から、『嘘をつかなかった筆跡』は1931年にベルリンのアクスィア書店から出版された。

ドイツ軍がプラハに進駐してきたとき、五六歳のバウムは、偉大なドイツ文学の作家の一人であり、同時に寡黙な人間の一人であり、文学界でもっとも控えめな人物の一人であった。すでに現在有名な、古本屋では高値で取引されている一九一三年発行の文学年鑑「アルカディア」に、バウムは小説を掲載していた。ほかには、ローベルト・ヴァルザー、フランツ・カフカ、フランツ・ヴェルフェル、アルフレート・ヴォルフェンシュタイン、フランツ・ヤノヴィッツ、ハンス・ヤノヴィッツ、マックス・ブロート、クルト・トゥホルスキーがはいっていた。レクラム文庫は一九二九年に小説『あたりは夜に』(Nr. 7005)をシリーズにいれ、バウムは売れっ子の劇作家となった。バウムの長編は「プラハ日報」、「ケルン新聞」、「ベルリン日報」の連載小説として掲載された。クライスト風に簡潔に表現する短編作家だった（『救済』、『証拠』、『独裁者たち』、『最後の一周』、『三人の女と私』)。一九三二年、ドイツ語の詩作にたいしてチェコ国民賞を受賞する。詩人としてもバウムは頭角を現わし、一九〇六年には後世の不安を先取りしたこの詩が完成した。

その日は死んだ。こわごわと座るわれわれには、
殺人者がいるかのようだ、
にぶい静寂をとおして
近くに、泉の歌がかすかに響く。

庭のテーブルに座り、
われわれ友人は陽気のまま
空気は気だるく、そしてだれかが考える、
「いま他人の心はどうなっているのか」

無言の一座でわれわれは身に沁みて、
最愛の人もわれわれによそよそしく、
恐怖がここでがたがたと震える。
だれだ、恐怖を追い払う言葉を発するのは。

長編『偽りのない書類』(一九三一年)でバウムはこう書く。「中立である権利は神のみがもっている……われわれは決断しなくてはならない。情熱のかぎりを尽くし信念を主張し、適切なことを貫徹しなくてはならない。そうでなければわれわれの義務は果たせない。理性だけでは事物を認識できず、つまり理性では足りない」。べつの個所にはこうある。「不幸における人間の団結は、幸福における団結よりも聖なるものである」。

マックス・ブロートはこう回想している。「オスカー・バウムは倦むことなく、相談してくるひと全員の助けになった。とくに一九三三年以来、援助をもとめる叫びはますます緊急性を増し、作家やジャーナリストは、さらにドイツから難民としてプラハにやってきた。それはしばしば絶望の極みとなった。しかしオスカー・バウムは、外面は落ち着き、内面は燃えあがっていた。情熱的な支援においても妥協もなく、気のゆるむこともなく、いつでも救助のあることを、最後の出口のあることを知っていた……」。

バウムが自分自身のための出口を見いだすことはなかった。ナチスに占領されたプラハでかれはユダヤ教の祭祀教区を全面的に支援した。バウムがプラハで「超人的なこと」を果たしたことをブロートは報じている。かれはプラハから脱出しようと努めた。パレスチナではなく、イギリスに行こうとした。ようやく旅券を手にしたとき、「ボヘミアとモラビアの保護領」の当局は、古い記録を要求してきた。そのうえ一九二〇年の納税証明書も。この納税証明書の件でバウムの出国は頓挫する。バウムは調達できなかったのだが、テレージエンシュタット(テレジーン)強制収容所への収監の指示は受けずにすんだ。バウムは、一九四〇年三月二〇日にプラハのユダヤ人病院で腸の手術のあと死去し、妻は一年後にテレージエンシュ

タットで死んだ。バウムの遺書は紛失したとされているが、かれは一九三八年八月に長編『脇道にはいった少年』をある文学の懸賞としてニューヨークに送ってあった。この作品は現在、一九三八年に書きはじめられた長編『プラハの少女』とおなじく見つかっていない。

* * *

バウムの息子レオは、「プラハ日報」、「プラハ夕刊新聞」の支社の編集主幹をしていたが、行き着いた先はパレスチナだった。シオニストであった息子は、イギリスの役所で職を見つけ、まずエルサレム、つぎにハルツーム、最後にふたたびエルサレムで職に就いた。レオ・バウムは最終的にイギリス委任統治領政府の財務大臣となり、一九四六年七月二二日、三七歳のとき、のちのイスラエル首相となるメナヒム・ベギンの犠牲となる。テロリストの抵抗グループ、イルグンにいたベギンの部下が、委任統治領政府がはいっていたキング・ダヴィデ・ホテルを爆破し、死者八〇人のなかにシオニスト、レオ・バウムもいた。

ノラ・タヴォールがレオ・バウムの妻だった。彼女――八〇歳である――はエルサレムに住み、「フランクフルター・アルゲマイネ新聞」の特派員とイスラエルで二度目の結婚をしている。ノラ・タヴォールは、まだ作家オスカー・バウムのことを覚えていた。彼女は作家とおなじ家にレオ・バウムとハヴィリーチコヴォ・ナーミエスティー（プラハ、ジシュコフ）に住んでいた。ノラ・タヴォールはこう回想している。「レオが私を一九三一年にはじめてかれの父親のところに連れていったとき、私はそらおそろしい不安をいだきました。というのは盲人とどのように接したらよいか分からなかったからです。しかしかれはとても自信にみちあふれていて、私の不安は五分以内に解消しました。オスカー・バウムは親切心にあふれ、喜んで力になってくれる人でした。そしてすばらしい男性でもありました。かれはこの国の人間の犠牲者となりましたが、自国を愛していました。私は、チェコ人がドイツ人に劣らず反ユダヤ主義的であったことを忘れることができません。反ユダヤ主義は、あの地ではとっくの昔からあったのです。ドイツ人の特質によってただ強められただけなのです」。

妻ノラ・タヴォールと一緒のレオ・バウム。

ノラ・タヴォールは、自分の母親がつばを吐きかけられたこと、彼女自身が子どものときわざと突き当たられ殴られたことを語った。「このことはボヘミアではほんのささいな反ユダヤ主義の出来事にすぎませんでした」と彼女は言う。ノラ・タヴォールの母親は、ドイツの占領軍兵士からフランスに逃れ、ヴィシー政権のフランスからドイツにひき渡され、つぎにリオンからアウシュヴィッツへ追放され、殺害された。

ルートヴィヒ・ヴィンダー　人間の苦痛がふたたびいつ意味をもつだろうか

この女性はすばらしい人物である。才気にあふれ心やさしく、ウィットがあり、もの言いが率直である……筆者はロンドンに行くときは彼女のもとを訪ねることにしている。まず地下鉄でゴルダースグリーンまで行き、そこから二階建てバス二一〇番でビショップスアヴェニューへ。さらにしばらく歩くと、大きな古い別荘のまえに出る。ベルを鳴らしドアが開くと、もう馴染みの筆者は、長い廊下にそって歩いていく。右の一番奥のあたりが彼女の部屋である。ノックをすると、「さあ、いらっしゃい」という声が聞こえ、なかにはいると、その女性は椅子に座っている。背がとても小さく、起き上がるのを助けようと抱えてもたいへんなことはない。九五歳のヘートヴィヒ・ヴィンダーは、六年前からレオ・ベック・ハウスというユダヤ人避難者協会の老人ホームで暮らしている。

ヘートヴィヒ・ヴィンダーはある作家の未亡人である。その作家は四〇年前に英国亡命中に亡くなり、かつてプラハではフランツ・カフカと並ぶ屹立した人物であった。叙事文学を一〇篇著わし、そのなかの『ユダヤ人のオルガン』についてトーマス・マンはこう批評した。「ユダヤ人の存在がこれほどに視覚的に生き生きと書かれたことはめったにない……」。出版社は英国亡命中に執筆した長編三篇には食指を動かさなかった。ほとんど二五年間というもの、ルートヴィヒ・ヴィンダーはプラハの「ボヘミア・ドイツ新聞」の文芸欄の編集者であった。チェコとドイツを仲介した人間のひとりで、「頑固で過激な愛国者」と闘った人物である。一九三三年以降、ドイツ人の亡命者を救いそれを記事にした人物であり、一九四五年以降はドイツとチェコの新たな交流を支援した。

当時五七歳の作家は一九四六年になっても、自分にはプラハで両国を仲介する役がもとめられていると思い、プラハに帰還しようとしたが、死んでしまったために幻滅せずにすんだ。ヴィンダーはかつてプラハでこう書いた。「あらゆる不幸は、人間存在の尊厳を信

1911年に「テプリッツ新聞」の文芸欄の編集者となる。テプリッツ－シェーナウで妻とも知り合う。

じることをやめることによって生じる」。英国への亡命でヴィンダーはこう認識していた。「私は人間の尊厳の神聖さを信じている……人間の品位が、われわれの最高の価値にならなければ、人類は破滅せざるをえない、と信じている」。ヴィンダーの作品には、このふたつの信念にみなぎっている緊張があり、全体主義は、愛の不能者たちがユートピアを、愛を強要する場に変えようとする姿勢とおなじである、と書かれている。

ヘートヴィヒ・ヴィンダーがロンドンのハンプシャー区にあった小さな一部屋の住居に住んでいたときは、だれかがまだ夫の文学作品をひき受けてくれるのではと希っていた。「彼女の暮らしは哀れだった」とプラハ時代の家族の友人、ギド・ラーグスは思い起こしている。「部屋にはベッドがひとつ、机がひとつと整理ダンスだけでした。整理ダンスはヴィンダーの書き物でいっぱいであり、生涯を通して控えめだった作家にとって愛おしく価値のあるものでいっぱいでした。したがって彼女の衣類を収める場所がなく、衣服をいつもある場所からべつの場所へとひきずっていました。彼女の祭壇ともいうべき聖なるものは衣服だったのです」。

この間にすべてのことが一変していく。レオ・ベック・ハウスのヘートヴィヒ・ヴィンダーの部屋には夫の長編がまだ数篇のこっている。額縁にはいった一葉の写真がヴィンダーのことを思い起こさせている。部屋には彼女がずっと見ていない、昔の写真のはいった段ボール箱が一箱ある。遺作の一部をヘートヴィヒ・ヴィンダーは、マールバッハの文学資料館に提供していた。まだその一部は娘のマリアンネの住居にあり、母は週に一度は娘を訪ね、それ以外の日は毎日一〇分電話で話している。ヴィンダー再発見のきっかけはなんども立ち消えになった。頓挫——この言い方は劇的過ぎるかもしれない。

ドイツの文学史や作家事典にはルートヴィヒ・ヴィンダーの名前はなく、おなじくオーストリアの事典にも出ていない。マックス・ブロートのみがヴィンダーをその著書『プラハ・サークル』に載せた。東ドイツとチェコの状況は、ヴィンダーにはさほど意気消沈させるものではなかった——とくに最近は。これらの国ではこの間に、反ファシストのヴィンダーが好んでひっぱりだされ、もちろんヴィンダーはその文学作品で「市民階級」にこだわっているとされている。おなじくこれらの国ではヴィンダーが、ルードルフ・フックスと友人関係にあったことから共産党に加担したのではないかと好んで類推されることもある。しかし未亡人ヴィンダーへの年金を、プラハの保険会社にかれが払った保険額から算出して支払っているのは、チェコスロバキアではなく、当該国ではないドイツ連邦共和国である。

「私が生きている間に、夫の文学が再発見される、とあなたは思いますか」と彼女は訊いてきた。「私にはおとぎ話のように思えるんですよ。もうほとんど一〇〇年前のことですから」。ほぼ七五年前、故郷テプリッツ(テプリツェ)で新聞の劇評を書いていたルートヴィヒ・ヴィンダーと彼女は知り合った。「一九一二年から一九三九年までは、夫が生活を支えてくれました」。「そして一九三九年から一九四六年までは、私が夫を支えました。私たちがチェコスロバキアから逃亡したとき、夫の頼りなさに気づき、私は頼りない人から指揮権を受け継いだのです。なんとかなりました！　私は夫を連れてポーランドを抜け出て、船でイギリスに渡りました。私は乏しい英語力を駆使し、イギリスでは問題をすべて解決したのです。ルートヴィヒはイギリスに到着したとき、英語は一言も分からなかったのです」。

「彼女は驚くべき女性でした」とギド・ラーグスが証言している。「私はプラハでは彼女ほど不器用なひとはめったに見たことはありませんでした。しかしこんなことはなにもかもこの亡命で吹き飛んでしまいました。彼女の夫は重い心臓病を患っていました。かれがこの苦難の状況下でつぎつぎに本を執筆できたのは彼女の功績です。あの不穏な時代に夫のために平安な環境をつくったのはほんとうにすばらしいことでした」。

晩年にヴィンダーは祖父と父親のことを回想しながら、一切のものを排除する信念の偉大さと同時にその悲惨さを書き、いかに絶対的なものを希求する人間がくりかえし全体主義的な拘束の誘惑に駆られるかを書いた。ヴィンダーの脳裏にまざまざと浮かんだのは、宗教的な義務を負っていたある男の人生だった。「かれは学識のある人物で、このことをボヘミアとモラビアのタルムードに通じている者はみな知っていた。かれらは説明のむずかしい、解釈のむずかしい箇所に突きあたるとかれの助言をもとめた。コリーンのユダヤ教区がかれのことを誇りに思ったのは、教区の真ん中にこの学者は住んでいたために、その名声が、オーストリア＝ハンガリー帝国のオーストリア教区にまで、そしてポーランド教区の奥深くにまで広まったからだった。そのためユダヤ人の宗教共同体における富裕な信者は、自分たちの小さな息子たちが厳格で無慈悲な宗教者から恐怖に晒され、殴打されることに耐えていた」。

コリーンのこの宗教の教師こそが、ヴィンダーの祖父であった。宗教教育によってもっとも手ひどい苦痛を受けざるをえなかった者が、この作家の父親であった。この父親はラビの職からはうまく逃れることができた。しかし、うまくいったのは宗教的な拘束から自由になったことだけだった。この緩んだ状態のなかで自分の自由を見いだすことには失敗したのだ。父親は宗教の暴君のようなドイツ＝ヘブライ的な世界から逃れてチェコに避難所を見つけ、チェコ語で詩を書いたが、それには耐えられなかった。父親は教師になり、最終的にホレシャウ（ホレショフ）のユダヤ教区でドイツ語を用いる小学校で教えた。この宗教学校の校長としてなにからなにまでめんどうをみなくてはならず、自分の子ども時代に憎んでいたことにも関わらなくてはならなかった。

ヴィンダーは一八八九年二月七日にシャッファ（シャフォフ）に生まれ、六歳でホレシャウにやってきて、そこで父親が勤務する学校に通った。ヴィンダーは自らに苛酷さを強いる弱者としての父親と、自分の考え方に反して「父親らしい規範」を学校や家族で貫いた父親を知ることになった。「陰鬱な子ども時代だった」とヴィンダーの妻ヘートヴィヒ・ヴィンダーは言う。「夫は私にさえそのことを話すことはさほどありませんでした。夫は書くことによってそのことから解放されていました。マリー・フォン・エープナー＝エッシェンバッハ、フェルディナント・フォン・ザールとヤーコプ・ユーリウス・ダーヴィットに称賛されていた誕生の地ハンナ（ハナー）でしたが、夫にはその風土への嫌悪感が残っていました。でも平地の人間である夫は山を愛していました。私が夫と知り合ったころ、夫の周りには憂鬱な気分が支配していましたが、結婚後、夫の性格の明るい面が芽を出してきたのです」。

ヴィンダーはオロモウツにあるドイツの商業学校に通った。ギムナジウムの卒業試験の二年前、一九〇六年に第一詩集がドレスデンの出版社E・ピアソンから出版されるが、一七歳の生徒は、叙情詩集を自費で二〇〇ライヒスマルクを払い印刷したのである。それはおなじようにエーゴン・エルヴィン・キッシュが『青春時代の花をつけた枝』を出版した一年前のことである。生徒だったヴィンダーは、有名になっていたリヒャルト・デーメルと書簡をすでに交わし、デーメルはこの才人に助言をあたえていた。それは『踊りの谷』という二巻目の詩集となって結実した。

いつかは夕べがほんとうに
昼を呪う幾百万の民のために存在するだろう
毎夕、毎夕……パンとワインが
そうなればだれもなにも言わない……

ヴィンダーは一九〇七年の初頭、ウィーンにやってきて、左派リベラルの新聞「ディー・ツァイト」の地方記者となった。ちょうどウィーンでは普通選挙権導入後はじめての選挙が実施されたが、ドイツ・オーストリアの議員はほかの民族の議員にたいし少数派であった。一九〇八年、ヴィンダーは七八歳の皇帝の政府六〇周年記念を体験する。一九〇九年の夏、二〇歳の青年はシレジアのビーリッ

当時の有名な作家リヒャルト・デーメル。ヴィンダーの『詩集』は1906年に出版され、『踊りの谷』は4年後に出版され、デーメルに献呈された。

ツ(ビエルスコ)に行き、「ビーリッツ＝ビアレーア・アンツァイガー」紙の文芸欄の編集者となった。ビーリッツでは一九一〇年にも二番目の詩集『踊りの谷』と最初の習作（『真昼』）が出版された。

ヴィンダーは一九一一年初頭にテプリッツ＝シェーナウの「テプリッツ新聞」に移り、そこで妻となる女性と知り合う。カール・クラウスには町の朗読の夕べにきてもらうこともあった。「紳士淑女がクラウスのことを理解できずに道徳的なことで怒り、チェッと言った」ことにたいしある記事で反駁もした。またここではのちにメルヒオール・フィッシャーの名前で世に出ることになるエーミール・フィッシャーという一七歳の文学青年と出会っている。一九一二年にヴィンダーはテプリッツ＝シェーナウを去り、「ピルゼン日報」で勤務する。「ピルゼン」の編集主幹、イジドール・メルツァーは「ドイツ民主主義自由党」の後の総書記となる――その党は愛国的自由主義の路線であり、プラハでも「ボヘミア」紙はその影響を受けていた。

一九一二年末、ヴィンダーはもう一度ウィーンに行き、ケーニヒスエッグ公爵の私設秘書となり、ライオン狩りに関する記述の仕事を手伝う。戦争勃発直前の一九一四年には、文芸欄の編集者と演劇批評家として、プラハの「ボヘミア」紙の編集部にはいり、そこではキッシュが一九〇六年から一九一三年まで地方記者として勤務していた。ようやくヴィンダーにとって修行時代と放浪時代が終わることになる。オーストリア＝ハンガリー帝国で、官報である「ウィーン新聞」のつぎに発行部数の多いのは「ボヘミア」紙であり、ヴィンダーは、一九三八年末の「ボヘミア」紙の発刊停止までに、三千回寄稿し、劇評、書評、巻頭文、エッセイ、文芸欄、寸評などを執筆した。これらの記事の復刻版が出れば、当時のドイツ語文学の遺漏のすくない年代史ができあがるのだが。

ヴィンダーは、ハプスブルクの多民族国家の理念の支持者だった。チェコの歴史家で政治家のフランティシェク・パラツキー（一七九八―一八六七年）とおなじくヴィンダーは立場をこのように表明していた。「オーストリアが存立できないのであれば、オーストリアをあらたに創りなおすべきだった」。つまりこの立場は、ドイツ人ではない住民に損失をあたえる状況を承認することではなくて、オーストリアを自立した民族共同体へと発展させることだった。ちょうどこれは、第一次世界大戦の勃発によってオーストリアの枠組みの解決はもはや不可能とみていたマサリクの考えであった。マサリクは一九一五年に外国を訪問し、連合国の政治家を新しい理念のために獲得しようと模索した。その理念は「中央ヨーロッパの民主的な同盟」であり、バルト海からアドリア海までを含むすべての小国

モラビアのホッツェンドルフ（ホドスラヴィツェ）に生まれプラハで死去したパラツキーは、「政治教育の手段としてチェコ民族の歴史を創ること」を自分の課題とした。ヨーハン・ヘルダーがかれに歴史の記述を奨励。1836年、『ボヘミアの歴史』の第1巻をドイツ語で出版。ヴィンダーは、ハプスブルク帝国に関するパラツキーの見解とおなじだった。

の連合ということにあった。マサリクはそれを押し通さなかった。

ヴィンダーは、チェコスロバキア共和国建国の数日まえに「私のオーストリア」という記事を書いた。「深刻な時がきた。別れの時である。そしてこの時ひょっとしてはじめて、一国よりもはるかに小さく同時にはるかに大きいこの国のすべての住民は、オーストリア人として自覚したのである……この時に、かつてないことだったが、オーストリアとは何であったかを知った」。このジャーナリストと一九一五年にプラハで結婚したヘートヴィヒ・ヴィンダーは、こう回想している。「ルートヴィヒはオーストリア＝ハンガリー帝国の時代を懐かしんでいました。かれがプラハで書いた最後の本では、第一次世界大戦の引き金となったサラエボの暗殺にもう一度立ち返っています。オーストリアを計画的に救済できたかもしれないフランツ・フェルディナントのことに立ち返っています」。

この可能性について作家ヴィンダーは、長編『皇位継承者』では未解決のままとした。暗殺の犠牲となったフランツ・フェルディナントの悲劇は、皇帝フランツ・ヨーゼフ一世（一八三〇―一九一六年）がその長い生涯において、つぎの皇位継承者の可能性がすべて消えたことにある、とヴィンダーは見なしていた。ヴィンダーは、フランツ・フェルディナントの理想が衰退していく過程で、その国に間近にせまる没落を示したが、その国はチェコスロバキアにおける少数民族のむずかしい問題を柔軟な方法で解決できる時間を、ヒトラードイツによって奪われていたのだ。ヴィンダーの『皇位継承者』は一九三八年にチューリヒのフマニスタス書店から出版され、同年にはプラハのボロヴィー書店からチェコ語の翻訳が出版された。ヘートヴィヒ・ヴィンダーはこう回想している。「『皇位継承者』がチェコ語で出版されたときは、書店の窓が黒と黄色で覆われました。ヴァーツラフ広場も古いオーストリアの色彩で飾られました」。

ヴィンダーは、『皇位継承者』のなかで大公フランツ・フェルディナントに反論させている。「諸国に教えをこう説かなくてはならなかった。多くの小国から成立していたオーストリア＝ハンガリー帝国は、もはや大帝国にならなければ、拡張主義のすべての列強の意のままにされるだろう、と。そしてすべての国々にこのように説かなくてはならなかった。ハプスブルク帝国はヨーロッパにとって必要であり、諸国が君主国の統一と存立を壊そうとすれば、諸国民は自殺行為をしてしまう、と。しかしこの理念をどうやって固めることができただろうか。不満をいだく諸国民がどうやって満足しただろうか。任務にどうとりくむべきだったろうか。これは大問題だった」。

第一次世界大戦後、多民族国家ハプスブルクから、チェコ人、スロバキア人、ドイツ人、ハンガリー人、ルテニア人、ポーランド人、ユダヤ人のいる多民族国家チェコスロバキアは成長してはなれていった。そこには『皇位継承者』に見られるフランツ・フェルディナントの問題が、一九三八年にマサリク共和国の問題として出現した。この問題は没落の直前にやってきた。

ヴィンダーは、生涯にわたってドイツ人とチェコ人の和解をもとめた。帝国の最終局面でヴィンダーに分かったことは、統一的な全オーストリアの社会民主主義は最終的に国内の組織に分裂していたことであり、それが損失であると見なしていた。ヴィンダーには、皇位継承者がチェコの古貴族の女性、ゾフィー・ホテク・フォン・ホトコバ伯爵令嬢と結婚したこと、私有財産をボヘミアに築いたこと、子どもたちにチェコ語を習わしたことの意味が分かっていた。ヴィンダーが注目していたのは、第一次世界大戦前にウィーンでは国会の議員委員会において、解決すべき問題の八割はチェコ人とドイツ人の間で広範な一致を見ていたということだった。

ヴィンダーは、チェコにおけるドイツ人の独立運動を支持していた「ボヘミア・ドイツ新聞」の編集者であったため困難な状況におかれていた。この新聞は「政党の利益代表」と見なされていたからだ。ちょうど「プラーガー・プレッセ」紙が、チェコスロバキア政府によって「ボヘミア」紙にたいする「矯正」の役割をもって創刊されたのとおなじである。この二紙の間にあったのが、一八七五年に創刊されもっとも読者数の多いドイツ語新聞「プラハ日報」である。

ヴィンダーより一二歳年少の小説家で、コミュニストのF・C・ヴァイスコップは、ヴィンダーを幻想的で不可思議な眼差しをした、心やさしい男性として描いた。ヴィンダーの特徴を、もの静かで、内省的な、生活に根をおろした控えめな人間として表わした。ヴィンダーにとって一九二〇年にチェコスロバキアの社会民主党から分裂した共産党は魅力的な存在だった。唯一このチェコの政党が国籍をめぐる対立ではドイツ人に道を開き、チェコ人とドイツ人のための党となった。政治路線の決まっていたほかの政党はすべて、マサリク共和国の末期まで分裂したままだった。

「ボヘミア」紙のこの記者がプラハでまたたく間にルードルフ・フックスとエルンスト・ヴァイスを介して得た知己は、マックス・ブロート、オスカー・バウム、ヨハネス・ウルツィディール、メルヒオール・フィッシャー、オットー・ピックス、パウル・レッピンであった。ヴィンダーはブロートを介してフランツ・カフカと知り合い、ブロートの死後、かれに代わって一九二四年に排他的な小サークルをひき継いだ。ヴィンダーが文化特派員となって「ボヘミア」紙のために獲得した作家は、ベルリンの作家アルベルト・エーレンシュタイン、ミュンヘンのハインリヒ・マン、しばらくの間ではあったがウィーンのローベルト・ムージル、そしてあとになってパリのヴァルター・ハーゼンクレーヴァーがいた。ヴィンダーはプラハで最終的に、さまざまな文学的、政治的グループの仲介役となる。

長編作家となった二八歳の作家は、一九一七年にリーリエンクローン、デーメル、ビーアバウム、モンベルトの作品を出版していたベルリンのシュスター&レフラー書店からデビューする。『荒れ狂う輪転機』にはまず自分の職業における立場の確認という意味があった。炯眼にもヴィンダーは、この職業の欠陥をつぎのように断定した。「ジャーナリストとは何事もできないと同時に何事もできなくてはならない人間である。したがってジャーナリストは、いつでもなんでもできるような印象をあたえなくてはならない人間のことである」。ヴィンダーにとってこの職業で目についたのは、精神的な欠陥者の多いことである。つまりこの欠陥によって無能になる人びとであり、ほかの職業であれば昇進はありえない人びとであり――政治家や欠点を隠さなくてはならない職業にはいない人びとである。

ヴィンダーがジャーナリズムの大いなる危機とみていたのは、その楽天主義にではなく、不満を表わすことによって他人を意のままにし、むりやり承認させてしまい、何事にもかかわらないことが一番と確信している人間がジャーナリズムにはいることであった。ヴィンダーの長編にはすでに、現在の大衆紙ではふつうのことになっている大衆操作の技術が書かれている。ヴィンダーがあきらかにしたのは、高速輪転機への移行とともに、いかに資本家が世紀末のウィーン――長編の舞台である――において有用なジャーナリストを支配しようと機会を窺っていたかである。「現代の新聞の志向は大資本家の志向である」。

ヴィンダーが描いたのは、ジャーナリズムにとって利益を上げることによる危険性がなく、わずかな利益をあげるという条件で、資本家からのジャーナリズムの離脱をいかに意識的に支援できるかということである。だがヴィンダーの長編は、資本家との決着をつけてはいない。作家ヴィンダーは生涯にわたって決着を、自分の作品のイデオロギー的な統制を放棄した。ヴィンダーに興味があったのは、不当な体制を支持し、その体制をつくっている人間である。ヴィンダーにとってはしばしば、小人を苦しめるのが小人だということである。つまり、かれらがそうなるのは、資本家から選ばれた監守として出世をした場合である。ヴィンダーに興味があるのは、いかに欠陥人間には充足というものがないか、いかに奇形がたえずつぎの奇形を生んでしまうのか、いかに小さな醜悪が大きな醜悪をもとめるか、調和を無視していかに小人が大人にかわって座を占めてしまうかという点である。

これがガリーツィア出身のユダヤ人の成り上がり者、テオドーア・グラーザー博士の物語である。グラーザーはウィーンに住むべつのユダヤ人の成功者から経済援助を受けて「新聞」を創刊し、この新聞をジャーナリスティックに自分の厚顔な権力欲のために利用し、すこぶる恐ろしい人物に成りあがり、ついには破産する。これは本質において不毛な愛の話である。『荒れ狂う輪転機』におけるグラーザーの「宗教性」は、「悪意、陰険、陰謀、偽善」にある。「私は世界における万能な悪の存在を信じている。したがって私はすべての悪を凌駕する悪でありたい……」。

ヴィンダーは、ローヴォルト書店から一九二〇年に出版された長編『カサイ』で、「人間は兄弟」という理念を無理に手にいれようとする試みの傲慢さを描いた。億万長者の息子フランツ・ハイデブラントが見たのは、かれの父親が工場で労働者を「抑圧された者の大群」に貶め、労働者を機械と化したことであり、かれが達した結論は、「限りなく破壊された地球からは、かれが夢想するような完全な人間は輩出されないということだった」。ハイデブラントが旅先から連れてきたアフリカ人カサイは、人を幸福にしようとするかれの思いに報いる人物である。

カサイは、ハイデブラントがどこにもいないと思えるほどの人間にならなくてはならない。しかしカサイの本性を洗練させる試みは挫折する。人体実験という思想的な着想がまちがっていた。その実験者が言うように、このアフリカ人は手つかずの自然のままではなくて、まったくべつの世界によって手を染められている人間である。これを実験する知識人には、人間をほんとうに愛せずに自分の理屈に夢中になっている人間のあわれみしかない。ハイデブラントは、ヴェルフェルの詩の登場人物のように「愛をもとめては泣くが、ひとを愛することはしない」人物である。

ヴィンダーの初期作品。1922年に出版された『ユダヤ人のオルガン』についてトーマス・マンは「ユダヤ人の存在がこれほどに視覚的に生き生きと書かれたことはめったにない」と書いている。

ヨーロッパの競争世界は、何事にも加担して利用できる知識は集めてくるということ、そしてこのような社会にあっては自由な精神には機会がないということである。ヴィンダーはその長編のなかで、強制された世界改革は終わりを告げ、犯罪によって終わるか、悲劇的に終わるかをはっきりと示す。

「たんなる決意によってはなにも片づかなかった。ぼくは愛したい。ただ愛をもとめても、愛は習得できるものではない」。こう書かれている作品とは、一九二二年にウィーンのリコラ書店から出版された長編『ユダヤ人のオルガン』であり、三三歳の作家はこの作品で文学上の突破口を切り開いた。ヴィンダーが提示したのは、ひどく敵対的なことと対決してもすこぶる敬虔的であれということである。厳格に教義を守る、正統信仰であるユダヤ教の環境がこの作家にあたえたのは、信仰が「神による絞首刑」となる全体主義の世界を記述する可能性である。その信仰は、ひとを自由にさせず信じることを圧殺する。

『ユダヤ人のオルガン』でヴィンダーは、独自の家庭物語をつくりあげ、ゲットーで団結しているユダヤ人に起因する悲劇を示す。「われわれユダヤ人はこうなんだ。ひとを殺害せず、屈服させることはしない。この強靭さ、この生命力にはなにか恐ろしいことが隠されている。呪われ、迫害され、いくどとなく唾をはかれ、根絶やしにされた——なんどもわれわれは立ち上がり、なんどもわれわれの胸でオルガンが轟々と音を立てた、ユダヤ人のオルガンが。恐ろしきはこの恵みとこの呪いだ！」

ヴィンダーが示したのは、理想の現実化に起因する暴力行為であり、精神自身は非難しないが、その高慢さを非難している。ヴィンダーがカサイに認識させたことは、人間性の教育は偽善であり、オルガンはヴィンダーの長編では抵抗を意味している。「哲学事典」には「一九世紀のあらゆる教会会議のなかでオルガンの議論がもっともはげしかった」とある。オルガンは、ギリシャ正教からは文字通り厳しい礼拝とは対立するとされていた。ヴィンダーのこの長編を書評した盲目の作家オスカー・バウムもこう書く。「ユダヤ人のオルガンは、禁じられている芸術的な欲求であり、官能を禁じられた音楽である」。

「宗教の教師、ラビ、戸籍簿係り、教会指揮者、ユダヤ教の典礼に従う畜殺者」の息子アルベルト・ヴォルフが「この官能の音楽」に従ったのは、ブダペストにあるラビの神学校に通うとみせかけて、父親の宗教的な暴力から逃れていたときのことだった。じっさいはカフェ、キャバレー、劇場を放浪していたのだ。欲望や愛への憧憬を絶ったこの人間は、売春婦のひもとなり、そのあとキャバレーの経営者となった。しかし、かれがどこへ逃げようと、どこから逃げようと、父親から植えつけられた罪の意識をいつも抱えこむことになった。つまり、神への罪悪感、父親への罪悪感である。アルベルト・ヴォルフは家にもどり、醜悪きわまりない女性と結婚した――贖罪意識からだった。

だが、かれの贖罪の気持ちもまやかしにすぎなかった。それはかれに愛を期待していた妻へのまやかしでもあり、自己欺瞞であった。アルベルト・ヴォルフは妻の醜悪さへの嫌悪感を克服したが、それは愛情からではなく順応からである。アルベルト・ヴォルフは慣れ親しんだ妻のもとを去り、「純粋な心をもつ行商人」となる。ユダヤ人アルベルト・ヴォルフはイエスの福音をもって品物を売るために、休むことなく行商して歩く。作品はこの言葉で終わる。「だが、かれは人間の秘密、そして神の秘密を知っていたので人間を愛した」。

オスカー・バウムがアルベルト・ヴォルフのなかに「救済するドン・キホーテ」を見たのは、「かれが純粋さゆえに行商人として、燕尾服の上着の裾をひらひらさせて喫茶店のテーブルの間を幽霊のように出没したときだった。かれは救われたと思っているこの場所で、ほんとうに自分を失うことになったが、じつはかれはそこからあらゆる地獄へと逃げ込んでいたのだ。われわれが恐ろしいと思うのは、このような退屈で無味乾燥な内面の安息と調和である。このことを心乱されたキリストはついぞ知ることはなかった。一粒の砂さえも涙の海がぬぐい去ることはない御影石の橋の光景をまえにして、われわれは昔も今も息もせず、震えている」。

ヴィンダーはふたたび、一九二四年にリコラ書店から出版された長編『フーゴ、ある少年の悲劇』で、自分の醜悪さに侮辱を感じ、侮辱される人物が示す承認欲求と愛の欲求を作品に仕立てた。「ぼくはなぜ飢えているように見えるのだろう。なぜって、運命に囚われているかぎり、美しいものに飢えているからであり、これ以外の飢えをぼくは知らない。ぼくはあらゆる代用品を拒む」。ヴィンダーは美的なものを、よりによって反ユダヤ主義の憎しみとともに自分を追放したあるグループのなかに見いだした。醜悪さ――これはヴィンダーの作品ではたえず愛の不能と同義である。『醜悪な人間の説話』でヴィンダーははじめて、自伝的な要素もあるユダヤ人の経験の限界から抜け出た。

ヴィンダーは一九二四年に、戯曲『ギロチン博士』で劇作家として世に認められていた。この戯曲はリコラ書店から刊行され、カールスルーエのバーデン州立劇場で初演され、プラハの新ドイツ劇場、ウィーンのブルク劇場、ハンブルクの小劇場など多くの劇場で再演された。この戯曲でギロチン博士は、「ギロチン博士」という名前が冠せられ現在もまだ使われている処刑器具にとりつかれてしまった結果、妻の愛情を失う。ギロチン博士は、それまでの通常の死刑判決の執行期間を短縮するために、人間愛からギロチンを設計した。そして「自分の心の裏切り」を贖うために、自身の器具で自決する。かれはつねにこう考えている。「愛情を持っている者は生きなくてはならない。愛することができない者は死ななくてはならない」。

三八歳のヴィンダーが、ウルシュタイン書店から五番目の長編『取りもどされた歓び』を出版したとき、メルヒオール・フィッシャーは陶酔しながら批評をこう書いた。

「プラハはこの街に端を発したあらゆる精神的なもの、芸術的なものにたいし、どこか窮屈なところ、世間知らずで世故にうとい独特な味わいをもっている。そこでこの街の創造的な精神はたしかに事情通には承認されたが、めったに人気を博すことはなかった。そうなっても、この精神がそれをのりこえて凌駕するまでには、この街とながいこと格闘しなくてはならなかった。私にはこの街を完全に克服した最初の人物に思えたのがヴィンダーであり、だれからみてもそれをはじめてなしとげた作品は長編『取りもどされた歓び』である。マイリンクをもってはじまった神秘的でなぞに満ちた象徴的なところがすっかり消えている。つまりは現実が支配していて、実生活に近いものだった」。

「この長編の主人公は、クロアチアの農夫、ドゥピッツである。かれは巨体であり、金銭の遣い方を知っていた。農夫の狡猾さは、ドゥピッツの場合は抜け目のなさ、冷血さ、現代人の無情さと結びついている。ドゥピッツはドイツとチェコの言語境界になっているボヘミアに住み、大胆な思惑で土地も人間も奪いとってしまう。ドゥピッツが耕すのは、没落する二重帝国の所有者が入れ替わる土地である。この長編の舞台は戦後の時代。呼吸するためだけの空気。インフレの嵐。異常な出来事の最中、オーストリア崩壊の声を発するドゥピッツ」。

「われわれの時代の行動のあり方がすべて、この長編ではたがいに交錯しながらも展開している。オーストリア＝ハンガリー帝国は小心であったという戦中と戦後の評価。古いオーストリアの貴族精神と共産主義の世紀。狂信的な言語闘争をするドイツ人とチェコ人、反ユダヤ主義者、信念のあるユダヤ人、小市民、怠け者、ならず者。そしてドゥピッツは感傷のない怪力の持ち主、シニカルな精神の持ち主としてくりかえし登場し、最後は買い取られた土地と人間を強奪する者として登場し、『かれ』の臣下がもっているあらゆる人間的な公私の欲求の支配者にさえなる。すべての出来事は、数学的な厳密な意志にしたがって生起し、かれの債権者の性的なことでさえもそうである。ドゥピッツは金満家であり、『金銭はごみだ』とも言ってしまう。そしてこのクロアチア人は悪霊となり、この世の悪魔となる。たんに怪力であるだけでなく、全能でもある。何千人がかれを呪ってもだれ一人かれを倒すことはできない。それは、ある日、子どもがかれを失敗させることになり、この地方がこの悪しき人間の悪夢から解放されるまで続いた」。

「それは捏造された歴史だ、という印象をだれもがもたなかった。これはみんなじっさいにいつでも起きたことであり、どこかの人間の個人的な体験が、偉大ですばらしい創造的人間の個人的な体験となった。世界史の一こまが、真実という唯一の法則を知っている作家によって伝えられた」。

ドゥピツによってヴィンダーはふたたび、最下層の境遇の出身である勝利者を描き、その勝利者は容赦なく資本の原則を用い、その用い方たるやすでに財産を増やすことに世代を越えて長じている人間の用い方であり、また「容易に」「数十年にわたって自覚されていた労働者の階級意識」を抹消した勝利者でもあった。権力者ドゥピツの息子は、父親との問題を解決するのに非情にはなれない。「私の父は人間を罪悪に誘わなくてはならない。父はほかの方法では自分の孤独を突き破れない。こうして父はさらにひどい罪人となるが、父とほかの人間との間の距離はもっと狭くなる。父は悪事を自己目的にするつもりはなく、人間を罪悪に導こうとする、なぜなら父にはほかに人間に接近していく可能性がないからだ……父の理想は、罪人とだけ生活することだ」。

一九三八年生まれのチェコ人イジー・グルシャは、一九八一年に市民権を奪われ、長編『ヤニンカ』で、共産主義の権力者が人間を蔑視することを支配の術としていたこと、つまりイデオロギーの遂行においてモラルと信仰を失った共産主義の権力者が支配の術としていたことを半世紀経って描いたのだ。

一九二八年にヴィンダーは長編『乗馬用鞭』で、自分を辱める者に対する憎しみをうまく悲しみに移し変えることができた人間のヴァイマル共和国における運命を書きあげた。四年後、ヴィンダーは長編『ムフ博士』で、それまでずっとカフカの専売特許だったプラハのテーマを追求する。つまり罪なき罪である。合理的な説明がないまま、だれかが遭遇する罪である。正義を目指し、正義を模範とするムフ博士は愛の力によってよい境遇を熱望するが、最後には満たされることによって恐れをいだき挫折する。ルネ・シッケレにとって『ムフ博士』は「一九三一年の最良の書」であった。

プラハにおけるヴィンダー。つねに喜んでひとの力になる人物であり、ドイツ人作家の原稿を二〇年代初頭のインフレの時代に「ボヘミア」紙に掲載し、報酬を自国の安定した通貨で用意することで経済的な困窮から解放した。チェコ語によく通じていたヴィンダーは、自分の新聞でチェコの劇場における上演について紹介したが、これは前任者たちにはなかったことだ。またヨハネス・ウルツィディールとともにチェコスロバキアのドイツ人作家を保護する団体を設立した。フリーメーソンの会員だったヴィンダーは、一九三三年以降「ボヘミア」紙をドイツ人亡命者のフォーラムにした。

ヴィンダーの作品の受容がチェコでもはじまったのは、二〇年代

家族、翻訳者ヤン・グルメラと一緒のヴィンダー(プラハの住居で)。グルメラはのちにヴィンダーの長編『シュテフィまたはデレ家』をチェコ語に翻訳した。

末期のことであり、一九二九年に『取りもどされた歓び』のチェコ語版がヤン・グルメラによって出版された。長編『シュテフィまたはデレ家』は、家政婦シュテフィの運命に反映された、困窮に陥ったユダヤ人家族の物語であり、一九三四年にチェコ語版が出版され、それはオリジナル版が出版される前のことだった。同年に長編『シュテフィまたはデレ家』によって四五歳のヴィンダーは――文学作品すべての影響が考慮されて――ドイツ語作品と業績に贈られる国家栄誉賞を受賞した。この年にはチェコ語の作品に贈られる国家栄誉賞は三度目の受賞となるカレル・チャペックにあたえられ、詩人のヴィーチェスラフ・ネズバルと劇作家のエドモンド・コンラートと賞を分かちあった。

長編『シュテフィ』は一九三四年にまず連載物として発表され、マサリクの政治路線に従っていたチェコの社会主義政党の機関紙「チェスケ・スロヴォ」に発表された。さらに興味深いのは翻訳者の名前がヘレナ・マリジョヴァーということだ。この女性は一九二九年にスターリン化を理由に共産党を去っていた人物であり、ともに去ったのはヴラジスラフ・ヴァンチュラ、イヴァン・オルブラハト、そして一九八四年にノーベル賞を受賞したヤロスラフ・サイフェルトであった。またヘレナ・マリジョヴァーは、オルブラハトと共訳でトーマス・マンの『ヨーゼフ』三部作の最初の二巻(一九三四年)を翻訳した。ヴィンダーの長編『シュテフィ』は新聞掲載ののちに本の形でおなじく「チェスケ・スロヴォ」書店から出版された。ヴィンダーがチェコスロバキアで最後に書いた長編『皇位継承者』は、チェコ語で本の形で出版される前にやはり連載物として掲載された。これを掲載した雑誌は、おなじくマサリク路線を継承し、カレル・チャペックの作品も出版していた市民派の「リドヴェー・ノヴィニ」誌だった。

ヒトラーが権力を掌握し新聞報道が規制されたあとでは、「ボヘミア」紙がドイツでさらに追放されるのも無理からぬところとなり編集部と出版部のトップの間でナチス政権に妥協するか議論となったが、それはあくまでもドイツで「ボヘミア」紙をさらに普及させるためだった。ヴィンダーはこのような妥協には断固として反対した。「ボヘミア」紙のだれが、幹部の検討会議の様子を公にするように配慮したのか、これまで知られていなかったが、このいきさつを紹介した三誌が、事情をあきらかにしている手紙のファクシミリを公表した。

妥協への非難が知れわたったことで、「ボヘミア」紙は、誤解の余地のない反ファシズムの立場を一貫させることになり、これはヴィンダーが仕事をやりやすくなることを意味した。したがってドイツでは、つぎのようなヴィンダーの発言を読むことができた。「ヒトラー政権が初日から、精神に対する屈辱的な暴行をする方針を綱領に載せたことで、焚書と追放によってもっとも陰鬱な中世に逆もどりした」。「ボヘミア」紙はドイツで一九三四年に発行禁止となった。チェコスロバキアのドイツ人作家を「ズデーテン管区」に集め、ゲッベルスによって設立された「帝国作家同盟」への併合を仕向けるナチスの意図をあきらかにしたのが、ヴィンダーだった。

一九三五年一〇月二八日、ヴィンダーはこう書いている。「民衆の真の友であり、したがって現実の意味に優位をあたえるひとであれば、今日、国家の祝日に――なにをさしおいても――中央ヨーロッパにおける民主主義の最後の島となった国家にたいする真の忠誠心と、この国家の個々の住民にたいする真の忠誠心がゆっくりと出現するように願うほかになにができようか……人間性の姉妹である理性によって、理性の導きに身をまかせるという決断がなされれば、多くのことが可能となるのだ。この究極の意味を一九一八年一〇月二八日の出来事〔チェコスロバキアがオーストリア＝ハンガリー帝国から独立〕が満たす唯一の条件とは、理性が勝利し人間性が増すことだ」。

「ボヘミア」紙最終号の第一一一巻は、一九三八年一二月三一日に発刊された。ヴィンダーはすでに一二月二八日に作家カレル・チャペックへの追悼の辞を書いて雑誌に別れを告げていた。「かれが苦痛をあたえようとした人間はこの世にはいなかった。かれのような人間に苦痛をあたえる時代とはなんと恐ろしいことだろう」。マサリクの友人カレル・チャペックは、ミュンヘン会談が招いた事件のごみくずのなかですっかり参っていた。かれは四八歳で死んだ。

ヴィンダーには、ドイツ人のプラハ進駐が間近に迫っていることが分かっていたので、アメリカに脱出しようと苦心していた。当時、危機をみようとはしなかったマックス・ブロートは自伝『けんかっぱやい人生』で、ヴィンダーもその一人であったという「不信に満ちた人びと」について書いている。「かれらは自分たちに、不快に感じる、聞きなれない隠れた声の存在を指摘している。チェコスロバキアの縮小化はすでにはじまっており、国境を接する鉤十字の国がドイツ税関の建物をいそがずにゆっくり建てていたのにたいし、チェコスロバキア側には税関の建物がすでに建てられていたという。この事実から鉤十字が併合しようとする意図が推測できた……この統治者は文字通り宣言していたではないか、チェコ人は一人も要らない、と」。

「きみたちはあとどれぐらい待とうというのか」。ブロートの回想によれば、このような質問でヴィンダーは自分の友人を苦しめ、一九三八年一二月にきびしく伝えた。「われわれは去らなくてはならない、できるだけ早く」。しかし当時すでにヴィンダーには、アメリカに行くのに必要な書類を準備する時間はもはやなかった。

ヴィンダーの家族はプラハのヴィェゼニスカー通り一番地に住んでいたが、それはマイリンクの小説『ゴーレム』に登場する家だった。一九三六年からヴィンダー家は、コルコヴナ七番地に住む。ズデーテン地方の分割のあと、ヘートヴィヒ・ヴィンダーの母と弟がテプリッツからヴィンダー家に越してきた。一九三九年七月にヴィンダーは、妻と長女のマリアンネとともに占領されたこの国から逃げようと決断する。

それに同行したのは、すでにロンドンにいたルードルフ・フックスの妻、ローニ・フックスだった。ヴィンダーは心臓疾患と診断されていたわけではないが、逃亡の直前に倒れてしまった。

「われわれは行楽客となって汽車でプラハをあとにしました」と九五歳のヘートヴィヒ・ヴィンダーは回想している。「二人とも後生大事にものをいれたリュックサックを背負っていました。われわれは倒れませんでした。途中にわれわれとおなじようなチェコ人が多くいました。その日はペーターとパウルの日(カトリックの祝祭日)でした。チェコ人の登山ガイドがわれわれを案内してくれました。乗り物でチェコのシレジアにあるフリーデク・ミーステクに行き、そこから夜中、明かりの点いている家を、山の上に見つけるまで暗闇のなかを歩きました。そこからさらに歩きつづけました。するとすでに国境の向こう側に行っていました。月はとてもロマンチックで、私がそのときルートヴィヒに『浄夜だわ』と言いましたが、恥かしい気持ちはいまでもありません」。

亡命者たちは一台の車で迎えられ、泊まることになるある山小屋に連れていかれた。翌日はカトヴィチェに行くことになり、ヴィンダーの娘マリアンネは逃亡者の施設に行き、両親は民家に泊められた。「なんと、その家ではレコードが聞こえてきました。本棚にはルートヴィヒの長編四冊がおいてあり、私は独り言を言いました、まだこんなものが全部残っているのなら、それほど状況は悪くはないでしょ、と」。カトヴィチェのイギリス領事館ではヴィンダー夫妻の書類が整えられていたが、娘のマリアンネにはなかった。未亡人は回想してこう言う。「夫はやさしくねじこんだが、夫は丁重に押しのけられました。そこで私は机をたたき、同時に自分にびっくりしてしまいました。これほどエネルギッシュになったことはありませんでした。それは一生の重大な体験でした。マリアンネは一緒に旅立ちができました。そしてそのときからどうやって自分を通すべきか分かり、かれもどうすべきか分かりました」。

ポーランドの役所は、自分たちが逃亡者に対しイギリスのビザを用意していても敵対的な態度をとった。「鉛で封印をされた列車でポーランドを越えてグディニャに行きました」とヘートヴィヒ・ヴィンダーは報告している。「グディニャではホテルからはなれてはなりませんでした。そうしないと逮捕されるか、ポーランドから国外退去させられるという事態が迫っていました。そうなればチェコスロバキアにもどることになったでしょうが、イギリスはそうなってもなにもできなかったでしょう」。

敵対的なのはポーランドの役所だけではなかった。「われわれが船でストックホルムに着いたとき、警察官が数珠繋ぎになってわれわれ八〇人の亡命者をストックホルム駅で家畜のように集めました。列車でさらにゲーテボルグに行き、そこから船でイギリスに行きました。一九三九年六月二九日にプラハをあとにしたわれわれは、七月一四日にイギリスのティルバリーに到着し、そこからロンドンに行きました。ロンドンで買った最初の贅沢品は、ルートヴィヒのためのズボンのサスペンダーでした。到着して六週間後、ロンドンとブライトンの間にあるライギットの新着者用の宿泊所に避難させられ、われわれの友人ルードルフ・フックスと妻のローニもそこでわれわれと住みました。そこは心地よい場所で、ルートヴィヒは英語の勉強をはじめました。ドイツの爆弾攻撃のあとふたたび避難させられました」。

つぎにヴィンダー家は、ロンドンの北六五キロのところにあるバルドック村にやってきて、ホワイトホース通り一三番地の一部屋の住居に住んだ。かれらはチェコのトラスト・ファンドからの支援金とイギリス政府がミュンヘン協定の崩壊のあとに出した補償金でやりくりするようにしていた。ヘートヴィヒ・ヴィンダーはこう説明している。「バルドック村にはライギットの魅力はなにもありませんでした。平坦なハンナの幼年時代の風景が好きではなかったルートヴィヒですが、バルドック周辺のおなじように平坦な地域には愛情を注いでいました。野原を長く散歩していた夫は、散歩以外のことはめったにしませんでしたが、ハンナでの少年時代のことは語っていました」。

娘のエヴァ（上）。最愛の恋人と（下）。戦後、ヴィンダー家はエヴァが戦争の最後の月にベルゲン－ベルゼンの強制収容所で殺害されたことを知る。

ヘートヴィヒ・ヴィンダーの母と弟はホロコーストの犠牲となった。この作家の二人の義兄弟も。片方の義兄弟の娘が生きのびられたのは、プラハのアパートに隠れることができ、アパートのチェコ人が彼女を支援し、配給された食料をあたえたからだった。ヴィンダーの末娘のエヴァは生きのびることはなかった。両親と姉が国から逃げたとき、ともに来るべきだったのだが、一八歳の娘は、ちょうどプラハで旅行会社の社員である三〇歳のオーストリア人と恋に落ち、そのオーストリア人は、プラハでゲシュタポの目にとまり、一時逮捕された。

イギリス人によって解放されたベルゲン－ベルゼンの強制収容所の捕虜。強制収容所の司令官とその協力者にたいする裁判は、1945 年のうちに 53 日の審理をへて 11 人の被告への死刑判決で終わった。

「エヴァにとってかれは最愛の人でした」とヘートヴィヒ・ヴィンダーは言う。「かれがふたたび釈放されたとき、ふたりは国境を越えてポーランドへ逃げようとしました。ふたりは捕まりました。エヴァはトロパウ（オパバ）の刑務所へ、かれはダッハウの強制収容所へ行きました。エヴァが再度釈放されたとき、戦争が勃発したのです。娘は戦争から抜け出せず、テレージエンシュタットに搬送されました。われわれは戦後になってようやく、娘が最後はベルゲン－ベルゼンの強制収容所にいたことを知りました。生きのびた女性の友人は、そこでまだ一九四五年二月にはエヴァに会っていたのです。しかし収容所解放のとき、娘は死んでいました」。ヴィンダーがイギリスで書いた最初の本は、娘エヴァにむけた誓いとなった。

長編『一一月の雲』で、この作家はエヴァ・ヴィンダーと「救済された」フェリックス・ラウホの恋人同士について書いている。この長編の中心に据えた人物は、ナチからプラハへ逃れたひとりのドイツ人であり、プラハでチェコ人女性と恋仲になり、それからロンドンで爆撃の夜を体験し生きのびる。爆撃の数夜から一夜を選び、死の恐怖にあるイギリス人と亡命者を描いている。見込みのない希望、ヨーロッパにおける破壊の歴史への想い出、諦念、勇気。『一一月の雲』は、亡命のテーマが表現として完結しており、めったにない壮大な亡命小説の作品である。本の形では未だに公刊されていない。

この長編で中心となっている問題はこうである。「人間の苦痛がふたたびいつ意味をもつだろうか」。爆撃のまえにロンドンの住宅に隠れ家を見つけ、イギリス側で戦うチェコ人兵士は、フランスの没落をこう回想している。「一九三八年秋にチェコスロバキアを犠牲にしたフランスの大臣たちは、この裏切りをためらうことなく実行に移してよいと考えていた。なぜならかれらはしがない預金者にこう言えたからだ。『われわれは平和を救わなくてはならないので、これを実行しなくてはならない。われわれが戦争を遂行すれば、きみの貯金は危機に瀕し、十中八九失われるだろう』。なにが起こったかは皆さんの知っての通りだ。フランスが敗戦したあと、爆撃や銃撃を受けた国道を逃げなくてはならない小市民の姿を私は見た。多くのひとは小さなトランクさえ……持っていけなかった……ヒトラーはすべて持ち去った……これがしがない預金者の共和国における最後の姿であった。私はしがない預金者の逃亡を見た、かれとその家族を。私はひとりの女性を見た、死んだ乳飲み子を一日中、一晩中自分の腕に抱えている女性を見た。彼女は乳飲み子からはなれようとしなかった、その子が死んだと証明する医者がいなかったからだ……」。

ドイツ語作家であり、ユダヤ人でチェコスロバキア人のヴィンダーが、『一一月の雲』で模索した立場は、ドイツという言葉をナチスドイツの同義語と見なさないようにできる立場である。ヴィンダーは罪の問題にチェコ兵士の見方から近づいた。「私が思うには、ドイツ人だけが大いなる沈黙者を生み出している。イギリス人はたしかにドイツ人よりもはるかに寡黙だが、かれらとは沈黙していても友人になれる。きみたちドイツ人は沈黙するとつねになにかを考え出す。だからきみたちは思想家と作家の民族と名づけられたのだろう」。

このような考え方は、ウィーン出身のユダヤ人教授アードラーによって思慮深く続けられることになる。アードラーはヘーゲルとフィヒテを「馬鹿者」と見なし、爆撃の夜に娘にこう言う。「そうだ、いま、このふたりが犯罪者だった、と確信するに至ったよ。馬鹿者というだけでなく、犯罪者でもあったのだ。かれらは犯罪の師匠で、つねに人類の平和をなんども壊している。ドイツ民族を破滅に導いた輩なのだ……」。

ヴィンダーは、ロンドンの住宅で住民と一緒に座りながら、チェコ人女性と結婚したドイツ人牧師の息子マルティン・ヴァーレを困らせた。「マルティンが言っていることは、きみたちが戦後に帰郷すれば、すべて悲惨なことは終わりを告げるから、きみたちは幸福だ、ということなんだ。だがドイツ人がこの戦争のあとに帰郷すれば、ヒトラーやナチスのどんな輩でも憎まれるだろう、そして殺人者と死刑執行人の帝国で生きられなかった自分のようなドイツ人が帰郷すれば——誰が殺人者で、誰が犠牲者であるか、はたして分かるだろうか。ドイツにいる多くの人間はこう言うだろう。『私はナチではなかった。私は一緒にやらなくてはならなかった。そうしなければ私と家族は殺されたであろう』。私の本能は私に、真実はなんだと聞くだろう。それは恐ろしいことなんだ、戦争のあらゆる恐怖よりも恐ろしいかもしれないのだ。この問題がしばしばマルティンを苦しめていたことなんだ。だがマルティンはこの問題を考えこむうちに、深い知識によって落ち着いていったのだ。マルティンは知っていた、ナチはドイツ民族の敵だった。ドイツのいたるところでヒトラーの失脚を待ち望んでいるドイツ人が生活している。ナチとドイツ民族をひとつの鍋に投げ入れた人物が、危険で不幸な結果を招く過ちを犯した、と」。

ヴィンダーは、長編『一一月の雲』を一九四〇年三月からはじめて一九四二年の六月まで書いた。それはドイツ人による戦果が甚大な時代であった。たしかに一九四一年末のモスクワ攻撃は頓挫したが、スターリングラードの戦闘ではまだ打ち負かされてはいなかった。長編の執筆の進捗は、ドイツが勝利することによってひき起こした緊張のために滞っていた。その心理的な重圧は、ヨハネス・ウルツィディールとの往復書簡であきらかになった。かれは最初イギリスで亡命生活を、つぎにアメリカで亡命生活を送った人物である。ドイツのフランス襲撃の直前に、ヴィンダーはウルツィディールにこう書いている。「私に困難はいろいろありますが新しい長編を書きはじめました。執筆しながらとても幸福に感じています。壮大な亡命小説となるはずです……」。

一九四〇年五月一七日の書簡にはこうある。「西側での戦闘がはじまってから、私は仕事ができていません。私の作品と出来事の間に矛盾がありすぎるからです。努めて静寂を保とうとしていますが、そう早くにはうまくいきません……」。

しかし、ヘートヴィヒ・ヴィンダーには、救済されていることの意義を夫に分からせることが重要だと分かっていたので、一九四〇年にはまだ書ける状況にはなかったがウルツィディールには手紙を書かせた。「奇妙なことに、この現代でも生きていることがまだまだうれしくて、希望があるのです。執筆にはもっともな理由があるわけではありません、もはやまじめくさってすることでもありませんが、いずれにせよ心の平静は必要です……」。一九四一年五月一七日の書簡では夢を語っている。「昔の友達と一時間ともにするのが最高なんだが……」。

ナチによって計画を台無しにされ、それでも亡命した俳優のアルベルト・バッサーマンを例に挙げ、ヴィンダーは一九四一年に亡命誌「新聞」で、強靭な性格とはなにかについて書いた。ヴィンダーが執筆に利用したのは、バッサーマンが亡命したことで役のない俳優になったという事実である。「アルベルト・バッサーマンに同情するのはよいことか。とんでもない。私にはむしろ、このように《格下げされた》芸術家を誇りと賛嘆をもって観察する権利と義務がある、つまり《格下げ》を克服する芸術家を助けるのとおなじ誇りをもって観察するのである。バッサーマンは、どんな端役を強いられても、つねに変わらずに偉大な俳優のままである。自分が真の芸術家のままでいられるように端役を演じなくてはならない、とバッサーマン自身は決断したが、第三帝国の文化・芸術の殺人者はそうは決断しなかった。ゲッベルスはユダヤ人女性と結婚したバッサーマンに、ドイツにとどまるようにもとめた。バッサーマンは、この無理な要求をためらうことなくきっぱりと拒否した。自由な国における端役よりも第三帝国における大役を自発的に優先させるような芸術家に同情してもよいだろうか、同情は要らない。現在ドイツの芸術家には二種類いる。一方はわれわれが誇りをもって眺め、他方は軽蔑をもって眺める芸術家である」。

ヴィンダーは、一九四二年六月三日にウルツィディール宛に手紙をこう書いている。「友人の範囲はますます狭くなっています。……それでも私は戦後、再会するのを期待しています。私が戦争を生きのびたら、なんとしてもプラハにもどろうと思います」。ヴィンダーの妻は、その年の夏をこう回想している。「ルートヴィヒはひどく体に破綻をきたしていました。そのときははっきりとした原因があり、それは冠状動脈の血栓症でした。かれは生命の危機となる状態にあることを知っていました」。さらにウルツィディール宛のヴィンダーの手紙。「喫煙をほとんど断念しなくてはなりません、心臓がそういう状態です。ひどく困っています。これはわが人生でもっとも辛い決断のひとつでした……三〇年間というもの私は煙草なしで文章を書いたことはありませんでした。いまは毎食後わずかに煙草を吸っていますが、それっきりです。それでなんとかなります。滑稽ではありませんか。でもなんとかなります」。

一九四二年夏、ヴィンダーは長編『侍従』の執筆に取りかかった。「卑屈なほど朗らかな表情で」伯爵に仕えているアントン・トーマンの物語であり、後ろ向きに思えるテーマである。ヴィンダーは最初の長編からこの亡命作品まで弧を描くように発展させて――心臓の病気に直面してこれが最後の作品になるかもしれないという意識で――示した、つまり全体主義の組織にたいする拒否の態度をふたたび示した。ヴィンダーは一歩先に歩を進め、権力者の全体主義的な要求をもはや強制とは感じない人間を前面に押し出した。しかし侍従の息子は、危機の原因をこう認識している。「職業上の義務を満たしていれば、人間のもっとも内面的な部分を手つかずのままにできた」。この息子は父親の侍従の性質についてこう言っている。「侍従の性質は、人間のよい特性をすべて悪い特性に変えてしまう……このような人間の忠誠心とは、犯罪をも恐れない悪徳である」。

この息子は父親を特殊な事例とみていない。「侍従の性質は代々受け継がれている。それは反抗しなければ伝染病のように伝播していく……多くの人間はこの危険性について認識していないので、民族全体が、そう全人類が、どんな人間にも潜んでいる侍従の性質の影響を受けて堕落したり、壊滅にいたり、そそのかされてはもっとも恥ずべき罪を犯してしまう。この没落が何に起因しているのか気づかないままに」。

「悪の陳腐さ」に関するハンナ・アーレントの言葉、そして「侍従」であるアドルフ・アイヒマンが一九六一年にエルサレムの裁判で彼女に教えた認識は、ヴィンダーの長編ではほとんど二〇年前に文学的な仕上がりを見せていたのだ。この作家はこのテーマを過去の時代に引きもどすことによって、そのテーマにゆるぎない現実性をあたえた。

ヴィンダーは『侍従』にたいする拒否の姿勢を、独自の危機意識から発展させていった。「侍従の性質への恐れを私は失ったことはない。それは私の少年時代の恐怖であった。いまになってようやく、この数か月の間に克服したのだ」。

すでにヴィンダーの長編の処女作『荒れ狂う輪転機』ではこう言われていた。「侍従を蔑視する——それは人生次第だ。人間は大部分が侍従の要素からなりたっている」。

五四歳のヴィンダーが書いた長編『義務』はさらなる傑作となった。この作品では、あるチェコの役人がリディツェとレジャーキの村が破壊されたあと保護領でナチスに抵抗する。この作品でも自分の表現からすべてのイデオロギーを締め出している。ヴィンダーは主人公についてこう書く。「ラーダは忌み嫌っていたある行動を決意しなくてはならないと納得していた、なぜならばいかなる人間の生活も自分にはつねに聖なるものだったからだ。かれはこの行動を決意しなくてはならないと納得していた、なぜならば人間生活の神聖さのうえに築かれていた世界の状況を回復させることが不可欠だからだ」。この作品では「職務の管轄の厳密な分割」を愛していた「義務に忠実で、良心的な役人」が、生活や職業にある中立の立場で登場している。

『義務』と『侍従』の長編は、一九四一年に創刊されたドイツ語の雑誌「新聞」に連載された。「新聞」はイギリス政府によって創刊され、一九四一年六月一日に発刊中止となる。その編集委員にはローベルト・ノイマン、ヘルミニア・ツア・ミューレン、ペーター・ド・メンデルスゾーン、ヴァルター・チュピクがいた。『侍従』を刊行する出版社はなかった。『義務』は一九四四年末に英訳され、『ひとりの男の答え』というタイトルで、亡命中唯一の作品として出版され、筆名はヘルベルト・モルダウだった。『ひとりの男の答え』は四週間経たないうちに品切れとなった。

ヨハネス・ウルツィディール宛のヴィンダーの手紙。「幸運にも私には忍耐力があり、不幸にも疲労感があります。いつ何を私が出版するかは、とっくにどうでもよくなっています。この無関心は前進のための一歩を踏み出すのを私に思いとどまらせるのですが、いっそうひどくなっています。どうぞ私を叱らないでください。私には理性のあらゆる掟があっても、変えられぬ法則に従うだけです……」。

ソ連が一九四二年一二月にスターリングラードで反攻をはじめたとき、ヴィンダーは、ヒトラーの権力は破綻したことを知った。ウルツィディール宛にヴィンダーはこう書いている。「ヒトラーの軍隊は、抵抗可能なのはあと数週間だが、われわれの最終的な勝利を理性的な人間でも疑うことはできません」。一九四三年二月九日にヴィンダーは、「ヒトラーが今年中にも完膚なきまでにやっつけられる」と期待している。べつの手紙にはこうある。「すべての朗報にもかかわらず私は、新しいヨーロッパがいかなる政治形態を受け入れるのか分からないかぎり、未来の計画はすべて先に伸ばすことが正しいと思います。私が故郷に帰ろうと思っているかどうか、しばしば訊かれています。これは神のみぞ答えられる問題です……私には帰りたい気持ちは強いです。しかし夢を見たり、漠然とした希望に関心はありません」。

だがかれは神と交わり、神が帰郷することの驚きを文学のなかで表現した。「私には関心をもてるものがない――ひとつの悩みにいたるまで。私は神の問題をようやく理解しはじめた。私は一本の木を眺めたり、子どもが泣くのを聞いたり、ハエが本のうえにじっとしているのを見ると、私の心は揺さぶられる。ようやく私は神の問題の重要性を理解しはじめた。現代の哲学者で神の問題を理解しているひとはいない。すくなくとも私はだれも知らない。すくなくとも、これが現在のすべての問題でもっとも重要であることは分かっている」。

ヴィンダーには、ロンドンからはなれて暮らすことがうれしかった。ヨハネス・ウルツィディール宛に、「チェコスロバキアからのドイツ人亡命者」はわずかな例外を除いてかれの「神経を煩わしている」と書いている。ヴィンダーの報告によれば、死んだ友人ルードルフ・フックスに因んで名づけられた亡命者の家をロンドンで一度訪れたが、それ以来、「断じてどんなことがあっても二度とそこには行かなかった」という。ヴィンダーには、チェコスロバキア解放のために戦っている勢力がすでに亡命先で分裂をはじめていることも分かっていた。

ヴィンダーは、心臓の病気がますます自分を抑えつけ、ベッドに縛りつけられるのも分かっていた。最後の二作品の大半は横になりながら書いた。一九四五年の一月二五日のウルツィディール宛の書簡にはこうある。「私はこの数か月カフカのことを、泰然自若として過酷な最期にいたるまで病気に耐えたかれのことを、よく思い浮かべていました……」。

ヴィンダー夫妻、バルドックのホワイトホース通り13番地の家の庭で。

　一九四五年四月二一日付のロンドンの亡命紙「統一」で、ヴィンダーはチェコ人に、祖国のドイツ人との交流では理性的になるように訴えた。ヴィンダーが想起させているのは、カフカを中心とするかつてのプラハ・サークルの労苦であり、これはドイツとチェコの文化サークルにおける相互の活性化をめざして努力したサークルだった。ヴィンダーは再度このような労苦を戦後のチェコスロバキアで受けいれるようにもとめ、「チェコスロバキアに住むすべての民族の文化共同体の建設」に尽力した。

　ニューヨークのウルツィディール宛にヴィンダーはこう書いた。「ヨーロッパにおける生活は数年のうちに苛酷なものとなるでしょう。したがって私は医者のきびしい要求にしたがってしばらくイギリスにとどまります。ひょっとして私の病気はいくぶん快方にむかうかもしれません——そうなればあとで故郷に帰ろうとするかもしれません。私のように衰弱すればもはや明日のことを考えないのが、分別のあることであり、必要なことです」。

　これほど衰弱していたヴィンダーが最後の本を書いた。『わが父の物語』である。もう一度ヴィンダーは一九四六年六月八日に——またもウルツィディール宛の手紙で——「今年の様子をみて帰還する」つもりだと書いている。数日後にヴィンダーは新たな重い心臓発作に見舞われ、二か月間入院しなくてはならなくなった。バルドックにもどると、あとほんのわずかしか生きられないことを知った。「あと何か月の猶予がありますか、とかれは医師に尋ねました」とヘートヴィヒ・ヴィンダーは回想しながら言った。「せいぜいあと四か月であると聞いたとき、かれは私にこう言いました。『窓のカーテンを開けてくれ。そして全部取り外してくれ。外が見たいんだ』。私は取り外しました。最後の数か月を遮られることなく外の風景を見ていました」。

　ヘートヴィヒ・ヴィンダーが伝えるところでは、夫が予想より早く長編『わが父の物語』の完成を目指したのは、計画通りの構想ではもはや書き終えることはないと知ったからだという。「そして完成をみました」とヘートヴィヒ・ヴィンダーは説明する。「夫は未完の書を完成させました。『自然とひとりでに筆が進んだよ』と私に言いました。夫は自分の病状を厳密に知っていました。六月一日付けの新聞を手にもって言いました、『おお、もう六月か。でも七月はないなあ』」。

　ヴィンダーの死去する二日前、窒息の症状が和らいだ。「私たちはラジオでメンデルスゾーン・バルトルディーのバイオリン協奏曲ホ短調を聞きました。ルートヴィヒの眼は喜びに輝き、私にこう言いました。『これが真実だ。ぼくはとても幸せだ。ぼくは弱りきっている。もう長いことはない』」。

ルートヴィヒ・ヴィンダーは一九四六年六月一六日に死去した。骨壺は遺灰とともにロンドンで埋葬された。

「夫は断末魔の究極の苦しみを味わう必要はありませんでした」とヘートヴィヒ・ヴィンダーは、ヨハネス・ウルツィディールに臨終の様子を伝えた。「死去の日、運命が情けをかけました」。ヘートヴィヒ・ヴィンダーが伝えるには、夫のために飲み物をとりにいき、五分後にベッドにもどると、死んでいた。「夫はとても安らいだ顔をしていました……私はこんな表情を見たことがありませんでした。ほとんど微笑んでいました」。

メルヒオール・フィッシャー

「きみたちは作用のみを見ているが、ぼくは根源をじっと見ている……」

経済の奇跡はかれの傍を通り過ぎていった。文化のにぎわいも過ぎていった。メルヒオール・フィッシャーは冷戦の最中にコミュニストの誘惑に駆られ、西ベルリンから東ベルリンに移動した。半年後にもどると抹殺されたが、それは東ドイツのためだけでなく西ドイツのためでもあった。両ドイツの文学史は近代の先駆者を排除していた。この追放はいまだに影響が残っている。一九七五年四月二一日、八〇歳のフィッシャーは孤独のうちに見捨てられたまま、西ベルリンで死去した。その文学的な豊穣さがいまだに発見されていない貧しい作家の死去であった。フィッシャーは社会福祉の援助で生活していた。

フィッシャーは乞食であった。この作家は西と東を往復していた一九五〇年以来なんども、かつての友人に宛てて手紙を書いたが、かれを援助したのは、ニューヨーク在住のボヘミア出身の亡命者、ヨハネス・ウルツィディール一人だけであった。一時期ナチスドイツの側にいたために亡命者の一部には信用されていなかったこの人物に、ウルツィディールはなんども金銭を送った。ボヘミア人ウルツィディールはボヘミア人フィッシャーを二〇年代から知っていた。フィッシャーが諦めずにいたユダヤ人女性と結婚していることを、この友人が政治的な無能によって弱体化しなかったことも、ウルツィディールは知っていた。

ウルツィディール宛の一九五五年七月二二日の手紙にはこうある。「ぼく自身は一九五一年の夏から稼いではいません。ぼくは東の占領地区の専門出版社の原稿審査係りでしたが、その後その出版社は共産党になり、自発的にその職を辞めました、というのも辞めなければSED（ドイツ社会主義統一党）に入党せざるをえなかったからです――それにぼくにはどの政党も、共産党的という理由だけでなく共感がわかなかったのです」。フィッシャーの報告によれば、最初の妻が死去したあとに三人の子どものいる女性と再婚し、二番目の結婚では八歳の娘の父親となったが、六人家族は失業手当で生計を立てており数か月前から家賃を払えていない、ということだった。フィッシャーの危惧していたことは、「われわれは大家から今日にも追い出されかねません」ということだった。

一九五五年一一月二一日、フィッシャーはこう書いている。「ぼく自身は困窮に耐えるずぶとい神経をもっていますが、ぼくの子ども時代や少年時代を思い出し、この状態をみると感傷的にならざるをえません――裕福で、なにもが確保されていた両親の家でぼくの希望はすべて満たされていました。いまこのすべてがわが小さい娘には欠けており、しばしば執行官のいるような恐るべき光景を身をもって体験しているのです。このような子どもですので、あれやこれやをしたがるのですが拒絶されています――貧困がほとんど感じられないときでも、子どもたちに反映されるとはじめて苛酷以上のものを感じます」。

ジャーナリストの妻になっている、一九四七年生まれの娘ヤナ・ヴォイトは、こう回想している。「父は子どもの手本そのものでした。ボヘミア的なものの慣習をやめることはありませんでした。父に興味のあることは、たえずあのゆっくりと進む歴史となんらかの形で結びついており、父の日常の言語にも郷土の言葉が混じっていました。私の母との結婚が解消されたとき、私は父のもとで育ちました。母の思いからすれば作家になくてはならない輝きが父には欠けていたのです」。

この作家と考えが合わなかったのは、二〇歳若い妻マルゴットだけではなかった。二〇年代に詩作を重んじていたひとは、このフィッシャーがなぜ単純な娯楽小説を書いたのか理解できなかった。フィッシャーの前衛的な文学の出発を理解していたひとは、かれがなぜ「第三帝国」にとどまったのか理解できなかった。フィッシャーを亡命の側から見ていたひとは、フィッシャーのなかに自らの詩作を裏切り、それゆえにナチスの出版禁止をかいくぐった適応者の姿を見ていた。「第三帝国」でナチス側にいた人間は、ナチスの幹部がチェコの問題でフィッシャーに公式の決議を許したことが理解できなかった。

第二次世界大戦後はどうだったか。ドイツにはダダの「芸術作品」の影響が残っていた。ハンス・アルプ、フーゴ・バル、ラオウル・ハウスマン、リヒャルト・ヒュルゼンベック、トリスタン・ツァラ、クルト・シュヴィッタース、そしてメルヒオール・フィッシャーが世紀の初頭に美学的な形式の破壊とともに示そうとしたことが、現実のこととなった。市民社会が破壊的な様相を呈するという文学的な予言は的中した。ドイツに一九四五年以降に「瓦礫の文学」、「具体詩」、「社会主義リアリズム」とともに副次的なものがもちこまれ、フィッシャーには独自の可能性は残っていなかった。

フィッシャーは自分の抽斗のために書いた。かれは火蛇が火中を通り抜けるように世界大戦を通り抜けた。古いボヘミアからフィッシャーの思考が流れ出て、この思考が、ドイツの中心部で対決していた二つの体制による進歩への信仰心を壊した。ドイツ人のこせこせした上昇志向の気質も壊した。現在、社会主義はかれの出身である市民的な世界に逃げ込み、市民的な世界観が世界の没落をもてあそんでいることがはっきりしている。この現代にあって楽園のイメージの崩壊のあとに社会のユートピアも抹殺されたことは今世紀の経験から知ってはいるが、幸福感や満足感という支配的な観念にたいしなにをもって対抗できるのか、分からないすべての人びとの途方のなさにたいする答えが、フィッシャーの文学となるだろう。

フィッシャーは『茶の宗匠』――文学の道を志していた最初期の作品――のなかでこう書いている。「友よ、あらゆる行動、現象の背後には、経過そのものが、現象そのものが隠れている。六〇日間も出来事に向かって猛り狂って叫ぶよりも、顔を上げて眼差しをむけるほうが出来事を多く吸収できる。きみたちの眼差しを旋回させよ。死は死でない、どこかですでに前もって殺されているのである、生は生ではない、どこかですでにあらかじめ生かされていたのである、水面下で運命づけられているのだ。偶然はない、しかし法則はある。きみたちは作用のみを見ているが、ぼくは道教の不滅思想にある永遠の変転のなかにその根源をじっとみている……」。

束縛ではなく結びつきを、告白を、愛を見ようとする法則。超越性に由来する法則は、どの共同体にも直接的に、その都度あたえられるものである。フィッシャーは日本の題材をもとにして『茶の宗匠』を執筆した。だが東アジアのモティーフでは西南アジアも、ユダヤの律法も扱われている。同時に『茶の宗匠』は、ボヘミア史全体を貫く二本の交線によって貫かれている。つまりフス派のプロテスタンティズムとバロック時代を起源とするカトリックであるが、このカトリックはボヘミア人を古い信仰に連れもどしたあの残虐性を隠していた。ボヘミアでは仲介なしに神と直接に語らうフス派の基本姿勢は失われることはなかった。

フィッシャーが生涯で表現したことは、呪縛から解放されたあるカトリック教徒の存在であり、かれにはキリスト教徒ヨハネス（ヤン）・フスの価値があるゆえに、カトリックの教義の価値をもたずに生きているわけである。ヤン・フスは、フィッシャーにとって生涯にわたって自分の思想の中心人物でありつづけた。フィッシャーの文学作品でこのことを認識したひとはだれもいない。今日でもなお、フィッシャーにダダイストのみを見ている人たちは、この作家が一九四〇年にヤン・フスに関する二巻本の評伝を公刊したと知ると不機嫌なまでに驚いた反応を見せる。その本で話題としたのは、「創造的な活動の枯渇」（ハルトムート・ゲエルケン）である。

そもそもまだフィッシャーを知っている人はわずかであり、そのほとんどの人にとって有名なのは、一九二〇年に出版された四九ページの本『脳髄を貫く瞬間　不気味なほどきりきり舞いさせる小説』である。『脳髄を貫く瞬間』は細工職人イェルク・シューが建設現場の足場から落下するという話であり、落下の瞬間に全生涯がぱっと燃えあがり、さらにこの生涯がヨーロッパの没落に反映している様子が描写されている――第一次世界大戦を舞台にして。この短編ではすべてが同じ現在の時間としてあつかわれている。近い過去と遠い過去を時間的に対等にあつかうことで世界の経験の先鋭化がもたらされる。そして言語は、言語が命名するコトよりも多くをもとめる。言語は、言語が描写するものであろうとする、つまりこの場合は落下のことである。

ブルノ生まれの小説家エルンスト・ヴァイスは、雑誌「日記」で一九二一年六月四日の覚え書でこう書いている。「この途方もない作品のどの行にもたやすく得られる恩恵の贈り物、詩作がある……脳髄を貫く瞬間、つまり荒々しく落下する人間の脳味噌を貫通する夢の一瞬であり、これは大地の精のさまざまな顔、頭、そして臀部を千キロメートルの速度で体験するヴィーナスの変身した姿である。現存在への圧倒的な衝動によって搾り取られ、夢と妄想として切り落とされ、簡明にして歪んでいて、信心深くして悪魔のようである。これがマーヤのベールでもてあそぶ勇気である。ダダは形式であり、この作家にとってはダダでさえ形式である」。

当時の華々しい意見の衝突のなかでエルンスト・ヴァイス一人だけが、この傑作はダダイズムを超えると見なしていた。だがこのように認識するフィッシャーは、すでに二〇年代に作家の運命が、ドイツの文化枠に適応するためにボヘミアと関わるという事態にあってその典型となる例になってしまった。この点では、今日までなにも変わっていない。『脳髄を貫く瞬間』は、ハノーファーのパウル・シュテーゲマン書店から出版され、有名かつ悪評高かったシリーズ『銀の駄馬』のなかのダダイズムの巻の一冊となった。当時クルト・シュヴィッタースが装丁を担当し、出版社の広告はこう誘っている。「プラハ出身のフィッシャー氏のこの作品は下劣さと猥褻が充満。読まなくては損」。

メルヒオール・フィッシャーは、一八九五年一月七日にボヘミアの湯治場テプリッツ-シェーナウ（テプリツェ-シャーノフ）で生まれた。この街は一歳年長の神秘劇の作家アントン・ディーツェンシュミットの故郷でもある。二人ともクライスト基金を獲得している。ディーツェンシュミットは一九一九年にクライスト賞を、フィッシャーは一九二三年に「名誉賞」を受賞している。フィッシャーは生まれ故郷についてこう書いている。「どよめき、永遠に警告する鐘の音、聖ヨーハン教会での洗礼、街の守護聖人。塔では『ドミニク』という太古の鐘が響き、悪しきタボル派〔フス派の過激派で、南ボヘミアのタボルに集結し、カトリック教会にたいし武力抗争した〕の会議でさえ無傷のまま乗り越えた。われらが鐘の下僕の昔ながらの絶望的な叫びは、『神以外は神を問題にしてはならない』である」。

フィッシャーの戸籍上の名前はエーミール・ヴァルター・クルト・フィッシャーであり、両親の家はカトリックであった。父親は子だくさんの巡回教師とオルガン奏者との間の息子であり、テプリッツ-シェーナウで財をなし薬局を経営していた。小学校時代をエーミール・フィッシャーは故郷で過ごす。家庭教師は薬局経営者の習性にならい、少年に教えているときしばしば横にして静かにさせていた。父親は息子のために横になるのに十分な長さと幅のある、木のヘッドレストのついた長椅子を作らせていたのである。

「すでに子どものときに」と作家フィッシャーは回想している、「私は父がしばしばこういうのを聞いていた、自分の職業は仕事のさいにのびのびと寝そべっている。これは脳を活性化するんだが、禁じられていて残念だ。創造的に考えるひとが神である。そして神は思考するときに横になる、と。それから父は私をじろじろ見て、はっきりと言った、『おまえもいつか主のように考えなさい』」。

大学入学資格試験のあとにエーミール・フィッシャーは、オーストリア＝ハンガリー帝国の軍隊で「一年志願兵」として仕え、士官候補生として第一次世界大戦に出征し少尉に昇進した。ガリツィアで首を貫く銃弾を受け、国家の首都であるプラハの前線とはなれたところで戦後を迎える。カレル大学で哲学、ドイツ文学のほかに数学も学ぶが、これは異例の組み合わせである。フィッシャー自身はのちに迫力をもってこの「現象」を指摘して、かれにとって数学に精通することが芸術に精通することを容易にしたと認めた。数学をその客観的な明晰さゆえに、「最後の抒情詩」と呼んだ。

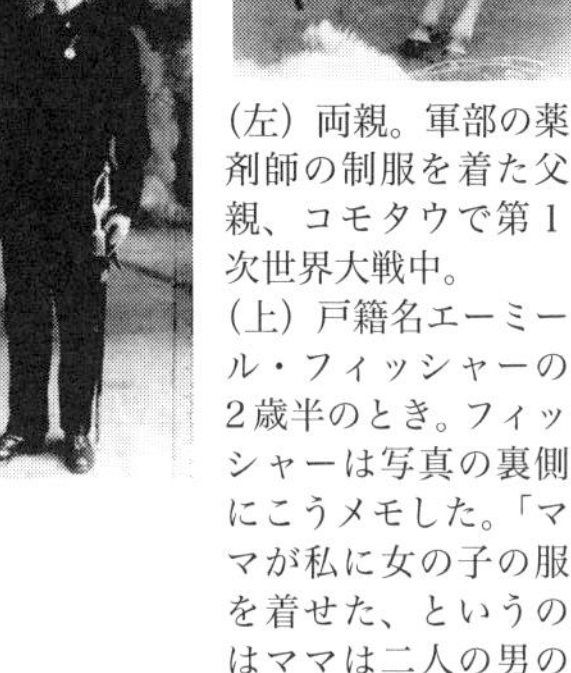

(左) 両親。軍部の薬剤師の制服を着た父親、コモタウで第1次世界大戦中。
(上) 戸籍名エーミール・フィッシャーの2歳半のとき。フィッシャーは写真の裏側にこうメモした。「ママが私に女の子の服を着せた、というのはママは二人の男のあとに女の子を望んでいたから」。

フィッシャーは、一九二一年に創刊され、政府の御用新聞として支持された「プラーガー・プレッセ」紙の編集者になる。ここで一年間、フィッシャーとおなじく東アジアの思想に携わっていた作家のパウル・アードラーとともに劇評を分担し、ドイツ語の新聞に映画評も書いた。フィッシャーはプラハでは、エヴァ・ゲルマンという芸名で成功を収めたチェコの女優エヴァ・セガルイェヴィッチュと知り合う。一九二三年、プラハでの編集の職をあきらめ自由な寄稿者となってさらに「プラーガー・プレッセ」紙のために書いた。

フィッシャーがプラハを後にしたときには、次のような作品が出版されていた。『脳

プラハでユダヤ人女性エヴァ・セガルイェヴィッチュと知り合う。フィッシャーの妻となり、エヴァ・ゲルマンの芸名で女優として成功を収めた。海辺で彼女とともに。エヴァ・ゲルマンは1944年ベルリンで癌のために死去、享年48歳。

髄を貫く瞬間』(一九二〇年)、『茶の宗匠　劇的な詩作』(一九二〇年)、小説『将軍』(一九二〇年)、『浮浪者と女帝　悪漢物語』(一九二一年)、散文小説『茶の宗匠』(一九二二年)、小説集『野うさぎ』(一九二二年)、そして『キレネのシモン』(一九二三年)。未刊ではあったが、すでに一九二一年に執筆されていた戯曲『相場』。プラハでフィッシャーはすでに、二〇年先に出版されることになるヤン・フスに関する自伝を調査し、妻はチェコの資料を翻訳する手伝いをしていた。フィッシャーはチェコ語をマスターしていなかった。

二つのテーマの領域が同時に設定され、部分的に双方にも組み込まれていた。これは神のいない世界のことを考える西側の人間がまねいた結果であり、そして弱点があると誤って考えられていた東アジアの思想のなす業であった。西側の進歩思想と極東アジアの円環の思想。ヨーロッパと日本。フィッシャーのストーリーの展開に従う人物たちは全員がひとつのことを共有している。かれらは生活全般で一過性の特徴を強調し、そのさい現存在の価値を下げたり世界を否定する状況に陥ることはない。身をひきはなし、出立し、動きのなかにあり、途上にあり、家のある状態から家のない状態に移る人びとなのだ、仏陀のように。

フィッシャーは際限なくきわだった創造の観察者であることが証明されているが、隠されている関係性を、聖地巡礼者、放浪者、浮浪者、無宿者のなかに見いだし、総合的な宥和に向かって努力する。つまり西と東を見るさいに、他方への極端な見方をすることなく、呼応するものの相互作用の可能性を開き、べつの文化を理解する精神の機能を発展させる。その文化とは、直線的な時代のストレスを解消し、自然に条件づけられた生活のリズムのためにふたたび意識を覚醒させる文化のことである。

このことでフィッシャーは心底からボヘミアのテーマをとりあげた。カレル・ヒュネク・マーハ〔チェコ文学のロマン主義を代表する詩人。近代チェコ詩の基礎を築いた人として知られている〕に関する『世界の迷宮と心の楽園』の著者であるヨーハン・アモス・コメニウスの時代から今世紀に深くはいるまで、清教徒の像はボヘミアの文学にまで入りこんでいる。この清教徒の像がチェコ語の作品に姿を現わしているのはつぎの作家である。フラーニャ・シュラーメク、イヴァン・オルブラヒト、ヨゼフとカレルのチャペク兄弟、フランティシェク・ゲルナー、カレル・トマンのチェコ語においてであった。そしてつぎの作家のドイツ語で明白となった。レオ・ペルッツ、ヴァルター・ゼルナー、ゲオルゲ・ザイコ、ヴィクトーア・ハートヴィガー、フーゴ・ゾネンシャイン、ヨーゼフ・ハーン、ハンス・ナートーネク、ヨーゼフ・ミュールベルガー。清教徒像に呼応しているのはフランツ・カフカとヤロスラフ・ハシェクの作品である。

フィッシャーが一九二〇年から一九二三年までの短期間に出版した作品は、マグマの噴出にも等しい、きわだった想念のもとに成り立っている。成立史からみると小説『脳髄を貫く瞬間』は、ようやくこのボヘミアの作家の第五作となるものである。最初に出版されたのは「和する　日本の短編」という表題のもとに構想された物語であり、二冊に分冊されて出版されている。最初に二五歳の作家が世に問うたのは物語『将軍』であり、そのなかで日本の天皇にたいする将軍の裏切りが内面と外面の経過によって表現されている。『将軍』はスロバキアの首都プレスブルク（ブラティスラバ）で出版されたが、もとはドイツ語の雑誌「暗礁」に収録されていた。

結果的に外部での裏切りを自らに招く内面の裏切りは、悪漢物語『ならず者と皇后』ではさまざまな変化をたどる。ならず者が神としてそびえたち、皇后の愛人となり、ようやくその国はいたずらっぽいファンタジーによって統治されることになる。そのあと最後にならず者はかつての伴侶を抹殺するために権力を行使する。伴侶の抹殺によってこの「勝利者」はかれ自身の側の人間を抹殺したことになり、放浪で覚えた人生のバランス感覚を失った高等詐欺師であると暴かれ首を刎ねられる。ならず者は処刑のまえに拷問に遭わないようにされる。ならず者が街道の掟に従うかぎり、皇后は神であるならず者に感謝するからである。

短編集『和する』のなかの主要作品である小説『茶の宗匠』は、フィッシャーの傑作であると同時に、活字に印刷されたものとしては、二〇年代ドイツで出版されたなかで秀逸の本の一冊である。アルフレート・デーブリーンは評論のなかでダンテの『新生』とならんで『茶の宗匠』を挙げている。エルンスト・ヴァイスはフィッシャーの作品をこのように読む。「流れゆく河に映っている風に運ばれてゆく雲をじっと見るようだ、これはわれわれの人生にはない……これはべつの世界であるが、そのもっとも内面の必要性をわれわれが感じている世界である」。ヨハネス・ウルツィディールは、「東方性」がいかにひとりのヨーロッパ人を驚かしたかを語り、同時にその作品にある「より高次の普遍性」を認めている。

利休は一五二二年から一五九一年までの時代を生きた茶の宗匠であり、日本人岡倉覚三（一八六二―一九一三年）の『茶の本』に登場し、善意、沈黙、静寂、沈思を説き、キリストのような中庸を説き、侮辱者である専制的な太閤に接吻し、暴力にたいし善行の勝利を信じている。茶の宗匠は日本の聖杯を護り、聖なる茶のはいっている聖なる茶椀を護る。それは人間における神的なものの精神であ

KAKUZO OKAKURA
DAS
BUCH VOM
TEE
Mit zwanzig Lithographien von
GEORG A. MATHEY
1922
IM INSELVERLAG
ZU LEIPZIG

MELCHIOR VISCHER
DER TEEMEISTER

Ein »expressionistischer« Roman, Urerlebnis, kaum beschattet von dem vorgefassten Ungefähr der Verkehrssprache, gewissermassen wieder aus dem Sprachgrund selbst gestaltend und gestaltet! In fernöstlichem Spiegel vollzieht sich das abendländisch Heilige, gegenbildlich, fast ebenbildlich und sinnfällig verdeutlicht. Für den neuen Stil in der Kunst hatten wir typographisch bisher kaum einen Ausdruck. Hier liegt der mindestens beachtliche Versuch vor, die gotische, barocke, klassische oder gar epigonische Lösung zu vermeiden: der Roman ist in einer Type gedruckt, die weniger aus den Handschriften früherer Zeiten, mehr aus der Vision einer Schrift vor aller stilistisch festgelegten Schrift hervorgeholt zu sein scheint; sie ist (samt dem Schmuck) unmittelbar in Stahl entstanden, ohne vorherigen zeichnerischen Aufriss, ein Werk Georg Mendelssohns in Hellerau, gewissermassen Weg zu einer vergessenen Ursprünglichkeit, ein Anfang mit all seinen Härten. Der »Teemeister« stellt somit das erste auch typographisch »expressionistische« Buch dar. Die Auflage beträgt 500 Exemplare.

（下）小説『茶の宗匠』は1922年にヤーコプ・ヘーグナー書店から500部刊行。文字はヘラーアウのゲオルク・メンデルスゾーンによって鋼に彫られた。（上右）この作品の重要なきっかけは、日本の文化史家岡倉覚三が茶の宗匠、利休について書いた『茶の本』の英語版（マルゲリーテ・シュタインドルフとウルリヒ・シュタインドルフ訳、1922年）。ゲオルク・A・マテイはこの本を装幀し、石版画を20枚造った。100冊は中国紙で漉き、絹で製本。この東アジアの人物は、フィッシャーによって西南アジアのキリストへの橋渡し役となった。

り、永遠の生の象徴である。茶の儀式の表現には権力と永遠なる生のあいだでの闘いが見えてくる。宗匠は専制者に聖なる茶碗をさし出すことを拒み、その侮辱を阻止しようとして、自分の不服従を死をもって償う。茶の宗匠はそうすることで永遠の生を獲得する。専制者が際限のない物理的な時間としてその永遠の生を、茶碗への介入によって無理やり強奪しようとしたのだった。茶の宗匠は、聖なる茶碗を割って粉々に砕いた部分を飲みこむことで死への道連れにした。東アジアの茶の宗匠は、西南アジア出身のキリストの別れの言葉を結び、同時に宗匠に予告する預言者に変身する。

フィッシャーは「途上」の文学を書いた。不思議なことが真実であると証明することを怠っている――シュールレアリストがしたように――そのために文学的な技巧の印象がどこにも現われない。フィッシャーはたがいに遠くはなれている人物に目をむけるときは、同時に人物の精神が象形文字のように浮かびあがってくる手法をとる。フィッシャーの日本への目線の方向は、現在であればアメリカにむけられるところである。もちろんアメリカが日本のめんどうをみるのは、日本人が白日のもとに晒した効率性のよい経済性という理由からである。ヨーロッパの視角は分かれている――その都度二つの大国の一方にである。ヨーロッパはヨーロッパ的な進歩思想の誤った発展を完結させ、創造性は東アジアへと移行した。創造の物語は――あるとすれば――日本にあるようにみえる。日本は模倣を超越している。その非教条的な思考は西洋的なものをその独自の文化の柔軟さにおいて昇華させ、日出ずる国は普遍的なものを照らし出す。

日本は、フィッシャーが逆の発想でヨーロッパのために望んだ思考のプロセスを切り開いた。だが日本にはヨーロッパの文化面からみれば、このボヘミアの作家が『茶の宗匠』を書いた当時とおなじく異国情緒にあふれていた。一九三八年にブルノに生まれたチェコの女流作家ヴェラ・リンハルトヴァーには現在、フィッシャーが見たのとおなじ姿勢が見えているようだ。一九六八年以来パリに住んでいるこの女流作家（『多声的な分散』）は、「動きのない硬直状況」のヨーロッパから出て精神的に東アジアで花開いた。ひとりのチェコ人女性が日本語を学び、日本の文学をフランス語に翻訳した。

フィッシャーは日本を題材にした小説を完結したあとに、小説『キレネのシモン』によって新約聖書そのものへと分け入り、その巻頭にモットーとしてヘルダーリンからの引用を掲げた。「私は天空の静寂を理解し、人間の言葉を理解したことはない」。キレネのシモンはイエスの受難の道にいるユダヤ人であり、キリストの十字架をゴルゴタまで担ぐように強いられる。フィッシャーの小説では、キリスト継承後の世界を遍歴する現代人を指している。「かれは開いた手に、目に、口に自分の心を注いだ。かれは不満を浴びた、拍手の代わりに嘲笑を浴びるのがせいぜいであった」。

この愚か者のことを真摯に受けとめたのはプラハのフィッシュガッセ出身のシュトゥンペルヤコプのみだったが、この愚か者の愚行を真に心で受けとめていたのだ。しかし他人にとっては、「十字架をひき受ける」というならず者らしい目的をもつフィッシャーの存在は煩わしかった。人間は「悲しい理念をもつ人間」のなかに自分を見ようとはしない。自らをキリストと呼ぶヨーロッパは悲劇に甘んじることはない。したがって苦痛を止め、苦痛を担う人を追いやるのは永遠の尽きない試みとなる。「善行のない新しい千年」となればアッシジのフランチェスコはもはや認められないだろう。

　フィッシャーは自身で典礼を、ボヘミアの典礼を書いた。「私は陶器の皿の殺人者である。きみはぼくのことをまだ覚えているかい……ぼくは陶器のカップとティーン教会を殺した」。そして、「ティーン教会は、永遠ではないが、古い教会だ。その終身職の門番はこのように花嫁を、老人を、失われた靴を、献金箱に滴る蝋燭を見ていた。かれは自らをさがしたが見つかることはなかった」。そのプラハのゴシック建築はフス派の主要教会であり、あのフス派の運動は中世の弁神論の挫折を予告し、神法と自然法のあいだを決裂させようと試み、個人の解放を導いた。ティーン教会はここでは個人主義の誕生の時を象徴している。

　フィッシャーの場合、キレネのシモンはこの解放の歴史を十字架として担っている。というのは解放の歴史は裏切りの歴史だからだ。人間がすべての形而上的な関係から釈放されるまえに、問題の余地のない神が、問題とされているのである。節度のない権力意識をもつ専制人間が、人間の神、反キリストとなってしまい、理性的な倫理によっては専制人間が人間を抹殺するのを阻止できないだろう。

　ゴシック時代に埋め込まれた人間愛から、知識欲による人間蔑視が生まれた。キレネのシモンはヨーロッパの発展の結末、つまり塔の鐘の解放によってこの塔を瓦解させたフス派の教会の門番のことである。いたずらにフィッシャーの登場人物は「ゴシック建築のように峻厳に」はげしく抵抗するが、世界を消滅させる火事は防げない。

　このボヘミアの作家にとっては、ゴシック時代とともに消えたのは、西洋のキリスト教においてもその起源からずっと維持されてきた「いわば最後の『アジア的なもの』であり、まさに全体における個々人の上昇が消えたのである」。

「私の名前だって？　はい、はい私はたしかに……名前はもっています、いやもっていたかな。夫、友人、忍耐……世界には多くの名前があり、たしかに私はそのひとつをもっていますが、私には空間、時間、すべてがひとつに混じりあって、違いはそこにありません。人間、動物、植物、事物、空気もすべてひとつに、ひとつの線上に。私の過去、現在、未来……」。このようにフィッシャーは自分のシモンに語らせている。そしてつぎの作品『脳髄を貫く瞬間』で細工職人は、自分が黒人と白人の間の子どもであることを耳にする。「だからきみの片方の耳も黒いのだ。白い方の耳はヨーロッパの畑の色になり、なにも聞こえなくなるのだ。黒い方はなんでも聞こえる、過去も、未来も、真相があきらかになるまで。精確にきこえるのでなんでも分かってしまう。そう、聞きなさい、直線ではないのだ、直線に思えるものは円の一部なのだ……」。

　直線的な思考と円環的な思考の聖体拝領——これは詩学の概念であり、ニコラウス・クザーヌス（一四〇一—一四六四年）が「ゴシック時代」にも考えていたことであり、「円が爆破する隠喩」を思いついたのだが、それは円の半径が無限に伸びて、それで円周が無限に小さくなり、その結果、曲線と直線が一致するというものだった。

小説『キレネとシモン』では細工職人が落下の途中で受けとめられるが、救助が奇跡として、または落下は虚構と見られた。いつもとおなじように、シモンはとにかく高い屋根を見て、うそのような本当のような落下を見て、叫ぶ、「生きろ、生きろ」と。シモンは泣きながら喜びのあまり細工師に駆け寄り、言葉を差し述べる。「ぼくがきみを助けたんだよ」。細工職人はかれにこう大声で怒鳴る。「精神病院にいってしまえ」。

『脳髄を貫く瞬間』の細工職人イェルク・シューを救う人はだれもいなかった。だが致命的な落下の最中にもこのイェルク・シューは、すべてを一度に捕まえようとするあのヨーロッパのダイナミズムを発揮する。フィッシャーが「いたずら者」として描写したイェルク・シューは、日本の悪漢物語に出てくる皇后のならず者と挨拶を交わせるような人物である。このボヘミアの作家は、プラハ時代の散文のジャンルを動物物語で締めくくった。ここでも語りのパースペクティブにおいて、動物にたいし東アジア的なもの、仏教的な立場の要素をヨーロッパのジレンマにもちこんだ。

フィッシャーは、小説『野うさぎ』を書くさいにフランスの作家フランシス・ジャムの『野うさぎ物語』に刺激を受けている。フランシス・ジャムの本では、すべてが和解していくキリスト教的な野うさぎの昇天で終わるのにたいし、フィッシャーは野うさぎを、自由をもとめる妄想的な人間の犠牲にさせ、すべての創造物のなかで唯一凶暴な獣である人間がいることを証明した。自然は非人間性によって支配されている。フィッシャーは簡明な言語によって、静寂を意味深長な沈黙として喚起することで、われわれの直線的な思考を、われわれの合目的な思考の悪循環を表現している。

物語では多くの視線を浴び、眼差しをむけられた人間がある呪縛に晒される。駆り立てられた人間となり、世界をせかせか動きまわりそれで全財産を失う――自分に視線をむけた男をひたすらさがすために。その男を見つけると、あとを追って殺す。この瞬間に殺人者の眼は野うさぎの眼差しと合ってしまう。野うさぎは走り去るが殺人者の眼差しに捕らえられ、落ち着きなくその眼差しを森の中へとひきずっていく。だが殺人者は野うさぎを見つけて絞め殺すまで休まない。殺人者はやっと解放される。

眼差しをむけられた人間の妄想的な心的構造、これをわれわれは三〇年後にふたたびナタリー・サロートの「ヌーヴォー・ロマン」に見いだすことになる。サロートが書いた『不信の時代』は、すでにフィッシャーによって見事に描写されている。フィッシャーではこうである。「なんといっても知らない人の顔を見ることほど恐ろしいものはない」。さらにこうある。「私は駆り立てられているので呪われた人間である。理由が分からないのに駆り立てられている」。

不信の世界に捕らえられた人間や動物。創造、破滅、破壊。人間の内密の真実が見つめられる、認められようとして。逃亡の衝動と暴力の衝動。名前のない恐怖と妄想のパニック。眼差しが示すもの

（左）詩人、翻訳家のオット・ピックとともにドレスデンのオペラ劇場の前で。（右）舞台建築家のポレプ、エヴァ・ゲルマン、そして演出家フィッシャーが大股をひろげて犬にポーズをとらせている。1926年5月、バーデン－バーデンで。

は普遍の罪である。われわれがまったく知りたくないことを、われわれに伝えるひととは殺される。保護を受けているとは知らない人びと、形而上的な依存から免れた人びと、運命のなかに自分の自由をみる人びと、自らが自治権のある、認識する神となることで対立者を失った人びとは、他者の眼差しを振り払わざるをえなくなるのだが、それは捕われたり閉じ込められるという感情をもたないためなのだ。

　真実に耐えられず、抹殺する人間。フィッシャーはこの問題をケーニヒスベルクで初演された最初の戯曲でふたたびあつかう。ある女性が株の相場師をすきになる。相場師は金銭を伴う投機がすきだ。相場師は彼女の愛を知りその夜に殺してしまうが、それはかれが愛情を脅迫と感じたからだ。かれはふたたび相場師となる。戯曲『相場』は劇作家フィッシャーを有名にし、悲喜劇『ドビュロー』は、最初期のもっとも有名なパリのピエロを、公式の場の冗談と私的なメランコリーの弁証法によって戯曲にしたものだが、これもかれを有名にした。

　フィッシャーは妻エヴァ・ブラウンとともにプラハをあとにし、『ドビュロー』の初演を観劇したのはフランクフルトの劇場であった。この作品は即座に英語、イタリア語に、そしてチェコ語にも翻訳された。一九二三年のことである。ローベルト・ムージルとともにドイツでクライスト基金を受け、二八歳のボヘミア人は劇団の文芸員と演出家になった。はじめはヴュルツブルクで、のちにバンベルクで、最後にはバーデン-バーデンで。そこの市立劇場で一九二五年から一九二七年の間に演出したのは、シェークスピアの二〇作品、ビューヒナー、ストリンドベリを経てショー、シュテルンハイム、二人のチェコ人、フランティシェク・ランゲル、カレル・チャペックに至るまでの作品だった。かれはチャペックの『W・U・R』の演出をドイツで最初の「超現実主義の」演出と呼んだ。

　同時にフィッシャーはさらに独自の戯曲を発表した。キーペンホイアー書店から一九二四年に出版されたのは、『サッカー選手とインド人　旧世界には悲劇、新世界には喜劇であり、反対の関係である』と『チャップリン　グロテスクな悲劇』である。二つの作品で

バーデンーバーデンでのフィッシャー演出の舞台。ハインツ・ポレプの舞台美術。カレル・チャペックのユートピア劇『W. U. R』、ヘレン・グローリ役をエヴァ・ゲルマンで。ドイツではじめての超現実主義的な演出だった。ジョージ・バーナード・ショーの『カエサルとクレオパトラ』でエヴァ・ゲルマンは主役を演じた。

提示されているのは、いかに自然が技術の進歩のうわべの華やかさに屈してきたか、そして自然に回帰する夢がはじまっていることである。ふたたび、自然回帰の夢に生きるのは遍歴学生である。こうしてチャップリンが映画製作者の街道で発見され、喜劇的な人物の悲劇的な運命を耐えしのぶ。かれが悲劇を演じると喜劇になる。

フィッシャーはチャップリンにこう言わせる。「私は演技をしない。私は演技をしない。きみたちはたえずきみたちの恥の部分といっしょである、そして恥じていない。きみたちは恥の一部を隠しているので、恥は覆われている、と思っているのだ。しかし恥はけっして隠せるものではないのだ」。そして、「とつぜん咳をしたら、私の時代がどのように呼吸をして、どう見えるのかが分かった。時代は底が浅い。時代はすばやく摑めてしまう、その見せかけの根拠のなさゆえに。時代は陳腐で退屈だ。これが時代だ。ひとは時代をその深部で認識したのだが、探してみた場所は深くはなかった。時代の無意味さのなかに時代の意義がある」。

「プラーガー・プレッセ」紙でフィッシャーはこう説明している。「無意味なことは人生から多く分かるものだ。だから人生をもてあそぶ。つまりひとはそれを超越して自分のうえでトンボをきる」。その戯曲のなかにはこうある。「われわれはみな悲劇的だ……むずかしいことなどではないのだ、むずかしくはない。われわれはべつのものをもとめるのだ。つまり喜劇的でありたいのだ。これはむずかしくなどない。悲劇は悪習であり、喜劇は芸術だ」。チャップリン像においてフィッシャーは時代の機械化から逃れたいのだが、工場を所有する夢を見ている近代人の二律背反を示す。

おなじように「プラーガー・プレッセ」紙でフィッシャーはこう書いている。「チャップリンの秘密はあらゆる壮大な秘密とおなじように、ひじょうに単純だ。私の考えではチャップリンの秘密はあたえるべき啓示を、大衆が分かる瞬間よりも早く理解することにある」。そしてフィッシャーは自分のチャップリン像を風を追いかけて走る二人の年季の入った浮浪者と比較した。というのはかれらは物事への執着を内面から見抜いているからだ。そのうちのひとりはトゥラクという。「トゥラク」はまたしてもチェコ語であり、浮浪者という意味である。「ここは街道である」とフィッシャーの作品にはある、「それを盗むやつはだれもいない。時間はどうだ。……時間がすべてであり、街道もそうさ。時間は持ち去れないさ、でも金銭なら持ち去れるだろう」。

あるアメリカ人が異論をこう唱える。「街道はたしかに必要なものさ……街道は計測されているからね。計測されていない街道は私生児のようなものさ……」。トゥルクは尋ねる。「私生児の動物もいるの……」。そしてかれの相棒はつけ加える。「私の名前はレッメルだ。まだ私を測ったひとはいないさ。測るというのは了見の狭い人間のすることさ。かれらはいつでもなにかを見つけている。ある時はすくなすぎ、ある時は多すぎてね。レッメルはもっていく、なんでも持っていくさ」。トゥルクは言う、「石はむりだ」。レッメルは言う、「石は街道のものだ。街道は私には聖なるものさ」。

二〇年代末にフィッシャーは、妻とともにベルリンに行き、舞台から退いた。世間の目から作家フィッシャーは退場する。それからは、世間の期待からすると、文学作品は出版されないことになる。フィッシャーは妻とともに戸籍の名前で娯楽小説を書いた。『友愛結婚〔愛情よりも仲間意識に基づいた結婚〕の子ども』、『エリーザベトはトーキー映画にいく』、『ダイアナ』、『演劇船』、『愛の奇跡　少女はどこにいくのかわからない』、『街が子どもをさがしている』、『迷いこむ憧れ…』。本はすべて多く売れ、この作家には経済的にいよいよ自分の夢の本を完成させる可能性がでてきた。フィッシャーはプラハで中断していた、異端者ヤン・フスの叙述に必要なだけ調査を続けることができた。

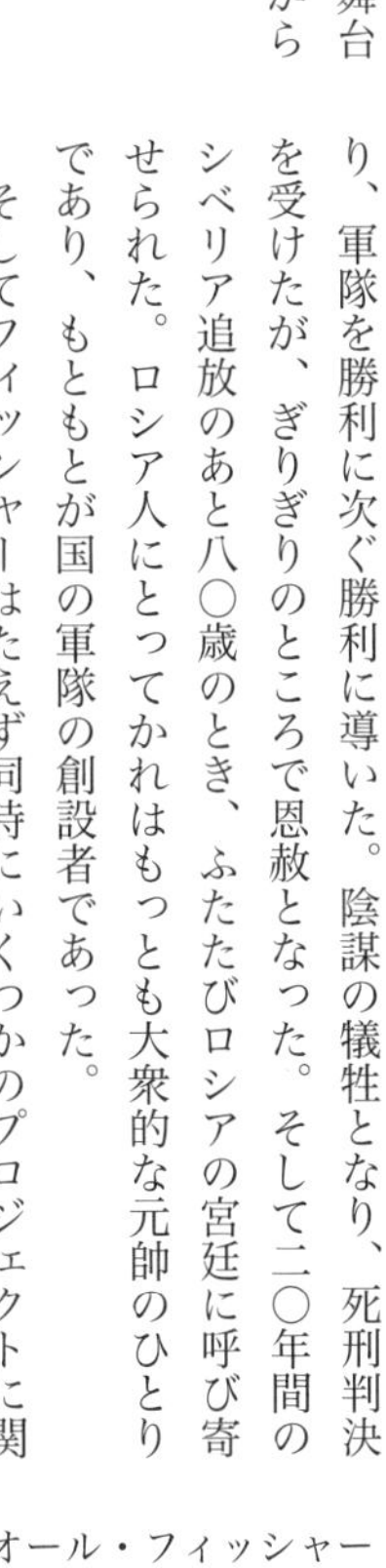

フィッシャーの二つの戯曲作品は1924年に出版。チャップリンの作品の初演は、1924年10月31日にリューベックの市立劇場で催された。

このほかでは、フリードリヒ大王が「ロシアのオイゲン公」と呼んだ、オルデンブルク出身の軍司令官ブルハルト・クリストフ・ミュニッヒ（一六八三―一七六七年）の伝記と影響史を調査した。ミュニッヒはロシアでの勤務で、当時ヨーロッパ最大の河川工事であったラドガ運河を建設し、女帝アンナのもとでトルコ戦争で元帥となり、軍隊を勝利に次ぐ勝利に導いた。陰謀の犠牲となり、死刑判決を受けたが、ぎりぎりのところで恩赦となった。そして二〇年間のシベリア追放のあと八〇歳のとき、ふたたびロシアの宮廷に呼び寄せられた。ロシア人にとってかれはもっとも大衆的な元帥のひとりであり、もともとが国の軍隊の創設者であった。

そしてフィッシャーはたえず同時にいくつかのプロジェクトに関わったが、シュタウフェン家の皇帝フリードリヒ二世（一一九四―一二五〇年）の人物像にも取り組む。この人物はシチリアの宮廷にいてイタリアの文章語を創り、パレスチナの聖なる場所をふたたびキリスト教の所有にもどし、異端者の無慈悲な追跡者でもあったが、かれはもともと異端者の分類に入るべき人物であった——ルネサンスの先駆者として、精神的に矛盾のある啓蒙された人間として。

娯楽小説の売り上げの報酬がどこに流れたのか、なぜこの娯楽小説が必要であったのかを説き明かすのは途方もない大仕事である。フィッシャーが歴史の仕事で辿り着いた先は「第三帝国」の領域であった。「ミュニッヒ」の自伝をこの作家はまず出版社にうまくもちこんだ——「フランクフルト新聞」も刊行していたフランクフルトのゾツィエテーツ書店である。この出版社には、ナチスと戦う勇士はいなかったが、危険を冒す人間はいた。一九三八年に出版された『ミュニッヒ』は危険ではなく、むしろ、その文学作品は「退廃芸術」と見なされ、前衛性という点でナチスからは忘れ去られていた作家であった。

フィッシャーが「冷戦時代」の一九五一年に、西ベルリンから東ベルリンに、そしてふたたびもとにもどり、双方から軽蔑に晒されたとき、かれの過去における不利な材料がさがし出された。ナチスの帝国文書院へのフィッシャーの採用請願書が公にされたのである。かれはそれを書いていたのだった。一九三三年よりはるか前にドイツ国籍を取得したかれは、ドイツを去ろうとはしなかった。ユダヤ人の妻はとどまろうとした。ユダヤ人の友人であるジャーナリストのハンス・ヒルシェルは、その後マリア・グレーフィン・フォン・マルツァンによって匿われ、その運命はのちに映画化された人物だが、かれは居残った。べつの友人である医者のユーリアン・バウムもおなじく居残った。

フィッシャーは、妻と別れるようにというナチス政権の圧力に抵抗した。「アーリア人」のユダヤ人パートナーは、ナチスの人種定義によれば護られていたのだが、それにはナチスのもとでなにがしか保護されていることを示すという条件があった。終戦のころにはユダヤ人の結婚相手も追放されたのだ。この局面で友人のユーリアン・バウム博士はフィッシャーに、隠れ家を探してもらい、このおかげでナチスの介入を逃れ戦争を生きのびることができた。フィッシャーより一歳下の妻は、癌のために四八歳の年齢で一九四四年に死去した。かれは政治的な闘争家ではなかったが、ここドイツに留まったために自分の生活を脅かされた。

フィッシャーがこのことで言葉を弄することはけっしてなかった。ユーリアン・バウムとハンス・ヒルシェルとの友情はかれらが死ぬまで続いた。マリア・グレーフィン・フォン・マルツァン（『太鼓をたたけ、そして恐れるな』）はフィッシャーについてこう語っている。「かれはすばらしい生の哲学者だった」。フィッシャーの娘ヤナはこう回想している。「父は友人のハンスの訃報に接したとき、われを忘れて混乱しこれだけ言いました。『もうここにはなんの用事もないよ』」。フィッシャーは、マリア・フォン・マルツァンと結婚していたハンス・ヒルシェルが死んで一年後に死去した。

フィッシャーは自分を正当化することはけっしてなかった。じっさいに消え去るまで少しずつ退いていった。かれが伝記で書いたミュニッヒ像は、書きながら発展させていくスタイルとは別もののように見えるが、火事のなかを突き抜ける火蛇のように追放と軽蔑のなかを通り抜ける人物として、自分が遂行したことには永続性があることも知っている孤独な人間として描かれている。フィッシャーの『ミュニッヒ』は自己確認の本であり、精神的に耐え抜く力の本でもあった。そしてこの調査は卓越していた。現在でも重要な歴史的な価値のある本であるが、再版はされていない。

フィッシャーの二巻本『ヤン・フス　その生涯と時代』はゾツィエテーツ書店から出版され、巻頭にフス、ルター、ゲーテの言葉を載せた。

「真実をさがせ、真実の声を聞け、真実を学べ、真実を愛せよ、真実を護れ、死ぬまで真実を擁護せよ」（ヤン・フス）。

「知るまでもないが、われわれは全員フス派である」（ルター）。

「いつの時代でも学問に影響を及ぼすのは個人だけであり、時代ではない」（ゲーテ）。

フィッシャーのフスの叙述は秀逸である。学問的に、歴史的に、政治的に、文学的に。個々人の良心の決定をヨーロッパの歴史に最上位の基本方針として導入したあの人物をふたたびとりあげた——いかなる全体主義も拒否して——。フィッシャーは、この人物をとりあげて中央ヨーロッパ諸国の密接な結びつきを叙述し、過去を参考にして解放された境界をもつ中央ヨーロッパの可能性を開き、ドイツ史のとなりにチェコの歴史を同等の権利をもたせて位置づけた。

チェコスロバキア壊滅の一年後に、フィッシャーはフスのテーマを、自分の本のなかでナチスによって破壊された国を再建するという方法をとりながら、チェコの全史を伝えることに役立てた。そしてフィッシャーがフスの時代における大衆の優柔不断さについて書いたとき、ドイツのナチズムの社会に出くわすことになる。「大衆はどんな時代でも真実にあこがれることはなかったので、あらゆる理性に逆らってひとを虜にできると分かると、むしろ嘘のほうを崇拝するものである。民衆をたくみにだますコツを心得ている者が民衆の主人となるのは簡単であるが、民衆を啓蒙しようとする者が民衆の犠牲者となるのは常のことである」。

ナチスは即座に、ゾツィエテーツ書店がなにをこっそり市場にまわしていたのか見抜いた。この政権が社会革命家ヤン・フスを楽しんでいればよかったのだが。フィッシャーはヤン・フスというキリ

マリア・グレーフィン・フォン・マルツァンは、1942年からフィッシャーの友人ハンス・ヒルシェルをナチスの襲撃まえにベルリンで匿ったが、フィッシャーも追放されたユダヤ人を助けた。マルツァンは1986年に『太鼓をたたけ、そして恐れるな』のタイトルで回想録をウルシュタイン書店から出版し、フィッシャーについてこう言っている。「かれはすばらしい生の哲学者だった」。

スト教の宗教改革者にきわめてさまざまな、つねに皮相な動機によって着せられていた偽の外套を剥いだ。フスを反ドイツ主義者のあやまった像から解放した。フィッシャーがチェコ人フスに近づいたのは、チェコ人とドイツ人を「ナツィオ・ボヘミカ」〔ボヘミア国家〕に統合していく時代状況を叙述しているときだった。フィッシャーからすると、一四世紀は、チェコ国民がこの国においてドイツ人と共同生活していく能力があることの証明となった。中欧最初の大学、プラハ大学においてドイツとはべつの投票方法が導入されたときに、ボヘミアのドイツ人に不利益になることはなかった。これが生活能力であった。四つの大学同郷団——ボヘミア、バイエルン、ポーランド、ザクセンの大学——はプラハ大学ではそれぞれ一票をもっていたが、それからはボヘミアの大学同郷団が三票をもち、ほかの三つの大学同郷団はあわせて一票ということになった。

いまだにプラハのカレル大学の学長として歴史書のなかを幽霊のように歩きまわるフスであるが、かれが土着性に肩入れしたことは反ドイツ主義として解釈され、——フィッシャーが立証しているように——ヴァーツラフ国王には実際的な影響をもっていなかった。フィッシャーは、大学同郷団は民族的な原則によってではなく、地理的な原則によって形成されていたこともあきらかにした。ボヘミアの大学同郷団にはチェコ人と土着のドイツ人がはいっていたのである。新しい選挙法によって、多数決制が変更になって一年後にドイツ人の修士アンドレアース・シンデルが学長に選ばれた。

フィッシャーがあきらかにしたことは、マルティン・ルターはたしかにその聖書訳で新高地ドイツ語を形成するのに決定的な貢献をしたが、ドイツ人の文書法はルター以前のカレル四世のもとで誕生したこともあきらかにした。つまりプラハではボヘミア国王とドイツ皇帝のもとではじめて、当時世界語であり大学の言語でもあったラテン語とならんでドイツの民族語が、公式の交流の場で受けいれられたということである。

フィッシャーはフスの伝記で、ナチス帝国のドイツ人を、全員がアーリア人というわけではないと非難することで、ナチスのアーリア人種主義のばかばかしさをすべて払拭した。つまり大半のドイツ人は後からやってきたスラブ人なのであり、かつてのスラブの西の国境は、キール湾からリューネブルクの荒野を通り、バンベルク、レーゲンスブルク、フライジング、オーバーエスターライヒ（オーストリア中北部の州）、シュタイアーマルク、ケルンテン、クライン、クロアチアを通りアドリア海にまで及んでいたのである。そしてフィッシャーはさらに加えて思い切って当てこすりをした。プロシャ人は最後になって自分たちがアーリア人と気づくかもしれない、と。

「第三帝国」の最中に、中欧の歴史的真実をふたたび打ちたてた作家がいたわけである。かれはドイツ人とチェコ人の共同生活の困難さを見誤ることはなかった。「外交史では、ボヘミアがいつでもすがりつく存在と評価されている。チェコ人ほどに独自の内的、外的な環境に条件づけられて、思いと感情のままにほとんど矛盾をきたさない民族はほかにいなかった」。フィッシャーのなかでは自分の誕生した国の情緒的な文化が生きていたことになる。一九四五年まではボヘミアのドイツ人がチェコ人ほどなんどもすべてを失うことはなかったにせよ、フィッシャーは敗者の文化からやってきた。コンスタンツにおける一四一五年のヤン・フスの火刑は、ヨーロッパを二〇世紀的なありようへと変えた。ヤン・フスの殺害は現代に災厄として作用しつづけた。

自己意識、近代的な思考の出現は芸術的なことに由来し、出現した場所は、南国やフィレンツェだった。宗教を背景とする出来事は、プラハでおこった。いかなる立場よりも、善意で言っていることが悪の浸潤を強力に後押ししたことを、残酷なボヘミアの歴史は示している。フスからフス派の軍隊へと道は通じ、皇帝と教皇によって攻撃されたこの軍隊は、かれらが擁護するように強いられた暴力を気に入っていた。絶対への宗教的な途上で、勝利するのはつねに全体主義的に考え、行動する者のみである。チェコの文化は一六二〇年の白山の戦いのあとに、村のなかに沈んだが、そこはチェコの文化が一九世紀になってようやく再び制圧した村であり、二〇世紀になって「第三帝国」でふたたび沈むことになった。

ボヘミアで敗北した数多くの人間は、幻想のない人類学から出発することを学んだ。偽善者、弾圧者、漁色家、裏切り者、権勢欲にとりつかれた人間、拷問者、殺人者の人間から学び、旧約聖書から出発することを学んだ。ボヘミアは宗教的な闘争の場所である。オーストリアが三〇年戦争のあとに再びカトリック化されたボヘミアに打ち立てたバロックの帝国は、チェコ人の真正の文化となった。勝者の文化は独自の文化となった。この矛盾、この弁証法から学びボヘミア人は生きてきた。故郷にあってなじみがなく、異郷にあってなじみがあるのだ。

自らの国におけるよそよそしさは、ボヘミアのチェコ文学とドイツ文学の特徴的な表現となって現われる。このよそよそしさのなかでフィッシャーは生き、このよそよそしさから自分の文学、自分の精神的な構想を発展させた。そしてこのことをかれが見いだしたのは、ボヘミア出身のユダヤ人作家のドイツ文学との出会いからであり、自分の「単純な」よそよそしさとボヘミア出身のユダヤ人の二重のよそよそしさにあるそれぞれの短所と長所を逆さまにしたことを認めている。カフカにだけ見られるわけではない二重のよそよそしさは、生活をむずかしく、書くことを容易にした。フィッシャーは、自らの可能性と自らを危険に晒すことがなんたるかを分かっていた。

フィッシャーはナチスドイツでボヘミアの道を歩み、自分の歴史を知り、自分の歴史のなかにとどまった。一巻本のフスの伝記は、フィッシャーがこの歴史をどのように書き、どのように関わったのかを示している。その記述のために二三一頁の証拠と註を添えた。ナチスはこの書籍を禁書処分とし、ゾーツィエテーツ書店は配本を中止せざるをえなかった。

エッセンの「国民新聞」は、禁書処分のまえにこの本にたいし証拠をつけて反駁した。ここでは「迷い込んだチェコの歴史神話」が「当然のごとき破滅」のあとに、ひとりのドイツ人作家とドイツの出版社によって正当化されている、と。「ボヘミアの鬼火」と題した書評にはこうある。「総統の国家における素人の読者は、自由主義と知性主義を両親とする、あの客観性という名の古典的な事例と関わることになる」。ナチズムの雑誌は、フィッシャーの書籍をドイツ民族にとって「生命を脅かす」ものと呼んだ。

そして一九五一年、フィッシャーは文化相ヨハネス・R・ベッヒャーから出版の約束をされて東ドイツに誘われてきたのだが、東ドイツも出版したがらなかった。しかし当時五六歳の作家をべつのドイツ国家に移動させたのは、この約束のためだけではなかった。二〇年代の作家がますます東ベルリンに集結してくるのをフィッシャーは見ていた。かれらのなかにはアルノルト・ツヴァイクのようにすこぶる自立した人物もいれば、移動の直前にカリフォルニアで死に見舞われなければ、東ドイツに来ることになっていたハインリヒ・マンのことも知っていた。だが西側で満たされていなかったフィッシャーの期待は東側でも満たされることはなかった。

西ベルリンで「世界」や「ターゲスシュピーゲル」のためにジャーナリストとして活動していたフィッシャーは、職に就いた東ドイツの出版社「人民と世界」から自分の本も出版されるはずだった。「父はあとになって、それからなにが起こったのか、私に説明していました」と、娘のヤナ・ヴォイトは語っている。「出版社は『フス』のなかで削除や訂正を父に要求しました。それはナチスが一九四一年にこの本の配本を禁止するまえに、ナチスも要求していたのとまったく同じ箇所の削除と訂正だったのです。そのうえ父は、社会主義建設のさいの喜びを発表しなくてはなりませんでした。父が書いた新聞記事は公開されず、（東ドイツの）国家公安局に入ってしまいました。父は尾行されていましたが、それに気づいていました。それは心理テロだったのです。社会主義の世界像に適合するのか、それとも順応できるのか手探り状態だったのです」。

フィッシャーは順応できなかった。オランダのグローニンゲンに生まれたニコ・ロスト（一八九八―一九六七年）が不信をいだかせる手続きに巻きこまれたのとおなじことを、フィッシャーも身をもって体験した。ニコ・ロストは、ナチスの強制収容所で生きのび、その回想の書『ダッハウにおけるゲーテ』を一九四八年に東ベルリンの出版社「人民と世界」で出版していた。そのニコ・ロストは一九五一年に国家公安局に逮捕されたが、二週間後にもどったときに、フィッシャーは目の前で痩せて傷だらけとなり、恐怖で口を閉ざしていた男を見ることになった。フィッシャーは東ベルリンでの数か月の滞在ですべてが分かった。かれはもどった。

ニューヨークの友人、ウルツィディールにフィッシャーは書いた、東ドイツでもナチスは新体制の盟友になった、と。「ナチスと親衛隊はいわゆる兵舎となった人民警察における将校として……かつてのゲシュタポの兵隊は東で同じ『職業』に就いている。つまり東の地域の政治的な調査機関の地下室で……かれらがナチス自身であるにもかかわらず、東では政治宣伝として西ドイツのナチスに対抗した演説をしている」。

西ドイツのナチスについてフィッシャーはこう書いている。ある者がある者を……公職に、新聞社、出版社、ラジオ局、経済界に、どこにでも就職させてしまう。それに汚職事件がある――ほとんど三日おき、もしくは四日おきにそのような出来事が判明する。あるときは警察署長、あるときは市長、あるときはべつの高官、またあるときは代議士……その多くがすぐにもみ消された、いつでもつぎのような口実のもとでだった。東の人間が自分の利益のためだけにひどいことをしないようにということだった。そしてこの東西の問題に関しては、じっさいに西ドイツの人間が東ドイツ人のことを気にかけるのは乏しかった……かれらがもっとも好むのは、べつの半分の地域をなかったものとして断念することだろう」。

フィッシャーは、東ベルリンからもどったあとフリードリヒ二世のテーマを中途で放棄した。引越し用の木箱が紛失してしまい、それとともにすでに書き終えた原稿もなくなっていた。フィッシャーはある人物のことに、当時まだ知られていなかったが、すでに政治や官僚主義において決定を下す段階にいた人物に取り組んでいた。この人物についてフィッシャーはある文学的なパンフレットを書いた。それは著者の名前を出さずに『ギルターマン』の表題で出版しようとした本の出発点となるはずだった。

「ギルターマンは自分の父母のことを思い出すのが好きではなかった。たぶん自分自身についても精確なことはなにも知らなかった……ギルターマン、すなわちかれの、われわれの、そしてとっくに共感という点では冷淡になった時代の子どもである……沈着冷静なゴム人間である。ギルターマンは、自明のこと、だれもがすでに知っていることを……まったく新しいこととして伝える……かれは、自分の利己主義と職への欲望を隠すことにおいて達人である……ギルターマン、偉大な調整家……積極的にも消極的にも賄賂のきく人物の代表格である……せかせかした平凡の天才である。なぜなら平凡でいてこそせかせかして活動的でいられるからだ。創造的な思考がかれを苦しめることはほとんどない、なぜといってたんに常套句のなかで考えていて、それを通してなんども成功を買いだめするからだ。ギルターマンは、はじめはまだ不快で、野卑で、これ見よがしで、そして傲慢だった、ときに身分の低い人には。それがすべて一変した、というのはギルターマンが変わったからだ。変わってからは気さくで、うぬぼれ屋で、しかもつねに品位を意識している。ときたまギルターマンはしずかに歩いたり、つつましい表情をみせることを有益と思っている。というのはかれのポーズのなさはポーズそのものだからだ。上にも下にも、こちらにもむこうにも、その前とその間に、左と右に、内部と外部に、昼も夜も――ギルターマンはどこにでもいて、いつでもギルターマンでしかありえない。かれはわれわれから出たのであり、したがってつねにわれわれの中にいる。ほとんど影響力を失うことはないし、わきに押しやられることもない、ましてや殺害されることもない。ギルターマンのままである」。

フィッシャーが東と西の間を行き来して四年後、フランクフルトのゾーツィエテーツ書店は再度刊行を試みたが、フィッシャーが気乗りしなかったために頓挫した。この出版社はふたたびフィッッシャーの自伝を出版した――ただし八一四頁を四一五頁に削除した版であった。経済的な困難に陥りそうだったフィッシャーが関わったのは、このように「改訂」することだった。それは作家としてとっくに大衆の意識から消えていたこの著述家の最終的な没落段階であった。そしてだれも予感していなかったことだが、このフィッシャーは二〇年代末に戯曲から抒情詩へと転向し、死去するまで詩にこだわった。「刻むこととしての詩であり、言葉としての詩ではけっしてない」とかれの詩の一篇にある。フィッシャーは、書いてむなしくなることはなかった。詩の作品は、沈黙と語る、沈黙において語る、沈黙を通して語る、沈黙に対抗して語ることをかれに可能にした。かれはナチス陥落の直前に詩的な表現形式を見いだし、このことによって一九四五年までのあらゆる苦境にあって、そして一九四五年以降のあらゆる誤認において、自分に忠実になれた。「人生の確かさ、紀元前のような心情の意義が不安となって消えゆく／そして信仰の確かさ、キリストの全世界の恵みがいま枯渇する／その結果われわれあらたな不幸な人間は、夢もなく、むなしくも／われわれに至福をあたえる新たな徴をさがす／さがし、迷い、さがす――／われら盗人は、われらの古き天国の裁判官である死刑執行人……／」

脆さ、暗さがその本質的な部分となっている経験は、裏切ることはなかった。フィッシャーは一九三〇年から一九四五年まで、『ゴシックの影にある光』という題の抒情詩的な手記を、一九四六年から一九五〇年まで『裸の抒情詩』を、一九五一年から一九五四年まで『額の目』を、一九五一年から死去まで『無調の警告板』を書いた。

プラハ城、
街のうえに異端の箱船が、
薄明に輝き、
秘密に満ちた、ヨーロッパがまだある――
かつてのヨーロッパの中心、だがヨーロッパの核にはあらず、
雄雄しく、夢を冷やす、独断のプラハ城、
撃ち込まれた動物に、けだるい季節も、
疲れはてて寄りかかる。

その影のうしろで――満腹になり、あざけり、眠らずに――
陰鬱な家々の隅が、嘔吐を催しながら小さく丸くなる、
澄んだ、力強い、変容したゴッテスブルクのまわりで。
ここに、
古い聖ヴィート大聖堂から、
伝説と遠い歴史から、
ぼくは逃げてきた、
馬勒をつけられ、はめられて
一八歳になったばかりの、すでに厳しい懐疑家のぼくは、
未熟だが、二〇世紀で充満している。
ぐずで無益なキリスト者のぼくは、なにも分からずに
郷土のゴシック建築の

魅了する精神と反俗的な深淵のまえに立った。
ぼくの心の月のような暗闇——
傲慢さにうとく、悲しみに心動かされ、
驚愕と苦痛で血はにじまず——
ぼくはいまだに、
言葉の
投げられた高さと落下の位置も、
思想の罪の零落も
予感したことはない。
そしてそこに生き生きと上から下へと伸びていき、
梢となる花冠が下に、腐植土に近づき、この世の存在となる
——
われわれの信仰の木を
ぼくはなにも知らなかった、
だがその根は上にむかい、雲からはなれ、つかまえた幸福につ
　つまれる、
大聖堂の尖塔は警告しながら、
なにを指すのか。
アルケミの小路は遠からず、遠からず、
傲慢不遜の小路、誘惑の小路、言いはる輩の小路——
怒り狂う嵐の波のうえを、偶然に、無闇に、泳いでいるにすぎず、
生きていると妄想する秘密の職人。
創造者でもなく、透視者でもない、
木の義足を細かく割り薪にする、
味気ないキャベツのスープをつくるため、
荒涼とした場所で飢えている傷病兵のようだ、
または自分の身を縮めてなにも食べない
熱狂的な吝嗇家のようだ。
安くすむように、棺は貧弱でよし、
光の存在を認めない輩、永遠を認めない輩、
真実とされた嘘、嘘となった真実——
この小路に色あせた緑の塀の角があり、ぶんぶん飛ぶベルゼブ
　ブ（悪魔の王）のハエが、
かつてどこかで
曇った鏡、紫色の緞子、折れ曲がった花の茎のうえを這ってい
　た、
そして不遜にも信じていた、おのれは明るい蜂だ、と。
しかしこの冷たい切石のうえに、蜂蜜はできず、
しかるべき蜂蜜の存在はない。
聖ファイトの祈願の行列で
蠟燭の蠟がしたたり落ちる震える手に、本物の蜜巣からきた蠟。
子どもの哄笑、飼いならされた鴉のカアカアと鳴く声、現代の
　車の音、
かの尖塔アーチのような窓ガラスの身を切る輝きが

ぼくの頸に巻きつく鼠色のネクタイにからまる。
わが脳髄をインド茶、少女の口、サッカーゴールの
この世の思い出が貫流する。
後悔が、香の煙がぼくを悩ますことはなく、
ぼくは立っている――ささやかに、あつかましく、ひとりよが
　りに――
星の前でも、月や人間の前でもお辞儀はせず
大聖堂の白髪の権力者のまえに立つ。
自らは生きることなく、ぼくらの生活の時を数えている時計の
　狂気の沙汰、
時計は血を流さず、実りはなく、
ぶどうの木は傷つき、血を流しても
ぶどうの房を実らせず
太陽は気ままに照らしても、
いたるところ魂の薄明の暗闇、
魂の陶酔は、
頑固で際限なく、生産しては消えながら、
異教徒と敬虔な信徒、ドイツ人とチェコ人、兵隊と殺人者、
若い女性と老婆も、ときに美しく、ときに醜悪な、
つねに瞬時に機敏となる女小売人たち、そして現在の優美な保
　護者たち、
女と男、だれも家のなかではともに内面では跪き、外ではとも
　に敵となり過ぎゆく、
助けとなるロザリオの祈りを思い、かつての天国を思う、また
　は銭を欲しがる。

ぼくは当時こんなことに悪事を働き思い悩んだ、
過去が時代にほのかに熱を発し、
燃えつづけよ、永遠となれ、薄暗く、もろくなれ、
なにも存在はしなかった、なにも存在していない、
はかない空気があったとき。
なにも存在はしなかった、なにも存在していない、
トロイの馬の夜のいななきが、太古の昔から、異国の牧草地か
ら
敵対者、角のある、地獄のような人間に、狡猾に導かれ
ここに迷いこむとき。
なにも存在はしなかった、なにも存在していない、
狂気の石、傲慢な煉瓦、売春斡旋者のような漆喰が
角柱と家に継ぎあわされたとき。
ぼくは感じ入り、思い込んだ――
今が永遠であると。

宮殿の中庭を寂しい足音が鳴り響き、近くにあり、優しくない、
銅で身をつつむ迫力のある監視は、かつてニュルンベルクで敬
　虔に像を鋳造していた。
聖なるゲオルクは、純朴でお人よし、大胆でけんか早く、

いきり立ち竜を殺す。
なぜ、子羊、鳩、蝶、主人のほかの動物を
おだやかに世話をしないのか。

突然に鐘が揺れ、鳴り響き、叫ぶ——
だがぼくはそれに気づかない、
人間の強固な響きをぼくの心に呼びおこさなくては。
ざわざわとした音の響きは近くにあり、高貴なとき遠くにある、
響きは沈黙のなかで黙りこむ。

さて、鐘が沈黙する。

風がそよと吹き、雨がひっそりと降る。

二番目の妻との間にできた娘ヤナ。結婚は破綻し、娘のヤナは父親のもとで育った。1949年のクリスマスにベルリンのクアフュルステンダムで、父親と。

ぼくは聞く、
神がぼくにささやくのを。

信仰の声。井戸が枯れてもその偉大さは証明されている。フィッシャーの晩年、ベルリンのシェーネベルク地区のリンダウ通り八番地の四階のベルが何度か鳴った。またも学生がドアの前で答えをもとめていた。フィッシャーはもうだれか分かっていた。「フィッシャーさん、あなたはいろいろな方を知っていたにちがいありませんが……」。シュヴィッタース夫妻、アルプ、グロスの用件であった。ほかの人の用件であり、かれのことではなかった。そうであっても、ついでのことであった。フィッシャーはドアを開けて、会話を拒否し、ふたたび閉めた。情報をあたえなくてはという必要はなかった。

人びとがやってくるのが遅すぎた。遠いアフガニスタンのゲーテ・インスティトゥートで働いているハルトムート・ゲエルケンは、メルヒオール・フィッシャーの件を調査に来たのだが、戸籍の名前がエーミール・フィッシャーであると知らなかったために、メルヒオール・フィッシャーをベルリンでは見つけられなかった。一九七六年、この作家が死去して一年後、ゲエルケンはフィッシャーの散文を西ドイツで出版した。フィッシャーの舞台作品の一巻が出版されるまでにさらに数十年が過ぎていた。しかしいまだに沈黙の壁が立っている。

五〇年代にフィッシャーはヨハネス・ウルツィディールに宛てて書いた。「私はようやく知りました。プラハはベルリンではありま

せん、ベルリンは異郷です」。そしてウルツィディールがプラハの女性と結婚していることを知って、こう書いた。「あなたはいつでも神様に、あなたが異郷で同郷の者同士が夫婦として暮らしていることに感謝しなくてはなりません」。

氾濫し、流れゆく河では
動物もグラスも違いはなく、
沈んでいった昨日と目覚める今日に、違いはなく、
時間と時間に違いはない。

今日ぼくのボヘミア・グラスが割れた、
ぼくが継いだものだった――
ずっと遠い祖先から――
祖先は、錫の本物のターレル貨と三匹の朗らかなアオガラを合
　わせて手に入れた、
ヴァレンシュタインという落ち着きのない吝嗇家、暗殺者にして暗殺された者から手に入れた。

ぼくの夢見るグラスが割れた同じとき、
暗闇の乳白色の田舎で
迷い込んだノロジカは
死ぬことはなかった、
雷雨の日だったか、
突然の稲妻の一撃があり
柵のなかにいた。

この作家の亡骸のはいった骨壺は、西ベルリンのベルリン通りにある墓地に埋葬されている。基盤目C一、墓所番号一八番は一平方メートルぎりぎりの大きさ、柘植で囲われ、戸籍の名前エーミール・フィッシャーの文字が彫られている。メルヒオール・フィッシャーが死去したとき、この作家について短い追悼文を載せたのは一紙だけだった。それは作家の娘から死亡広告記事を依頼されていた新聞だった。

ヨハネス・ウルツィディール　ボヘミアの村をニューヨークで築いた作家

それは奇跡ではないにしても、じつにすばらしかった。ナチスがウルツィディールの国を「帝国へ」と連れもどしたときに、ナチスから逃れてニューヨークにむかったプラハ出身のこの半ユダヤ人は、ゲーテによって完全に救済された。同じゲーテをドイツの教養市民は一九三三年、総統が世界征服を果たし、まがいものではない世界市民を実現できるように、「第三帝国」に教父の贈り物として授けたが、それは失敗に終わる。プラハ出身の半ユダヤ人はゲーテから創造の源泉を汲み尽くし、その古い世界を作品でふたたび蘇らせ旧世界と新世界を結びつけた。しかし、この半ユダヤ人を介して「帝国へ」通じる世界市民の道が、ドイツ古典主義の偽善者のために——まったく想像しがたいことだが——開かれたのである。

ゲーテのドイツ人たちは、ヨハネス・ウルツィディールが描いた「ボヘミアのゲーテ」を発見し、ボヘミアを西洋史の「失われた恋人」として発見することになるが、これはウルツィディールの長編のタイトルであり、六〇歳のウルツィディールが一九五六年にドイツ語圏で一夜にして認められた作品であった。ゲーテのドイツ人たちはアメリカの『偉大なハレルヤ』——べつの長編のタイトル——にむかうこの亡命者を理解するが、ウルツィディールがアメリカ亡命できめ細やかなファンタジーによってふたたび築きあげた文学風景のなかに自分たちの罪を発見することはなかった。それは故郷やノスタルジアの牧歌ではなく、失うことのできない歴史像であり、ゲーテのドイツ人たちは一九四五年までその破壊に精力的に加担した。

ゲーテのドイツ人たちに罪の認識はない。かれらの中心的な思想家のひとりであるフリードリヒ・マイネッケが一九四六年に考えていたのはゲーテ同好会の創設そのものであり、ドイツの悲劇に立ちむかうには最善の場とされた。「ゲーテ同好会に課せられているのは、偉大なドイツ精神 (der große deutsche Geist) の生の証言を声の響きを通して聴衆の心に伝えることである」。その一〇年前のこと、まだ大ドイツ精神〔der großdeutsche Geist ＝ヒトラーの演説での言い回し〕――小さな文字の移動である――と言われていた一九三六年には、歴史の思想家マイネッケとかれの教養市民はゲーテから大ドイツ精神を学んでいた。「ゲーテなくしては現在のわれわれはなかっただろう」。ゲーテとともにフリードリヒ・マイネッケはヒトラーの「最終勝利」のあとにベルリン自由大学の初代学長となる。ゲーテのドイツ人たちは歴史の継続性の意味を知ることになる。

ほんのわずかな意味のずらしであるが――継続性をそのままに理解されたヨハネス・ウルツィディールはニューヨークで出迎えられ、一人の老いた読者がプラハ出身の半ユダヤ人を、世界市民を胸に抱きしめた。

ナチスの支持者による――以前のことなどではない――ユダヤ人追放はことのほか見事であった。ドイツ語を用いる国でもっとも目をひくことが起きたのだ。オーストリアは、一九三八年の併合の歓喜を、一九四五年以降は身動きのとれない暴力的な強制であったと理解してしまう幸せな国だが、一八九六年生まれの「旧オーストリア人」ウルツィディールを文学の使徒にして、海外のオーストリア文化研究所を通して派遣した。オーストリアはこの作家を一九六一年に教授として顕彰し、一九六四年にオーストリア国家文学賞をあたえた。ウルツィディールの若き日の才能は、「ウィーングループ」における魅力的な名士の道徳をさまざまな偽善の要素に解体したほどだが、その才能を同じ国オーストリアはかつて憤慨、憎悪、嫌悪をもって追放したのだった。

ドイツ帝国の権利継承者として小切手で払えば罪から解放されると思われていた西ドイツで、ウルツィディールは一九六四年にケルン市の文学賞を受賞し、一九六六年に「東ドイツの文化賞」のひとつであるエッシンゲンの芸術家組合のアンドレーアス・グリューフィウス賞を受賞した。もっとも重要な賞であるビューヒナー賞は受賞していない。ＣＤＵ（ドイツキリスト教民主同盟）体制への反対派によって方向づけされたドイツ文学――グループ四七年の要求に合わせた――をウルツィディールが利用することはなかった。ドイツ文学研究者がまじめに関心をもったのは、せいぜいカフカの知人としてである。教養市民がウルツィディールとともに敬意を表するのは「一九世紀最高の作家」であり、したがって若い読者層は、ウルツィディールに取り組む必要はなしと考えている。

ウルツィディールの郷愁をよぶ作品の受容で特徴的なことは、「追放された者の同盟」がこのプラハ出身の半ユダヤ人のために力を尽くしたことだった。この同盟はとくにウルツィディールの夕べのために「講演と朗読のための仕事の支援」という二〇頁の冊子を編集し、ウルツィディールからの引用――「瞑想的なもの」と「明朗なもの」に区別されている——は追放された講演者たちの裁量に任された。ウルツィディールの作品は一九七〇年の死後、世間に注目されることはなくなった。ウルツィディールを故郷の作家として強奪しようとした人びとは、かれの才能をほんとうに見いだそうとはしなかった。そしてウルツィディールを発見することが重要となりえた人びとはかれを発見しなかった。というのはウルツィディールを故郷を追放された者であると諦めていたからだった。

情報を握りつぶされてきたウルツィディールはこう語る。「ドイツ民族の圧倒的多数がナチスの暴力行為を認めなかったと私は思っていません……私がたたきこまれていたのは、強制収容所はあずま屋の裏側にすぎず、真にドイツの心をもったヒトラーが根本においてもっとも好ましい人物だということです」。

そして。「ドイツ人の罪について、他人の罪の回数と比べてすくないので許されるかのように、語ることはできません。自らの罪がまったく異常ではないかのよも罪があるという理由で、自らの罪がまったく異常ではないかのように、語ることはできません。そう、他人もなにかしら罪を負ってはいるが、ドイツ人の集団の罪に比較すると他人は孤児のような存在です」。

そして。「ドイツ民族が模範となって世界に影響をあたえた例を私は思い出せないのです。イギリス人は議会の権限をその精神的な基盤で保障するクロムウエル革命を成しとげ、アメリカ人は人権そのものを定着させたワシントンとジェファーソンの革命を成しとげ、フランス人はミラボー（そしてルソー）の革命を成しとげました。私がこだわっているのはこのような近代の傑出した例です。民族としてのドイツ人は自由という意味でなにをもって模範となれるのでしょうか」。

ウルツィディールが共同執筆した『プラハ——文化、芸術、歴史』（一九三〇年）の著者、オスカー・シューラーとの間に往復書簡があり、この往復書簡はだれにでも閲覧可能で出版可能だが、出版はされていない。往復書簡は、ひじょうに感傷的に化粧がほどこされたウルツィディールの文学的な顔の一部しか浮かびあがらせていない。ウルツィディールが用心しすぎたために、ドイツ語圏の国々からの関心は集まらなかった。かれの遺稿は西ドイツにもオーストリアにも行くことはなく、この作家が指示したのは、ニューヨークのレオ・ベックインスティテュートへのひき渡しであった。ドイツ人について言わなくてはならなかったことを、ウルツィディールはマーク・トウェインからの引用で語った。「すべての国家にドイツ史から学ぶべきことはあった——ドイツ人を除いては」。

ウルツィディールの後期の小説にはこうある。「きみはだれを非難しているのか。自分を人間と名乗っているひとのことか。そうさ、かれらは突然そう名乗ったのだ。でも、しっかり見てみな。あそこにいるのは土地の仲買人、建設業者、家主、借家人などではないか。そうそのままかれらを永遠に認め、あつかおうではないか。——『残酷な夢だ』とアルトハイマーには思えた……」。

すでに一九一五年に文学界にデビューしていたウルツィディールはこう書いていた。「そして私は、ある友人が私にこう言ったことを信じる、人間から苦痛を受けるなんて、この世界の悲劇だ、それは永遠に分裂した事物と神々の角逐のあいだを揺れ動くことが、人間の悲劇であるのとおなじだ、と」

ウルツィディールは一八九六年二月三日にプラハに生まれ、矛盾の多い環境で育ち、通りでの政治的な対立は家族内の対立となった。父親は、西ボヘミアの小さな村出身の教師の息子であったが、故郷で自分の幸せを見いだそうとは思わなかった。父親は純朴な少女に自分の子どもができたと分かると姿を消し、プラハから養育費を送った。父親――いくつか発明もした、粘り強い仕事人――はエンジニアの資格によって鉄道員として就職し、最初の結婚で七人の子どもをもうけていたユダヤ人の女性と再婚した。

ウルツィディールは母親の八番目の子どもであった。

5歳のウルツィディールと両親。ユダヤ人である母親は最初の結婚で7人の子どもをもうけ、ウルツィディールは8番目の子どもであった。ドイツ愛国主義者の父親は鉄道員だった。

母親は息子が四歳のときに死んだ。ドイツ愛国主義者の父親は、「ボヘミア国の過激な排外主義者（ショーヴィニスト）である代議士シェーネラーに「ハイル、ドイツ」と誇らしげに挨拶をかわしていた。息子が一九二二年にプラハのラビ〔ユダヤ教の聖職者〕の娘と結婚したとき、自ら反ユダヤ主義者と称していた父親は誇りをもってこう言った、「このお嬢さんはとても気にいった。だがその家族とはめんどうなことになるぞ」。

父親は「大のチェコ好き」でもあり、二番目の結婚で熱烈な愛国主義者であるチェコ人女性といっしょに暮らすことは、妨げとはならなかった。父親はチェコ語を学ぶのを拒んだが、息子にはこの言語を完全に習得するように「いたって厳しく」命じた。父親は共和国支持の心情をもち、同時にまた皇帝に忠実であった。かれはオーストリア人の感情をもっていたが、ビスマルクを賛嘆した。そしてハプスブルク君主国が崩壊したとき、ウルツィディールは父親が満足してこういうのを聞く。「ようやくこの伯爵、侯爵たちは全員おしまいとなる……」。

父親は自らを敬虔なカトリックと見なしたが、けっして告解や日曜のミサにいくことはなかった。また、ウルツィディールがニューヨークで回想していることだが、父親は息子に「カトリックの修業に厳格にはげむように」こだわっていた。「父は私がミサの侍者を務めたことに言い知れぬ喜びを示した。それでも父は私をシナゴーグ、プロテスタントの教会、ロシア正教会にもつれていき、宗教はすべて対等である、と主張していた」。

ニューヨークの緑の豊富な郊外、ロングアイランドのキューガーデンズにある高層建築群の一二階で、ウルツィディールは仕事机に座り半世紀をふり返りながら、「作家というのは自分のビジョンを示す歴史家であります」とはっきり述べる。そして、こう言う、「小説はすべて体験によって構成された現実でなくてはならない、けっして発明であってはなりません」。ウルツィディールは一九四一年からこの国にいるが、詩作の時間を見いだすのはむずかしかった。チェコの二誌の特派員として得る固定給は、生計には不十分だった。ウルツィディールの妻は子守として近所で副収入を得た。かれのほうは皮細工の職人として手作りの能力を生かした。つねに厳格な男であり、休憩時に執筆し、散文は「休憩の埋め草」としてうってつけだった。つまり小説のことである。多くの小説と小説の間にはきわめて厳密な結びつきが見られたが、このことにこの作家が気づいたのはずっとあとのことであり、五〇代のはじめに一一篇の物語を組み立てて長編を構築したときのことだった。こうして『失われた恋人』が生まれた。

「人間は異国に行き着く」とウルツィディールの作品にある。「そこではノスタルジアは滋養となり、思い出は強みとなる。ところが多くのひとは故郷で生涯の間、異国のことを夢見る。そしてこの夢を背景にしてようやくかれらは自分の現在の世界を完全に理解することになり、目前の官能的なものを、夢の端で見る。かれらにあって最高のことは、故郷の中心でノスタルジアを感じることである。これがかれらの強みであり、滋養である。私には遠方にありその中心にいることが故郷にいることなのだ」。

別れと人間的な生活は、亡命者ウルツィディールにとって同義であった。かれは回顧しながら何を見ているのだろう。「別れはかれには子どものころからあり、時にはそのままいられるのではないかと錯覚したこともあったが、最後のあたりになると、別れは避けがたいものとして登場した。かれはすでに多くの森の丘で別れを経験し、それが何たるかをいつでも分かっていた」。しかし、「ある日はっと気づくと、なにか名状しがたい深刻なことがますます近づいてきて、意識に受けいれられようとするのだ。ある日、別れの意味が分かってくる」。

ウルツィディールは仕事部屋の窓から外を眺めては、霧でかすんだ遠方に大西洋の海岸線を見ていた。そして本でふさがっていない壁に掛かる、父親が描いた油絵に目をやる。生誕の地シッピン（シピン）の絵である。ウルツィディールの父親がプラハで年金生活にはいったとき、息子は父親のためにヴェーゼリッツ（ベズドルジーツェ）のシッピンの近くに小さな家を買い、もう故郷をなつかしがることはないだろうと考えていた。それでも、父親が半年後に亡くなったとき、最後の言葉はこうだった。「こうやって私はよその土地で死ななくてはならないのだ」。

長編『失われた恋人』でウルツィディールは父親の生涯を完結させ、作品のなかで、父親が生涯ずっと追いはらった失われた恋人を呼びもどした。「ああ、父よ、どうして恋人を捨ててしまったのか」。ウルツィディールはこう語る、父親がヨハネスに内緒にしておいた恋人の息子が自分のニューヨークの住所を探しあて、写真を同封して手紙を送ってきた、と。この作家はその写真をながめ亡き父と対話をした。「私の前にはあなたの息子の写真があります。かつての私よりもあなたにずっと似ています。かれはあなたの目、あなたの口、あなたの額、おそらくあなたの声としぐさをしているのでしょう。しかもあなたが若いときに望んでいた職業にかれは就いています。農業につきたかったのですよね。どうしてならなかったのですか。どうしてべつの勉強をして、べつの人間になったのですか。べつの女性と結婚し、べつの子どもをもうけたのですね。あなた自身の写真は机の抽斗に隠れたまま養育費用の郵便証明のなかにはいっています」。

ウルツィディールは自分のことを「過ちでできた子ども」とみていた。「父さんよ、あなたが不実でなかったら私が生まれていなかったことは知ってますよ。しかし私が生まれたことがそんなに重要なのでしょうか。私がいつか真相をあきらかにして、過ちをもとにもどしましょうか。私は不埒なことをするつもりはありませんが、そうなる必要はなかったのです……あなたは谷間の娘と住み、息子のことで喜べたことでしょう。しかしあなたがこういうのを聞きました、人生を支配するのはだれだ」。父親はかつて谷間の境界を越えていったひとであり、境界の内側にはとどまらなかったひとだ。息子はボヘミアの境界から追放され、境界にとどまった。「わが故郷は私の書いたことにある」。

多くの別れを回想して、多くの強いられた引越しのことについて記している。「われわれの世代は定住しないことを強いられており、『家』はユダヤ人の契約の聖櫃〔神とイスラエルとの契約の基礎をなす十戒を記載した石板を納めた箱〕のように転々と移動していった……つねに私がいるところがプラハであり、私のプラハの住居だ。われわれはプラハと対話するうちにニューヨークととりちがえるほどなのです」。

『プラハの三枚折聖画像』（一九六〇年）にはこう書いてある。「『プラハにきみは行かなくてはならない』とアダメクはつねに私に忠告していた、『あそこでは出世ができる。あそこにはチェコ人とドイツ人、カトリックとユダヤ人とのあいだに軋轢があるんだ。あそこには世界中の新聞がおいてある喫茶店があり、どの喫茶店の隣にも燻製品の工場があった。みんながいつでもかじっていたのだ、まるで昨日のことのようだ。プラハではなんでも見ることができるよ。ピシュテク劇場では、ルートヴィヒ一四世の宮廷でなにがどう進行しているか、あらゆる娼婦とどうなったのか、まったくリアルに分かるんだ。そして気分がすぐれなければプラハ城で、亡きエレクタの無傷の肉体をみたり、聖なる憂悶聖女の顔一面の髭を見ることができるんだ……』」。

プラハには――ウルツィディールにとってまずクラカウアー通りの古い陰気な借家があった。この通りはヴァーツラフ広場の上にある右側の横丁のひとつで、ウルツィディールはここで生まれた。住まいは平屋であった。「私が思い出すのはアルコーヴ〔住居の壁面の一部をくぼませてつくった空間のこと〕のことであり、それは窓のない真っ暗な秘密に満ちた場所だった。私が生まれたのは夜。真っ暗闇ではまず出産はできないのだが」。ウルツィディールが三歳のとき、家族はカロリーネンタール（カルリーン）に引っ越す。ここで——悲惨な環境で——母親は死んだ。息子は母親のベッドにひざまずき、母親は息子の髪の毛をなでた。「それは私が思い出す子ども時代の唯一の愛撫だった」。

母の死後、父はふたたび引っ越した——ジシュコフへ。「ジシュコフはいつでも秩序のない貧民街であり、乱闘はあり、通りはかなり危険だった。しかしぼくはすでに四歳の子どものときチェコ人のチンピラと遊んでいた。父さんよ、われわれの暮らしはむしろ貧しく、収入から母さんの倒産した反物店の借財を分割払いしながらの生活で、五人の子どもを家で養っていたんだね。夜は灯油の明かりだけだった。食事は乏しく、ぼくが思い出すのは、秋の夕食でわれわれ子どもにはしばしば一〇個のプラムと一切れの乾燥パンだけだった」。

つぎの引越し先はラウズィッツ通り（ルジーツカー通り）の、「ましな」地域で、王室の地区だった。ワイン畑があり、ここでチェコの国民学校の生徒との最初の「民族間の殴り合い」があった、「というのはかれらがわれわれをユダヤ人だと嘲笑したからだ」。ウルツィディールはのちのことであるが、ひじょうに早く——学生のときに——民族的な争いごとからゲーテの超愛国的なヨーロッパ流の考え方によって脱しようとした。貧乏からは脱しようとしなかった。かれは貧乏に出くわすたびに受けいれた。そしてアメリカ亡命では貧乏にしばしば晒されることになる。他人の貧乏はまたもやかれの本に登場するが、かれ自身の貧乏はけっして登場しない。

「私は貧者の側に立っている、貧者は天国の世界であり、詩人の世界だからだ」。かれの詩作の中心人物はヴァイセンシュタイン・カール——フランツ・ヴェルフェルやヴィリー・ハースも記述したプラハ出身の人物——であり、豊かな精神で満たされた貧者となって、詩人の仲間をしばしばシュヴェイク風のいつわりの態度に変えていく。ヴァイセンシュタイン・カールはウルツィディールの『プラハの三枚折聖画像』のなかでこう語っている。「貧困のなかで生活を憎むことはただしいことではない。根源とその意義に至る道は、食器棚に鎮座している裕福への道よりも開かれている。それにもかかわらず貧窮から脱出しようとするのは、それはたんに飢えからではなく——これは残念ながら文化的に未発達で思考の足りない場合にだけあてはまるが——生存というすさまじいほどの剥き出しの執念に耐えられないからなのだ」。ヴァイセンシュタイン・カールがそう語るのは、「私が存在しているゆえに私に罪がある」と分かっているからだ。

ウルツィディールの知識は、すくなくとも一方が他方を傷つけることによって、一方が他方の原因となって破綻していく人生の悲劇の知識である。詩作とはマルティン・ブーバーがエッセイ『罪と罪の感情』（一九五七年）のなかで述べている思想を語ることである。ブーバーの理解はこうである。「自己解明する『飛ぶ塔』（カフカ）は法律の彼方へと導くのではなく、法律の内側へと導く。われわれが依拠しているのは人間の掟である。つまり人間存在のアイデンティティの掟であり、自分自身とのアイデンティティの掟である。罪を背負っている自分と罪を認識する自分のアイデンティティの掟であり、闇のなかと光のなかの自分のアイデンティティの掟である」。

ウルツィディールは、多くのプラハのドイツ人作家とおなじく、この世界における社会変革の可能性について幻想を抱くことはなかった。窮乏している他人がかれに相談してきたときに、かれは社会的な責任感で満たされていた。

ウルツィディールは亡命したアメリカで――自身はひどい経済事情にあった――戦後のヨーロッパにいる友人をなんどとなく金銭的に援助した。共産主義についてこの作家はこう判断を下していた。「この社会全体における発展の奇妙さとは、じっさいには古い時代の最後の走者であるのに、共産主義の世界が新たなすばらしい時代のはじまりに立っていると想像したことにある」。

社会に安堵感を大いにもたらすことは可能である。世界の変革のための処方箋を施すことはできる。理念から学ぶことはできる。「しかし、勇気をもつことはわれわれ自身の問題だ。勇気をもつこと、これはだれも学ぶことはできない」。そしてまたも、ウルツィディールのべつの書物で重要な役割を演じているのが貧者である。四年間の小学校時代、ウルツィディールは貧しく、身障者のマストニーと同級であった。最後はみじめなまま死んでいったであろうそのマストニーが、ウルツィディールの長編『失われた恋人』のなかでスヴァトロプク・ヤンダとして復活している。

プラハII、ノイシュタット・アム・グラーベンのオーストリア＝ハンガリー帝国のギムナジウムにおける大学入学試験受験者のクラス写真、1913年6月。最前列の右がウルツィディール。

一九三九年、学校時代とおなじくさらにいっそう貧しく、不幸になっていたマストニーが、この作家の人生を救うことになる。マストニーは、ホテルのくずかごを漁る乞食となり、泥棒となっていたが、ゲシュタポから追われていたウルツィディールを自分の狭苦しい地下室にかくまう。「ほら」とこのチェコ人は長編でドイツ人のウルツィディールに語る。「あいつはきみの国の人間だろ。それにあいつらはきみを煩わすことになるのだ。せめてぼくにはここにわが家はある……ぼくはだれも避ける必要はないからね……きみがほんとうに貧しい犬に思えるよ」。

偶然にも義足をつけ手の不自由なこの男に、この作家は三〇年以上も経って引き合わされることになる。そして偶然の出会いからはつぎの救済劇も生まれた。というのは青春時代の唯一の思い出となっていたのは、罰金支払い命令書のことであるが、それをマストニーが身につけてもっていた。それには五〇回こう書かれていた。「ぼくはおしゃべりしてこっそり答えを教えてはいけないんだ」。そして一九三九年六月三〇日、この命令書をマストニーからもらっていたウルツィディールはイタリアに逃げるために汽車でプラハを去った。かれと妻は偽装の出国許可書で旅行にでていた。かれは国境で神経過敏になってうっかり罰金命令書を検察官の手にそっと握らせてしまった。検察官は笑いころげ、自分の学校時代のことを思い出し、それ以上出国の書類について問いただすことはなく、ウルツィディール夫妻に国境を通過させた。

アメリカへの亡命でウルツィディールはこう書いている。「私が描写するすべての人間はじっさいに暮らしている人間であり、私が報告するすべての出来事は現実のことだった……なにも包み隠すことはせず、暗黒の極まりない深みに射す光のわずかな火花も、あらゆる歓喜の奥底にある苦味も描いた。慰みと陽気さの要素がいたるところで入り混じり、失われたもの、捨てられたものとも共鳴している」。

プラハからもちこんだ信念とはこうだった。「詩作するひとが奉仕する。作家が奉仕するのは真実によってのみである。作家には人間の永遠の呼びかけがむけられる。私の人生をよく解釈できるように助けてください、死んでしまわないように教えてくださいと」。これに告白が加わり、そのあとかれが書くすべてはこの告白に影響を受けている——かれはニューヨークでかれの全著作の三分の二を書いた——「人間に笑いを持ちこまなくてはならない、または泣くことも。そうしてのみ人間は人間的になれるのであり、人間としての証明ができる」。

初期のウルツィディールは表現主義者として出発したが、後期のウルツィディールのことはすでに初期には見えていた。まだアム・グラーベンにある古典語系ギムナジウムに通っているとき、一七歳の少年の最初の詩がハンス・エルマーという筆名で「プラハ日報」に掲載された。学校では三歳年長の詩人フランツ・ヤノヴィッツと友人であり、カフェ・アルコの作家たちとの橋渡しをしてくれた。そこでウルツィディールはマックス・ブロート、エーゴン・エルヴィン・キッシュと知己になった。「アルコナウト」〔アルコの乗り組み員〕としてかれは書いた。

七行を七〇回も、詩人は
二四時間ごとに、仕上げていく
七行を七〇回も、流麗なソネットを、
ぼくにはその滑らかさが怖い。

戦争が勃発した一九一四年にウルツィディールはプラハ大学でドイツ文学、スラブ学、芸術史の勉学をはじめる。かれは『通り』という表題の「交響的な詩」を書き、三年後にかれが編集していたブルノの雑誌「人間」に掲載する。一九一六年から一九一八年までの間、軍に勤務した。一九一九年、ちょうど大学の勉学をやめたときに、「最後の審判の日」のシリーズのなかの第六五巻として最初の詩集『忌まわしきものの転落』がライプツィヒのクルト・ヴォルフ書店から出版された。

寺院の胸壁のキリストのように
恍惚とした人が見捨てられるところで、
ぼくは謙虚であることを学びたいのだ、
そこでは余分なものが見えない跡をたどり
さらに世界の
秘密へと進む。
そこで罪人であるぼくは、鉄製の足場から
下に手を伸ばし
脆い地面を手探りしてみる、
もしや下でだれかがぼくを待っているかもしれないからだ。急ぐのだ。
急ぎ私が曲がりくねりの坂道を下に転げ降りられるように
だれがぼくを円い球にしてくれるだろう。
待つ友の
心に流れ入るように
だれがぼくを激しく燃えあがる小川に溶かしこむだろうか。
たがいに相手の立場で不遜な
手を無知の泉に浸す。

新人のウルツィディールは自らを「宇宙的な理解者」と見なし、画期的な神の理解をもたらすべき新しい関係を詩にもとめていた。「ノイエ・ルントシャウ」誌でウルツィディールは詩人オスカー・レールケによって熱狂的に称賛され（「比較と観念連合のおどろくべき輝かしい束」）、ヘルダーリーンの血縁だと宣言される。

だがなんといっても詩人ウルツィディールがヘルダーリンよりもはるかに親縁であったのは、友人フランツ・ヴェルフェルである。かれがこう書くときは、リルケの調べでもある。

そして木々は夢見る形象のように
捕らえきれないものを指で摑みながら、
道の交差でキリストの磔像にアーメンを唱える、
そして迷わないように道標を示しながら…

表現主義者としてウルツィディールが早熟で偉大であったのは小説の分野であったが、ほとんど認められることはなかった。小説が掲載されたのはウィーンの雑誌「平和」とブルノの雑誌「人間」であり、読者はほんのわずかであった。小説『俳優』では、日本の木版画のなかの人物が無知なヨーロッパの鑑賞者の眼差しから逃れるために、絵の額縁を壊そうとする。小説『枢密顧問官』では、暗殺者が代議士のところに走り寄ってきて殺害することで、かれを疎外から「解放する」とき、暗殺者がまず切望するのは民族であり、共同体である。小説『静かな生活』では、セザンヌの絵画を手がかりに「拘束のない運命のいたずら」における調和が称賛されている。「奇妙なパトスがこれらすべての形象を包み込んだ。自らのなかに際限なく溶解している現存在のパトスが、一回性の結びつきにもかかわらず、簡潔に、そして永遠に包み込んだ」。

小説『バルナバール』でウルツィディールは、巡回サーカスのアトラクションとなっている巨人のことを描いているが、巨人は強いられた秩序から逃れ、演技場の境界線を出ていく夢を見る。観客は境界線に心地よさを感じ、予期されるもののなかに予期せぬものを、抑制された予期せぬものをさがす。「おお、不安げな安全のための飼育係よ。いったいどうなるというのだ、もしも仮の足場から飼育係が座らせた大男が降りてきて、飼育係を、反抗するこの小男たちサタンを払いのけたら」。

ウルツィディールはこう書いている。「バルナバールは、人間が両手に雑誌をもち短刀を振りかざすのを見ていたが、人間には考えることや判断することの底知れぬ深みが分かっていなかった。バルナバールは口から口へとわたっていく軽い小さなボールを見ていた……人間は他人を出し抜こうとして努力を重ねていた。そして隣人の殺人の夜に重苦しい夢を見たからといって、裁判官に自分の身を委ねにいくひとはいないだろう」。

ウルツィディールは巨人を弱らせながら創造の統一という核心にもどらせる。ウルツィディールの物語——本の形で二度出版され、一九二〇年にヴォルフ・プルツィゴーデ書店から『詩』が、一九二二年には『チェコスロバキアのドイツ人の小説家』が出版された——は、尽きることなく、その調べは鳴り続け、その調べはふたたび詩に届く。一九五七年作の後期の詩集『メムノンの巨像』がそうである。

すべての事物の響きが、
すべての歌の根源が始まったのは
瞬時のことであった、という。はじめて
太陽の一撃が若者の肖像に出会ったときのことだ、
その肖像は黒い朝の嵐のなかで叫んだ、
千年にわたって叫んできたのだ、痛みが
輝かしい調べに変わるまで。

日がな一日、巨像は休み、黙している
そして嘲笑され、からかわれても堪えている、
かれの腰、腕、肩に登った者が、
耳のうしろに枯れたあざみを挿した。
だがかれが朝焼けに歌うのを聞く者が、
一番星を見ることはないが、
かれがその調べに没入し、
自ら生きようと鳴り響かせるときはべつだ。

ウルツィディールはすでにかなり早い時期に、表現主義のもつ絵画の描写力と力強さを、かれの詩に書かれている「ほどよく抑制さ

れた力」の形式に反映させることを心得ていた。表現主義の様式で書かれた内容は生涯にわたってずっと有効だった。「境界は破壊されて無に帰す。死は苦痛の自殺で終わる」。小国ドイツのかのゲーテが、ウルツィディールには境界を克服する能力をもつ格好の例となった。

ウルツィディールにはすでに生徒のときにヴァイマルを「聖地として詣でる」という予感があった。プラハのカレル大学でドイツ文学者のアウグスト・ザウアーがゲーテとボヘミアの結びつきを教示していたおかげで、ウルツィディールは生涯のテーマを見いだすことになる。ゲーテは一七回ウルツィディールの国を訪問していた。ゲーテが滞在したのは一一一四日間だった。カールスバート（カルロヴィ・バリ）、マリーエンバート（マリアンスケー・ラーズニエ）、テプリッツ（テプリツエ）、フランツェンスバート（フランティシュコヴィ・ラーズニエ）、エーガー（ヘブ）——プラハ市民ウルツィディールはゲーテの道をたどった。ボヘミアとの関連で作家ゲーテをたどり、カスパル・グラーフ・シュテルンベルクの友人である植物学者ゲーテをたどり、ウルリケ・フォン・レヴェツォウと恋人関係にあったゲーテを、そしてこの恋のドキュメントをたどりながら、『マリーエンバートの悲歌』をたどってみた。ゲーテ没後一〇〇年の一九三二年に、ウルツィディールは最初の著書『ボヘミアにおけるゲーテ』をウィーンのハンス・エプシュタイン書店から出版することになる。

ウルツィディールの最初の著書『ゲーテ』にはすでに、「地下室に学問の部屋をしつらえて」次の著書を出版すると予告があり、アメリカ亡命で出版の目途がたってはいなかったが、その仕事に数十年にわたって携わることになった。『ゲーテ』の仕事がうまくいけば、作家としてもすべて順風満帆のはずだった。ところが再三再四、第二の書を完成できないのではないかという恐怖がウルツィディールを苦しめる。一九六〇年にはこう書きとめている。「恐怖の感情……それはボヘミアのゲーテを終えるまえに死んでしまうのではないかという感情だ」。本は完成し、チューリヒのアルテミス書店から出版され、しかも予期せぬ売り上げとなり成功となった。ウルツィディールは第三の書の仕事をひき受け、今度は包括的な評伝となるはずだった。この仕事は死去のため中断となった。

プラハの作家とヴァイマルの巨匠。一九二二年四月四日、ウルツィディールは抒情詩人ゲルトルート・ティーベルガーと結婚する。このユダヤ人女性にはユダヤ教の指導者である父親がいた。そしてカフカのヘブライ語の教師である兄がいた。新婚旅行先をウルツィディール夫妻はゲーテのヴァイマルにする。ゲーテの超国家的なヨーロッパ精神——これをウルツィディールは実践しようとした。詩作する研究者——これも目指した。ゲーテの場合は汎神論者として自然を畏敬しているが、ウルツィディールは自らのためにカトリックとして自然を畏敬し、ゲーテからアーダルベルト・シュティフターへと橋を架けた。

シュティフターの信頼感のなかにウルツィディールが発見したのは、「自らを天地創造の産物と見ているカトリックがもつ献身性

ウルツィディールは生涯にわたって『ボヘミアにおけるゲーテ』に取りくんだ。最初の論考はウィーンのハンス・オプシュタイン書店から1932年に、この作家の生誕百年記念として出版された。

とおだやかな成果」である。「プラハ日報」でウルツィディールは一九二六年に「現実的な芸術家」の概念について述べている。「しかし真に実践的な政治は……芸術家を、同時性の秘密を嗅ぎつけた人間を要求するだろう。つまり、かつてあったもの、いまあるもの、そしてあるべきものを総合するすべを心得る人間を要求するだろう」。

さらにウルツィディールはその秘密をさまざまな方法で追いもとめる。直接的な政治の領域での解決をさがし、そのためにプラハ出身の詩人エーミール・ファクトーアが編集長をしている「ベルリン株式新報」の特派員として戦った。ヴォルフの電信電話事務所のためにも働いた。一九一八年から一九二二年の間、プラハのドイツ領事館のために通訳として仕え、外交官の信頼をかちとり、一九二二年、チェコスロバキアの国民としてプラハのドイツの外交代表部の広報担当官となる。一九三三年まで、チェコで新しく創設されたドイツ人作家の保護同盟でかれは事務局長となる。一九三八年まで、フリーメーソンの大支部「三つの指輪のレッシング」のもとで活動する「ハルモニー」支部に属し、支部が解散するまで重責を担う地位にあった。

詩集『忌まわしきものの失墜』の出版のあと、新しい抒情詩の作品が出版されるまでに一〇年以上の歳月が過ぎる。作品『声』が、「抒情詩人の連合とドイツ抒情詩人同盟のパンフレット第八号として」出版された。一九三〇年に出版されたこの巻はわずか一五ページである。作家ウルツィディールにとって二〇年代は、観察の一〇年であり、点検、比較、自分自身の立脚点をもとめる一〇年であった。イタリア、フランス、スペインへの旅立ち、老子、ルソー、キルケゴールに親炙。クヌート・ハムスンのなかに「静寂の深さ」を読みとった。プラハの自宅にいるときは、なじみのある故郷ボヘミアの森で長いハイキングを楽しむウルツィディールであった。

プラハに長期に滞在していたハインツ・ポリツァーは散歩のことをこう回想している。「われわれはオーストリア国境に近いところにいた。私に思い出として残っているのは、この世の果てまで通じているように思えた一直線の長い並木道である。それは、カルペンタイヒェンとシュヴァルツェンベルク侯爵によって造られた並木道であり、ウルツィディールはとくにその景色を強調し、しかるべき言葉で悠揚と述べている。かれは歴史的な存在にはきわだった意味づけをし、細部の関連に敬意をはらっていた。そもそも私はかれと散策することが歓びだった。かれの知識は無尽蔵で、ハイキングに同行する者を前にして披瀝することはやぶさかでなかった。だがしかるべき場所では沈黙のままであった。われわれは南ボヘミアの大きな村オーバープラーンにあるアーダルベルト・シュティフターの生家に沈黙のままはいり、沈黙のままその場をあとにした。かれはゲルトルート夫人と私を、かれが崇拝し、自らを土着化させたある場所に案内した」。

　ウルツィディールにはチェコ人とドイツ人の友人が同数ぐらいいた。プラハのブロート、オスカー・バウム、ルートヴィヒ・ヴィンダー、ルードルフ・フックスのほかに、去っていったフランツ・ヴェルフェル、パウル・コルンフェルトもいた。ウルツィディールがとくに好きだったのは、チェコの前衛画家であり、「頑固者」のグループの画家、ヨゼフ・チャペック、ヤン・ズルザヴィなどはかれの友人であった。ウルツィディールの著書『チェコ人の同時代の画家』は一九三六年にブラティスラヴァのフォールム書店から出版された。第二の著書『バロックの銅版画家、ヴェンツェスラウス・ホラー』は、同年にウィーンのロルフ・パッサー書店から出版された。これはメリアンの弟子であり、一六七七年にイギリス亡命中に死んだチェコ人に関する最初の大部なモノグラフィーであり、プラハのオリビス書店で一年後にチェコ語で出版された。ウルツィディールはプラハから逃亡したあと途中滞在先のイギリスに着いたとき、ホラーの本を書き、ロンドンで一九四二年に英語で出版された。戦後かれは三度目となるこのテーマを扱い、「故郷から消えた」ホラーの運命を小説『巨大な一葉』で描き、この表題は一九六二年に散文集に用いられる。

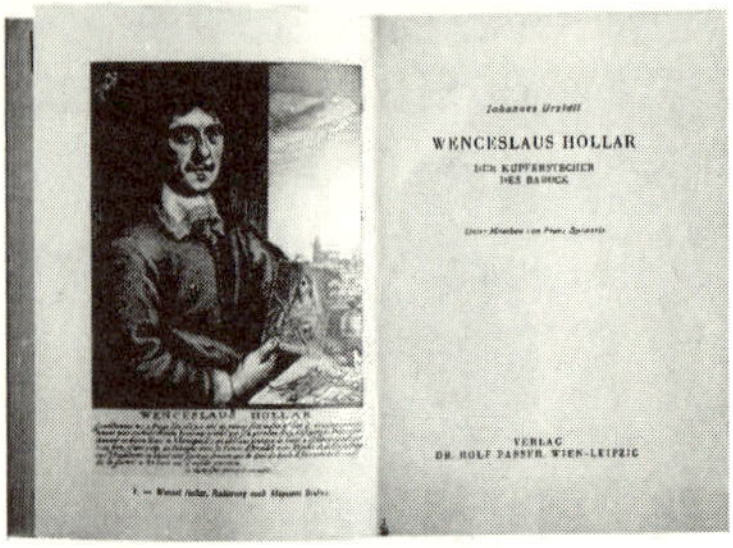

メリアンの弟子で、1677年にイギリス亡命で死んだ、チェコの銅版画家、ヴェンツェスラウス・ホラーに関する最初の大論考。ウルツィディールのこの本は1936年に出版され、118枚のコロタイプ印刷の図版がついている。

　ウルツィディールは母国においてチェコ人とドイツ人の共通の秩序がもたらされるのを夢見ていた。プラハ出身のドイツ公使、ヴァルター・コッホ博士がベルリンでの現実的な判断は、ウルツィディールとの対話によるものだった。ウルツィディールは、文化的、学校行政的な問題におけるズデーテン・ドイツの自立志向の姿勢を支援したが、経済的な自立は拒否した。経済的な観点から「融和された中央集権制」を支持していた。

　「ドイツ系ボヘミア人の精神タイプ」は他のドイツ人の精神タイプとは異なるという見解のウルツィディールに、このドイツ公使は賛同し、「当然にも」自分がヴルタヴァ河畔の新しい国家に属すことに賛成した。ヒトラーが一九三三年に権力の座に就いたとき、ウルツィディールは去った。コッホは一九三五年に年金生活にはいったとき、これ見よがしにヒトラーとの通常の別れの謁見を断念した。争点をでっちあげる場合はあっても、チェコ人とけっして深刻な争点があったわけではない、とコッホは覚え書でふたたびあきらかにしている。

一九三三年、ウルツィディールは外交の仕事を終えて妻とともにボヘミアの森のヨーゼフスタールにもどり、冬だけはほとんどプラハで過ごした。チェコの外務省からウルツィディールは「チェコスロバキア共和国の案内書」の執筆依頼を受け、書き了えたものの出版はできなかった。この仕事の唯一の見本版は現在、遺稿としてニューヨークのレオ・ベックインスティテュートに残っている。トマーシュ・G・マサリクはこの作家に、一八九六年にチェコ語で発刊されたマサリクの作品『チェコの問題』のドイツ語訳を許可したが、この翻訳は未完のままとなっている。

ウルツィディールは1933年に解雇され、ヨーゼフスタールにもどった。1935年、ヴィリー・ハース、パウル・コルンフェルト、エミル・ウティッツ、フーゴ・シュタイナー－プラーク（左から右へ）がそこを訪ね、ウルツィディールが撮影した。ウルツィディールの妻は後列の右から２番目。

しかしウルツィディールがこの本を引き合いにだしてこの国のドイツ人の功績について語るときは、そのドイツ人とは百年まえに「自由意思でボヘミアの侯爵から文化の運び手としてこの国に呼ばれ」、チェコに文化を持ちこんだドイツ人を指していた。のちにウルツィディールがアメリカ亡命でベネシュの政策を支持したとき、議論の様相は一変した。「チェコ人は第二次世界大戦後かつてのドイツ文化の運び手に民主主義を持ちこまなくてはならず、かれらに民主主義を教えなくてはならなかった」。

ウルツィディールが一九三三年から一九三九年までプラハに滞在したドイツ人の亡命論争に介入しなかったのは、かつてのドイツの広報専門官を信用しなかったひとがすくなからずいたからだった。故郷に隠れ家をみつけていたヴィリー・ハースとパウル・コルンフェルトのみが、ウルツィディールに味方した。ヒトラーのドイツとチェコスロバキア共和国の間にあった極度の緊張の時期、つまりミュンヘン会談の直前に、ウルツィディールへの不信感はチェコ人に飛び火した。「九月危機がはじまったとき、かつてのドイツ広報専門官である私はチェコ警察によってベッドから呼び出しを受け、スパイ容疑で逮捕された」とこの作家は報告している。プラハの外務省にいたチェコ人の友人が介入してすぐに効果があり、「同日のうちに釈放された」。

ウルツィディールは「アメリカの総領事館で移住の登録ができた」。亡命している非政治的なドイツ人作家でさえも政治に「立ち向かい」、雑誌や行事で政治的な立場を表明し決議文に署名することもあったが、ウルツィディールの場合は、自国とドイツの相互理解に長く影響を及ぼした政治を無視した。かれは亡命新聞に寄稿することは一度もなかった。しかしかれは書いた。執筆の立場には、芸術と自然が結びつき、人間の反自然志向を恐れて自然を保護する姿勢がみられた。

ウルツィディールは一九二四年にプラハの記念式典で、死去したカフカの追悼演説をしているが、三〇年代にはいるとカフカの恐怖の形而上学にはいり込む。「私の人生は恐怖である」とカフカは書いていたが、ウルツィディールはこう付けくわえた。「私の人生もそうだ」。のちにアメリカへの亡命でウルツィディールは自分の恐怖のはじまりの日付をさがし、それを三〇歳の時点とした。「それから私の人生はほとんど日々、死の形相のもとにあった」。プラハについたときもウルツィディールは、すべての知のはじまりは驚きからとするアリストテレスのテーゼに反対した。「アリストテレスは根源にまで達していない。驚きのまえに恐怖があり、恐怖のまえに弱さがあるからだ。弱さ——恐怖——欲求という極限の状況から、考えが生まれ、策を弄し、奪い取り、意のままにし、利用することになる」。

ウルツィディールは三〇年代のプラハが無気力とともに脆弱になるのをはっきりと自覚していた。「芸術の唯一の大罪は、根源的に神に似ている人間精神に逆らうことである」。アーダルベルト・シュティフターのこの告白文をウルツィディールは逃亡用のバッグとともに携行した。ウルツィディールは、シュティフターの少年期を題材にした小説を書きはじめる。前に突き進むウルツィディールは、シュティフターが自分の生まれた国を回顧している姿を描くとき、将来の運命を予感してかれの心情は共振した。「境界に沿う通りの高みにかれは立ってみた。ボヘミアは広々とよこたわり、かれの後ろにはすでに手の届かないほど一面にひろがっていた。これが約束の地となるだろう……小説に書いてみよう」。そしてウルツィディールの父親の生誕の地を蘇らせる小説『最後の客』にはこうある。「人びとはべつの土地にはいりこんだ。そこではノスタルジアはかれらの栄養、想い出、強さとなる……」。

ウルツィディールはプラハでアメリカ合衆国への入国書類を待っていたがむだであった。ドイツ人がチェコスロバキアのズデーテン以外の地域を占領したために、ウルツィディールは妻とプラハに住み着く。ウルツィディールはゲシュタポから追われ、偽造パスポートで出国する。かれのもとにいるのはゲルトルート夫人、二人は資金のないまま逃亡した。バリカンファイバーのトランクに携えていたのは、一五六八年にヴィッテンベルクでハンス・ルフトによって印刷された聖書で、アウグスト・デス・シュタルケン所有のものだった。一九一三年版のカフカの『考察』、三巻本のシュティフターの『ヴィティコー』、シュティフター自筆の手紙、ゲーテの手紙ならびにギリシャ語版のホメロス。ウルツィディールはこう記している。「オデュッセイアは、最後まで執着する敬虔さを歌った高雅な物語だ」。

逃亡の経路はトリエステ、ヴィチェンツァ、ブレッシア、ミラノを経てジェノバに向かうルートである。ロンドンには成功していたウルツィディールの妻の妹が滞在し、経営する会社では夫妻を政治的に危険に晒されている人物リストに載せていた。ウルツィディールはイギリスのビザは取得したが、スイスとフランスの通過査証は拒否されたため、唯一の可能性はジブラルタル経由の航海ルートとなる。そして筆名ブライアーとして知られていた女流作家のウィニフレッド・マクファーソンに電報を打ち、援助を乞う。ウルツィディールが一九三九年から手紙で連絡をとっていたこのイギリス人女性は、船会社キュナードラインを所有していた家族の一員であり、数か月前にチェコスロバキアからきた困窮する人びとに尽力していた。ブライアーはさっそく船の渡航費用を払う手配をした。

一九三九年七月二九日、ウルツィディール夫妻はジェノバでオランダの汽船クリスティアン・フッゲン号に乗り込む。八月一日、夫妻はサウサンプトンに到着し、一二時間後にはロンドンにいて、駅ではブライアーの弁護士が待ち受けていた。その弁護士がロンドンでの宿泊の世話をし、ブライアー夫妻がふたりに毎月の年金を支払うと伝えた。生活費はアメリカ合衆国に渡航するまでの一年半の間、保証された。

ロンドンに到着して一か月後に戦争が勃発し、ウルツィディール夫妻は田舎のグロスターシャーのヴィニー・ヒルに引っ越した。型破りの英語を話していたウルツィディールは、英語を学びはじめる。ウルツィディールは一九四五年以降にヨーロッパ本土に訪問者として帰還するが、作家として英語に鞍替えしようと思いをめぐらすことはなかった。

ウルツィディールはこう言う。「ドイツ語は私の愛する言語であり……私の存在にとって重大な要素であり、たえず生き続ける母である。私は、亡命の苛酷な時でも、私の書いたものがなにひとつ出版の見通しがなくドイツ精神がひどく不気味であやしげな時でも、ドイツ語との絆が強固であると公言してはばからなかった」。かれはこう付け加える。「私がとくに気がかりなことは、わが言語を用いる人間のことである。べつの言語を用いる人間にたいする心配などはないが、わが言語を用いる人間の多くは、時効の対象とはなりえない、つまりかれらがこの言語精神に及ぼした罪の陰にいたことがとりわけ気がかりな理由である。というのはこの言語にはある民族の道徳が含まれているからだ。罪は共有するものである。偉大な宗教はだれにもどれほど重大な責任があるのか、自分自身だけではなく、隣人にも責任があることをはっきりとわれわれに認識させてくれる。というのは——使徒が言うように——われわれはだれも自分だけで生きているのではなく、自分自身で死んでいくわけでもないのだ」。

女流作家ブライアーにウルツィディール夫妻が会えたのは、よう

『喪服』。アーダルベルト・シュティフターへの告白。ウルツィディールは、戦時中ずっとシュティフターの青年期に関する小説を書き、その69頁の作品のなかで文章を磨いた。1945年にニューヨークで出版された。

やく合衆国に旅立つ直前のことであり――ウルツィディールの衝迫の思いに駆られてのことだった。彼女はウルツィディール夫妻を困惑させようなどとは思っていなかった。ブライアーの援助は、ウルツィディールのアメリカ亡命の初期まで続く。イギリス亡命中のウルツィディールは、シュティフターをあつかった小説『喪服』を書き続けたが、これは一九四五年になってようやくニューヨークの亡命出版社、フリードリヒ・クラウゼによって出版された。六九ページの小説はなんども彫琢することで傑作となった作品であり、その執筆は――かれがなんどか表明しているように、かれが文学的に生きのびるためには本質にかかわるものだった。

「この小説の表題には幾重にも象徴的な意義がこめられている」と、『喪服』について述べている。「シュティフターは『喬木林』で蝶のことを描いている」。「岩の裂け目に身をかがめ、しばしば氷と雪で凍てつき、このもろい生き物は森の厳冬を生きのび、そのあと約束された春を迎えるのだ」。ウルツィディールはこの小説で『もっとも純粋なものともっとも愛おしきもの、消えないものと失われることのないものを自分のなかで、そして他人のために鼓舞したかった』。

ナチズムにたいして作家ウルツィディールは、ある比喩を用いて返答する。一九四一年にバーゼルの国民新聞に掲載され、その後ふたたび一九六二年に小説集『象の新聞』に入ることになる小説『ライオン使いの夢』によって答えた。つまりウルツィディールは読者に紙商人の息子と対決させる。ボヘミアの田舎町出身のこの息子は禁止だらけの環境で育ち、猛獣使いとしてサーカスという仮象の世界へ逃げ込む。息子は子どものときに無意味な命令で苦しまなくてはならず、「命令と禁止への抑えきれない愉悦」をふくらませる。むろん息子がこの愉悦を満たせるのは唯一、ライオンの調教であり「毎晩とるにたらぬみじめな存在」に恐れをいだくことになる。

調教師が夢のなかでライオンと交わす対話は、かれのなかで否定されていた自然との対話とおなじである。ここでウルツィディールは、人間は醜い社会にたいする恐怖や脆さから自然を侵すことにさほど言及せず、言明しているのは、人間は社会の内部で存立できるように、自然にたいする恐怖や弱さから自然を濫用せざるをえないということである。ウルツィディールは、人間にはファシズムによる弾圧をはなれても、これと似た弾圧の形態を可能にする姿勢があることをくりかえし指摘している。破壊されること、そして破壊することは、ウルツィディールの場合つねに個人のなかの関連で捉えられている。

イギリスでウルツィディールが同調したのは、ヴェンツェル・ヤクシュの指導でなされたズデーテン・ドイツ人の社会民主主義的な亡命ではなく、ベネシュの解放運動であった。この運動は一九三九年一二月にイギリスによってまずチェコスロバキアの国家委員会として認められ、つぎに一九四〇年七月にチェコスロバキアの暫定政府として、最後は一九四一年六月一八日に公式の亡命政府として認められる。ウルツィディールが見なかったもの、そしてながいこと認めたくはなかったもの、それはズデーテン・ドイツ人を戦後チェコスロバキアから追放したベネシュの断固たる決意である。ベネシュはすでに一九三八年に強制移住を自分の政治的な信念として受けいれていた。

ベネシュのグループとの接触を仲介したのは、ウルツィディールのかつての学友であり、マサリクの息子ヤンのメンバーであるヤン・ゲルケである。一九四〇年一月二五日、ウルツィディールはエドゥアルト・ベネシュの甥、ボフシュ・ベネシュと出会うが、かれとはアメリカ亡命で再会することになる。一九四〇年三月二七日、この作家はロンドンでベネシュ大統領に迎えられる。チェコの亡命雑誌「チェコスロバキア」と「セントラル・ヨーロピアン・オブザーバー」の公式特派員としてウルツィディールは合衆国に赴くが――そのあときらかになるように――乏しい固定給では生活できなかった。

ウルツィディールの渡航費用を賄ってくれたのはまたもイギリス人のブライアーだった。ブライアー家所有の汽船会社キューナード・ホワイト・スター・ライナー「ジョージク」号によってアメリカに搬送されたのは、作家夫妻だけでなく、イギリスの銀行の金貨も運ばれた。この船舶――護送船団によって安全は守られた――はウルツィディールの言葉によれば、「ドイツの潜水艦の特別の目標」となるが、その魚雷が目標物に達することはなかった。一九四一年二月一一日午前一一時、「ジョージク」号は予定の航行距離七二〇〇キロメートルより八〇〇キロメートル長いジグザグの航海でニューヨーク港に入った。

ウルツィディールがカレンダーに記した最初のメモはこうだった。「書類手続きにとられる時間はすくない。三時にブロードウェイ近くのホテル「タイムズ・スクエアー」（ニューヨーク・タイムズの隣の建物）に投宿……途方もない明かりの充溢、摩天楼、豪華な店と食べ物屋。人の群れ、驚くべき交通量、物価の安さ……生活欲、信じがたい物欲」。翌日にはこう記している。「何時間も住居を探す」。その翌日にはニューヨークの居住区ジャクソン・ハイツに二家族用の家の上階を月額五七ドル五〇セントで二人のために借り、ようやく一九五〇年三月にキュー・ガーデンズの持ち家に越す。

アメリカで生活をはじめてからもイギリス人ブライアーがまたも保証してくれ、ウルツィディール夫妻のために一六〇〇ドルをニューヨークの銀行に預けてくれた。さらに危機的な状況になればウィニフレッド・ブライアーが夫妻を助けるはずになっていた。感謝の意からウルツィディールは、貧しいなかでこの女性士爵に三冊献呈する。『失われた恋人』、『ボヘミアのゲーテ』、小説集『誘惑』。

ベネシュの亡命運動の内部でウルツィディールがなんども強硬に主張したことは、解放されたチェコスロバキアでズデーテン・ドイツ人に致命的な弾劾を加えないように、ということだった。ウルツィディールが一九四一年八月にニューヨークの亡命新聞「アウフバウ」で、ズデーテン・ドイツ人の強制移住を公式に「有効ではない」と言明して、ニューヨークのチェコ外交官から激しく攻撃された。ようやくロンドンから亡命政府の合図が送られウルツィディールへの攻撃は中止となった。ベネシュ・グループは強制移住にたいしひそかにアメリカ人の賛成をえようと模索していたが、ドイツ

1966年、プリンストン周辺で妻と一緒のヨハネス・ウルツィディール。第２次世界大戦中にカール・ツックマイアーはこのプラハ人をなんどもヴァーモントの自宅の小さな農場に呼び寄せた。

語を話すチェコスロバキア人として、ベネシュのグループと盟友関係にあるウルツィディールは格好の人物であったのだ。しかしベネシュはリスクを冒そうとはしなかった。というのはウルツィディールはドロシー・トンプソンと良好な関係にあり、彼女はかつてドイツでアメリカの特派員であり、多くのドイツ人亡命者の支援者であったが、またしてもホワイトハウスと良好な関係を築いていたからだ。一九四二年にウルツィディールが「アウフバウ」に書いたことは、ベネシュの基本方針を土台にして「築かれた将来のチェコスロバキアの政治体制は堅固に基礎づけられた、決然たる民主主義を保証する」ものだった。この作家が強調したのは、戦後は「ズデーテン・ドイツ人の民主主義の教育」が必要だということ、そしてかれがこのような計画は「まったく絶望的」ではないと見なしていたことだった。亡命外交官との対立のあとにウルツィディールを受け入れたヤン・マサリクは、この作家を宥めることができていた。

　ベネシュがニューヨークにやってきたとき、ウルツィディールはウォルードルフ・アストリアにおける歓迎会に参加し、そのうえ大統領による個別の対話に迎えられる。ベネシュがルーズベルト大統領からズデーテン・ドイツ人の移住にたいする賛成を得ていたことを、ベネシュはこの作家に隠しとおす。ウルツィディールは戦後に苦々しくこう書きとめている。「チェコスロバキアには共産主義が定着するだろう……ベネシュの悲しむべき役割」。

　月収を約百ドルかせぐためにゲルトルーデ・ウルツィディールは一時間五〇セントで子どもの世話をしていた。ウルツィディールは革のケースを製造したが、革細工の才能を発見したのは、彫刻家のベルンハルト・レーダーへの友情から、『ガルガンチュアとパンタグリュエル』の古いラブレー版の縁がぼろぼろになっているのを革装にしたときのことである。そのときから革ケースを販売用として製造することになり、一度クリスマスの前に三六〇個の注文があり、それをひき受け健康を害してしまう。堅実な職業をさがしたがむだであった。

　なんども憂鬱な状況から救出してくれたのは、ドロシー・トンプソンと結婚していたプラハ出身の画家、マクシム・コップ、そしてカール・ツックマイアーだった。ドロシー・トンプソンは森におおわれたバーモントに別荘をもち、対になっている農場をもっていた。ツックマイアーはちょうどその近くにある小さな農場を自由に使わせてくれたことで、この二箇所がウルツィディール夫妻には気分転換となり、ツックマイアーはこのプラハ出身者を長い徒歩旅行に連れだしていた。

ウルツィディールは倦むことなく『ボヘミアのゲーテ』を書き続ける。詩も完成し、その多くはのちに『メムノンの巨像』の巻にいれられ、一九五六年にオーストリアのベルラント書店から出版された。ニューヨークで生まれた短編小説は、時間不足のために全体の構成がまとまらないまま完成したものである。作品を出版する試みは、ほとんど全部頓挫した。残念ながらウルツィディール夫妻を心に留めたのはべつの亡命者だった。それはニューヨークで「エディシオン・ドゥ・ラ・メゾン・フランセー」の社長をしていたイーヴァン・ゴルであり、文化誌「半球」でウルツィディールの二作品を出版できるように尽力した。一冊はゲーテに関する作品をフランス語で、もう一冊はカフカに関する作品を英語で出版した。

終戦後ウルツィディールはファラー&シュトラウス書店のために原稿審査の仕事をする。そのなかにはドイツ人のハインツ・リッセの作品『地面が揺れるとき』もあった。最終的にウルツィディールは詩人ハインツ・リッセのおかげで、ニューヨークで印刷されないままのプラハの作家で終わらずにすんだ。またリッセは、ウルツィディールが一九五三年の最初のヨーロッパ訪問のさいにゾーリンゲンに訪ねた詩人であり、リッセの尽力で『失われた花嫁』の原稿が出版社に採用されることになった。一九四六年にアメリカの市民権を獲得したこのニューヨーカーに、ドイツの雑誌とラジオ局への門戸を開いた人物もリッセであった。

ウルツィディールが一九五三年に最初のヨーロッパ旅行に出発したとき、またもや経済的な困窮に陥っていた。ほかのヨーロッパの亡命者とおなじくマッカーシーの赤狩りの追跡を受け、「アメリカの声」から「ラジオ・スクリプト・ライター」と「ラジオ・インフォメーション・スペシャリスト」の職を解かれていた。この職には二年前から就き、ウルツィディールにはじめて経済的な安定をもたらした職だった。

ウルツィディールの支援者のひとりがハインツ・リッセであれば、もうひとりは「新チューリヒ新聞」のH・ヤコビであり、かれらは長編『失われた花嫁』の二〇世紀ドイツ文学における意義を認め、絶賛する書評を書いた。その書評は、ローザンヌのシャルル・ヴェイヨン文学賞という輝かしい賞をウルツィディールが受賞するにさいし決定的な後押しとなった。ランゲン－ミュラー書店には、一九五六年の一二月になってもこの小説の「少々の売り上げ」があった。一九五七年五月、スイスの文学賞がウルツィディールに授与さ

プラハ出身の画家マクシム・コップと結婚していたドロシー・トンプソンには影響力があった。1928年にコップによって描かれた。ウルツィディールは、ドロシーのヴァーモントのトゥインズファームで、第2次世界大戦中に保養した。このすぐ近くにツックマイアーの亡命先の住居があった。

れ、売り上げのカーブは飛躍的に上がり、チューリヒのアルテミス書店が第二の出版社となって、それまで大幅な売り上げを約束できなかったウルツィディールの作品も印刷することになった。

ウルツィディールが最初のヨーロッパ旅行からニューヨークにもどると、友人からの連絡で、「アメリカの声」のために「フリーランスのライター」として勤務を続けられることが分かった。『失われた恋人』の成功のあと自ら「フリーランス」の立場を辞めようかとなんども思案する。だがゲルトルーデ・ウルツィディールが重い病気にかかり、失明の危機が忍びよってくる。ようやく二回目の手術で視力がもどると、この作家は高額の治療費と病院代を支払わなくてはならなかった。ウルツィディールは死の一年前に「アメリカの声」の仕事をついに辞めることになる。ゲルトルーデ・ウルツィディールはこう書いている。

われわれを結びつけるのは心の叫び、だけではない、
われわれをひとつにするのはわれわれの街、
モーツァルトが活躍する、スメタナが創作する、
塔がフーガの合唱で歌う街だ。

子ども時代、われわれはいっしょではなかった、
いまは誇らかな街の地形があり、
そしてわれわれが学校へと走り過ぎた小路がある、
そして休暇のときの尽きせぬ嬉しさよ。

しばしばいつもの劇場がわれわれを
天国と地獄の詩に誘う、
奇妙な運命がわれわれに触れるまえに、
運命のいたずらが日差しに傾きをあたえた。

われわれがふざけ、悩むことがなければ、
ともにわれわれは時代によろこんで誓おう、
われわれはふたりして同じ道にいて、
永遠の子ども時代に耳をかたむけているようだ。

ウルツィディールの回想にはこうある。「私のキリスト教信仰がユダヤ教の知識が増えることで地下室にもぐっている間に、妻のユダヤ教には非の打ち所がなくなった。われわれが嘆いているのは、目的によって宗教の所属を替えてしまったり、真剣に考えなかったり、まったく忘れてしまったりする輩すべてのことである。というのはわれわれはこう確信しているからだ。個人の生活、いかなる人間共同体の存在も、そして共同体も互いに宗教的―道徳的な基礎を欠くわけにはいかない、と。そして誤解、敵愾心、世界の戦争が宗教の戒律を無視することで惹き起こされると確信しているからだ。この戒律に役立つのは場合によっては外面の仕事だけが有効かもしれないが、じっさいには戒律を無効にしてしまう。ただ愛と無私の精神によってのみ真実の人間があきらかとなる。これが真実のユダ

ヤ教であると同時に真実のキリスト教である」。

ウルツィディールがニューヨークを総括するときはきまってまずこのような確信にもとづいていた。「私のいとこ、友人、知人の範囲でドイツ人の責任によって、そしてドイツ人によって殺害された人間の数は、百人にのぼる」。そして告白となる。「聖なる故郷は内面的なものだ。世界中で故郷をもっていない人は、権力をにぎってはならない、たとえその人が一生の間、権力に惚れこんだとしても。だが故郷を自らのなかに内包する人は、故郷から抜けでて地上のすべての祖国を知ることができる」。

ボヘミアが仮構のものとなり、「ボヘミアの村」――失われたもの、幻想的なものと同義である――が広まったときに、仮構のものがウルツィディールのボヘミアの詩作とともにふたたび生きた現実となった。『失われた恋人』(一九五六年)、『プラハの三枚折聖画像』(一九六〇年)、『象の肩肉』(一九六二年)、『誘惑』(一九六四年)、『カフカが行く』(一九六五年)、『分捕られた女たち』(一九六六年)、『あなた、ローラントなの』(一九六八年)、『プラハからは父性的なもの、ニューヨークからは手作業』(一九六九年)、ならびに遺作として『最後の福引き』(一九七一年)、『あしたぼくは帰郷する』(一九七二年)、『ある衒学者の告白』(一九七二年) などの本で、ウルツィディールはふたたび西洋的な文化世界を中心都市プラハとともに構築し、アメリカと結びつけた。

1951年からウルツィディールはニューヨークにある「アメリカの声」のラジオの台本作家として勤めた。2年後赤狩りを進めるマッカーシーは、ウルツィディールを解雇するように手配。3年後にウルツィディールは『失われた恋人』によって戦後初の成功を果たす――60歳で。

いつかヨーロッパ精神が「アメリカで新しい血と新しい果実とともに花開くかもしれない」と、すでに一八世紀に語ったのはヘルダーではなかったか。ウルツィディールは、技術の進歩の神聖化において「神からの離反」をもはや悲劇とは感じずに、この「神からの離反」を行動の原則と宣言することに傲慢な人類の姿を見ていた。このようにウルツィディールは、すでにプラハで中性子理論を発見したアインシュタインの崇拝者たちとはまったくちがった見解に立っていた。ウルツィディールにとって重要なことは、この理論によって「ヨーロッパ人には聖なる因果関係が心地よく振動」させられることだった。

ウルツィディールはアメリカ小説『偉大なハレルヤ』で、学者のポポフスキーに学問的な認識の有効性に疑問を抱かせている。「三つの原則をあなたは分からなくてはならない。まず第一に、認識が有効なのはつねにある境界内のみである。第二に、長いこと有効だった認識は徐々に力を使い果たしていく。最後に第三は、認識が個々において正しい場合でも全体では誤っているかもしれない」。

『偉大なハレルヤ』の登場人物の作家ヴェーゼリッツはあきらかに、ウルツィディールのことである。「もしもかれが工芸にたずさわらなければ、ヨーゼフスは著作の仕事をしていた。かれの言語の読者に繋ぎとめられて虚空にむかって書いたのだが、その読者と、かれの受け入れ国は戦争中であった……」。ヴェーゼーリッツは妻エヴァとともに、さしたる期待も希望もいだかずアメリカにやってくる。「かれとエヴァは、いわば政治テロの差し迫った攻撃には反射的な行動をとることで救われた。かれらは救済されたうえに『とくべつの』要求をかかげる人間のように幻滅することはなかった……」。

ウルツィディールのことをそれまで知らなかったアメリカ人に、長編が伝えていることは、ウルツィディールの全作品はヨーロッパ人にむけて書かれていることである。つまり、きみたちはユートピアに憧れているようにまだ過去にあこがれている。しかし読者に提供されているのはノスタルジーの時間ではなく、見捨てられた歴史の真実との接点である。アメリカの農家の娘のことを物語っている『偉大なハレルヤ』では、しかるべき自然のなかで、アーダルベルト・シュティフターとアメリカ人にとってのシュティフターであるヘンリー・デイヴィッド・ソロー（一八一七―一八六二年）の間に連携が築かれている。

この長編の核心となる文はこうである。「われわれは司法によって生きているわけではない、恵みによって生きている」。これはソローの文であるが、この文の出典は「ローマ人への手紙」である。「というのは、罪はあなたがたを支配することができないからです。なぜというに、あなたがたは律法のもとにはなく、恵みのもとにあるからです」。

ソローの文はウルツィディールの『プラハの三枚折聖画像』の核心部にも出てくるが、これはプラハで逝去したモデル、ヴァイセンシュタイン・カールの視点からその人生をふたたび紐解こうとして書いたものである。「そして私はあなたにお願いします。あなたが私の言葉を清書するときは、けっして表現主義的なもの、詩的なものにだけはしないでください、魔術的なリアリズムに仕立てないでください。このような真実から形式へと逃亡するすべての臆病な試みもやめてください。破格の文、省かれた述語、自由なリズムからなる叙述のスタイルはやめてください。すべて日常表現の散文で書いてください……」。

ヴァイセンシュタイン・カール――この人物はチャスラウ出身の零落した飲み屋の亭主の息子で、黄金の夢を見ながら黄金のプラハに行くのであるが、カフェ「エディソン」で、ボーイがさまざまなソーセージがのっているパンを給仕するのを、あこがれの眼差しで追う。「パンが、サラミパンや淡い褐色のチーズとともに皿にどっさりとのり、海が銀色に反射しているように逆立ちしているオイルサーディン、萎えた胡瓜のエメラルド、そして巻かれたアンチョビがのっている。さらにチョウボクの実のジャム、これらは自然の驚異であり、深い経験を積んだ料理長が世界中からとり寄せたものだ。スイスのエメンタールの牧草地、青い地中海、ハンガリーの草原、ボヘミアの小麦畑、プロバンスのオリーブ畑から取り寄せられ、自転する太陽の光のもとで熟成され、浄化され、多くの国民や民族の知恵と苦労によって作りあげられたものだ」。

ヴァイセンシュタイン・カールが直接見たのは、共和国誕生のときにチェコ人がかれらに押しつけられたキリスト教徒と一緒に、ハプスブルク君主国の象徴であるプラハにあるマリア教会の円柱をひき倒す様子だった。「……勝利を収める革命の合図として旧市街のリングにあるマリア教会の円柱が転覆されたその日、私は転倒なんてなんの意味もないと大衆のなかで喚いていた。凶暴になった愛国主義者がなん人か私を追ってきたので、私はアイゼンガッセを過ぎてアーケードのある家屋へと逃げていった……」。

ヴァイセンシュタイン・カールはプラハの表現主義者にはたえずその伴走者であったのだが、『プラハの三枚折聖画像』ではこの表現主義者の真実を、ウルツィディールがあきらかにした真実によって抹殺した。「いかなる人生も失敗である……ふり返ってみれば、私はただ時代そのものであったように思える、その分裂、葛藤のなかにいたようだ……私は思い違いをしていたかもしれないが、すべての人間とすべての世界の歴史は過渡的な歴史にすぎない、つまりこれが人生である、と私には思える……私の小説も人生の猶予期間との戦いにおいて他人に役立っているかもしれない」。

最後にこのヴァイセンシュタイン・カールは墓掘人のなかにいた。「しばしば私は見知らぬ墓に一時間ほど座り、考えることもなく耳を傾け、墓にわが人生をそのまま贈り、草や花にふれることはしなかった、名前があっても雑草とよばれている草にも手を触れなかった。これがわが人生で罪を犯さなかった唯一の時間だったようだ」。

『失踪者』によってアメリカをボヘミアに連れてきたフランツ・カフカ、このカフカをウルツィディールはアメリカに連れて行く。「八〇年以上もカフカはずっと庭師としてロング・アイランドに住んでいた。すでに四〇年前にかれは死んだといううわさが広められ、かれの逃亡が気づかれなかったことにかれは満足していた」。ウルツィディールのカフカには息子と孫がいた。かれは「庭をもとめようと決めた、柔らかい法則を、明快さを、つまり秩序立てるもの、秩序立てられたものをもとめようと決めた。だがそのさい生き生きとした自由において発展するものをもとめようと決め、食物が役にたつ人間の仕事を、真実によって、まさにそのことによって仕事自身に役にたつ人間の仕事をしようと決めた」。ウルツィディールのカフカ——小説『カフカの逃亡』において——は、ときおり新聞紙上で名前が出ると、笑いながら物思いにふける。「私の考察によって首尾よく出世した人間がいたようだが、そのなかには教授さえいた……」。

ウルツィディールはかつてカフカについてこう書き留めていた。「いつも私が驚かされたのは、かれには自然認識のあらゆる方法、そして自然の事実、現象、事象の認識が欠けていたことだ。風景はかれの作品にはでてこない……二、三のプラハの街角に関する断片的な思い出があるだけだ」。ウルツィディールはカフカとは反対の視点から詩作する。ウルツィディールの小説『国境地帯』にはこうある。「この果てしない帝国にかつて私という名前の人間がやってきた。外部でべつの名前をもっていたようだが、これは本題とはいっさい関係ない。私はこの国の首都からやってきた……」。

マハトマ・ガンジーがはっきりと自分の模範と呼んだソローの提案した新しい可能性は、アメリカにとっていまだにその選択肢となっているが、そのアメリカの二重性について、ウルツィディールは『偉大なハレルヤ』のなかで書いた。アメリカ人の性質についてウルツィディールはこう記述している。「もしもだれかが森がすきという理由で森のなかを歩けば、浮浪者として軽蔑されるだろう。だがかれがどうやってこの森を切り倒し、土地を予想より早く不毛にできるかという思いで終日過ごせば、かれは勤勉で意欲満々の市民だと評価されるだろう」。

ウルツィディールのアメリカとの出会いはたえず公正であり、アメリカを切りはなしてヨーロッパと対立することはせず、ヨーロッパとの対としてアメリカを見ていた。自身の課題は、「人類の自殺を防ぐ」ために「精神を意識する存在者として世界を維持する」ことだった。ある小説にはこうある。「世界は橋である。橋を越えていけ、しかしその上で腰をおろすな」。ある手紙にはこう書いている。「『自然』が技術にたいしてときおり『ノー』を言えれば嬉しいのだ」。

ウルツィディールはこう書いている。「アメリカ、変化と活発な文明の国では、どこでもごみバケツがきわめて効率よく生産されるが、それが完全に使用され、理解され、把握され、そして体験されるまえにすべてが終わることになる、なぜなら急に退屈になりはじめるからだ。ちょうど政治家に飽きたり、コーヒーのサービスに飽きるように」。小説『鋼鉄の宮殿』ではこのような考えが浮かんでくる。「鋼鉄でできた宮殿でさえも鋼、電気、そしてきわめて厳密な計算からできあがり、完璧に組み立てられているように眼に映るが、それはかならずしも信頼が足りているわけではない。残念ながら、やれやれというべきだろうか。この『やれやれ』という言葉は稲妻のように私にはしばしば突然口をついて出てしまう、というのはいかなる神学的な神の存在証明よりも説得力があるからだ」。

ウルツィディールが小説『最後の客』で健全なボヘミアの田舎生活を描写するとき、そのきびしい一面も覚悟されている。「さしあたり農夫たちはまだここでは動きが活発であるが、その風景は空気、光、陰、水、動物によって、そして成長、変化によって、悪天候のきびしさと湿気によって生み出されるものである。そしてあらゆる産物とその要素にある、独自の活動をする特別の秘密によって生み出される。他のものに寄与しなかったものはなく、また他のもので寄与しないようなものはない」。相互の寄与によって風景の詩を寓話につくりあげ、ふたたび現実に解き放つ。

ろうそくの明かりがやっと届くところにいる少年が「家に帰りたい」と言うと、「でもきみはいつも家にはいないじゃないか」とその男は言う、「こんなこと特別でもないが」。このように小説集『最後の福引き』にある。

小説『古い手紙』にはこうある。「だれもがはっきりと目にみえる罪をひきずっているものさ。しかし最高の人間でさえも、いやそういう人間だからこそ罪を重くひきずっているのさ、間接的な、けっして見分けのつかない、けっして判決の下せない罪を引きずっている。判決が下す償いを人間はいつでも、判決がもくろむ個々の行為とは関連づけずに、自分の全存在と関連づけなくてはならない」。

このようにウルツィディールが書くときは、自分自身のことを考えている。「私は子どもの頭のなかの小さな闇のことを思い、隠れた闇、ツバメの胸にある夜の棘に思いを馳せる」。なんどもかれの作品には狙いを償いに定めて書かれている。多くの人間が罪から逃れるからこそ、償われていない罪を担うことが課題となっている。ウルツィディールにとってはこうである。「神は言う、待つことそのものが解決を延ばす」。

この待つことがある物語となって、こう描写されている。「あなたの夫の職業はなんですか。——かれですか。なんにも。——なぜかれは午後遅くでも寝ているの。——おとといからそうですよ。——かれがおとといから寝ていると思っているんですか。——かれは死んだままですから。ストーンライトが安楽椅子から飛びあがった。それでもあなたはリストバンドをずっと編んでいるんだね、とかれは叫んだ、あなたはカフェバーにいくの、だれにも声をかけなかったけど」。

ウルツィディールは一九七〇年に七回目のヨーロッパ旅行でハンブルク、ブレーメン、ケルン、ウィーンを訪ねた。ウィーンからローマに飛行機で行き、到着直後の一九七〇年一一月二日に死去した。カンポ・サント・テウトニコに埋葬された。かれの願いは、かれが言っているように、若者が「形而上的なこと、つまり個々の生活をこえてすべての罪を克服すること」を認識することにあった。「人間の共同体への欲求、孤独への欲求はそのまま残るだろう。その結果、つまり自由、さまざまな自由への欲求が出てくる。残るのは愛すること、心情を打ち明けることへの渇望、そして愛され、受けいれられることへの憧憬である……」。ウルツィディールの『プラハの三枚折聖画像』のなかでチェコ人女性ヴラスタはヴァイセンシュタイン・カールに大声で呼びかける。「民族の兄弟となるためにプラハ城に来てください！」。この呼びかけは作家ウルツィディールには実現するはずもなかった、というのはかれのドイツ語作品がチェコ人ヤロスラフ・サイフェルトのチェコ語の詩作にたいし対等の意味をもち、ボヘミアとのあいだでふたたびつり合いをとることになるからだ。

ハプスブルク君主国の時代のこと、チェコの愛国主義者ヴィルギル・ズヒーは七つの鍵を手にいれて、聖ヴィート大聖堂にある聖ヴァーツラフ教会で自分のボヘミア戴冠を挙行できた。翌朝開いているドアに気づいた監視官は、泥棒の仕業だと思い、そこで発見したのは「ボヘミア王のダルマチカ〔祭服〕を着て、カール四世の王冠をかぶり、痙攣した右手に王笏をにぎって」死んでいたヴィルギル・ズヒーだった。ウルツィディールは『プラハの三枚折聖画像』でグロテスクな歴史を描いたことになり、ヴィルギル・ズヒーは、最後に戴冠したチェコ人として歴史に名をとどめようとして、自らの手による戴冠と死をひき換えにした。

帝国副総督ラインハルト・ハイドリヒもボヘミアの王冠をプラハにもちこみ、だれがこの国の支配者であるか、チェコ人に見せるために戴冠した。かれも「自らの手による」戴冠で生きのびることはなかった。こうして許可なくボヘミアの冠をかぶるものはだれでも死神に魅入られるという伝説は現実のものとなった。

ボヘミアの物語、ボヘミアの歴史――いかなる破壊に遭おうとも破壊されずに、失われることなくヨハネス・ウルツィディールによって記録された。

エルンスト・ゾマー　詩作する法律家を法律が破綻させる

世界はかれに共謀して抗い、生涯を通してそうだった。かれは父親に反抗する子どもだった。音楽家の母親はあえて逆らわず自分の運命に任せていた。母親に似た息子は、母親の運命に自分の運命を重ねながら暴力的な父親には反抗せず、父親が体現していた法律に反抗した。この父親がいなければユダヤ律法への反抗などありえなかった。かれは慈悲のある弁護士になり、弁護人として正義のために闘ったが、そうすれば挫折することは分かっていた。

ユダヤ人の法律家、エルンスト・ゾマーはドイツ語を用いる地域であったカールスバート（カルロヴィ・バリ）に事務所をかまえ、ユダヤ人の名士として反ユダヤ主義者に対抗した。社会民主労働者党の正式党員としては、ユダヤ人のブルジョアに対抗した。ドイツ語を用いるユダヤ人作家としては、ドイツ的な作家に過度に対抗した。チェコ人の友人の立場としては、ドイツの狂信主義に対抗した。ズデーテン・ドイツ人のゾマーは、イギリスでは亡命者として、ヒトラードイツによるチェコスロバキア壊滅の責任を負った。チェコ人の友人の立場としては、亡命チェコ人とチェコ語で充分に話せず、社会民主主義者の立ち場としては、チェコの亡命政権の政策とは反対の立場にいた。

小説家ゾマーは第一作『ギデオンの脱出』でシオニズムに救済の理念をみているが、じっさいにはこの理念を信じることのできない内面的にひき裂かれたユダヤ人の英雄を描いた。この英雄は、称揚された国にむけて出発はするが内面的にすでに萎えているために、たどりつくことはない。英雄の友人が救済の夢は叶えられず、夢を諦めなくてはならないとパレスチナから知らせてきても、この英雄はその知らせを受けとることもない。懐疑的なシオニストであるゾマーは一九一三年に果たした文学デビューではユダヤ人から厳しい批判を受けたが、なかでもフーゴ・ヘルマンはプラハのシオニズムの雑誌「自衛」紙上で激烈に批判した。

一九四三年、ユダヤ人ゾマーはユダヤ教の殉教の法律が迫害、抑圧、絶滅を甘受していることに抵抗した。ゾマーがまず最初に書いた長編は「ユダヤ人の絶滅」に関する作品であり、その凄まじさは西側の人間の想像力を消耗させるものであったが、西側の人間はこのような現実をまったく知ろうとはしなかった。ゾマーの長編『聖者の反抗』は、没落する者の反乱の呼びかけであり、絶滅収容所に通じる鉄道を破壊しようという西側世界への訴えである。犠牲者たちはゾマーのいうことは聞かず、西側の連合国は聞こうともしなかった。すでに一九四三年には完成していたこの長編の翻訳は、イギリスでは一九四六年まで延期された。メキシコの亡命出版社のエル・リブロ・リブレ書店はアンナ・ゼーガースの『第七の十字架』も出版していた出版社だが、この出版社からようやく一九四四年になって刊行されたゾマーの本の成功は、ヒトラーの悲劇のあとにやってきた。

反ファシストのゾマーはイギリス亡命で、ベネシュにズデーテン・ドイツ人にたいする公平性のある寛大な措置を期待し、ベネシュを信用していなかったヴェンツェル・ヤクシュの社会民主党からはなれたが、戦後になってヴェンツェル・ヤクシュの正当性を知ることになる。ゾマーは解放のときに自分が勝者の側にいることを知ったが、現実にはカールスバート出身のチェコ愛好家のユダヤ人であり、有罪のズデーテン・ドイツ人全体の下位におかれた。ゾマーはチェコスロバキアへの帰還は禁止であると知らされたまま死んでいった。

ゾマーは七年間ほとんど死んだままの状態であり、進行する神経の麻痺がこの詩人を衰退させた。医者たちの診断はパーキンソン病であった。一九四九年の手紙にはこうある。「私は運命にきびしく打ちのめされています。不安は私の脚だけでなく、夢物語も麻痺させました。医師は脳の手術を薦めますが、それは不安を払拭しますが意欲も殺いでしまう手術です。メスによって変えられる世界はどう想像したらよいでしょうか。別人となり、ただ心配はなくなりますが、創造不能に陥ります。そして、他人の慈悲によって生きることになります！」。ゾマーは手術を拒否する。

この詩人はほかに七冊の本を書いた。そのなかに『神とのけんか』という表題の短編があり、そのプロットの舞台はロンドンの神経科病院となっている。亡命しているオーストリアの風刺漫画家として設定された人物像のなかに、ゾマーの病気や手術の問題との取り組みのことが書かれている。ゾマーは気分が滅入るほどの執着で——小説であきらかなように——精神の障害はある罪に起因しているとみていた。つまり幼少年期におけるユダヤ教の律法の欠陥、そして信仰に回帰することの不可能が罪の起点であるとみていた。「じっさいに信仰の自由選択は幻想である」とその本には書かれている。

ゾマーの没年に長編『アンチノウスまたは皇帝の旅』が出版され、この詩人はふたたびユダヤ民族の歴史に深くはいりこむ。そこで死するラビであるアキバに、ローマ人とギリシャ人にむけてこう語らせている。「私はユダヤ人と似ているかもしれませんが、内面的にはべつの世界の出身です」。この文でゾマーは自らのことを書く。だがかれの異質性はラビの異質性を越えていき、かれ自身が異質になっていった。完全に追放されたユダヤ人はイスラエルを発見したが、ゾマーは自分の故国を発見することはなかった。

ゾマーは、一八八八年一〇月二九日に、ボヘミアとモラビアの境界にあるドイツ語を用いる孤立した言語島の中心地イグラウ（イフラバ）で生まれた。ナチスへと急旋回していった、おなじく法律家であったカール・ハンス・シュトローブル（一八七七—一九四六年）の誕生した町でもある。またコミュニストで戦時中はパレスチナで生きのび、プラハに帰還し最終的には東ドイツに移住したルイス・フュルンベルク（一九〇九—一九五七年）もここで生まれている。

ゾマーの父親の家は、ある修道院を部分的に改造したものであり、廊下にはマリアの生活を描いた色あせたフレスコ画が架かっていた。「しばしば私は、壁で塞がれたドアのまえに立つことがあったが、そのドアは地下の納骨堂に通じているといわれていた」とこの作家は回想している。「ミュンヘン会談の直前にこの家は破壊された。そして修道院のかわりに百貨店が建設された。聖務共唱を務めた司教座聖堂参事会員は納骨堂から連れだされたのか、またはずっと地下深くに、生活から遠くはなれて眠ったままなのか」。

あとになって——イギリス亡命中に——父親の家の思い出はヒトラーによる世界の脅迫と結びつくことになったが、それはゾマーが司教座聖堂参事会員にこう言わしめることと関係していた。「人間とはなんだ。神は皇帝ネロに耐えて、アッティラを擁護したのだ」。さらにこうある。「司教座聖堂参事会員は、いかなる快楽にも苦痛があり、人生がもたらす最良のものがゴルゴタであると指摘した」。この発言のなかにも、この作家が生涯にわたって抵抗した独特の生活感覚の一部が反映している。

ゾマーの父親はイグラウの菓子店の持ち主であり、飴をつくっていた。ユダヤ教の信仰は父親にとっては形式上の手続きであり、店の客との庶民的な習慣とおなじく守られるべきものであり、父親の

イグラウのゾマーの実家。ここに菓子屋とボンボン工場コッペルル・ゾマーがあった。芸術的才能のない父親の支配のもとで、かれはひそかに最初の詩を書いていた。

商売の方針に合わないものはありえなかった。たしかに父親は妻の音楽的な嗜好を完全に抑えることはしなかったが、そのことが妻の朗らかな気分を壊してしまうことは分かっていた。家庭を支配する父親には専制

的な厳しさがあり、妻が情緒的な特性を保てたのはほんのわずかであり、その特性は息子のなかでは完全に消されることになった。

父親は息子の道楽を芽のうちにもみ消そうと狙いを定めていた。この少年が小動物を飼うのを打ち砕き、切手収集のアルバムをひき裂いた。父親は長男が店を継ぐのを期待していたが息子に嘆くことはできなかった。学校で優秀児であった息子は、この父親のもつ目的指向性をまったく持ち合わせていないので、父親のまねをすることは、父親そのものになることであり、それはプラハにおけるカフカの状況に似ていた。

ゾマーが詩をひそかに書いたのは、詩を父親の破壊から守るためだった。愛する母親からは庇護は期待できず、せめても母が父に自己主張したのはたった一度であった。それで息子はピアノを習うことができた。ゾマーは実家における窒息するような環境からなんども徒歩旅行によって逃れた。年長の仲間を家に連れてくることはなく、この作家が生涯にわたって逃れようとした疎外感は子どものころにできあがることになる。ゾマーの場合、ひとと密接な関係になることはのちになってもずっと例外的なことだった。

「マカベー」は今世紀初頭、ウィーンのユダヤ人のエリート学生団体で、この組織に医学部学生のゾマーは属していた。ユダヤ的な傾向をもつこの学生組合は、ユダヤ人の立ち入りを拒否する攻撃的なドイツ愛国的な学生組合にたいするお返しとなった。恐怖と死の幻覚を克服する手段として、ゾマーに適切な団体に入会するよう薦めたのは医師たちだった。ゾマーは顔と身体に多くのサーベルの傷を受け、恐怖の幻覚のせいで最終的に医学の勉強を断念した。

ゾマーは一九〇七年、一九歳のときに大学入学資格試験に合格し、医学を学ぶためにウィーンに出る。しかし心理面での成長が不足していたのでこの勉強をやめなくてはならなくなる。のちに医師たちに報告しているように夢のなかで死人や遺体が追いかけてくるようになった。そこでたえずゾマーの人生の同伴者となったのが恐怖の物語で、鎮静剤とともに症状を抑え込もうとした。急いた話し方が学生の冗談話となったので、ゾマーは法学の勉強をはじめることになり、一九一二年に終了し、言語的な障害と戦うことで表現に長けた、押し通す力のある弁護士となった。

ゾマーには父親への嫌悪があまりに根深く残っていたので、その嫌悪を、家庭におけるユダヤ教の祭祀の風習や規則にむけた。儀式に則った祝日にはレストランで食べることにして、一九一九年にイグラウで結婚したときは、ユダヤ教の儀式は拒否した。テオドーア・ヘルツルの活動拠点であるウィーンでは、「シオニズムの父」の側近と知り合いとなり、シオニズムの理想像と積極的にかかわることになる。国家の理念のなかに愛国主義の臭いを嗅ぎとり、拒否していた排外主義を嗅ぎとった。聖書とともに生涯を送ったゾマーは、独自のシオニズムの理念を生み出すことになった。

ゾマーの考え方が、あまりにひとの関心をひき寄せたので、マルティン・ブーバーから影響を受けたウィーンの月刊誌「平和」で公表されることになる。長編第一作『ギデオンの脱出』の刊行のあとゾマーはシオニストを「かんかんに怒らせる存在」となったが、「魂の勝利」という題の原稿でこう書いた。「われわれユダヤ人という種族の魂は子ども心をまだ分かっている。その子どもの心とは、世界の子ども心のことであり、その想い出がはじまるのは最初の創造の朝の前夜である」。ゾマーは信仰の在り処を先祖伝来の獲得された魂にあると見ていたので、宗教に現われる「精神的なもの」を魂の敵対者として見ていた。

ゾマーが言うには、ユダヤ教は、魂と精神の二元論に従ってきたので何世紀にもわたって両極の間を揺れ動き、魂の、そして「実践的な経験」の優位は、「渇望する夢」によって、そして「差し迫る心」によって認識に至り、精神的なものは「弁証法の氷のような領域」に行き着く、ということである。ゾマーは、「抽象概念の荒野が光り輝く現実」に変えられるシオニズムを信じ、「地上の妹となり、すべての感覚で受けとめ、実を結び、自らたえず新たに生まれ変わること」を信じていると公言した。

ゾマーは一九一二年にウィーンで法学の博士号の学位を取得したあとに、イグラウにもどり当地の郡裁判所の指示で判事の時代を過ごす。そのあと裁判所事務所員としてウィーン、アウスィヒ（ウースチー・ナド・ラベム）、ブリュックス（モスト）で勤める。第一次世界大戦中はオーバーエスタライヒのフェリックスドルフにある軍事裁判所に割りあてられ、終戦後は、まずウィーンで暮らし、そのあとドゥックスの法律事務所で勤めた。生まれ故郷のレオンティーネ・イロヴィで結婚し一人娘の父親となり、一九二〇年にカールスバートで自分の弁護士事務所を開設する。一九一九年に社会民主党に入党したこの法律家は市参事会員となり、人権の問題で党を代表する存在となる。

非の打ちどころのない質の三作品をもって、文学の経歴がはじまった時には文学の経歴は終わっていた。怪奇小説『管区裁判官フレーリヒの場合』はすでに一九一三年に完成していたが、ようやく一九二二年にライヒェンベルク（リベレツ）のズデーテン・ドイツの出版社から刊行された。この作品では、権力が機能しなくなる場合に、現実の法がだれもが平等であるべき法律を無効にしてまう様子が書かれている。法律への信頼を失った裁判官は法廷で、権力に従順な法律をばかばかしい茶番劇として見せる。裁判官は因襲から飛び出し

（左）妻レオンティーネ・ゾマー、結婚式をあげた時期（1919年）。（右）娘のベアーテ・ゾマー。イギリスに亡命するまえにプラハをシルエットにして撮影。

て狂人を演じながら武器を構え、たがいに争う党に裁判の歪んだ公平性を押しつける。廷吏は美しいヘレナのメロディーを吹かなくてはならず、ほかの関係者もカドリーユ（社交ダンス）を踊らなくてはならない――真剣そのもので、そして非の打ちどころなく。そして裁判官は銃で自殺する。

詩作はゾマーにとって自殺の誘惑から救済するかれ固有の道具となり、くりかえしゾマーは自著を通して自殺する人物を登場させる。創作における病の問題は幼少期に発生したものであり、生涯にわたって錠剤を服用して抑鬱状態を抑えこんできた。それは内面から出てくる脅威であった。ゾマーのためにつくられ、ゾマーがつくった内面の経過から逃れることになれば、それは人間的な出口のなさから策略によって逃れることになり、その罪とともに生きることになる。

出口のないことを確信したゾマーは、つねに出口がないことのもっともな理由をさがした。人生の最期にゾマーは「慈悲のない裁判官」――出版されていない小説の表題――に、こう言わせている。「かれの見通しによれば、無慈悲に開かれる法廷に、予測のつかない時間に、決まっていない場所で、予期できない判決を下す法廷に、たいていの人間は否応なく出廷せざるをえないことになっている。われわれの法廷には犯人を軽く扱う根拠などなく、たとえば法廷が日中にのみ開かれ、けっして夜間にはなされないことに根拠はないだろう。夜に開かれれば最悪のことが思いつかれ、そして気の狂った意図が思いつかれるかもしれない」。

一九二〇年にウィーンのエド・シュトラッヘ書店から出版された小説『暴動』で、ゾマーは大衆の煽動されやすさを描いた。ある失業中の俳優が戦争末期にウィーンの屋内市場のまえで自分の舞台をしつらえ、空腹を抑えて自分のまえで並んで肉を待っている人びとをホールに殺到するように駆り立てると、ホールに殺到した人びとは死んでしまい、俳優は助かり無傷のまま肉をもっていく。かれは自分の欲望を二重に、つまり権力への渇望、性への渇望を満足させる。二年後にゾマーは、ある新聞の記事（「鉤十字」）で大衆を誘惑するナチスの芸術家に、はるか前方を予知しながら警告を発した。

この警告はカールスバートの社会民主党の日刊紙「人民の意志」に掲載されたが、この新聞はチェコ社会主義共和国で発行部数最大の党機関紙であり、常連の寄稿者となったゾマーは、おもに文化欄を執筆した。ゾマーのもっとも長文の寄稿――おなじく一九二〇年に発刊された――は一四回にわたって連載された小説『仮病を使う人』だった。この小説は、戦争中に兵隊として平和の信念を断じて諦めないユダヤ人の小物商人の話であり、商人は戦争の手先になることに仮病を装い無言で抵抗し、無言のままでいる不安によって精神的なショックをあたえられてしまい、かれの神は仮病を使う人の無言の祈りを聞かずに、忘れるほどになってしまう。ユダヤの商人はこの不安のために追いつめられ、軍用刑務所の独房で聖句箱に首をかけて自殺する。

一九三五年までゾマーの書物はほかに出版されたものはなかった。「私がカールスバートの弁護士となってわがシオニズムの精神がゆるんだのは、カールスバートのシオニストのなかに偶然、不快な数人の守護聖人に出くわしたために、社会主義にすみやかに決然と切り替えたことによる」とゾマーの回想にある。「私は悔いることなく、教区の、団体の、労働組合の、消費組合の相談者として、以前よりもよい仕事が多くできた」。ゾマーは人生ではじめて、他人から受けいれられたという感情をもった。カールスバートはチェコスロバキア共和国ドイツ社会民主労働者党（ＤＳＡＰ）の牙城であり、そのトップにいて傑出したヨゼフ・ゼーリガーは、一九二〇年に五〇歳で亡くなってしまった。

チェコスロバキアにおけるドイツ社会民主党の最後の党大会は、1938 年 3 月 26 日 /27 日にプラハで開催。ヤクシュは集会参加者の右側（× 印）。

　このことで党はトマーシュ・G・マサリクのような優れた才能をもつ指導者を失うことになったが、一九三五年にチェコの政治でベネシュを大統領に選出したのと同じことが、すでに一九二〇年にチェコスロバキア共和国における最強のドイツ政党では起きていたわけである。二番手の好人物、ルートヴィヒ・チェヒがＤＳＡＰのトップとなった。共産党が分裂に至ったときに、党を左派、右派への内部分裂から救ったのは、ひとえにチェヒの苦労による。かれはチェコスロバキア共和国の政治構造と憲法を拒否したズデーテン・ドイツの「拒絶症」をうまく克服し、党をドイツとチェコの和解に導いた。だが、それを達成したのは経済危機になってからのことであり、一九三〇年にチェコスロバキア共和国における約七〇万人の失業者のうち四分の三はズデーテン・ドイツ人だった。

　コンラート・ヘンライン周辺の「拒絶者」は増加しはじめ、かれらは経済危機の間にプラハの政治を拒否することで事実があきらかになったと見ていた。つまり失業対策大臣チェヒのいるプラハの政

ゾマー（腕にコートをかけている）は、とくに危険に晒された党員であり、ヤクシュは第一陣として党員たちをロンドンに飛行機で脱出させた。

府内でのドイツ社会民主主義の影響は、チェコの領域内でチェコの困窮している産業の優先にストップをかけられるほど強いわけではなかった。チェヒが危機にあるズデーテン・ドイツ人のためにとった救済措置は喜捨と見られ、それからやってくる出来事の悲劇は、経済危機がはじまった一九三三年にズデーテン・ドイツ党が存在したためだった。

カールスバートは、古い社会民主党と新しいズデーテン・ドイツ党との確執の中心となった。社会民主党はヘンラインの部下からは「ユダヤ人主導のマルクス主義者」に支配された政党として非難された。ゾマーが弁護士事務所を設けたとき、カールスバートではすでに反ユダヤ主義にはある程度の影響力があった。ヘンラインはズデーテン・ドイツの体操連盟からナチスの政治へと飛躍していったが、はじめからそれにはアーリア条項があり連盟の会員からユダヤ人を排除していた。

ゾマーは一九二四年にカールスバートの作家で、文学史家、ヴァイマル・バウハウス大学の教授であるブルーノ・アードラー（一八八九─一九六八年）とともに自前で文学雑誌「田舎」を創刊した。この雑誌はプラハへと橋を架け、首都の文化──ドイツとチェコの文化──をズデーテンにひき寄せ、二国間の和解が重要であり、反ユダヤ主義の克服に貢献すべきとされ、地位と名前のあるすべての人の精神的な支えがあった。カレル・チャペック、オタカル・ブジェジナ、フラーニャ・シュラーメク、エーゴン・エルヴィン・キッシュ、オット・ピック、ルードルフ・フックスが「田舎」誌のために執筆した。マサリクとブルーノ・アードラーは雑誌で対談している。ハインリヒ・マンとエルンスト・トラーはカールスバートにやって来て、この大胆な試みを宣伝した。しかし社会民主党のカールスバートの印刷所、グラーフィアで五号分が制作されてからは、二人のユダヤ人のプロジェクトは終わりを告げ、この雑誌にはそれ以上財政援助ができなくなった。読者の範囲が狭すぎたためだった。

ゾマーは情熱のすべてを、自分のいるべき場所、安全を見いだしたと信じた共和国を成功させるための戦いに、不安のなかで可能なかぎり注いだ。さらにゾマーはブナイ・ブリス〔「契約の息子」＝ブナイ・ブリスとは、伝統的にはユダヤ人コミュニティーの相互扶助組織の名称〕支部、つまり、一八四三年にアメリカにいるドイツ系のユダヤ人によって設立された、フリーメイソンに似た結社と結びつけた。この支部は一九一一年にプラハで「精神的な関心を促すためのヨーハン・ゴットフリート・ヘルダー協会」を創設し、これにはキリスト教徒も受けいれられ、大胆な雑誌の試みとなったヴィリー・ハースの「ヘルダー・ブレッター」誌を支持した。

ナチスによる直接的な脅迫が差し迫ると同時に作家ゾマーはふたたび書きはじめる。魂がはいり、精神的でもあった自分の政治的な立場がいかに自分から取りあげられたか、感じとっていた。そこで政治的立場を歴史へと向きを変えることで自らを維持しようと努め、現実の状況と類似した歴史現象を、そしてその可能性の出現を待っていたわけだが、歴史の助けを借りて危険な現実に耐えることができた。ふたたび重要なことは、創作によって、他者の敗北を記述することによってゾマーが生きのびたことである。この場合、重要なきっかけとなったのはテンプル騎士団の解散であり、一四世紀の初めにあった、火刑用の薪の山におけるテンプル騎士団員の死である。

貧しい十字軍参加者のグループは、二世紀経過するとともに豊かで力強い世界組織へと駆けあがった。この組織はコスモポリタン的に考え、フランスが単一民族国家へと歴史的に発展をとげるのを阻止した世界組織であり、また世界において、べつの宗教的な潮流にたいし拒絶反応を示す教団ではなかった。当時における巨大な犯罪訴訟と異端審問における異端さゆえの有罪判決は、この教団を追放する口実にすぎず、フランスのフィリップ端麗王にとって重要だったのは、教団の膨大な財産にはいり込むことだった。

「私にはどのテーマも法律と関わりがあった」とゾマーは自分の本のことを驚きながらふり返っている。ここでかれが描写しているのは大法律家ノガレ〔ギヨーム・ド・ノガレ。国王フィリップ四世の政治顧問〕のことであるが、かれにとって法律は権力を手にする手段にすぎない。権力欲と金銭欲のこの世界では無実の人への判決理由があるだけである。ノガレはその理由を言葉で表わす。「かれらはこの世にいた。かれらの存在は充分に罪に値した」。テンプル騎士団の総長であるモレーは「恍惚のうちに死ぬ」。「かれは目を見開いて神のすばらしさを見た」。

この長編でゾマー自身を、モレーとともに死んでいく偉大な家庭教師、シャルヌイの姿のなかに見いだせるが、そのシャルヌイは現存在の蔑視から死へとむかう。不当の意味するところはこうである。「私は殉教者ではありません。神が容易に責め苦をあたえた聖人が私に感銘をあたえることはけっしてありませんでした……私は神をさがしていました……しかし神は私のまえに現われませんでした……ひとりの騎士が約束を守ります。私は哀れな被造物を軽蔑するためならいかなる犠牲も払いましょう」。

14世紀をふたたび取りあげた長編『テンプル騎士団員』は、隣国のナチスへのゾマーの最初の答えだった。1935年にその体制に反対している国で出版された。ナチスの検閲は、あつかわれたテーマの危険性を見落とし、ゾマーがユダヤ人であることも見落としていた。1968年、「プラハの春」の間にチェコ語の翻訳が出版された。

長編『テンプル騎士団員』は、チェコスロバキアでは出版直後にナチズムのドイツにたいする非難とみなされ、歴史的に違和感のある表現と見なされた。マックス・ブロートは「プラハ日報」で論評したが、ウルツィディールはスイスに書評をもちこんだ。

ルートヴィヒ・ヴィンダーの「ボヘミア」紙は、ゾマーを「ズデーテン・ドイツの作家のなかでもっとも最前線」にいる作家と位置づけた。ナチスに一九四二年に殺害された作家のゲオルク・マンハイムはプラハの週刊誌「真実」に、その本から聞こえてくるのは「ため息とうめき声であるが、一九三五年のファシズムの地獄から犠牲者の間断のない戦いの叫びも聞こえてくる」と書いた。

この作品は、非難がむけられた国で一九三五年に出版された。一九三〇年から創刊者の手からはなれていた、ベルリンのクルト・ヴォルフ書店がこの長編を出版した。それ以前にゾマーの友人、ブルーノ・フォーゲルが支援をもとめていたクルト・ヴォルフは人助けの好きな人物であり、フォーゲルの交友のおかげで「ベルリンで大当たり」となった。反ナチスとして企画したクルト・ヴォルフ書店の責任者たちが冒した危険性は、この本が歴史をあつかっていたがゆえに一大事にならずにすんだ。ともあれ帝国安全中央局は、ドイツで発行された文学作品のすべての「浄化」に着手した。

ゾマーの次の長編の内容は、イザベラ・フォン・カスティーリャ女王によるユダヤ人の迫害と追放であり、「有害にして望ましからぬ書物のリスト」に載せられた。この長編は一九三八年にモラビアのオストラヴァのユリウス・キトルス書店から出版され、ユダヤ人の組織にたいする例外措置のなかで、この長編は、この措置がふたたび廃止されるまえの最後の本の一冊として、「第三帝国」におけるドイツのユダヤ人のために出版された。「パリ日刊新聞」はゾマーの亡命中にこの長編の一章を掲載していた。この長編のタイトルは『グラナダの大使』。

長編『グラナダの大使』は1937年に出版、1987年に再版された。15世紀にスペインから追放されたユダヤ人のことが書かれている。かつてのカトリックのメッセージは、信仰の強制、異端審問、不実の告白をさせるというものだった。ここから道はカトリックのアドルフ・ヒトラーによる20世紀のユダヤ人迫害に通じた。

ゾマーの登場人物は、この作品では中世の演劇のように名もなき人びとが登場しては消え、中心人物が交替するゆるんだ場面が連続する。ユダヤ人だけがこのパノラマのなかで確固としたグループとして登場し、ユダヤ人の出自であるスペインの騎士ファン・フォンセカが連続して登場する場面が設けられている。フォンセカは審問官トルケマダのお気に入りとして登場し、とっくに縁を切った信仰ではあったが、かれをひき寄せたのは迫害されたユダヤ人が拷問に耐えている姿であった。フォンセカは、ユダヤ人の「消しがたい永遠の共同体」が存在することを発見し、追放された者の先頭に立つ。「かれは全生涯をこの突然の騎馬のために準備してきたかのように自分の街道を騎乗して疾走した。この同化していた人物は自分の任務を認識していた」。

この長編でユダヤ人のひとりは、審問でユダを呪うことを拒否しこう反論する。「私はユダの行為を、善人のキリスト教徒とはちがったように見ていた。イエスが神で、裏切られるのであれば、ユダは裏切り者ではなく、裏切られた者である。ユダが完全に罪を犯そうとしたのではなく、犯さざるをえなかった行為に悪意はなくそそのかされて利用されたのだ」。ヒトラードイツにおけるユダヤ人迫害に関してゾマーは、「永遠に迫害された者たち」から「絶望の気分」

を完全に消し去った。重要なことは、「神の選民は、永遠なる者として刻印されたままである。選ばれた者は生涯を通して神の烙印を背負う」。そして、「いかなるユダヤ人も他人のために罪を請け負う」。

ゾマーは間近に迫るユダヤ人の惨劇を見て、背をむける、文学的に。ゾマーは『騎士団』によってボヘミアへとアーチを架けた。教団の解散のあとに騎士団の何人かは、自分たちが無罪を言い渡される故郷へと帰還した。ゾマーはテンプル騎士団をある長編で「民主主義」の組織として描き、あの古い破壊された民主主義の足跡が再現されることになる。つまりマサリクの共和国で。

『グラナダの大使』と一九四三年に成立する長編『聖者の抵抗』には関連性がある。一九四三年の迫害の帰結、大審問官トルケマダの迫害の帰結はこうだ。「かれはユダヤ人を貧しくした。貧乏人は頑なだ。かれはユダヤ人を笑いものにした。軽蔑された者には勇気がある」。したがって『聖者の抵抗』では、ドイツの殺人一味にたいする展望のない状況で蜂起となる――一九四三年のワルシャワゲットーでの蜂起を模して。

ロンドンでイギリスの保険計理士と結婚しているゾマーの娘べアーテ・スーは、カールスバートの一九三八年をこう回想している。「父はなにがやってくるのか分かっていました。そして父は自分の義務は終わったと信じようとしませんでした。父は母と私をプラハに送り、自分もあとから行くと言ってました。しかし、父はただ最後の瞬間までトランクに腰かけていました。私たちは父の優柔不断さのためにすべて失ってしまいました。父に好意的であったカールスバートの人は、ミュンヘン会談のあとに父をふるい立たせねばなりませんでした。その人は父に知らせをもってきたのです。それは、父が一時間以内に去らねば逮捕されるというものでした」。

一〇万人以上の政治難民、そのうちの大半がズデーテン・ドイツ党のナチス政策に抵抗していた社会民主党員だったが、それから三万人のユダヤ人の難民がチェコスロバキア共和国のズデーテン以外の地域に流入し、大混乱がはじまった。この混乱のなかをゾマーはプラハにやってきた。一九三八年三月からドイツ社会民主主義労働者党の議長であったヴェンツェル・ヤクシュは、さっそくユダヤ人としてとくに危険に晒されていたカールスバートの社会民主主義者のめんどうをみた。ヤクシュのおかげでイギリスは期間限定の何枚かの査証を、もっとも危険に晒されている党の同志に発行するようにした。一九三八年一一月五日、イギリスに飛行機でやってきたゾマーはこの小グループに属していた。

そのほかの人たちはさらに悪い状況に陥った。プラハ政府は、ズデーテン地域から追放された多くの人間にたいする亡命権を拒否した。移送列車に乗せられ、ナチスによってその間に占拠された地域にもどされた。ほぼ八千人のヒトラーの敵対者がこのような方法で強制収容所のダッハウとフロッセンビュルクにむかった。一九三九年はじめ、ゾマーの妻と娘もロンドンに到着した。かれらはようやく救助組織の援助を頼りにできた。ゾマーがロンドンから見守っていたのは、チェコスロバキア共和国で完成していたラブレーの長編『トゥーレーヌの僧侶』をチェコスロバキアのズデーテン以外の地域で発行しようとするユリウス・キトル書店の試みであった。ナチスは一九三九年三月一五日、すみやかに進駐した。印刷された部数は廃棄処分にされた。この長編は一九四〇年にスウェーデンで翻訳出版された。

ゾマーの妻は洋裁の勉強をして繊維工場で働き、娘は子守女の仕事をひき受けた。ゾマーはさらに旅行を企てた。イギリスは立ち寄り場所にすぎなかったのだ。家族はプラハで洗礼を受けて、すでにカトリックになっていた。この行動の背景には、家族とともに南アメリカに移住しようとしていたゾマーが、移住には宗旨替えが必要とみていたからだった。しかしロンドンからアメリカに入国しようと探りをいれたが、この苦労はすべて成果もなく経過し、タイを移住先の国として視野に入れた。

「それは父にとって恐ろしい状況でした」と娘のベアーテは回想している。「父が自分の地位を失ったことは地獄でした。もはや父に残された唯一のことは本を執筆することでした。弁護士として父はイギリスでは働けなかったのです。さらにべつの職業教育を修了しなくてはならなかったのです。そのためには金銭が足りませんでした」。ゾマーは手紙でおなじくイギリスに亡命中のプラハ人、ウルツィディールと接触を図っていた。ウルツィディールは一九四一年にアメリカへの入国が許可された。

ウルバン・レードル（Urban Roedl）というアナグラム〔単語のなかの文字を入れ替えて、別の意味にさせる言葉遊び〕をもつブルーノ・アードラー（Bruno Adler）は、アーダルベルト・シュティフターやマティアス・クラウディスの伝記作家として有名になったが、かれと並んで、ウルツィディールはゾマーの二番目の親友となる――変わらぬ文通相手として。ウルツィディールにゾマーは訴える。「私がチェコスロバキアで生活していた間は、チェコ語で書き、読者に多くの友人を持っていましたが、私は、弁護士としてときおりチェコの制度にたいして言語上の苦痛を感じさせられています」。ゾマーは親しみのもてないチェコの亡命紙とのむずかしい関係についてこう言っている。「われわれ『ズデーテン地方』（私はこの慣用的な言い方が嫌いだ）出身の者は、いずれにせよ流刑にされた最下層賤民である。イギリスにあるチェコスロバキア政府のすべての地位は、イギリスで自分の愛国的な心情を見いだした人びとによって占められている。ながいこと勝ち目のない戦いをしていたわれわれ民主主義者には『菩提樹の下で』を歌いながら挨拶する者は目下いない。われわれは完全な市民ではない……」。

ゾマーはふたたびこの世のものとは思えない絶望に満ちた状況にあった。この状況から救われるために、救済のための長編を書いた。『善王ヴェンツェスラウス〔一〇世紀のボヘミアの民族的聖人〕』。イギリスへの逃亡に成功したチェコ人、ドイツ人、ユダヤ人によって語られる作品である。これまで出版されていないこの長編でゾマーは、念頭に浮かんだ構想を書く。「電光石火のような明かりのもとで、最後の世代の中欧史とこの数千年のボヘミア史があきらかになる」。

ゾマーは、神への帰郷と故国チェコスロバキア共和国への帰還について書いていき、ふたたび敗北における真実と真実らしさを書きとめることができた。ベネシュが一九三八年にこの国の擁護のための動員令を取り消したときに、ゾマーはこの人物の無能さを見ている。しかしゾマーはこの無能さを公に表明することはなく、危急のときのチェコの政治の受動性はこのような疑問となる。「行動を起こしてもよいことに感謝しつつも、あの夜に全民衆はなぜ熱狂しなかったのだろうか。なぜこの民衆ははねつけられたのだろう」。そして自らに言うように、この長編にはつぎの文が出てくる。「なぜかれは自分がユダヤ人であることを認めなかったのだろうか。かれは依然として、ユダヤ人にとってユダヤの神以外に神は存在せず、シオン以外に救済はないという認識のままだったのだろうか」。

ゾマーはこの長編の完成後すぐさま、宗教哲学的な作品『ヒレルの現実と伝説』にとりかかる。ラビの律法教師であるヒレルとかれの同時代人イエスとの個性的なひき合わせである。カトリックをユダヤ教に組み入れようとするフランツ・ヴェルフェルの試みのように危険きわまりないことであり、二人のボヘミアのユダヤ人の試みは、無言の、それゆえにすくなからず激しいユダヤ人の拒否にあった。このような共生的な努力に同時代人たちは耐えられなかったのだ。ゾマーはなんどもイスラエルで、ヒレルのテクストの出版にこぎつけようと試み、「悩みの種」について語った。イエスにまで広げられた律法に忠実な人びとの存在に、ゾマーは落ち着きをとりもどした。

「ヒレルとイエスはきわだったユダヤ人のタイプである」とゾマーは本のなかで書く。「ユダヤ民族における偉大で高貴なところは、この二人のタイプの一方と似てきている……ヒレルが形式の守護者であったように、イエスは形式の破壊者ではなかった。パリサイ人とのイエスの戦いは、パリサイ人の武器との戦いであった。イエスは新しい秩序を達成するためにかれらの秩序と戦ったわけではなく、秩序なしで自分の目標をたやすく達成できたからだった……ヒレルはべつの世界の存在を疑っていたわけではない。細部の点について聞いても、孔子と異なる答えはほとんどできなかっただろう。『私はこの生についてなにも知らない、どうやってべつの生について知ることができようか』。

べつの箇所にはこうある。「見かけはヒレルの発言から導きだされたナザレ人の言葉によって、イエスはヒレルの弟子であると結論をだすのは拙速だろう。両者はあきらかに尽きることのないおなじ源から掬いとっている。しかしまずヒレルの口から発せられた一語でさえも、イエスの言葉ではかれの財産といえるほどに大幅に変わっている。ヒレルはこう言う、『きみが隣人の立場でないうちは隣人のことを判断するな』。

そのあとゾマーはこの考え方に関するイエスの言葉を三つ挙げているが、そのなかでもっとも有名なのはつぎの言葉である。「きみたちが裁かれないために人を裁いてはならない」。ゾマーの考えはこうである。「このようにべつの真実がイエスの言葉となっている。その言い方はその高貴さにおいて内容を凌駕しているかもしれない。ヒレルは一貫して韻文ではなく散文で語り、自分の周囲に事情に通じた人、イエスの信者を集めようとした。ヒレルは弟子たちを現世に導いたが、イエスの目的はエリア〔旧約聖書に登場するユダヤ人の預言者〕の昇天と変わるところがなかった。ユダヤ教ではヒレルには求心力があり、イエスには遠心力があった。イエスは弟子たちを家や住居から追い払い、未知の世界に追放した。ヒレルは現実世界に導き、現世に固定し、安全にした」。

ゾマーはこういう結論に達する。「ヒレルもイエスもユダヤ教からはなれては考えられない。たとえイエスが一族や家族と争い、故郷の土地から離反し、律法とその解釈者に戦いを通告しても、そしてイエスが意識的にせよ無意識的にせよユダヤ人の共同体を壊滅しようとしても、イエスはヒレルとおなじく背教的ではない。建設に尽くさない勢力はべつの目標をさがす。ヒレルもかれの後継者も、自由になったユダヤ人の活力にうまく行動の場をあたえられなかった」。

この本のなかでゾマーは自分自身にも語りかけ、二人の歴史上の人物の描写によって、子どものときから、父親との葛藤以来かれに付きまとっていた自分の行動の二律背反をはっきりと示す。ゾマーはこの本に「ユダヤ人の共同体の救済」という副題を付け、自分の救済も意図する。ゾマーは一九五五年にイスラエルにいる宗教哲学者フリードリヒ・ティーアベルガーに宛てた手紙でこう書いている。『ヒレル』こそは生き生きとしたユダヤ性への私の信仰告白を描くはずです」。

アメリカにいるウルツィディィールは、「ヒレル」についてゾマー宛の手紙でこう判断を下している。「神との契約でユダヤ人の中心となる理念、その限りない分派において全生涯を貫いている法概念の力、キリスト教へと導く光に満ち満ちた廊下、ユダヤ民族の中心にあるギリシャ的な調べの唱和——これらはみなわれわれの生き生きとした現在において重要性と永続的な価値をもち、はっきりと認められる功徳のある効用をもっています。きみの本は読者サークルを獲得することでしょう。そしてそのサークルは、関心をもってくれる不特定の大衆から成り立つだけでなく、将来における共同体の生活形成に責任をもつでしょう」。

戦争の最中にあってウルツィディィールの賛同の声は、「ヒレル」の価値を認識した唯一の声であった。ロンドンではゾマーは完全に孤立した人間であり、「ズデーテン・ドイツの社会民主主義者の忠実な共同体」という亡命中の社会民主主義者の政策を支持したが、この共同体はチェコの文化的な国民を信頼したために、チェコ人が戦後になってドイツ人を追放するという事態を見込んではいなかった。ヴェンツェル・ヤクシュは、作家ゾマーには的外れと思える情報を充分にもっていた。ヤクシュはベネシュにたいし厳しい姿勢で臨み、このチェコの亡命政治家にズデーテンのドイツ人にたいする法的な保証を要求した。

「忠実な共同体」から党幹部であったヨゼフ・ツィナー周辺のグループが分裂し、ベネシュに無条件の忠実な協力を申しでたときでも、ゾマーはヤクシュを見捨てようとは考えていなかった。この間にゾマーは毎週五三時間ロンドンの「トロカデロ」のワインケラーで働いていたが、記事を亡命紙にもちこむことはほとんどなかった。

「忠実な共同体」の同志がこの作家のめんどうをみることはなく、亡命チェコ人は拒否していた。ゾマーは一致結束しているのは党左派のみと見ていた。ベネシュは一九四一年六月に共産党員を自分の枢密顧問官に受けいれた。ドイツによるソ連急襲のあとスターリンにたいするゾマーのそれまでの判断の留保が消えたのは、ヒトラーとの親善条約がもはや意味をなさなくなったからだ。ゾマーは、亡命中に完全に孤立していたヤクシュの同志の「忠実な共同体」から離脱しようと試み、実行した。つまり、ゾマーが離脱した理由は、解放されたチェコスロバキア共和国におけるズデーテン・ドイツの行政法的な立場に関してヤクシュが続けて批判したことにあった。ゾマーはチェコスロバキア共和国におけるベネシュの不信の行動をみて、とくには関わりたいとは思わなかった。

ゾマーの別離のじっさいの理由はウルツィディール宛ての手紙から推測できる。ロンドンでの疎外の原因をゾマーは推測している。「ひょっとしてヤクシュに誠実な気持ちをもち続けたことは私の責任かもしれません」。そして「左翼の人間――かれらは区別なくここではコミュニストと呼ばれていました――は、いくぶん悪趣味な言動をすることはあっても、かれらの作家のめんどうをみてくれたのです……」。

「忠実な共同体」から脱退することでゾマーは、ロンドンでチェコの亡命誌の扉を開く。ゾマーが政治参加したのは政治記事によってだけではなく、コミュニストによって支配されていたズデーテン・ドイツの人民戦線にも参加したが、この戦線にはツィナーのグループも属していた。ゾマーは左翼の「ズデーテン・ドイツの委員会」に選ばれ、ヤクシュのグループなしで成り立っていた「チェコスロバキア共和国出身の民主的なドイツ人代表者」になる。共産党びいきの新聞「統一」はゾマーの記事をプロのように書かれていたので評価し、編集者のルードルフ・ポッパーには、ゾマーのほかの刊行物の大部分がどんな質か分かっていた。ゾマー宛てにかれは書いた。「すべて、あなたを含めてはずれなし」。

ゾマーは、かのフス派の運動の終焉をもたらした白山の戦いにもとづいてボヘミアの民衆史を書いたが、フス派の運動は、フスと通じていたイギリス人ジョン・ウィクリフの理念と関係していた。白山の戦いの敗北は、ハプスブルクによるボヘミアの再カトリック化という結果をもたらし、自分たちの信仰を諦めようとしなかった人びとの呪いとなり、この敗北は、自分たちの国家をふたたび手にするまで三世紀待っていたチェコ人の耐え抜く力をイギリス人に証明することになる。ゾマーの『ボヘミア

第２次世界大戦後、ロンドンで妻と一緒のゾマー。まだかれはチェコスロバキアへの帰還を望んでいた。

人が亡命する』は一九四三年に『亡命へ　ボヘミアにおける反宗教改革運動の歴史（一六二〇―一六五〇年）』のタイトルで英訳で出版され、まえがきをチェスター大学の学部長アーサー・スチュワード・ダンカン＝ジョーンズが書いた。この本はゾマーがチェコ政府の委託で経済的な支援を受けて執筆した九〇〇頁を越える作品『ボヘミアの千年の歴史』への序曲となったが、出版されることはなかった。戦後、この本はプラハや東ベルリンでも「唯物主義的な歴史理解にたいする重大な違反ゆえに」――ゾマーはこう書いている――印刷は拒否された。ゾマーの側は要求された改訂を拒否し、原稿はもどされた。

ユダヤ人の大量殺戮に関しゾマーが初期に集中的に取り組んだ仕事である『聖者の抵抗』は、ロンドンでのポーランド亡命政府の情報にもとづいて成り立っている。例えば、勤労能力のなくなったユダヤ人がゲットーからガス室に送られたが、そのゲットーの蜂起の組織者は、「けっして神のことを信じたことのない」洗礼をうけたユダヤ人であった。そのユダヤ人は――ゾマーの意味で――ユダヤの伝統に依存していたが、暴力はユダヤの「律法」に抵触するので、抑圧者にたいしあらゆる暴力をはねのける正統信仰のユダヤ人であるルリアよりも深く依存していた。

一般的にゾマーの長編が政治的な作品として評価されたのにたいし、かれは「この本は完全に非政治的な内容である」と主張している。この本でゾマーはユダヤ人気質の心理を発展させ、ユダヤ人の魂が律法に導かれた宗教で妨げられなければ、ユダヤ人の認識力をすこぶる明瞭に発展させられるという内容になっている。ゾマーは自分の思考の出発点に立った。

一九一九年にかれはこう書いている。「魂が永遠であれば、両親から子どもへとひき継がれ、かぎりなく分かれていくが、分割できるものではなく、強力な光となり、あらゆる死において放散していく光線は、あらゆる誕生においてレンズの焦点のように集まり、あらゆる体験はそもそものはじめから光線に密着している」。

ウルツィディール宛てのゾマーの手紙にこうある。「これはめずらしいことではありませんが、故郷カールスバートで私は弁護士としてユダヤ人とは関わることなく、アーリアのブルジョア、労働者階級の顧問でした。しかしイギリスで分かったことは、私はユダヤ人の心理についてのみ恭しい発言をできるということでした」。フリードリヒ・ティーベルガー宛ての手紙でゾマーは自らこう書いている。「ひじょうに宗教的というわけでもなく、ひじょうに愛国的というわけでもありませんが、イギリスで認識したように、私は百パーセントユダヤ人であります、どの点で百パーセントユダヤ人であるかは分かりませんが」。ネリー・エンゲル宛ての手紙にはこうある。「他方で、宗教に関する私の思想は、正統な信仰者に純粋な歓びをあたえるのにふさわしくないものです」。

ロンドンで戦争終結の祝賀があったときに、ゾマーはピカデリーサーカスのなかで大衆に挟まれていた。「それは途方もないカーニバルだった。サーチライトは頭上はるかであちこち照らしていた。ときおり曳航弾が空高くのぼり、家屋の正面や風にたなびく旗に不自然な色彩を投げかけていた。群衆は溶岩のように沸き立ち、ゆっくりと進入路にむかって下に流れていった。有頂天の群衆が灯火のもとでぶらさがっていた……六年間抑圧されていた生活の欲望がいきなり過剰となり、地震のように爆発させた」。

ゾマーはこう比較している。「イギリス人の世界像がぶれたことはなかった。かれらはわれわれのように人生を信頼してやまなかった。けっして狂気がかれらの魂に手をのばすことはなかった。けっして自分自身を否定することはなかった。この島の人間は不動の大地に立っていた……しかしわれわれは、死の家の薄い壁に仕切られているだけであり、没落のあらゆる苦悩を体験してきた。われわれは正義が殺されるのを見てきた。われわれのうちで恐怖から免れていたのはほんのわずかな人間であり、かれらは共同墓地と焼却炉からもけっして立ちあがれないだろう」。

ゾマーはナチスからのヨーロッパの解放に「怠惰なモラルの終焉」を見ようとする。「世界の多くの人間は、不正をしないことだけで満足だと理由もなく思いこんでいた。血がべとついていない手が正義の手であると見なしていた。だれも分かっていることだが、キリスト教の世界はその中心で犯罪者の洞窟となってはならない。阻止せずに殺人をなすがままにさせておく者は、殺人者の仲間である。残虐行為に受け身のままの人は正義のまえで震えなくてはならない……勝利とはそのようなものであると私は見なしている……分割不可能なのは平和だけでなく、正義も同様である。愛情は燃える炎である。正義は永遠である」。

知ろうとしない人の責任について、ゾマーはすでに一九四四年に小説『罪なき人びと』のなかで書き、出版した。銀行頭取のクリスティアン・ヴルムの夢枕にSSの隊員が立ち、「第三帝国」における「国内亡命」の夢をひき裂いた。「きみはなにも見ないように頭をそむけたのだ。それでもきみから一片の事実さえも逃げていくことはない……外国は私を指名して、犯罪者のひき渡しリストに載せた。きみはいつでもドイツ人に浸み込んでいる道徳の代表者として、停戦の日に交渉のテーブルにつく力があると信じているのだ。しかしきみは、偏見のない観察者がある日、われわれの同意に気づくのを阻止できるかい。きみはわれわれの共同正犯をうまく隠しつづけられるだろうか。私が働いているのははじめからほかならぬきみのためである。私は刈り入れ人夫であるが、きみはしかし収穫を隠してしまう。私は大地に肥料をやるが、きみは儲けを独り占めしてしまう……私はガス室を暖めるが、きみはおそろしい純益の決算を作成する。私の唇をそんなに軽蔑的に眺めるな。私はきみの秘密の考えのことをいっているのだ……ある日きみが化粧を落とし、発見するのは、きみがほかならぬ私だということだ」。

終戦のときゾマーは、一九四二年に母親が七五歳のときにテレージエンシュタットに追放されたことを、そこで二か月後に窓から飛び降りて生涯を閉じたことを知った。そして妹がアウシュヴィッツで毒ガスによって殺害されたことを知った。

終戦でかれが分かったのは、ズデーテンのドイツ人を追放するというベネシュの断固たる決意に疑いの余地がなかったことである。

ウルツィディールにゾマーはこう書いた。「私がもどらなくてはならないことは分かっています。そして、帰還を決心できるかどうかまったく分からないことよりもひどいのは、安全に帰還できるかどうかという不安です」。ゾマーは二度プラハを訪ねていて、そこで感じたのは、チェコスロバキアがゾマーをじっさいには迎えようとしないことだった。ゾマーは当地で何度かエーゴン・エルヴィン・キッシュと会い、この卓越したコミュニストの態度に「不安」を感じた。

亡命はロンドンで終わった。ゾマーはふたたび独りで住み着いた。チェコスロバキア共和国に帰還してのみ故国への帰属が約束された。「チェコスロバキア共和国への帰国を見送ったせいで、チェコスロバキアのペンクラブから退会しなくてはならない」と「友好的な方法で説明」されるまで、ゾマーは帰還にこだわった。ゾマーは、チェコの亡命政治家とともに経験したことをもとに考えて、この帰還にたいする法的な安全性を主張していたが、「冷たく」国籍を奪われた。かれは自分に起こる災難を見ずにすんだと言えるだろうか。

すでに一九四一年には、チェコスロバキア共和国出身で二か国語を駆使できるすべての作家には、ドイツ語を放棄し、ファシズムへの抵抗からチェコの作家としてチェコ語で書き、出版するように要求されてはいなかったのか。ゾマーはこの要求に一九四三年に「チェコスロバキア共和国出身の民主的ドイツ人」に関する州会議で「ズデーテンのドイツ人委員会」の仲間として答えた。「われわれの文化的な仕事は、ドイツ語の復活とともにはじめなくてはならない」。「ドイツ語を追放された人」と自称していたゾマーはこう説明していた。「われわれの敵は、ドイツ語をほかの寄る辺のない犠牲者とまったく同様にあつかっていた。ドイツ語をほかの寄る辺のない犠牲者とまったく同様にあつかっていた。近代の野蛮は、ユダヤ人狩りとならんで言語の冒瀆とともにはじまった」。

ゾマーは一九四三年には、亡命運動における自分の役割についてウルツィディールに疑問を表明したのではないか。一九四三年五月二〇日の手紙にこうある。「私は奇妙な変身をとげています。『ズデーテン・ドイツ』に思いをいだくことはほとんどなく、私は活動的なドイツ―ボヘミアのグループを統一する方向にひっぱられていました……われわれの友人の活躍ぶりはグロテスクです……しかし私の消極的な抵抗は、他人の精力的な活動よりも強力です。私はいつでも、机が作家の故郷であると考えていました」。

一九四四年三月一二日、ゾマーはウルツィディールにこう書く。「政治が人生に影を投げかけています。いわゆるこのズデーテン・ドイツの輩――チェコスロバキア共和国出身のドイツの極左の主導のもとに――が、その過激さにおいてわれわれのもっとも過激なチェコの政党を凌駕しています。私は将来の出来事を想像して震えています。もしも私がまだ左翼的にふるまっても、私はそれでも中道の男としてとどまりますよ。そして私は現存のすべてを改造する計画に耳を傾けなくてはなりません」。

一九四六年のはじめ、ゾマーは解放されたチェコスロバキアの状況に合点がいった。一九四六年一月一日にウルツィディールにこう報告する。「二日まえに、忠実すぎる人間と百パーセント政府に忠実な人間の政党である社会民主党の外国グループ（ツィナー・グループ）が会合を開きました。ツィナーの五時間に及ぶ衝撃的な報告のあとに――かれはチェコスロバキア共和国における一〇週間、ベルリンにおける二週間の滞在から帰ってきたばかりでした――故郷での党の三万人の支持者と意見の一致をみて、チェコスロバキア共和国からの一致結束した移住とドイツのアメリカ占領地域への移住を決議したのです。冷静で、勇敢にして臆病な人間であるツィナーがわれわれに言ったことは、ショックをあたえています。それはかつて正義と勘違いされたことによるきわめて重大な不正なのです。私はそれをくりかえすことはできません。しかしそれをチェコ人に赦そうとして、実現するには超人的な力以上のものが要求されます」。

さらにもう一度ゾマーはその手紙でツィナーのグループの会議のことにもどっている。「国籍を奪われ、強制移住させられた三五〇万人のなかにはあきらかに二五〇万人から二二五万人の無実の人間がいます。かれらはバビロンのユダヤ人のようにこうは語らないでしょうか。『ではズデーテン・ドイツよ、きみのことを忘れよう、わが正義を枯らせ』。ここでは恐ろしいイレデンタ〔未解放のイタリア語地域を祖国へ統一しようとする運動〕が勢いを増しています。いいや、私にそれをやめさせてください。私を信じてください――あなたがうらやましいです、あなたはすでにこの件からはなれているのですから。主人役のフィアリンガー首相にむけたツィナーの報告をあなたが読んだら、あなたは唇を噛んで血まみれになっていたでしょう。この悲劇は数十年後にはその歴史上の書き手を見いだすでしょう。私が唯一憂えているのは、私がコミュニストから悪用されることです。しかし私はかれらのすばらしい信念を疑っているわけではありません。私は私自身の理性に異議を唱えています」。

ロンドンで66歳で死去した作家エルンスト・ゾマーの最後の写真。かれは病気の発症後、脳の手術を拒否していた。

一九四八年一月一日、五九歳のゾマーは「国際法のコンサルタント」の許可を得て、同僚と補償問題の法律相談者としてヴィクトリア通りに事務所を開いた。ゾマーの将来は経済的には安泰に思えた。すると医者たちからパーキンソン病と診断された。不随となり弁護士の仕事はできなくなった。ゾマーの命が尽きるという見通しがはっきりしないかぎり、亡命がかれを打ち砕くことはなかった。もはや真実に沿って通じる道はなかった。かれの古い故郷は、新しい故郷と代わることはなく、二度ともどってこなかった。たしかにゾマーは一九五一年にイギリス国籍を獲得したが、社会におけるかれの位置は失われた。指の動きが悪くなり、文字はほとんど読めなくなり、不随によって執筆はますます制限され、痛みで苦しんだ。

ゾマーの長編第一作『ギデオンの脱出』（1913年出版）、この作品でシオニズムを懐疑的にあつかっている。1920年に出版された小説『暴動』でかれは大衆のそそのかされやすさを書いている。

しかしゾマーはひどくなる死苦の状況から絶え間なく本を物にしていった。『トーマス・ミュンツァーの使命　ドイツにおけるタボル派と農民戦争』（一九四八年）、『過ちによる恐喝者』（一九四九年）、『ヴィヨン　ある時代の、ある人間の像』（一九四九年）、『楽園の娘』（一九五一年）、『人生は充足であり、時間ではない　ウルリッヒ・フォン・フッテンの肖像研究』（一九五五年）、『アンチノウスまたはある皇帝の旅』（一九五五年）。そして分量としては長編である小説二篇。『慈悲のない裁判官』、『神との争い』。

　ゾマーはミュンツァーからフッテンまで書くことで自分独自の倫理的な要求を表現した。作家ゾマーは登場人物のなかで解決していた。『ヴィヨン』にはこうある。「現代には、国籍はあるが旅券をもたない人、生まれた場所はあるが故郷のない人、寝場所はあるが住居のない人などじつに多くの人間がいる。かれらは自分が留まっているところに耐えられない。かれらがやってきたところには帰路はない。異国の暴力がかれらを散り散りにさせた。過去をもったことはかれらには役にたっていない。さらに悪いことにはかれらには将来はなにもない。現行法規が変わるまで、偶然にもこの一時間のためにかれらは生活しているのだ。つぎの一時間になにを予定しているか、かれらは知らないし、知ろうともしない」。

　ゾマーはヴィヨンについて、そして自分についてこう書いている。「ヴィヨンは自分の時代、つまり大変革の、死者の、苦悩に満ちた誕生の時代を理解しなかったが、かれのことをだれも理解できていない」。べつの箇所にはこうある。「不安な道に終わりはなく、空疎だ」。長編『楽園の娘』にはこういう疑問が出てくる。「人間へのメッセージをもち、それを告げてはならない人間が、幸せになれるときみは思うか」。短編『神との争い』のなかでゾマーはこう書いている。「ヨブが神を頼りにできなかったことを、不遜にもとやかく言った人とはいったい誰なのか」。そして、「ヨブは苦悩をひき受けただけでなく、苦悩を力の根源にした」。

　ウルツィディールに宛てて一九五〇年にかれはこう書く。「もう二年前から私ができるのはドライブにいくだけでした。自分で杖をついて歩く力もなくなりました。さらに悪いことには、タイプを打つのがますますむずかしく、ゆっくりとなってしまい、もう手で書くことはできません。そのうえ私は口述筆記させるのもできません。でも依然として毎日四時間から五時間、仕事をしています……私はもぐりこむための貝をさがしているヤドカリです。私には自殺の思いと絶え間なく戦った月日がありました」。

　ゾマーはノートで、書き方の練習を続けた。字面が読みづらくなると、かれは努めてスペルを大きく書くようにしたり、ゆっくりと書くように試みた。不安のつきまとう書き方の練習帳にはこうある。

「不安で私の身体は麻痺してしまう。麻痺そのものなのだ」。

「私は自分にもう一度機会をあたえようと思う」。

「不安を克服するのに私の意志が充分ではない、とだれも思わないだろう。じっさいはそうなんだが」。

「夜はこわかった。だが不安は勝利を収めた。これから私は不安のめぐみで生きていくのだ」。

「きみはいつでも神との約束をひき合いにだすね」とゾマーの詩作にある。「かれはこれまで自分の言葉を守らなかった。きみは答えるつもりだろう、われわれはわれわれの運命にふさわしかったと。きみの注意をひかなかったのかい、忠実であった者がつねに処罰を受け、背いた者が処罰を受けずに無傷のままであることに……」。

ゾマーは一九五五年一〇月二〇日に六六歳でロンドンで死去した。処女長編『ギデオンの脱出』に「自分の憧れを摑みとり、現象から確固としたもの、永続的なものを創造することにすぐれているひとが、ただしいのだ」とあるように、この作家は、自分が取りくもうとしたことに成功した。世界は共謀してかれに抗ったとしても。それはかれの人生の法則であった。

カミル・ホフマン

「ぼくが夜、目覚めたら、ぼくの心はきみを天国に連れていくだろう……」

一九四四年一〇月二八日、チェコのユダヤ人がテレージエンシュタット（テレジーン）にある強制収容所の駅から追放された。いつも通りの搬送にみえたが、いつものままではなかった。そのときは機関車に貨車がつかず、通常の客車がついた。SSはとくべつなことを考えていた。一〇月二八日は、ナチスに破壊されたトマーシュ・G・マサリクの共和国の祝日であり、この日に搬送されるのはチェコの著名人となった。これはナチスが敗戦を知りつつも、アウシュヴィッツで殺害を終えるまえに、もう一度勝利の歓声をあげるためであり、皮肉となる冗談であった。ガス室行きと決められた著名人のなかにはマサリクの友人で、ほとんど六六歳になっていた作家で外交官のカミル・ホフマンと妻もはいっていた。アウシュヴィッツ行きの最後となる搬送だった。

一九三八年までベルリンのチェコスロバキア外交代表部の広報担当官だったホフマンが、テレージエンシュタットでの一年半の滞在で書いた詩を遺している。これは妻イルマ宛てのホフマンの詩である。「ぼくが夜、目覚めたら、／ぼくの心はきみを天国に連れていくだろう／きみはぼくの人生に夢からも／幸福と生き甲斐をあたえた」。カミル・ホフマンは、一八七八年一〇月三一日にボヘミアのコリーンに生まれ、この国の二か国語の環境で育った。世紀のはじめに民謡風の二巻の詩集で認められた。『静かなる晩のアダージョ』（一九〇二年）、『花瓶』（一九一〇年）。一九二〇年に政治行動の決断をしたあとさらに詩を書いたが、出版されることはなかった。

ホフマンはヴァイマル共和国のベルリンでチェコ文化の偉大な仲

介者だった。チェコスロバキアの建国者、マサリクは、この作家のひかえめな特性を評価するすべを分かっていて、大統領任期中の最後まで月に一度プラハに出張してくるこの外交官と私的な対話のために会っていた。ホフマンはとくにドイツの知識人のあいだで大統領への共感をもたらした二冊の本も翻訳した。マサリクの『世界革命』（一九二五年）、カレル・チャペックの『マサリクとの対話』（一九三五年）。

ホフマンは、マサリクのあの国家理念の化身であり、この理念にはスラブ人、ドイツ人、ユダヤ人のあいだで努力を重ねた共生のあり方が表明されていた。ホフマンは田舎の環境でチェコの御者たちのもとで育ち、父親はエルベ河畔の小都市コリーンの周辺でチェコ人客相手の小さな旅館を経営していた。一二人兄弟の末っ子のホフマンは、旅館を継いだ一番年長の姉に育てられた。プラハで少年が通学を許されたのは、のちにカフカも生徒となった旧市街のドイツ系ギムナジウム（キンスキー宮殿に所在）であった。そのあと勉学は商業学校で続いた。

両親（上）と妻イルマ。

ホフマンは世紀末のまえに、尊敬してやまない三歳年長のリルケとおなじくプラハを去り、ウィーンに行き、ヘルマン・バールが共同創刊者となった左派リベラルの新聞「ディー・ツァイト」の編集者となる。一九〇二年に週刊紙から日刊紙へと切り替えたこの新聞は、ヴィルヘルム二世のドイツと密接な結びつきのある政府方針を拒否して、西側の民主主義との接近を模索することになる。フェリックス・ザルテンとオットー・ユーリウス・ビーアバウムは、ホフマンの側に立って執筆した。地方局の編集部ではモラビアのシャファ（シャフォフ）出身のルートヴィヒ・ヴィンダーが、長編第一作『荒れ狂う輪転機』（一九一七年）の執筆のために経験を積んでいた。

ホフマンはウィーンでは三歳年下のシュテファン・ツヴァイクと知り合い、シャルル・ボードレールの『詩と散文』を共訳することになり、一九〇二年にヘルマン・ゼーマン書店から出版された。国会で政治権力を握っていたリベラル派が倒されるのを身をもって体験し、また社会主義の運動が成長しつつも、愛国運動も勢力を伸ばしていることも見聞した。カール・ルーエガーのウィーン市長就任によって反ユダヤ主義的なカトリックのデマゴギーが暴露されるのを臆することなく見ることになった。ホフマンが属したのは、芸術への帰依によって旧来の政治形態の混乱を忘れさせるフーゴ・フォン・ホーフマンスタール周辺のグループであった。

ウィーンで明白となっていた崩壊現象からホフマンを救ったのは、かれの青年期の光景であり、内面の力が潜んでいた。内面の力は生活のあらゆる困窮に立ち向かえる抵抗力をさずけた。独特の内面性を抒情詩によってうまく客体化できたことで、かれの詩にはボヘミアの地誌がくりかえし登場し、さらにチェコの生活が影響していた。ホフマンはドイツ文学の世界と一体化し、詩をドイツ語で書くと同時に苦もなく原典を読んだが、二〇世紀に繁栄したチェコ文学も熟知していた。「郷愁の歌」にはこうある。

かつてぼくがともに素朴に歌ったのは
ボヘミアの歌、
それはわれら荒くれの若者も
鎮めて悲痛にさせた、
これは忘れられぬこと。

ひりひりと痛む頬、
苦痛がわれわれのなかで眼を覚ます、
なんという恋だ——
遠くにある者もみなわれわれをまね
眠りから覚めたように歌った。

だれが知ろう、だれが歌を紡ぎだしたのか、
驚くようなやさしい旋律を
大昔の晩に、
だれからも慰みのない憧れが
歌を思いついたのか。

そしてぼくはボヘミアの歌を聞く、
ぼくには分からねど、なぜか
わが魂はわが故郷に
ふたたび歩み入る、
魂が迷い込んだようだ。

抒情詩人ホフマンがつねに書こうとしたのは、静寂とした自然であった。風景と内面が融合すると魔術的に喚起する力となる。風景は美しい、なんとなれば過去から未来の確信をあたえるものすべてを守るからだ。

わが歌をわが故郷の
平原でぼくは歌う。月明かりのもと、
庭を囲む川の岸辺に平原は横たわり、
岸辺に広がる夏の昼顔。

そしてこの昼顔に似るはわが歌。
歌は心を、悲しく、傷つける、
泣こうとせず、飢えにくるしむ心を、
影の差す小道の芳しい葡萄を、
落ちる花にしずかなバラードを、
わが魂の夢の国で歌は見つけた

灼熱の色の陶酔を。

陽光を浴びる小麦畑の横溢を、
憧れを隠すアヴェマリアの鐘を、
とうに死に絶えた晩のロマンスを、
梨の森から聞こえる子どもの行列の歌声を、
そしてクウクウ鳴いて愛を誘う白い鳩——
泣こうとせず、飢えにくるしむ心を。

ホフマンの初めての詩は世紀末のころにパウル・レッピンのもとで出版されたが、レッピンはプラハのボヘミアンで無冠の帝王の呼び声のある作家だった。「春」の表題のついた「現代のパンフレット」にレッピンは、リルケ、オットカル・ヴィニッキー、オスカー・ヴィーナー、ホフマンの詩を収めた。

若く美しい機織り女が
白い、白いリネンを紡いでいる、
毎日、毎日。
そして紡ぐときだれも、
思い悩んだ、
ひそかに私を好きなのはだれと。
そして彼女の希いもつのる。

そしてひりひりと痛む彼女の頬
赤く、そして蒼く。
彼女たちが晩に歌えば、
苦悩は歌のなかを通り過ぎて、
その歌をだれも忘れなかった。

ホフマンの第一詩集『静かなる晩のアダージョ』は、エルベ河畔の街、かれの故郷、コリーンへの愛の宣言である。

エルベの島がかすかに仄見え
満月は魔法のように光り輝く、
ポプラの古木が重い夢を見る、
そして水車小屋で堰がざわざわと音を立てる……

ホフマンを有名にした二冊の詩集『静かな晩のアダージョ』(1902年)、『花瓶』(1910年)が出版された。ベルリンのチェコの外交官としてホフマンはマサリクとベネシュの本をドイツ語に翻訳。チェコの外交代表部には、ベルリンで通商の専門担当官のヘルマン・ウンガー(写真左)がいた。ヴァルネミュンデに友人とハイキングに行った折り。撮影はホフマン。

ホフマンが一九〇四年に結婚した相手は幼なじみの女性であった。一九一一年までホフマンはウィーンに滞在し、第二詩集『花瓶』も完成し、ドレスデンに移る直前にベルリンのアクセル・ユンカー書店から出版された。その詩にはこうある。「そして恋愛は歩みのようだ／溢れる五月の陽光のなかで／小路と時間を高く超える／腕の幅ほどに／神のかんばせを前にして」。これは二四年後にテレージエンシュタットのゲットーで生まれるあの旋律に酷似している。

ともに歩けば
手が触れてくる、
ぼくは時代に縛られ、
導かれるのを知る。

ぼくはおとなしい
恋人に触れてみた。
きみが遠くにいれば、
呪縛されたように
きみへのいとおしい思いが、
ぼくをめぐる。
時代は魅惑的に輝き
揺れはじめるぼくの心、
きみが近くでも、遠くでも。

ナチスによる追放を克服した証が、この作家の娘が住んでいるエルサレムに現在保管されている。ヒトラーの権力奪取のあとに父親は、二人の子どもがイギリスに定住できるようにめんどうをみた。娘のエーディットはドイツを去るまえ、一九三四年のうちにミュンヘン大学で博士号を取得した芸術史家であり、一九四〇年にリトアニア生まれのジャーナリスト、エリーザー・ヤポウと結婚した。パレスチナへ移住していたヤポウは、ロンドンで代理店「オーヴァーシーズ・ニュース・エイジェンシー」に勤めていたが、イスラエルの国家建設のあと、自国の大使となった、最初はロンドンで、のちに南アメリカで。

エーディット・ホフマンが父親に最後に会ったのはミュンヘン協定締結のあとで、父親がベルリンの外交代表部を解任され、年金生活にはいったときのことである。「父は私と兄を一九三八年一〇月にロンドンに訪ねてきました」と、現在七〇歳になる娘は回想している。「私たちはもちろん、母と父に留まるように説得しましたが、父は望みませんでした」。年金生活者となったホフマンは、自国の歴史を書こうと目論んでいた。「一九三三年以降にベルリンで父に助言をもとめたユダヤ人に、すべてがさらに悪化するのでこの国を去るように父は懇願した」と娘は報告している。だがホフマンは娘にロンドンでこう答えている。「プラハの図書館に座っている老人をドイツ人はどうしようというのか」。

エーディット・ヤポウは、一九四七年に『オスカー・ココシュカ——生活と作品』というココシュカに関する基本書を著わしたが、

ホフマンの娘エーディトは1934年にミュンヘン大学で芸術史家として研究を修了。父親によってイギリスへ送られ、生きのびた。

この芸術家とは一九一七年に一〇歳のときにドレスデンのヘラーアウの両親の家で知り合っていた。その当時、ドレスデンのアルベルト劇場でココシュカの三作品が一晩に初演された。『殺人者、女の希望』、『ヨブ』、『燃えるいばらの茂み』が上演され、ホフマンは批評を書いた。ホフマンは一九一一年から「ドレスデン新報」の文芸欄の編集者となり、すばやくヘラーアウの編集者ヤーコプ・ヘーグナーと接触を図った。ヘーグナーは一九一四年にホフマンをドレスデンから「芸術家の移住地」へと連れだした人物である。ヘラーアウでホフマンは同年配のプラハ出身の作家、パウル・アードラーと知り合い、このほかにドレスデン時代にはコンラート・フェリックスミュラー、ジョージ・グロスと友人関係にあった。

ホフマンがドレスデンで、ベルリンの出版社「マイアーウントイェッセン」のために編集した選集『グリルパルツァー以来のオーストリアのドイツ詩』は、一九一二年に出版されその質の高さにおいて現在でも消えることなく残っている作品である。ハプスブルク帝国の他民族の理念が公然と支持されているその前書きで、ホフマンは、選集のために詩を寄稿したリルケとの特別の関係を記している。「最近あらゆる選集から意識的に遠ざかっているライナー・マリア・リルケは、この度は例外的に書いてくれたが、これを先例とするつもりはない」。一九一三年にホフマンは選集『恋の手紙——ヨーロッパ文化の二世紀にわたる心のドキュメント』の編者として登場した。

編集長が余人に代えがたいと公的に認めていたこのジャーナリストは、兵役から解放されることになるが、新聞出版社で印刷工と連帯して一九一八年にストライキをしたために無期限の解雇となった。トマーシュ・G・マサリクは、この四〇歳のジャーナリストをプラハに呼び出し、「プラーガー・プレッセ」紙の創刊準備を委託した。マサリクは国家建設のあとチェコ人とドイツ人のあいだで支配していた排外思想のなかで、チェコスロバキアでドイツ語を用いるドイツ人に政府の考えを納得させるための機関紙をさがしていた。「プラーガー・プレッセ」紙の創刊時には、ホフマンはすでにべつの難題をひき受けていた。

ホフマンは一九二〇年にベルリンのチェコスロバキア外交代表部の広報担当官の職をひき受けていたのである。マサリク大統領にとってこの国における作家カレル・チャペックの意味は、作家ホフマンがこの国の外、つまり、ドイツで意味したこととおなじであり、その言語をほとんど四分の一の国民がチェコスロバキアで話していたわけである。マサリクの政治の担い手は知識人でなくてはならなかった。そしてかつての哲学教授を覆っていた知的なオーラは、かれの時代の指導的な政治家のなかでも比類のないものであった。ホフマンは同窓であるエートムント・フッサールのような巨匠の哲学者にはならなかったが、プラトンの意味での王様となった唯一の哲学者だった。

これはあらゆる知識人からみて魅惑的な光景だった。ホフマンもその一人であり、マサリクとおなじく家族の困難な状況から努力して出世した一人である。ホフマンは新しい国家では自分の出自を黙す必要などなかった。ホフマンは自国ではドイツ語を用いるチェコのユダヤ人であり、そのことを告白していた。マサリクはその反対であり、チェコスロバキアの建設を現実的に単独で貫徹した男は、あえて告白しようとはしなかった。あるユダヤ人の家族に孤児としてやってきて、孤児院にひきとられたチェコ人と、そこで料理人として働いていたドイツ人女性との間に産まれた子どもがマサリクであった。

マサリクは単一民族国家の危険性について認識していた。とくに夢を充足するためには貢献の乏しかった民族、そして自分の国家をいわば贈り物のように手にいれた民族、そしてかつて支配していたドイツ人に自国でいっそうひどくその二流性を見せつけた民族であった。「弾圧された不自由な人間が精神的にも自由になるのは容易でもないし、すぐさまというわけにはいかないことを私は知っている」とマサリクはチェコ人について言っている。「われわれは政治と行政に伝統がない、しかるにわれわれは失敗を犯した。私が希っていたのは静かな、理性的な、豊かな労働をともなう発展であり、そうなればわれわれの国家は確実なものになる」。

チェコスロバキアとドイツの隣国同士のつきあいは良好に進展した。政治家エドヴァルド・ベネシュはマサリクの後継者となるまで、すべての内閣で外務大臣であり、ホフマンをミュンヘン協定までベルリンにとどめておき、この作家を大臣クラスの地位にひきあげた。ホフマンは、両国の間にたってドイツ人にチェコの作家を発見させた文化風土を築いた。

ホフマンは、外交上の出世がはじまったとき、フランスの長編二作を翻訳して世に問うことになる。シャルル－ルイ・フィリップの『ビュ・ビュ・ド・モンパルナス』(一九二〇年)、バルザックの『結婚の生理学』(一九二二年)。それから政治課題に全力で取り組んだ。ベルリンの外交代表部には文学の目標を追いつづけるもうひとりの作家がいた。モラビアのボスコヴィーツェ生まれのヘルマン・ウンガーであり、一九二〇年に小説集『少年と殺人者』によって知られるようになる。ホフマンのもっとも身近な友人の一人となったウンガーは、チェコスロバキアの外交代表部で広報担当官として勤務する。ドイツも、プラハの外交代表部でドイツ語を用いるチェコの作家の仕事を利用することになり、それで若いヨハネス・ウルツィディールは常勤の広報相談役になった。

ベルリンではホフマンはベルトルト・フィアテル、ヴァルター・メーリング、アルフレート・デーブリーンなどの作家を友人にしていた。出版者のS・フィッシャー、演出家のエルヴィン・ピスカートアなどもそうであり、のちに刑務所から釈放されたエルンスト・トラーも加わっている。この作家大使はカール・クラウスとはベルリンでの朗読会のあとなどに会う関係であり、そのクラウス・グループに属していた。

ホフマンは、一九二四年に死去したチェコの社会民主主義者、ヴラスティミル・トゥサル大使のもとで勤務し、その後、歴史家のカミル・クロフタのもとで勤務したが、クロフタはベネシュの親友で、ベネシュが大統領となった選挙のあとに外務大臣となった。ホフマンはエーリヒ・ライス書店のためにクロフタの『チェコスロバキアの歴史』を翻訳し、一九三二年に出版される。一九三二年一月一日に書きはじめ、ミュンヘン会談で終わっている日記で、外交官のホフマンが暗示しているのは、大使のヴォイテフ・マストニーは三〇年代のベネシュの考えとは一致していなかったことである。

マストニーはベルリンからマサリクの後継者の手抜きを見ていた。つまり後継者は一九三七年になってようやく――展望のない状況で――ズデーテン・ドイツ人に、マサリクが一九一九年にパリ講和会議で約束したことの準備にはいる。その状況でホフマンは観察者の立場、目撃者の立場に身をひいた。ドイツ語を用いるチェコのユダヤ人は、外交上の治外法権によって、反ユダヤ主義者によるドイツ系ユダヤ人の追放から守られ、ドイツ系ユダヤ人の追放がある段階に達するのを見ていた。

ホフマンは日記をつぎの言葉ではじめる。「私は体験することを、またはすくなくとも間近で聞いたり、見たりすることを、書きとめようと思う……まったく制約もなく、脈絡もない。関連付けと論理はあとからついてくるだろう。ドイツではすべてヒトラーの独裁にむけて準備がされている……ファシズムの四分の三はどのみちそこにきている」。

ホフマンは独白する。「長く生きることが肝心だ。そうすれば新しいことがいよいよ追ってくるのが分かる」。ホフマンは、自分から語りかけたかったがそうはしなかった文学上の日和見主義者との出会いを記述する。「その人物はハンス・ミュラーである。私が想い出しているのは、シュテファン・ツヴァイクと私がわれわれの詩を編纂したウィーン時代のことである。われわれはミュラーを大変な才人とみていた。しかし、ミュラーが外部で成功を手に入れた危険のない安全ぶりを笑っていた。ミュラーが自ら楽しく語って言うには、ブルノの「文学使命」誌でヒルトについて阿諛追従する文芸記事を発表したのは、ヒルトが編集者であるミュンヘンの雑誌『ユーゲント』に自分の思いが届くためだったという。のちにミュラーはブルク劇場の俳優に強引に近づき、俳優たちのために戯曲を執筆し、戦時中は『台本作家』として皇帝ヴィルヘルムに受けいれられるほどに成功し、皇帝はミュラーの『王様たち』を気にいっていた。そのときはフランス人を敵視する映画『ヨーク』の台本を書いていた。どんな局面でも、愛国主義的となった。ユダヤ人でブルノ出身の弁護士の息子――かれの肩を私はすぐさまたたこうとした。『なんという不潔なことをあなたはするんですか、ミュラーさん』。わたしはもちろんなにもしなかった」。

一九三二年八月三〇日、議会の最長老であるコミュニストのクララ・ツェトキンが演説し、ナチスを殺人者と呼んだとき、ホフマンは帝国議会の外交の舞台にいた。社会民主主義者のフィリップ・シャイデマンとともにホフマンは、ベルリンのホテル「コンチネンタル」でゲアハルト・ハウプトマンとの食事会に招待されていた――七〇歳になる作家の誕生祝いはすでに一週間続き、ホフマンはハウプトマン自身から、ヒンデンブルクの死後、大統領として後継に就くのにふさわしい人物であると自認していることを知った。二月二六日、――かれが書きとめているところによると――デーブリーン、ヘーグナー、レオポルト・ウルシュタインがナチスに抵抗するにはどうしたらよいか、ホフマンから聞こうとした。ホフマンはこう書いている。「ドイツには死の風が吹いている」。

帝国議会の炎上のあとホフマンは、かつてのスパルタクスの支援者、チェコスロバキアへのプフェンフェルトと妻の逃亡を実現させた。「アクツィオーン」誌の編集者、プフェンフェルトはカールスバート（カルロヴィ・バリ）でホフマンにこう語った。「まだ国境の手前なのに牧草地の道でドイツ兵に会ってしまい、これは万事休すと思いましたよ。しかしその兵はこう言っただけでした。『気をつけていきなさい。橋を越えれば、チェコだ』」。

この外交官は、ナチスの介入から逃れてオーストリアに逃亡できたヴァルター・メーリングにあとから蔵書を転送している。ハインリヒ・マンはチェコスロバキアに亡命しチェコ国籍を獲得したが、ホフマンはかれのミュンヘンの住居をこの国の財産であると言明して、ここでも蔵書と仕事の資料を救いだした。また、デーブリーンの住居の調度品をパリに送ったり、ゲオルク・ベルンハルトの蔵書をオランダに首尾よく送ることもしている。マルクスの遺稿が社会民主党の文書館からナチスの手にわたらないように、パリに届くように手配もした。

一九三三年四月一日、ユダヤ人の商店がボイコットされた日に、ホフマンはベルリンの通りを歩きながら、その様子からベルリンはナチスの管理下にあると確信した。「気づいたことは、民衆の大多数は行動をともにせず、恥の感覚はあるということだ」。ホフマンは、どうして指導的な社会民主党員が一九三三年四月にアドルフ・ヒトラーの「特使」になれたのか、そしてパリ、ロンドン、プラハ、ストックホルムでナチスのために「大目に見てくれるように」頼めた

ゲオルク・ベルンハルトのために外交官ホフマンはドイツにあるかれの蔵書を救い、オランダに送った。ナチスから逃れたベルンハルトは、1930年代末まで「フォス新聞」の編集主幹であった。ヴァイマル共和国のもっとも影響力のあるジャーナリストのひとりで、フランスに亡命中の1933年12月に「パリ日報」紙を創刊。チェコの国家機関の出版社オルビスが、1933年にベルンハルトの著書『ドイツの悲劇』を出版。ベルンハルトは1944年にニューヨークで68歳で死去。

のか、驚きながら記述している。ホフマンは、逮捕された自国民がふたたび自由になるためにジャーナリストのヴァルター・チュピクのように、取りくむ。かれはなんども、ゲシュタポの犠牲者が虐待されてもどされるのを見ていた。

一九三八年の水晶の夜のあとホフマンはこう書きとめている。「プラハで住居を借りる」。プラハにもどると、六〇歳になっていた。ベネシュは退陣し、イギリスに亡命していた。大統領エミール・ハーハ周辺の男たちにとって、ホフマンは外務省でユダヤ人であり耐えがたい人物となり、退職させられた。ふたたびロンドンで自分の子どもたちと会ったときは、自分の日記をもっていき子どもたちのもとにおいた。ドイツ人もプラハにやってくることは分かっていた。そして、プラハだけが自分の居場所であると信じていた。

「議論にかれが口を出すことはなかった」とエルサレムにいるホフマンの娘エーディットは言っている。「父はつねにたいへん寡黙な人間でした。齢を重ねるとともにわれわれにはつねに遠くからしか気づかない存在でした。父が一度われわれの近くにいたとき、なによりも蔵書を自分の近くにおいていました。蔵書の多くを、父にとってそのなかでもとくに重要なものを、ドイツ人による占領のまえにロンドンの私のもとに送ってきました」。

エーディット・ヤポウ－ホフマンはこう思っている。「私の父はおそらく、ナチスがテレージエンシュタットのゲットーをあらたにつくったとき、まだ去ることはできたでしょう。父はスウェーデンの査証をもっていました。しかし歴史家のように出来事を追いかけていました。このような思いでわれわれはすべてを見てきたのですが、その終焉も見たいのです」。

ホフマンはロンドンに手紙を書き、そして詩を書き送った。

きみ、歌が造った橋よ、
だがすぐ断ち切られるだろう、
すでに星の夜に
深い孤独が沈む。

いざ小船に乗り
はてしなく、遠くに失踪するぼく、
輝きわたる天空に
移りゆくのは星のみ。

きみ、歌が造った橋よ
もう一度海を飛び越えよ。
星から夢に
青い永遠が吹いてくる。

占領の初期、ホフマンは政治状況を遠まわしにロンドンにいる娘に報告した。娘はこの報告をホフマンの名前を告げずに地元の新聞社にうまくもちこむことになっていた。しかしだれもイギリスで印刷しようとする者はいなかった。一九四〇年におなじように遠まわしに詩の原稿をベルリンに送った。ホフマンは、友人である建築家ハインリヒ・テッセノウが原稿を隠してくれるように願っていた。テッセノウとホフマンは、ドレスデン時代に芸術家コロニーのヘラーアウで知り合っていて、テッセノウはこの祝祭劇場の設計者だった。しかしベルリンのシャルロッテンブルク工業大学教授のテッセノウは、プラハで――ホフマンが書いているように――「逮捕と連行を覚悟していた」ので原稿の受け取りを拒否した。詩の原稿はテッセノウに拒絶されたが、届け役であるホフマンの娘はまず自ら保管し、コンスタンツの彼女の母親のもとに収納しておき、一九四五年以降ふたたび見つけだした。ほかの詩の原稿はホフマンがテレージエンシュタット強制収容所に移送される直前に、庭師のW・ノイフリースに保管を頼んだが失われた。この庭師は戦後ホフマンの娘エーディットに手紙で、「文書をゲットーの敷地に埋めたが、戦後おなじ場所でさがしても見つからなかった」と伝えた。それでも当時の何篇かの詩はゲットーからこっそり持ち出され、プラハの友人たちによって保管され、生き残った。

ホフマン夫妻の友人であるツェツィーリエ・フリードマンは、テレージエンシュタットで拘留され、夫はナチスに処刑されたのだが、戦後こう報告している。「カミル・ホフマンは三九年から四二年にかけて、ゲシュタポに長く厳しい尋問を何度か受けた。一九四二年四月一三日、ホフマンと妻はテレージエンシュタットへの移送命令を告げられた。これは通常とは異なる、ゲシュタポによって特別に指示された命令だった。スウェーデンの領事はゲシュタポに抗議したが、ぶっきらぼうに退けられた。同時にプラハの別の陣営からベルリンのある外国特派員に電話がはいり、この特派員は即座にベルリンの外務省に通知した。そのあと当時の次官マイスナーが、ベルリンのゲシュタポに移送指示を取り消したようだ。四月一七日、ホフマン夫妻は移送を免れるという公式の通達を受ける。四月二〇日、ホフマンはあらたにゲシュタポの出頭令状を受け取る。SSの隊員ヴィリー・ラーム、のちのテレージエンシュタットのゲットーの隊長はホフマンを尋問して即座に逮捕し、警察の職務によって刑務所に連行した。このことは完全に当時の状況に適合していた。ナチスのテロのもっとも効果的な組織であるゲシュタポは状況を支配し、ほかのいかなる官庁との争い事でも勝者となった。四月二二日、ホフマンと妻はテレージエンシュタット行きの移送列車にひき渡された。手荷物なし、食料なしだった。一か月半後にハイドリヒがプラハで暗殺の犠牲となったとき、ホフマンはこう表明した。『テレージエンシュタットにいたことが自分の命を救った、というのはプラハにいたらナチスが復讐するほかの多くの公人のように、まちがいなく処刑されたからだ、と』」。

ホフマンはテレージエンシュタットで妻とは一か月はなれて暮らした。そしてこのような詩が生まれた。

夜は孤独。その墓は
もう孤独にはなるまい。
ぼくは眠れずに手でさぐる、

この墓石はぼくの心。
ぼくは知っている、知っているさ、きみも、
きみも独りで横たわっている。
魔力の及ぶところを夢は旋回せず、
きみの青銅の額のまわりをめぐる。

そして明日が、もしや来年が、
どうなるというのだろう。
夜は永遠に続き、
そしてこの星は苦痛なのだ。

テレージエンシュタットの庭師ノイフリースは、戦後このように回想している。「本来、ホフマンさんはすでに年齢制限を越えていました。しかし最後の移送のときまだ何人か不足していましたので、妻が制限以下の場合は、夫の年齢制限を上げました。ホフマン夫人は夫よりも五歳若かったのです。こうしてホフマン夫妻は移送列車に乗ることになりました。テレージエンシュタットをはなれたその列車は、アウシュヴィッツのガス室に送られた最後の列車となりました。だれかが抗議していれば、かれらには移送列車から逃れる可能性はあったでしょう。そして『善良な友人たち』は黙ったままひき下がっていきました、というのは自ら移送車に乗るのではという不安があったからです」。

ナチスが一九四三年にベルリンからテレージエンシュタットに連行したレオ・ベックが、一九四六年にロンドンにやってきたとき、ホフマンの娘はベックにこう訊いた。「ひょっとしてなにか私の父について知っていることはありますか」。

「はい、もちろんです。私はあなたのお父さんには毎週火曜日の

ホフマンの最後の像。テレージエンシュタットのゲットーの被収監者の仲間が描いた。かれが収容所で話したのはチェコ語だけだったが、ドイツ語の詩を書いていた。

ホフマンは、これまで出版されていない詩が添えられている囚人用秘密通信文を、テレージエンシュタットのゲットーからこっそりもち出した。受取人はそれを保管していたプラハの友人たちであった。

晩に会っていましたよ」。
「なんのことで語り合ったんですか」。
「まあ、ドイツのロマン主義のことですよ」。
そしてレオ・ベックは、一九四四年一〇月二八日にホフマンと妻に列車まで同行し、ホフマンは別れぎわにこう言った、という。「いまわれわれはすべてのことに耐えて生き抜いてきました。われわれはこれからべつのことにも耐えて生きていきます」。
ホフマンが書いた最後の詩の一篇。

われわれが存在していることはなく、
すべてはかつてのままだろう。
きみが笑おうと、泣こうと、
わが子よ、すべてはかつてのままだろう。

故郷、友人、幸福、
これを早く投げ落とせ、
これを早く投げ返せ、
役立つのは旅の杖。

わが子よ、すべてはかつてのままだろう、
きみはいない、ぼくもいない、かつてのように。
きみも風にゆれる一葉にすぎず。
痛みはあれど身をひきはなせ。

七〇歳のエーディット・ヤポウ－ホフマンがいま手にしている囚人の秘密通信文は、両親がまだ生きのびると信じていたときに受け取ったものであるが、それにはこうある。「きみたちのどの言葉も尽きることない幸福だ。われわれが終わりを見ることはない、きみたちはみな希望だ」。ドイツ人はホフマンの兄弟を家族ごと殺害した。父親から娘エーディットに残されたものはこの最後の思い出。

きらきらした眼、きみの
眼のような子どもよ、
ぼくの眼のようでもある、美しい子よ……

真夜中を過ぎて時間に
注意してもむだ。
闇からきみを導く橋はなく、
きみは、時計の針が進むのを注意深く聴き、
きみはしのび歩きの分針を数える、
傷口がみな血を流しはじめ、
そして空の星が朝方に消えるまで
きみの胸にある星は色あせる。
真夜中過ぎの時間に
きみは脳髄を
きみの弱い心臓を病気にしてしまった。

きみのすべての苦労はむだとなり、
咲き誇り、咲き終わるのもむだとなり、
信じることも、思い込むのもむだとなり、
きみの涙もむだとなり、
きみのすべての苦悩もむだとなる。
無慈悲にも時代ははげしく叩き
度を失った顔にみみずばれが
そして時代はきみの眼から輝きと光を消す。

ヘルマン・ウンガー　最高の任務を果たしたスパイ

作家にして外交官ヘルマン・ウンガー（一八九三―一九二九年）の息子トーマスは、父親が一九二九年にプラハで死去したとき六歳だった。その九年後、息子が「プラハ・イングリッシュ・グラマー・アカデミー」の卒業試験を終えると、母親は息子を職業訓練のためにロンドンに送った。トーマス・ウンガーには、このときはまだ故郷と永遠の別れとなる予感はなく、その五年後にはイギリス海軍士官となり、連合国の護送船団でソ連の軍事物資をムルマンスクにむけて搬送もした。また盗聴機関にいたときは、ドイツのUボートの魚雷による命中率を下げるように工夫しなくてはならなかった。

トーマス・ウンガーは、イギリス海軍ではトム・アンウィン（Tom Unwin）と名乗ることになったが、これは身の安全のためでありドイツの捕虜となった場合を考えてのことだった。捕まらずにすんだが戦後もこの名前を名乗りつづけた。一九四五年にトム・アンウィンがドイツに携えていった契約書は、Uボートの専門家ヴァルター教授とキールのヴァルター工場の一流学者たちをイギリスに連れてくるという内容だった。ナチスの科学者は、戦勝国のためにUボートを建造することになった。契約を果たしたトム・アンウィンは、トラーヴェミュンデ港の責任者となる。

　イギリス海軍はアンウィンをトラーヴェミュンデ港からヴィルヘルム港に配置転換した。そこでは連絡将校としてドイツ海軍の戦艦などをソ連にひき渡すのが任務となり、ラトビアの港リバウまで同船した。「われわれはロシア人の指揮下で、老いたドイツの乗組員とともに航行しました」と回想している。「毎晩全員がカジノに座り、祝杯をあげたものです。ロシア人、イギリス人、ドイツ人がいました」。終戦となりアンウィンの心境はこうだった。「いざドイツにいくと、同情の念がわいてきました。ひとを観念的にしか憎めませんでした」。一九四六年、アンウィンはイギリス軍で知り合った女性と結婚する。

民間人トム・アンウィンはアフリカのイギリス領タンガニーカに赴き、発展途上国の奉仕員となる。ニエレレ大統領とプラハ出身のこのイギリス人は親交を結び、一九六一年にタンガニーカが独立したとき、ニエレレはアンウィンを外務次官に抜擢する。アンウィンはニエレレのもっとも信頼できる助言者となり、外務省では黒人ばかりの役人のもとで白人として事務局長を務めたが、三年後にニエレレが政治危機に陥ったときはアンウィンはその職を辞することになった。

トム・アンウィンは、合衆国の発展途上国用プログラムの仕事をひき受け、トルコではチェコスロバキアの元第一書記ドプチェクと知り合いになるが、ドプチェクはソ連によるチェコスロバキア占領のあと、大使となってアンカラに追放されていたのだ。「それは私が一九三八年に故郷を去って以来はじめての故郷との出会いでした」とアンウィンは回想している。「私は流暢にチェコ語を話し、それでドプチェクとの接触がうまくいきました。ドプチェクには故郷に帰還しないほうがいいとみんなで助言しましたが、ドプチェクはこう言い切りました。『私のことを西側の代理人であると烙印を押すような党を喜ばせるわけにはいかない』と。ドプチェクはじつに非の打ちどころのない人物でした」。

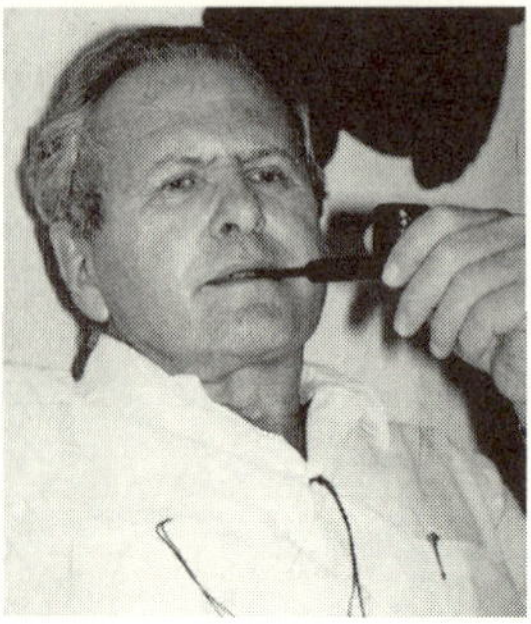

現在のトム・アンウィン。

トルコはアンウィンにとって最初の結婚に終止符を打った国であり、二度目の結婚生活をはじめた国であった。世界一周旅行をしていたダイアナの車がアンカラで故障し、それを助けたのが知り合うきっかけとなった。ダイアナはさらに運転は続けず、そのままアンウィンのもとにとどまった。またもイギリス人女性だった。最初の結婚で一女を、二度目の結婚で一男をもうけた。二人の子には自分がユダヤ人であることを隠していた。「私は子どもたちに要らぬ心配をかけたくありません」と言いながら、この訪問で出自の話題を切り出さないように筆者に頼んだ。さらにフィリピン、パプアーニューギニア、ウガンダ、カンボジア、そしてスーダンでの援助活動をへて、現在は年金生活を送っている。

六三歳の年金生活者は、ロンドンから電車で二時間ほどのところにある、サマセット州の人口五〇〇〇人の町ミルヴァートンで妻と暮らしている。かれは筆者をミルヴァートンのつぎに大きい町、トーントンの駅に車で出迎え案内してくれた。作家を父親にもつことがなければ、この人物には文学は美しいファンタジー、つまりボヘミアの村になっていたのだが、現実には生涯にわたって第三世界の援助をするために働き通した実務者であった。アンウィンは危機を克服するために、自らの手で仕事にとりくんだ。思いやりのある、日々の生活では必要なことを瞬時に見抜く才がある人物である。

アンウィンは、危機に瀕した異常な世界で生活してきたが、作家である自分の父親の心を襲った内面の危機の感覚にはなじめないままだった。かれの弟アレクサンダーは、父親の亡くなる年に誕生し現在シアトルのボーイング社で物理学者として勤務し、心情的には兄と似ているところもあった。アンウィンが抱える問題には、反発と不審の念が混然としている。「世界はほんとうに父が描いたように悪夢の世界なのでしょうか。人生はほんとうに性と金銭の欲望だけなのでしょうか。他人に苦痛をあたえる欲求がほんとうにつよいのでしょうか。どうして父は人生を沈鬱なものとして叙述することになったのか。父が著書のなかで描いたことは、父の伝記にはなにひとつ見出せるものはないのですが……」。

かんたんなはずの盲腸の手術が失敗したために、わずか三六歳で亡くなった作家ヘルマン・ウンガーの絶望はいったいどこに源を発しているのだろうか。アンウィンが父親について語れた内容とは、母親がかれに話したことだった。ウンガーの日記は、家族がほとんど全部、一九三九年にプラハにおいてきた。アンウィンの母と弟は、ドイツ軍が侵入したあとロンドンに逃れるのがやっとであり、日記を携えて汽車でドイツを通り抜けるのは危険だった。ウンガーの妻マルガレーテは、戦後はカナダに居をかまえ一九七八年にバンクーバーで亡くなっている。

ウンガーはボスコヴィーツェのゲットーで育った。古くからの土着の教区ではドイツ語が話され、ゲットーの外ではもっぱらチェコ語だった。

モラビアのユダヤ人、ヘルマン・ウンガーは、ブルノとオロモウツの間にある小さな町ボスコヴィーツェで一八九三年四月二〇日に生まれた。家庭は裕福で父親は蒸留酒製造所を営み、ボスコヴィーツェの隔離された地区に住んでいたユダヤ人の教区長をしていた。この地区は第一次大戦後ようやくほかの町と統合された。ボスコヴィーツェへのユダヤ人の移住は一一世紀までさかのぼり、一九世紀はじめにはラビのサムエル・コリンのもとでタルムード研究の中心地となった。古くから住み着いていたユダヤ人の教区はドイツ語を用いていた。

町のほかの地区ではチェコ語だけが用いられ、ボスコヴィーツェは完全にチェコ語だけの言語地域であった。一九〇三年にウンガーが、ブルノにあるドイツの第二ギムナジウムに通うために下宿したときは、二つの言語を話していた。ボスコヴィーツェには当時ギムナジウムはなかった。ウンガーには弟と妹がひとりずついたが、その弟は家族とともにナチスの犠牲となり強制収容所で殺害され、ウンガーの母親も強制収容所で亡くなった。この作家の妹は、一九二六年に故国をすててパレスチナに移住しテルアビブで医師として勤務したが、一九四六年に母と弟の死亡通知に接し自殺した。

ウンガーは芸術的な家庭に育った。文学に関心をもっていた父親は、息子が望む道に進めるようにあらゆる可能性をあたえた。ウンガーはギムナジウムに進学するまえは家庭教師につき、ブルノのギムナジウムではとくに努力することもなくクラスの首席となった。内緒で書いた戯曲は、のちに告白しているように、「このうえなく激しい愛とおぞましくも殺害された多くの遺体がでてくる」戯曲だった。この作品を唯一の友人にみせていた。「この友人からぼくは成功と称賛の悦びを知った」。

ウンガーが執筆する世界には、隠されていた面が出現するが、ウンガーは内面の出来事を外界から隔絶していた。従兄弟で幼なじみの女友達、ブランカ・トチスにたいしては生き生きとした晴れやかな男のイメージを植えつけていた。なにか事が起こるたびに、そこにいたのはウンガーだった。ひととの交わりが好きでダンスのレッスンを受け、フェンシングを習い、おまけに体操クラブにも通った。またサッカーの選手としてはピアニストのような動きぶりだった。若い娘たちはウンガーのこのような魅惑的なところがすきだった。そして教師たちは、悪ふざけや教師の弱みにたいするウンガーの鋭い勘に畏れをなした。

学友のアロイス・レーブルからみるとウンガーは、反ユダヤ主義に抵抗する存在となり、ドイツ人の学友の愛国的な反ユダヤ主義にたいし、ユダヤ人の愛国的な学生組合「ヴェリタス」の中学支部にはいり活動した。クレナのレストランに集合しユダヤ史について議論を交わし、ユダヤ人の新聞を朗読してはパレスチナのユダヤ人の入植について語り合った。ギムナジウムの生徒ウンガーはそれまで信仰の問題にはむしろ無関心であったが、旧約聖書に近づくとともに、突然わいてきた本格的な学問への関心をひろげていき、アルフレート・イェレミアス教授の『古代オリエント史に照らした旧約聖書』に触発されて、ヘブライ語とアラビア語の研究を決意した。

この研究をウンガーはベルリン大学ではじめ、そこでシオニストのグスタフ・クロヤンカと知り合うことになるが、このクロヤンカはのちにベルリンの「ユダヤ教出版社」と「世界出版社」の社主となり、一九三二年にパレスチナに行った人物である。クロヤンカが最初に受けたウンガーの印象はこうだった。「ある日かれは私の部屋をたずねてきて、清々しい眼差しをむけてきました。柔和な表情をした希望に満ちたブロンドの少年でした。おごそかに黒の礼服をまとい、手にはシルクハットをもち、生まれつきの名士然として儀礼訪問にきました。ある意味でかれはすでに当時からずっと変わらぬままでした。かれには無作法きわまりない態度、あらゆる因襲にたいする反抗的な態度、そして因襲によっていやいやながら支配されているという気持や、りっぱな作法によるいわゆる抑制された仕草とが奇妙に混じりあっていました……じっさい最初の出会いのときもふつうの訪問ではなかったのです。かれはソファーの端に座るとすぐに分厚い原稿をひっぱりだして、なんとしても作家になるという二〇歳の夢を私に告白しました」。

外に向かってはたえず明朗快活な元気いっぱいの人物だった。友人と一緒に和むウンガー（左から三人目）。このなかには、「ユダヤ出版社」の社主グスタフ・クロヤンカ（エアデル・テリアと一緒）もいる。

グスタフ・クロヤンカはウンガーの人生におけるあの分裂的な症状を、他人のまえではいつでも神経をつかいリラックスした快活さで覆い隠そうとする症状を、見抜いた最初のひとである。ベルリンに一年滞在したあとウンガーは、言語研究を中

断しミュンヘン大学で法学の勉強をはじめる。そのあとプラハ大学にはいり、一九一三年一〇月には最初の法学試験を優秀な成績で合格する。プラハではユダヤ人の学生運動の最先頭にたち一九〇三年創設の「バリシア」に属していたが、組織的にはドイツの学生同盟と似ていて、精力的なシオニズムの戦闘集団として受けとめられていた。一九一四年、ウンガーはこの決闘規約をもつ学生組合の議長をひき受ける。

　ウンガーにとって最初の恋愛相手は、従兄弟のブランカ・トチスであり、二人の関係は一九一七年までつづいたが、トチスから断わられる結果となった。戦争が勃発し、ウンガーは志願兵として一年間、オーストリア＝ハンガリー帝国の第五砲兵連隊に配属され訓練をへてロシアの前線で戦い、銀色の勇敢二等メダルを授かったが、負傷してブルノの病院に入院することになった。そこになんとブランカ・トチスが看護婦としてやってきて世話をすることになる。傷が癒えてウンガーは片足をひきずりながら歩行していたので、もはや兵役に服する能力がないとみなされ、中尉の位のままで兵役不合格となりプラハ大学にもどった。

　ウンガーはほかの多くの作家とおなじく戦争体験によって変わった。破壊行動と対峙するなかで人間の日常生活における破壊的なものに目がむき、この破壊のプロセスについてウンガーはひきつづき書くことになる。第一次世界大戦の間ウンガーを二度と立ち直れないほどの戦慄に追いやったものを秘密のままにして、ウンガーは自分の戦争体験をだれにも語ることはなかった。しかしエーリヒ・マリア・レマルクが一九二九年に「ベルリーナー・ターゲブラット」紙に書いた『西部戦線異状なし』の細部についてウンガーが言及したとき、一度だけ経験にもとづく戦慄が走り、それを客観的に言葉で表現した。

「いく百万の人間が戦争中に馬が苦しみ死んでいくのを見てきた。しかし負傷して戦場で絶叫する馬の存在をこのように小説のなかで暗示する力は想像を超えていて、数か月まえのこととはいえ、この絶叫は軍人たちのきわめて恐ろしい思い出となってよみがえってくる。いく百万の男たちが私と同様に戦時中、傷ついた馬が声をださ

ずに、喘ぎ喘ぎ死んでいくのを見てきた。軍人たちの現実の体験は文学の読書体験によって意識から除かれることになる。つまり作家の非現実的でたくましい幻視の力が、だまって野垂れ死にしていく生き物の感動的で、ほかでは見せない顔を意識から追い払ったのだ。この暗示方法はあまりに先鋭化されているので現実の姿を見きわめようとする者には、それがじっさいとはくいちがっていると確信できるほどである……昔から絶叫する馬は存在したかもしれないが、レマルクによってはじめて馬の像がひとつの形象となって、無理なく大衆の心につたわるまでは、絶叫する馬の像はどれも、現実にもとづかない、暗い文学の想像力によって作家たちによって造形されつづけてきたわけだ。なぜこのような暗示の手法が効果をあげたかというと、この手法はわれわれと運命をともにした動物を人間化し、われわれに親しい存在にしたからだ。人間とはちがう苦しみ方をする生き物の無言は、われわれに異質であり、ずっと不可解であった。なぜなら馬は、われわれのとなりで、われわれと一緒に苦しんではいたが、身体上は参加せざるをえない、人間の劣等感の表われである「戦争」にひき込まれるのを、その無言の力によって避けたからである。われわれはみな、そのことを知らずに、馬にわれわれとともに叫ぶように要求したのだ。馬の苦悩に声をあたえるというのは天才的な直感だったといえるだろう」。

沈黙する万物に伝わるようにこの叫び声を言葉で表現したのは、作家ウンガーの天才的な直感のなせる業(わざ)だった。エドヴァルド・ムンクが絵画「叫び」によって成功したことを、ウンガーは作品五篇で言語によって達成した。ある世界が空にむかって叫ぶが、空はその叫びに耳を傾けない。ウンガーが戦争における殺人の経験をのりこえて直感したものは、つぎに徹底破壊を準備している残忍な文化様式であった。ウンガーの作品には私的な物語に思えるすべてのなかに、アウシュヴィッツに通じる心理の崩壊が示されている。

ウンガーは戦争のあとプラハ大学にもどり、かつて書いたすべての詩、戯曲、小説は、もはやなんの役に立たないということをさとる。というのもその作品の書き手はそれまでに余分で皮相なこと以外になにも見てこなかったと自覚していたからだ。そこでウンガーは、初期の作品のすべてを廃棄させた。学生組合の存在などに背をむけていた学生のウンガーは、「色とりどりの帽子」をかぶっている学生を「化石のような、血の通っていない伝統のばかばかしい担い手」と見ていた。かれが公然と支持していたシオニズムにもはや展望はなく、「シオニズムの道徳的な基盤」に疑念を示していた。というのはおそらくシオニズムとともに「ただ新しい、偏狭で攻撃的な愛国主義が世界に惹き起こされるにすぎない」と考えたからだった。

一九一七年一一月、ウンガーは二回目の法学試験を受ける。一九一八年四月、法学博士の学位を取得すると、しばらくの間、弁護士事務所で働くが、ウンガーには分かりきっていた……自分が弁護士にも裁判官にもなりたくないことを。一九一九年、劇場の文芸員、俳優としてエーガー（ヘプ）の市立劇場に参加する――おそらく作家になろうという野心に近づく希望を、パンのための職業に就くというもくろみを、抱いてのことだった。どうやらウンガーにはこの近さが執筆の邪魔となったようである。それでもそのころから大きな「仕事」がうまく進んだ。小説を二篇書き終え、一九二〇年にウィーンのE・P・タール書店から『少年たちと殺人者』の表題で出版した。作家で演出家のベルトルト・フィアテルは「ヴェルトビューネ」誌に掲載されたウンガーの第一作を論評し、ウンガーのなかに「魂によるおどろくべき即物性をめざす」作家精神を見抜き、「ウンガーはその即物性のみが救済を可能にすることをすでに知っていたかのようだ」と書いている。トーマス・マンは、このあとウンガーの作品に批評家として付き添うことになるが、「フォス新聞」でこう批評している――「ここには世間を騒がし話題となる才能がつぎつぎと集まり前奏をかなでている」。

前奏にはすでに、ウンガーのさらなる創作行為の出発点となるすべてのものが胚胎していた。ウンガーは生きていくうえで裏切りと迫害に悩んだが、その最中に受けた精神的な苦痛は、このような迫害の結果がおよぼした苦痛よりもさらにひどいものだった。生活からくる心理的抑圧の作用は、外部にむかうまえに内面世界にむかうが、よりよく生きようとする人間の愛情の力は強いとはいうものの、内面に決定的に効果のある作用をおよぼすには十分ではない。人間は自分の憎しみを公にせず、ひそかに露わすものだ。憎む対象をほしくてたまらなくなるのが人間なのだ。

その一例となるのがモラビアの病院施設からきた孤児のことである。この子は辱めから逃れてそのあとにべつの人間を辱めていた。かれの憎しみはひろがり、かれが欲情を注いだ娘スタシンカをすでに陥っていた不幸よりもさらに深く落としいれた。そこで分かったことのひとつは性欲の問題であり、もうひとつは鈍感な女性が身じろぎもしないことである。「明かりの差さない、重苦しい彼女の魂が沈黙する」なかで、かれは己を認識しなくてはならなくなる。このかれとは、その間に工場主にまで上りつめた人物のことであり、その自由が憎しみのエネルギーのなかで使い果たされてしまった人物のことである。この憎しみとともにこの人物はその娘の子どもさえ追いだす。

第一作の小説『少年たちと殺人者』で、読者にもう一筋の光をウンガーはあたえた。慈悲の光だ。裕福な境遇から犠牲者への道を選ばされた子どもは、工場主が送り込んだ病院で、善行を施す力を伸ばす。第二の小説『ある殺人物語』は、慈悲のかけらもなく金銭を着服した軍医が自分の経歴をだいなしにするだけでなく、息子の将来もだいなしにしてしまう話である。父親の威厳の残滓を吸収しようとする息子は、固有の自尊感情をもどしてくれた人をよりによっ

Hermann Ungar
Knaben und Mörder
Zwei Erzählungen
E. P. Tal & Co Verlag

第一作は1920年に出版され、輝かしい評価を受けた。トーマス・マンはこう書いた。「これは初期の小さな傑作であり、心の関係、象徴性、苦悩の経験、ユーモアと悲しみ、道徳面での陳述の大胆さ、神秘性の構築においてすぐれ、才能が充満していると思えるほどだ」。フランス語の翻訳にたいし、アンドレ・ピエールは「新ヨーロッパ」誌で「感情と本能にたいする仮借のない残酷な分析」があると反応した。

て射殺してしまう。
『少年たちと殺人者』が出版されたとき、ウンガーはプラハにある商事会社のエスコンプテ社で銀行部門のポストに就く。そこから一九二一年にチェコスロバキア通産省のベルリン支部に職を替えたが、その通産省は一年後には外交代表部にひき継がれた。外交代表部時代のウンガーは、広報担当官カミル・ホフマンと知りあい二人の作家の間柄は親密な関係に発展していく。プラハの外務省はふたりの作家の作品に好意的であった。ウンガーは貿易担当官に昇格する。

カミル・ホフマンの娘エーディット・ヤポウは、現在エルサレムに住んでいるが、ウンガーのことをこう回想している。「青白い顔をした細身のエレガントな男性で、話術のうまい魅力的な人でした。いつも病弱で、心気症の人でした」。一九二一年、医者は神経の過度の緊張によると診断したが、その診断はそれから再三くりかえされることになる。ウンガーは休養せざるをえなくなる。過剰に、あらゆる種類の社交的義務に参加していた。過剰に、執筆によるひどい孤独に陥っても、身体が消耗するまで書きつづけた。

一九二二年、オット・ピックによって編集されたアンソロジー『チェコスロバキア出身のドイツの小説家』に寄稿された一篇は、のちにウンガーの最初の長編小説となることを予言している。つまり、『切断された者たち』の冒頭部分の初稿である。同年、「ディー・ノイエ・ルントシャウ」誌にウンガーの小説『コルベールの旅』が掲載されたとき、この小説は、一九二七年にローヴォルト書店で出版されることになっていて、二作目の長編『クラス』につながるテーマをすでにとりあげていた。

一九二二年一一月、ウンガーはマルガレーテ・ヴァイス、旧姓ストランスキーと結婚する。立会人はカミル・ホフマンである。マルガレーテ・ヴァイスは、「ザイデン・ヴァイス」、つまりプラハの「リオン・ザイデンハウス」のオーナーの妻であり、現在はカナダに住んでいる息子を最初の結婚でもうけた。ウンガーとの結婚のあと、マルガレーテはプラハのスミーホフの両親のもとで一九二四年まで暮らし、それから一九二三年一〇月に生まれた息子トーマスとともにベルリンに移住する。ベルリン時代のウンガーについてグスタフ・クロヤンカはこう書いている。「かれはどこでも異常なほど好かれていました」。ウンガーの友人仲間にはパウル・コルンフェルト、エルンスト・ヴァイス、フランツ・ヴェルフェル、エーゴン・エルヴィン・キッシュがいた。

トーマス・マンはこう書いている。「ウンガーは家族と家系というものに格別な意義を認めていた。郷土愛がかれにあっては、自分の拠ってきた根源世界のみが人間にはふさわしく、有益な世界であるという確信につながっていた。そうでなければ、郷土愛は罪となり人生の過ちになると確信していた。かれが私との対

妻マルガレーテ。

話のなかで言い放ったのは、人間が幸福に安全に生きたいのであれば、けっして自ら創りだした郷土を去ってはならないということである。旅先ではどこでも、かれはなにか刺激的なもの、危険なもの、つまり運命の挑発を見ていた——神秘的な畏怖を……。自分自身のためにイタリアやパリに旅行したが、たぐいまれな真率さで、つまり旅の詩人のおめでたい大言壮語とは裏腹に、告白したことは、青空の南方の国も、有名な芸術都市も、世界の大都市をめぐる旅行も、どれも多くを語りかけるものではなかったということだ。それでも友人がいて活動の場であったベルリンこそが、現実的な理由からもっとも気にいっていた」。

イタリア旅行中のウンガーはある友人に宛ててこのような手紙を送った。「ぼくはローマにいるよ！　フィレンツェ経由できたんだ……いまとくべつな気分だよ。それでね、痔に苦しめられても、魚の目に罹っても、テーブルで冷たい食事をとっても、安らぎと平和のうちに芸術作品にとりかかる人たちがいたんだよ。かれらの作品は、純粋、純潔で永遠に平和的だ。でも、作品には痔のことは描けないし、痔の世界とはかけはなれているさ。比類のない作品を観ることで人間は卑しめられるんだね。ぼくはねぇ、ラファエルを、ミケランジェロを観たんだ。ところが聖なる都市で南京虫がぼくを嚙んできたんだよ、信じられるかい。聖マリアソプラ・ミネルバのドミニコ教会にはなじみ深い友トルケマダを描いた絵が展示されていて、ぼくは十字架を背負ったキリスト（ミケランジェロ）のまえに立って観ていたんだ。するとぼくの隣にいた男がふと、ぼくに案内を申し出たのさ。この男の右頰には、むき出しとなっているこぶしほどの腫れ物があり出血していて、それは野蛮な肉のような潰瘍だった。まるでハエにとりつかれているように見え、部分的にすでに頰から切りはなされていたね。ぼくはキリスト（ミケランジェロ作）のことは永久に忘れられないよ。これこそがぼくの思い入れさ。これこそがわれわれの世界だ。このわれわれの！　まさしく、古典的なゲーテ的枢密顧問官の理想像をもつ兄弟よ、きみたちが目を閉じて祈るミケランジェロのまえに腫れ物の男が立っていたんだよ。おお、神よ、友よ！　これこそが、さまざまな寄せ集めでできているわれらの偉大なる友の作品のなかに、ぼくが観たもののすべてさ。なんどでも、ぼくは言いたいよ。悲しいほどにうれしくなり興奮したのさ。ときには泣きたくなるよ」。

ウンガーが、ほんのひと時ではあるがほとんどありのままに、まったく私的になってしまったことがあり、そのときは、戦慄から逃れる唯一の方法が戦慄に身をゆだねることであった。なんといってもウンガーが市民社会に生きていることに変わりはなく、この市民社会は根も葉もないことばかりだと知っていた。そこにあるのは常套句ばかりだった。宗教から離脱していくとめどもない人びとをウンガーは見てきた。その惰性ぶりを書いてもいる。希望が満たされることはなかった。なぜか、それは、人間は希望をかかえたままだったからだ。ウンガーは書きながら戦慄に身をゆだねることで、悪がいざなう人間の恐怖に巻き込まれていく。かれが見たものは、冷酷さ、粗野、血、排泄物、悪臭、腐乱である。かれが見たのは、人間が精神生活から生物の生活へ下降していく姿である。

　帰依は無防備を意味し、愛を可能にはしてくれる。だがそれは現実にあるはずもなく生活は閉塞したままである。だから愛の欲求の形は邪悪なものに変わっていく。性は奇形なものとなる。性交する生き物はことを急ぎ、相手をさがしもとめる。人間は誹謗し、名誉を汚し、騙し、窃盗をはたらき、すべて清らなことを汚す。戦争の原因をつくり、殺人を犯し、なにもかも優れた思想を糞みそに言い、自分を切断し他人を切断する。人間は自ら残忍な人間から自分を護るために法律をつくった。ウンガーの苦痛の意識は、避けられないという意識によって増幅された苦悩なのだ。

　一九二三年にローヴォルト書店から長編『切断された者たち』によってデビューしたのが作家ウンガーである。ウンガーは作品のなかで、肉体の腐食していくカール・ファンタの様相を語りながら近代社会が癌に苦しむ姿を描く。「死は家のなかにあり、待っていた……」。ファンタは、「悪意そのものから」自分の周囲の人間を破滅に追い込んで生きるほかはないと考える。病気はかれの精神をも腐敗させる。かれには隣人を愛する姿を想像できない。したがって、かれは妻を憎むことになる。「ぼくは彼女にとってぞっとするような存在だ……彼女がぼくの死から目を背けることはない」。ほかでもない自分を愛する人間から脅かされていると感じている。

　ウンガーの長編では偶然が因果関係を支配している。偶然が因果関係を支配する理由は、きわめて倒錯した状況にあって、まだ心理の作用に効力があるからだ。ファンタは、かつての竹馬の友で銀行員ポルツァーに出会うが、ポルツァーは貧しい境遇の出身であり、人生の苦難に遭遇しても受身そのものの姿勢でいる。裕福な病人ファンタは、ポルツァーのもとに身を寄せ妻から逃れる身となるが、かつて賭殺人であった世話人のゾンタークと出会い、さらにポルツァーの又借り人の金銭欲の塊である未亡人クララ・ポルジュと出会う。最後に殺人事件が起きる。だれが殺人を犯したのか、ウンガーは答えを保留にした。ウンガーが示したかったのは人間を切断していく過程なのだ。はじめは自分自身による、そのあとは他人による切断である。

　小説で世話人のゾンタークは迷信のイメージを信仰の一部として発展させてこう述べる。「迷信は敬神の念から出てきます……。私には神の秩序を信じている者こそが迷信的であるように思えるのです……」。

　ゾンタークはこうも言う。「悪人のために悪事はあるのではありません、悪人にはなにもないのです。悪事さえも神を畏敬する者のためにあるのです。神を畏敬する者のみが悪事を蒙ることができ、悪事は恩赦となるのです。だから神を畏敬する者は悪事を回避するのではなく、悪事があれば自ら受けとめるのです。神を畏敬する者は最後まで行動し、最後まで受けとめなくてはならないからです」。

　カール・ファンタは忠告を受ける。「苦悩は罪ではありませんよ、ファンタさん。罪というものは存在しません。罪と思うのは冒瀆者だけです。悪事とおなじように善を行い、そのことに耐えなくてはなりません。ほかに慰めようがありません。神を畏敬する者は喜んで悪事をなすがままにしておき、そして不満をぶつぶつ言う冒瀆者のほうは……」。

そういうことなのだろう。ウンガーが示したことは、西洋の宗教の姿勢によって大罪が犯され、そのあとで正当化されるということだ。とくにそこで用いられている言葉が現実的で貧しすぎる場合はそうである。世話人のゾンタークは信心に凝り固まった男なのに、裕福で、病気に罹った、腐食してゆくユダヤ人、カール・ファンタのもとで献身的に看病するまえに、殺人を犯してしまう。「そう、ユダヤ人はキリストの子どもたちや処女を殺したといいます。またユダヤ人が殺人を犯すのは復活祭のころ、キリストを殺したこの時期だともいいます。私には、ユダヤ人はくりかえし殺人を犯さなくてはならないように思えるのです、くりかえし苦しみを蒙るためにです」。

ウンガーは、カトリックの反ユダヤ主義の事実について語っているが、その語り方には、教皇がいつかユダヤ人全滅を旗に書きしるした男と、政教条約によって同盟を結ぶことになるのではという予感があるかのようだ。世話人ゾンタークの人間像には、狂気の沙汰がわれわれをじっと見つめているという感覚がある。「殉教者の苦悩」の贖罪として肉欲を断つのを支持するゾンタークは狂気の人物ではないが、かれがユダヤ人ファンタに差し出す文化こそは、アウシュヴィッツを可能にするものであり、それは天国または地獄で最終解決をする文化である。

病気のファンタの幼なじみである銀行員にもっと目をむけてみる価値があるだろう。この人物は、文学という虚構から一九三三年に現実に登場してくる人物のように思われる。だが、ユダヤ人の母親の胸にかかえられている乳飲み子の頭を小銃の床尾で打ちのめしたのは、このドイツ人ではないのだ。そのような行動をとったのは安定と秩序のために苦労した同時代人の方であり、そのかれは予感している。「夜は危険なものをなにもかも隠していた。かれには抵抗する力はなく孤独を信じていない。なにかが隠れていて、陰謀が暗闇で息をしている」。

ウンガーの長編でこの銀行員は自分の昇格を取り消す。「新人が昇格すれば、なにがどうなるか分かりはしない……すべては混乱してしまう……襲いかかる混乱にたいし防波堤などはもはやなかった。あらゆる方面から混乱は押しよせてきた……かれはすべてを秩序づけようと、関連づけようとした。もはや秩序はなく、いまにも予期せぬことが起きそうだった」。自分の内面の影にふれたくない、「暗闇の陰謀」にふれたくない銀行員は、なんとしても病人を助けようとする。しかし、かれは自分で助ける力はなく、取るに足らない犯罪に巻きこまれる。「抵抗する力はなかった」。責任が人生にしがみついてくる。どんな対応をすればいいのか、なにをすればいいのか分からなくなる。

作家ウンガーは、このように登場人物の心理的な輪郭を先鋭に描きながら、内面の出来事から外側の世界を構築していく。出版社主エルンスト・ローヴォルトはウンガーの長編『切断された者たち』を出版するまで、ながいこと逡巡していた。かれにはなにかの予感

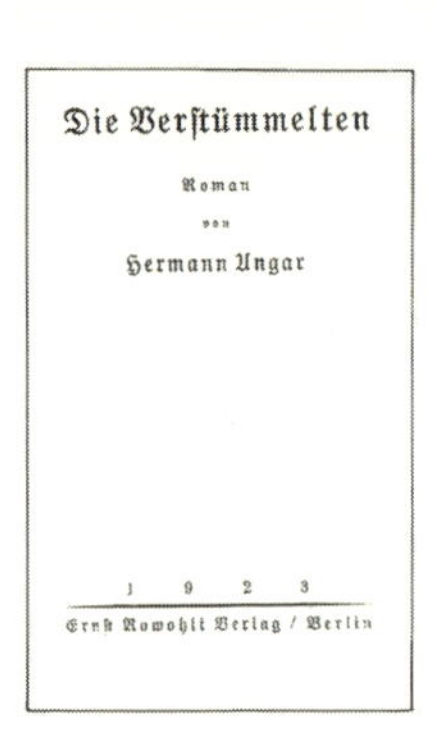

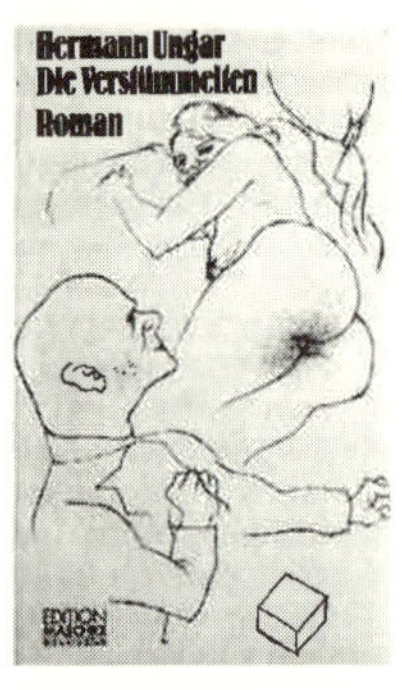

『切断された者たち』は批評家たちを分断することになった。ルートヴィヒ・ヴィンダーは当時「ボヘミア」紙にこう書いた。「ウンガーは、ただ自分の心のありかたをもとめるこの作家を襲った残酷という名の歓喜をもって」創作した。そのなかでウンガーのプラハを「マイリンクの幻想的な街よりも幻想的である、つまり、おそろしく残忍な日常の醒めた空気のある幻想である」と述べている。トーマス・マンはこの本を読んで「賢くも冒瀆、恥辱、悲惨を熟知している」と認めた。1981年、この作家を再発見したのはマシュケ・ホーエンハイム書店。

があった。批評家がこの本を手にしたとき叫び声が発せられた。「この作家の名前のあとには感嘆符を！」とシュテファン・ツヴァイクは『少年たちと殺人』が出版されたときに書いている。「ここでは究極の精神をめぐる知識が、きびしい、明晰な、冷たく光る表現術と結びついている――人間へのかぎりない同情が、ほとんどすさまじいとさえいえる人物造形の冷酷非情さによって絶妙な対比をなしている」。

そのあとに、シュテファン・ツヴァイクは三〇歳になったこの作家の作品について、「精神に反する描写」であると批判し、さらに、苦痛を感じて自らの幻影から逃げこむ精神を表現している以外のなにものでもないと酷評した。ツヴァイクは作品のなかに「精神の瘴気にたいする、風通しの悪い、汗まみれの不潔な状態にたいする……不気味なほどの偏愛」をみていた。しかし、ツヴァイクの敵意は、「ノイエ・ルントシャウ」誌に書評を書いたときに、ツヴァイク自身が渦中にある

二人の作家が『切断された者たち』を拒否した。第一作にはまだ熱狂的な賛辞をおくっていたシュテファン・ツヴァイク（写真左）と、「下劣な者のユートピア」と名づけるオット・フラーケ（写真右）である。

葛藤をいっそう反映したと言える。というのも、ウンガーの書を「忘れたくなり、その不吉な抑圧から逃げ出したくなるが、見事でありかつ恐ろしく、魅惑的でありかつ不快であり、忘れがたい」と称したからだ。ツヴァイクの反応は、一九三三年に現実になってしまう人類の災厄にたいする防衛であった。ウンガーが書いたように、ツヴァイクは「不吉な抑圧」から逃げださず、南アメリカの亡命先で一九四二年に自殺した。

もうひとりの長編作家オットー・フラーケは、この小説を「下劣な者のユートピア」と批評したとき、ドイツ古典の倫理的・美学的理

想を擁護しなくてはならないと考えていた。フラーケは「第三帝国」にのこり、「下劣な者のユートピア」の現実化を経験した。アンソロジー『人類の黎明』の編者クルト・ピントゥスによれば、この長編は「描写の透徹した静けさ」を窺わせ、「語られていることの恐ろしさとは反対に迫力のある印象」をあたえ、「同時代の表現主義者の荒々しい、騒々しい叫びよりも迫力がある」と評している。ピントゥスはウンガーとカフカを同等の文学的ランクと認めており、両者にたいする評価がとうてい十分になされていないことを残念に思っていた。

この事情は第二次世界大戦後、カフカにあっては激変した。ウンガーはさまざまな再発見の試みにもかかわらず注目されないままだった。一九二七年に出版された長編『クラス』においてウンガーはふたたび、恐怖に支配された秩序のシステムにおける人間の受動性というテーマをとりあげる。教師のヨーゼフ・ブラウは、銀行員フランツ・ポルツァーと似た人物である。「かれは知っていた、少年の眼差しがかれを待ちかまえていることを、そしてかれがみせるあらゆる弱みはかれの破滅となりえることを知っていた……ブラウはしつけを断固として保つためにあらゆる手段を用いて闘った。ひとたびしつけが緩んだとき、すべてが失われる。はじめの礎石がゆるんだとき、建物は倒れる。かれは瓦礫の下で埋葬されるだろうことが分かっていた」。

ブラウは恐怖からくる残酷さを知りつつ生徒と接し、すでに厳に存在し侵してはならない整然とした秩序のモデルに執着している。「ひとは罪をひき受けてきた、けっして罪を理解できず、理解があとまわしになってもである。残酷な暴力があった。法がそれを見張り、厳重に裁いた。法の守護者である神がいた、学校の先生のように。しかし謎だらけだった」。ヨーゼフ・ブラウは、ある慈善家の援助によって教師となり市民社会の要求を満たしつつ、ずっと別格の成功者だった。それゆえにかれは自己嫌悪に陥るが、人とは一緒にやっていく。「ややましな」家庭環境にある召使いのモドリツキーは、子どものときに援助を受けることはなく、そのころブラウと知り合い、「身分の高い人間」を憎むようになる。かれは関わらざるをえないという理由で他人を憎み、憎悪の対象に「成功者」のブラウをいれる。

かれらはふたつのことを分かっている――「生まれながらに富を享けると、裕福さがいかに行動の自由や信頼を自らにあたえるかということ、そして裕福さは教育の力によって補われるのではなく、ましてや教養や知恵によっても補われるものでもないということを」。ブラウが教室で押し通そうとする統一したしつけをモドリツキーは破壊しようとする。モドリツキーはよく分かっている、市民社会から礼儀作法が失われれば市民階層は没落するが、財産を失っても没落しないことを。かれの処世術は、世話を受けている人のためにはいかなる感情を押し殺しても世話をすることである。モドリツキー――かれはチェコスロバキアの『シュヴェイク』のドイツ版といえる。ウンガーの小説でも、人間が支配することの矛盾は、モドリツキーが命令に文字通り服従することであきらかとなる。

ブラウとモドリッツキー——ふたりは自分の「クラスのあり方」に固執している。教師のブラウは、生徒のひとりが自殺するのを「ながめている」。かれはクラスや授業のほかでその生徒が懇願しても助けを拒んでいる。ブラウはクラスのほかや、秩序のシステムのほかでは、生徒の哀願によって自分が脅かされていると感じている。救助をもとめる叫びがクラスのなかにカオスをもちこむかもしれないからだ。

モドリッツキーはながめている、生徒の自殺がさらに結果として自分の「若旦那」の自殺をまねくのを。しかしモドリッツキーが、うまくいっているクラスが失敗するように宣伝するのも、それは硬直した心理からくるのではなく、ほかのすべてが根絶されるまえに、ともかくも根絶されなくてはならないブラウにたいする憎悪によるのだ。ブラウの方は、モドリッツキーによる根絶の戦略を察知し、つぎに自殺をする生徒がいることを見越し、クラスの外で、規範からはずれて思い切って責任をとり、鎧を心のうちに隠して「規則」の壁をこえていく。そして自殺を決心した生徒に自発的に無防備でむかっていくことで、人間的な規則をつくっていく。

ウンガーはブラウにこう言わしめる。「われわれはみんな生徒であり、ひとつの大きなクラスにいます。そして分かっているのは現代のかかえる課題がむずかしいということです。重要な教育計画をわれわれは見てはいないのです。計画は一歩一歩、言葉に言葉を継いで、日に日を継いで前進しています。おお、慈悲がわれわれに降りてくれれば、……靄が晴れてきます……泣きなさい、泣きなさい、涙は善なる祈りです……抑えずに、流れるがままにしなさい、死は涙を流す者を意のままにはできません」。

この長編『クラス』についてオスカー・レールケは「ベルリン株式新報」誌にこう書いた。「私が思うに、この意義のある長編はわれわれの時代のドキュメントとしてのこるだろう」。そしてウンガーの友人クロヤンカはこうも言っている。「この作家は自分のユダヤ人の世界を『カトリックのように覆った』」と。クロヤンカは、ウンガーの少年のころの長編が存在し出版されずに散逸してしまったことを示唆している。そのなかでウンガーは、カトリックの正統信仰の因襲法に抵抗したあるユダヤ人の若者のことを書いている。

トーマス・マンはウンガーについてこう書いている。「ウンガーと疎遠な人が、かれのことをそもそも精神に関心のある人間と見ていないのは、かれの性格をよく表している。戦場の仲間たちはかれをいい奴だと見ている。つまりかれは他人とよく話し、とくに自分の体面にも気をつかわない。弁護士の同僚や銀行の同僚はかれのことをふつうのカフェの訪問者と思っていた。したがってウンガーが本を編み、そのうえその本が称賛をあびたと聞いてすくなからず驚いていた」。

トーマス・マンは多くの書物をぶれることなく中庸に書評したが、ウンガーの作品には驚きながら好意的に評した。「遅まきながら」とマンはウンガーの死に臨んでつぎのように書いた。「私はウンガーの芸術と本質のなかに不可避の死を感じていたようだ。そしてまさしくこの『本性』こそは、ウンガーへの共感の源であり、ウ

トーマス・マンは、多くの書物をぶれることなく中庸に書評したが、ウンガーの作品には驚きながら好意的に評した。36歳で死去したウンガーの遺稿のためにマンは前書きを書いた。小説集『コルベールの旅』は1930年に出版。

ンガーが初期に表出した想像力にたいし私が弁護する動機となったものだ。『不可避の死』は笑いのないウンガーの喜劇のなかに、性的な憂鬱のなかに、そして辛辣で、しばしば不快なほどに控えめな人生の発言のなかにあった――『不可避の死』はウンガーの精神性の特徴として存在し、肉体上は青い斑点として絶望的に刻印されていた。かれのことをこのように予言的に判断するのに霊視能力は不要であり、したがってウンガーの早世を偶然とは感じなかった」。

『クラス』が世に出たときウンガーは三四歳であった。あと二年生きなければならなかった。プラハの外務省の公式の資格証明にはこう記されていた。「ウンガーは若いドイツの世代にあって、もっとも優秀な文学者だった」。ウィーンの「ノイエ・フライエ・プレッセ」誌は、この一〇年間で傑出したドイツ文学の作家であると評した。ウンガーは長編二作の間に、一九二五年に『ハニカ大尉の殺害』というタイトルでドキュメントを発表した。それはディー・シュミーデ書店の「社会のアウトサイダー――現在の犯罪」というシリーズで刊行された。このシリーズは著名文学者を結集し、そこでドキュメントを執筆したのは、アルフレート・デーブリーン、エーゴン・エルヴィン・キッシュ、エルンスト・ヴァイス、カール・オッテン、イーヴァン・ゴル、テオドーア・レッシングなどだった。ウンガーが執筆に利用したのはブルノの裁判記録であり、その裁判でハニカ大尉の妻は夫の殺害のかどで絞首刑を宣告された。

ウンガーが参考にしたその裁判記録は、かつての旧友フェーリクス・ロリアが渡してくれたものだった。ロリアはそのブルノの裁判で弁護人のひとりだったが、のちに国会放火事件の裁判にも弁護人として登場する人物である。ウンガーは、副題にあるようにこの題材を「ある夫婦の悲劇」として構成した。有無を言わせない容疑事実によって、妻の愛人を犯人とする見方が有力であったが、なんとしても不実な妻を犯人に仕立てたい裁判所の偏見を容赦なく暴いた。妻が拘留中に子どもを出産したとき、マサリクは恩赦の措置をとり死刑の判決を一五年の禁固刑に減刑することに尽力した。

同年にウンガーは、「文学世界」誌に「作家の原稿はなにを打ち明けるか――トーマス・マン工房の洞察」という表題の論文を掲載した。「だれもこの研究を認めることはないだろう。呪縛を解くというのはあつかましい、とかれは言うだろう……だがぼくはその反論を恐れない。ぼくは呪縛を解かれるのだ。ぼくが賛同したいのは、この作家のロマン的な表現ではなく、この作家の実現のむずかしい使命とその消耗させる仕事に価値を認める立場だ」。

ウンガーは日記のなかで自分をこう観察している。「ぼくは考えるようになってからというもの、死の恐怖よりもひどい恐怖がぼくを苦しめている。その恐怖とは、ぼくの想像力が枯渇することだ。仕事が手仕事になってしまい、無価値になるということだ。この恐怖は死の恐怖よりもひどい、とぼくは言いたい。そしてこのように言うのにも理由がないわけではない。ぼくは戦争で死の直接的な恐怖を目前でまざまざと体験したが、しかし神に祈り、神がぼくに作家の天分をさずけているのであれば、どうか神よ、ぼくを生かしてくださいますようにと唱えた。ぼくは生きている。しかしそれにもかかわらず、天賦の贈り物を、かけがえのない使命の徴としてぼくは受け取ることはできなかった。むしろぼくが恐れたことは自分のもっている才能の方だった。ぼくはいつでも不思議な思いに縛られた。それは創造者としてのぼくの特質を永遠に削りとるために、いまにも罪を犯す機会がぼくにやってくるのではないかという想像だった。ぼくの作品に寄せられたどの賛辞にも不安を感じた。ぼくが造形した人物像は一回限りのものですばらしい、とひとが言うとき、ぼくはすでにつぎの作品の人物像がうまくいくかどうか心配でたまらない。ぼくの本の一冊が最高だといわれるとき、ぼくにはそれは最悪なのだ。というのは、ぼくが最高の本を書くということは、よりひどい本も書けるということだからだ……そうゲーテ、シェイクスピア、ドストエフスキーなどの作家とおなじように。しかし文豪の文学史に慰められ、ぼくが安堵することはない」。

最高の任務を果たしたスパイとしての外交官。社会でウンガーはひと知れず爪先旋回した。ウンガーはどうやってこの緊張に耐えたのだろうか。他人の観察もふくむ自己観察という行為は自分自身への聴取とおなじである。自己を二重化したり脱二重化するのは挫折につながる。ウンガーはそのことに気づいていた。かれは挫折した。かれは奮起した。かれは盲腸の炎症に苦しんだ。ウンガーは病弱であった。しかし病気のほんとうのことは医者にも判らなかった。かれは故郷の町ボスコヴィーツェを訪ね、もどったベルリンで乗ったタクシーの衝突で腰骨を折り苦しんだこともあった。

ウンガーは散文から飛び出して舞台にむかい、戯曲『赤い将軍』を書いた。『赤い将軍』の人物にはスターリンから影響力を奪われたトロツキーの像が認められるが、ウンガーはそれを否定している。そのなかでは革命の歴史以外は書かなかったのだが、その革命とは、革命が完結するまえに、卑劣な動機によって活動する同志によってすでに裏切られている革命のことである。革命家のなかにいたユダヤ人の最高指揮官ポドカミェンスキーは、ユダヤ人は不要だとされて辞めていく。かれは「赤軍」の犠牲者となり「白人たち」によって殺害される。ウンガーは、ボルシェヴィズムのなかにあるロシアの昔からの反ユダヤ主義を示した。

ヴァルター・メーリングは反ユダヤ主義に抵抗したユダヤ人の作家だったが、ウンガーも上演で示したように、そんなことは共産主義のロシアではありえないと見ていた。そして第二次世界大戦後にメーリングが体験したものは、あの時点でスターリンが死んでいなければ、いわゆる「医師陰謀事件」をきっかけにしてつぎの大量殺戮が仕組まれたかもしれないという状況だった。『赤い将軍』は一九二八年九月一五日にベルリンのケーニヒゲレッツァー通りの劇場で初演があり、成功裡に終わった。エーリヒ・エンゲルの演出でタイトルロールをフリッツ・コルトナーが演じた。アルフレート・ポルガーは「強靭な作品」という評価を下した。カール・フォン・オシエツキーは『赤い将軍』のなかに「永遠のユダヤ人の悲劇、永遠の孤独」をみた。オシエツキーにとって、この作品は「ある長編作家が書いた戯曲」であり、つまりは「心理学者として最終的にバラバラになってまとまらないまま、狂気と病気の分析から這いあがって、堅固な演劇の土壌をさがしもとめようとする作家の作品なのだ」。

ウンガーは自分に満足することがなかった。一九二八年九月二八日の日記にはこうある。「ぼくは演劇界でうわついた評価をされている」。一日たって、さらにメモを足している。「すべて過去のものは廃棄して、まったく新しいものにする……そうなりさえすれば、そうなりさえすれば！ 爆発するひらめきさえ訪れれば！ 作品は貯蔵されている。ただ爆発しなくてはならない。そうならなくてはならない」。ウンガーは自分に不満なのだ。「仕事と仕事の合間がもっともつらい時間だ。外に出たほうがいいだろう……ぼくは打ちのめされた気分で、精神的に倒れそうだ……」。べつの箇所にはこうある。「空気が、運動がほしい、ぼくの身体は腐ってしまう」。

一九二八年一〇月、旅先のパリでちょうど『切断された者たち』のフランス語の翻訳がガリマール書店から『下等人間たち』という表題で出版される。その二年前に、おなじくガリマール書店で小説集『少年たちと殺人者』の翻訳が発行された。フランスでこの作家はちやほやされ、フランスのペンクラブはウンガーをパリでの名誉正餐に招待した。するとチェコ人の方が反応し、小説集はチェコ語に翻訳され、プラハのA・クラル書店からいまでも出版されている。

ウンガーは、役人のコースを諦めようか迷いプラハに移住する。外務省はウンガーを大臣の代理人として採用した。ここでもこの作家は大いに寛容に遇され、ふたたびながい休暇をとることになる。ウンガーは日記でこう述べている。「ぼくは六か月の休暇をとった。だれにもこの間、消息を知らせる必要はないのだ。なにか具体的なことをやり遂げるか、それともすべて関係を断ち切るかだ。ひょっとして人生と縁を切らないまでも、芸術と縁を切るか。だがぼくには芸術なしには人生もない。これは危機だ……」。

ウンガーは大きな二つの計画にひき裂かれることになる。「本をもう二冊書きたい。一冊はひとの心をひき裂く長編であり、もう一冊は心の湧きあがる戯曲である」。長編の舞台はモラビアの村で、田舎の労働者の運命をテーマにすることになっていたが、準備の域をでることはなかった。「心の湧きあがる」戯曲である喜劇『園丁』については一九二八年一二月六日に書き終えた。小説『コルベールの旅』の中心にウンガーが据えた人物は、裕福な芸術の熱狂者コルベールに対抗する召使いの人物モドルツキーである。

モドリツキーという人物をウンガーは三作品に使ったが、この人物像についてかれの友人グスタフ・クロヤンカはこう書いている。「この召使いはプロレタリアートという社会の装いをまとっているが、はるかにそれ以上の存在だ。かれは原生動物そのものであり、すべて根源的なものを秩序と形式で蔽ってしまったベールにたいし裸の人間となって反抗する。というのは、財産が安定とよい作法をもたらすように、市民社会における生活の秩序は、すべての衝動的―カオス的なものについてまやかしの雰囲気をまきちらしたからだ。このような勢力にたいし、自ら格闘したウンガーは、市民社会に対抗して反乱を起こした。好ましい作法、趣きのある遊び、外面的には受けのよい道徳律などのまやかしの世界の基盤にたって市民社会が行っていることは、まるでエゴイズムと性がしょせんは高度の道徳規範に屈服しているのとおなじに見えた。プロレタリアートのモドルツキーの憎悪は市民社会のほうにはさほどむかわずに、このプロレタリアートは市民にとって代わるために、市民をねたましげに見ることはせず、この憎悪のあらん限りの力でずばり市民そのものを否定する」。

危険をはらみ陽気にたゆたう喜劇『園丁』の初演を一九二九年一二月一二日に、ウンガーはベルリンのシッフバウアーダム劇場で観ることはなかった。演出はふたたびエーリヒ・エンゲルである。出演したのはエーリヒ・ポント、オスカー・ジーマ（モドルツキー）、テオ・リンゲン、ヒルデ・ケルバーだった。まだウンガーにのこされていた仕事は『クラス』のチェコ語版の編集だった。いよいよ地に足をつけようという気になった。「ぼくは三五歳だ」と一九二九年に書いている。「ぼくの喜びは、文字を読みはじめた息子のトーマスのことだ。ぼくの苦悩は演劇だ。ぼくは、批評家がぼくについて誉めている場合は、その批評家を才能があると思うが、悪評すればまぬけだと見ている。この点でぼくはほかの作家とどこも変わるところはない。一言で言えば、この点でぼくはほかの作家とどこも変わるところはない……」。

一九二九年一〇月一〇日、ウンガーはプラハの外務省の職を辞める。一〇月一五日、次男アレクサンダーが誕生する。以前から患っていた盲腸炎が再発し、医者たちは手術を勧めたがためらった。シオニズム運動の友人とパレスチナへ旅行しようとしていたからだ。ウンガーが入院したとき手術は手遅れになっていた。腹膜炎はもはや抑え切れなかった。一〇月二八日に死亡。一〇月三〇日にはプラハのマルバジンカに埋葬された。

トーマス・マンはこう書いている。「ウンガーの死は不可思議な状況で起きた。ウンガーが急病に罹ったとき、ウンガーの母親は眼の病気をひどく患い、ウンガーが手術を受けたおなじ病院に入院していた。手術は彼女に内緒にされたが、彼女が見た夢にはヘルマンの死の姿が出てきた。医師から諦められていたが、息子はさらに数日生きた。しかしウンガー自身は希望にあふれていた。そこで看護人が交代した。すると看護婦がはいってきて、彼女がボスコヴィーツェの幼なじみだと分かった。仰天したウンガーはある予兆をそこにみた。故郷でなじみだった彼女の顔がウンガーを迎えにきたのだ。ウンガーは死ななくてはならなかった。ウンガーが最後にみた幻影は戯曲『園丁』の初演とされている……」。

アルフレート・ケアはエルンスト・トラーを除いては新人を認めることはなかったが、かれの劇評はつぎの言葉で終わっている。「なかにはいって見よ、われわれが喪(うしな)ったものを」。トーマス・マンは、ウンガーの遺作の入った『コルベールの旅』の前書きを書いた。ベルトルト・ブレヒトは遺稿を読み、大食漢のバロウンの想い出のために『第二次世界大戦におけるシュヴェイク』のなかでウンガーの小説『ボベク結婚する』から文章をそのまま引用した。

　存在の脅威がウンガーにはたえず内部からやってきた。イギリスのミルヴァートンにいる息子トム・アンウィンには存在の脅威は外部からやってきた。この脅威に発展途上国奉仕員のトム・アンウィンは日々遭遇した。トム・アンウィンは社会参加の立場から職業人へと変わったが、いたるところで社会実験の挫折を見てきた。社会主義者と自称している人間の権力欲によって、破壊される希望をなんども見聞きしてきた。「アフリカのカトリックの教会やイスラエルのキブツでさえも、社会主義は機能を果たしている」という。トム・アンウィンは、一九四五年の勝利をますます疑わしく思いながら回顧している。当時の出来事になにか隠れた意義を見出すという考えは、有益ではないと見なしている。二つのイデオロギーが対立しあい、しかも二つとも西側の進歩した世界の権化であり、そのほかの世界を汚染している。環境世界の破壊はさらにすすんでいる。なぜなら世界は、ある文明によって押し進められ、その文明にいる人間たちがその内面世界も破壊してしまったのだから。

　長編『切断された者たち』において生身のまま腐食していくカール・ファンタの妻はこう言う。「かれにはもう心臓はありません。かれの心臓は潰瘍によって食い破られています。だからかれは私には残酷なのです」。そしてウンガーはそのあとに続けてこう書く。「彼女はかれをじっと見つめた。かれは感じた、このように彼女がすべての苦悩について吐露したことが、彼女にはなにか神秘的であり異を唱えられないどこか深化したものに思えるだろう、と」。

　ウンガーが記したことで問題が解消したものはなにひとつない。「なにもよくなってはいない。なにも解消してはいない。すべてはそこにあり、すべては目覚めている。どうやって解消したというのだろう！」

ルードルフ・フックス　わが祖先、予言者たちは、血のなかで私に尽くす

ドイツ語で書いたチェコのユダヤ人、ルードルフ・フックスは、一八九〇年にエルベ河畔のポジェブラディに生まれた。自分の出自となる故郷をさがしたが見つからず、共産主義に故郷を見いだしたが幻滅した。幻滅することを罪と見ていた。

詩人で翻訳家のルードルフ・フックス、この1年後に結婚したローニ・ラッパーーシュトリッヒとともに。

当時、ボヘミアのドイツ人作家のなかでフックスほどに、チェコの言語世界と感覚世界に絶望していた作家はほかにいない。フックスの詩がかつてドイツで惹きつけた魅力は異質さの魅力であり、チェコ語のもつすばらしい感覚的な表現世界をドイツ語で的確に表現しているゆえの異質さであった。ユダヤ的なもの、チェコ的なもの、ドイツ的なものがフックスには独特の三位一体となって移入されている。

この作家がイギリスで亡命者として五二歳足らずで死んだ一九四二年、ナチスはベルリンのヴァンゼー会議でユダヤ人問題の「解決」を決断し、アウシュヴィッツのガス室では殺人がはじまっていた。戦争が終わったとき、チェコスロバキアのユダヤ人はドイツ人によって壊滅させられ、ドイツ人はこの国から追放された。フックスが詩作で表現したものは、政治的には解体され、フックスが詩作で用いる言語を用いる人間によって解体された。新しい倫理として登場した共産主義の人間によってフックスは解体された。フックスはふたたび故郷を失う。

あまたの犠牲者のひとりが
街はずれの細道で自分の血のことを歌い
天の洪水、砂上のため
大地のため、息を生み出す。
とり残されたかれは朝から、
冷たい大地に浮かぶ雲のなか、
わけも分からず支配されていた。

このようにフックスは一九一九年の詩で、ウリアを通してダビデのことを語らせる。フックスが引き合いに出しているのはサムエル記第二、一一章であり、その章でダビデはヘテ人ウリアを犠牲にしている。「ウリアを激しい戦いの最前線に出し、かれを残して退却し、戦死させよ」。

このようにフックスは死んでいった。「かれは自分のプラハを、自分のボヘミアを愛していた」と回想する六五歳のエーリヒ・フリードは、一九三八年に一七歳のときにオーストリアからイギリスに亡命しロンドンに留まっていた。エーリヒ・フリードは、才能のある詩人として亡命中にはじめて選集『追放された者』を出版し、作家のフックスをよく知っていた。「もの静かな、ひじょうに好感のもてる人物である」とフリードは書いている。「間近にせまった自国から追放されるドイツ人のことで悩んだ」人物だった。

フックスがイギリス亡命中にますます認識したことを、フリードはこう書いている。「コミュニストは共産主義の家がどう見えるべきか知っているが、その内部ではすべてが壊れている」。フックスは当時二〇歳だったフリードにこう言っている。「この種の運動はすべて影の部分をもっています。知っておくべきは、どれほどこの影の部分を甘受できるかということです」。フリードはフックスの死去の日にも会っていた。ロンドンにあるオーストリアセンターのレストランのまえで。「かれが落ち込んでいるという印象を受け、私はなにか憂鬱なことでもあるのか、訊ねました」。数時間後にフックスはこう答えた。「まもなく死にそうな気分です」。フックスはこ

1921年、ウィーンで生まれたエーリヒ・フリード（左）は1938年ロンドンに来て、政治に失望した亡命中のルードルフ・フックスを知る。フックスの数すくない友人の一人であるギド・ラグス（右）は、エルンスト・ブロッホとも友人。ラグスはロンドン中心部への爆撃計画の動きをフックスに警告したがむだだった。フックスは暗闇と化した市内で1942年2月17日、非常灯を点けたバスに轢かれた。

死んだ。

ロンドン北西部の聖アルバンス・ロードに現在、当時とおなじくプラハ出身の建築家ギド・ラグスが住んでいる。かれはペーター・ポントの筆名で書いていたオスカー・コスタの義兄である。ギド・ラグスは作家フックスの亡命中の数すくない友人のひとりである。フックスとラグスは数分はなれたところに住んでいた。「私はかれがまだプラハのチェコの商工会議所でドイツ語の通訳として働いていたころからの知り合いです」と現在九一歳になるラグスは回想している。「私が訪ねるといつもかれは詩を書いていました。ここロンドンでひどく苦悩していました。かれにとって国外亡命は耐えがたいものでした。ヒトラー・スターリン条約、この路線をとったチェコの政党の急旋回も耐えがたいものでした」。

ラグスはプラハで、ドイツのもっとも良質な亡命誌の一紙を、私財と自分の主導権によって刊行できた人物であった。この亡命誌とはヴィーラント・ヘルツフェルデ、アンナ・ゼーガース、オスカー・マリア・グラーフが共同編集した「ノイエ・ドイチェ・ブレッター」誌のことである。ラグスは、プラハで一九三三年から一九三五年まで刊行されていたこの雑誌の初代編集者にして責任編集者であった。エーゴン・エルヴィン・キッシュとブルノ・フォーゲルは友人関係にあり、フォーゲルはラグスとおなじくイギリスに亡命しウルバン・レードルの筆名で書いていた。かつてのマーリク書店の編集主幹ヴィーラント・ヘルツフェルデ、かれの兄のジョン・ハートフィールド、社会教育学者オットー・リューレ、テオドーア・プリヴィア、エルンスト・ブロッホはナチスドイツから逃れたあとにラグスのプラハの家で匿われ、支援を受けていた。

九一歳のラグスの回想によれば、かれとフックスの間で一九四二年二月一七日、争いがあったという。「われわれはその日、ドイツ軍から激しい爆撃を受けました。ロンドンは暗闇となり、電灯が夜間どこにも点っていませんでした。発見できるのは幻のようなバスだけであり、青い小さなランプで見分けがつきました。あの日はいつものように霧がでていて、外は雨がふっていました。ドイツの爆撃は覚悟できていました。フックスはよりによってこの状況でその晩、ある作家会議のために市内に行こうとしたのです。私はかれに言いました。『行ってはだめだ』。自分の意思に執着するかれを諦めさせるわけにいきませんでした」。

ラグスは筆者の部屋をあとにするときこう語った。「あなたにはその時期は夜になるとどれほどひどかったか想像できないでしょう」。「絶対の闇。そしてこの闇に爆撃、爆撃……爆発、爆音、火事……ルードルフ・フックスは私とおなじくコミュニストの公認の協力者にすぎなかったのです。われわれは疑問をもっていましたが、だれもその疑問について語るひとはいませんでした。このことはだれも自分の胸におさめていたのです。ナチスの敗北、われわれの国の解放。われわれ協力者は正義をねがっていました。復讐をねがうことはありませんでしたが、すでに復讐のにおいはしました。そしてほとんどだれもがもとめていたのは自分の小さな利益でした」。

ラグスは、チェコの亡命政治家たちが手本として示した道を、ながいこととともに歩いた。ラグスはヤン・マサリクと知り合いであった。ヤン・マサリクは共和国の初代大統領の息子で、一九四八年、共産党のクーデタのあとにプラハのチェルニン宮殿にある外務省の公務員住宅の窓の下で打ちのめされたまま発見される。一九四七年の晩秋、ラグスは無所属のチェコスロバキアの外務大臣ヤン・マサリクと最後に会い、語り合っている。マサリクはニューヨークの国連総会を訪問したあとにロンドンに立ち寄ったのだ。「かれはプラハにもどるまえに、私に自分の死を予告していた」とラグスは回想している。「かれは完全にへとへとになっていて、一睡もできず、処方された錠剤を私に見せていました。尾行され、見張られていたのです。かれはプラハにもどり自分の生命が危機に晒されていることは分かっていました。しかし父親の名声を完全に失わないために自分がどこで死ぬべきかも知っていました」。

哲学者エルンスト・ブロッホは1933年にドイツを去らざるをえなくなり、ラグスと知り合ったプラハへ亡命。戦後、亡命先のアメリカからドイツに帰国し、ライプツィヒ大学で哲学の正教授となる。1961年に妻とラグスをロンドンに訪ね、もはや東ドイツにもどらないと決意。1937年ニューヨークでロッテ・ヤコビ撮影。

マサリクの死後、ラグスはロンドンでチェコスロバキアの通信社ČTKの外国特派員の職を断念し、チェコスロバキアの国籍も断念した。英国籍を取得するまで数年の間ロンドンで無国籍者として暮らし、ふたたび以前からの建築家の職に従事した。「知っていますか」とかれは筆者に言う、「あなたがいま座っている場所に一九六一年にエルンスト・ブロッホが座り、妻の用意した軽食を食べていました。妻がブロッホをオックスフォードでの招聘講演のために東ドイツから連れ出したのですが、ブロッホは輝いていました。『おお、神よ、あなたがたのプラハのお宅にいるような気分です』。ある晩に私はラジオのスイッチをいれ、ベルリンに壁が作られたというニュースを聞きました。するとブロッホはわれわれと、そこにいたかれの妻に言いました。『そういうことなら、私はもどりません』」。

形而上学的社会主義者で哲学者エルンスト・ブロッホは、全体主義的な身構えをするマルクス主義の限界をふたたび破った思想家であるが、新しい居住地を西ドイツに見つけ、チュービンゲン大学で教鞭をとった。マルクス主義をふたたびユダヤ的な聖書の神話と結びつけ、「宗教的な秘儀への人間の参加」を実現した宗教的マルクス主義者である。これがこの哲学者にとって意味するところはこうだった。「永遠を望むとは、現世を認めることである。神を変えるとは人間のもとで出発することであり、日々の世界変革のことである。そして個々人が自らの力で正義を愛し、実現する場合の、日々の世界変革のことである」。

経済の方程式へと生活の変更をもとめる政治的なイデオローグの干渉を拒否。そして根本において自然における永遠の挫折を、またこの挫折の苦痛と苦悩を肯定するユダヤ教による誇示。このような人間の悲劇を意識しながらフックスはポジェブラディとプラハで育った。フックスは適応した市民家庭の出自であったために、人間生活の悲劇的な面に肯定的な態度はとらなかった。自分の悲劇的な生活感情には欠陥があり、定めがたい罪と感じていた。分かりやすいマルクス主義の体制によってその罪から逃れようとしたが、最終的には逃れることはできなかった。

「このような人間は当然、同志の仲間ではとくに役に立つ見本となりませんでした」とエーリヒ・フリードは言う。「共産主義はほとんどの人間にとって生活のために甲冑で身を固めたコルセットでした。このことを認識し、ひき受けなくてはならなくなり、亡命の閉鎖性のなかでふたたび排除されないために、絶望をつくりあげたのです。私は、ルードルフ・フックスが自殺をしたとは信じていません。しかし私は疲弊した生活からくる失敗があったと信じています」。友人のラグスが参加を思いとどまらせようとした作家大会にフックスは参加したあとに、暗闇と化したロンドンでバス事故に巻き込まれた。この事故にすぐにはだれも気づかず、通行人がこの作家を道端で見つけたときには、死んでいた。

ウラジミール・マヤコフスキーが一九三〇年に銃で自殺して一〇年後、英国亡命中のフックスはこの自殺に疑問を投げかけた。マヤコフスキー自らが名づけたように革命の「太鼓たたき」がなぜ降参したのか。「すばらしく美しい」という一〇月の詩はどんな道だったのか。「野蛮なエゴイストの種族がやってきた、快適さと個人的な健康への絶え間ない努力で満ち満ちた種族がやってきた」。フックスの詩にこうある。

なぜきみはマヤコフスキーの命を奪ったのか、
きみが病となるのは
詩の真実が
日々のあらたな口げんかにあることなのか。
日々そこに飛びこみ、
宥めたのか。
まず真実が、つぎに詩がきみを宥めたのか。

フックスが予感していたのは、嘘だと分かる真実のために詩を書いたという悲劇である。フックスの不幸には独特なものがあったが、つぎのような詩行を遺したマヤコフスキーとおなじように世を去った。「すべての諸君に。だれにも私の死の責任はない、どうかこのことで大騒ぎをしてくれるな。死者はそれを好まないのだ……」。

フックスが一八九〇年五月五日、プラハから四〇キロはなれたポジェブラディで生まれたときは、そこはまだ有名な湯治場ではなく、鉱泉は発見されていなかった。「静かな河の流れ、広大な畑と草原、ただ農業あるのみ、わずかな農産物」とこの作家はのちに「エルベ河畔の小さなチェコの田舎町」について書いている。ユダヤ人の父親は事業家だった。一〇歳になってフックスはようやくドイツ語を学びはじめた。かれの母国語はチェコ語だった。当時両親はこの少年を、ライナー・マリア・リルケも通ったニコランダーシューレに通わせた。

「ドイツ語は私にはめんどうだった」とフックスは五〇歳のときにイギリスで回想している。「幸運なことに私はプラハで芸術に理解のある家族のもとに下宿した。家主は私たちにハインリヒ・ハイネを読んで聞かせてくれた……私はよくドイツの劇場に通い、ドイツ語の本を読み、チェコ文学のすばらしさをドイツ語に翻訳することで私の友人たちに教えてやろうとひそかに決意していた」。ポジェブラディでは父親は破産を申告せざるをえず、一三歳の息子はそれ以降プラハでの下宿代を賄うために家庭教師をする。大学入学資格試験の二年前に父親が死去し、母親の生活は切り詰めた暮らしとなった。一八歳のフックスはプラハにあるドイツの商科専門学校の大学入学資格受験者コースに通っていた一九〇九年に、ベルリンで貿易会社の会社員となる。一年後にもどりプラハの機械工場に勤め、一九一四年に商業通信社の主任に昇進する。

フックスの収入で支えられていた母親が一九一七年に死去したとき、フックスはこう認めている。

あなたは深淵にあり、静かで、そして遠い存在、
あなたの膝で星の反射光が泣いている。
あなたの胸に雲が湧きあがり、
ぼくの心の鼓動はあなたのために高鳴る、
そして私の手はあなたの手をもとめ嘆き悲しむ、
ぼくの眼はあなたの頭頂をみて哭く……

フックスが最初に世に登場したのは詩によってではなく、チェコの詩の翻訳者としてであった。プラハの「ヘルダー・ブレッター」誌でフックスは詩人のペトル・ベズルチ（一八六七―一九五八年）を紹介した。それはチェコの鉱山労働者の窮乏が表現されている社会革命的な連詩『シレジアの歌』のなかの詩である。ボヘミア王国のこの地方で社会的、国家的な弾圧に抵抗する芸術である。あらゆるイデオロギー的な束縛から遠くはなれたままのペトル・ベズルチの反逆者精神には、フックスの心を打ち、虜にする調べがあった。

一九一三年にはじめてフックス自身の詩集『流星』が、ハイデルベルクのザトゥルン書店から出版される。この書店からはエルゼ・ラスカー＝シューラー、アルフレート・デーブリーン、パウル・ツェッヒ、ならびにプラハのマックス・ブロート、オスカー・バウムが出版していた。表現主義の詩人の演奏にフックスはそれにふさわしい色調をあたえていた。ロンドン亡命中にこの作家はかの詩を回顧してこう言う。「それにはスラブ的なものが多くはいっていると思います。その多くは私の母国語の旋律的な柔和さから、私の故郷の実り豊かな平原の広さから、またあの完全な変革の時代にこの感受性の強い、創造的な若者を悲しみで満たすものから出ていたのであり、古い信仰の源から湧き出る多くの希望でした……」。

作家のリヒャルト・デーメルはハンブルクから、フックスの第一作について陶酔しながらこう批評した。「この兆しのなかでこの若者は勝利していくだろう」。このプラハ出身者は、エルザス出身のルネ・シッケレが編集し、古典的と見られた「ヴァイセン・ブレッター」誌、編集者のフランツ・プフェンフェルトの社会主義に彩られた「アクツィオーン」誌に発表した。そしてフックスはプラハではカフカ、キッシュと会い、ヴェルフェルとは友人であった。

フックスは、シオニズムのボヘミア的な変形にかれを仲間としてひきいれたマックス・ブロートに好意を抱いていた。それは、プラハにとどまることであり、イスラエルにいることでもあった。マックス・ブロートはフックスをかれの回想の書『プラハサークル』のなかでユダヤ教を失った人物のひとりとみていた。しかしこのフックスが、自分と聖書の物語の間に距離をとりながらもとめたものは、かれが待ち焦がれていた双方の接近そのものであった。それゆえにフックスが二〇年代に党員となった共産主義は、どのイデオローグにも役だつことはなかった。フックスにとって共産主義は神へと変身することであり、フックスのエートスはユダヤ教にあった。

モーゼがことばを地上に書く。
おお、頭を傾げ、おお、声を
くぼめた手に埋めながら――
手で砂に書きはじめた
――聖なるものを渇望すべし。

プラハでフックスはユダヤ人の雑誌「自衛」のために書いた。カフカはその詩を気に入っていた。有名な著作集『ユダヤ人のプラハ』（一九一七年）にはフックスのほかにカフカ、コルンフェルト、ヴェルフェル、マルティン・ブーバー、テオドーア・ヘルツル、マックス・ブロート、アルベルト・アインシュタインが登場する。この共産党の信奉者は、一九三七年になってもプラハの「ユダヤ年鑑」に詩「モーゼ」を自由に掲載した。

一九一六年、フックスは軍役に就くが、召集理由は、ベズルチの詩を訳している二六歳の翻訳家の口をつぐむべし、ということだった。オーストリア軍の検閲機関はペトル・ベズルチの『シレジアの歌』を禁じ、この作家にたいし反逆罪の訴訟の手続きにはいり、ベズルチはウィーンの駐屯地の裁判で未決拘留にされた。チェコの案件もオーストリアの検閲機関の監督下にあり、フックスの郵便物の中にベルリンの「アクツィオーン」誌の出版社に宛てたベズルチの翻訳が見つかり、没収され、翻訳家フックスは政治警察に事情聴取

1867年オパヴァで生まれ、1958年にオロモウツで死去したペトル・ベズルチが突如国際的なデビューをしたのは、翻訳家フックスの尽力による。社会革命的な『シレジアの歌』の作家ベズルチは、1927年まで郵便局員であった。同年フックスに献辞を付けてこの写真を送った。

のために呼び出され制服を着せられた。

だが、ベズルチの翻訳がはいった小包に検閲係が気づかず通過したために、ライプツィヒのクルト・ヴォルフ書店から最初の外国の出版社として『シレジアの歌』が出版された。その時も検閲機関は校正刷りには気づかず、クロアチアのナジカニジャの兵舎に届いた。フックスはそれを受け取り、校正刷りをくまなく読み尽くして、オーストリアの兵士のまえで朗読した。

クルト・ヴォルフ書店がフックスの翻訳をベルリンのフランツ・プフェンフェルトに提供したので、「アクツィオーンの詩」シリーズの『最新チェコ詩』の巻でベズルチが登場することになった。これもチェコの詩作にとっては先駆けとなるドイツ的な作品であった。さらに一九一六年には二巻の詩が出版され、その独自の詩作は世界文学の拠り所となった。

ベズルチの『シレジアの歌』は、フックスの翻訳によってクルト・ヴォルフ書店から出版されたが、フランツ・ヴェルフェルは力のこもった前書きを書き、そのなかでチェコ人が自己決定権を獲得できるようにと健筆を揮った。初版はすぐに完売となり、第二版は一九一七年に出版され、多くの部数がドイツを迂回して、戦争で自分たちのベズルチをドイツ語で読まざるをえなくなったチェコの読者に届いた。

フックスは国土防衛軍の労働者として第一次世界大戦の末期、スコダの工場、ヴェッツラーの火薬工場で勤労を体験するが、ここで製造されるはずの火薬は完成に至らなかった。ニーダーエスタライヒのモスビアバウム社の支社で、このプラハの作家は会社員として終戦の一年後まで勤め、労働者側の筆頭経営委員になった。

一九一九年、フックスは選集『プラハのドイツ人作家』に、リルケ、ヴェルフェル、マイリンク、キッシュ、コルンフェルト、ブロートとともに登場した。『カラヴァーネ〔巡礼者の群れ〕』はオーストリア時代に完成した作品としては、当時書かれたもののなかで秀逸の作品であり、同年にクルト・ヴォルフ書店から出版された。

わが血のなかで競いあうわが祖先、預言者たち、
わが上着のなかで風となり、わが帽子のなかで挨拶をかわす。
斧をもち現われ、怒りの松明が障害をこえて燃えあがる、
邪悪な世界を打ち砕くのはわが哀れな肋骨でできた星と夜……

フックスは詩集『巡礼者の群れ』にあとになって「告白の書」と名づけた。チェコ人がマサリク共和国の創立のあとに失われたフス派の歴史をなんとしてもさがしもとめたように、ユダヤ教のなかで育ったフックスは、自分のユダヤ教との繋がりをさがしもとめた。この作家がその答えを無理にもとめようとした三つの疑問とは、だれが宗教者を不和にしたのか、だれが私を拾いあげるのか、だれが世界を通して私を支えるのか、であった。

主よ、あなたは私を強く創り、もろくした。
あなたは、私のはげしい幻惑をじっとみていた。

私はこの私の両手であなたの存在を否定する、
そして夜が両目を見開きあなたを告発する……

神と戦う人が旅の途上にいる。「東方の地域」——聖書の土地——から、道は「高尚な光の通り」を抜けて、「失われた息子」が母親のまえで弁明する「冒険」へとむかう。詩集の章題にこうある。閉じられた楽園の入り口にいるフックス。「おお、楽園よ、私はおまえを揺さぶる」。そして、「神の思想の高みに／神の快楽である大鷹」。そしてこの間に、すべてを一瞬にして忘れさせる「スラブの舞踊」ができあがる。

ほがらかなリボン、愉快なバイオリン
（愉快な—愉快な—愉快なバイオリン）
踊る姿勢のままに、傾いだままに
（傾いだままに）
踊る姿勢のままに、
煙草をくゆらす老人たちのベンチは消えていく、
逃げていく日常、遠のくひと
消えていく煙。
きみがひきとめようと、
きみも消えていく。

農婦よ、農婦よ、風がすべてだ。
農婦よ、農婦よ、きみの子は泣いていないか。
ゆりかごできみの子が泣き、
さびしくしていないか。
太鼓、トランペット、バイオリン、フルートよ、
きみたちのたっぷりの息の根が、なにもかも密かに吹き消した、
部屋に甘味を送り、
気かんきの子をしばり、夢を結ぶ……

一九一九年末、フックスはプラハにもどる。プラハのヘルダー協会でこの作家のために朗読会が催される。オタカル・ブジェジナ（一八六八—一九二九年）は靴職人の息子で、カトリック教徒、そしてチェコの象徴主義の代表者であり、チェコのユダヤ人であるフックスのドイツ語の詩作に精神的な親縁性を見ていた。何篇かの詩がフックスによって翻訳され、チェコの新聞、雑誌に掲載されても、建国されたばかりの共和国でこの作家の価値はチェコ人からながいこと認められることはなかった。チェコ詩の翻訳家のなかでオットー・ピック、パヴェル・アイスナーとともに三巨星になっても、認められることはなかった。
一九二〇年にフックスはマサリク大統領にチェコ文化の仲介にむけた計画書を提出し、国における翻訳活動を組織化するために国家レベルでの改善に尽力したが、普及はできずプラハのワイン工場で会社員として働きはじめる。一九二三年にかれはプラハの商工会議所の本部で公式の翻訳者として定職を見つけ、同年に結婚する。相

手は連れ子の息子がいるローニ・ラッパー－シュトリッヒで、共産主義の思想をもつ家族の出身であった。この関係からフックスは共産主義に集中的にとりくみ接近していく。

すでに一九二〇年にフックスが表明していた疑念にはずっと危険な影響力があり、これはくりかえし著作のなかに読みとれる疑念である。当時すでに、プロレタリアの政治が貫徹されたことで、「いかがわしさ、軽率さ、無能ぶり」に不満を抱いていたフックスは、マルクス主義の楽園的なイメージの世俗的な姿に、無拘束となった信仰のあり方の全体主義的な帰結を見ていた。「社会主義も、カトリックの教義の産物ではないのか、カトリックがもたらす現実からの産物ではないのか。社会主義も、兄弟である無心論とまったくおなじように、絶望から生まれたのであり、道徳的な意味でカトリックの教義とは対照的である。また、社会主義は宗教の失われた精神的な力を補うために、人類の精神的な渇きを鎮め、人類を救うために生まれたのであり、キリストの言葉によってではなく、カトリックの教義が望んでいるように精神的に隷属させるという手段をとる」。

フックスが義理の息子に強調したことは、社会のもつ宗教のイメージである。このイメージをかれは幻想的な小説、寓話の形で一九二一年に完結した散文集『スツィンティリ　星とべつの運命』で発展させてはみたが、クルト・ヴォルフ書店とローヴォルト書店は出版を拒否した。フックスは精神的に独立独歩の立場にあり虻蜂取らずとなった。詩集『愛のミサ』（一九二七年）、『春の騎士』（一九三二年）、そして戯曲『カニトヴェルスタン』、『崩壊』――ともに一九二八年の完成――のいずれの作品にも出版社がつかなかった。左翼のフックスの歴史観に理解がえられるところでのみ、つまりかろうじて左翼系の出版社に期待がもてたわけであり、大衆戯曲『マンスフェルト地方の暴動』が一九二八年に「新ドイツ書店」から出版された。

フックスは、この戯曲でマックス・ヘルツの運命を描いたが、ヘルツはフォークトラントのカップ一揆のあとに「赤軍」を創設し、一九二一年に中央ドイツの蜂起を指揮した人物である。フックスは戯曲が出版されたとき、終身刑を下されたが、折りよく大赦があり釈放される。幹部の指示にたいする反乱を最後の最後まで貫いた同志であり、戦術上の理由で戦意を喪失することのない同志がヘルツであった。ヘルツはスターリンの意志に叛いた英雄であり、それで四四歳で死ぬ羽目になった。公式の死因は、一九三三年ヴォルガでの溺死。

ヘルツが一九二八年に予定より早く釈放されたのは、左翼と保守の双方の絶ゆまざる戦いがあったおかげである。その当事者とは、エルンスト・トラー、ハインリヒ・マン、トーマス・マン、ルードルフ・オルデン、ゲオルク・ベルンハルト、ルードルフ・ビンディング、マルティン・ブーバー、ヘルムート・フォン・ゲアラッハ、リオン・フォイヒトヴァンガー、ベルトルト・ブレヒトであった。この戦いに共産党幹部が加わったのは、かれらがようやく共産主義に殉じた人間を失うかもしれないと気づいたときだった――ヘルツは自分の良心にのみ従うコミュニストであった。共産党幹部は戦術的な理由から、釈放のさいに至るところで熱狂的に迎えられたヘルツの姿勢を仕方なく受け入れた。

フックスの悲劇とは、この共産党がヘルツへの共感を装ったときに、かれが共産党に近づいたことだった。おなじ時期に書かれた戯曲『カニトヴェルスタン』は、フックスがヘルツを題材にして書いた内容である。「党の中枢から異例のこと、驚くべきこと、超人的なことが出現するのを待つのはむだである。つまり労働する大衆の状況をだれも予測できないときに、一気に前進させるようなことを待ってもむだなのだ、このことは個人が大衆と接触する状況ではつねについてまわることだ……」。

このように作品で、共産主義に近づいた作家は、カニトヴェルスタンに党幹部のまえで語らせている。そしてカニトヴェルスタンは、党と縁を切ると誓わなくてはならなくなる。「きみは命令に従いなさい。かれらは団結をのぞんでいるんだよ、分かるかい……かれらは団結の崩壊などのぞんではいない」。しかしカニトヴェルスタンは、縁切りを誓わない。「苦しみを受けている世界の場所がそうであるように、機械的になっている現在の党が、個人と大衆を結びつけるのに適しているか、私には疑問なのだ。機械化された党に代わって、信仰に基づいたなにか新しいものが歩み出さなくてはならない」。そして新しくなるとはふたたびこの作家の初期の姿勢にもどることであり、それはヨーハン・ペーター・ヘーベル（一七六〇—一八二六年）の同名の小説『カニトヴェルスタン』の断言にしたがうことである。だれかが「奇妙きわまりない迂回をしながら」「思い違いをして真実と認識に」到達する。

一九二二年に出版された選集『チェコスロバキア出身のドイツ人作家』のなかの小説『鎖』で、フックスは、ある人間が社会主義によって「新しい時代」をどう理解しているかを描こうとした。つまり新しい時代が夢の約束をして人間を圧倒するのを、また新しいことへの憧れが人間に恐怖を吹き込むあまり、夢のなかで、そして夢とともに死んでしまうのを、描こうとした。その夢見る人間は心臓の最後の鼓動が止まるまえに、労働者たちの「最新の裁判」を体験するのだが、その労働者たちは血塗れの手で鎖を打ち砕き「時代を破壊」する一方で、夢見る人間が「睡蓮を摘みとる」のを非難する労働者であった。

時代の破壊。フックスはこれがなにを意味しているか分からなかった。拘束を跳ね返すのがボヘミアの歴史であると認識していたフックスは、この国がなんどもべつの歴史に替えるように強いられたことをよく知っていた。ハプスブルク人が白山の戦いのあとにボヘミア人に強いたカトリックの文化が三世紀にわたって通用し、捨て去ることもできず、それを許されもしなかったことを、フックスは知っていた。フックスは、ハプスブルクが無理強いしたことがチェコのアイデンティティの一部となったこと、そして時代の歴史から切りはなすことは再度の無理強いを意味することも知っていた。

チェコとドイツの文化の仲介者フックスが好んで触れたのは、国王イジー・ス・ポジェブラト（一四二〇—一四七一年）と同じ町に生まれたことである。マサリク共和国は、このイジーを、まぎれもないフス派の国王に仕立てた。イジーはチェコ語を話す最後の支配者であり、二種聖餐〔信者の聖体拝領はパンだけでなく、パンとぶどう酒の二つの形式によるべきだとするフス派の説〕の宗教論者であったので、共和国は、「二重の民族」の国王、つまり二種聖餐論者であり、なおかつカトリックの国王であることをぼやかし、イジーの歴史理解が神の御心にかなったボヘミアの永遠不滅によって特徴づけられていることもぼやかした。このことはイジーの紋章に刻まれた「神の真実は勝利する」という格言に表われている。チェコ共和国はこのモットーをひき継いだ——もちろん「真実は勝利する」とした。共和国は「フス派の国王」を引き合いにだし、その国家理念から超越性を切りはなした。

　真実は自由に使えるようになった。国家創設者マサリクの真実に対抗して共産党総書記クレメント・ゴットヴァルトは、一九二九年のプラハの国民集会で自分の政党の真実をもちだす。「この資本主義の国家にわれわれは貢献していない……諸君はわれわれに主張している、われわれはモスクワの命令権のもとにあり、あそこから助言をあおいでいる、と。そうとも、われわれの最高の革命の参謀はモスクワにあり、学ぶためにわれわれはモスクワに行くのだ。諸君は、われわれがあそこでなにを学ぶか知っているのか。われわれはロシアのボルシェヴィキから、きみたちをいかに破滅させるかを学ぶのだ。われわれはこの資本主義の国家を完膚なきまでに破壊するのだ」。

フックスが生まれた町の出身であるイジー・ス・ポジェブラトは、チェコ語を話す最後の国王（1420—1471年）。この支配者の紋章の格言は、「神の真実は勝利する」。チェコスロバキア共和国はこの格言をひき継いだが、神を削って、「真実は勝利する」とした。国王の紋様はハズムブルクの写本からとった。

　チェコ共産党は一九二〇年の創設以来、クレムリンからの「真実」の指示に従い、「永遠の」審判において、人格、道徳的な志向、そのうえ特性をもつものすべてを党から一掃した。ゴットヴァルトによる呵責のない党のスターリン化のせいで、一九二九年に作家のヴラジスラフ・ヴァンチュラ、スタニスラフ・K・ノイマン、ヨセフ・ホラ、イヴァン・オルブラハト、ヤロスラフ・サイフェルトが共産党を去った。ポーランド分割におけるナチス・ドイツとソ連の共犯関係を含めて、のちにヒトラー・スターリン協定を祝したのはまさしくこの共産党だったのだ。

　党員手帳をもたない党の信奉者フックスにとって「良心のある人間」の真実はこうみえた。「良心のある人間は死ななくてはならない／良心のない者が生きていく……」フックスはイギリスに亡命する直前に、こう書く。

ぼくの広間を抜けるきみ、
きみのそばにはいないぼく。
開け放たれた広間に、影は落ちたまま。

死ぬこと、それはぼくには容易ではなかった。
古い一幅の絵のようにぼくは独りだ。
枯れ葉、慄く言葉が舞い降りる、
葉が石の広間で踊る……

チェコスロバキア共和国末期の総決算。ペトル・ベズルチがドイツで詩作によって成功したのは、ドイツ語を用いるチェコのユダヤ人の尽力による。一九二六年に『シレジアの歌』の新版が刊行され、新訳の第二巻には『シレジアの鉱夫の歌』という表題がついた。クルト・ヴォルフ書店からはこのほかに、フックスの翻訳による一七人の作家の選詩集『収穫祭の花輪』が「百年のチェコ詩から」の副題をつけて刊行された。

しかしプラハ政府が、文学の仲介者としてのフックスの意義に気づいたのは一九三三年以降のことだった。フックスはロンドンでこう回想している。「プラハの教育省が、チェコスロバキアのドイツ周辺地域へのナチスの影響に抵抗するために、ベズルチのドイツ語の翻訳と選集『収穫祭の花輪』をあの地域の上級学校の図書に加えたとき、私にナチス・ジャーナリズムの激しいキャンペーンがむけられました。というのはナチスは同時に、社会主義のイデオロギーのゆえにつぎの二つの要因からくる危険を知ったからです。つまり深い根拠に根ざした私の仲介、そして私が多くの翻訳において支持した現実の、真実の社会主義という要因です……」。

オストラヴァで休暇中（右）。同年、プラハのカレル橋で義理の息子ハインツとともに（左）。

一九三七年、フックスはチェコスロバキア政府が新たに設けたヘルダー賞を受賞する――長編小説家のヨーゼフ・ミュールベルガーとともに。ほとんど十年前に、ペトル・ベズルチはすでに自分の翻訳家フックスに宛ててこう書いている。「あなたは芸術とプロパガンダのための国家賞を外国で受賞すべきです。しかしこれまでプラハの政府はドイツの芸術家にたいし不公平そのものでした……」。ナチスが一九三三年にチェコ亡命中に殺害させた作家のテオドーア・レッシングは、フックスと出会ったあとにこう評価した。「やっと人間が」。
フックスは一九三一年に「国際労働者支援」の幹部、一九三四年には「人権同盟」の議長代理となり、最初は友人のラグスが編集していた亡命誌「ノイエ・ドイチェ・ブレッター」の協力者となる。一九三六年から一九三八年にかけてモスクワで発行されていた「国際文学」誌と「ダス・ヴォルト」誌に書き、「プラハ日報」の終刊まで芸術分野の外部編集委員だった。一九三八年、民主的なズデーテン・ドイツの文学を促進する企画をチェコスロバキア共和国の教育省に提出する。
ミュンヘン協定がチェコスロバキア終焉の兆しとなり、フックスはじつに二五年にわたる創作期間のなかから詩を選び『プラハの詩』にまとめた。「ドイツ詩が生まれ、生き続けることができた、ボヘミアにおけるチェコの首都、プラハへの挨拶と心よりの感謝として書いた」とはじめの言葉にある。この選詩には出版者が見つからなかった。ドイツが一九三九年にプラハに進駐しボヘミアを保護統治にしたとき、フックスはポーランドを経由してイギリスに逃れる。

待つことは辛く
隠れて世界のドアを叩く、
果物が夜風に揺られ、
もしも誕生をみつめるために茎が傾げなければ、
もしも星がぴくとも動じなければ、
果物は一撃でころがり落ちる。

待つこととは日々永遠に叩くこと。

フックスはまずロンドンで待ち、それからべつの亡命者とともに海岸近くのライギットに行き、ふたたびロンドンにもどった。言葉の不自由を嘆き、さらに深まる孤立を感じていた。一九四〇年、五〇歳のときに『ライギットからの詩』が一五〇部発行され、そのなかにボヘミアの回想がある。

われわれの村々で家畜が吼え、鵞鳥が叫ぶ、
風と陽光が野原を梳いていく。
陽光はいつもは注がず、しきりと雨は降り
あたり一面に大地の芳香がする。

それから異国に追放されて、暮らすぼく。
華やかな庭をぼくはついぞ知らず。
心は満足をおぼえず、飢えたまま、
かの故郷をもつひとを羨む。

フックスは戦後、ドイツ人とチェコ人が仕切りなおす夢を見る。一九四一年一〇月一五日、チェコスロバキア―イギリス友好クラブのまえでこう説明する。「オーストリアの遺産を受け継いだチェコスロバキアで、われわれは愛国的な政策における大いなる過ちの証人というだけでなく、二つの民族をたがいに政治的、文化的に近づ

ける誠実な努力の証人でありました」。フックスは聞き手にむかって、チェコスロバキアのドイツ人が戦後、ボヘミアの歴史の内部で自分たちの特性をいかに理解し発展させたかを、分かりやすく説明した。べつの講演会では将来のためにチェコスロバキアが「自由なるヨーロッパで自由」になることを誓う。そして、なぜドイツ人には「ひじょうに悲劇的な詩」があるのかという問いに詩のなかで答えている。

ああ、身の毛のよだつドイツの歴史よ、
それが詩を鍛え、音楽をつくる。
十字軍の遠征の重大さ、
つねに古くて新しい戦争が……

フックスの死後、遺稿にあった亡命の詩のほとんどすべては、別離の心情にふさわしい詩である。フックスはハイゲートの墓地を訪ねていた。

ここにカール・マルクスは眠る……かれ以上にだれがなしえたか。
だれがかれ以上に愛し、苦しみ、憎んだろうか。
そのことはもう話すな。墓がきみをじっと見つめる。
かれは一個の人間だった、そしてここに安らぎを見いだす。

フックスは自分の使徒行伝を書きこむ——プラハの旧市街、使徒が毎時、現われる市庁舎の時計を想い出しながら。フックスの詩に登場する使徒には、父親、俳優ヨーゼフ・カインツ、グスタフ・マーラー、モラビア出身のカール・クラウス、レーニン、義兄のコミュニストであるマサリク、そしてポジェブラディ出身の小学校教員がいた。

あるドイツ人作家が時代とともにきみたちの生徒となった、
だがかれは詩にドイツ人を登場させ、
ボヘミアの快楽を歌い、ボヘミアの苦悩を嘆く、
もしも寒気が大地に苦しみをあたえ、そして大地が新芽を吹く
ならば……

この人生の最後にフックスは最初の原点に回帰する。内面深くに達するために外部そのものへとむかった。フックスが信じていた人を裏切った者にたいする裏切りの言葉はなかった。ただフリードリヒ・ヘーベルの引用の言葉だけがあった。「革命が失敗に帰すならば、

ドイツの出版社がフックスを思い起こすまで40年以上待たなくてはならなかった。1985年に東ドイツで『プラハの使徒の時計』という題の選集が出版された。

世紀のすべてが失敗となる」。

そして街の中心から追われたかれは
峻険な沿岸に触れてみる、
岩塊がかれの足のまわりでよろめき
足下には砕ける波が恐ろしく叫ぶ。
嵐に敷居をゆだね
(貧しい住まいは息も絶え絶えで空っぽ)
波が寄せた刹那、かれは
傷口から大海原へ流れ出た。

フックスの死後半年して、妻のローニは死ぬ。一九四三年にロンドンでこの作家の遺稿とともに思想書が出版された。題は『分け知りの兵士』。エーリヒ・フリードが言うようにこの題は「不適切」だった。ヴィリー・ハースにとってこのフックスは、「いわば、最新の世界文学の寄る辺ない、甲冑をつけた騎士のひとりであった」。

イギリスに亡命中、死去の２年前、1940年の写真。

フックスの遺稿は、第二次世界大戦後に、プラハにあるチェコ共産党中央委員会のマルクス・レーニン主義研究所に届けられる。死んだフックスはスターリン時代の終焉を待ち望まなくてはならなくなる。一九五六年になってようやく骨壺は故郷にもどり、一九五六年一〇月一二日、フックスの亡骸はプラハのスミーホフ地区にあるユダヤ人墓地マルヴァチンキに埋葬された。この作家の遺志であった芸術家の墓地、スラヴィーンに埋葬されたいという希望を共産党政権は叶えることはなかった。

自由よ、兄弟よ、われわれはこの世で息をしているのか。
見よ、われわれが管理されたこと、いくたびか。
憎悪と愛情が仲間に叫ぶ、
そして激情の渦が深きところを穿つ。
運命がかすかな雷鳴から燃えあがり、
わが運命は、遙かな土地から燃えあがり、
全世界の十字路では風が立つ。

レオ・ペルッツ　消え去った創造の言葉をさがしもとめて

プラハ出身のレオ・ペルッツは、さまざまな歴史の場面にひっきりなしに登場したようにみえるが、これこそかれが希んでいたことだった。インタヴューに応じることはなく、自分のことも作品のことも明らかにすることはなかった。歴史小説では自伝的な背景を名人芸的に、たくみに隠している。ペルッツは時代のよそ者であり、時代のはるか先を越えていったので、われわれはいまだに追いついていない。ペルッツの預言は過去をふり返りながらの予見であり、消え去った創造の言葉の予見であった。ペルッツが目指す進歩とは歴史的な出来事にあり、生活から追いはらえないおぞましいものを目指していた。ペルッツはこの希望のなさにおいて自分の希望をさがしもとめた。

「人生を快活に終えられないひとは、自分の運命に絶望するのを少しでも拒絶するために一方の手を必要とするが、もう片方の手では瓦礫の下で見たものを記録できるのだ。というのは違った見方ができるので、他人より多くのものを見ることになるからだ。ペルッツは存命中に死んでいたのであり、もとより生きのびている人間なのだ。その前提は、絶望と闘うにはペルッツは両手を、今もっている以上に必要ではないということだ」。このことをカフカが書いたのは、心理学と訣別したときだった。「心理学は鏡文字を読むようなものであり、骨が折れる。そしてつねに結論が一致するということでは成果があるが、じっさいにそれでなにか起きたわけではない」。カフカの状況はこうだった。「私がわれわれの世界の冷たい部屋のなかを覗いてみると、部屋は冷たくてまず火で暖をとらなくてはならなかった」。

これがペルッツの状況でもあった。カフカの驚きは四〇年間続き、ペルッツの驚きは七五年続いた。ひとの好意にたいしペルッツがともにしたのはこの驚きだけだった。他人がかれにどう接近してよいのか、かれだけが決めた。ペルッツはそっけなく拒んで対応した。文学界では不作法、辛辣で、ひとの感情を傷つける人間と見られていた。言葉のけんか好きであり、それだけでなくだれかがペルッツの意にそぐわないときなどは、ひどく乱暴になり殴りかかることもあった。ペルッツの友人たちはかれの予測のできない行動を受けいれていた、というのはかれにはひとを圧倒してしまう気迫があったからだ。ペルッツは自分を心のなかにさえ徹底して隔離してしまった。

「あなたは恐怖を知っていると言いたいのですか」とペルッツは尋ねる。「ひょっとして今日からでも。しかしあなたが以前に恐怖として体験したことは、数千年まえからわれわれのなかで消えてしまっている感情がかすかに反射しているにすぎないのです。真の恐怖とは、原始人が火の光から暗闇に現われたときに襲われた恐怖であり、雲間から高速の稲妻が落ち、沼地から太古の恐竜の叫び声が鳴り響いたときの恐怖であり、孤独な被造物の太古の世界の不安であった——現代人はだれもそれを知らず、だれもそれに耐える力がないでしょう。しかし、われわれのなかにそれを呼び起こす力のある神経が死に絶えることなく生きていて、ひょっとして数千年の間、意識不明の状態かもしれませんが、身じろぎもしていません、——われわれは脳のなかにおそるべき眠り人間をかかえているのです」。

真実は、ユダヤ人レオ・ペルッツにとってはじめから、そしてあらゆる時代を通してもあきらかであった。真実は発見される必要はなく、発見されなくてはならないものは、歴史に存在する意義である。このプラハ出身者に大事なことは、なにがなぜ起こったかではなく、出来事の意味である。長編『ボリバル公爵』のなかでペルッツは、永遠に放浪するユダヤ人は魔弾によってはけっして救済されないことを示す。ペルッツの義務は、追いやられることにある。長編『九時から九時まで』では、自分の知らない罪から逃走中の学生が屋根から飛び降りると、下で手錠をかけられるのではないかと不安を覚える。

「かれの四肢は打ちひしがれ、後頭部の傷口から血が流れていた。眼だけがさまよい歩いていた。眼は生きていた。眼は休みなく街の通りをさまよい、庭や広場をさまよい、ごうごうと音をたてる生活の無秩序のなかに登場し、階段を突進して駆け上がっては下り、部屋のなかを、飲み屋を滑るように動き、永遠にとまることのない、一日の休みもない生活にしがみつき、遊び、物乞いをして、金銭や恋のことでけんかとなり、最後には幸福と苦悩を、歓喜と幻滅を味わい、疲れ果て、眼はひとりでに閉じていた」。

メルヒオール・フィッシャーの作品『脳髄を貫く瞬間』のように「不気味なほどきりきり舞いさせる長編」がこの作品である。長編『九時から九時まで』は一九一八年に出版され、『脳髄を貫く瞬間』は一九二〇年に出版された。同じテーマの早送りであり、変奏である。つまり拘束された人間の存在がテーマである。長編『九時から九時まで』は、死の瞬間に関する二六三頁におよぶ物語である。人生とは永遠という尺度における死の瞬間そのものだというわけだ。「われわれは他人のなにを知っているのだろうか。われわれのだれもがその最後の審判をかかえている」とペルッツは書いている。そしてこう書く、「恐怖と幻想は分離できないほどたがいに結びついている。そのうえつねに偉大な幻想家は不安と恐怖に取り憑かれた存在である」。

このような夢想家がペルッツであった。天国と地獄の放浪者であった。もめごとを起こすプラハと一体となった作家である。これはあらゆる適応を嫌うフス派の伝統、明晰な形式を意識したカトリック的-ヨーゼフ主義〔ヨーゼフ二世にはじまるカトリック的啓蒙改革政策〕の伝統であり、予期できないこと、不可解なこと、不気味なことにとりくんだカバラ的な歴史であった。一九五三年に出版された長編『夜毎、石橋の下で』では著名なラビ・レーヴが、人間を死の苦境から救済するために魔法をかけて飾り気のない家の壁に「この人を見よ」の像を出現させる。しかし、「それはキリストの像ではなく、ユダであった。この像であきらかにしたのは、数世紀にわたって迫害を受け、嘲笑されたユダヤ人の苦悩であった」。

ペルッツはこう書いている。「だめだ、ユダヤ人の街に行くな、きみがそこでユダヤ教をさがしてもむだだ。歳月、風、気候がそれを破壊したので、足跡は残されてはいないのだから。しかし、きみの行きたい通りを歩きなさい、家から家へと包みをひきずっていく老ユダヤ人の行商人を見るだろうに。街頭の浮浪児がかれのあとを追いかけてきて、『ユダヤ、ユダヤ』と叫び、石をかれに投げつける、かれは立ちどまり、そして、かれらをじっと見つめるが、その眼差しは、かれとおなじく軽蔑の荊冠をかぶり、迫害の鞭打ちに耐えた祖先や始祖の眼差しではないのだ——きみがこの眼差しをみれば、高貴なラビ・レーヴの『この人を見よ』がもたらす小さなこと、ささやかなことを思い出すだろう」。

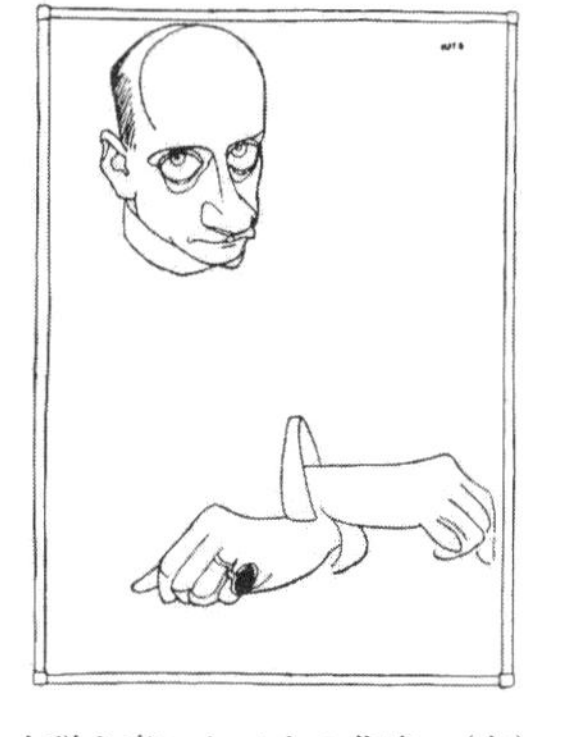

カリカチュアで見る、偉大なプラハ小説を書いた二人の作家。(左) ペルッツをB・F・ドルビンが描き、(右) グスタフ・マイリンクをオラフ・グルブランソンが描き残した。

もっとも有名となったプラハの長編二作とは、とくにプラハが出てくるわけではないが、つねに頭に浮かぶのは、グスタフ・マイリンクの『ゴーレム』とフランツ・カフカの『訴訟』である。『夜毎、石橋の下で』は第三の偉大な長編であり、プラハ城に

ペルッツの崇拝者たち。（左）ドルビンが描いたアルフレート・ポルガー、（右）エーミール・シュトゥンプが描いたクルト・トゥホルスキー。（下左）プラハの市街地図の前にいるエーゴン・エルヴィン・キッシュをヨハネス・ヴュステンが描いた。（下右）はエーミール・シュトゥンプが描いたカール・フォン・オシエツキー。

住むドイツの皇帝ルードルフ二世と、裕福なモルデカイ・マイスルの結婚相手である美しいユダヤ人女性エスター・グランツの間の夢のような愛情が描かれ、そして神聖ローマ帝国におけるドイツ国民の凶運が描かれている。この本は夢であり、同時にまた悪夢でもある。ここではユダヤ人のドイツ語作家の物語の展開が、恐怖と幻想によって円環となって閉じ、終末論で満たされる物語となって完成する。

フリードリヒ・トーアベルクはペルッツを「アガサ・クリスティがフランツ・カフカと過ちを犯してできた産物」と呼んだ。アルフレート・ポルガーにとってこのプラハ出身者は「真に夢見る人」だった。ヘルマン・ブロッホはペルッツの詩作に「不可思議なものの理屈」を発見した。エーゴン・エルヴィン・キッシュは一歳年長のこの人物を「わくわくさせる長編の名手」と呼んだ。クルト・トゥホルスキーは夢中にさせるかれの存在を「娯楽本への愛」であると説明した。カール・フォン・オシエツキーはペルッツと関連させてこう言っている。「ドイツ人は自分たちの作家にたいし、詩人でありなおかつ退屈させない書き手をはじめから期待していない」。

ペルッツは一九一八年から一九三三年にかけてドイツ語作家のなかでもっとも愛読された作家のひとりであり、新聞社はかれを奪い合い、わくわくさせる長編を新聞に部分掲載することで発売部数を伸ばした。ペルッツにははじめから自分の側に多くの読者がいたが、文学評論家、文学研究者、文学者の間にはめったに読者はいなかった。後者はその成功を妬み、ペルッツのことをたんなる娯楽作家であると弾劾したが、文学と娯楽が互恵関係にあることに嫌悪感を抱いていた。ペルッツは文献主義を「知っておくべきではないことの学問」と見なしていた。ペルッツは自分にたいする偏見をなくそうとして、ある若いドイツ文学者に全著作を送り、同時に拒絶の手紙を書いた。「私の考えでは、若い学問研究者にとっては、いわゆるドイツ文学のテーマよりも重要

なテーマがあるはずです」。

娯楽性とおもしろさは、作家ペルッツの洗練された芸術的な構成原理の一部である。魅力的に書かれた物語のなかでだれがじっと、とどまれたであろうか。この大作のどれもが数多くの小さな物語を導いたのである。純粋な語りのレベルから道は上り下りしてじつにさまざまな意味のレベルに達する。思い切って前進する者は、独特のもつれあいに進んでいく。最後には心に導く、開かれた読書の冒険となる。それは独特の精神の仮面を剥がすことである。ペルッツはこう理解している。「人間が思いがけず自分自身の過去に入り込むときほど人間にとって大きな不幸はない」。この不幸をペルッツは他人の過去を剥がしながら記述する。

ペルッツはつねに世界観の中央広場からはなれたところにいた。罪悪感は空想的なものの想像力になった。ペルッツが示したのは人間の空想力に巣くっている神秘性である。ペルッツの空想力は理性を覆って隠すことなく現実を凌駕した。マイリンクからペルッツを切りはなしたのは、詩的な形式がオカルト的な要素の近くに入り込まなかったことによる。ペルッツは知られている意義をすべて乱雑に巻き上げては吸い込んで歴史を書くのだが、そのため、細部もまったくべつの歴史に組み込まれることになる。しかしこのべつの歴史は、われわれのだれもが知っている、もしくはわれわれが歴史書のなかで知っている意義を見いだす。ペルッツの場合、基本的にいかなる歴史上の行為も歴史の終焉を説明する測定器となっている。

ペルッツの作品は二一の言語に翻訳され、その偉大さは南アメリカと同様にフランス、イタリア、スペインでも議論の余地のないほどであり、死後ではあったが一九六二年にフランスで「プリ・ノクターン」賞を受賞した。ナチスがペルッツの作品を一九三三年に発禁にしたときに、この作家は南アメリカで見いだされ、かの地で現在ではもっとも売れている作家である。ホルヘ・ルイス・ボルヘスは、『最後の審判の巨匠』が古典の推理小説シリーズ「エル・セプティモ・チルクロ」に採用されるように尽力した。南アメリカはプラハ出身者レオ・ペルッツとまたたく間に親しくなったのである。ドイツはこの間にペルッツの詩作を通して南アメリカを発見したが、ドイツはペルッツの詩作を無視し、いまだにドイツ文学のテーマとはなっていない。

たしかにペルッツの長編の多くの作品はすでに、ふたたびドイツの書籍市場に顔をだしている。ペルッツの作品のルネサンスを予言する、全身全霊をうちこんだファンクラブが数十年前からある。ルネサンスはやって来たが、まだ来ていないのだ。いずれにせよ、研究のためのあらゆる必要条件はととのっている。ハンブルク大学教授の文学研究者のハンス－ハラルド・ミュラーが尽力して、この作家の全遺作はイスラエルからフランクフルトのドイツ国立図書館にくることになっている。ミュラーも浩瀚なペルッツの伝記を執筆中である。

そしてもっと奇妙なことが、この二、三年来起きている。古書店でペルッツの初版本の値段は飛躍的に高騰しているのだ。ペルッツは一九四五年に、自分はドイツ人にとって「もはや存在しない」と

プラハのゲットーの住居にある中庭。1893年にこの地域の衛生改善の法律が公布され、多くの建物が破壊された。ゲットーのことを知っていたペルッツは、長編『夜毎、石橋の下で』に採り入れた。

認めていたが、「四〇年後には私の復活はいっそう確実になる……私の時代がふたたびやって来ると信じている」と付け加えたときに、ペルッツははたして正鵠を射ていたのだろうか。

ペルッツは、ヨーロッパがイデオロギーの調剤によって分離してしまった「すばらしい現実」に接近し、そして南アメリカ文学にはまだ存在した「すばらしい現実」に接近し、自分の作品を通してその道を開放しておいた。人生の最期にペルッツはこう書いた。「私は人間と事物を見た、その間で私は生きてきた、それらは度外れて大きく——不気味で、巨大であり、べつの世界で成り立っている人間と事物のように、私は恐怖をおぼえた……私は生涯を通してわが幼少期のプラハからはなれることはなかった。私はプラハのゲットーの幻影を追いかけ、いたるところでさがしもとめた」。

＊　＊　＊

レオ・ペルッツはプラハで一八八二年一一月二日に生まれ、ゲットーのことは世紀末に撤去される以前から知っていて、あてもなく歩きまわり観察していた。作家のアルノルト・ヘルリーゲル——戸籍の名前はリヒャルト・A・ベルマン——は同級生のことをこう回想している。「なみはずれてだらしない少年だったペルッツ・レオポルトは、パトレス・ピアレステン小学校で席は私のとなりでした。私の最初の記憶にあるのは出血で汚れたかれの手なのです。かれはひとのうらやむポケットナイフの持ち主で、腰掛の下で親指を切ったのです。偶然ではなく、意図的に。『教師がおどろくようにさ』とかれは私にささやき、卓上に手を大きく広げた。効果は絶大でした」。

恐怖の子どもは恐怖を吹き込んだ。伝記の、とくに内面の伝記に見られる器用な隠し屋の一面を、われわれは長編のきわめて細部のところでのみむきだしになっているのを発見できる。長編のひとつでタルティーニのソナタ〔「悪魔のトリル」のこと〕が響くと、魅了されてこうなる。「なにかしら子どものときの私の記憶がそのソナタと結びついている。私は実家にいて、日曜日、全員が出かけてしまい、ひとりにさせられた。暗く静まりかえり、暖炉のなかだけがかすかに風が吹いていた。そして周囲のすべてが魔法にかけられているようで私は恐ろしくなった。ひとりでいることへの子どもの恐怖であった、あしたへの、人生への恐怖だった。いまにも泣き出しそうな幼い、脅えた子どもであった、——この一瞬、私は立ちあがった。それから強い意志でこらえた……」。

ペルッツは生涯ずっとこらえていた。ようやくこの忍耐があきらかになったのは、ナチスがこの作家からヨーロッパでの足がかりを奪ったときだった。われわれが現在ペルッツについて知っているすべては、破綻をめぐる情報であり、ペルッツはこの破綻を必死に隠蔽しようと試み、それを――アメリカに宛てた手紙で――あきらかにした。他人が勝利する陶酔のなかでペルッツは一九四五年にニューヨークの弟に宛てて書いた。

「ぼくの見方は悲観的すぎるかもしれないが、じっさい多くの点で悲観的に見ているんだ。ぼくのなかでねじがゆるんだのか、またはペンが折れたのだろうね。ねじかペン、ペンは七年間、私の気力、楽観主義、将来への信頼を保持し、活発にさせ、ぼくは、よい、悪いニュースに惑わされず期待をもって夜毎、ラジオのニュースに耳を傾けていたのだ。いまぼくらは勝利した。ぼくらは偉大な、待望の勝利をかちとったのだ。一九四五年のぼくらの勝利から一九一八年の敗北に逃げ込めるなら、なんとすばらしいことよ」。

ペルッツの先祖は一七世紀のスペインにさかのぼることができる。そこではペレスの名前で暮らし、トレドで二度目の迫害を受けて追放される。ボヘミアの初代ペルッツ家を一七三五年に受けいれたのは、ラコニツ(ラコヴニーク)の教区である。レオの父親ベネディクト・ペルッツはプラハで紡績工場を所有していたが、一八九九年に全焼した。この消失のあとベネディクト・ペルッツは家族とともにウィーンに引っ越し、かの地で紡績業を起こし、ドイツのオーストリア併合までこの作家の二人の弟が経営をつづける。弟パウルは企業家として合衆国へいき、もうひとりの弟ハンスはパレスチナで大規模な私有地を所有した筋金入りのシオニストであり、ヘルズリヤで同国最大の繊維工場(「アデレト」)を設立し、ペルッツも一九三八年にパレスチナにはいる。

ペルッツはすでにギムナジウムの生徒のときに長編『第三の魔弾』に着手していたが、ようやく一九一五年、三〇歳になってこの作品でデビューする。アルノルト・ヘルリーゲルは、二人がともにウィーンで終えたギムナジウムの時代をこう回想している。「レオ・ペルッツはギムナジウムの卒業試験のまえの晩に、失くしてしまった対数の本に代えて、マイストリクでべつの本、つまり古本を買ってみると、そのなかに禁じられた方法だが鉛筆で公式が書き込まれていた。この公式を教授が見つけ、ペルッツははっきりと落第となった。私はドイツ文学担当の教師のところに走っていき、『教授、仲裁してくださいよ、文学史の授業にいってしまうのですか。ペルッツはすばらしい作品を書いたんですよ』。このドイツ語の教授にはまったくどうでもよいことだった。数学の教授はペルッツを数学の試験でもまったく才能なしとみて落第させた」。

ペルッツは一九〇四年に兵役を終え、そのあと保険のビジネスマンとして職業教育を受ける。同時に聴講生としてウィーン大学ならびに工業大学で保険数理、経営経済学、確率論の受講の手続きをとった。一九〇七年一〇月、ペルッツはトリエストの「ゲネラリ保険会社」で数学者として出発し、おなじ会社で同じ月に――もちろんプラハで――フランツ・カフカという博士が「補佐役」の仕事をひき受ける。

一年後ペルッツはウィーンにもどり、保険会社「アンカー」の数学部門の勤務となる。そして一連の小説を書いていく。ほかに長編『第三の魔弾』を書いた。ウィーンで医学の勉強を終えて、当時執筆中であったエルンスト・ヴァイスとペルッツは散文の書き物を交換するようになり、ヴァイスが医者としてベルンへ、その後、ベルリンにいき、両者の往復書簡はさかんになる。たがいに、出版を勇気づける言葉をかけたが、両者のプロ意識の高さが出版をためらわせた。

ペルッツはまず保険数理の論文を発表し、友人のエルンスト・ヴァイスとは距離をとり、著述業を「真の職業」と認めることには抵抗した。ヴァイスもそれにたいし、自分にとっては「たんなる私人でありコーヒーハウスの来客」以外の何者でもないと主張した。一九一一年にアルノルト・ヘルリーゲルは第一作『家庭教師』を、一九一三年にエルンスト・ヴァイスは長編『ガレー船』を、一九一五年にペルッツは『第三の魔弾』を出版する。

いきなり1915年の第一作『第三の魔弾』で文学の大ヒットをとばした。

ペルッツは、ちょうど帝国兼王国の第八八歩兵連隊における国土防衛軍の歩兵として召集され、ガリツィア戦線のブルカノフで一九一六年七月四日、肺の盲管銃創のために生命の危機に陥るほどの重傷を負う。何回かの手術を受けてウィーンの第一駐屯病院に移送されたが、敗血症のために症状は一週間ほど生死の間をさ迷うほど悪化していた。ペルッツは一九一七年に——この間に国土防衛軍の中尉に任命される——ホーフマンスタール、ムージル、リルケ、ヴェルフェルも執務したことのある戦争報道官（ＫＰＱ）に昇進する。一九一八年四月、戦争報道官としてプラハの「ボヘミア」紙のために仕事をひき受け、ウクライナのオデッサを訪ねた。

ペルッツが終戦を迎えたのはウィーンだった。革命期の間、社会民主主義者の集会に参加したが、このときからコミュニスト、アナーキストとは考えが近くなった。赤い近衛兵、エーゴン・エルヴィン・キッシュが、革命の失敗のあとに追放されるのを目の当たりにした。キッシュはペルッツの両親の住居とペルッツ自身の住居を交互に仮の宿としたが、ペルッツの父親には「ボルシェヴィズムの考えをほとんど納得させた」。ペルッツの長女、ミヒャエラの来客名簿にキッシュは一九二〇年にこう書いている。

「ねえ、ミヒャエラ、きみがいま寝ている乳母車のある部屋にぼくは一九一八／一九年の冬に寝ていたんだよ。それはね、世界大戦が、そして何百年と続いた帝政がちょうど終わったときで、それから、社会革命を起こして、よい世界を打ち立てようとしたひとがいたときだったんだよ。ミヒャエラちゃん、のちにきみの子ども部屋となる部屋で、自由なすべての人びと、大衆にとって希望である人びとが、そして戦うすべての人びとが疑いをかけられ、迫害を受けたんだ、さらに、（マイネルト通り八番地の）部屋にぼくを訪ねたかれらの何人かはなぐり殺されたんだ。そしてね、訪ねてきたほかのお客さんたちはきみの両親のところに私のあとに引っ越してきたんだよ。ロシアから一人の亡命者、ハンガリーから二人の亡命者、ポーランド、バイエルンなどから一人の亡命者、ほかの人たちはおそらく地下牢にもぐったり、または抵抗者用の絞首台に上ったんだろうね」。

ペルッツは一九一八年三月に少年のときの恋人で医者の娘、イーダ・ヴァイルと結婚し、二人の娘と一人の息子の父親となり、新しいウィーンの居住区ポルツェラン通りに住む。ペルッツが一九一九年四月に労働者評議会に選ばれて、政治活動をしたのはごくわずかな時期であり、ハプスブルク君主国の崩壊をヨーロッパの宿命とはみていたが、変化する状況にあって実務的であり社会民主主義を支持した。ペルッツには経済的な問題はなく、両親の企業から所得を受け取っていた。さらに第一作の長編『第三の魔弾』は一九一八年には一〇版に達し、『マンゴーの木の奇跡』はパウル・フランクと共同執筆した長編だが八版重ねた。長編『九時から九時まで』は、一九一八年にまえもって「ベルリン日報」とプラハの「ボヘミア」紙に掲載された。

少年時代の恋人で医者の娘、イーダ・ヴァイルと1918年に結婚。彼女は1928年に、第三子の息子フェリックスを出産後、32歳で死去。息子と娘のローレは1938年から現在のイスラエルで暮らす。

現在、ペルッツを今世紀のホロコーストの経験とともに読む人は、ペルッツが過去をふり返りながら悲劇を予見していたことに驚くことになる。長編『第三の魔弾』は卓越した作品であり、グルムバッハ伯爵が破門されたプロテスタントとしてドイツの移民の群れとともにエルナン・コルテス率いるスペインの征服者よりまえにアステカに到着し、モンテスマの側にたち、その民族をスペイン人との戦いにむりやり引きずりこむという冒険譚を凌駕している。また『第三の魔弾』がすぐれた長編であるのは、アステカ人の友人が暴力でアステカ人の自由を守ろうとし、その暴力によってコルテスの部下がアステカ人から自由を奪うという物語を凌駕している点である。

長編『第三の魔弾』ではわれわれの文化の最終局面のはじまりをふり返る。この長編は、「真実」を貫徹することが「最終解決」になるように仕込まれているヨーロッパ人の意識の歴史を表現している。ペルッツは意識の歴史をふたたび見えるように、めりはりをつけて『第三の魔弾』の序章でこう書いている。「私はかつて新世界で天に聳えるほどの岩のそばを馬で通り過ぎたことがあった。その岩のうえに、とうに忘れ去られていたある民族がその非キリスト的な思いと考えを奇妙な絵にして描いてあった。そこには女たちが列をなし、ふたつのラッパが処女に欲情をたきつけてしつこく迫り、王が聖ジョージの龍との交情をたのしんでいる姿があった。そしてこの絵の秘めたる意味と意図を分かって暮らしている者はだれもいなかった。降りしきる雨が言葉という言葉、記号という言葉を洗い落としてしまい、絵のみが半ば消えかかりながら、聞こえない耳にむかって忘れられた智慧を語りかけていた」。

ペルッツは読者を一六世紀に移動させながら、読者を旧いヨーロッパの宗教闘争から新世界に送りだす。そしてプロテスタントのグルムバッハとカトリックのコルテスの対決によってヨーロッパの思考に潜在する攻撃性を示しながら、周縁から中心へ、西洋に眼差しをむけさせる。つまり強欲的なまでに神への飛翔を強制する西洋に眼差しをむけさせる。コルテスとともにアッシジのフランチェスコに代表されるカトリックの可能性が最終的に断念され、非暴力の宗教を暴力によって日々否定するべつの可能性が出てくる。一五二〇年にモンテスマが殺害されると、コルテスは文化のすべてを破壊する。ルターは一五二〇年に教会からの破門の脅迫文書を焼く。改革は軌道に乗る。

一五二〇年、ヨーロッパはそのアイデンティティを失いはじめ、アイデンティティの喪失はペルッツにとってはこの重大事が意味を失うことも含んでいた。そこから道は、道徳を理由にして神が廃止されるあの姿勢へとつながっていく。というのは近代人には創造の秩序は不満に思えたからだ。近代最初の悪しきカトリックとなったのはスペインのカトリックであり、近代最初の悪しきプロテスタントはカルヴァン派の人間である。イエズス会と異端審問所が支持していたスペインのカトリックは、武器崇拝を強めた。かれらはアラブ人を否定し、追放することで最終解決の前段階の形をはっきりと示した。有能な人間、成功した人間も選ばれし人間であるという見解をもつカルヴァン主義は、二〇世紀における最終解決を最適に進行させるための摩擦のないメカニズムを、能率万能主義によってつくった。

そこでペルッツの長編でプロテスタントのグルムバッハ伯爵は、かれの武器から発射される、すべてがちがった相手に当たる三つの魔弾でまず、インディオ大虐殺の条件をつくる。しかしプロテスタントのグルムバッハ伯爵は自分の罪をけっして理解することはない。というのはかれは戦いで記憶を失っているからであり——近代の進歩主義はプロテスタンティズムから生まれるが、プロテスタンティズムは自らを本来的にカトリックへの矯正策であるとして理解し、自らを絶対視していた。ヨーロッパの解放、ヨーロッパ人の解放はペルッツにとっては、人間自らによる人間の魅惑的な暴力の結果であった。そしてこの暴力は、ヨーロッパが世界にもたらした暴力の結果であった。

数学者ペルッツは、長編『第三の魔弾』でぎゅうぎゅう詰めの筋立てにして見解を示す。理性のみを見ている者は、自分だけを見ることになる。ペルッツにとって超越のない世界は存在しない。現実の要素はどれもそのひそかな目印となるものを示している。ペルッツにとってこの非合理は、ペルッツの神秘的な根源性によって正統と認められる精神性である。自然界の出来事は、ペルッツにとってひとつの原因が及ぼしうる作用のひとつにすぎないのであり、その結果、べつの要素もその場に登場しうるほどである。しかし奇跡とはある特定の原因が唯一及ぼしうる作用のことである。そしてこの原因を追究する者は、この原因があの作用を必ず及ぼすと見ている。数学者ペルッツは体系的な思考の根拠のなさについて理解している。ペルッツは体系をもとめない、なぜならそれがけっして完全ではありえないからであり、非合理なものに場所をあたえる形式をもとめる。われわれの世界が形式から出来事となって消えうせるのにたいし、ペルッツの詩作では出来事は形式のなかで凝固する。

近代の学問が錬金術の魔術の夢をはるかに凌駕してしまったので、偉大なる反対者にして、人間の永遠の敵手である、ヘブライ語の名前であるサタンは、創造の担い手としてその影響がいまだに残っている。だが、そのサタンが男性らしさから中性的なものへとするりと変わった時代に――つまり悪魔的なもの、邪悪なものへと変わった――ペルッツによってふたたび登場人物となって長編作品に連れもどされた。ルリア〔ルビ・イサク・ルリアのこと〕のカバラによれば全能の人間の自然の魂は、ルシフェル〔悪魔の王〕の世界からきたものである。したがって二つの可能性の選択がいかなる人間にも、人間における神の魂の影響なしで、そしてより重大な影響なしであたえられている。

「悪を生き生きとし、もともとどこかで耳を傾けていた聖人のあの生気を、誤った側に導いているのは、まさしく人間に起因する神の意思の罪と誤りである」とゲアショム・ショーレムは書いている。ペルッツは自分の作品のために悪の魅力を意識的に受けいれた、というのはかれには心にかなう創造は悪なしでは考えられないからである。善行はすべてかれの詩作にあっては、「それでもやはり」なのである。そしてこの「それでもやはり」は、ほとんどつねに人間がだれでも自ら抱いている罪の推進力から発生している。罪はあがなわれ、赦しによって軽減される。しかし罪は世界から消えることはない。カバラ学者の教義には善悪のことがもつれた形で出ている。

ペルッツはユダヤ教のコルプス・ジンボリクム〔象徴体〕への長期にわたる変化を知っているので、その歴史の遺伝的、精神的な知識をもっている。そこでは生きている力はよみがえるものとして描かれている。カバラとハシディーム〔ユダヤ教正統派〕はこの力をシェキーナ〔地上での神の臨在、または神の臨在の象徴・顕現〕と名づけている。この知識はたしかに歴史的ではあるが、非時代的な思考法によってのみ理解が可能である。つまり魔術的、連想的、類推的、神秘的、同時的であるのだ。ペルッツは歴史から路線を見いだし、追いもとめながら、時代を貫く非時代的な思考法のなかでそれを実践する。

ペルッツはシオニストでもなく正統信仰のユダヤ人でもなかった。反時代的なユダヤ人であり、その創造性は非時代的な思考に由来している。両大戦間で成功した出版にもかかわらず、ヨーロッパではアウトサイダーであった。そしてペルッツが一九三八年にパレスチナに行ったときもずっとアウトサイダーであった。ペルッツのエルサレムは取りもどされたのではなかった。ペルッツのエルサレムは少数異教徒のエルサレム、非時代的な、永遠のエルサレムであった。ペルッツのエルサレムへの帰還は、帰郷ではなかった。ペルッツは一九三八年にヨーロッパを去らなくてはならないときでも二冊の長編を書いていたが、それを完成させたのは、ふたたびヨーロッパがペルッツに開かれるようになった一九四五年以降のことだった。

ペルッツがヨーロッパを愛していたのは、歴史書、聖書からヨーロッパの世界に導きいれたり、ヨーロッパの世界を外に導くさまざまな方法や逸脱した方法があったからだった。暴力で犯すことの恐怖、そして暴力で犯すことの魅力、けっして公に認められたことのない、隠されたヨーロッパ人の欲望についてペルッツは分かっていた。プラハは石と化した暴力だけの歴史的な例ではなく、強制的に改宗させられたボヘミアにおけるバロック芸術の栄光の歴史の例でもあり、暴力で犯すことは人間の本性の一部となっていた。そしてリルケが「美しいものとは、恐るべきはじまり以外のなにものでもないからだ……」と書くとき、この断言はプラハでの経験からきていた。このボヘミアは美と罪で満ちていて、犠牲者と犯罪者はとっくに区別がつかなくなっていた。だが罪の意味はどこにあったのだろうか。

作家ペルッツにはプラハは遠くはなれていたが、ボヘミアはずっと身近な存在であった。そしてふたたび歴史の彼方へとはなれていく。『ボリバル公爵』（一九二〇年）でペルッツはナポレオンにたいするスペインのパルチザンの戦いをあつかい、『アンチ・クリストの誕生』（一九二一年）ではわれわれを一八世紀のパレルモの状況に連れていく。『最後の審判の巨匠』では一六世紀のフィレンツェにもどり、『トゥルルパン』では時代を前倒ししてフランス革命を愚かな芝居であると演出する。

『ボリバル公爵』ではナポレオンのライン同盟の連隊がスペインの町ラ・ビスバルを占拠しつづけ、どうしようもなく劣っていたスペインのゲリラを自由に使えるボリバル公爵は、ドイツ軍から処刑されるが、かれの精神は――ペルッツがかれの「奇跡」を描いているように――ライン同盟の連隊による暴力に勝利する。公爵の処刑の指揮をとった中尉は、鏡に目をやったときに自分の顔の表情が公爵の表情に変わったことに気づく。「それはまるで、殺害される者の魂が私のなかで立ちあがったようであり、その魂は私自身の魂と、そして殺人者の魂と戦って、打ち負かした」。

ドイツ人の予想外の敗北は、中尉がつぎのように告白したときに、神の救済史の次元にたっした。「連隊の全滅ははじめから私の意志であったかのようであり、私が偉大で崇高なことのために、全滅を自分で決断したかのようだった」。解放された街の小路を通りぬけていったのは自分ではなく、死んだ公爵だった、と中尉には思えた。ひとりのゲリラが深くお辞儀をしながら挨拶をした。「アベ・マリア、プリシマ」。そして中尉はかれの口から見知らぬ声の発する、見知らぬ言葉を聞いた。「アーメン、彼女は罪なく身ごもりました」。

ペルッツの長編は、時間と無時間の弁証法において目標とする歴史の比喩となっている。「なんのためにわれわれは戦うのか、なんのためにわれわれは血を流すのか、神の大義のためにか。われわれはみな地上の盲目のモグラなのか、そして神の真の意志がなんであるのか、われわれは知らない」とペルッツの文章にある。そしてこうも書く。「というのは日々、その独自の奇跡があるからだ」。ペルッツは、多くのひとが奇跡を認識できないことと奇跡を打ち立て奇跡を強奪するひとの不遜を対比した。『マンゴーの木の奇跡』には、急速に広まる自然の操作における不遜ぶりが書かれ、それは操作する人間にむけられた反駁となっている。

テオドーア・W・アドルノが『美学理論』で「天才的なサスペンスの長編」と称した『最後の審判の巨匠』には、そして謎に満ちた不可解な麻薬を楽しむ背景には、人間を破滅させ、死に追いやる悲劇的な結末が隠されている。しかし「太陽が照る裁きの日に」、「トランペットの赤い」炎に耐えている人物が不幸の影を落とした姿で描写される。「妄想だ！ まやかしだ、すべては夢にすぎない。しかし妄想は逃げさり、ぼくはただ独り戦慄の幻影のなかにとりのこされ、恐怖、驚愕の海へと押し流された」。

作家ペルッツの偉大さが結果としてかれ個人の惨めさをもたらす。ペルッツは自ら戦慄させる幻影のなかにいたからだ。ペルッツもおびただしい恐怖と驚愕の海に押し流されていた。読者に自分の閉鎖性を自身のこととして認識されないように作品のなかで開陳した。このことを批評家としてただひとり見抜いたのはアルフレート・ポルガーだった。「これらの本にある作用の秘密とは、本が出来事の年代記となっていることであるが、出来事は、老獪な才能のある語り手の技術と抜け目のなさによって構成された論理的な首尾一貫性をもっているだけでなく、論理を越えた因果関係もあり、その連鎖の最後には神がいる。このことはペルッツのどの作品にも敬虔性と宗教があるかぎり認められる」。

一九〇三年生まれのジャーナリストのミラン・ドブロヴィチは、著書『横領された歴史』で二〇年代のウィーンのカフェ・ヘレンホーフのよき時代を回想している。「ガラスの屋根を通して明かりの差す大きな中央ホール、このホールはもともと文学活動の中心となっていたが、ここからはなれた薄暗い部屋で作家レオ・ペルッツの常連の仲間が会合をもっていた。テーブルの長い側がそれぞれ二人から三人用の席となり、見た目には先頭に座る者が座長の格となった」。

「レオ・ペルッツはこの名誉を十分に意識して享受していた。かれはファラオのように、まっすぐぎこちなく座っていたが、背を椅子の背にもたれ密着させて押しつけ、角ばったずんぐりした脚で、ほとんど身じろぎもせずに座っていた。カップをつかむ

1876年生まれのオーストリアの弁護士で作家のヴァルター・ローデは、1933年にスイスに亡命、死去の年に著書『ドイツはカリバンだ』を出版。かれは波乱万丈の時代におけるウィーンのカフェ・ヘレンホーフでのペルッツの旧友だった。のちにペルッツはザンクト・ヴォルフガングで「宮廷」の会を催し、エーミール・ヤニングス、アレクサンダー・レルネット－ホレーニア、フランツ・テオドーア・ショコルと交わった。

ときだけ腕はこの形をくずしていた」。

「この威厳に満ちた態度は、『許された』わずかなテーブル仲間を選抜するときの厳格さとおなじである」。

「ここの仲間だったのは、『マンゴーの木の奇跡』の共同執筆者の作家であり、喜劇作家のパウル・フランク、詩人のヨーゼフ・ヴァインヘーバー、『ドイツは残忍だ』の作家で著作活動をしていた弁護士のヴァルター・ローデ、ブルク劇場の俳優オットー・シュメーレ、出版者のE・P・タール、そして紀行作家のアルノルト・ヘルリーゲル」であった。

「かれのテーブルにつく客層に変化はめったになかった。選抜の基準は性格的な特性、人格的な価値、そして教養の程度によって判定された」。

「週のうち午後一、二回は学問に当てられていた。上記の常連のゲストに代わって、歴史家――そのなかでもとくにカール・チュピック――哲学者、物理学者、数学者がテーブルに座り、政治、高等数学、哲学（実証主義）、数の神秘主義が議論された」。

このグループの外側にさらにペルッツの仲間がいた。ペルッツはカール・クラウスとアルトゥア・シュニッツラーと知り合いであり、かれらを称賛していた。リヒャルト・ベーア＝ホフマンとは友人であり、かれは七三歳のときにナチスから追放されてニューヨークに逃げて、かの地で七三歳で死去した。またブルノ・ブレームとも友人であり、かれは筋金入りのナチスとなり、ロンメルの野戦に参加する。ペルッツは、またのちにドイツ国防軍の士官となるアレクサンダー・レルネット＝ホレーニアの文学上の助言者となり、のちのヒトラーの支持者ヴァインヘーバー――一九四五年に自殺――に最初の出版社を世話した。ウィーンの自宅や休暇先のヴォルフガング通りの住居で出会ったのが、フランツ・ヴェルフェル、アントン・クー、エルンスト・トラー、ベルトルト・ブレヒト、俳優のモイシ、

ペルッツの保守的な三人の作家仲間、そのうち二人はナチスになった。（上左）ヨーゼフ・ヴァインヘーバーは1945年に自殺した。（上右）ブルノ・ブレームはペルッツに1938年に支援を申し出た。（下）は、ナチスが1945年2月17日にダッハウ強制収容所で殺害したドイツ人のフリードリヒ・パルチヴァル・レック＝マレチェーヴェン。後世の人に『ある絶望者の日記』を遺した。

エーミール・ヤニングス、コンラート・ファイト、原子物理学者のリーゼ・マイトナーであった。保守主義者、君主主義者でのちにダッハウ強制収容所で殺害されたフリードリヒ・レック－マレチェーヴェン（『ある絶望者の日記』）とは親密な関係にあった。

ペルッツは古い刀剣、サーベルの熱狂的な収集家であり、ドイツのオーストリア併合のあと金貨のコレクションをウィーンの古銭コレクションの展示室にひき渡した。弁護士のフーゴ・シュペルバー、ペーター・アルテンベルク、作家のフランツ・エルボーゲンとタロット、ポーカー、チェス、ブリッジで遊び、第二次世界大戦中、アメリカで大いに売れたブリッジの本さえ匿名で書いたほどであった。保険計理士としてもトップのランクにあり、「ペルッツの清算公式」の創始者でもあった。

ペルッツの目まぐるしい活動は、自分の個性を暴露する以上に覆い隠すことになる。それが意図だったわけである。だれかがペルッツの閉鎖性をこじ開ける鍵をさがすような危機がくると、いつでも無愛想に応対した。このような応対をする前兆は、ペルッツが作品をつねに無条件で賛嘆した友人エルンスト・ヴァイスにたいし無理に距離をとったときにあった。ペルッツと共同執筆しようというヴァイスの申し出をペルッツは受けいれず、ヴァイスと会って、「たんなる私人とカフェの客として」扱うようにもとめ、著述業を自分の「真の職業」と見られるのを拒んだ。これにひきかえ「害のない」パウル・フランクとは長編二冊と戯曲を一冊、共著で執筆した。

かつて雑誌「近代世界」の編集主幹であった九〇歳になるウィーン人パウル・エルボーゲンは、プラハの人ペルッツを一九八四年の手紙で「まったく移り気だ」と形容し、ヴィンセント・ヴァン・ゴッホの行動との類似性をこのように見いだしていた。「そう――そのうえこのヨーロッパの『最後の偉大な画家』は陰険で、ひとを不快にさせるという病的な欲求をもち、意気消沈しやすく、憎たらしく、攻撃的で、神経質過ぎて、ほとんど悪魔でした――そして半分は天使の性質がありました」。だれかがペルッツに近寄ってきて、お会いできて光栄です、と言葉をかけると、ペルッツは答えた。「光栄と思うのはあなたのほうです」。そしてかれがだれかとの対話で称賛しつつ「打ちのめした」ときに、「あなたの無教養には隙間があるのです」と答える作家は、ほとんど魅惑的でさえあった。

オプラテクという知人にペルッツを紹介するように懇願した若くかわいい少女は、言いようもなくペルッツを崇拝し、数年前から長編のすべてを読んでいたという。オプラテクが言われるままに紹介すると、その貧しい娘は親しげに言った。「ペルッツさん、私はほかの長編もすべて読みましたが、ちょうど新刊の長編を読んだところです。私は猛烈な崇拝者なんですよ……」。それ以上彼女はこなくなった。というのはペルッツは、しかめ面をして彼女にむかって叫んだのだ。「おまえのような女のために私は書いてない」。するとオプラテクはかれの顔に水のはいったコップをなげつけた。そのあと殴り合いとなり、二人は――ペルッツはグラスのかけらで血を流した――ひきはなされることになった。

このようにサンフランシスコで回想しているパウル・エルボーゲ

ンは、亡命先から第二次世界大戦後に二度と帰還することはなかった。ペルッツとおなじく第一次世界大戦で重傷を負ったパウルの兄フランツはウィーンの変人であり、ペルッツは好いていた。「私の兄はばかな俗物だった」とパウル・エルボーゲンは書いている。「裕福なブルジョア――われわれの叔父はタルカムパウダーの工場を所有していた――とボヘミアンぶりが分かちがたく混ざっていた。兄はペルッツの攻撃的な特性をすべて、楽しそうに笑いながら問題にせず、これは外面にすぎない、ペルッツは心根のいいやつだ、と言っていた」。

パウル・エルボーゲンはさらにこう書く。「ペルッツははじめから私を憎んでいたが、なぜかは分からなかった。私に分かっているのは、ペルッツが兄の住居にきていることが分かり私は即座に去ったことや、ペルッツが私を見かけたが避けて通ったことぐらいである。そのあと一九三八年、三九年は、人間関係によっては劇的に変えられないような場面が続いた。私はペルッツとは数十年、会っていなかった。私はフィレンツェで暮らし、国立図書館に勤めていた。ある朝、私はちょうどそこに行き、ピアッツァ・シニョリアを横断し、イタリアではよくあることだが、いくつか並んでいるカフェのひとつのテーブルの間をすり抜けなくてはならなかった。朝九時だった。突然ある声が私の名前を呼んだ。私はふり返った。そこにはレオ・ペルッツが座っていて、私の記憶がとどめていたかれより老けていた。そして――近づくように合図を送ってきた。私はためらいながらそうした。度肝をぬかれたことにかれは私にエスプレッソを差し出した。ひとが一変したかれは尋ねてきた――あいかわらず『ぶっきらぼうなやり方』ではあったが――調子はどうか、一人で暮らしているのか、なんの仕事をしているのか……と」。

ペルッツとパウル・エルボーゲンは亡命の最終段階で最初の滞在地にもどっていた。「かれは亡命者、私も亡命者、いわば空虚のなかでさまよっていた、祖国はなく、将来はなく、無人の地に追放されていた」とエルボーゲンは書いている。「むかしの反発や『敵対心』にまだなんの意味があったというのだろう。かれは最後に私の無事をねがい、私もかれと家族におなじことをねがった。かれの顔は感動の表情で歪んでいた」。

亡命の状況とは関係なく、この出会いはペルッツの行動からみると重要なことであった。行動の原則はペルッツの側になくてはならなかった。ペルッツは長編の原稿を家で友人に朗読しながらチェックしていた、じっさいには他人から批評されたくはなかったのだ。読者に委ねられるべき執筆中の作品にあえてだれかが論評しようとすると、作品を放り出してしまい、作品をだめにした。他方でかれは執筆している友人には寛大にも短編の着想を送ってあげることもあった。

八三歳になるアニー・R・リーフェツィスは、夫フーゴとともにウィーンで、一九三八年以降はブエノスアイレスで文学のエージェントを営んでいたが、このように回想している。「われわれはかれのことは気にいっていました。かれはわれわれをポルツェラン通りの住居に招待してくれ、窓にはジャワ風の人形がかかっていて、いつでも煙草の煙で充満している奇妙な書斎に通されました。すぐにそのあと、晩になるとわれわれに電話をかけてくるのがかれの習慣となりました。書いたものを朗読したいのでかれのところに来るように、というのです。それでわれわれは一章また一章と、長編の大部分を知ることになりました。かれが朗読をしなくとも、かれとの対話は多くの着想であふれ、しばしば奇妙な感じでした。聞き手をあふれんばかりの幻想の世界に参加させたのです」。

作家のパウル・フランクはペルッツをこのように記憶に留めている。「かれは保守主義に凝りかたまっていた――生活習慣でも考え方でもそうであった。タイプライターについても万年筆についても知識がなかった。かれにとってはただ鉄筆とそれに付いているインク壺があるだけだった。精神的な重労働者であり、改訂への病的欲求はとどまるところを知らず、改訂の作業は終わることはなく、仕事ぶりは僧侶のようだった」。

一九二八年、ペルッツは栄光の絶頂にあった。ヨーロッパ大陸で最大の部数を誇る「ベルリン写真紙」が、復讐による追跡の物語である長編『どこへ転がっていくの、りんごちゃん』を発刊した。ペルッツがこの本で登場させたかつてのオーストリア将校は、ロシアでの戦争捕虜の地獄を無傷のまま切りぬけたが、ロシア人の陸軍大佐による侮辱を忘れられず、それは地獄のヨーロッパによる侮辱であった。ロシアの大佐を追跡することはロシアの内戦を放浪することになり、このオーストリア人はコンスタンチノープル、ローマ、ブカレスト、ミラノ、バルセロナ、トゥーロン、パリに行くことになる。追跡は追跡をはじめたところで終わる。そのロシア人がこの間に暮らしていたのはウィーンであったのだ。「故郷にとどまり、待ちながら、ある日通りを上っていき、角を曲がる。それ以上のことは必要なかったのだ」。

ジェイムズ・ボンドの考案者であるイアン・フレミングは、一九三一年にこの長編を読んだあとにペルッツ宛に手紙を書いた。『天才』という言葉は乱用されることで価値と意義を失いましたが、そうでなければ私は『理屈抜きで天才』と評価したことでしょう」。ローベルト・ムージルは、ペルッツは新しいタイプの長編作家であり、ジャーナリスティックな文学を創りあげた、と称賛した。ペルッツ本来の形式からすると『どこへ転がっていくの、りんごちゃん』は映画台本であり、その二年前に書き了えていた。ペルッツが二〇年代に結んだ映画の契約はすべて完了してはいなかった。『九時から九時まで』の映画は完成するころになって、メトロ・ゴールドウィン・メイヤーはその権利を譲らなかった。フリードリヒ・ムルナウが努力したがむだであった。

一九二八年――人気絶頂の年であった――は、同時にまた悲劇の年となった。現在ふたたびウィーンで暮らしているアニー・リフェツィスはこう回想している。「かれの三二歳の妻は、第三子である息子フェリックスの出産で亡くなりました。かれが特別に『熊』という愛称をつけていた妻の死によってかれはひどく混乱した悲しみのどん底に落ち込みました。妻がいなくなったことを信じようとはせず、交霊会で死者と接触できるように巫女を家に呼びました。かれは赤ん坊を抱いて私にむかって、『これが殺人者だ』と言いました。かれは取り乱していました。私はこう言いました。『あなたが殺人者です』」。

アニー・R・リフェツィスは絶望のあまり享楽欲に大変身する様子を身をもって体験した。「男やもめは急に自由の身になったことに気づき、女性に身を投じました。数多くの女性とのはげしい、情熱的な情事をはじめたのです。われわれはかれの小説からこの若い女性たちを知ったのですが、秘密を遵守するという理由から彼女たちには空想の名前があたえられていました。名づけられた名前は、『道化師』、または『絹のおさるさん』、『野蛮なお馬さん』、『カスパー』、または『ポマーラント』でした。たいていとてもきれいで、上品で、ぜいたくになれた女性たちで、そもそも手に負えないボヘミアンになんの興味も寄せてはいませんでした。しかしかれは自分の個性によって女性を魅惑するすべを知っていました。かれの醜さは大目にみられていました。かれは禿で、風変わりな、ほとんどアジア的なタイプで、大きなメガネグラスにかくれた眼は黒くて生き生きとしていました」。

アニー・R・リフェツィスはこうも回想している。「戦争によって肺を半分なくすというけがにもかかわらずとても力強く、スポーツマンであり、冬にはスキーを、夏には水泳とサーフィンをしていました。しばしばかれのスポーツには冒険的な面がありました。たとえば、かれが言い寄ったかの若い女性たちの一人が湯治場でかれに、いまでは小説のように女性のバルコニーによじ登るような男性はいませんわ、というと、かれは即座に、われわれがおどろいて叫んだにもかかわらず、その女性が泊まっていたホテルの正面玄関から二階の彼女の部屋のバルコニーまでよじ登ってしまいました。このことは彼女に強い印象をあたえました――この反応をかれは狙っていたのでした」。

ペルッツは「野蛮なお馬さん」を通じて果物商の娘グレーテ・フンブルガーと知り合い、一九三五年の夏に結婚し、新婚旅行でプラハを旅行した。「野蛮なお馬さん」は現在アムステルダムに住み七八歳になっているが、名前をゲルティ・ハーネマン－ケーレマンという。「グレーテは私の友人でした。彼女をカフェ・ヘレンホーフにつれていき、ペルッツに紹介しました」と回想している。「グレーテはとてもかわいらしく、やさしく、女性的でした。かれのほうはすぐさまうっとりしていました。グレーテは小さなライターで煙草に火を点けました。そのときベンジンが少し指にこぼれ、燃えました。グレーテは消えるまで平静に炎を眺めていました」。

アニー・R・リフェツィスは漁色家ペルッツについてこう言って

1904年生まれのグレーテ・フンブルガーは1935年にこの作家の二番目の妻となった。ペルッツは妻と1938年にパレスチナに行った。妻とは第2次世界大戦後は夏をお気にいりのヴォルフガング湖で過ごした。

いる。「かれは女性らしさというものを尊重していました。しかし性的なものをこえて出てくるものすべてが過剰でした」。この作家の長女であるミヒャエラ・シュターペレスは、女性について父親がよくこう言っていたことを思い出している。「女性は男性を満足させるためにいるんだ」。アニー・R・リフェツィスは、グレーテ・ペルッツをこの作家の作品として回想している。「個性というものはありませんでした。ペルッツは自分の思い通りにぴたりとつくりあげました。その当時彼女を見たひとは、最初の結婚でできたペルッツの未成年の長女だと思っていました」。

ペルッツはオーストリアをやむなく去るまえに、さらに長編を二作出版する。『聖ペトリの雪〔穀物の伝染病〕』(一九三四年)と『スウェーデンの騎士』(一九三六年)。『スウェーデンの騎士』でペルッツはふたたび歴史に、一八世紀のシレジアの歴史に深くはいりこみ、城を強奪して楽園を実現しようとして頓挫する泥棒を描いている。『聖ペトリの雪』でペルッツは、ある人物が今世紀のヴェストファーレンの村における信仰の喪失を生化学の方法で帳消しにするのを示しながら、ドイツにおける大衆のファシズムの狂気に答えている。

だがこの長編のマルヒン男爵はヒトラーのコピーではなく、悲劇の人物であり、西洋が大いなる空虚な歴史に変わったのは、剥きだしの物質主義にたいするユダの報いとひき換えに、じっさいの信仰の重要性を放棄したためであると見ている。中毒症状のある人間に信仰をふたたびもたらそうとするマルヒン自身が、徹底して科学的-物質主義的な思想に捉われる。聖ペトリの雪は穀物の伝染病の名称であり、ヨーロッパにおけるその現象は神への強い働きかけという結果を、精神の覚醒という結果をもたらした。

マルヒン男爵の思いはこうである。「大いなる象徴である冠、王笏、ミトラ、りんごは信仰の熱情によって生み出され、授けられました。人類は象徴の存在を信じることを忘れたのです。空虚でなまぬるくなった時代に信仰の熱情を呼び覚ませる者は、その心情を容易にもとにもどせます……」。

科学の実験は成功し、精神の実験は失敗した。近代人の精神状態には神に回帰する姿勢はなく、もはや革命による転覆しかなかった。ある男が失神状態から目をさまし、煽動的な農民に傷つけられ病院で起きる出来事について解明を試みる。「それは転覆なのか、現代の信仰なのか。暴力的な新しい秩序への夢か」。ペルッツは、小説の筋をある患者の熱に浮かされた幻覚以上にはせずにそのままにした。

信仰の鎧は不信心者の手に落ち、思いのままになる。この結果によって、ペルッツをヨーロッパは凌ぐことになる。ペルッツはウィーンで一九三八年三月一三日、ドイツの進駐を目の当たりにして、路上で悪口雑言、野卑な言葉を吐かれ、そのうえある若いドイツ人の将校に捕まった。「ユダヤ人か」。「ええ、第一次世界大戦で中尉でした」とペルッツは答えた。「第一級の鉄十字勲章の保持者です」。ペルッツはその場をはなれることができた。ポルツェラン通り三七番地のボヘミア出身の女性管理人はペルッツにこう言う。「昼間はあなたのためになにもしてあげられませんが、夜は静かに眠れますよ。ドアは開けませんから」。筋金入りの愛国主義者、ブルノ・ブレームがペルッツのところにやってきて、助けられることがあるかい、と尋ねた。

ペルッツの兄の紡績工場は没収されていた。兄は一九三八年の四月末にオーストリアを去り、ペルッツはまだ残り、パレスチナへの合法的な出国を押しすすめる。入国ビザをイギリスの領事館から手にいれるが、ウィーンの税務署から「納税に問題のない証明書」を一週間待たなくてはならなかった。

一九三八年七月九日、ペルッツは家族とともにオーストリアを出て、ハイファ行きの船舶切符を手にいれるためにヴェニスに行くが、待たなくてはならず、家族はフォルテ・ディ・マルミにあるペンションに宿泊した。ブレームはふたたびこの亡命者を訪ね、ペルッツが反ユダヤ主義者でないことを保証してくれた。

一九三八年九月一〇日、ペルッツ一家は「マルコ・ポーロ」号でヨーロッパのヴェニスをはなれ、五日後にテル・アヴィヴに到着する。ゴットリープ通り一六番地——騒々しいディツェンゴフ広場から遠くない、現在も閑静な住宅街である——に、蔵書用に足りる大きな住宅をさがし、それ以降替えることはなかった。搬送した蔵書は難を免れたが、価値のある刀剣のつかのコレクションはハイファ港のイギリス人によって役所に救済要請が出された。

それからのペルッツの収集熱は、パレスチナがかれにゆだねた古物の収集にむかう。キリスト誕生前後の時代のガラス容器、小さな石油ランプ、切り出された石材、ポット、青銅、陰刻入り準宝石などである。パレスチナに到着して一〇年後にその地域の切手でもっとも価値のある一点を所有することになる。オーストリアでは自分の蔵書の売却収入で快適に生活できていたが、テル・アヴィヴではほとんど弟たちからの経済援助に頼り、かれらは当地の紡績工場で成功し日の出の勢いにあった。

ペルッツは文学作品のエージェントを仕事にするアメリカにいった亡命者たちと書簡のやりとりがあったが、かれの長編が出版社にもちこまれることはなかった。映画の脚本を送ったがハリウッドの反応は拒否的であった。ペルッツのパレスチナにおける状況はさらに悪化していく。投稿した作品には、「断りの返事も、承諾の返事もなかった」。パレスチナのペンクラブに属していたが、ドイツ語を用いる同業者との接触はなかった。ドイツ語を話すほかのほとんどのユダヤ人がこの国ではタブーとされたドイツ語を避けていたときに、ペルッツはずっとドイツ語を話しつづけていた。ペルッツはヘブライ語を学ぶが、ペルッツのユダヤ世界はヨーロッパの世界のままであった。

この作家にとってきわめて大事な接触は、ブエノス・アイレスで隠れ場所をさがしてくれていたリフェツィス夫妻との近づきだった。リフェツィス夫妻が南アメリカでペルッツのためにたゆまず小さな仕事をしてくれたことに、ペルッツはある手紙で揶揄している。「あなたが私の長編を押し通し成功させるために、私の先駆者として南アメリカに行かざるをえなかったこと、これがヒトラーがもたらした重要な意味のすべてだと私は思っています。これがなされればヒトラーの意義は消えます。私をパレスチナへ連れてくるという世界史的な課題は解決したので、シオニズムも、いまや本来の私の目的ではありません」。

ペルッツは、書きはしたが終わりまで書くことはなかった。「ささやかなカサマツの庭の地面はずたずたにされ、そのあとくしゃくしゃにされた葉で覆われています」とリフェッツィスに訴えた。ウィーンでの最後の週の部分を書いた長編は、『ウィーンのクリスマス』というタイトルになるはずだったが、数章書いてから中断した。「メイフラワー」の長編が生まれるはずだったが、数章書いてから中断した。「この背景には差し迫っている『マイスルの財宝』の執筆がある」。このようにかれはブエノス・アイレスにむけて事情を伝えた。『マイスルの財宝』はすでに何年かにわたってウィーンで書いていた。そのプラハを舞台にした長編の一部はすでに『旧プラハの年鑑一九二七年』に掲載されていた。ペルッツは『マイスルの財宝』の原稿をなんどもなんども中断した。「レオナルド」の長編も書きはじめたがなんどもなんども中断した。

リフェッツィス夫妻にペルッツはこう手紙を書いている。「ここでは刺激も文献もありません、なにもありません、私の物語や着想を語れる人間などいないのです。造形、仕上げ、材料をさらに発展させるためにこの絶え間ない語りがいかに必要であるか、あなたが知っているとおりなのです」。

ペルッツは夜間、テル・アヴィヴの通りを歩き、主のいない猫にえさをやった。「私の夫もおなじことを、私たちが当時住んでいたブエノス・アイレス郊外でしていました」とアニー・リフェッツィスは回想している。「亡命中は自身よりも寂しい生き物の存在をさがすのです」。

ペルッツは亡命誌のいかなる協力も拒んだ。リフェッツィス夫妻がニューヨークの亡命紙「アウフバウ」を小説のために自由に使わせようとしたとき、ペルッツはぶっきらぼうな拒絶の態度をとった。「私にとっては『アウフバウ』は催吐剤であり、私はアメリカにおける反ユダヤ主義は『アウフバウ』に起因していると思います。それを目にすると気分が悪くなります」。そしてこう付け加える。『フォス新聞』がなくなったとはいえ、私には本を公刊する前に新聞掲載されたものは、いまだに聖なる、高貴なものなのです」。

リフェッツィスの妻のパリ願望についてペルッツはこう嘲笑している。「われわれが世界中至るところで際限のない孤独のなかで生活していることを、私は充分に承知しています」。べつの手紙にはこうある。「ユダヤ人の生活は（二度の世界大戦によって）三つの部分に切断されたミミズによく似ています。最後の部分では少しあがき、嘆き、エホバを非難し、そのあと穴を掘ってもぐり生活をつづけています」。一九三九年一月、ペルッツはドイツ人に「頭越しの東欧の戦争」を望んでいた。「ユダヤ人の予備役将校なしでドイツがロシアと戦争すればなんとすばらしいことか」。

この作家の娘たちは戦時中、イギリス軍で働き、息子はまだ学校に通っていた。長女ミヒャエラは戦後イギリスに定住し、現在、ロンドンから汽車で一時間はなれたスタンステッド／エセックスに住んでいる。ほかの二人の子どもたちはヨーロッパにもどってはいない。息子はハガナー〔ユダヤ人の軍事組織〕で戦った——イスラエルの国家のために。かれは写真家になり、つぎに歯科技工士、最後は陶芸家になった。父親とまちがえられるほど似ている、五八歳のフェリックス・パズ-エルは、父親の文学からまず二つの印象を受けている。「第一に父親から受けた強い印象は、私がなんども学校をサボったときに、びんたを食らったことです。もうひとつは父親が執筆しているか、骨董商を訪ねている印象です。戦後はテル・アヴィヴの保険会社の主任計理士でした。父は警察にとってはここでは偽造切手の鑑定家でした」。

ラマトガン（イスラエル）在住の娘ローレ・ヴィンターが父親のことで思い出すのは、つねに健康と戦って生きていたことである。「片肺しかないこと、心臓が衰弱していること、そのうえ糖尿病患者であると認めることはありませんでした。ここでは常時、ネクタイを着用していました。清潔感にあふれていましたが、ネクタイでなくてはなりませんでした。父は習得したヘブライ語を話すことはありませんでした。ただ学習量がすくなすぎたのです。英語は早く習得しましたが、じっさいに話したのはドイツ語でした。私はここではまだヘブライ語は話していません」。

娘のミヒャエラとローレ。二人は戦争中、イギリス軍に勤めていた。

イギリス在住の娘ミヒャエラ・シュタ-ペレスは父親についてこう語る。「父は強く頑固でした。父が言ったことがわれわれには法律でした。父は六〇歳を越えたときに気弱になりました。それまでは暴君でした。最後の戦争は父を意気阻喪させました。アラブのヤッファを、そしてアラブのエルサレムを愛していました。エルサレムのことをほかのだれよりも知っていました」。

ペルッツの手紙にはこうある。「われわれはほとんど八月いっぱいエルサレムにいました。われわれふたりだけで住んでいた魅惑的なアラブの家には魔法にかけられたような庭があり、管の詰まった水洗トイレ、幽霊の出る地下室がありました——われわれの雄猫がきまって悲しげに泣きながら、尻尾を逆立てて家のなかからでてきました……デッキチェアは洗礼者ヨハネスが捕らわれていた雨水桶のうえにおいてありました。家のとなりには崩れかけたケーキ屋があり、夜になると仕事をして、悪態をつき、喧嘩となり、助けをもとめて甲高い声がひびきわたっていました。毎夜四時かっきりに、主人はやっつけられていました。毎朝われわれが外を見ると静まりかえり、荒れはてていました。壁と壁の間で白い子羊の皮を着たアラブの羊飼いが去勢された雄羊の群れに牧草の餌をやり、かれの牧笛が鳴りひびいていました。ひょっとして、われわれはどこか郊外の山間に住んでいるとでも思えるでしょうが、答えは否です。すべては『キングジョージ』ホテルと『ベン・イエフダ』から一分一五秒のところで起きたことですよ」。

テル・アヴィヴの文化環境についてペルッツは一九四四年にこう

書いている。「私は昨日、ここで私的な催しの枠で『マイスルの財宝』の物語二篇を五、六〇人のまえではじめて朗読しましたが、シュテフィ・ゴルトナーがアメリカ風の寄席でハープ奏者として出演したのです。彼女はスカルラッティ、モーツァルト、ベートーヴェンを演奏し、拍手喝采を浴びながら左手に飛び跳ねていく様子が聴衆の爆笑をさそいました。これが毎日くりかえされたのです。そして彼女が困惑してうしろをふり返ると、彼女が左手に立ち去る間に、舞台の書割の右手からつぎの出し物である、調教された二匹の猿をともなった男が出てきました。私の朗読のときには、聴衆のなかにいた当地で有名な手品師が、私の朗読のあとにすぐさますばらしいトランプ手品をくりひろげ座を賑わせました。クラブやエースで私の物語の余韻をすべて帳消しにしてしまい、私はいくぶん狼狽して家路につきました。せめても調教された猿は家にいませんでしたが」。

モルデカイ・マイスルは皇帝ルードルフ二世の時代において伝説上の裕福なプラハのユダヤ人であった。『マイスルの財宝』は格別に裕福なユダヤ人の隠喩であった。ペルッツがこの本を完結するには数年かかり、それまで短編を組み合わせたこの長編にかかった数十年の努力をあとでこう説明している。かのプラハのテーマの克服にむけた最後の熟成が自分にはじつにながいこと欠けていた、と。ペルッツ家の息子にとって少年期の隠喩となっているのは、願いを拒否する父親による婉曲な表現である。「うん、マイスルの財宝があったらね……」。

戦争の終結を睨んでペルッツはニューヨークにいる弟のパウルに手紙を書いた。「この数年間であきらかになったことは、ふたたびわが本にもどるには、もう一度ドイツでわが本に機会があたえられる必要があるんだ」。フーゴ・リフェツィス宛の手紙にはこうある。「正義の人は動物の心を知っていることが、タルムードの釈義に載っています。したがってあなたは私の釈義を知らなくてはなりません。私のドイツ語の版権は、この世で唯一の私の正統な財産であり、私の将来の希望、ひょっとして私が妻と子どもに遺せる唯一のものです。この財産をせめてヨーロッパのために浮いた気持ちからではなく、なんとしても予定より早く委ねようとしているのです」。

一九四五年二月四日、この作家はニューヨークにいる弟に宛てた手紙で要約してこう書いている。「われわれはみな老いてしまった。そう、老いたというのは、一九三八年の春がわれわれには最大のチャンスであったにもかかわらず、われわれはヒトラーとゲッベルスに耐えて生きのこっているという意味だけではなく、――それはともかく、われわれはすぐ近いうちに千年王国の終焉を体験することになるが、そのはじまりをわれわれは精確に意識しているのだ。そう、われわれはひどく老いてしまっている……」。

一九四五年六月、平和になった月にペルッツはこう書きとめた。「突然の戦争停止は私に影響をあたえている――ここにいる全員も――喫煙者からニコチンを剥奪するように……」。ベルゲン・ベルゼンの強制収容所で生きのびた旧友のゲルティ・ハーネマン゠ケーレマンに宛ててペルッツはこう書いた。「不正をただすためには世界がきみを慎重に抱きしめなくてはならないという感情、それは不健康な感情なのだから、きみはできるだけ早くその感情から解放されなくてはならないよ。世界はみじめな看護婦なのだ、ふたたび不正をただすこともないのだ。そうではなくて、世界はきみが見ている方向へ新たな不正をひき起こすのだ。以前のようにきみはきみだけを信頼することを学ばなくてはならないよ……」。そしてペルッツはこうつけ加える。「ぼくも現在の世界は気にいってないよ。ナチスの精神は、勝ち誇りながら勝者に投降したように、ぼくにはどうも思えるんだ。ヒトラーは死んだかもしれないが、殺せてはいないんだ」。

ペルッツは友人の国民社会主義者、ブルノ・ブレームをさがしもとめた。この人物は一九四六年二月まで連合国側の陣営にいて、そのことで釈明することになっていた。ペルッツが戦後、ブルノ・ブレームに宛てて書いた最初の手紙のなかに、この国民社会主義者が一九三八年にユダヤ人ペルッツの住居にきたときに発したのとおなじ質問が載っていた。「助けられることがあるかい」。

ブレームのためにペルッツが尽力したことはすぐに知れわたり、亡命者から耳をつんざくような非難の声に晒された。とくにナチスからニューヨークに逃げた詩人のエルンスト・ヴァルディンガーは六四歳のペルッツをけなそうとした。

リフェツィス夫妻に宛ててペルッツはこう書いた。「私が証人として旧友のブルノ・ブレーム博士のために登場したことにたいし、あなたにも動揺しないようにやさしく心の準備をさせなくてはなりません。一九三八年七月、かれは私の住居に現われて、私に援助を申し出たのです。このような訪問はアーリア人にはすでに危険であったのです。私は人間の卑しい言動を完全に忘れることはできますが、勇気のある、りっぱで友好的な態度をかんたんに私の記憶から消すことはできません……ブレーム博士はほんとうの友人でした、それゆえに私は、現在かれの立場が悪いにせよ見捨てることはありません、あまたのウルマン〔Viktor Ullmann＝一九四二年にテレージエンシュタットの強制収容所に入れられ、プロパガンダのために作曲させられ、一九四四年にアウシュヴィッツのガス室で命を落とした〕が例外扱いにされ、ウィーンにとどまることが許され、真にナチスを超えようとも、かれを見捨てることはありません」。

一九四七年一月二二日、ペルッツはブルノ・ブレームにこう書いた。「あとからはなにもよいものはやって来ないと私が恐れていたにもかかわらず、われわれはみな、今世紀の選択では注意が足りなかったんだ。きみも旧体制――ドイツ、オーストリア、ここ東方における旧体制――のことを私とおなじように残念に思っているかどうか分からないさ。旧体制は愛国主義者の存在を知っていたし、ドイツの急進主義者、チェコの急進主義者、もしくはスロバキアの急進主義者が自分の民族を愛するなどということはせずに、他民族のみを憎悪する人間であることも分かっていたのさ。平和であれば、旧体制は大量虐殺、法律違反、そう、わずかな愛国的な不作法のようなものでさえ赦すことはなかったのだ。というのも旧体制には守るべき顔があり、旧体制のあとにやってきた連中の顔つきとはちがうのさ」。

ペルッツは、ヨーゼフ・ヴァインヘーバーがナチスに肩入れすることで導いた帰結を遺憾に思っていた。「私はヴァインヘーバーの死を悲しく思います。かれが政治家であったことはなく、かれのことや、かれの芸術を理解している人ならだれにでも――悪魔にでも――走り寄ってしまう欠陥をかかえた大きな子どもにすぎません。この寡黙な作家に、すぐにもたらされる静寂のなかで、かれが真の名声を待ってくれたらと思います。というのは、ヴァインヘーバーに耐えて生きながらえたのだから、自らが後世を代表する人物になると現在信じている人びとであっても、奪うことのできない名誉がかれにはやって来るからです」。

一九四二年にブレームが、ロンメル将軍のもとエル・アラマイン〔北アフリカでの枢軸国軍と連合国軍の戦い〕でスエズの突破を待っているとペルッツに伝えたときに、耐えがたいことにはすべてぶっきらぼうに対応するペルッツが、このことではほとんど沈黙していたのだ。ブレームにはパレスチナにいる旧友に再会できるのではという希望があった。これはヨーロッパからきた多くのユダヤ人が、ドイツ軍が進駐したときに自殺するためにしょっちゅう毒をあおった時代のことである。ペルッツはこう答えた。「エルサレムにくるというきみの希望を悪魔がかなえたのであれば、それはわれわれには破滅となっただろうね。覚えているかい、当時、昼夜分かたずに国境に沿って飛びまわっていたラビがいて神の助けをもとめて祈願していたんだよ」。

一九四七年一一月二七日、ペルッツはブレームに宛ててこう書いた。「もちろんきみとぼくはすでに一九一四年から、歴史の真のスケープゴートだったんだね。まずわれらが旧きオーストリアが奪われてしまい、われわれはふたりともオーストリアのために戦い、けっして諦めはしなかったのだ。それから歳月の経過とともに、ときに一方が殴られ、ときに他方が殴られることもあったが、現在、われわれはふたたび一緒に殴られているんだ。バンベルクとヴュルツブルクは壊滅させられた。御者ヘンシェル、老フーン、『ハネレの昇天』のハネレも、『職工』のモーリッツ・イェーガーも街道をさまよい、ハウプトマンによって高貴にされたかれらの言語は抹殺されたね。老シュテヒリンはリューゲンの強制収容所にいるよ！　ぼくはこの風変わりな世界で暮らしているんだが、なにもかもが失われたヨーロッパでは足が切断されたように痛い思いをしているんだ」。

このペルッツは流行しているあらゆる思想とは斜向かいに立っていた。ペルッツの眼差しはほかの人とは異なっていた。イスラエルの国家建設をペルッツは批判的に発言しながら支えただけではなく、あらたな国外移住も検討してもいた。

一九四八年一〇月二日、ペルッツはブエノス・アイレス在住のリフェツィス夫妻に宛ててこう書く。「私はパレスチナのことは気にいっていましたが、この一年で大きく様変わりしました。われわれに属している地域のアラブ人は消えたのも同然です。唯一無比の町エルサレムは、いままさに大レクラヴィアになろうとしています〔レクラヴィアはエルサレムの近代的なユダ人街の名前〕。私は国粋主義の心情も好きではなく、愛国主義も好きではありません。双方ともに一五〇年前から世界中を襲ったすべての災厄に責任があります。それは国粋主義の心情からはじまり、コレラ、赤痢、独裁で終わりました。したがって私はできるかぎりはなれるつもりでいますが、私が永遠にパレスチナのこと、テル・アヴィヴのことさえも心配になることも分かっています。これが多すぎる祖国をもつ人間のありさまです。私はその三国をもっていますが、すべて三国とも私から消え去りました」。

ゲルティ・ハーネマン‐ケーレマンに宛ててペルッツはこう書く。「私を苦しめてきたもの、現在も苦しめているものは、私の平和主義、あらゆる戦争、避けがたい付随現象にたいする嫌悪、あらゆる勝者にたいする根本的な反発と、そして単一民族国家、あらゆる単一民族国家はいくぶん時代遅れであり、廃止に値するという私の確信と関連しています。私はここでは二つの国家のために存在しており、敗者の側に属しています」。

弟パウル宛ての手紙にはこうある。「ユダヤ国家は安全であるが、なんと高くつくことよ、どれほどの血の泡、どれほどの幸福がだいなしになったか……」。ペルッツはこう嘆く。「この国が遊び場となり、個人が三通りの陰険で愛国的な狂信主義によってもてあそばれているのだ」。「ほかの国々にもある愛国的な、社会による狂信主義に、わが国では攻撃的で正真正銘の狂信主義が加わっている」。

敗者はとどまった。ペルッツの人生のドラマは了わらなかった。ペルッツはイスラエルにとどまった。ペルッツはオーストリアにとどまった。冬にはテル・アヴィヴで暮らし、夏はザンクト・ヴォルフガングで暮らした。ペルッツはひき裂かれながら暮らし、最後は大いなる緊張のなかで人生を送った。

ペルッツの夢は実現不可能だった。「もしもぼくが小さな家を建て、その表側の窓からオマルのモスクが見え、裏側の窓からはカーレンベルクが見えたら、わが人生の問題は解決していたんだが」。

1946年のプラハの眺め（フーゴ・シュタイナー＝プラークの銅版画）。ペルッツの長編『夜毎、石橋の下で』は、ルードルフ二世とラビ・レーヴの時代に導く。出版のむずかしさについてペルッツは、1951年7月2日に代理人のフーゴ・リフェツィスに宛ててこう書いた。「原稿をパウル・ショルナイに送りましたが、かれは出版を延ばそうとします――政治色などない、敵意なしの、純粋に歴史的な長編であり、部分的に舞台をゲットーにしていて、高僧のラビ・レーヴを主人公の一人にしているのです。これは古きプラハにたいするお辞儀以外のなにものでもありません……しかし私は――ショルナイが書いているように――ドイツ人の精神がユダヤ人の精神財産である作品に心を開くまで待つつもりはありません……」。

西洋と東洋の統一体、これをペルッツは構築した。一九五一年に六九歳の作家はプラハの小説を、ペルッツの世紀の本を完成させる。『マイスルの財宝』は最終的に『夜毎、石橋の下で』という表題になった。はじめは出版者が見つからなかった。

「この長編は古きプラハにたいするお辞儀以外のなにものでもなく、現在ではなくなった舞台装置のなかでわが少年期のはじめが過ぎていき、消えていきました」とペルッツの手紙にある。「しかしショルナイは、ユダヤ人に不快な態度をとり、そんなユダヤ人のことを思い出したくもないあのウィーンのならず者の過敏さをいたわっているのです」。

一九五三年に長編『夜毎、石橋の下で』がフランクフルトのフェアラークス‐アンシュタルト書店から出版される。ペルッツは、一六世紀の転換期のころの皇帝ルードルフ二世の時代にさかのぼりながら、唯一無比のボヘミア時代の終焉が事実であると認めているが、この作家にとってはヒトラーが終止符を打ったヨーロッパの終焉のはじまりでもあった。プラハのゲットーの世界と皇帝の世界は通じあうものがあり、その境界線は夢であり、ルードルフは裕福なモルデカイ・マイスルというユダヤ人銀行家の妻を愛することになる。ラビ・レーヴはゲットーでのユダヤ人にたいする皇帝の復讐を、皇帝の夢を成就することでしか回避できない。

ラビ・レーヴを中心に据えた長編『夜毎、石橋の下で』の表紙。1953年にフランクフルトのフェアラークス－アンシュタルト書店から出版された。

このラビは、「夜毎、石橋の下で」たがいに絡まりあうローズマリーと低木のバラを植える。皇帝とモルデカイの妻である美貌のエスターはたがいに抱きしめあっている夢を見る。だが夢でさえも、裏切りの現実をつくってしまう。高僧のラビ・レーヴが夢のなかの愛も罪であると判断し、ローズマリーをふたたび抜きとりヴルタヴァ河に投げると、その晩にエスターは死んでしまう。モルデカイ・マイスルは夢であると知るが、夢が現実であると勘違いし、――支配者による最高の守護と交換に――財産を約束してあった皇帝を今度はだます。「金銭が追いかけてくる」男、モルデカイ・マイスルは財産をひそかにひとにあげてしまい、けっきょく皇帝の手にはなにもはいらない。

神秘的な数学者、ペルッツは、『夜毎、石橋の下で』によってベルリン出身のゲアショム・ショーレムが学問的に説明したカバラの可能性を発展させた。ペルッツの『ボリバル公爵』では神は第七章に登場し、『夜毎、石橋の下で』では長編の出来事は七の単位のリズムで分けられている。つまり第一章、第七章、第一四章にカバラとラビ・レーヴのテーマが登場する。

ユダヤ教の数の神秘主義を研究するフリードリヒ・ヴァインレープ教授は、その著書『生活の文字』で数字の七についてこう書いて

ルードルフ二世の時代に、プラハのゲットーを旧新シナゴーグとともに描いたフーゴ・シュタイナー＝プラークの銅版画。ゴーレム伝説がここでは中心舞台。

いる。「この記号はサジンと言われ、これはもともとが『武器』を意味する。これは戦いのことであり、愛する者の戦い、もしくはまさしく憎しみあっている者の戦いである。愛とともに反対の可能性である憎悪も世界に呼び覚まされる。全能が愛を送れば、全能はありうる憎悪にも門戸を開くことになる。そうでなければ愛はどこか機能的で強制的になるだろう。嫉妬はいつでも待ちかまえながら、作為的な病的欲求を覚まし、神の創造を『実行可能な世界』――人間から行動する人間へ――と見なし、そのようにあつかう。サジン（武器）をともなったこの戦いは神の戦いである。その反対側にあるのが人間の戦争である。第七の数字は創造の七日目を示し、その日がわれわれの『現在』となってずっと続いている」。

ペルッツのプラハ小説の最後の場面では、生活と伝説が混ざり合う高度な現実となり、天使アサエルが高僧のラビの部屋に登場し教えを垂れる。「『あなたたちが言葉をつくっている文字には大きな力と暴力が含まれ、それが世界を動かし続けているのです。地上で言葉となって形成されているものはすべて、その痕跡を天界にとどめることを知りなさい』。

『あなたは』と天使は言う、『ローズマリーの花を摘みとりましたね。でもバラは折りませんでしたね』。

高僧のラビは顔をあげた。

『皇帝の心を量るのは』とかれは言い、『私の任務ではありません、皇帝がなんの罪を犯したのか調べるのは、私の任務ではありません。皇帝の手に権力を委ねたのは私ではありません。もしも聖人が、ダビデが羊飼いのままであることを許していたら、ダビデは殺人者や姦通者になっていたでしょうか』。

『あなたがた、人の子よ』と天使は言った、『あなたがたの生活は貧しく、苦悩に満ち満ちています。さらになぜあなたがたは愛で思い煩うのですか、あなたがたの気持ちを混乱させ、心をみじめにするというのに』。

高僧のラビは笑いながら天使を見あげた、天界の秘密の小路を知っている天使であったが、天使は人の心の道については分からなかった。

『神の子らは』と高僧のラビは天使に言った、『世のはじまったときに、人間の娘たちと恋に落ちなかったのでしょうか。娘たちを噴水や泉のほとりで待ちかまえては、オリーブや樫の木の陰で接吻をしなかったのでしょうか』。

そして天使はこのように高僧のラビから教えられて、その小部屋に座り、追想しながら思い起こす。『そして遠い若い時の恋人のことを思い出すと、天使の目から二粒の涙が落ちた、人の涙のようだった』」。

ペルッツは世界を停止させた。楽園は消えなかった。楽園はそこにあり、発見できるものであった。この発見のためにこの長編は展望を開いた。読者に開かれたこの展望をまえにしてこの作家は世紀転換期のころのプラハのゲットーの破壊を描いた。「われわれは、マイスルの財宝がごみ屑となるのを、ふたたび地上からはなれて、上空へ昇っていくさまを、そして赤みを帯びた灰色の埃からなる分厚い雲を見た。それはまだ依然としてマイスルの財宝であり、そこにあった。われわれは、突風がそれを追い払うのを、消し去っていくのを見た」。

それからペルッツはすでに戦争中に書きはじめていた長編『レオナルドのユダ』を完成させる。これはボヘミアの商人、ヨアヒム・ベーハイムの物語であり、レオナルドのいるフィレンツェに住むユダヤ人の高利貸しのところに一七ドゥカート(ヴェネツィア金貨)を取り立てるためにやってくる。ベーハイムは高利貸しの娘と知らずに彼女に恋してしまう。かれは、彼女の父親が、かれに不当にも金銭をあたえない高利貸しであると知りその恋を裏切る。かれは一七ドゥカートを取りもどすために彼女を利用し、見捨てる。ユダの顔をさがせなかったために最後の晩餐の壁画を完成するのを延ばしたレオナルドが手にしたのは、ヨアヒム・ベーハイムの顔だった。

金銭の請求が正当とされ、愛の裏切りによって正当なあつかいを受ける者が、計り知れない悪を体現する。「きみはユダの秘密と罪のことを知っているのか」。このようにペルッツはレオナルドに質問させる。質問された少年はこう答える。「ユダは自分がキリストを愛しているとわかったときにキリストを裏切りました。ユダは、自分がキリストに愛をかけすぎたにちがいないと予見したのですが、かれの誇りが許さなかったのです」。そしてレオナルドは賛成して、「そうだ、この誇り、愛するものに裏切りをはたらくという誇り、これがユダの罪だったのだ」。

ヨアヒム・ベーハイムが数年後にミラノにくると、サンタ・マリア・デラ・グラツィエドミニカ修道院の絵が有名になり、人びとにはまるでドイツのベーメが絵画から立ち現われ、通りを歩いているかのように思えた。ひとは十字を切り、びっくり仰天して、ひそひそ話をする。そしてヨアヒム・ベーハイムが最後にレオナルドの「晩餐」のまえに立ち、ユダを発見すると、かれは怒りだす。「なんと卑劣だ。こんなひどい悪巧みを考えるなんて」。「一刻も」かれはミラノにとどまろうとしない。かれには改心というものはなく、考えを改めたり、変えたりしてはという呼びかけに応じることはない。

「ドイツ民族はその思考力と行動力のゆえに世界で高く評価されれ――ユダヤ人からだけは愛されていた。ユダヤ人はドイツ人を悲劇とともに愛した、と言える」。この文がとくにあてはまるひとりがペルッツであった。この文を一九三四年にその著書『ドイツはキャリバンだ』〔キャリバンはシェークスピアの『テンペスト』に出てくる醜悪で奇形の奴隷〕に書いた人物が、ペルッツの友人でウィーンの弁護士ヴァルター・ローデだった。そして『レオナルド』の長編で、この愛を反対の視点から描写したのがほかならぬペルッツであり、それはかれがドイツのユダを愛していたことを認めずにすますためだった。そうかれは告白している。

戦後六年間、ペルッツはこの長編『レオナルドのユダ』の執筆にあてる。一九五七年七月四日、ペルッツはメモ用紙にこう書く。「本の完成!」。そのあとペルッツは妻とともにヨーロッパ旅行に出る。パリでは娘のミヒャエラ・シュターペレスと会い、彼女はふたたびイギリスにもどるまえにベルギーまで父親に付き添った。「父の状態はよくはありませんでした」と彼女は回想している。「父は弱っていて、よく卒倒していました。これが最後だと思っていました。そこで聞きました」。ミヒャエラ・シュターペレスは父親に一九五七年七月二六日にこう訊ねた。「神の存在を信じていたの」。父はこう答える。「そうだが、おまえや他人が考えているのとはちがうよ。神は世界を導く数式だよ」。

ペルッツはベルギーからオーストリアにもどった。ふたたびブルノ・ブレームと会う。ペルッツが所望したので、ブレームはミュンヘンとフランクフルトの間にあるゴシック様式の街すべてのリストをもってきた。ペルッツはその街々を訪ねるつもりでいた。これが一九五七年八月二〇日のことである。ザンクト・ヴォルフガングにあるかれの友人アレクサンダー・レルネット・ホレーニアの家で一九五七年八月二六日、夕食後に倒れた。心筋梗塞であった。バート・イッシュルの病院に運ばれたが、救助は間に合わなかった。ほとんど七五歳になっていたこの作家はバート・イッシュルに埋葬された。墓石にはメノラー(燭台)がついている。作家の印章つきの指輪には魚の模様と言葉が彫ってある。流れに逆らって。

ブルノ・ブレームはペルッツについてこう書いている。「かれは旧きヨーロッパを愛していたが、ヨーロッパからはなれても見捨てなかったひとのみが愛することのできる愛し方であった」。そしてあとからブレームはこのユダヤ人の友人にこう言って呼びかけた。「きみは最良にしてもっとも忠実な、そして細心きわまりない友人であったよ。きみはその高貴さと落ち着きによって、時代がわれわれをひき裂くために、われわれを誤認するために、われわれの間に積みあげたものすべてを、わきに片づけてくれたのだ」。

パウル・コルンフェルト　政治はすべて錯誤であり、誤った自己欺瞞である

　パウル・コルンフェルトは一九三二年一二月に、一七年滞在したドイツを去りチェコスロバキアにむかったが、ナチスから逃げたわけではなかった。故郷プラハにもどった四三歳の作家は、自分の生まれた街が安全だと分かっても、プラハがナチスの犠牲になると分かったときでも安全だと思っていた。コルンフェルトにはイギリス行きの旅券とロンドン行きの航空券をすべて調達してくれた親類がロンドンにいたが、自由にむかって逃げることはしなかった。コルンフェルトには自由の意味がちがうのであり、かれの自由をプラハで見いだしていた。著名な劇作家になるまえにコルンフェルトは、精神の全能性というかれの理念が育ったプラハで、生活にもとづいた詩的な認識に責任をもとうとした。

　その八年後にコルンフェルトは唯一の長編を書く。それは文学的な遺書として読まれ、ちょうどヤン・コメンスキーが三世紀まえにチェコ語で書いたような世界転換期の本であった。『われわれの世界の迷宮』で造形した登場人物は、自分のなかに「心の楽園」を見いだすが、そのあと自殺することで楽園の存在を取り消してしまう。ナチスが自分を捜索していることを知りコルンフェルトは、この長編の原稿をチェコ人の女性に託したが、彼女は占領期間を越えても原稿を守り通した。ＳＳはドイツ語を用いるこのユダヤ人作家を一九四一年にプラハ郊外の小さな宿で発見した。

　コルンフェルトはポーランドに追放され、一九四二年にロッズの

強制収容所で五二歳でチフスのために死んだ。皮肉に思えるのは、コルンフェルトが自分自身と調和しながら死んだことである。全体主義的な袋小路をともなうイデオロギーが絶対的ではなく、生活の基盤こそが絶対的となる世界のために、コルンフェルトは犠牲となって死んでいった。「心理学的な人間」を克服する「魂のある人間」について、つまり心理学的に記述するという因果的な思考を克服する「魂のある人間」について、コルンフェルトがはじめに抱いていたイメージには、「表現主義的な」ごまかしはなかった。プラハ出身のフランツ・ヴェルフェルがもとめた「精神を王位につけること」がかれの作品を決定づけたように、コルンフェルトがもとめた「自分自身への内省」もかれの作品と生涯にとって基本となる原理であった。

コルンフェルト、ヴァルター・ハーゼンクレーヴァー、エルンスト・トラー——かれらは第一次世界大戦末期における表現主義の演劇界に輝く三つの星であった。「新しき人間」へのかれらの願いはまたたく間に二度にわたって打ち砕かれる。つまり一九一八年のあとの復興にむけたドイツの方向転換のとき、そして一九三三年のナチスの勝利のときである。政治的に独立独歩の人エルンスト・トラーには二度目の敗戦は克服しがたいと思え、亡命中のニューヨークで自ら命を絶った。スウェーデンの自然科学者で夢想家のエマヌエル・スウェーデンボルグ（一六八八—一七二二年）の後を追った心霊主義者のヴァルター・ハーゼンクレーヴァーは、ナチスの介入から逃れるためにフランスのレミル収容所で自殺する。犠牲者となったコルンフェルトは、ヒトラー以前にとっくに消えていたエートスと宗教——絆——を回復させ、庇護がかぎりなくあることをあきらかにし、創作を完結した。

コルンフェルトはすでに一九一八年に要説的なエッセイ『魂のある、心理学的人間』でこう書いている。「自分の故郷を地上だけでなく、宇宙にもっている人は」、「そしてこの世界におけるより純粋で根源的な人間像をわれわれの現実として表現し、この人間像を現実の生活として作りあげる人は、環境の偶然にまどわされず、人間の偶然的な特徴にまどわされず、この人間像に光をあてよ。神によって創造された人間のための記念碑として、そして人間に警告を発する記憶としてこの世界に陽光が差すためである」。

コルンフェルトとともにドイツ表現主義演劇の三つの星。(左) ヴァルター・ハーゼンクレーヴァー、(右) エルンスト・トラー。

人間精神のための戦い、心の怠惰を克服するための戦い、愛にむけた救済のための戦い——この戦いをコルンフェルトはより厳しい帰結に導き、他人もいだくあらゆる不安とともに生きた。コルンフェルトは禁欲者ではなかった。「聖者」ではなかった。コルンフェルトは人生にそそのかされ、自身をそそのかした。政治はすべて錯誤であり、過った自己欺瞞であり、政治は人間自身よりもむしろ環境の快適さのための手段となる。これがかれのテーゼであり、このテーゼゆえに多くのひとには世界に背をむけているように思えた。

しかしコルンフェルトの内面性が世界に背反することはけっしてなかった。「……非人間的なことの徴候を消そうというあらゆる試みよりも大事なのは、すぐれた人間性によって世の中を根本から変革できることだった。世界を変えるために個々人がもっている唯一の手段は、自分自身を変えることである」。

コルンフェルトが「形而上的な精神病院プラハ」にいた子どものときに熟知していたことは、世界を切り分ける亀裂はまず人間をひき裂く亀裂であり、この亀裂は破棄できないという事実であった。コルンフェルトは、明快に決断する葛藤の男であった。第三者のため、矛盾を止揚するという弁証法的な方法で自己欺瞞を悟っていた。肉体は精神ほどに金銭の意のままになるわけではない、精神の世界ほどに娼婦がうろうろしているところはほかにないことを、コルンフェルトは知っていた。

そしてコルンフェルトが挙げている、思想の世界にいるあの教育者たちこそは、精神と霊魂の優位性を壊れやすい概念として、肉体の敵として解釈し、コルンフェルトの表現主義の作品をたんなる文学史的な意義の範囲に追いやった人びとであり、一九四五年以降にも存在した。もはや表現主義としては分類できるはずもなかったコルンフェルトの喜劇は、正体を自ら暴露する精神的な詐欺師のパロディーとして認められていた。初期の散文は、ヴァイマル共和国末期の戯曲作品とおなじく無視されたままであった。ローヴォルト書店から一九五七年に出版されたコルンフェルトの唯一の長編は、異質で時代遅れの作家という月並みな評価におさまっていたにすぎず、ローヴォルト書店の名前は本の表紙に刻まれただけだった。

ルートヴィヒ・マルクーゼは演劇評論家として一九二九年まではフランクフルトにいたが、「第三帝国」の期間はアメリカに亡命し、著書『わが二〇世紀』のなかで亡き友人に関心をむかわせるように書いている。「コルンフェルトは作家をはるかに超えた存在である。おもしろすぎるいたずら好きの妖精コーボルトであり、賢い稀少の作家の一人である。戦後のドイツの文芸評論家の愚かきわまりない評価はこうであった。『パウル・コルンフェルト、一八八九年生まれ、作家というよりは思想家である』。むしろ真実は、そのうえひじょうに鋭利な思考の持ち主であった」。

コルンフェルトが属するユダヤ人の息子たちの世代は、父親たちが指導的な役割を演じているボヘミアのドイツ人富裕階級を目指して社会で昇りつめた世代である。プラハで紡績工場と染色工場の持ち主であったコルンフェルトの父親は、その工場を化学企業に改造する。コルンフェルトは豊かな環境で三人兄弟とともに育ち、フランツ・カフカやほかの多くのドイツ系ユダヤ人作家と較べると、父親との葛藤はなかった。息子パウルには、七歳上の兄リヒャルトとおなじく音楽的な嗜好があった。問題は母親との関係であり、母親は富裕層を組織し、ほかの層との距離感を重んじていた。

コルンフェルトははじめから作家を志していた。紛失してしまっているが、一六歳のときに詩を、短編、戯曲、童話を書いていた。コルンフェルトが一九七三年にニューヨークのオークションでふたたび公開された初期の日記で証明していることは、この作家が生涯にわたって守ろうとしたあの精神的な立場がすでに育っていたことである。つまり苦悩する存在者の理解であり、背景で堅固なものが息づく、閉じられた門を強く叩くことへの理解である。これは、人間生活における最初にして最後の葛藤は、解決されるためではなく、克服されるためにあると分かっている知見である。現世における死の絶対性の認識であり、真のエートスはあるという不変の認識である。一七歳のときにこう書きとめている。「ぼくは自分が生活することに刑を下されている永遠のユダヤ人に思える。今朝ぼくは起きて、泣きに泣いた……」。

五歳年長のマックス・ブロートとおなじくコルンフェルトはピアリスト修道会の学校に通い、そしてプラハのシュテファン・プラッツにあるオーストリア＝ハンガリー帝国のギムナジウムに通う。マックス・ブロートはすでに第一作『死者に死を』（一九〇六年）で世間の評価をえるために舵を切っていたが、コルンフェルトは編集部から原稿の拒否にあっていた。このためコルンフェルトの生活には、「作家になれないのではないか」という不安があった。ギムナジウムの学友には、一九一二年に詩集『世界の友』で有名になっていたフランツ・ヴェルフェル、一九一六年にハーゼンクレーヴァーの『息子』で俳優として上昇していたエルンスト・ドイチュ、一九二六年に雑誌「文学世界」の編集者として偉大な文学の仲介者となっていたヴィリー・ハース、そして現在では映画『カリガリ博士』の台本作家としてのみ有名ではあるが、並み並みならぬ作家、ハンス・ヤノヴィッツがいた。

「われわれはいつでも落第生でした」と白髪のエルンスト・ドイチュは一九六八年に、イスラエルでの客演旅行でかつての学友を回想している。たがいに自分の原稿を朗読する学友たちは、マックス・ブロートとフランツ・カフカを中心としたサークルと接触があった。マックス・ブロートはフランツ・ヴェルフェルを支援したが、コルンフェルトのことは好きではなかった。この嫌悪感には裏側の事情が混じりあっていた。つまり美と調和にたいする二人の関心は、身体的に他人に劣っていることに源を発していた。コルンフェルトは「小男で醜かった」（ヴィリー・ハース）、そしてブロートはせむしだった。二人の関心は人生だけでなく、文学でもさまざまな結果をもたらす。

マックス・ブロートにはフランツ・カフカやコルンフェルトの過激さはなにもなかった。ブロートの価値が文学の仲介者として増していったのは、妥協性から——よくいえばバランス感覚から——だった。しかしこの妥協はなんどもかれ自身の作品の質を危険に晒し、バツ印がついた。マックス・ブロートにとって彼岸と現世は「現世の奇跡」に通じるものであり、合致していたのであり、彼岸と現世の間は峻厳に分断されているだけである。人間の救済は、現世からの離脱にあり、現世によって曇らされることのない精神への帰還にあった。そのさいコルンフェルトは、このような立場が受けいれられると見誤ることはなかったが、かれが要求したことは、「倫理の道具」、「宗教の道具」としての芸術は人間に「真の本質」をはっきり認識させるべきだということであった。

自伝『けんかっぱやい人生』(一九六〇年)でマックス・ブロートは、現代の生活の合理化がいかにひどいことになっているかを具体的に示す。ブロートは第一次世界大戦前に、フランツ・カフカ、フランツ・ヴェルフェルとともに参加した、コルンフェルトの実家での交霊会について報告している。「コルンフェルトはわれわれのうちで霊媒の能力が一番あると認められていた」とブロートは回想しているが、「無意識にひとが手を貸したので」テーブルが、「時化のときの小船のように」もちあがった、と夜の交霊会の思い出を楽しく書いている。

ともあれ、コルンフェルトの指南のもとで真剣になってしまったこのグループは、夜になり、プラハの中央電信電話局に移りそこからゼムリンにあるオーストリア＝ハンガリー帝国の地方警察の司令部宛てに電報を送ることになり、その内容はかれらの交霊会で出現した妊婦を救ってくれるように頼む、というものだった。「女性はドナウ川の岸辺にいて、軽い服装のままがたがた震えていて、あやうく死ぬところでした。プラハとはほど遠いベオグラードの向かい側のところでした」。グループに応答はなかった。「心霊によく反応する狂気の人間たちは、いわば彼岸にいるボヘミアンのような生活を形成していた」とフランツ・ヴェルフェルは、一九二八年に出版された長編『卒業試験日』で書いたが、そのなかでかつての交霊会のことが文学として実った。

カフカも当時あの会にひき寄せられたことを理解するには、フランス人アントナン・アルトーの言葉を待つべきだろう。「自分の夢を信じていた老人たちは、自分の夢が含む意味を信じていたが、夢がそのたびに受けいれた言葉を信じなかった。老人たちは自分たちの夢の背景にある力のヒエラルヒーを予測し、この力の中心に夢は現われた。この力が現代的であると感じるとかれらは魅了され、かれらの身体のすべては、かりそめの力で接触を保とうと方法をさがした……現在のヨーロッパ人の頭は、ヨーロッパがその思想とみなす納骨堂になっていて、そのなかで力のない幻影が動いている」。

交霊術に身を染めることは、歴史上なんどもあらゆる束縛を骨抜きにしてきた街では身近なことではあったが、一緒に骨抜きにしてしまったのは、天文学者、幸福探求者、錬金術師、宗教改革者、ラビ、聖人、香具師、夢の踊り手、ろくでなし、そしてかれらのあらゆる奇行であった。つまりはフランスのプラハ礼賛者であるアンドレ・ブルトンが言うところの「化石となっていく時代」であったのだ。たしかに、プラハでは——プラハだけではないが——ストリンドベリが読まれ、さらにスウェーデンボルグも読まれていった。しかし、コルンフェルトが知っていたように、スウェーデンボルグは古くなったものでもすべて毒を孕む影響力をもっていた。

かつてコルンフェルトの曽祖父アーロン・コルンフェルト（一七九五―一八八一年）は、ゴルチュ-イェニカウでタルムードの学校を運営し、賢者との評判がある人物だった。スウェーデンボルグの読者であったコルンフェルトは、カバラの研究に衝き動かされる。カバラには数と文字の根元的な要素からなる世界が構築されていた。神の使う言葉の文字には集約された創造的なエネルギーそのものがあり、人間の言語は神の言語の反映にすぎない。コルンフェルトのように絶対を目指す者は、いかにその反映を越えるべきだろうか。「世界は旋律によって救済されなくてはならないかのようだ」とコルンフェルトは書き、手本として書いてみせた。言葉をひびかせること。魂の表現としての言葉の音楽。言葉が奏でる音楽。

そしてプラハにはかつて繁栄したチェコ文学があり、コルンフェルトはその読者であり、コルンフェルトと友人たちはチェコの文学者たちと出会った。チェコの言語は一六二〇年の白山の戦いで敗北したあと下男下女の部屋に消えていったが、そこで守られたため、それからは文学によって民族をふたたび独立させた。そして、民族にはイジー・カラーセクがこのように記述する知識があった。「あなたが白山に行けば、チェコ人が決して死と近かったわけではないと感じるだろう。チェコ人は遠くで死に行く街、プラハを、悲しみの女王をみることだろう。病み衰えた女王が、三世紀まえから見舞われている死の苦しみから救われることはない。ここ白山で深紅の日没がゆっくりと憂鬱のまま出血多量で死に、その青い薄明のなかでプラハの鐘がすべて一斉にひびくと、それはすばらしいレクイエムとなる」。

コルンフェルトは一九〇九年と一九一〇年に、マルティン・ブーバー――テオドーア・ヘルツルの民族国家的な理念とは対照的な、そのころの文化運動としてのシオニズムの代表者――がプラハで催した講演会に通った。ブーバーはこの講演を数年後に文書化した。「共同体へのつよい欲求が、西洋文化で魂を吹き込まれたすべての人間精神を通りぬけていく」。この文章は、一九一九年に表現主義の雑誌「新しい大地」に掲載され、その一年前に出版されていたコルンフェルトの要説的な書物『魂のある、心理学的な人間』と同種のものとして読めよう。

一九一八年に雑誌「青年ドイツ」の創刊号をセンセーショナルにしたこのエッセイで、プラハでの青年時代のすべての経験が、依然として約束の履行を待っている未来像に、今世紀末の指標となりえる未来像にくみ込まれた。この雑誌で示したコルンフェルトの拒否とは、現在だれもがその心理主義のメカニズムによって救われてはいるのだが、責任からこっそり遠ざかる心理主義にたいする拒否であった。コルンフェルトの「哲学政治」とは、ビジネス精神としての政治の拒否そのものである。コルンフェルトはこう書く。

「制度、取り決め、政治的な変化の背後に逃げてはならない。最終的には唯一の、もっとも厳しい道を認識せよ。つまり個々人が世界の顔におけるひとつの表情であることを認識せよ。神の意志がなんであるか認識せよ、神自身の法則とはなにか認識せよ、上昇志向の道を示すのは法則ではなく、良心の悪魔であることを認識せよ」。

「最終的な人間の目標について知ることは、最高度に考えられた政治目標のすべてを獲得することよりも重要だ。現世で個々人が善良に純粋になることはユートピア的ではあるが、個々人が政治と組織によってよい方向に変わるというのはばかげたことである。そしてユートピアの実現にむけてすくなくとも努力することは、人間からこのユートピアの意識が奪われ途方に暮れてさまようよりはましである」。

「人間が追いやられた楽園の扉は警察に通じていた。たしかに、われわれは人間が樹木のように生きていたあの楽園にもどろうとはせず、人間がより自覚的になるユートピアをさがしもとめている。だが人間が卑劣になった今、いったん生み出された者がどうしてよくなりえるというのだ」。

「断崖の間にある行き先のわからない無限の通り道で苦しみ続け、目眩を続けるぐらいならひきかえすほかはないのだ、自然に帰るためにひきかえすのではなく、精神性を目指し、良心の意識を目指してひきかえすのである。だが精神は政治的にはなりえず、協会、結社、政党で捉えられるものではない」。

「理念のあらゆる政治化は人間から生活を奪う政治へと導き、あまつさえ政党政治に導く。このような結社のすべてが究極の手段とするのは暴力のみである。目的は手段を浄化せず、あらゆる行動は自立して独自の道を歩み、したがってこの暴力も、最善のものに使われようとも、悪しきものにならざるをえないだろう」。

「共通の目標のために兄弟の契りを交わすことになれば、個々人の責任は軽くなる。百人の人間が——それぞれに——百の良心をもっても、そうであるとして、この百人の人間は統一されるとたったひとつの共通の良心をもっているかのようになる」。

「ヨーロッパが貧しくなろうと過去のものにはならないが、ヨーロッパが魂を失い、精神を失うことになれば過去にもどるだろう……ギリシャも地理的に、政治的に、国家的にも存続しているが、しかし現在のギリシャはどうなるというのだろう」。

二二歳のコルンフェルトは喜劇『盗人たち』を執筆したが、作品ではプラハの友人のなかで孤立していたコルンフェルトの立場はきわだってすぐれたものに変えられ、魂をさがした結果がハッピーエンドになっている。コルンフェルトは愛の憧れ、愛の不安と愛の拒否の間でさまざまにひき裂かれていたので、友人たちの性愛の話は、強盗の話のように思えたにちがいないのだが、ヴィリー・ハースは回想のなかで、コルンフェルトがかれを「忌まわしさの底知れぬ深み」と見なしていた、と書いている。喜劇については、一九一八年のユリウス・バーブの報告でしか伝えられていない。というのは、戯曲の原稿は——プラハ出身者のすこぶる多くの作品とおなじように——もはや発見不可能と見られているからだ。バーブは当時こう書いている。

「この少年喜劇の盗人たちが盗むのはなんだろうか。盗人たちは骨董品店に盗みに入るが、女主人は魔女であり、かれらが盗んだのは、ある妊婦の溜め息、あるりっぱな母親の涙、世界苦と認められた人間の悪しき眼差しだった。そこにアメリカから億万長者がやってきて、自分にはない魂をもとめようとして、盗人の一味を借りる。しかし女魔術師は、盗人たちにあとから、盗人たちが盗んだ物が女魔術師に入るように、という呪いを送りつける。このことがじっさいに起きてみると……魂の責め苦がこの盗人たちの骨に突き刺さり、盗人たちは現実には人間を支配している権力者だ、と分かる。しかしかれらにはまだ第四番目の仲間がいて、この男が盗人たちの仲間になったのは、ある女性にすっかり夢中になり、びっくりさせようとしたからだが、その部屋から魂の代用品を盗むことはしない。というのは、自分にはすべてがあるからだ、つまり愛が。この人物こそがもっとも有名な作家ハンス・シュミットである」。

コルンフェルトの文学は、喜劇ではじまり、悲劇とみていた人生を宇宙的に捉え、また悲劇に滑稽な憂いをあたえるという努力ではじまる。『春の目覚め』の作家、フランク・ヴェーデキントの考えからコルンフェルトの目をひいたのは、「血を流す人間の機知、食いつかれた者の逆襲」であり、これはかれ自身にも当てはまった。コルンフェルトは魂のはいった人間を育てあげる努力の成果が自分であり、悪しきことや邪悪なことの影を突きぬけようとするいたましい努力の成果が自分であると見ている。

コルンフェルトは表現主義の悲劇『誘惑』と『天国と地獄』によって世に知られていた。ほかに書いた作品は、これらの作品の名声の影にかくれてはいたが、その評価は現在では的外れであり、コルンフェルトの全体像にはまったくあてはまっていない。『誘惑』では魂と永遠への憧れをもつ人間が、平均的な市民、現世の人である、自己満足した地上の人間ヨーゼフを殺害する。かれは自分自身のことを考えて殺したのだが、他人の殺害によって、他人に原因があるとみていた自分の特性から解放されたと信じている。

コルンフェルトが公刊した戯曲は、時代の「新しい人間」がもつ前進する意欲を否定し、さらに集団的な「変容」の夢を否定した作品で、まだ表現主義者のだれもが夢を信じていたときのことであった。そしてかれはエルンスト・トラーの戯曲の『変容』の夢を否定した。というのはこの夢は政治と結びつくことで実現するからである。つまり政治が社会との関連性を払拭するために、夢の重要性を断念することになるからであり、政治においてはエートスがつねにある決まり文句となって堕落するからである。コルンフェルトは『誘惑』では魂を吹き込まれることの秘儀を心得ている「英雄」の傲慢さを示しているが、英雄はそのことから結論を導いてはいない。つまり、変化のできない人間が人間を幸せにするという結論を。

コルンフェルトは最初の悲劇の「英雄」を滅亡させたが、第二の悲劇『天国と地獄』の英雄には天国に昇ることが許されている。この英雄は三人の女性の愛によって救われ、魂の明晰性をもとめる苦難から得られる幸福感によって導かれる。第二の悲劇でコルンフェルトが示したことは、救済はもとめられなくてはならない、しかし救済は最終的には寛大な措置となることである。この世の人間は天国と地獄の間で緊張し、人間は死者にたいし生きながら罪を償わなくてはならないこと、これがつねに真実である。

悲劇『誘惑』は、一九一六年にS・フィッシャー書店から出版され、一九一七年末にフランクフルトの劇場で初演されたが、すでに一九一三年にはプラハで書かれていた作品である。コルンフェルトは当時カレル大学の学生で、博士号取得のあと父親の工場にはいり、一九〇五年に死んだ七歳年長の兄リヒャルトの地位に就くことになっていた——かれも作家として出世をはじめたところだった。リヒャルト・コルンフェルトの戯曲『殺人者』は死去の年に遺作としてボヘミアの雑誌「ドイツ人の労働」に掲載された。

兄の死にさいしてコルンフェルトは父親に、実業家として継承することを約束した。しかし第一次世界大戦の開戦後の一九一四年に父親との約束を反故にするために、ある友人に捏造した手紙をフランクフルトから送らせるが、その手紙には文芸員の職がかれに提供される話が書かれていた。徴兵検査委員会は二五歳のきゃしゃなプラハの人間に「戦争不適格」と認定する。一九一四年末、コルンフェルトはフランクフルトに行き、戦況が変化していることからまず解放を感じた。「私はここではより純粋に、快適になり精神的に苦しめられることはない。私がここで一緒にいる人はりっぱな人間であり、かれらは文学者ではなく、虚栄心、野心に駆りたてられず、嫉妬深くない」。

これは出版関係の友人がコルンフェルトをプラハでは成果なしとして締め出したことへのあてつけであった。一九一一年に創刊された「ヘルダー・ブレッター」誌には、ドイツ語を用いる若い作家のエリートが集結したはずだったが、刊行は四回を越えることはなく、同誌の共同編集者であったヴィリー・ハースはコルンフェルトを受けいれていなかったのだ。同じように対応したのは、クルト・ヴォルフ書店から一九一三年に出版された文学年鑑「アルカディア」を編集したマックス・ブロートであり、ここにもコルンフェルトの名前は抜けていた。のちにコルンフェルトはヴェルフェル、ブロート、キッシュの不可解さを喜劇『永遠の夢』で戯画化した。

メルヒオール・フィッシャーの場合には、ダダイズムが究極のものではなかったように、コルンフェルトにも表現主義は、作家の表現方法のひとつにすぎなかった。コルンフェルトは表現主義の戯曲を書く一方で、二篇の小説を夢のように流れる静かな言葉で書いたが、これは悲劇の地獄と、後期の喜劇の腐食していく鋭利さの間にあって楽園のような位置にある。ヘルマン・ヘッセが一九一八年に、好きな作家は、「ドストエフスキーであるが、それはゲーテを愛しているのとはちがう意味である。そしてメーリケを好むのとはちがう意味でコルンフェルトが好きである。しかし私がどちらを好むかをいうのはむずかしい……」と書いて、コルンフェルトの小説をかれの「愛の告白」に加えた。というのは、二作は傑作であり、作品のなかで直接に——つまり舞台の仲介なしで——魂のはいった精神のイメージが伝えられているからだ。

「これはまさしくあらゆる芸術の最後の使命であり最後の意義かもしれない。こうする以外のなにものでもない、つまり人類は人間からできている、と人類に想起させるのである。そして、人間が神であり、魂をもっていることを人間に想起させるのである。人類は神の唯一の中心であり、唯一の本質であり、ほかのものはみな、人類を下げおろす重荷にすぎない。地上に存在するために、人類が捕らえられなくてはならない網である。あらゆる芸術の最後の意義は、いかにすべての現実は仮想にすぎず、真の人間存在のまえに消えてしまうかということを、人間に見せることにある。そう、すべての現実は過誤にすぎない、魂がはいっていることが真実であるからだ」。

このように一九一八年のコルンフェルトの宣言に載っている。そして一九一七年にS・フィッシャー書店から出版された小説『伝説』には、かれが一年後に要点を告知するすべてが書きこまれている。「一六一三年、ボヘミアの森の最後の丘が平地となる南ボヘミアのあたりに、広大で、花盛りの、太陽がふりそそぐ華やいだ領地があり、そこにヴラティスラフ伯爵が住んでいた。かれ以外には、多くの下僕のほかに下女、農夫、かれの友人、そして下男のヴラディスラフがいた」。『伝説』はこのようにはじまる。おなじ子ども時代を過ごしたヴラディスラフと結びつきのある伯爵は、その財産のために下男ヴラディスラフとは切りはなされた身分だが、老年となるにおよび財産をひとつひとつこの下男に贈る。

しかしここでもたらされた均衡は平等にはつながらない。かれらを拘束しているのは、伯爵には無産ではあっても出自の優越性があり、下男には土地所有から解放されてはじめて、楽園があらたに生まれるということである。そして葛藤は消え去り、時間は止まったままである。村人は年齢に関係なく漫然と過ごしていく。病気と死は克服され、科学者が死者の出ないこの村を発見し、好奇心のある者が科学者に追随し、奇跡の宣言をはじめようとすると、この楽園は破壊される。死神はふたたび権限をもち、村人はみな死に絶え、魂のはいった生活の秘密を墓場にもっていく。

コルンフェルトの小説『伝説』における第一章冒頭の直筆原稿。ボヘミアのヴラティスラフ伯爵と使用人のヴラディスラフの物語。1917年にS.フィッシャー書店で出版され、人間コルンフェルトを解明する文学的な鍵となる。

ボヘミアのトラウテナウ（トゥルノフ）出身の作家ヨーゼフ・ミュールベルガーは一九二九年にこう評価した。「コルンフェルトの『伝説』は、カフカの味気ない様式性におけるヴェルフェル流のエートスである」。そして作家のカール・オッテンはこう書く。「パウル・コルンフェルトはカフカのような、魂の作家であり、魂から人間の運命と歴史がはじまる」。『伝説』によってコルンフェルトは伝説的なものを示したわけではなく、たいていの人間が〈幸福〉において感じる無時間の充足感というあの瞬間を示した。しかし、人間が感じるものは、つねに想い出となり、死すべき運命にある」。「伝説」とは、権力をもち、金銭をつくり、死ぬことに自らを適応させているわれわれの日常生活の背後にある現実のことである。

カフカとおなじくコルンフェルトは隠喩を用いるのが常である。カフカの『変身』ではグレゴール・ザムザが毒虫に喩えられているだけでなく、かれが毒虫でもある。だれかがカフカのところで「卑劣な奴」と呼べば、その当人は四つんばいで走りはじめる。カフカの場合、隠喩の絶対的な使用が受け入れられるまでにほとんど三〇年間かかったが、コルンフェルトの場合は六〇年たってもまったく認められていない。この観点でコルンフェルトの悲劇には、表現主義をはるかに越える意義があった。舞台で魂の隠喩を直接に表現するために、これらの悲劇では古代の演出法にならって、仮面をつけた俳優を使うことになった。

コルンフェルトは一九一九年の日記にこう書きとめている。「私には幾千の表現形式が毎日浮かんでくる。そして私はつねにどの表現形式が最良か、批判にたいしどの方法が非の打ちどころがないのか、さがしもとめている……ひょっとして欠陥のないものよりも根源的なもののほうが成果があったかもしれない」。舞台上演における表現主義の可能性がコルンフェルトの芸術概念を広げられるかどうかについて、かれ自身に疑念がないわけではなかった。魂を自明のこととしてあきらかにすること、魂に形式と身体性をあたえること――このことはコルンフェルトには、作家として注意を払わずにすむところでは、ほとんど苦もなく成功した。散文にこうある。「というのは、それは単純なもの、一色のもの、分割不可能なもの、原子であるからだ。ひょっとして、それはインド人たちがアトマンと呼んだ、われわれのなかにある神的な部分のことである」とかれは書きとめている。アトマンとは呼吸、生活の息づかいのことであり、インド哲学では自己、魂を意味する。

魂が息をするさま、コルンフェルトが息をして、かれの息が言葉になるさまが、一一頁の物語『出逢い』で描写され、一九一七年に「ノイエ・ルントシャウ」誌に、そして二年後に小説集『プラハのドイツ人作家』に掲載された。これは、カフカとフェリーチェの出逢いのように、コルンフェルトがこの時期に知り合ったフリッタ・ブロートという女性との出逢いの物語であり、愛の憧憬、愛の不安、愛の抵抗の複雑な物語である。カフカとおなじくコルンフェルトは婚約し、婚約を解消し、ふたたび婚約した。しかしこの事実について小説からはなにも見いだせないが、そのかわり、あちこちにむかう「心的緊張の混沌」が見られ、プラハを歩きまわる様子が語られている。「かれが家を出ると、明るく照らされた事物や人間がいる活気のある通りの光景を見て、説明しがたいことだが、意気消沈した気持ちにおそわれ、それはすばやく、瞬時のはやさで息もつけないほどの苦痛となったが、その痛みについてかれ自身は知るべくもなく、心のどのあたりから苦痛がわきあがったのか分からず、この苦痛はかれが見たことのすべて、聞いたことのすべて、そしてこの境界のかなたでかれのファンタジーが予感したことのすべてと関わりがあった」。

ある馬車がかれのそばを通り過ぎていき、馬車に座っている女性のシルエットが見え、かれは彼女に魅了されてしまい、馬車を追いかけていく。すると一八、九の娘が店からでてきて「早口で朗らかに快活に」話すのが聞こえ、馬車にむかうのが見えた。

「御者は立ちあがり、手綱を手にとった。しかし若い男が道の真ん中に立っていた。みじろぎもせずその若い男は顔をいくぶんそらしながら、眼で彼女を追った。この眼差しは救済への憧れの気持ちでいっぱいだった。姿全体の悲しむべき風采、ひどい痛みをかくすためだけの衣服、すべてを忘れて、ただこの痛みにのみ捧げていた。そして彼女がかれのわきを通り過ぎ、またとない明るい表情で、ほとんどかれに触れんばかりになったとき、かれの身に起きたことは、ひょっとして気づいてはいなかったが、望みもしなかったことであり、彼女が通り過ぎるとき、かれの口は夢見るような笑いで歪み、ため息をつきながら――『おお、神よ』と不覚にもかれの胸中からもれた。娘は立ちどまって言った、『ええ、なにかおっしゃいましたか』」。

この娘は現在、九一歳となりミュンヘンに住みこう語る。「ええ、その通りでした」。まったくその通りに彼女はプラハでかれと知り合い、ふたたび見失い、エルンスト・ドイチュ宅で再会し、またもや見失い、ふたたび出会い、またさらに。小さな街プラハでは、ゼウスのようになりたい人びとは過ちを犯すことはできなかった。「私は天井桟敷の子どもでした」と言うフリッタ・ブロートは、少年のように細身で、黒のズボンとセーターを着てアピールを強めていた。短く束ねた髪、顔は、写真にあるようないまだにあのときの女優の顔であり、写真は彼女がヴァイマル共和国の劇場が彼女に委託しなくてはならなかった大役を、ほとんどすべてこなしたことを示している。

コルンフェルトは一九一四年七月四日の日記にこう書いている。「きのうからぼくはフリッタ・ブロートと婚約している。二四時間前は、これからこのうえなく幸せになるなんて、予感はなかった……救済はたったひとつあるのみ……静かなる涙……ぼくは涙がとてつもなく好きだ。なんと言葉は死んでいる！」。コルンフェルトは、自らおどろいて、恋人の言葉よりも自分の言葉がもはや届かないことに気づいた。「ぼくは怠惰である。また彼女と一緒に会うのだ。また彼女と会うのは六時間半後だ。あと五時間半、長い年月だ。彼女はぼくよりも賢く、ぼくの人間の洞察力と観察の才は彼女にかかってはだめだった……最初のキスから何分たったことだろう。彼女は窓のそとを眺め、手をぼくに差し出す。われわれがプラハまで話さなかった時間、そして通りで話さなかった時間は、言葉を交わしたよりもいく千倍も長かった……」。

マールバッハのドイツ文学資料館にある日記の存在を知らない九一歳のフリッタ・ブロートは、筆者が朗読するこの文に笑いながら反応した。「おお、これはまだなんという時代だったんでしょう。この慎重さ、とてつもない緊張にあるこの静けさ、嵐のなかのこのゆるやかさ。でもパウル・コルンフェルトがこれを書いてきたとき、なにもかもが古めかしかったのです。このようなかれの愛し方は、すでに過去のものでした。われわれはこっそりと、現在ではありふれているような迅速な愛をもとめていました。そしていま感じていることは、なにが失われ、そしてコルンフェルトがなににこだわったのかということです」。

フリッタ・ブロートがコルンフェルトと結婚したのは一九一八年だった。八年後に結婚は破綻した。彼女は、かれが作家であるということでこの人間に恋した。「私は『ノイエ・ルントシャウ』誌で『出逢い』を読んだのです。それはすばらしい小説で、それでかれとの結婚を決意したのです。それはかれがすでにながいこと願っていたことです。われわれは風変わりな夫婦で、私はやせてのっぽだったので、かれをとても目立たせることになり、かれは会合で同席のひとに、自分はただテーブルにつくだけで十分だと冗談を言ってました。かれはりっぱなラビ風の頭をしていました。しかし鏡に映すと

1914年、コルンフェルトはプラハでフリッタ・ブロートと婚約、1918年に結婚。1917年に出版された小説『出逢い』で彼女と恋に落ちた様子を描いた。ヴァイマル共和国の偉大な女優の一人になったフリッタ・ブロートは、8年後に離婚し、ヴォルフ・プルツィゴデと結婚する。かれはコルンフェルトも掲載した雑誌「文学」の編集者として知られていた。フリッタ・ブロートとの別離をコルンフェルトは乗り越えられなかった。彼女の名前はかれのまえでけっして挙げてはならなかった。

——それ以外に美しいところはありませんでした。かれは話すとひとを惹きつけたのです」。

彼女とコルンフェルトを結びつけたものこそまさしく詩作であった。フリッタ・ブロートは、一九一七年の『誘惑』のフランクフルトの初演で主役であった。「細身で、金髪、ゆりのような姿の女優で、ほとんど身体性のない、言語における精神のひとであった。あきらかに、演劇というよりは語りのオペラともいうべきコルンフェルトの作品を演じるために生まれてきた」とカージミール・エートシュミットは一九六一年に著書『生き生きとした表現主義』でその初演を回想している。

もともと、フリッタ・ブロートはダンサーになろうとしていた。「もちろん、イサドラ・ダンカンのようなダンサー」と彼女は語る。しかし、カフカの父親のもとで働いていた彼女の父親の答えはノーであった。ダダイズムのプラハの道化師ヴォスコヴェッツとヴェーリヒが彼女を自分たちのカバレットに契約して雇おうとしたときも、父親は一八歳の娘に同意しなかったが、女優になるのは許された。母親が父親から同意を勝ちとった。最終的に娘は、歌手になりたかったがそれが許されなかった母親とおなじようになった。フリッタ・ブロートは、プラハのドイツ劇場を皮切りに、その後マイニンゲンに行き、一九一七年にコルンフェルトの『誘惑』で成功し、一〇年にわたってフランクフルトの劇場にとどまり、その後ベルリンで演じた。

プラハを通して彼女はマックス・ブロート、エルンスト・ヴァイス、

フランツ・ヴェルフェルと知り合い、リヒャルト・デーメル、リルケと書簡を交わした。フランツ・カフカとは一緒にプラハの慈善集会に参加したときは、彼女はオットー・ユーリウス・ビアバウムの詩(「愛の迷宮」)を読み、カフカはクライストの『ミヒャエル・コールハース』の抜粋を朗読した。彼女が覚えているのは、カフカの父親が彼女の父親に嘆いていたことである。「ああ、あなたは分かっていますか、なんのためにわれわれが働いているのか。私の息子は作家に、あなたの娘は女優になるためなのですよ」。フリッタ・ブロートはチェコのジャーナリストでカフカの恋人、ミレーナ・イエセンスカーと知り合う。彼女はエルンスト・ポラクとも知り合うが、かれはミレーナ・イエセンスカーがのちに結婚した男性であり、プラハの国立銀行の支配人として勤めていた。

カール・クラウスとおなじくギチンで生まれたエルンスト・ポラクは、プラハとウィーンの作家の間で中心的な役割を演じた。プラハの国立銀行の支配人でもあるポラクは、カフカにとっては長編『城』の長官クラムのモデルであった。コルンフェルトはプラハのカフェ・アルコでの文学者の集いでポラクを知った。フリッタ・ブロートが驚嘆した、プラハとウィーンの社交界の人気者ポラクは、最初の結婚でミレーナ・イエセンスカー(写真右)と結婚。イギリスへの亡命で1938年にフリッタ・ブロートはふたたびかれと出会うが、今度は4度目の結婚をしていて相手はデルフィン・レイノルズ(写真左)であった。ポラクは命知らずのアマチュア飛行士として知られ、1947年に61歳でイギリスで死んだ。

「ミレーナは父親の了解なしにこのユダヤ人と結婚しました」とフリッタ・ブロートは回想している。「そのため父親は数か月間、神経サナトリウムにいくはめになりました」。ポラクはカール・クラウスとおなじくモラビアのギチン(イチーン)で生まれた。現在では、カフカが長編『城』における事務所長クラムのモデルとした人物として知られ、カール・クラウスがオペレッタ『文学、またはひとはそこで会う』で風刺した人物であるが、クラウスがプラハとウィーンの作家にとって偉大な引き立て役であったにもかかわらず、このオペレッタはほとんど忘れ去られている。ポラクとイエセンスカーのプラハの住居はフリッタ・ブロートのお気にいりだった。「私はまだよく覚えています。多くの明かりと広い空間、床には新鮮な花を活けた大きな花瓶がありました」。

コルンフェルトもポラクのようにとてつもない花の愛好家であった、という。「われわれが月末にフランクフルトのフェルトベルク通り四二番地の住居で支払わなくてはならない最大の出費は花の請求書でした」とフリッタ・ブロートは語る。「パウル・コルンフェルトは五部屋の住居を東屋に変えてしまいました。そのうえ、蘭を栽培し、苔を植えつけていました」。彼女がコルンフェルトを捨てたのは、一九二六年にヴォルフ・プルツィゴデにほれ込んだときだったが、かれは同年に三一歳で死去した。プルツィゴデが自分の雑誌「詩」に結集させていた作家はゴットフリート・ベン、マックス・ヘルマン＝ナイセ、ゲオルク・カイザー、ヨハネス・ウルツィディール、パウル・コルンフェルトであった。

プルツィゴデが死去したあとフリッタ・ブロートは、シラーの伝記であいかわらず有名であった作家フリードリヒ・ブルシェルと結婚し、そのあとかれと亡命し、戦争中はオックスフォードで生きのび、フーゴ・フォン・ホーフマンスタールの未亡人と友人となりドイツ語の朗読会を催し、当時学生、現在は映画監督のペーター・ツァデクを人形劇のために雇った。

「いま私はほとんど孤独そのものです」とフリッタ・ブロートは言う。「私は八〇歳過ぎても生きたいとは思っていませんでした。すべてがゆっくりと過ぎていきます。人生には多くの十字路がありました、これが最後の、行方知らずの十字路です」。フリッタ・ブロートはふり返りながら、自分とコルンフェルトがカフェのテーブルで、「眠ろうとしない」エルゼ・ラスカー＝シューラーとともに過ごしたベルリンの夕べのことを思い返している。さらに想い出すのは、彼女にお世辞を言ったゲアハルト・ハウプトマン、カール・ツックマイアー、出版者のエルンスト・ローヴォルト、彼女とともに舞台に立ったマレーネ・ディートリヒの劇場デビュー、エリーザベト・ベルクナー、そして「あなたは私のりっぱな妹よ」と言ったベルクナーの発言などだ。

エリーザベト・ベルクナーが一九八六年に八八歳でロンドンで死去したとき、フリッタ・ブロートは筆者に「南ドイツ新聞」のベルクナー追悼の文を切り抜いて、次の文とともに送ってきた。「この度は私には羨ましくもあり、とても悲しいのです。もういちど訪ねてくださいますか。混乱と遅ればせの苦しみのなかで。フリッタ・B。敬具」。さらにコルンフェルトへの想い出と告白が書かれた手紙がきた。「かれとの歳月は私の人生で最高でした。私もP・Kのために信じています」。そのあとふたたびこのような文が続く。「私はすでに死に委ねて深く眠ります……私を忘れないでください。私は無理をしてきました、私は殺人者もしくは死者です」。

彼女が偉大な女優であったことなどは、もはや心にひびくことはない。彼女はコルンフェルトを通して生きのび、かれの作品のなかで生きのびるのだろう。かれの二番目の悲劇『天国と地獄』は、一九二〇年四月二一日、ベルリンのドイツ劇場で演出がマックス・ラインハルト、俳優がアグネス・シュトラウプ、リナ・ロッセン、ヴェルナー・クラウスによって初演され、コルンフェルトは彼女にこの作品を捧げた。カーリダーサの『シャクンタラー』も一九二五年に出版された改作によって上演され、この題材はコルンフェルトがフリッタ・ブロートとの愛の終わりを、失われた指輪の童話をモチーフにして表現するのに役立った。人間感情のきまぐれの象徴である。

そしてコルンフェルトの最後の作品『ブランシェ、または庭のアトリエ』にも、かれがまだフリッタ・ブロートに抱いた魅力と苦悩がこめられ、それは美しい憂鬱家のカロラの人物像に描かれ、この長編のなかで自殺の試みを超えて生きのびる唯一の人物である。コルンフェルトは、この女性役に「男たちは彼女の苦痛を愛している、かれらはそれを必要としている」と語らせる。コルンフェルト独自の愛の問題——長編に表現されている——は、つねにフリッタ・ブロートのことを指している。「そうなのだ——女性は愛するときはゆたかな心をもち、愛していないときは、まったくもちあわせていない。それゆえ女性の示す二重の顔、それゆえの女性の感情のゆたかさ、深さ、絶対性、そしてじっさいに、女性は世界の師匠たりえるのだ。それゆえにまた、別面では、女性にたいし悪魔が完全に支配することになる、つまり女性の際限のなさ、秘密に満ちた底深さ、最悪の男でさえも理解できない下劣さ、無のもつ不可解さ、泥沼にひき込む力を支配する」。

九一歳のフリッタ・ブロートはこう語る。「かれが私のことを憎んでも仕方ありませんでした、かれは愛に満たされていましたから。かれがこの別離を克服することはありえませんでした。離婚後、私の名前をかれの面前で触れてはなりませんでした。諍いはすでに一九二二年にはじまっていた。「だれかに私は所有されることを、好きではなく、いまでも好きではありません。そして私がかれに文句を言うのを好まず、かれらしい魅力で不満を押しとどめていました」。「きみはぼくを批判しなくていいんだよ。ぼくを愛していればいいんだよ」。

一九二二年一〇月一〇日、コルンフェルトは彼女にこう書いた。「ながく続くべきいかなる愛もその運命を克服しなくてはならないんだ。忍耐が切れるひとは愛することはできないのだ。結婚とはもっとも陳腐で、ばかげたことかもしれない、もしくは最高の……」。数日後には、フリッタ・ブロートの手紙にたいする激しい批判。「きみがぼくに言わなくてはならなかった言葉を、きみは女友達にでもそのまま言えばすんだのさ。結婚と恋愛はたがいに関係がないというあの逆説的な陳腐さ（むしろ、陳腐な逆説か）を私は憎んでいるよ、ぼくはそれを味わうつもりはないよ。ひとは愛と熱情を取りちがえているのだ」。

この間にフリッタ・ブロートが知ってしまったことは、世間では「機知に富んで、有頂天に、圧倒しながら愉快に」わざとらしくふるまうコルンフェルトの流儀は、かれの挑発的な深刻さに人びとがびっくりしないためであった、ということだ。ルートヴィヒ・マルクーゼはこう回想している。「われわれは長い二重奏の花火を打ち上げた……女性たちはかれに夢中にならなかったので、かれは自分のセックス・アピールを完全に暴力的に展開した」。この作家が離婚したあとに求婚した女優マリア・ツァムスカは、コルンフェルトの救済への憧憬がかれの衰えていく精神性とともに窮屈だと直感的に感じて、距離をとった。

自分自身や他人とのむずかしい関係——これは現在マールバッハのドイツ文学資料館にある一九〇五年から一九二一年までの日記で読み直せる。一九一四年一二月四日にコルンフェルトはこう書いている。「私はいまでは人間におけるよりも事物のなかにはっきりと神を見いだしている。そしてこれほどの騒々しさのなかに私がいなくてすむのであれば、私はつねに独りでいるだろう……あるのはたったひとつのこと、それは私の感受性が傷つけられることよりも私の感受性が傷つけること、つまりひとを傷つけることである。このことから私は逃げる。私を完全に人間から切りはなすかもしれないものとは、他人の感情を害するとは知らない危険性だ。私は、傷つけられた人よりも自分が悩んでいることを知っている」。

一九一五年二月二五日の日記にはこうある。「あらゆる人間の無関心ぶりを形而上的に洞察することより危険なものはない。この無関心は事実であるので、私にはすでに陳腐に思えてしかたない。だがこの陳腐さが、ときどき私を襲い、ほかの人間には襲わないとすれば、私には不審に思えてならない、それが私を麻痺させるのだが……」。

一九一五年二月二六日にはこう書きとめている。「私は人間に激しい嫌悪を抱いている。私には子どもや子どもっぽい人間のことは現在はまだ唯一耐えられる。だがいまやすべての人間は内面的に曲折し、歪み、子どもの本質からほど遠く、みな私にはいくぶん恐ろしいほどなのだ。私が人間を見抜けるというのは私の幸福にはならない……私には隠遁者になる素質があると思う。これは守っていこう」。べつの箇所にはこうある。「われわれが交わっているこのばか者や愚か者の権化以上に交わらなくてはならない、このうえなくすばらしい人間というのはどれほどいるというのだ。ひとは賢くなるほどに、愚かになっていく。愚かになるほどに、ますますばか者になる。この二つの危険からはめったに逃れられるものではない。これは究極のところ人間に固有の特徴に思えるのだ」。

一九一六年一月二三日、かれが固執したことをこう書く。「私はときどき死にたくなることがある。すべて個人的な不幸が終わると、今度はひどく悲惨なことがはじまるのだ。私に欠けているものはなく、不満になるきっかけはないのだが、こう言えるこの瞬間からひどく悲惨な生活のはじまりとなる。われわれは自分自身に完全に背をむけて、個人的な状況のなかで心安らいで、永遠の不安にむけて、われわれより永遠なるものにとりくんでいる……」。

一九一六年七月二日にはこう書いている。「そして人間は幸せであると同時に、不幸であれば、もっとも完全になる、と思う。解放のために努力するあの状況がそうである、というのは完全に解放されているというのは非人間的であるからだ。努力している状況こそが人間にもっともふさわしい状況である……この純粋性へのかぎりない憧れが私にはある……」。

一九二〇年六月二六日にはこうある。「私は内面の力以外のものは望まない。これは恵みであり、恩寵である。恩寵を求める闘いがある目的を達成するかどうか、私には分からない。しかし、この戦いをひき受けなくてはならないことは分かっている。恩寵は奇跡であり、恩寵が闘いのあとにやってくるのであれば、小さな奇跡となる……幸福を手に入れることは不自然である、そして不自然なこと自身を望むことは傲慢である……」。

一九二〇年一一月一四日にはこう書きとめている。「雑談、ぺちゃくちゃの喋り、うそつき、ばかげたこと、これらの永遠に途方もない蓄積……私はじっと立ったままで、無防備である。私はベルリンでひとのしかめ面を見て、笑い声を聞くまでは、ながいことなんでも気楽にのんびりと甘受してきたが、それ以来、私は身体にこたえるようになり、悲劇的に感じているのだ。そして環境との私の関わりは様変わりして、亀裂がはいっている……」。

二五歳から三一歳にかけての告白。神秘劇『天国と地獄』に書いてあるように、「ごったがえした地上」から解放されていることをわれわれは見逃してはならない。コルンフェルトが一九二二年にS・フィッシャー書店からローヴォルト書店に切り替えたとき、同時にそれは悲劇から喜劇への転換となった。ローヴォルト書店から出版された喜劇『永遠の夢』がフランクフルトで初演されるまえに、コルンフェルトがまずプラハで朗読してみると、この作品はかつてのプラハの友人へのあてつけとなり、耳ざとい聴衆を楽しませることになった。コルンフェルトは『永遠の夢』によってはじめて、登場人物のうえをふわふわしながら、世界改革の夢を物笑いにする創作者となって姿を現わした。

だがまだプラハで喜劇『盗人たち』を書いたときの快活さがコルンフェルトには残っていた。世界苦は現在では物笑いとなっている言葉であるが、それはきわめて重大な意味をもつ人間の快活さであった。悲劇『誘惑』と『天国と地獄』の二作からでも、コルンフェルトの絶望的なまでの快活さが主人公の命名によってあきらかである。一方の「英雄」の名はビッターリヒ〔苦味がかった〕、もう一方の伯爵は、ウンゲホイアー〔怪物〕。コルンフェルトは日記に書いているように、「形而上的な認識で生きること、生きようとすること」が「非人間的」であることは分かっていた。しかしコルンフェルトはそのように生き、そのようにしか生きられず、このことが自分の破滅を惹き起こすことが分かっていた。

コルンフェルトはこの破滅にたいしフリッタ・ブロートとの恋愛に固執することで対抗した――ただ書くことによって。かれの作品はすべて、「魂のはいった人間」のイメージとの個人的な取り組みだった。作品にはかれ固有の勝利と敗北、憧憬と諦念が入り交じり、自己誓言と厳しい要求からの逃亡も受けいれていた。コルンフェルト自身が『盗人たち』のハンス・シュミットとして、『誘惑』のビッターリヒとして、『永遠の夢』のカロルスとして、『パルメ、または傷ついた男』のパルメとして、作品のなかを歩いている。コルンフェルトはもっとも傷つきやすく感じるところで傷つくのである。「パルメの名前をかれは女優のゲルダ・ミュラーからもらいました。というのはかれはまばらな髪をヤシの形になるようにくしけずっていたのです」とフリッタ・ブロートは回想している。『パルメ、または傷ついた男』は一九二四年にベルリンのドイツ劇場でマックス・ラインハルト演出によって初演され、立場が正反対の批評家アルフレート・ケアとヘルベルト・イェーリングによって、おなじように称賛された。かれがさらに書いた二作の喜劇のうち、『キリアン、または黄色いバラ』のみが上演された。

喜劇『スミサー、ヨーロッパを買う』は一九二九年にエスターヘルト書店から戯曲台本として出版されたが、第二次世界大戦後は忘れ去られ、最後は紛失したと見られていた。しかし七〇年代に長い調査の末、チェコスロバキア生まれのイスラエルの文学者マルガリータ・パツィによって発見された。彼女はおそらく、唯一まだ現存していたこの原稿をウィーンのブルク劇場のギュンター・ヘーネル教授のもとで発見したのだろう。教授は一九二八年にダルムシュタットで演出家と俳優としてコルンフェルトとともに活動していた。しかし演劇界はこの再発見を無視した。

『スミサー、ヨーロッパを買う』——これはヨーロッパの価値崩壊に関する鋭い洞察である。アメリカの大富豪は、かれが住むアメリカでは役割のなくなった価値がまだヨーロッパ大陸にはあるとみて、魚を釣るようにヨーロッパを釣ろうとしている人物である。かれの認識では、ヨーロッパはまさしく金銭を欲望する社会になりさがり、その歴史を、精神を、道徳を、感情を裏切っているので、ヨーロッパもおなじように買えてしまう、ことになる。スミサーは心を失った世界からべつの世界にはいりこむ。

レクラムの俳優ガイドブック——このガイドブックだけではないが——によればコルンフェルトは喜劇によって「高級な娯楽文学の領域に」方向転換した。これに反してヨーゼフ・ミュールベルガーにとってコルンフェルトの喜劇は、「空想—風刺として、また絶望として指摘された悲劇の裏面であり、世俗に巻き込まれた、つまりパウル・コルンフェルトの意味での魂を抜かれた、そもそも魂のない人間におけるサテュロス(半人半獣)の劇である」。

コルンフェルトは、一九二五年にマックス・ラインハルトから文芸員として呼び寄せられた。グスタフ・ハルトゥングはコルンフェルトを一九二七年におなじ任務でダルムシュタットにあるヘッセン州立劇場に招聘した。だがコルンフェルトはダルムシュタットでは一シーズンすらもたなかった。ダルムシュタットのジャーナリズムが「芸術的というより人種的な理由」で、モスクワにあるヘブライのハビマ劇場の客演公演を拒否したときに、コルンフェルトはこの人種差別の問題を公にし、ダルムシュタットの界隈ではおさまらない劇場の衝突となったため、その地位を諦めてベルリンにもどった。

ベルリンではレオポルト・シュヴァルツシルトが保守傾向の雑誌「日記」で自分の思想を表明していたが、かれのせいでアルフレート・デーブリーン、ヴァルター・ベンヤミン、ヴァルター・メーリングなどの執筆内容が保守的になることはなかった。それからコルンフェルトも「日記」誌で、書評、劇評、イデオロギー批判、時代分析、裁判報告などを書くことになる。反動主義者が主導権をにぎる右翼陣営から「日記」誌は憎悪をもたれたが、それは「世界舞台」誌が党内左派から憎悪されたのとおなじことだった。

コルンフェルトは、一九一八年に声明を出し、政治へのかれの敵対性は世界から離反することと混同されてはならないと明言する。「そろそろ認識せよ、政治はすべて錯誤であり、過った自己欺瞞である……」。過った同盟や依存関係にはいらない芸術家による政治判断、これがコルンフェルトの態度だった。コルンフェルトは、政治的な階級闘争における「武器」として芸術を利用するように呼びかける作家に反駁した。文学作品と政治教養はコルンフェルトには、個人における対等の構成要素であり排除しあうものだった。

コルンフェルトにとって文学は絶対的な自由であり、政治教養は適応することであった。この二つが出会うことはコルンフェルトには二つのカテゴリーが敗北に終わることであった。教養の破壊、または文学の破滅となる。コルンフェルトは一九二九年に、ヴァルター・メーリングの作品『ベルリンの商人』のエルヴィン・ピスカートアによる煽動的な演出を、「政治演劇」という表題で書いて擁護した。

「ある争いで完全に一方の立場にたつと、ふたつのことができる。つまり自分の政党を憎悪のうちに挑発し、戦いへと煽動できる。もしくは敵の政党を転向させられる。転向させるこの試みからは決定的なことはおそらく期待できないだろう。これはまったく意味のないことであるが、ピスカートアの第三の提案はまったく逆説的である。つまり、敵の政党を自分自身の戦いへと挑発しようとするのである」。

コルンフェルトはこの方略で多くの芸術家のジレンマを暴露した。その矛盾とは、かれらは市民階級や裕福な中産階級の境遇の出身であったこと、社会主義に共鳴したこと、プロレタリアートのようにふるまったこと、その「政治的な」芸術によってたんに自分自身と戦ったことであるが、そうなった理由は、かれらは自分が志していたこととは食い違っていたからだった。結局はピスカートアが敵対者を楽しませたにすぎない、とコルンフェルトは非難した。「というのは、市民階級の敵であるピスカートアは上演シーズンを通して市民に新しい俗物根性のみをあたえたからである。そう、かれはおどろくべき野生動物であったが、自分で檻のなかに閉じこもり、市民階級の動物園で転げまわっていた」。

コルンフェルトは、アルフレート・デーブリーンの長編『ベルリン・アレクサンダー広場』を例にあげて芸術とはなにかあきらかにしている。「この長編はまちがいなく文学上の成果であり、読者は市民階級である。プロレタリアートがこの本を――その極端な文体実験のせいで――読むのは不可能である。作品の主人公は典型的なプロレタリアートではなく、ルンペン・プロレタリアートであり、個性がきわだっている。結末でこのビーバーコップは形而上的な人物として登場するが、神に対抗しているのはかれだけである」。

おなじアルフレート・デーブリーンが一九三〇年に戯曲『結婚』で芸術と政治的なプロパガンダを混ぜ合わせたときに、コルンフェルトはかれに反論した。「われわれの生活のなかで、絡まりあう無数の因果関係の連鎖からたったひとつの連鎖を観察して、見守ろうとするひとは、――それがしぶとい精神分析学者の連鎖であれ、純粋な経済の連鎖であれ――つまりたったひとつの連鎖を追いもとめるひとは、つねに過ったものの見方をして、世界について知ることはなにもない」。

コルンフェルトにとって政治と芸術の混ぜ合わせは「とてつもなく苦痛で、無意味で、危険である」。「現実への理念の影響が歩む」

「長い道のり」をはばかる者は、「政治家と煽動者」になるのがよいというのである。政治の美学化とおなじく芸術の政治化も非難する。時代の崩壊をコルンフェルトは、物質主義の信仰がその力学によって、個人が自身の良心に従い、適切に行動するという課題を個々人から奪ってしまうことにある、と見ている。社会が形而上的な次元を断念することが、創作を有効にする政治的な特別許可であるとコルンフェルトは認識していた。

人間が物質や物体になる実験では、なにが適合するのか、文明の「進歩」のために何が役にたたないかが選択されている。コルンフェルトは一九三〇年に「秘密会議」という見出しを付けた記事で炯眼にも、ナチスが「ユダヤ人問題の最終解決」とともになにをしたのか述べている。「日記」誌への寄稿でコルンフェルトは、チューリンゲンのナチスの大臣、ハンス・フリックのもとで繰りひろげられる架空の会議を詳細に記述しているが、そこでは、「第三帝国」が講じることになる、そしてコルンフェルトがその犠牲者となる、ユダヤ人迫害の措置が論じ尽くされている。

コルンフェルトが一九三〇年に公表した最後の戯曲は、ドイツでは反ユダヤ主義の作品と見なされた。リオン・フォイヒトヴァンガーから遅れること五年、コルンフェルトは、嫉妬の犠牲となった天才的な銀行家、ヨーゼフ・ジュース・オッペンハイマーの歴史的な運命を、その当時ドイツのユダヤ人を脅かしていた危機を表現するのに用いた。悲劇『ユート・ジュース』におけるユダヤ人の不幸は、ユダヤ人を脅かしている危機が理性的に把握されてはいるものの、手遅れにならずにこの国を去らなかったことにある。ユダヤ人はこの国との情緒的な結びつきが強くなりすぎてしまい、国を去らなかった。逃げ道の可能性をさぐるのは権力に屈するという見方に、ユダヤ人の心情は抵抗していた。

そしてふたたびコルンフェルトは、政治権力をもとめて努力する人間の完全無欠さをどう考えているか、あきらかにした。「人間が才能によって上昇していくというのは事実とちがう――卑劣さ、厚顔さで上昇していくのである。高貴な身分に生まれた人間は、目指すものになれるだろう――しかしやっと上昇した者は、天使として第一段階を踏み出すかもしれないが、そこでは憎むべき嫌なやつとして拒否されるのだ」。

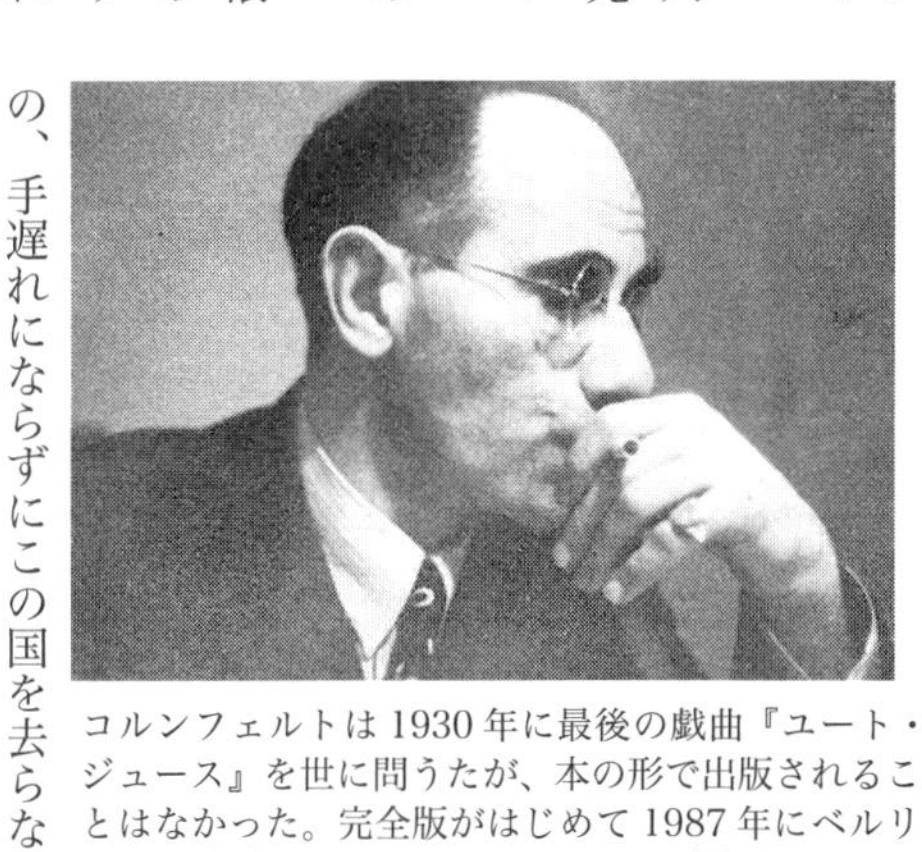

コルンフェルトは1930年に最後の戯曲『ユート・ジュース』を世に問うたが、本の形で出版されることはなかった。完全版がはじめて1987年にベルリンの古書店、ミヒャエル・レーアに突如現われた。1930年10月7日の初演の台本を簡潔にするために、鉛筆で削除箇所、追加挿入、変更がなされている。演出はレオポルト・イェスナー、タイトルロールはエルンスト・ドイチュ。

悲劇『ユート・ジュース』は、一九三〇年一〇月七日にタイトル・ロールをエルンスト・ドイチュ、演出をレオポルト・イェスナーによってベルリン国立劇場で初演された。配慮しすぎたためにイェスナーは演出で、作品のなかで民衆の反ユダヤ主義が糾弾される場面を削除した。

コルンフェルトがドイツを去るまでには二年もかかる。夜通し大酒を飲み卓球をしてテーブルの下にかくれるほど一緒に笑う、陽気なコルンフェルトの印象を、友人の出版者、エルンスト・ローヴォルトが伝えているのにたいし、だれにも理解できないことだが、釈明が必要となる人生上の訴訟が生じた。この訴訟ドラマは、当時から残されてきたわずかな日記の記述に裏づけられている。

「魂が肉体によってしか救済できない瞬間がある。慰めも説得もないのであり、精神が自らを誘導できるような議論もない。べつの世界のみが生活の可能性を、活力あふれた世界をあたえている。ふたたびべつの中心から呼吸をはじめなくてはならない。ある瞬間、人間は太陽のもと気持ちよくのびをして、食べて、飲み、自分の身体を愉しむ動物に、そして身体の働きも愉しむ動物にならなくてはならない——それは人間が状況や環境の作用を和らげるためである。死は克服されるものである。それは人生のどの時期にもつねに死があるからだ」。(一九三〇年一一月八日)

「解決可能な問題のみを知るひとは、世界を知らない。はじめから悲劇的な状況があるのだ。悲劇からの出口はたったひとつ、それは逃亡だけである。この言葉には悪意の響きがあるが、逃げる必要があったからこそ人生を終えられる。その必要性を認識するためには、認識にしたがう精神が必要であり、また認識に従わない力ももとめられる。つまり英雄主義、もしくは臆病と弱さがもとめられる。だがこの英雄主義を、無知蒙昧や無知とまちがえないようにされたし。

欲求をもたないというのは非人間的であり、幸せな人とは自分のしたいことを平然とする人のことである。その人が失望によって驚かされることはなく、そのことで力を奪われることはない。そこで明朗になるだけでなく、むしろ目標を達成することになる」。(一九三〇年一二月一〇日)

「かれらは真実の端くれをつかみ、ひきちぎる。しかし真実自身は、かれらから逃げだしていく。しかしかれらは自分が手にしているものを振りかざして、叫ぶ、われわれはもっているぞ、われわれは真実をもっている、と。——これは最悪のことである。嘘と誤りが正体を暴かれるからだ。四分の一正しいことには、すでにわずかながらまったく正しいことの特徴がはいり、たいていの人はそのことで満足をおぼえるのだ」。(一九三一年二月二日)

「別離には愛のように底知れぬものがある。別れも愛もともに、死のように深いからだ」。(一九三一年二月二四日)

「この数か月私は、四〇年前よりもしばしば死への想いをいだいている。私には死はたんなる死への思いという以上になじみ深いものとなった。しばしば死は解決に思え、それはけっして悲劇的ではなく、まさしく理性的な解決である。しばしば思うことは、私がまだ生きていることは、たんに残りを生きているにすぎず、私がまだ現世で本来もっているものへの付録である、ということであり、私に切迫しているのは、ひそかに死を待つことにすぎない、と思っている」。(一九三一年五月二八日)

「私には気後れや恥に似た抑制の気持ちがあり、自分の状況について語れるのもここだけである。それがなんであるかまだはっきり分かっていない……ひょっとしてそれは意志の病ではないのか。このような病はある。この病は意志によって治癒できる。つまり至るところで循環しているが、深層にはいっていくのだ。ひょっとして、この危機の移ろいのなかでは決定的なことがひんぱんに起こらざるをえないのだろう。気づけば恥ずかしく思うことが危機にはある」。(一九三一年六月一日)

「生への意志に欠け、活力がおそろしく欠如し、闘争心のかけらもない。逃走といっても、どこかへの逃走ではなく、倦怠への、時代を超越したことへの、無への逃走なのである。なぜか、それは私を熱狂させせないような夢への逃走だからだ。解決が見いだされず、決断が下されないとは考えられないことなのだ。だがまえもって浄化という病がおそらくやってくるにちがいない。それは自然の力でたやすく一夜にして治癒してしまうあの小さな病のひとつではないからだ」。(一九三一年六月三日)

「私は以前、自殺と殺人を同一にみていたが、それは神が生と死の間に設けた境界への尊敬からでたことである。私は自分の信念を固守することに努め、くりかえしそのことを思い起こしてみた――だがそれはむだだった、というのはすべてが変わってしまったからであり、私が死を愛することを学んだからだ。悪臭芬々の汚物の山ではあるが神が浄めた人生を憎むことはなかったのだ。それでも私はその人生を信じている。私の人生を憎むこともしない、他人の人生より悪いことはないからだ。私は飢え死にを恐れる必要はない、私には友人がいる、人間はりっぱになれるものであり、愛することができる、女性たちはわれわれを幸福にできるのだ。まだ女性が私を愛するだろうことを、私は信じることができる。仕事でもっと幸せになるだろうことを、私はねがうことができる――しかし私は死を愛し、かぎりない死への憧憬をいだいている」。(一九三一年七月一五日)

「理性は死にたいし無力であり、感情は死の味方をする――そして奇跡とは、人生が勝利することである――人生は砂漠のように横たわっている。しかし砂漠はわれわれを水のように吸いとってしまい、砂漠のなかを流れる水は涸れはてる」。(一九三二年三月一日)

「今晩、こんな夢を見た。私のために死んだほとんどの人間がつぎつぎとやってきて、去っていった。かれらはだれも他人の立場で行動し、かれらの間から生きている人間が現われた。まだ生きている親戚、友人、知人は全員がゆがんだ、恐ろしい顔となり、貧しい、苦しい、気味の悪い姿となり、湾曲した物体となっていた。しかしかれら死者は、十分な明晰さ、落ち着き、内面の美をそなえた地上の生き物となってこちらに歩いてきた。死者は、生きている者もかくあるべしという風であり、生きている者は投げ捨てられた灰汁の

コルンフェルトの文学遺産。プラハで完成した唯一の長編のため８年を要した。この原稿をあるチェコ人の女性に託したが、彼女は占領期間を越えても守り通した。1957年にこの長編はローヴォルト書店から出版された。

ようであった。――美しくもあり、気味の悪い夢」。（一九三二年二月四日）

　コルンフェルトは女優マリア・ツァムスカに宛てて一九三二年九月一二日に手紙を書いた。「私がこの数年ほどに死のことを多く考えたことがないことはたしかですが、こうするほかはなかったのです。私は死についてかなり深く考えましたが、自殺者のように考えたわけではありません。そうであればとんでもないことです。私は死を否定的に考えたのではありません。生きないということではなく、肯定的なこととして、さらには当然のこと、自然なこと、生の充分な補完として、全生涯のすばらしい持続のなかの一部として、考えたのです。私がこの感情を失うことはけっしてありません……」。

　コルンフェルトはプラハを二五歳で去り、四三歳で一九三二年一二月にもどった。八〇歳の誕生日を迎えた父親を訪ね、そのあとはペンションにひきこもり、長編『ブランシェ、または庭のアトリエ』を書きはじめた。若い女流画家ブランシェ・リーディンガーの物語であり、その人生は「ある一点」、つまり彼女の東屋の閉じられた小さな世界に凝縮されている。彼女はこの東屋の外では「異質の世界に押し流され、追いだされ、追放されている」と感じる。彼女は想像上の恋人に手紙を書き、夢の家を最終的に、去らざるをえなくなったとき自殺する。

　コルンフェルトはブランシェ・リーディンガーをめぐる破滅の世界を描き、こういう結論に達する。「しかし、愛についてすべてを知るのは孤独な人びとのみである。死んでいくのはつねに恋人たちなのだ。そう、生きるためには節度を守れなくてはならない、と言われているのは分かっているし、それはただしい。しかし、死んでいく者こそはまさに恋人たちであり、憧れをいだく人びと、満たされた人びとなのである……」。コルンフェルトは、ナチスにさがしあてたと思われるまえに、自分の長編のなかに消えて、長編のなかに吸収された。この作家は、『ブランシェ、または庭のアトリエ』で心の揺れを長編で書くことに成功し、「言葉」を牢獄から解き放ち、旋律に変えるという昔からの青春の夢をかなえた。

　ヨーゼフ・ミュールベルガーにとって長編『ブランシェ』は、「プラハのドイツ語作品にとってエピローグであり、レクイエムであり、この作家の運命である」。専門の研究者は、この長編の題材をダルムシュタットかフランクフルトで見いだしたと思っているが、プラハの作品にすることはコルンフェルトがずっと生涯抱いていた夢だった。というのは東屋のモチーフはすでに一九〇八年のプラハで書きこんであるからだ。

イギリスに亡命した親戚からは、コルンフェルトが「ドイツの出来事に積極的に関心をいだいた」ことが伝えられ、それで分かったことは、かれがドイツの運命と密接に結びついていると感じていたので、精神的に悩んでいたことだった。だが一九三三年以降、プラハにやってきた亡命者にコルンフェルトが近づくことはなかった。エルンスト・ドイチュは第二次世界大戦後になって、コルンフェルトが長編『ブランシェ』の一節をプラハで朗読したことを回想し、こう言っている。「私が真剣に助言がほしいときは、かれのところにいった……かれにはすばらしい分別の力があった」。そしてフリッタ・ブロートはこう言っている。「シェイクスピアのことを考えてごらんなさい。どの作品にも愚か者がいるでしょ。かれは愚か者でした」。

「殉教者がその虐待者よりも偉大でなく、純粋でない場合、世界はその最後の光を失うことになる」とコルンフェルトはドイツを去る直前に書いていた。「形而上的な楽観主義にとって基礎となるのは悲観主義であり、宗教を生み出すのが悲観主義である。人間の存在を信じる現世的な楽観主義が革命を起こす」。

そしてそれより以前に、マーク・シャガールの絵のなかでハシディズム〔一八世紀ウクライナ・ポーランドのユダヤ神秘主義思想〕の奇跡信仰が現実を変えるのに役立っているのをコルンフェルトは見て、一九二〇年に、「おお、主よ、奇跡に地上を撫でさせよ」と祈った。雪と氷の間に赤く燃える樹木が育つように、空は青く、緑に、赤く、そしてすべての色に染まり輝くように祈った。星は踊り、楽しい仲間と並び、木々は空中をただよう。ひとりの天使が純潔の徴として「白く、楽しく」人間の胸から空へ昇っていくようにと祈った。

フランツ・B・シュタイナー　この世に生きるとはよそ者になること……

ロンドン在住の七七歳の作家、H・G・アードラーの居間には木製の長持ちがあるが、そのなかのものを整理する人がいなくなってすでに久しい。それは珠玉の文学であり、この作家はドイツ人にとって今世紀でおそらくもっとも偉大な作家なのだが、まだひき立てられてはいない。アードラーはこのことを二〇年まえに口をすっぱくして言っていたが、聞きいれられることなく諦めていた。アードラーは無私の精神でなんども、一九五二年に四三歳で死去した友人フランツ・B・シュタイナーの作品のためにこう言う。「かれよりも九か月年長の私は、三〇年も多く自分の作品に時間を費やすことができました。私はいま、かれが出ていった場所にいます」。自らを助けることはできないが、一方が他方を助けあう関係であった。未公開の原稿でいっぱいの本箱をもつアードラー、木製の長持ちにあった遺稿の作品とともに納棺されたシュタイナー。

二人のプラハ出身者を結びつけたのは幼少期の友人関係であった。シュタイナーは一九三六年にイギリスに行き、ドイツ人による迫害から逃れた。アードラーは迫害から逃れずに生きのびていたが、それ以上プラハにいたいとは思わず、ロンドンに定住し病気の影が差していた友人と再会することになった。「かれの衰弱した健康状態では戦争の大混乱に堪えるのはむずかしかった」とアードラーは回想している。「かれは家で老いた両親のめんどうをみることで自分の気持ちが滅入ることはあっても、一九四二年にトレブリンカで死んだ両親の心を傷つけることはありませんでした」。シュタイナーは人類学者、民俗学者になり、それから自分をひきこむことになる作家という天職に就くが、この緊張関係のなかで生きたために、結局は破綻した。学問的な遺作がオックスフォードに眠っているシュタイナーは、芸術家としてもおなじように偉大であった。

シュタイナーは自分を伝統の作家と見なしていた。絶対者の存在を証かす伝統の作家であった。「壮麗さをもとめる苦しみ」が苦悩のすべてとする伝統の作家であった。「つまり、裸身を晒して言葉のなかで虐待されよ」とシュタイナーは書いている。そして、「氷をとおりゆっくりと芽をふく／夜中に触覚を動かす」。また、「私は善と悪の存在を信じる人間ではない／あまりに多くそれを私は見てきた」。シュタイナーはわれわれの間には共犯への暗い想い出があると認識して書いていた。シュタイナーにおいて疑問、絶望に堪えられる唯一のものとは、不可思議なものである。それはどこまでも謎であり、解きえないが解放された唯一の場であり、唯一の門である。

カフカについてシュタイナーは一九四六年にこう書きとめている。「カフカが掟の門について書いたとき、かれにはモーゼの十戒を刻んだ石版のことが念頭にあり、それは二つの門扉に似ていた。かれにはこのことを偏見なく表明することがゆだねられ、しかも大昔からのなじみの考えのように簡潔に表明することがゆだねられていた」。シュタイナーは殺害された父親の誕生日に、「庭の祈り」という詩を一九四七年に書いた。そのなかにこうある。

おお、海辺で人間の存在をあわれむのは、
海をこえて帰郷を希うすべてのひと、
海辺で最後の病苦に苛まれるすべてのひと。
石のように固い剛毛の髭、苦痛のない額、
死の鋼の眼、
きみたちはあとにも先にも存在せず、
われわれはきみたちとともに世界にいる。
傷を負うきみたちに、想い出も苦痛もない、
われわれはきみたちとともに時代にいる、
きみたちの時代をあわれむ。

希望が打ち砕かれるとき、
まず裏切りがあり、そして真実もある。
希望は蘇らない。
真実は希望を受けいれよ、
真実よ、この危機から歩みでよ、
あの秘め事から歩みでよ、
称えられた時間へと。

フランツ・ベーアマン・シュタイナーは一九〇九年一〇月一二日にプラハで生まれ、ユダヤ人の適応精神のなかで育った。第一次世界大戦中は軍人であった父親は、蠟引き布、皮製品、リノリウ

両親マルタとハインリヒ・シュタイナーはプラハにとどまり、1942年6月にテレージエンシュタットに追放され、10月にナチスの大虐殺によってトレブリンカで犠牲となった。ふたりの最後の写真。

ムの店を営む商人であった。最後に開いていたその店はかつてのスシツキー宮殿にあり、現在はイジーヴォルカー劇場になっている。かつてのショーウィンドーにはいまだにSTEINERの文字が判読できる。この宮殿の最上階に住んだシュタイナー家はプラハ城の絶景を眺めていた。シュタイナーの両親は、社会民主主義の信者であることを公言していた。一八九七年と一九〇〇年にかけてチェコ人の反ユダヤ主義的な排外主義が現われると、多くのユダヤ人にとってこの党だけが、チェコの愛国主義とドイツ民族主義的なふるまいと対決する唯一の可能性をもっていた。

シュタイナーの両親はチェコ語が堪能であったが、家ではドイツ語が話され、シュタイナーの四歳若い妹は、家で働いていたチェコ人のお手伝いとの交わりでチェコ語を習得していった。シュタイナーの母親は、プラハの自由主義的なユダヤ人の家族出身であり、父親は南部のエーガーラント（ヘブスコ）の村落の正統なユダヤ主義の気質のなかで育ち、純文学を偏愛する成功した商人で、ふるまいは無神論的であった。はやくからシュタイナーには全生涯を支配した文学と進化史への情熱が育まれた。父親から道具の一式をあたえられ一〇年の歳月を蝶、カブト虫、苔、地衣類の収集に当てた。のちの連詩のなかで子ども時代のことがこう書かれている。

あのころ、脈打つ心には純朴な風景が流れていた、
生命という生命は門のような手、
連山のような人間の顔々、
草をはむ牛たち、揺れる一本の木、そのうるわしい樹木。
みなが世界の唯一の運命にしたがい
眺めれば、風景はすべて
とうに束ねられ、みなおなじく食べられた……

シュタイナーは生物学者を目指したが、眼に疾患があり顕微鏡の操作で苦労する可能性があったので、この職業の志望を諦めてシュテファン通りの国立のギムナジウムに通う。このギムナジウムは、一九二五年にハインリヒ通りにあったドイツの国立レアルギムナジウムと統合され、一九二〇年、二一年の年次に受けいれられた二一人の生徒のなかには、一五人のユダヤ教の生徒がいた。ボーイスカウトの隊員となり、グループでボヘミアの森をあてもなく歩きまわったシュタイナーは、のちにこう書く。

かつて風景は
石と、丘と、緑の森の対話とともに
客人を純真な心にしたのか。
時代に厳しい意志が
岩壁と兄弟のごとき厳しい交わりをもつ。
きみは、巨岩よりも古く、
恭順にふさわしい山の姿、
ボヘミアの森よ、ぼくはきみの姿を名づけるために、
言葉をふかく掘り下げたくはなかった、
すでにりっぱに、高貴な人間がきみに誓っていたのだから。
きみは他人の夢よりもぼくのため、静かに
門を半分おろしてとどまれ……

アーダルベルト・シュティフターが登場するのはこの詩だけではなく、そもそもシュタイナーがのちに書くことになるほとんどすべては、ボヘミアに回帰している。風景としてのボヘミアである。現実の背後にある現実としてのボヘミア。海辺のボヘミア——シェイクスピアが『冬物語』で場所を移動させた方向である。シュタイナーではこう書かれている。「真実が私に海辺の真実のために書かせた」。そして、「あわれみは海辺にのみある」。これは、プラハに一九三九年に滞在していた父親との関係のなかで表現された。別れの場所としてのボヘミアである。作家シュタイナーはユートピアを望まず、苦悩を減らすいかなる変化も望まなかった。シュタイナーがまだ望むとすれば、それは敵対的な関係であった。叙情詩によってシュタイナーは創作が壊れた場に手さぐりで近づいた、苦悩が壊れた場に。どこで人間は——シュタイナーは疑問を発する——子ども時代から切りはなされるのだろうか。

いかに心は閉ざすのか、だれも分からず
夢は説き明かさず、成熟した魂の時代は
告げもせず、示すこともない。
そして心はゆるやかに閉ざし——そのはじまりはだれにも
分からず。
故郷は世俗の時代に移り、
村落はまだ広がらず。
おお、故郷のはじまるところ、
なんと罪の萌芽は内面にあり、
そして最初の、広く危うい境界に、
住み処の境界に
かつての孤独なヤヌスははいりこみ、
ヤヌスは別れに堪えられず、
愛しい眼差しを向けあたうかぎり立ちどまる、
だが長くはとどまれず——
それは死する者とおなじこと。
時代からはなれ、はや存在の分からぬ
故郷の村は見えず。

「いかにして心は閉ざすのか」、いかに先頭を歩む意識が楽園の喪失に、純粋な無私の姿勢の喪失に、つまり子ども時代の喪失につながるのか。「罪の萌芽」は意識の経過するうちに根を下ろす。「罪の萌芽」は覚醒した意識に、かれが故郷と呼ぶものをつくりだす。そして故郷は罪となる。「絡み合った罪は／われわれが育つ、人生における故郷。／子どもたちは故郷を喪失している。／いかにふかく純粋な忘却が／罪なき人に届いていることか／故郷のない子どもたちがあふれ／名前のない、認められない世界で／まだ属するところのない子どもたち、驚愕する子どもたち……」

シュタイナーの苦悩の文学では、逆説によって、切りはなされたものを一点に集めることに成功している。拡散した多彩さによってこそ結集した統一体をすべて伝えることに成功している。神々しい生の活気と光の「ひらめき」は全世界に追放され、撒き散らされても、人間的な扱いによって「止揚され」、すべての存在は神的な調和をする根源の場で回復されるように希う。このイメージはユダヤ教の神秘主義に由来している。そしてシュタイナーは、イギリスに亡命するまえにユダヤ教にもどる。シュタイナーは抒情詩で自分を「故郷の境界に」住む「孤独者」とみている。

神に創られたわが心臓は鼓動のたびに言う、
境界にとどまれ、と。
すべてがこう創られている。はじめに区分を創り、
それで人間に、故郷をあたえた、
その監視人にではない、
それはきみが贈られるまえからのことだった、
きみが望むなら、きみの内面で、境界を壊せ、
区分を創ったのは神だ、
すると神は自分の立場を創世記と較べた……

創世記（第一章、六―七）はこの物語を祭りと記している。それゆえに「孤独者」の人間自身がこの祭りとなる。シュタイナーはある手紙で友人に自分の作家としてのイメージをこう書いている。「私自身は私の試みや手探りを、なにか新しいものではなく、なにか失われた古いものをさがすことと感じていました……あなたが、生存にかかわる発言や具体的なことによって表現の可能性と呼んでいたものは、再発見に値する太古のものに思えました」。シュタイナーのある詩のなかにこうある。「そこで私は衣裳をぬいだ、／この真実は私の功労ではない……」。シュタイナーの宗教的な文学には「神」の言葉がたった一度でてくる。それはかれが「庭の祈り」で殺害された父親を悼む場面である。

この父親はシュタイナーが独自の道を見いだす可能性をあたえた。二〇年代はじめの繁栄する産業界で息子は、ボーイスカウトで「自然な生活」をさがしもとめた。アードラーはこう回想する。「シオニズム、ドイツの愛国主義、ほかのいくつかの分裂グループに合流しなかった少年のなかで、ドイツ語を用いるプラハの少年の

れた。ボーイスカウトは、善と美に役立つ、俗物的で不毛なことに抵抗すべきとする自然派の生活を約束した」。シュタイナーの博物学への関心を満たしたのは、ハイキングと夏のキャンプだった。一九二六年にシュタイナーは「自然に帰れ」というあいまいな考えに辟易し、自然の産物によって完全にべつの方向に発展する世界を遮断できるという空想的なまでの熱狂を滑稽と思っていた。シュタイナーはボーイスカウトの活動から脱退した。

一七歳のときにシュタイナーはマルクス主義と関わる。自由な恋愛、夫婦の共同財産、社会の正義——これらはまずシュタイナーが夢想するイメージと合致するものだったが、このイメージは政治の大衆運動によって植えつけられたものだった。壮大な実験はソ連で進行していた。マルクスの読書のあとに、レーニンとトロツキーの書物をすべて読んだ。「かれは生涯を通して過激な思想に傾いていました」とアードラーは回想している。すぐさまシュタイナーは自分の急進主義を追放し、分裂の傾向が明らかであった共産主義のなかで、トロツキーの国際主義に肩入れした。

16歳の妹と。妹は1932年19歳のとき入院して数日後、連鎖状球菌の感染で死んだ。シュタイナーが執着した妹の死は、かれの人生で最初のひどいショックだった。

シュタイナーはトロツキーの個性に大いに魅せられ、機械的に感じられる科学的な物質主義のモデルにたいし疑問を排除することはなかった。かれがまず見たのは、権力の濫用によって壮大なビジョンが一変したことであった。人間の自由への希望と自由を獲得する力が一致していないことも感じていた。そして目の当たりにしたのは、チェコ文学のエリートたちが、そのなかにはヴラジスラフ・ヴァンチュラやのちのノーベル文学賞を受賞したヤロスラフ・サイフェルトがいたが、スターリン化した共産党に判断を下し背をむけたことだった。シュタイナーは一九三〇年に共産党と決別する。

シュタイナーが大学入学資格試験に合格した一九二八年から、この友人にたいするアードラーの影響は増していき、ドイツの神秘思想家ヤーコプ・ベーメ、アンゲルス・シレージウスに関心を仕向け、老子、ヒンズー教の聖典であるブハガラド・ジータにも関心をむけさせた。アードラーはこう回想している。「シュタイナーは晩年にこう言ってました、ブハガラド・ジータによってようやく宗教的な意義が自分に開かれ、ジータを通して聖書への入り口を見いだした、と」。

シュタイナーは集中的にリルケの作品にとりくみ、リルケの神のイメージに親近感を寄せる。つまり、子どものリルケが生きていた無意識の存在の神が、完全な疎外状態にある孤独なリルケの神へと変わったことに、親近感を感じていた。しかしリルケへの親近感は距離をとりつつはなれることになるが、それは円熟したリルケが、

ほとんどすべては、非政治的な、魅力的で多感な、しかし少年らしく丈夫なボーイスカウトによって教育さ

後年の断章で「自分がまだ踏みいったことのない」道を拓いたことにシュタイナーが気づいたときであった。リルケとその詩「ヘルダーリンに寄せて」を通してヘルダーリンの呪縛にはいりこみ、自立した作家となってこの呪縛からはなれるには歳月がかかった。調和における屈折――シュタイナーではこのような響きとなる。

過ぎ去りはしたが、
わが生涯は表現する言葉との格闘だった。
「華やかな不運」……「果実の宿命」などのばかげた言葉……
私がささやくのは、私の心が傾く言葉、折れ曲がった言葉、
「死、死、そして死。
死と無実。色彩。容赦と死」。

炎はささやき、光はかがやく、これは言葉にあらず、
炎は言葉を語らず。
詩人いわく、きみはあとで詩歌の生長と真実が分かるさ。

石炭の炎は、大胆に、くっきりと燃えさかる。
やさしく、裸のままに
芯に黒衣、宝石をつつみ隠す。

シュタイナーは一九二八年に、カレル大学で――セム語族の専攻――言語学科の在籍手続きを終え、博士号（「アラブ語の語根の歴史」）を取得するには七年かかったが、アードラーは長くかかった期間を、シュタイナーの克服しがたい試験の心配性と仕事の完璧さによると説明している。詩人シュタイナーは完結した詩を、この絶えざる疑念によってくりかえし訂正することに駆り立てられた。これは何年も長引いたが、イギリス亡命で一九三六年からべつの言語世界で暮らしたことにも関係していた。シュタイナーは子どものとき一度バルト海でドイツを、そして少年になってパッサウで一度ドイツを眺めただけだった。

　ある手紙のなかにこうある。「ついでに言えば、大いに強調されてしかるべきは、プラハのユダヤ人のカフカ世代は、自然な、洗練されたドイツ語を話す人間がいた最後の世代でした。私の世代の人びとは外国人と交わるか、または外国で習得せざるをえなかったのです」。一九三〇年にシュタイナーは一年間、エルサレムのヘブライ大学で現代ヘブライ語を習得するためにパレスチナへ行くが、この滞在はシュタイナーの人生の転換期となった。エルサレムでシュタイナーが身を寄せたのは、カフカの学友で、一九二〇年からパレスチナで生活していた哲学者フーゴ・ベルクマン（一八八三―一九七五年）宅であり、かれはエルサレムの国立図書館の初代館長で、一九三五年から一九三八年まで学長の職にあった。

　シュタイナーはパレスチナにおけるユダヤ人の先駆的な仕事に感銘を受けたが、それ以上のことがあり、エルサレムではみせかけの順応から自分を発見し、ついに悟る。

そして、あとかたもない小屋の影から
ひとりの人間が起きあがり、
流れるような歩みで岸辺へとゆったりと降りる、
かれの頭を歓喜でぐるぐる回るのは、
心を委ねた孤独の歌い手。
かれが降りたつと、道の真ん中。
土手に出ると、風景の真ん中。
腕をひろげると、かれの顔はそのまま
待つことの真ん中にある。

シュタイナーがプラハにもどると、——アードラーが言うには——「ヨーロッパの異邦人」の感覚となり、「ヨーロッパの精神性をかれは突き抜けていたが、たえず東洋人の生活感情をもっていた」。しかも運命のままにボヘミアにやってきたひとであった。シュタイナーは少年時代のロビンソン・クルーソーへの思い出のなかで適応の問題をこじ開ける。「ずっと以前のこと、黒い嵐がかれを／恐ろしい国へ投げつけ／その国はかれの所有となった……」、そして同じ詩にこう書く。

いくど救済をもとめても、
廃墟は征服された。
出口という出口を試み、
マストの木は沈んだ。
そしてきみは帰郷で葬られなかったのか。
ああ、無言にさせる帰郷、
深い静寂のうちに深く深く葬る。

歩みは乱れ、そして晩に
ただ肉体と化す。
歩みは乱れ、そしてはるか遠くに
委ねられたのは
征服された物。
灼熱のもとに、転がされ、よそよそしく、見捨てられる。
こうして孤独となる心——押し寄せる夜に
旅立ちの心となる……

この詩行はイギリス亡命中の一九三六年以降に成立し、最後には戦後のつぎの断言へとつながった。「この世に生きるとはよそ者になること」。シュタイナーは一九三六年のプラハで至近にある楽園の幻想に生きていた。アラブ人のような東洋的な民族でもあるユダヤ人であった。ヨーロッパで適応したことによって、散在した人びとの特性、つまり東洋的、アジア的な特性が奪われることはなにもなかった。ユダヤ人とアラブ人は——西洋と帝国主義の暴力の犠牲者である。かれらは連帯のために、共同体のために本来の場所を見つけ、犠牲者の役割から逃れるだろう。シュタイナーはプラハのシオニズムの雑誌「自衛」を通して連帯行動の構想を発展させ、知識人をひき合わせるためにテル・アヴィヴにエジプトの事務所を、カイロにユダヤ人の事務所を開設するように提案した。「重要なことは、パレスチナには四〇万人が住み、そのなかには東洋全体のなかでもっとも先進的な人たちがいることを、エジプトの町の大衆に気づかせることだ……」。

シュタイナーはプラハで研究を続けた。旅行を好み、旅行の費用を援助できる両親がいたために、ダルマチア、フランス、イタリアを知るようになった。詩のほかに戯曲、短編、エッセイを書き、作家エマヌエル・レシェフラト（一八七七—一九五五年）のチェコ語のテキスト『惑星』の翻訳は一九三五年にプラハのオルビス書店から出版された。カレル大学で博士号を取得したあと、一九三五年にウィーン大学で北極地方の民族学にとりくみ、風変わりな研究方法を発展させ、学問的な見解のすべてを小さなメモ用紙に書きとめ、さまざまなブリキ製の煙草ケースのなかに集めておいた。

シュタイナーのウィーン時代の友人であるパウル・ブルネルは、捉えどころはないが魅力的なこの人物のことをこう回想している。「かれは若く、ユーモアたっぷり、活気にあふれ、知識に富み、文学と詩作意欲でみなぎり、このすべてが相互に関連していました。学生生活の困難や不自由さをたやすく克服していたのです」。パウル・ブルネルは一九三八年にアメリカ合衆国に亡命し、現在ブルックライン／マサチューセッツに住んでいるが、シュタイナーの戦前の詩はかれが保管してきた。シュタイナーは一九三六年にイギリスを訪ねたさいに、文学作品は基本的に両親のもとにおいてきた。プラハが手の届かない存在となるとは想像できなかったので、結局八百篇を越える詩作がプラハで散逸したことになる。

一九三六年、通常の滞在研究のためにロンドンに到着したシュタイナーは、友人のパウル・ブルネルに宛ててこう書いた。「ここの人間は冷たく、孤独です。私には女性はだれひとりいなかったのですから、すばらしい時代はどこにいったというのでしょう。そしてすべてが高くつきます——なんと悲しいことでしょう。私は書店を避けて歩いています」。

ふたたびシュタイナーは一九三七年の春、プラハにもどり、カルパチア・ルテニア地方に数週間にわたる研究旅行をくわだてる。「かれはかの地の人間にほれ込んでいました」とアードラーは言っている。この愛情についてはシュタイナーの記録と多くの写真が語っているところである。まったくの余技ではあったが、シュタイナーはすぐれた写真家でもあった。しかし風景に関する本の出版は頓挫した。シュタイナーは一九三八年初頭にプラハを去ったあとに、両親と再会することはなかった。両親はイギリスでのかれの学業を経済的に支援しつづけ、ミュンヘン会談のあとは息子に、危機に瀕している従業員と友人のために入国の実現を図ってくれるように頼んでいった。両親は自分たちのことはあとまわしに考えていた。

ドイツ軍のプラハ進駐のあと、両親から息子に届いた手紙はほんの数通であり、一九三九年五月、両親はこう書いた。「おぞましいこの時代は、人間の力が衰弱し、あらゆる低俗なことがはびこり、

チェコスロバキアのカルパチア・ルテニア地方の人びととシュタイナーは1937年の研究旅行のさいに出会い、撮影した写真。シュタイナーはかれらに関する本を出版しようとしたが、計画は頓挫した。この地方のジプシーについて書かれたエッセイが遺っている。

頼りにしていた隣人が忽然と消えたかと思うと、わざと無視するのです。だれもが自分のことだけを考えているのです」。プラハの検閲では、つぎのような報告だけは許されていた。「わが国はなにも変わっていませんよ」。または、「われわれは相変わらずですよ」。一九四〇年に母親はこう書いている。「われわれのことでなにも伝えるようなことはありませんよ。私は自分のことを夢見るのが大好きで、こう想像しているんですよ、あなたが家にもどるまでにどうしたらいいか、あなたを迎えるためにどうやってきれいにしておいたらいいのか、ってね……」。

シュタイナーはその間にオックスフォードに住むことになる。アメリカ合衆国に入国できるようにという試みは頓挫していた。シュタイナーを受けいれたのは、退官した古典文学研究者のクリストファー・クックソン（一八六一―一九四八年）である。第一次世界大戦で戦死したエルンスト・シュタードラーのチューターであったのがこのおなじクックソンである。表現主義者のシュタードラーが一九〇六年にシュトラースブルク大学で博士号を取得したあとに、オックスフォード留学のためにロードス財団の奨学金を獲得したときのことである。シュタイナーはクックソンの死去まで家に滞在した。またクックソンは資金のないプラハの人びとを金銭で支援したひとでもあった。その後シュタイナーは一九四一年にチェコスロバキアの亡命政府から奨学金を得た。

戦争がはじまりシュタイナーはイギリスでチェコ軍の勤務を申し出たが、眼の疾患で不適格となって拒否された。オックスフォードでは非軍事的任務を申し出て、防空要員としてかれはセント・メアリー教会の塔の見張りをした。一九四二年、シュタイナーの両親はテレージエンシュタット（テレジーン）に追放され、一九四二年一〇月、トレブリンカでのナチス大虐殺の犠牲者となるが、両親の追放と死去についてかれが知ったのは戦後になってからだった。

オックスフォードでは博士論文「奴隷の社会学」が大著に発展した。なんども大英博物館で調査するためにロンドンに行き、そのさいに集めた資料の全部をもって列車の旅にもちこむ癖がついていた。一九四二年四月、いよいよ完成が間近になったときに仕事の成果がすべてはいったトランクを盗まれてしまった。盗人がべつのものを期待していたことはまちがいないが、トランクが姿を現わすことはなく、研究に要した歳月を逆もどりさせて復元にあたった。

シュタイナー自身はこの研究についてこう述べている。「私はこの研究課題を私の義務と見なしていた。不快なテーマを私が選んだのは、これもまた犠牲となるはずだったからだが……この研究の規模は大きくなり、トランクをほとんど埋めるほどになった。監視されていた手荷物車から盗んだ男は、トランクが重かったので、宝石でいっぱいか、せめてなにかでぎゅうぎゅう詰めである、と思ったにちがいない」。

シュタイナーは学問的な研究のほかに散文家として自分の力をためしてみた。プラハから未完の長編の草稿をもってきたが、それには村のユダヤ人の生活と、シュティフターを手本として生きている人間の冒険が書かれてあった。結局、草稿をそのままにしておき、エリアス・カネッティの助言にしたがい短編を書いた。

1938年イギリスでのシュタイナー。古典語学の退職教授クリストファー・クックソン宅で。かつて詩人エルンスト・シュタードラーを支援したことのあるクックソンの自宅を、シュタイナーはオックスフォードにおける宿とし、1948年の教授の死去まで住んだ。

一九三九年からロンドンで暮らしていたカネッティは、シュタイナーが自分の着想に悩み、日記をこえて着想を定着させる表現形式を見いだせなかったことに気づいていた。その二年前にカネッティとウィーンで知り合っていたシュタイナーは、未発表の『確立と試み』を書きつづけたことで、膨大な量の原稿がH・G・アードラー家の木製の長持ちに保管されることになる。わずかな部分がタイプライターで書かれているが、ほかの大部分はシュタイナーのごく小さな、しばしば判読のむずかしい手稿として遺っている。つぎのような思考世界からでてくる考え方である。

「見よ、わが息子よ、これは天国の飢餓であり、あれは地上の飢餓である。ふたつとも癒されてはいない、とても悪いか、とてもよいかである」。

「もともと破壊的な人間はたえず建設したがるものだ」。

「ほんとうの友情は、あらたな種類の孤独を可能にできるかどうかでわかる」。

「自分の主人を殴る奴隷は、それゆえに解放されないことを、われわれは知っている。しかし残念ながら、かれはそのことで自分の主人も解放できない」。

「『クリスティアン・モルゲンシュテルンの疑問。邪悪になりえないひとには――ほんとうに深さがあるだろうか』。近代ヨーロッパ人の宗教心理の核心的な問題である。この問題はボードレールとドストエフスキーを結びつけている。この問題を拒否するひとは、ヨーロッパ圏外に位置するか、もしくはヨーロッパ圏内で神秘家のみを

「隣人の叫び。私に近づきすぎるな、またはぼくはきみのことを信じていない」。

「愚者に自分の希望を押しつけるのは、まだ禁欲とはいえない」。

「ひとつの文化を形成すること、それはとりもなおさず、死に関する嘘を広める立場を見いだすことでもある」。

「われわれが現在認識していると信じているように天才とはプロテスタントによる発明である」。

「戦場でとっくに負かされた者の合言葉は、エリコのトロンボーン〔エリコ（パレスチナの古代都市）の壁が角笛の音で崩れたという（「ヨシュア記」六章）〕よりも強く発せられる。われわれの文化はなぜ崩壊するのか、とヨーロッパ人は尋ねる」。

「言語はなにかを反映することはできない。というのは言語は真実の尺度だからだ」。

「そこで私は真実の小石をわが歓喜の墓石にのせる」。

シュタイナーはカネッティを通してロンドンでグスタフ・マーラーの娘である彫刻家のアンナ・マーラーと画家のマリー・ルイーゼ・モテズィツキーと知り合う。詩人のエーリヒ・フリートとミヒャエル・ハンブルガーとは接触があり、フリートはシュタイナーの詩を当時、複写機でつくった詩集にいれた。フリートはこう回想している。「シュタイナーの活動ぶりは冷静で、とてもひかえめでいくぶんリルケと似ていたかもしれません。シュタイナーはそれほどできたひとでした。私がかれの失敗と比較して、私の失敗をいかに好意的に見ているかと思うと、私は現在でもまったくみじめな気持ちに

肯定することになる」。

「人類や民族が歴史から学んだというのであれば、歴史などというものはないはずだが」。

「どこかで静寂におどろくひとは、まだ指導が必要なのだ」。

「堕落のあとの初夜、アダムの孤独は、エバの創造のまえよりも深かったにちがいない」。

「隣人愛はたやすい」。

「息を吸いこむことはわれわれに、内部とは、外部とはなにか教える。呼吸はわれわれの最大の教師である」。

「夜の叫び、叫びの夜、このふたつはおそるべきことがらである」。

「私のなかに落下した石はつねに小さな円を描く」。

「自分自身のなかに迷いこむと、輪になって歩けない。輪になって歩くのは、ただしく歩くときである」。

「幸福の感情は、ゆっくりとした驚きのうえの薄皮にすぎないかもしれない」。

「窮乏から徳がつくられる。これは最初の段階である。窮乏から強さがつくられる。これは第二段階である。窮乏から美がつくられる。これは第三段階であり、もっとも深い。これは攻撃された蛇のことであり、蛇は一塊になってもつれあい、頭は様子をうかがいながら、ちょろちょろ舌を出して、とつぜん歯が現われる。これがわれわれの窮乏である。神よ、われわれの思考の美しさに慈悲あれ」。

「人生のまじめくさった肯定は、多くの、多くの別れの言葉からできあがっている」。

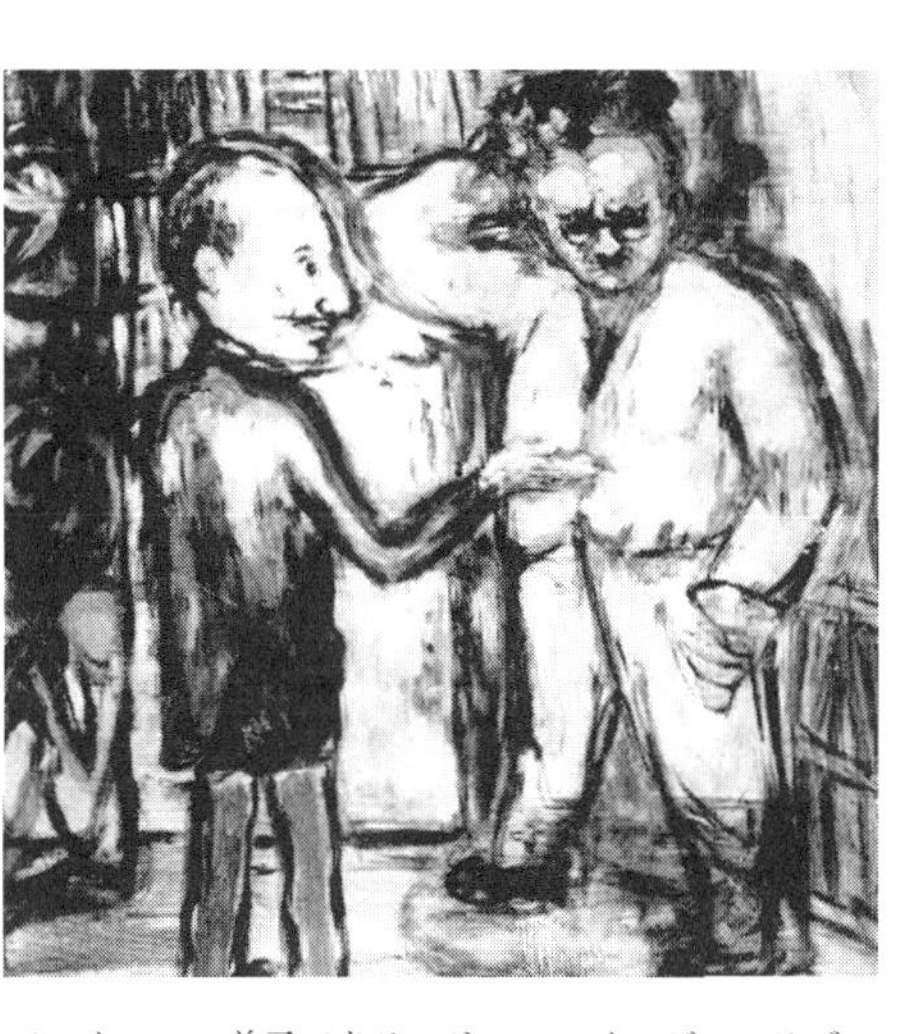

ベックマンの弟子であるマリー・ルイーゼ・モテズィツキー制作の絵画（1950年作）のなかのシュタイナーとエリアス・カネッティ。シュタイナーはカネッティと1937年にウィーンで知り合った。

なります。戦後、私はエリーザベト・ランゲッサーにシュタイナーの詩を送りましたが、かれのためになにかできるまえに、彼女は死んでしまいました」。

ミュンヘンのヴァイスマン書店は、『バビロンの壁のくぼみ』の表題で選集を企画したが、出版社はその巻を出すまえに、破産してしまった。

H・G・アードラーが回想しているのは、シュタイナーが友人をべつの友人にひき合わせないようにいつでも気を使っていたことである。「かれは自分の友人関係をきびしく区別していました。かれは人間のもつ多彩さに対し感受性が強すぎたので、同時に人間の特性がひき起こす敵対関係に耐えなくてはならず、そのことでかれは苦しむことになりました」。シュタイナーはかつてこう書きとめていた。「交際を絶つこと、多くの人間と交わることの意義。友人は孤独の喜びを可能にする。知人がいない、だれもが愛していない人間の孤独は、計画された人生、文化、敬虔とはまったく関係のない、きびしい、せっぱ詰まった状態にすぎない。しかしそうではない孤独は、意識して手にいれることのできる人間関係のすべての目的であり、栄冠である」。

シュタイナーはトレブリンカでの両親の死の経緯を知り、虚脱状態となり数週間にわたって仕事ができないままであった。一九四八年には高血圧と血管痙攣のため医者に診てもらわざるをえなかった。「かれは役に立つ助言をどんなにいわれても、過度の喫煙をやめられず、また度を越して酒を飲んでいました」とアードラーは回想している。一九四九年に医者は心臓の冠状動脈の血栓症と診断する。「まず、救急車に押し込まれて私はとても気が楽になった。なぜならこのことで患者シュタイナーにたいする責任を果たしたからだ」とシュタイナーは書きとめている。「私が二か月後にふたたび退院すると、病院に送りこまれたときよりずっと悪くなっていた」。アードラーに宛ててシュタイナーは一九五〇年一月にこう書いた。「私がその日暮らしをしているときより慎重に、規律ただしく生きることはありえませんでした。私は血栓症の症状を比較的よい気持ちで迎えています。人生を台なしにしたと錯覚するつもりはありません……」。

ヴァイスマン書店から詩集が出版されず失敗して以来、ほとんどあらたに詩を書くことはなかった。ふたたび旧作の詩の改作に着手した。一九五〇年八月、アードラー宛てにこう書いた。「それで私はまったくもって、文学というものを断念しました」。べつの箇所にはこうある。「人生の最後にいるよりも、歓びの最後にいるほうがどれほどか残酷であろうか……しかし双方ともに経験したひとはなんとすくないだろう」。

まだ恐れを知らない薄い冷気へと
降りることに苦悩する尾根の放浪者は、
暗い酒場の通りをぬけて
真実の涙へと曲がり、
そして言う、ここだ、と、
それは想い出がべつの想い出と
白い死のために闘うところ……
そして言う、ここだ、と
忘却と苦悩の刃の側で、
言う、まだここだ、と
私は刃に触れて、よろこんで言う、
言葉で表わせない休憩を、
私は露と名づける、
私はよろこんで永久の別れとなる庭々を、露と名づけ
敏捷な脚を、不安の踊りのステップと名づける
蒼ざめた胸、そして
大理石のうえに悠揚として、こまやかな影が……

一九五〇年六月にシュタイナーはイギリスの国籍を取得し、オックスフォードの社会人類学研究所で長いこと待ち焦がれた未開民族の社会学の講師の職に就いた。かれの最初の学問的な著作は『労働の社会学』であり、その分野の「確立と試み」の仕事は飛躍的に量を増していった。シュタイナーは絵と素描をはじめたが、なにを試みても作家としての疎外は、かれを重いうつ病へと追いやった。

ふたたびシュタイナーは友人のアードラーに嘆き訴える。「わが詩作、わが孤独の無意味さは双子の状況となって膨らんでいます」。この不安からシュタイナーが逃れたのは一九五一年のスペイン旅行であった。ポンテヴェドラからアードラー宛てにこう書いた。「私はうれしい、若返らせるひと時を過ごしています。これほど生気をとりもどせるとは思っていませんでした。わがイギリス時代の気分の萎縮や幻滅はすべて私のはるか後方にあります――なんとしても自分をごまかさなくてはなりませんので、私は病人であり、休暇中の若者ではない……とつぶやかなくてはなりません……」

シュタイナーはオックスフォードに帰ったあとにこう書きとめている。「そこで私は毎晩、仏陀の像、ユダヤ教の祈祷書、数冊のイギリスの推理小説、数篇の未発表の詩、そしてひとかかえの仕事とともに座っていた。同時にすばらしい国々、愛すべき民族、私を晴れやかにしてくれて、私に生命力をあたえてくれる人間がいた……

私は一四年間ともにしたイギリス人よりもこの一〇週間ともにしたスペイン人のほうに親しみを感じている」。

シュタイナーをイギリスと結びつけていたのは愛憎であった。アードラーは、イギリス人にたいするシュタイナーの姿勢と、「イギリスをつねに批判し、敵視していたが、この国でこそ忍耐強くなっている」スコットランド人の姿勢を比較している。シュタイナーは植民地保有大国としてのイギリスの没落を満足して見ていた。マハトマ・ガンジーとは良好な関係にあり、イギリス人の「現実的な意味」での「底の浅さ」を嫌ったが、同時にまた、クリストファー・クックソンにおいて体験したような個人的な規律の高い文化には驚嘆するシュタイナーであった。

一九四六年にシュタイナーは「イギリスにおけるカフカ」という詩を書いた。

ベルゲン・ベルゼン収容所経由のひとも、異国のお手伝いさんも、そして難民などくることはなかった。
それでも悲しい事件がおきた。
その国籍はあやしく、
その宗教は気まずいことをささやいた。

「カフカは読みましたか」とブリトル夫人は朝食時に尋ねる、
「ほんとうに読まなくてはなりませんよ、とても大切です」。
「カフカは読みましたか」とトゥースリック氏がお茶のときに尋ねる、
「読めば世界のことがもっと分かります——
むろん現実のことではないですよ」。
デッグズ嬢は言う、「ほんとうですか、
その本は反動的ではないですか」。
小さなジョーフリー・ピルツマンが
夢見心地に、「だれのことさ」。

「これでだれが稼ぐの、
もう死んでいるでしょ、
プラハのひとだよ、——だれであれ……」
それでも門からは微光がはいってくる……

晩年、シュタイナーを結びつけていたのは、イギリス人の哲学講師アイリス・マードックとの愛情関係であり、現在高名な作家となっている彼女の文学的な質はしばしばヴァージニア・ウルフと比肩されている。この女性によって人生のすべてがふたたび変わることに

1950年以来オックスフォード大学の講師をしていたシュタイナーと、当時オックスフォード大学の哲学講師であった作家アイリス・マードック。

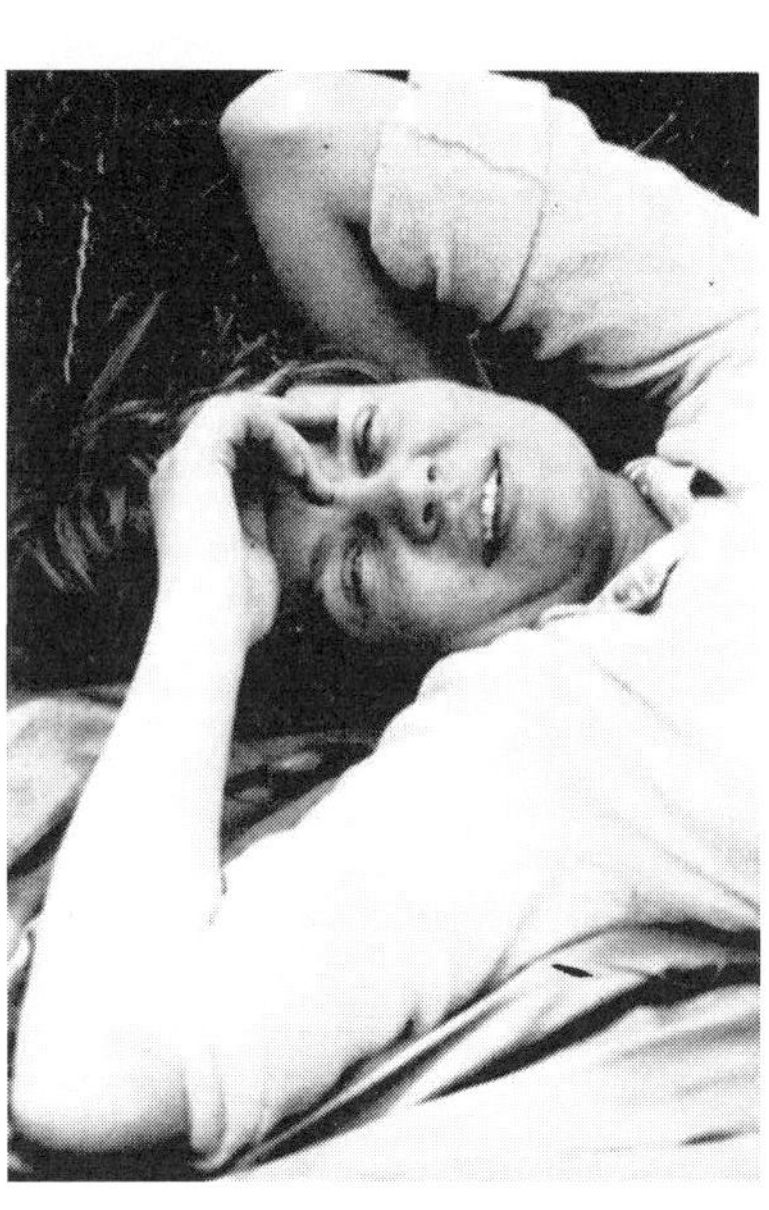

シュタイナーの撮影によるアイリス・マードック。「私はいまでもかれがいないことが寂しいです」と有名になった女流作家は書いている。

なったのだ。シュタイナーは、ふだんは同時に多くの人と結びつきがあっても、けっして決断しようとはしなかったが、そのときは結婚に踏み切った。「私はかれのことをとても愛していました」とアイリス・マードックはある手紙のなかで回想している。「私は、かれの死去した晩にずっと付き添っていました。私たちは明るく別れました——再会を期待しながら。かれの死による喪失感は計り知れませんでした。憂鬱であってもいつでも晴朗で、幸せな人間で、とても情愛があり、とても情感ゆたかでした。そしてたいしたひょうきん者でした。善人で、深い意味において宗教的な人間でした。いまでも寂しい気持ちです」。

シュタイナーの「秋の死のまえに時は過ぎゆく」という題の詩のなかにこうある。

憧れは、われわれの敵だった。
愛情を知らず、なじむことを知らないからだ
渡り鳥のわれわれは、酔って麻痺し、
飛びたつはずの集合場所にたどりつかなかった……、

シュタイナーはアイリス・マードックの誕生日に高脚杯と詩行をもって現われた。

きみにこのワイングラスを贈ろう、
グラスを飲み干せ、ぼくを飲み干せ、
美しい均衡を保て、
われらふたりを壊すなかれ。

一九五二年一一月半ば、シュタイナーは学問の務めを果たせなくなる。疲労困憊し苦しみながらベッドに臥し、一一月一六日にこう書きとめた。「ひどい夜だった」。一一月一七日の日記にはこうある。「カフカを読む」。一一月一八日にはこう書く。「ぼくはなにを達成したというのだろう。なにもない、ぼくの詩は刻印されず、すべてはむだであった」。一一月二二日、アードラーに宛ててこう書いた。「数日ベッドで安静にしていると苦痛が消えました」。一一月二六日、

詩を書いた。「死について」。「冷えた空気に、苦い草の匂い……」。一一月二七日、朝方、心筋梗塞で亡くなる。一一月二八日、オックスフォードのユダヤ人墓地に埋葬される。

しばらく前に、はげしく空の縁がちらちらと光り、
境界は消え去った、それはかつてぼくがいた境界ではない。
確かなのはこれだけ、きみの両手に……きみの……

確かめようという気概がつぎの文にこめられている。「われわれは苦悩の重さを量るだけ、ほかになにもない……顔の美しさは苦悩によって深められ、詩行が苦悩からでてくるのであれば、詩の音節は荘重で、純粋となる。これを知り、同時にわれわれは軽やかで、踊る羽毛のようであるべきだと知る……」。

シュタイナーは情熱的な踊り手であり、自分の環境のなかでダンスホールを見落とすことはなかった。一九五二年にほとんど恍惚的なまでに死を迎え入れ、不安な健康を大事にするのはいよいよ諦めたので、劇場の平土間で意気消沈した気分から逃れられた。晩年のころの日記には、野外の舞踏会のこと、シュタイナーが踊りながら、レコードのうえをふらふらする蓄音機の針を観察した様子、そのさい苦しむ心臓の様子はどうか、踊りを中断すべきか知ってはいたが、それでも踊ったこと、などが記録されている。

希望をいだくひとが、かつてはよかった、などと語ることはない、
かれの希望はずっと変わらないからだ。

かれはこう願った人とおなじ人なのだから、
愛は変わるかもしれず、それが哀しいのは、
喪失の風景は壮大で、黙したままであること、
年ごとに貴重な愛の誘惑。
だが希望は時代を避ける。希望は時代の子ではない。

死にゆく者は心を閉ざし
苦悩の結果に、時代の姿にしたがい
変わるまえの希望に生きる。
なんと希望は厳密なことよ、郷土と郷土の架け橋だ、

郷土の村にたどり着く者は、
郷土がいだくたったひとつの希望を失う、
郷土がひとつになる希望を……

精神は、精神が使いふるした素材から立ち上がり、精神が救済しなかったこの時代を諦める。シュタイナーと、東洋から切りはなされたヨーロッパ史の異質の存在。だが両者は結びつく。「絵を美術館の稀有なる貞潔へと誘え／相部屋がそのために開いている」。シュタイナーが「密接にからまりあった原像」においてヴィジョンを描きながら、創造者と被造物の分離された世界としてアダムを描いた。

アダムからはなれ、疎外されたところにわれわれの罪がある。シュタイナーは、ユダヤ教にもどり、イスラエルには行かなかったが、自分の文学においては、かれが育ったボヘミアの文化における異質の存在に堪え、さらにこの違和感を人生における宿命とした。

　キリスト教の文化は、永遠のユダヤ人を追放する古い聖書の文化と対立し、この世界における違和感を問題にせず、違和感の徴候と原因をこそ排除した。違和感を除去するというきわめて過酷な行為は、ユダヤ人の殺害であり、「最終解決」であり、ドイツ人の関与であった。宿無しに耐えた「選民」。この宿無し、世界におけるこの異質の存在は、ヨーロッパ人、つまりキリスト教によって刻印された西洋人の鏡像ではなかったのか。その鏡像をヨーロッパ人は見たいとは思わず、鏡像を粉々に打ち砕くまでは堪えられなかった。シュタイナーの文学は、人間に課せられた異質さを携えているが、それは異質の存在に対抗した文化の義務であった。そして自ら十字架をひき受けた者がユダヤ人であった。自ら十字架をひき受ける者がユダヤ人、プラハ出身のユダヤ人であった。

　四三歳のフランツ・ベーアマン・シュタイナーが死去して二年後、友人のH・G・アードラーは一九五四年に八〇篇の選詩を『時計のない不安』という題で出版した。『征服』が出版されるまで一〇年が過ぎた。この二篇は注目されないままであった。

ヨーゼフ・ハーン　顔が石化する白血病……

ヨーゼフ・ハーンがドイツ語詩のはいった小包をニューヨークのブルックリン区からニューヨーク州立大学のアルバニー校に送ったときの心情には、別れの気持ちと最後の希望が混ざっていた。ニューヨークに在住し、ヒトラーから逃亡せざるをえなかった世代の人びとには、ジョン・M・スパーレク教授の亡命文書館のことは有名であり、評価の高い保管場所となっている。ヨーゼフ・ハーンは、一九一七年七月二〇日にボヘミアのベルクライヒェンシュタイン（カシュペルスケー・ホリ）でユダヤ人の両親の子どもとして生まれ、ドイツの占領地から逃れてまずイギリスに行き、一九四五年にアメリカに移住した。ニューヨークでは写真の修整家として生計を立てることになったが、瀕死の妻の介護をするために画家の道を断念せざるをえなくなった。その後に、ハーンが書いた詩の連作に出版社がつくことはなかった。

筆者はアルバニー最後の晩、スパーレク教授のもとにいた。亡命文書館での筆者の調査は終わり、われわれは赤ワインを前にして座り、文学の調査について語りあっていた。州立大学のドイツ部門の主任であるスパーレク教授は、ニューヨークの亡命者、エルンスト・トラーへの情熱がいかに自分を支えたかを語った。なんどもニューヨークに赴き、ドイツ語を用いる老人たちを街中しらみつぶしにしてさがしだし、インタビューを通して資料を収集した。亡命自体とそれから派生したことにもおなじように真摯にとりくみ――教鞭の傍ら――比類のない文書館をアルバニーに創設した。亡命研究で成

果が挙げられなかった人は創設の意義に疑いをはさみ、またある人は失望を抱くことにもなったが、スパーレク教授は亡命に独自の意味付けをした。

ワルシャワに一九二八年に生まれたジョン・M・スパーレクは、ポーランドのバプティスト教会の共同創設者であるポーランド人と東プロイセンの女性との間の息子であり、ポーランドで育った。ヒトラーとスターリンによるポーランド分割のあとに、ロシア人のことを身をもって知ることになる。両親はかれとともに西側に逃げのびたが、父親は死んだ。母親は息子とともにケルンに行き、スパーレクは戦後ケルンで家具職人となり、アメリカへ移住してからは木材の仕事で稼ぎ、ふたたび学校に通いだした。大学で学んで博士号を取得し、一九七〇年にニューヨーク州の州都アルバニーに赴任するまでは、カリフォルニアで教鞭を執っていた。

このスパーレクがいなかったら、筆者はヨーゼフ・ハーンについてなにひとつ知ることはなかった。いまだにスパーレクは「かれの」亡命者をニューヨークでさがしては、訪ねている。スパーレクはハーンの詩を手にいれると、すぐさまブルックリンにむかい、三重の孤独にあった芸術家を見いだした。つまり、ハーンのドイツ語との関わりはずっとボヘミアとの関わりであり、ボヘミアのドイツ人はドイツ人追放のあとは故郷を失っていた。ドイツにおけるドイツ人のドイツ語は殺人者の言語だった。ハーンの妻が生きている間、ドイツ語は母国語ではあっても二人の間で話されることはなかった。のちのちまで影響を及ぼしてくる恐怖から逃れるために、ハーンは自分の「壮麗な」ドイツ語を創造する。そしてこのドイツ語は、バビロン的なニューヨークで生きていくのに役立った。

毒人参の湖沼に歌が聞こえ、
苦悩の糸巻き棒のまえでこう告げられる。

見よ、皮を剝くような風のなかのベールを、
星は飛びまばらとなる。

黒く縁取った手をあげよ、
かけあいがすでに絡まる山合いで
炎の大枝、新緑の葉。
湖で開花する塩粒。

黒く縁取った手をあげよ、
やってきた、やってきた、
踊る光の跡が、
舌まで埃をかぶり。

スパーレクに筆者が、「まだニューヨークにはドイツでは知られていない亡命作家がいるのか」と問うと、ハーンの原稿をもってきた。亡命作家はいたのだ。それは言葉によって言葉にならないことに打ちこむ詩である。目的のない思惟によって自然がふたたび統一

体に見えてくる詩である。この詩でわれわれの日常における認識の狭量さが止揚されていく。四世紀まえにとりやめになり、幻想であると非難されたヌミノーズ〔聖なるものとの交渉で生じる恍惚と畏怖の感情のこと〕が、この抒情詩のなかでふたたび生き返った。

足跡のうえに息吹の塔が連なる——
そこにいるのはだれ。

客がひとり、さらにこの客の客たちが。
数えよ。

星ほどの遠さと埃ほどの近さに、
槍が突きでた標的、
むきだしの憐れみをささやく短剣
短剣を洗う塩、
破片はかすかな風のそよぎに曇り、
日陰にあるのは果実の光源、
その光源にある
またふたたびの光源、
輝きの照り返し……

これで全部か
——まだひとつ。

その晩のうちに筆者はスパーレク宅でハーンに電話してから、ドイツへの帰国便を延期した。翌日かれに会ってみると、小柄できゃしゃであり、六九歳で、一六〇センチをこえる程度だった。マンハッタン二、ウエスト四六番地にあるニューヨークでもっとも有名なリタッチング・スタジオのある洒落たすっきりしたハイ・ザズラのなかで、この顔立ちはきわだっていた。すべてを内面にひき込む眼、深い眼差し。瞑想する顔。われわれは四九番地のロックフェラーセンターに行き、地下鉄Fトレインの一番線でブルックリンまで行った。グレーのギャバジンのコートを着て、帽子をかぶったハーン。すばやく一戸建ての家々を過ぎ、ベルリン・シナゴーグのチャイムを過ぎた。「いつもはもっと早いのだが」と言うかれの歩き方はもうほとんど駆け足になっていた。

ハーンは館のドアを開け、さらに住居のドアを開け、われわれは入室した。筆者はヨーロッパにいる気分になる。古い時代が挨拶し、ここに新しい時代はない。一九七八年に六三歳で死んだハーンの妻が歩いているかのようにすべてがそのままなのである。世紀末の家具。壁に調和している二点の静物画。一点は、壺に咲いている楓の枝が中心、もう一点は、燃えている蠟燭が中心。居間の同じ場所にある静物画である。一点の絵では開けられた両開きのドアを通して外部から部屋に明かりが差し、他方の絵では蠟燭の明かりが暗い部屋を貫いている。

悲劇の淵にある呪文の絵。「壺に咲いている楓の枝は、妻の手が満足に動いていた時期の最後の大きな絵です」とハーンは説明した。「それは一九五五年の完成です。オルガは多発性の硬化症で苦しんでいました。べつのほうはその五年後に描き、……その少し前に私は画家を断念せざるをえませんでした」。

ハーンは妻オルガと一九三五年にブルノで知り合うが、その時ハーンはマサリク大学で芸術を学んでいた。オルガ・クラインミュッツの両親は政治の変化を早めに察知し、娘とともに一九三八年にアメリカに移住していた。ハーンは戦争の二か月まえにようやく救済してくれたイギリスに到着し農家の下男として働き、それから工場で働き、なんとか生きのび、暇なときにはデッサンをした。そして恋文を、オルガ・クラインミュッツが待っているニューヨークにむけて七年間にわたって書いた。それからようやくアメリカ入国用の書類を手にいれ、二七歳のハーンが一九四五年四月に商船でアメリカに渡ったときは、まだ戦争は終わっていなかった。その当時オックスフォードでハーンは画家としての才能を認めてくれる後援者たちを見つけたが、奨学金の援助によってイギリスで才能を究める可能性をあっさりと諦めた。

1944年、迫害から逃れたが大西洋を間に挟んでひきはなされていたハーンとオルガ。かれはイギリス亡命中で、彼女はアメリカのブルックリンにいた。戦争中、ハーンはウィトニーで工場労働者として勤務。戦後、アメリカでオルガと結婚。彼女とは1935年にブルノで知り合い、しだいに好きになっていった。1949年、妻は多発性硬化症に罹った。

ハーンはこう回想している。「一八日間、旅行は続きました。まだ魚雷の発砲が聞こえましたが、われわれの船は二〇艘の巡洋艦に護衛されていました。カナダのケベックに上陸し、さらにニューヨークに汽車できました。オルガは駅に迎えにきていました。こうして私のアメリカ生活がはじまったのです」。一九四五年六月に二人は結婚した。ハーンのそれまでの教育からすれば、芸術の教師になるように勧められても不思議ではなかった。「画について毎日論じることは、芸術家に必要な鋭敏さをすり減らしたことでしょう」とハーンは言う。ハーンは直截な、むずかしい道を歩んだ。妻はかれを支え、モデルの彼女が生活のめんどうをみた。ハーンは、亡命者のジョージ・グロスも教えていたアート・スチューデンツ・リーグの絵画・デッサンコースに登録した。

その後に大きな目標を掲げても、「私はほとんどなにもできていないことを知りました」と、現在ハーンは当時の能力を控えめに言う。それ以上でもなければそれ以下でもなかったのだ。その才能がアメリカで月並みになっていたグロスは、ハーンの熱中ぶりの背後にその資質を認めた。ハーンのデッサンのテーマは、当時からすでに「世界の毒殺」であり、それはのちにトリプティカ〔三枚折の連続絵画〕に名づけたものだった。グロスは一九五九年にアメリカ亡命からひきあげベルリンにもどるとき、ハーンに、ドイツでスケッチの出版のめんどうをみると約束したが、グロスはドイツに着いて三週間後に、死んでしまった。

ハーンは悲劇的な状況に陥る。一九四九年に妻が多発性硬化症と診断され、症状は年ごとに悪化していった。オルガは転職を断念せざるをえなかった。ハーンはそれから写真のリタッチをして生活費を稼ぎ、まず試みたのは絵画のために半日を奪いとることだった。しかしパンのためのもう半日の仕事では、妻の治療と世話の費用はまかなえず、終日リタッチをして働かざるをえなかった。

「それが私の画業の終わりの始まりであった」とハーンは言う。そしてデッサンに切り替えた。

一九五二年にはじめてハーンの絵がアート・インスティテュート・オブ・シカゴの国際デッサン展示会で展示され、その一年後にニューヨークのウィットニー美術館の常設展示会に出品した。それから、ふたたびデッサンでかれが登場するまでには長い休止があった。つまり、一九六六年にセント・ポール・アート・センターで、そして一九七六年にゴヤの「戦争の残虐行為」とハーンの「原子力時代の死戦期」が対置されたホノルルのアカデミー・オブ・アートでお目見えするまで休止があった。

苦悩にとりつかれた芸術家の生の証。オルガはいっそう介護に頼るようになり、身体を動かすのが難儀になる。それにたいしハーンに責任はなかったが罪の意識を感じた。その後ハーンはアメリカ生まれの女流画家ヘンリエッテ・レルナーと愛情を交わし、自分がくりかえす循環にいることに気づく。それは荒廃させ、ぞっとさせる、当時のヨーロッパの人口を激減させたあのインフルエンザに罹った自分の母親の思い出だった。母親は生きのびたが、麻痺したままだった。これはハーンが三歳のときのことだった。「母の病気は私の幼少期を壊してしまいました」とかれは言う。

ハーンの父親も、妻が断末魔に苦しんでいた年にべつの女性と愛情関係にあった。ハーンにはプラハに住んでいる一六歳下の異母妹がいる。政治のドラマには終わりはきても、別れられない両親の私的ドラマは、ハーンにとってアメリカでもトラウマとなり、その結果、無意識の責任の転嫁、そして罪の伝染が結婚生活を縛った。妻が断末魔にあった時期のハーンを知る者は、その献身的な態度について語る。だれもが諦めていたが、ハーンは諦めなかった。一八年間にわたって。

悲劇の淵での誓いの絵。画家になろうとしていたハーンは、病妻の看護人になり、家計をリタッチ職人となって稼いだ。仕事場への地下鉄通勤の途上でハーンは詩を書いた。画家を諦めざるをえなくなるまえに最後の絵の一枚が1960年に完成し、この水彩画を「蠟燭の灯かりのある静かな生活」と名づけた。「花咲く枝のある静かな生活」はオルガの手が麻痺するまえの最後の絵である。

ハーンの1958年制作の三枚折り祭壇画「世界の毒殺」の一部。ウィーンのアルベルティーナが獲得した。

オルガがベッドに縛られていた一八年間を、ハーンはこう回想している。「妻の全身的な麻痺は、一九六〇年にニューヨークから一三〇マイル離れたハンターで起きました。その地方はわれわれにボヘミアを思い起こさせるので毎夏、訪ねたところでした。そしていよいよ文字通り希望がなくなったときにもう一度その風景の所に連れていきました。多発性硬化症に加えてさらに癌の苦しみがありました。オルガは病院からもどったばかりで、手術のあとのことでした。救急車に乗って妻が愛したハンターに行ったのです。五週間後に妻は死にました」。

作家ヨーゼフ・ハーンは彼女の苦しみによって仕事から解放され、絵を描くことにむかうことはもはやなく、デッサンをすることはまれだった。「芸術家として生きのびるためには」、「私は書き記しておかなくてはならない。だがどの言語で」とハーンは一九六〇年に言っている。「ヘルマン・ヘッセの著作とネリー・ザックスの詩が私の二〇年間の言語上の亡命から解放しました」とハーンは回想する。そのつぎにようやくかれにとって意味のある存在となったのが、ゲオルク・トラークルとパウル・ツェラン、それからツェランの翻訳をしたオシップ・マンデルスタムであった。ハーンがずっと執筆時間にあてていたのは地下鉄の時間だった。「仕事場にむかう四五分であり、麻痺した妻のいるところにむかう四五分」。ハーンは執筆した。家で雇っていた女性介護者を辞めさせ、病人のベッドで寝ずの番をした。

白血病に罹ったわけは魂の輸血、
そしてわれわれの脳に滴る永遠——

苦痛の不協和音が
たがいに金切り声をあげる、
きみの両手は
棘の痛みでふくらみ、
きみはふたたび非現実にもどった。

顔が石化する白血病——

空虚な深淵に伸ばされた、

きみの両手
犠牲者、最も大切なもの、
きみはだれに手を差しのべるのか。

オルガ・ハーンに寄せた連詩の一節である。この連詩はすべて一九七〇年以降の作であり、それ以前の地下鉄で書かれたものは、くずかごに捨てられた。「顔が石化する白血病……」。これは南ボヘミアのベルクライヒェンシュタインに生まれたハーンにもあてはまる。両親は教師であった。母親が車椅子につながれていたとき、ハーンはしばしばラビである母の父のもとを訪ねた。

「社会で上昇がない、という言葉はわれわれにはユダヤ人であることを意味しています」と六九歳のかれは回想している。「宗教は倫理的な面からのみ意味をもっている」。ハーンは、ブルノ地区のポアリッツで育った。父親はドイツの高等小学校の校長代理であり、「実際は校長であり、その肩書きを名乗ることは許されませんでした。ドイツ人とチェコ人の間に反目があり、ユダヤ人でシオニストにあらざる者はすべての戦いの間に立たされていました」。

ハーンは、ブルノのドイツ人職業学校に通ったが、そこでペーター・キーンと知り合いになる。二人は画家になろうとして、風景を描いた。二人は詩を書き、友情は広がっていった。ペーター・キーンは高校終了試験の後すぐにプラハの造形美術アカデミーのヴィリ・ノヴァク教授のもとに通った。ハーンはなにはともあれブルノに滞在し、教師を目指してマサリク大学で学業を開始した。そこで妻となるオルガとも知り合う。授業で使われる言語はチェコ語だったが、ハーンには言葉の問題はなかった。一九三七年になってようやくハーンはプラハ大学に通い、そこで、その間にペーター・ヴァイスと親しくなっていたペーター・キーンとふたたび出会った。ドイツで育ったペーター・ヴァイスはプラハでもおなじく絵画を学び、最後はナチスから逃れてスウェーデンに隠れ家を見つけた。

「私は当時まったく非政治的でした」とハーンは回想している。「私は政治と関わるつもりはまったくありませんでしたが、関わることになってしまいました。すでにミュンヘン会談のまえに社会は崩壊していて、大学での勉学は不可能となりました。ズデーテン・ドイツの問題は切迫し、ヒトラーは戦争をするといって脅かしてきました。私はポアリッツの両親のところに行きましたが、ミュンヘン会談でポアリッツ周辺地域の所有権がドイツ人に認められたのです」。ハーンは両親とともに中央モラビア

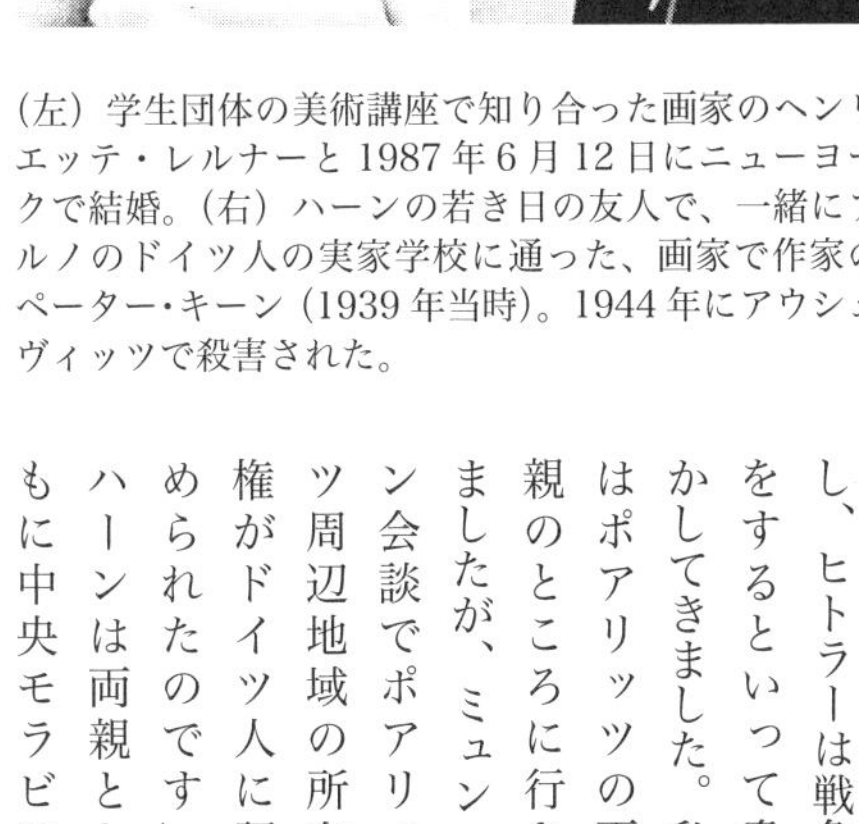

（左）学生団体の美術講座で知り合った画家のヘンリエッテ・レルナーと1987年6月12日にニューヨークで結婚。（右）ハーンの若き日の友人で、一緒にブルノのドイツ人の実家学校に通った、画家で作家のペーター・キーン（1939年当時）。1944年にアウシュヴィッツで殺害された。

の村ブルトヴィ（ボスコビツェ）に逃げた。「われわれの使用人のいとこがそこにいて、われわれを農家に泊めてくれました」。

ポアリッツには家財道具をすべておいてきた。家具や本を。「寝具、炊事道具、若干の衣類をもって村に着きました」とハーンは報告している。「それでもゲーテのファウストを私はもっていきました。それからオルガの贈り物の一つであったメレシュコヴスキーの『レオナルド・ダ・ビンチ』」。ハーンは本棚を指して、「ほら、まだここにあるでしょう」と言った。かれは語る、この村のチェコ的な雰囲気がなんと居心地がよかったか。「そのもてなしに感謝するためにわれわれはまったく不慣れな仕事をして手伝いました。馬鈴薯の収穫のときは苦労して畝間を人のあとについていきました」。

アメリカのオルガに宛ててハーンは当時こう書いている。「馬鈴薯のことはここのひとはヤブカと言っています。古い絹の輝きをもった大きなピンクの穀類として貯蔵されています。これは油絵で描いたほうがいいでしょう、ヴァン・ゴッホ流の筆使いで、かれの太い色塗りであればまったく独自の輝きを放ち、ちゃんとした下塗りができるでしょう。背景には、下に向かってぼやけていく、鋭い櫛のように相前後して並んでいる丸屋根の家、これは日本の描画と似ているでしょう。この間に盆地には、乳白色の温かく冷たい霧がたちこめ、重苦しい前景を柔和な背景と結びつけるにちがいありません」。

ボヘミア、コケモモの青い悲運
夢と忘却の間で
きみの緑は咲いている。

ボヘミア、鬼火のように揺れる贖罪、
涙のつぼが君からくみつくす。

新緑に覆われたボヘミア、
プラハの時計人形のとなりで
邪悪に向きを変え続ける運命が
一二回の相続剥奪とともに巡る。

ハーンはニューヨークでこのように回想している。「知ってますか」とかれは言う、「私はわずかな例外をのぞき、四六年間ドイツ語をいっさい話したことはありません。そしてあなたと話したほどに長くドイツ語を話したことは一度もありません。ドイツ語の日常表現は時には私を戦慄させます。詩のドイツ語、霊感と根源から湧きでる声、私が生涯信奉するわが母や犠牲者の罪のない言葉、とはまったくち

「生き生きとしたこと、宇宙空間の女曲芸師、死の苛酷さにのる踊る犠牲者」1976年制作。

がう状況です。両極というのはたがいにまったく密着したなかで仕切られているにすぎないのです」。
ハーンは筆者に言ったことを、一九七六年に自分の描画「生き生きとしたこと、宇宙空間の女曲芸師、死の苛酷さにのる踊る犠牲者」で表現した。
「私がドイツ語とは関わりがないので、一語一語が独自の価値をもつのです。これはひょっとして恵みであり、亡命の唯一の光の部分です。ここにいる私にはドイツ語は司祭の言語です、宗教的という意味ではなく、神聖という意味です。ドイツ語の価値はどれも孤立していますが、接続していくでしょう。私はニューヨークを恐ろしいところと思っていて、ここにいたいとは思いません。しかし、私はいたくないここで内面的な言葉を見いだしたのです。映画を見ていると、私の言語が映画のそれとはちがうと感じるのです」。

積み重なった永遠が、
権力の背中が燃える。

猛獣の前足の間に光が差し
道を指し示すのは、いつでも猛獣が王だから、
朝の灌木に喰い裂かれたものが付着する、
白樺の若枝、まやかしの緑に、誓いと裏切りが吹きつける、
落とし戸の下の階段のすばらしさよ、
逆鉤のハーケンがおとりの明かりを選ぶ——

夏の髪はすでに遺品となり、
純朴な花で
血石がきれいに体を浄った。

恐ろしき従者たちが
触角で世界にさわる、
一二番目の陰鬱で
血まみれの両生類、
邪悪と恐怖がよだれをたらし
権力の手先が忘却によって煽動する、
心臓の傷跡に
サンゴ礁が花開き、
ザラザラした太陽のような男と、夜、霰に降られた男が
時間を超えた時代の真ん中で出会う——

宇宙は背をむけたまま、
解かれた結び目を見入る、
そこは永遠の片割れが崩れ落ちるところ

根源のないところへと。

幼少期へと通じる唯一解放された道となった言葉。そしていかなる言葉にも、ハーンが一九三九年にチェコスロバキアに残した母の

アウラがある。息子にとって意味をもつ母のすべては、言葉だった。麻痺した母が自由だったのは言葉だけ。そして言葉で母は息子を感動させた。「母のドイツ語はすばらしいものでした」とハーンは言う。「母国語――この言葉は私の母の運命に関していうならばべつの意味をもっていました」。妻オルガの運命がなんどもかれの母親の運命に投げ返されたときに、ようやくハーンはニューヨークでこの意味を認識した。

「ときおり思うことは、こんなことを克服できるのは一度だけだということです」とハーンは言う。「私は二度克服したのです」。ハーンが報告したのは、父親がナチの占領下に麻痺した母親とプラハに行ったときのこと、そこで父親がある少年の家で、公立学校に通うことを禁じられていたユダヤ人の子どもたちに教えたことだった。父親は二一歳のハーンがイギリス行きの書類を手にいれられるように手配した。「プラハ発ブリュッセル行きの急行で私はドイツの中央を通りぬけました。それがどんなに危険かまったく感じませんでした。私はほとんど硬直したままで、硬直が治ったのはイギリスに到着して一か月後のことでした。そのとき南部のケントで農場の仕事をみつけたのです」。

両親は一九四三年にテレージエンシュタット（テレジーン）に移送され、母親はそこで死去。父親はアウシュヴィッツに強制移送され、毒ガスで殺された。迫害の状況下で詩作し、絵を描いた学友のペーター・キーンが、――移送リストに載ってはいなかったが――アウシュヴィッツにむかったのは、妻と両親が移送を命じられ、彼らについていったからだった。キーンは毒ガスで殺された。

体を傾げ、聖書とバベルを読むように、
聖書の詩篇の祈りが捧げられ、
主よ、われわれが塩と心痛の一節を飲み込むとき、
……朝われわれに、雪をあたえたまえ、あたえたまえ！

寵愛は出血してなくなり、
闇が光明を打ち破った
主よ、息と炎の煙が漂い去るとき、
……主の朝に雪で炎を覆いたまえ、覆いたまえ！

体を傾げ、聖書の詩篇の祈りが捧げられ、

ハーンはアウシュヴィッツで父親が死去したことを知り、1947年に黒インクで父親のこの肖像画を描いた。

主よ、われわれが屈み椅子で悼むとき、
寵愛は出血してなくなる。

ハーンはこう言う。「母は私に詩を、父は図画をあたえてくれました。絵と図画は学校の授業のあとの好きな勉強でした。第一次大戦で父は中尉となり、皇帝フランツ・ヨーゼフから勇敢褒章を受章しました。父はおそらくプラハで、最悪の事態から自分を守るようにと願ったのでしょう」。

太陽よ、
きみの黄金の光が私を満たす、

煤のついたかまどよ、
風がきみを裸にしていく、

追放された星よ、
権力の手先が忘却からひっかきまわす、
するとブーメランがためらう、
すると子どもたちが叫ぶ、
すると神々の闇が現われる。

ハーンはこう言う、「人間はひょっとして原初の状態からすでにひき裂かれたテーマとして宇宙との統一をもとめてきたのです。芸術もこの統一への接近をもたらし、詩もまたその多彩さのなかではたしました。しかしこのことは暗闇のなかでのみ主張できることです。したがってこの多彩な闇が条件となります」。ハーンの詩は天国につながる生成物である。ハーンは闇を突っ切り、悲劇においてふたたび生きていくことで、かれには護るものはなにもなかった。しかしそれは苦痛が解放される悲劇であった。時間はハーンの抒情詩で解体され、永遠は瞬間において示される。

最後には
宇宙と反宇宙の
さいころゲームが
息をつき
漂う……

ハーンが詩にもとめたのは、宇宙のリズムとの生活の調和である。これは苦痛からの逃亡とはちがう。現実からの逃亡ともちがう。しかし、アウシュヴィッツの後ではもはや詩は存在しえない、というテオドーア・W・アドルノの格言を受けて立つ知見である。ハーンは歴史の網の目を宇宙的な詩のうえに投げつける。ハーンの抒情詩、デッサンの作品は母にむかって歩む使徒である。

消え入りそうな蠟燭の明かりのなか
きみは二筋に分かれた涙を通り
魂の焼かれた光差す神秘の空間にやってくる

惜しみなくあふれ出る三つのしぐさ、
きみの顔に現われる三つの孤独、
きみの石化した輝きの三度の縫合

そして私に花を投げれば、
摘みたての闇が……

この時間表現は「宇宙的」なチェコ人オタカル・ブジェジナ（一八六八―一九二九年）の時間感覚のあとにやってくる。このチェコ人はこう書いている。

冷たくわれわれの時間の帯が吹いてゆく。澄みきった、穏やかな晩秋が
すでにわれわれにかつての太陽の実りをくれた。そしてあしたバラが咲く。
歓喜する魂は集まり、空の高みで鳴く鳥は、
青い海の香りを嗅ぎ移動のため、三角の旗印に集まる。

ウィーンのアルベルティーナは、この間に二四作のデッサンから成るハーンの連作『原子力時代の死戦期』をそのコレクションにいれた。これまでアルベルティーナはチェルノブイリの実情から情報をえたこの冊子の展示に配慮してこなかった。スパーレク教授はハーンの詩のために出版社を見つけ、一九八七年に出版された。七〇歳になるハーンはヨーロッパ南東出身の一匹狼の人間たちと関わりがあった。チェルノヴィッツ出身のパウル・ツェランとイマヌエル・ヴァイスグラース、ジーベンビュルゲン出身のオスカール・パスティオールとディーター・シュレザクである。新星の誕生であり、光源となるパウル・ツェランが認められるまで長くはかからなかった。星座の全体をわれわれが認めるまでどのぐらいかかるだろうか。

コツコツと脈打つ
意識のかけらに包まれて
きみの相続がきみに向かう――
真紅の、灰からでてきた不毛の言葉、
ショアー

H・G・アードラー　賢い男になった表情の硬い若者

これほどの総合芸術が今世紀のドイツ文学界で見られることはない。作家、歴史家、社会学者、神学者、政治学者、哲学者であるH・G・アードラーの全域を包括するような本は出版されていない。

この普遍的な精神の持ち主を無視したことはスキャンダルであり、その責任はドイツの出版社にある。アードラーの芸術の比類のなさをくりかえし指摘してきた戦後文学の定評ある偉大な人物たちは、愚者のごとく立ち尽くした。エリアス・カネッティ、ハインリヒ・ベル、ヘルマン・ブロッホ、イルゼ・アイヒンガー、フリーデリケ・マイレッカー、エルンスト・ヤンドル。アードラーの中核をなす作品『ある旅』を「そもそも成功はない」と評価して、ズーアカンプ書店がその刊行を最終的に断ってきたのは一九八七年一月のことである。

小説『ある旅』はプラハ生まれの作家が一九五〇年に執筆して、一九六二年になってはじめてドイツ連邦共和国で出版者が見つかった作品であり、破滅にむかうユダヤ人家族の足跡をたどる内容である。破滅の兆候は隠されたままであり、テクストのどこにもSS、ヒトラー、ヒムラーの名前は登場しない。ナチスが「最終解決」を婉曲な表現で偽装したように、アードラーはこの人物たちには錯覚があり、錯覚した事実があったように作品を導く。破滅を意味する、匿されたままの真実が、アードラーの記述によってあきらかにされていく。苦悩の灰は空へと消えていき、ある生きのびた人間の語場に保存される。理解できるものは理解できないことになり、苦痛は恵みをほどこされた言葉となる。

通常のことでは抜群に優秀なズーアカンプの原稿審査担当者である、一九四六年生まれのハンス－ウルリヒ・ミュラー－シュヴェーフェは、原稿を拒否したさいに「ゆったりとしている」、「落ち着いている」という評価の言葉を添えることでなにを意図したのか、そもそもその意図を自分でも理解していなかった。かれの誤解によってあきらかになったことは、「あとで誕生することの恵み」がなにか分かっていなかったことである。それは天罰であり、われわれにますます重くのしかかるほどに、われわれは歴史から遠ざかっていく。「すべてが旅立っていく」とアードラーの短編にある。罪と償いが——すべて旅立っていく。世界を「除去する」殺人機関もおなじである。アードラーに捧げたイルゼ・アイヒンガーの詩にこの友人の真実が捉えられている。「精確な予測／精確な知／防御と避難所／入るときの明るさが／先を確かにする／ここでひとは暗黒を通り抜けていった／そしてとどまる」。

エリアス・カネッティはアードラーの本をこう評価した。「私はこの本を傑作と思う。それは怨念と苦渋からはなれて、とくにすばらしい、純粋な散文で書かれている。本質的な純化の表現の資格があるのはあなただけか、もしくは運命をともにする仲間のひとりだ。多くのひとの体験でもあるあなたの体験がここでは、現在までだれも成功しなかったような完全な変身をとげている。ここでは人間に起こりうるもっとも恐ろしいことが浮遊していて、柔らかく、克服できるかのように、そして人間の本質になにも手出しができないかのように描かれている。あなたが近代文学にふたたび希望をもたらした、と私は言いたい」。

1953年、エリアス・カネッティ（中央）と一緒のアードラー（右）。

アードラーはプラハのカロリーネンタール（カルリーン）地区で製本職人の息子として生まれた。「両親の家はユダヤ教であった」とかれは報告している。「しかし宗教的なものを含むユダヤ的なものはほとんど感じられず、おだやかな進歩的な考えが支配し、身近な存在とは思えないドイツやオーストリアの文化価値で満たされていた。この文化価値と故郷のボヘミア的なものが自明の地下世界となって融合したが、本来のチェコ的なものとの融合よりも強かった」。アードラーは一九四二年二月八日にテレージエンシュタット（テレジーン）に追放され、一九四四年一〇月一二日の「旅」先はアウシュヴィッツだった。

一九四五年六月二〇日、アードラーはプラハに帰還する。一八人の親族はナチスの犠牲となり、そのなかにはかれの両親、妻もはいっていた。チェコスロバキアで共産主義という全体主義のもとで暮らそうとは思わず、一九四七年二月一一日にイギリスに亡命し、それ以来ロンドンで暮らすことになる。アードラーは迫害を一方では学問的に、他方では文学的に表現すると誓い、それを実行した。これはアードラーがナチスに追放されたときに誓っていたことだった。いまだにファーストネームの頭文字を使っていることを、アードラーはこう説明した。保護領のアドルフ・アイヒマンの代理人の名前がまさにハンス・ギュンターだった、と。

アードラーはテレージエンシュタットに関する重要な本を二冊書いたが、この本によって歴史家の世界に「テレージエンシュタット」のアードラーという名前をもちこむことになった。『テレージエンシュタット、一九四一年から一九四五年まで　強制された共同体の顔』（一九五五年）と『隠された真実　テレージエンシュタットの記録』（一九五八年）の二冊である。モンテスキュー（一六八九—一七五五年）は『法の精神』の著作で三権分立の理念を発展させ、近代の憲法国家の形成に多大な影響を及ぼしたが、アードラーは二世紀後に全体主義的な官僚主義におけるこの理念の堕落化を書いた。それが『管理された人間』（一九七四年）である。

この本を書くためにアードラーはミュンヘン大学で管理学を学んだが、本の意義はせいぜい「第三帝国」を回顧できるものと認識されている程度であり、副題は、「ドイツ出身のユダヤ人追放に関する研究」となっている。だがこの本は同時に、官僚的な「能率主義」が及ぼす危険性を見えるようにすることで、一九四五年以降の展望を切り開いた。というのは「異常なことを正常に規制すること」によってナチスに「異常なこと」を可能にさせてしまったからである。「特別扱いにすること」が犯罪を意味したことも、「廃棄物の処理」、原子力の危険性を隠すこの言葉の意味も、われわれは現在知っている。というのは官僚主義とともに言葉の「特別扱い人」がいつでもいたことをわれわれは知っているからである。

モンテスキューは立法権に関し画期的な書物を著し、アードラーはすべての価値を破壊する行政権に関する画期的な書物を著した。ハインリヒ・ベルはアードラーの著作の書評でこう述べている。「ヒトラーによってこの間に証明されたことは、ヒトラーには結局は、帝国宰相の行政の仕事、机上の仕事に属するような、あまりに規則的な整然とした仕事の能力がなかったということだ。かれは意識の裏庭で軽蔑していたのだ、おそらく行政、官僚主義、秩序、法律を憎んでいたのだ。よりによってかれとかれの仲間が完全な行政組織や信頼に足る官僚主義を用いることができたことは、歴史の恐ろしい不幸な事故であり、歴史の偶然ではない」。

ヒトラーの時代に起きたことは、アードラーにとってはずっと「現実にありそうなことの例」であった。かれは著書『人間の自由』（一九七六年）のなかでこう書いている。「このことに寄与しているのは過剰な管理への欲求であり、この欲求は認識欲求にともなう近代的な要因である……近代国家の活動にとってこの欲求は、以前からずっと国家を利用している権力の欲求行動と結びつく二つの方法によって影響を及ぼしている……その一つである間接的な方法とは、国家が用いる、技術的な発明を経由するものであり、この発明は管理のプロセスを完全に、容易にするものであり、部分的には挑発的でもあるが、さらに必要なものとする。もう一つの直接的な方法とは管理自身の完全化と全体化に通じるものである」。

アードラーはこの二つの方法が遭遇するのを見ているが、「そこでは外部からの認識が可能となるように、人間の総体を自然な、社会的な生活によって際立たせるためにきわめてさまざまな傾向の認識欲求が結集している。この認識はきわめて外向的な特質、つまり自己認識と反対のものであり、内省と瞑想によっては獲得されず、組織的な管理の媒体と検査によって獲得されるものである。個人としては興味をひかないこのように評価された人間は、まずなによりも主体ではなく、客体として、つまり苦労なくあつかえるように『人的資源』に低下した事物と見なすならば完全に理解できる、つまり予測可能な機能として理解できる」。

アードラーの主要な文学作品である長編『壁』（一九五四年）には現在まで出版者はついていないが、この作品で信念のある上級公務員試補は生きのびてきたアルトゥア・ランダウにこう言う。「けっこうでしょう。あなたが追放されたことは否定されているわけではありませんが、そのことであなたが戦後に帰郷するのを邪魔されたわけではありませんよ」。犠牲者による再現は、正常化していく迫害者にとってスキャンダルとなるだけでなく、ほかのだれにでもスキャンダルとなる。世界は人生の最後をふたたび生にひきもどす人間に不安をいだいている。世界はそのことで煩わされたくはない。世界にとっては犠牲者は死に感染している。

長編『壁』は「場所のない現在」への帰郷者の物語である。「帰郷者」のアルトゥア・ランダウはようやく逃れたはずの破滅の危機にとらわれたままである。「生きのびた人間が、ある道標で致命的な吹雪の災厄によってはねつけられている。吹雪がしだいに遠ざかったとき、同行者はみな凍死して横たわり、道標はこっぱみじんとなり、その切れ端からは道の目的地はもはや判読できず、道自身がなくなっている……あたりの路面は通行可能にして足で踏めるが、地面はふわふわして、おどろくほど歩く者には厄介である」。

カフカは不条理をふつうのこととして、ふつうのことを例外的な状況として描いた。アードラーは例外的な状況からふつうのことへの回帰を、帰還の試みを描いた。カフカは、アードラーが経験した世界を自分の作品で先取りした。アードラーは、死を通り抜けて身体がこわばり、硬直化した若者となって帰ってきた。「かれが感じたのは、生きているすべての人間が、亡くなったすべての人間に責任があるということである」。追放されたアードラーがひき受けたのは、他人がまったく気づかない責任、一般的な理解からすればかれがとることのない責任であった。アードラーは死者との生きた対話によって責任をとりはらった。

「対話はさらにざわめいた」と『壁』にある、「対話はさらにいっそう私から遠ざかり、意見は散り散りとなり、わずかに気配りされた切り藁のようであり、甘味やシュナップス〔ジャガイモからつくられる蒸留酒〕のにおいを発する口からはあいまいな言葉が出てきた。私の運命は擦り切れた、つぶやく墓石に埋葬されるように思えたが、それはいぶかしいことが無邪気なことにされ、片々たる言葉と包み込むような仕草で静かにさせられたからだ。社会の中心で道に迷いこむひとが現われると、どんな社会も網の目を密にする」。死神に触れられても奪われなかった迷い人は自分のことがこうみえている。「私は用なしになった。私の年齢は正体の分からない裁判の経過のなかで不明のままであった」。

アルトゥア・ランダウのために強制収容所で自らを犠牲にした女性は、長編『壁』ではフランツィスカという名前になっている。アルトゥア・ランダウが生還したあと、かれに二度目の人生を捧げた女性の名前はこの本ではヨハンナになっている。じっさいは一方の女性の名前はゲルトルートでありアードラーの最初の妻だった。彼女はアウシュヴィッツで殺害された。もう一方の女性はベッティーナであり、戦後、アードラーの二番目の妻となり、硬直した若者をそのこわばりから解いた。そして解放された人物は、筆者がロンドンで会ったあの賢いユダヤ人となっていた。

アードラーはロンドンのケンジントン地区に妻と住み、一九四七年生まれの息子のジェレミーは、チェコ人の女性と結婚している。息子はドイツ文学者で、ロンドン大学のウエストフィールド・カレッジでドイツ語の講師をしている。アードラーは一年間西ベルリンで給費生として暮らしたことがあるが、イギリスの大学にもどった。現在アードラーが自分の作品で出版の価値があると見なしている本のほとんどはロンドンで書かれたものである。この都市はかれにとって故郷にはならなかった。「でも私はロンドンで暮らしていますが」とかれは言う、「私にはイギリスは故郷とは感じられないのです。ウィーンなら充分すぎるほどでしょう」。

アードラーはロンドンにきてからプラハ出身の彫刻家ベッティーナ・グロスと結婚する。第二次世界大戦中にボタン工場で働いていた彼女は、ちょうどよいころあいにチェコスロバキアを去っていた。ふたりは一九三八年に知り合い、友人の関係だった。アードラーは一九三八年にプラハのウラニア国民教育会館に秘書兼教師として勤務していたが、そのときプラハの女医ゲルトルート・クレペタールにほれ込み、一九四一年に結婚した。彼女と一緒にブラジルに移住

(左) ナチスに指示されたユダヤ人の星をつけて、占領されたプラハで1941年に結婚。結婚式のあとのアードラーとゲルトルート・クレペタール。
(右) 結婚式に花嫁の両親も参加した。エリーザベト・クレペタールと、1943年にテレージエンシュタットの収容所で死んだダーフィト・クレペタール。ゲルトルートは自分の母親に従い死へとむかった。母親が1944年10月14日にアウシュヴィッツに到着したとき、ドイツ人は毒ガス使用を決めた。

しようとしたが、アードラーはデパート関係の支店を経営することになり、この仕事の準備で一九三八年に半年間ミラノに滞在した。

一九三八年末、アードラーはプラハにもどり、自身とゲルトルート・クレペタールの旅券を申請した。するとこの女医の父親が重病となり娘は父親のベッドにずっと付き添った。アードラーは待ったが、ドイツ軍がプラハに進駐してきて、国外への移住はもはや不可能となった。アードラーが妻ゲルトルート、そして彼女の両親とともに一九四二年にテレージエンシュタットに移送されたとき、妻の立場は医師であり、アードラーはアウシュヴィッツに移送されるまで二年半守られた。「彼女は私の恩人である」とこの作家は言っている。アードラーにはまだ彼女の言葉が耳に残っている。「私たちはただ悪い時代をともに過ごしているだけなのです。あなたを悲劇から連れ去りましょう。そして私はあなたからはなれ、去っていきます」。

一九四四年一〇月一四日、女医ゲルトルート・アードラーはアウシュヴィッツの積み下ろし場で夫と別れた。「義理の母の状態は悪くなっていました」とアードラーは回想している。「ゲルトルートは言いました、自分は母と別れたくない、と。こうして彼女は母親と行ったのです」。絶滅へと、ガス室へと。アードラーはアウシュヴィッツを二週間後にまたも去ることができた。そしてブーヘンヴァルト強制収容所に隣接するニーダーオルシェル収容所にやってくる。長編『壁』にはこうある。「彼女が了解しているのか、よく考えもせず私は彼女からはなれていった」。

アルトゥア・ランダウは二番目の妻、ヨハンナをみつけ、イギリスにやってくる。「目立たないこと、それは苦しむ者、弱者の大いなる生きる術である。そしてかつて命と引き換えにせずに迫害のなかで自分を守ってきた者は、その行状のすべてを二度と地上の暴力に思い出させてはならない」。

「問うことはせずに私のために宥和的な態度をとる」逃亡の助っ人、ヨハンナ。アルトゥア・ランダウはこう言う。「私が信頼できるのはヨハンナだけだ」。そして、「私が生きているというのは、私が反映されているからこそである。光と影が交差しあい、『そうなれ』と、息を吹きかけられ、声が発せられひとつの像が生まれ、像となった私は、像が語るままに、意のままとなり壁のまえに現われる。壁は防御となり、壁のまえに現われてもよい私は、姿を見せて影を落とす……」。

べつの箇所にはこうある。「壁は私の所有物ではないが、壁は私だけのものだ……私は人間社会に属していない……私と壁、孤独なわれわれは結束しあっている……社会性のない存在である」。壁、それは連続するものを分かち、排除するもの。「あなたが体験するなかでもっとも恐ろしいもの」とヨハンナは答える、「あなたが体験したものが届くことはなかった、あなたにとって、私にとって、おそらくすべての人間にとっても。カーテンがさえぎり、あなたはもうこちら側にはこれない。それは穏やかな壁であるかもしれない。あなたがそれを災厄というのなら、それは私には二重の意味をもち、大きな恵みでもある」。

故郷のないロンドンの二人の恋人。恋愛中に失われることのない場所を見つけた二人。ベッティーナとアードラー。昔のままの恋だった。年齢からくる緩慢さゆえのアードラーの抵抗は、妻の「柔らかな法則」で一件落着となった。アードラーが自身にいらだちそうになると、ころあいをみて家に連れかえり落ち着かせたのだ。アードラーは長年にわたって毎日一八時間机に座っていた。現在でもまだ維持している力はなんども集中力が欠けてくるが、それが疲労となって出ることはない。アードラーは仕事をしたいができないのだ。

かつて、アードラーは自分の文学作品の多くが大衆、読者をつかんでいないことを無視できた。夜になると、翌日の仕事がひかえていたのだ。そして翌朝、執筆がはじまり、執筆は夜中までつづいた。一切合切がもはや不可能となった現在、作家アードラーの実態はもはや看過できない。未公開の原稿がアードラーをじっと見つめている。アードラーがこのことを自分自身への告訴と感じていたのではないか、という思いを筆者は断ちきれない。

アードラーの生涯に沿って歩いてみよう。ボヘミア文学の見捨てられた風景を歩いてみることにする。アードラーはボヘミア文学のためにラジオで、講演会場でマックス・ブロートのように執拗に宣伝していた。未公開の資料のなかを歩いてみると散文作品が五篇ある。一ダースもの詩の原稿の束。エッセイの仕事は積み上げられている。アードラーの思想の集約としての『実験理論のための入門書』二巻が印刷を待っている。これまでアードラーに関する二巻の思想書が出版され、作品が出版されるとはだれも考えなかった作家についての回想の書である。

アードラーの現況――一九八五年に「永遠の時間」という詩に書かれた。

きみの心を打つことは些末なことばかり、だがきみは歩む、
自分の道を、不可解な青春の洞窟を、
反時代的に自分の子ども時代の墓所を。
きみの背後の歩みを、不安げな優勢を、
護れる最後の兆候はあるのか。
祖国の堅い大地、母国語は
静かにそよと解体していく、もろく無言の

絶望のままに。あえて、すこしばかり、自身の
心を盗み聞きしてみよ。鼓動はまだ聞こえるだろうか。
鼓動を最後まで数えても響くことは珍しく
多くの兆候はあるがなにも始まらないとぼくは知る、
うろつく足音の後ろで習慣が、
歩む、われわれが誠実に最後の別れを試みるからだ。
広い他国がうろたえて進む、そして

際限なく進み行く。過ちは導く、
苦悩しながら荒廃した野原へと。秩序に
逆らう野菜は育たず、規則が盲人を

撃つ、新しい事の
出会いのように。「きみはまだそこに行ったことはないのか
……さあ
注意せよ、乏しい力を使い果たすのだ。
だが差し出された知識はもはや甲斐なし

昨日、いつものように語られたことは、
すべて締め出された。それはたった一度の、
言葉の取り決めだった。
出会いが独自の至福をもたらし、控えめな
誇りが富を分けあい、称賛にあふれ
固有の洞察を共有し足元に沈んでいく。だれが
将来のことを教えるのか、だれが将来を語るのか、
予測するのか、一時代、いや永遠の時代より尊いと。

アードラーははやくから生きるに値する世界を創っていた。家庭の状況は厳しかった。「私の母は健康のときは、とてもすばらしい女性でした」というようにこの作家はその困難さを婉曲に表現している。母親は病気がちの女性であり、息子はおばたちのもとで育った。チェコ人の子守女性がいて、最初に覚えたのはチェコ語の単語だった。母親は息子の幼いときに視界から消えてしまい、サナトリウムにはいっていた。父親はプラハの最初の製本職人であり、はじめて針金綴じの機械を導入した、根気のある仕事人であった。また切手収集用の隠れ場所があり、一大収集家としてプラハの新聞に切手コーナーをもっていた。

アードラーは小学校では女教師の個人的な勧めでチェコ語を勉強した。一〇歳のとき、教育むけの文化風土の遍歴がはじまる。その遍歴についてアードラーは現在こう言っている。「私は間違ったことをさせられた」。父親は息子を南ボヘミアのベネシャウ(ベネショフ)に送り、そこの学校で左利きを右利きにして書くように矯正された。

二年後、ドレスデンの実科学校にある寄宿寮での教育が続いたが、アードラーはそこを「最初の強制収容所」と呼び、のちに長編『パノラマ』(一九六八年)では文学的に表現されている。一九二五年にドレスデンからメーリッシュ・トリューバウ(モラヴスカー・トジェボヴァー)のギムナジウムに移るが、それは故郷プラハにもどるためだった。

アードラーはプラハでふたたび詩人フーゴ・ザールスの息子で友人のヴォルフ・ザールスに会う。アードラーが通うことになったク

1921年に11歳の子どもは、ドレスデンのシュトリーゼンにあったフリーメーソン養成所に通うために、ドレスデンの実科学校にある寄宿寮にはいった。

ラインザイテにあるドイツの国立実科ギムナジウムでは、アードラーとフランツ・B・シュタイナーを中心に文学サークルが形成されていた。詩人となったシュタイナーは、戦争中イギリスで生きのび一九五二年に亡くなったが、アードラーを遺稿の管理人に指定していた。ユダヤ人のヴォルフ・ザールスはそのころ共産主義に参加し、シュタイナーも参加していたが身をひいて、「自らの」ユダヤ教を見いだした。トロツキストであるザールスは党と対立していた。「私はシオニズムからも社会主義からも認められることはなかった」とアードラーは言っている。「他人がカール・マルクスを読んでいるときに、私はヤーコプ・ベーメを深く掘り下げて読んだ」。これに加わったのが神秘主義者のアンゲルス・シレジウスとマイスター・エックハルトである。

プラハのギムナジウムでアードラーは作家カフカの甥であるフェリックス・カフカと同窓であったが、その名前はかれには当時まだなんの重大な意味もなかった。アードラーが同時代の作品を読むのはすくなかったが、一四歳のときにシュティフターの『晩夏』をむさぼり読んでいた。アードラーはビューヒナーよりもグラッベを評価し、かれの文学の道はゲーテ、ヘルダーリン、ジャン・パウル、クライストをたどることになる。同時代の文学作品のなかでは一九歳でアルフレート・モンベルトを、二〇歳でローベルト・ムージルを、二三歳でカフカを読んだ。アードラーが発見したのは、ボヘミアの森を愛すること、風景の体験を愛することであった。アードラーはボーイスカウト隊員となり、のちにチェコの作家エマヌエル・レシェフラート周辺のグループに参加することになる。そして写真家フランティシェク・ドリトコル周辺のグループに参加することになる。

アードラーが大学入学資格試験を――学外受験生として――受験したのは一九三〇年であり、その三年前に作家志望を実現すべく時間を割くためにギムナジウムをやめていた。プラハ大学では音楽、芸術、文学、哲学、心理学を学んでいる。一九三三年、ヒトラーの権力掌握をベルリンで身をもって体験したが、ちょうどそのとき自分の博士論文「クロップシュトックと音楽」のための資料をプロイセンの州立図書館でさがしていた。一九三五年にグスタフ・ベッキング教授のもとで博士号をとる（「認識の根源としての音楽のリズム」）。ベッキングはのちにナチスに参加し、一九四五年にチェコでリンチの犠牲となった。

この大学教授をひじょうに高く評価していた、とアードラーは言う。「ベッキングは戦後、チェコ人とロシア人の指示でプラハの校庭にほかのドイツ人と一緒に集められ、ドイツ人のだれが党にいたか、という質問にかれは答えていました。かれは壁に立たされ、射殺されたのです。殺害された教授は、ドイツの占領時代に、ストラホフ図書館にある国の最高価値の蔵書がドイツ人に持ち去られるのを阻止したのです」。

執筆すること、そしてドイツの大学のポスト――これが大学時代にアードラーが抱いていた職業イメージだった。アードラーはドイツに行きたかったが、できずに、一九三五年からプラハのウラニア国民教育会館で勤務していた。ウラニアの招待客としてきたのが、エリアス・カネッティだった。カネッティはかれの著書『検眼鏡』のなかで若きアードラーをこう回想している。「過度の理想的な要求をするのがきわだった特長であり、すぐにあの忌まわしい時代の犠牲者となったのは、時代に属していないかのような印象をあたえたからだ。ドイツの伝統から決定的な影響を受けていた人物がドイツのどこかにいないとは想像できないことだった。かれはここプラハにいたのであり、チェコ語を読むのがたやすく、チェコの文学と音楽に敬意をはらい、私が理解できなかったことはなんでも私を魅了する仕方で説明した」。

秋がはじまる、
冷たい積荷とともに
秋は色とりどりの蛇となり
葉を落とした。

この詩には若きアードラーの一面があり、アイヒェンドルフの一面をもつ響きがある。しかし将来を見ていたべつの側面もあった。

この荒涼とした侘しさのなか
この夜の霧の絡みあいが消えて、震えながら、
炎と怒りのなかでその根を絡ませるまえに、どうにもならず、
竪穴と地面が遺体で埋まるまで、兄弟は埋葬されず
野放しの猟犬の群れが轟音をたて、吠える
言い知れぬ驚愕で、
絶望は縛られたままに。
遅れた祈りになんの意味があろうか。
祈りはさまようのか、
痛みで鈍く呻くのか、
どれも咬みあい、鎖につながれているのだ。
だが、救いはあるのか。草地に花か。渓谷に田畑か。
ときはすでに遅し。
孤島を悲しみの海が洗い流す。
最果ての星の涙の挨拶がよろめく。

当時すでにアードラーは『実験神学のための入門』と『現実性と存在に関する考察』にとりかかっていた。これはアードラーが数十年かかわることになる著作であり、また出版者を数十年待たせることになった作品でもあり、ようやく一九八七年秋に刊行された。戦争が一九三九年に勃発したときに、アードラーはこの詩を書く。

そして見よ、
われわれは生きている
永遠ゆえに、
永遠は時代の終わりに満たされる
現実となった、

事態のなかで満たされる
時代の終わりに
最後の驚愕のかなたで
苦しみぬいた夜のあとに、
救済者のなかで満たされる。
そして見よ――
われわれは生きている――

一九四一年八月の中旬、アードラーは鉄道建設の強制労働に就き、イグラウ（イフラバ）の近くのロセニツェ－サーザヴァ強制労働収容所にくる。一一月にプラハにもどれることになり、すでにはじまっていた組織的な追放のことを考えて、アードラーとゲルトルート・クレペタールは、突然の別れとならないように結婚した。アードラーは一九四一年から四二年にかけての冬にプラハのユダヤ教区にある書籍倉庫の労働義務を負い、そのあとテレージエンシュタットに追放された。それはアードラーの両親がドイツ人の犠牲となった年だった。六〇歳の父親はヘルムノ［ポーランド］で犠牲となり、五七歳の母親はトロスチャネッツ（ミンスク郊外のベラルーシ）で犠牲となった。

アードラーはこう言う、「テレージエンシュタットで私は、知識人としての素性を明かすのを巧妙に避けていました。私は石工として働き、私は生きのびると信じていたわけではありませんが、同時に知ったことは、私は生きのびているということでした。すべては生きのびるためでした。生存者として私は言うのです、私は憐れみをかけられた、と。テレージエンシュタットのゲットーは世界の世論を欺くための見本となる収容所でした。紙のうえではこの収容所は、トップにユダヤ人の最長老の顧問をすえて自己管理の体制をとっていたのです。『国際赤十字委員会』がきたとき、ユダヤ人の最長老は市長のようにあつかわれ、ふだんは命令をあたえるSSの隊員は、ユダヤ人の最長老のまえで直立不動で敬礼して立っていました」。

アードラーには確信があった。「収容所にきた委員会は、そこで芝居がかっていることを知ったのですが、どの程度の芝居かは分かっていませんでした。官僚主義の近代国家においてすでに風刺的に作用していることが、テレージエンシュタットでふたたび戯画化されていたのです」。正常化を装うために、SSは店の準備をさせた。生活品、パン製品、肉、装身具。さらにはユダヤ人の監査のついた銀行も、カフェもあった。オペラ上演、コンサートもあった。そして、テレージエンシュタットから絶滅収容所へと人間を運ぶ移送列車もあった。六万人の人間にテレージエンシュタットは一辺が六百メートル、他辺が七百メートルの敷地を宿として一時的に提供していた。ここですでに三万三千人の人間が死んでいた。

テレージエンシュタットできちんと手仕事を片づけていたアードラーは、空いている時間に書いていた。アードラーは収容所では、まだ作品を出版したことのない若い作家と接触していたが、かれらが迫害を乗り越えて生きのびることはなかった。ペーター・キーン、ゲオルク・カフカ、ハンス・コルベン。戦後、かれらの散逸した作品を収集し、ロンドンで手元に保管したのがアードラーであった。テレージエンシュタットでアードラーは自ら「ファウスト」と呼んだ、それまで発表されていなかった散文作品『ラオウルの火打石』の初稿を書き、多くの詩も完成した。それからアードラーが見たのは、ばらばらにひき裂かれる家族だった。義父は東方行きの汽車に乗らざるをえなかった。アードラーは妻、義母と列に並び、ユダヤ人の顧問であった、ラビのレオ・ベックのところにいき、原稿のはいった書類かばんの保管を委ねた。

一九四四年一〇月一二日、アウシュヴィッツ行きの搬送車がテレージエンシュタットをあとにしたが、一五〇〇人のうち生き残ったのは七八人だった。アウシュヴィッツでアードラーはジプシー用の収容所のあるビルケナウにはいった。そこには一四日間滞在して瞬時に、生きのびるチャンスがどこにあるのか学んだ。「あきらかに、結局はすべてが完全に非合理であった。きちんとした態度でいても収容所で死に、そうでなくても収容所で死んだのだから」。

テレージエンシュタットで1944年に撮られた71歳のレオ・ベック。

ユダヤ人の囚人がブロックの最年長者に恐ろしいほど折檻されたので、アードラーはこの出来事が事実であることをつゆほども疑っていなかった。「私はこの囚人の恐ろしい金切り声を聞いた。私は、このブロックの最年長者がその男をさらになぐるのを見た。私が気がつかなかったのは、このすべては二つの立場で立派に演じられていたことである。このブロックの最年長者は命令を残酷な演出として実行し、その演出にはじっさいに起きたにちがいないようなことが装われていた。なぐられた囚人はそこからはなれて、士官がかれを見ていないときに朗らかに笑っていた。私は独り言を言った、これが収容所で生きのびる方法か、と」。

アードラーはブーヘンヴァルト強制収容所の外側にあるニーダーオルシェル収容所で、オディク博士と知り合う。かれはフランス人の囚人で収容所の医師として任命され、東方ユダヤ人の子どもたちと青少年の延命の絶望的な戦いを導き、やつれた子どもたちを病棟の自分の部屋にいれて、元気をつけるためにグリコーゼの注射をした。かれのお気にいりのひとりがバナト出身の一六歳のユダヤ人青年で、かれがのちのユーゴスラビアのイヴァン・イヴァンニである。アードラーはニーダーオルシェル収容所で共同墓地を掘り起こさなくてはならなかったが、暇なときにアードラーはオディクのところに行った。

イヴァン・イヴァンニは戦後、ドイツ連邦共和国の政治家と会談するときは、チトーからなんども通訳として呼ばれたが、かれはオディク博士とアードラーの時代をこう回想している。「オディクはフランスのレジスタンスに加わっていましたが、ドゴールとは敵対していました。オディクの兄弟はフランス人で戦争中、アメリカの空軍大将でした。ニーダーオルシェルは通常の強制収容所ではなく、オディク博士は自分のまわりに知識人を集めていたのですが、私は断然一番若かったのです。アードラーは私にニーチェのことを教えてくれ、むさぼり読みました」。

　このグループは潰され、アードラーとオディクは受刑者として、ほかの多くの囚人とともにハルバーシュタットから八キロはなれたランゲンシュタイン＝ツヴィーベルゲ強制収容所の地下にある航空機建設工場に移送された。「信じられない事件が起きました」とイヴァン・イヴァンニは報告している。「アードラーは、重罪者がなる収容所の監守のなかで宮廷詩人となり、このことでかれと私の生命は救われたのです、なぜならわれわれは最後に、文字通り多くの人間が飢餓で死んでいったときに、ある程度は食べなくてはならなかったのですから」。

　アードラーは、ランゲンシュタイン＝ツヴィーベルゲ強制収容所に到着したときのことをこう回想している。「私がすぐに察知したのは、肉体労働を任命されればここへの生還はないということです。われわれはSSのまえに立ち、職業を訊かれ、最後に、数人のイスラム教徒と私が残りました。私はSSの隊員が語りかけるまえに、分かっていました、ここでおまえを救うのは生意気さと、ずうずうしさ以外にないことを。そして私はこう質問されました。『きみの職業はなにかね』。私は敬意を払いこう言いました。『哲学博士です』。これで私は救われた。私はふつうならば自殺行為となるような反応をすることで救われたのです。SSの隊員は、私がドイツ人か、ドイツ語が書けるか、と訊いたので、私はタイプライターを手にしました」。

　アードラーはSSの簿記係となった。アードラーは頭をはたらかせ、イヴァン・イヴァンニの名前を挙げて、かれを自分の甥と偽った。内緒でアードラーは詩を書いた。

ひょっとして、その暗闇はたしかに深く、
ひょっとして、もろい戦車の殻が割れて粉々となり、
ひょっとして、まだ幸運が災厄を打ち破り、
そして使者が解放を語り、
そして恐ろしき傷跡を剥がす、
ひょっとして、窓からまだ明かりが差している……

　イヴァン・イヴァンニは、戦後はユーゴスラビアのために通訳としても勤め、ボンで文化担当官となった人物であるが、こう言っている。「アードラーはオディク博士についで私の二番目の保護者でした。アードラーが作家であるか否かは、そもそも当時私には関心

現在ユーゴスラビアの卓越した作家となっているイヴァン・イヴァンニ。1952年、ベオグラードの仕事部屋で。

がありませんでした。私に分かったのは、駄作にたいしパン、マーガリン、ソーセージがあたえられる人がいて、その人には落ち着いてかつての職業殺人者の愛の体験を韻文で書きとめられるように、収容所の作家として包帯があたえられたということです」。

イヴァン・イヴァンニは、アードラーが解放後に重い病気になり、自ら保護が必要となったことを回想している。ハルバーシュタットにはかつての強制収容所用の一時収容施設があった。「われわれはそこで暮らしていました。故郷があるのかどうかもたしかではありませんでしたが、だれかがわれわれを故郷に連れていってくれないかと心待ちに暮らしていたのです」とベオグラードに住んでいるイヴァン・イヴァンニは語っている。アードラーはハルバーシュタットでプラハ出身のドイツ人の囚人と会い、「ドイツ人が殺害されることになる」と聞いていた。ハルバーシュタットでアードラーは囚人服と突撃隊の制服を交換した。「アメリカの占領軍兵士はわれわれに略奪したドイツの雑誌を放出しました」とアードラーは語る。「そこで私は制服をもって出ました」。

アードラーはある洋服屋で制服のモールと国章をとりはずさせ、「私は制服を着たとき、勝利者の気持ちになりました」。またアードラーの当時の感覚はこうだった。「これを見てくれよ、人間の屑がきみたちの服を着ているんだよ」。一九四五年六月二〇日、アードラーはプラハにもどる。「ドイツ人の追放は完全に進行中でした」とかれは回想している。「すべてのドイツ人の追放はいたるところで見られ、通りでドイツ語を話したら、文字通り殴り殺されました。マサリク競技場にはドイツ人用の強制収容所が新しく開設され、そのなかには親のいなくなった多くの子どもたちがいました」。

アードラーには復讐の感情はなく、強制収容所からきた生きのびた青少年の教育者となり、この子どもたちのところに競技場から孤児も連れてきた。アードラーが一緒に働いていたチェコ人プレミュスル・ピッターと同様に、差別をすることはなかった。ピッターは戦争のずっとまえから崩壊した家族のめんどうを、社会生活に耐えない環境にある子どもたちのめんどうをみていて、子どもたちのために保養所をつくった。アードラーはナチスの占領中に多くの子どもを自分のもとにひきとり、一九四五年以降、解放の時間が復讐の時間に変わったとき、追放されたドイツの子どもたちをひきとった。一九五一年、ピッターはスターリンのテロから逃れドイツ連邦共和国に行った。

孤児たちの教育家としてアードラーが芸術の道に導いた一六歳のユダヤ人の若者は、現在イスラエルの偉大な画家のひとりとなっている。そのイェフダ・ベイコンはイスラエルのヘブライ大学教授であり、当時一六歳だったこの画家には、アウシュヴィッツとマウトハウゼンの体験があった。かれの終戦の体験はこうだった。「私は力が抜けていくのを感じました。私の身体は思うようになりませんでした。死ぬのではないかと恐ろしくなりました。しかし私は『それ』を越えて生きのびようとしました。独りで、見張られずに、恐れをいだかずに生きるという夢をみました。三個、四個の生のジャガイモをたらふく食べること。茹でたジャガイモのことは考えられず、それは私の想像を越えていました。

「きわめて基本的な人間としての規律に欠けていました。すべて抜け落ちていました」とアードラーは強制収容所で育った青少年との交流のことを思いだしている。「かれらは労働に就くとき教育係りを手本にしてやっと動きはじめました。労働、これはかれらの経験だったわけですが、かれらには悪だったのです」。イェフダ・ベイコンはイスラエルで養父のアードラーのことをこう回想している。「かれは当時の私の救いでした。私は心を閉ざしていました。アードラーは街を見せ、わたしにプラハを開けてみせてくれました。私を博物館に連れていき、私が絵のまえを通りすぎると、私をひきとめました。『絵のまえに立ち、すくなくとも一五分はじっと見つめなさい』。かれは私に芸術史の最初の授業をしてくれました。ナチスが迫害し、そのあとスターリニストが迫害した画家ヴィリ・ノヴァクのところに私を連れていきました」。アードラーはロンドンでベイコンのことをこう言っている。「かれはわが息子のようです」。

1946年4月、16歳の孤児イェフダ・ベイコンとプラハで一緒のアードラー。ベイコンはイスラエルの偉大な画家のひとりとなった。かれの両親はドイツ人の犠牲者となった。

アードラーはプラハに到着するや、自分がプラハには留まりたくないことが分かった。「私はチェコ人ではありませんでした。チェコ人からみるとドイツ人はこの国にもはや居場所はありませんでした。私はドイツ文化に属していました。ドイツ文化は追いやられました。プラハは死んだ街で、私には墓地であり、ずっとそのままでした」。プラハでアードラーは当時、思いがけなくヴォルフ・ザールスと出会う。ザールスは一九三一年に詩集『時間の音楽』を出版していた。最後にふたりが会ったのはアウシュヴィッツだった。「われわれはいま認めているように、われわれがたがいに生きのびる機会をあたえなかったなどと、そのときはたがいに言う余裕もなかったのです」とアードラーは回想している。

アードラーは到着後、最初の一か月は友人宅に住んだ。アードラーはテレージエンシュタットに行き、そこでレオ・ベックと会い、ベックはかれに原稿のはいった書類かばんを返してきた。アードラーはプラハからイギリスにいる恋人のベッティーナ・グロースをさがして、ベッティーナはロンドンから恋人のアードラーをさがした。ふたりの友人が住所をもっていた。二通の手紙はすれちがったが、通じ合うことはできた。手紙は行きつもどりつした。ベッティーナ・グロースはプラハにやってきた。

アードラーは彼女とボヘミアの森にいき、森に別れを告げた。ベッティーナ・グロースはロンドンにもどり、アードラーは一六か月後にユダヤ博物館の再建活動を終えた。一九四六年一一月、この詩を書く。

なぜかふたたび霧の朝に
岩塊の恐怖がひそかに皺の刻まれた彼女の顔から
とりはらわれたが、慰めの明かりは
心に差さず

昨日のすべては沈黙し、
強い光とともに、救出のために喜ばしく約束する、
予告できるのは原初の世界のみか、遠くはなれて
捉えがたく、冷気に

覆い隠される。かすかに告白のなかで
祈祷者は心の懺悔をする。愛がかれの心をおずおずと
乱す、かれのはげしく焼かれた心がよろめき
夜の地面に

降り立つと、さみしくかれの歌はこわされた喜びの涙となって
　ふりまかれる、口からは
滴るばかり。昨日のことが花盛りのなかで幻惑された夢に
聞き耳をたてる

おだやかな思いと想い出に、
変わらぬ思いに飽き、いま将来のことが朗らかに
銀の綱にほれ込み、聞き耳をたてる、
歌があふれでて

そして魅了する苦悩のことは皆目分からず
歓声は歌となり、天は歌に大声で呼びかける
熱狂的なおどろきの喜びで、そして至福の使者が
打ち砕く

影はうすくなり、そしておだやかに一日は
霞から露に熱狂して溶けはじめる、
ただ太陽はその立ち昇る光を剥ぎとり、
愛を祝福する。

一九四七年二月一一日、アードラーは六週間有効の合法的なチェコスロバキアの旅券をもち、生まれ故郷プラハをあとにする。ロンドンに到着して、四週間の期限のついたイギリス訪問のビザを手にするが、イギリスを去ることはないという確信もあった。三七歳の作家は、一九四七年の六月から一二月にかけてイギリスにいるドイツ人の戦争捕虜のために講演した。図書館員、または大学の教員としての地位をもとめる試みは頓挫し、英国の任務としてドイツに行くという申し出は断った。「私はヒトラーが支配した国にはいろうとも思わないし、留まろうとも思いませんでした」。
　アードラーは付け加える。「それでも私はユダヤ人としてドイツ

人を憎んだことはありません。ドイツ語は私を育てた言葉です。しかしドイツ語は私にはけっして当たり前の言語ではありませんでした。私はいつでも、自分が存在したところでドイツ語を闘いとらなくてはなりませんでした。プラハで、テレージエンシュタットで、ロンドンで。強制収容所で私が聞いたドイツ語は、ナチスの言語によって腐食しました。一九四五年以降、チェコスロバキアではドイツ語を話すのは危険でした」。ユーゴスラビアの作家イヴァン・イヴァンニはこう言う。「アードラーは真の故郷喪失者です。イギリスには帰属していませんでした。かれはナチス時代のことを想い出すとドイツには住めなくなるのです。かれはイスラエルに住むつもりもありません」。

（左）ベッティーナ・グロスはドイツの占領による迫害から逃れ、アードラーの２番目の妻となった。ふたりは1947年２月16日に結婚した。1947年５月の写真。（右）息子イェレミーと一緒の1957年８月の写真。

　アードラーはロンドンでは、ドイツ語を用いる国々に屈し、ボヘミアを失った、ドイツ語を用いるユダヤ人作家の厳しい道を歩んだ。アードラーの詩にこうある。「かつて次第に消えていった／希望が忘れられて道端に住み着く、そして／知識は遠くからも近くからもこない。きみは／知識をもとめられても、聞き耳を立てられいぶかしく訊かれる／過ぎ去ったことがとっくに明かりが消えた未来へと……／

　アードラーが体験した子ども時代との別れ。殻に閉じこもった存在。救済されるべき孤独。まず嘆きの壁としての壁。うしろに隠れることのできる壁。ひとが閉じ込められる壁。運命としての閉じ込められた存在。存在の単一さ。救済すべき洞察不可能なこと。そして救済のあとに、「見捨てられた人の存在」のために証言する人となって生きた。長編『壁』にはこうある。「ヨハンナ、私自身である唯一の人……彼女は私を演じる。私がとっくにいなくなったとき彼女が……」。

　アードラーはロンドンのウィーン・ライブラリーで「第三帝国」の資料を研究した。アードラーが予感していたことが、ここで証明されることになる。「ユダヤ人問題の最終解決」の計画は事実であった。アードラーが当時、発見したことは、当時まだほとんど知られていなかった。アイヒマンのコンプレックスはユダヤ人絶滅と関連性があることが当時まったく認められてはいなかった。アードラーは犠牲者の証人から発言を集め、犠牲者はアードラーのまえで話すことができた。「かれらは心理療法士を訪ねるように私のところにきました」とアードラーは回想している。一九四八年にアードラーのテレージエンシュタットの本が完成したが、刊行までに七年間待たなくてはならなかった。イスラエル人が一九六〇年にエルサレムで、「最終解決」の組織者であるアドルフ・アイヒマンの訴訟を起こしたときに、イスラエル側はアイヒマンがよく思い起こせるようにと、テレージエンシュタットのアードラーの本を読み物として手渡した。

一九四八年に完成していた長編『パノラマ』は二〇年間、出版社を待たなくてはならなかったが、一九六八年に出版したのはスイスのオルテンにあるヴァルター書店だった。一九六九年にアードラーは、固有の生涯を描いたこの長編にたいしスイスのシャルル・ヴェイヨン賞を受賞する。『パノラマ』ではアードラーの回想は結論にむかって集中する。つまり同胞への真底からの愛の固執、かれらの脆弱さへの憐れみ、そして無実を知ることに集中する。「いかなる人間も全世界で起きているすべてのことに責任がある」と作品にある。そして、「存在していることだけが恩寵である」。

アードラーの文学は、言葉のない世界への言葉の帰還である。ドイツ文学の伝統にある言葉の帰還である。「偉大な作家でも伝統を壊すことはない」とアードラーは言う。「壊せるのはせいぜい慣習や流行である」。『壁』にはこうある。「われわれは守れるものを守りたいのだ」。新しいはじまりは保守的と解釈された。「耐えて生き残るという心情とともにその男は作品をふたたび築きあげた。これはつねにどんな人間にも通用するが、ほとんど知られず、感じとられることはめったになかった。われわれは、もはやほとんど存在していないものからこそ強く、そしてより深く感じとるのだ。それが奇跡であるがゆえに、われわれは存在している。その存在はもはや耐えられず、考えられないことであるが、それにもかかわらず存在しているのは、奇跡そのものであるからであり、奇跡として悟り、知覚されるからである……」

アードラーはこのことをさらに詳しく説明する。「われわれが信仰と活動によって設定した新しいはじまりは、おそらく繰り返されるだろう。だがなによりも未来にむけた新しいはじまり、課題、犠牲なのだ。日々の祈り、目的地にむけた走行、そして目的地がたったひとつであるとわれわれは知っている……目的地自身をわれわれは願い、望んでいるのだが、われわれに目的地はなく、そこに到達することもない。それは到達されるものではなく、期待されるものである」。

記憶のベールが、
輪のなかに収まり
心はたやすく広がり
理性はひび割れる。
ぼくは知る、ぼくがいるのは射程から
遠からず、だが標的はなく、
水晶に守られている。
故郷はあるが、荷物はない。

すべてが退き、
決められたもとの場に収まる、
きみが知ることのみをあたえよ、そして

勝ち負けなしで思うものをあたえよ。
はじめの走りでは
きみの順番を違えて、走れ、
きみの死すべき運命を見よ
そしてわきにひかえ、

きみは見ることをやめるのだ、
影が借り出され、
果実が渡され、
苔の裂け目にむかう
さまざまな足跡、そして両手は
いまきみの輪のなかで
雄雄しく
きみのベールに収まる。

アードラーは一九六一年、『われらがゲオルク　その他の作品』(ウィーンのベルクラント書店)によってはじめて書籍市場に登場する。これに続いてボンの小出版社ビブリオテカ・クリティアーナ書店から、『ある旅』(一九六二年)、『幸運の公爵　寓話　観察　比喩』(一九六四年)、『ソドムの没落　小品』(一九六五年)が刊行された。シャルル・ヴェイヨン賞の受賞の年にヴァルター書店は小説集『出来事』を刊行し、これをもって作家アードラーの最後の出版となった。ロンドン在住のプラハ出身の作家にたいする出版拒否に、ドイツの主要な出版社はすべて一致協力した。

これゆえにいまだにアードラーの書斎の棚には未完のままの散文作品が横たわっている。『移民』(一九四九年)、この作品は、外部にいるようであっても、つねに内部にいて脱出ができないという内容である。『試練』(一九五二年)、『壁』(一九五四年)、『居住者心得』(一九六七年)。卓越した作家アードラーはこれまでそもそも認められてはいなかった。アップザイツ書店が何度か試みたあとに、アルブレヒト・クナウス書店が作家の七〇歳の記念に『声と呼びかけ』の出版を試みたが、共感はなかった。出版者のジーベックは、アードラーにとって唯一の忠実な人間であり、学問的な著作をひき受け、数十年にわたって出版目録にいれていた。

アードラーはロンドンで、かれが今世紀の証人として選んだ人物をテーマ別に調べ、百科事典ほどの規模の著作を編んだ。一九五八年にテレージエンシュタットの著作でレオ・ベック賞を受賞、一九七四年には『管理された人間』でブーバー・ローゼンツヴァイク・メダルを受賞、一九七七年にはオーストリアで教授の称号を受けた。そして尊敬される人物となったが、忘れられた作家のままだった。不平不満をアードラーが言うことはなく、詩を書くことは不満を無視するのに効能があり、かれ自身への、そしてわれわれへの問いにおいて不満を解消するのに役だった。「大声でかすかな不滅の声が告げる」と一九八五年の詩にある。

……道からはずれたわれわれに

断念するものはない。きびしく
最後の良心を貫く。これに掟が決着をつける、
一日の最後に。最後の最後に。なにが
進むのか。打ち砕かれた権力の顔、静かな
息。沈黙が耳を澄ます……

「別れのない悲しみ」という詩には「つぎの晩が認識されたことはない」とある。「なにを待つのか」という詩には「……ひとはいったい／故郷があるかのように道で休憩してもよいのか、そして／喜んで消化のよいパンを待ってもよいのか」とある。「さあ立ち上がれ」という詩でこう書く。「またもはじまりは近づいているのか」。「青への走行」という詩には「きみはどこへ消えようとしているのか／音も出さず泰然自若として／そしてもはや財産の維持に努めないのか」とある。「励ましの言葉」には、「聞いているのはだれだ、聞いているのはだれだ……」とある。「終わりのあたりに」という詩にはこうある。「……鐘はそのもっとも純粋な歌を揺り動かす、あまりにも／静かにだが。助言によって手をとることも、手を挙げることもない／聞いているのはだれだ、だれが聞き入っているのだ」。

アーヘンで抒情詩に関して講演をするアードラー。

アードラーと言語。「プラハのドイツ語はながいこと正真正銘のドイツ語とみなされてきた。なによりも一四世紀のドイツ語である。プラハのドイツ語は、ここに、または近くのカルルステイン城に居住した皇帝カレル四世下の帝国官房の言語であった。かれの宮廷には立派なドイツ語を話し、書く学者が勤めていた。チェコのプシェミスル家の公爵、のちの国王のなかで、国王ヴァーツラフ二世自身は、とっくにドイツ語の秀でた宮廷歌人となり、有名な『ボヘミアの農夫』はおそらくプラハで書かれたものである。つまりプラハの中高ドイツ語の文学が存在したということである。一四世紀にプラハの帝国官房の使用言語の方向性として初期高地ドイツ語への道を選び、ザクセン選帝侯の官庁語へと発展していった。これは本質的には、ルターがかれのドイツ語の聖書のために模範として選んだ言語である。つまり新高地ドイツ語のための重要な源泉である」。

アードラーは筆者にドイツの航空機の金属で作られた小さな箱を示した。ランゲンシュタイン強制収容所の思い出である。この小箱にアードラーはかれの詩を保管しておいた。ドイツ工業規格のA4の用紙を何回か折り畳むと、この箱にぴったりあう。小さな小さな本も筆者のまえにある。アードラーは詩を書き込んだのである。かれがしたことは、かれの死につながったかもしれなかった。かれは捕まえられたが、幸いにも命拾いした。長編『パノラマ』にアード

ラーの死の恐怖が書かれている。アードラーは筆者の手に収容所の三角定規を渡した。それは赤字で、Tと印刷されていた。つまりチェコ人という意味である。「黄色〔ユダヤ人という意味〕を私は携行しませんでした」とかれは言う。「いまはその勇気があります」。アードラーが机のうえにおいているユダヤの星はかれが戦後に手にいれたものである。そのひとつをアードラーは執筆のときに机のうえにおいてきた。

　アードラーはかれの親族の多くの死者について語り、自分自身の犠牲者について語ってきた。「一八人の親族が殺害されました」と言い、こう加えた。「しかし私はこれを告発するつもりで言っているのではありません。憎悪は予定にはいっていません。悪魔は全人類にいます。私は正統なユダヤ人でもなければ、正統なキリスト教徒でもありません。私は私のために心の正統派を要求します。私は人間性の党派に属していません」。われわれはかれの書斎を出て、散歩した。かれは筆者をオールド・ブロンプトン・セメタリーに連れていった。中央入口のすぐのところに一面花で覆われたリヒャルト・タウバーの墓石があった。忘れがたいオペラ歌手である。アードラーは筆者と、もうだれも墓参者のいない古い墓石の辺りにむかって左折するまえに、「かれには毎日新鮮な花が手向けられています」と言った。われわれはもつれあう灌木のなかに消えた。

1969年のH. G. アードラー。インゲボルク・ドレーヴィッツはかれについてこう書いた。「うそをつかない人／嘆かずに沈黙できる人／笑いを練習する人、苦痛はくれてやれないからだ……」。

　アードラーは著書『ドイツにおけるユダヤ人』のなかで、ドイツ系ユダヤ人のミンネゼンガーである一三世紀のジュースキント・フォン・トリンベルクに言及している。「ミンネザングのもっとも有名な原典である、マネッセの歌の写本は、ユダヤ人のジュースキント・フォン・トリンベルクの詩をいくつか含んでいる。だがこのような活動の時代は好都合ではなかった……」。アードラーが伝えなかったこととは、ユダヤ人のミンネゼンガーが経験した侮辱であり、その結果、ミンネゼンガーは最後は自分の芸術を諦めた。「私は昔のユダヤ人の生活をしたい／その価値にひき寄せられたい」。七五歳のアードラーが一九八五年に捧げた詩が「孤独」である。

小さなことを信じて、最後の言葉が
記憶にはいる。早朝が待つ、
私たちが差し出すものを、
いまはすべてがうまくいくように切り詰めるのを、待つ。

われわれは作物をほがらかに
諦めた、だがわれわれが数知れず
のせるテーブルの贈り物は
足ることを知らず。このすべてが

われわれにはふさわしくなかったのだろう、われわれの不幸を
幸福にまかせられなかった、だが昨日そのように
われわれは仕向けた。すぐに、だれもが
自分にあたえたものを奪い、そして
われわれの両親はまっとうな商売で
われわれを探求へと導いた。そしてわれわれが
周到に支度をするのは、忘れ去った

子どものときの正しい調理、
われわれが広がりをもとめると、
祖先の故郷の根源にまで伸びる道。
これは驚きとなるか。約束、
そして誓いが定刻に準備され、今日
感謝とともに、この輝きがだれにも
見える、来たれ、そしておのれを試せ
きみの記憶のために、きみが故郷を見いだせるように
思い起こせ、ここで
分からないことを。細かいことが

積み重なり、異邦の女は信頼され、
すぐに最後の団結で彼女の目標は理解される、
聖なる運命の奇跡の道が、ついに
前時代から準備され、
きみは感謝を学ぶ。
そして周囲は温まり、きみ自身が
きみの奇跡となる。さあ希望をもて、それに固執せよ。
きみの犠牲者の隠れ家を孤独に贈れ。

ハインリヒ・ベルがH・G・アードラーの七〇歳の誕生日に。

アードラーよ、専門家というのは
なんとしばしば
誤解するのだ
流行服をすり切らす人を
ショーのステージに群がる人を
流行を作る人を
現在の暴虐を
どれほどの過去が
過ぎ去ったというのだ
誤解する者は
慰めにはならない、アードラーよ

慰めにはならない
あとで生まれる者が
あとで掘り起こし
流行服のくずを
わきにかたづけるとき
慰めにはならない、
ここで
ここで
われわれが憩うところで
われわれは
認められたいのだ
ここで
われわれが憩うところ
あやしげな
支配者のもと
いずれにせよ
われわれは
流行服のくずに隠れ
捕まえたのだ
不滅の
破片のために

フーゴ・ゾネンシャイン

アウシュヴィッツでは生きのびたが、同志の殺害計画に倒れたユダヤ人

確認されたところでは、モラビアのスロバキア出身のユダヤ人フーゴ・ゾネンシャインは、一八八九年五月二五日にブルノ近郊の小さな町ガヤ（キヨフ）で農家の子どもとして生まれた。ゾンカと自称した作家は、一九二〇年代に放浪詩人として有名になった。社会主義者としてはチェコスロバキア共産党の共同創設者であり、政治家としてはすでにはやくからスターリン主義と戦い、一九二七年に党を除名されトロツキーのために尽くした。おもにウィーンに住んだチェコスロバキア人であるゾンカは、一九三四年にオーストリア・ファシズム政権によって「永久にオーストリアから排除」された。ナチスはゾンカをアウシュヴィッツに送り、ソ連はアウシュヴィッツ解放のあとにゾンカをモスクワに連行した。ゾンカはスターリン寄りだったオーストリア政権によって特別列車でプラハにもどされ、プラハで逮捕された。ドイツ人への協力の咎で起訴され特別法廷で拘留二〇年の判決を受け、ミーロフの刑務所で一九五三年七月二〇日に死去した。

ドイツ人への協力の罪状には疑義があり、ゾンカにたいする訴訟手続きの適法性にも疑義があった。訴訟は非公開で行われ、被告に有利な証言をする証人は許されなかった。しかしゾンカにたいする重い禁錮刑の判決が下されたのは、一九四八年の共産党のクーデターの前であり、判決は市民出身の大統領エドゥヴァルド・ベネシュの名声に隠れていた。社会主義者で一九四五年までイギリスに亡命

していたチェコの作家、フランティシェク・ランゲルは、訴訟にオブザーバーとして参加を許された。ランゲルは判決の根拠に疑義を示し、ゾンカがコミュニストの犠牲になったという推測を、もう一人のイギリスに亡命したオーストリア・ペンクラブの亡命理事長、ローベルト・ノイマンに伝えた。

　コペンハーゲンでのペンクラブの会議で、作家のアレクサンダー・ザッハー＝マゾッホ、オスカー・マウルス・フォンターナ、フランツ・テオドーア・ショコルなどのオーストリア・ペンクラブの同僚たちに、チェコのペンクラブ会員でプラハのジャーナリスト、エーミール・ザウデクが迫ってきて、自分が独自の証拠を閲覧したこと、ゾンカの罪を確信している旨を伝えた。そのため、ゾンカの処遇にたいし予定されていた抗議はなされずに終わった。ゾンカはオーストリアから強制送還される一九三四年まで、「オーストリアにおけるドイツ語作家擁護同盟」の事務局長——議長はフォンターナ——であった。

　抗議がなかったのはザウデクが尊敬されていた人物であり、ゾンカとおなじくプラハでナチス時代を体験し、隠れ家で生きのびたユダヤ人であり、カフカの妹オトラと結婚していたことによる。傑出したシェークスピアの翻訳家でもあった——しかし信念に満ちたスターリニストであり、言論統制されたチェコの作家同盟の最重要人物のひとりとなり、共産党の文化政策に密接にかかわり、共産党が主張したことをすべて支持していた人物だった。

　そしてこの共産党は助言にしたがいゾネンシャインの裁判では殺人罪を支持した。この作家は誤審によって犠牲となったのではなく、非情な計算にもとづいて行動に移された共産主義の「必要性」からだった。それを実現させた人物は共産党の内務大臣、ヴァーツラフ・ノセクであり、警察がゾンカの「証拠資料」をもちこんだ。一九六八年の「プラハの春」で暴露された資料が示しているのは、いかに共産党が戦後、ナチスに抵抗した不快な人物にたいしとくべつに偽造されたナチスの資料によって烙印を押したかということである。現在、提出されている資料は、共産党における特定の事件に関する好まざる事情通、つまり、政敵の暗殺を決める秘密政治裁判に関する事情通の資料であるのだ。このような好まざる事情通がゾネンシャインだった。

　ゾンカが知ったのは、抵抗する共産党の英雄であると見事に形容されたジャーナリストのユーリウス・フチークが裏切り者であり、しかも抵抗の資料が偽造であったということだ。だが、しかるべき証言がゾンカにとっていかなる意味があるのか、かれには分からなかった。チェコ共産党はナチス占拠のあとに有名な人物を英雄にする必要があったが、そういう人物はいなかった。ナチスに尋問や拷問で抵抗していた人間は戦前にすでにスターリン主義の敵対者となっており、それゆえに党から追放されていた。したがってヴラジスラフ・ヴァンチュラはハイドリヒ暗殺のあとのゲシュタポの拷問で沈黙を守り、一九四二年六月一日に処刑された。ゾンカもアウシュヴィッツのあと流刑に処された。ゾンカの抗議活動は、拷問で衰弱していったユーリウス・フチークによって洩らされていたのだ。ゲシュタポのために（他者を犯罪へと誘う）誘惑者として協力を申し出ていたのだ。ナチスの絞首刑から逃れられると信じていた裏切り者フチークは、一九四三年九月八日にドイツ人によって処刑された。路線に忠実な共産党員、フチーク——占領されていたチェコスロバキアで抵抗した共産党の悲劇の人物。拘留部屋からもち出されたフチークの秘密通信文は共産党員によって追加され、共産党員の雄々しさを示す衝撃的なドキュメントに偽造された。このように加工された『絞首台からのレポート』は、一時的に陶酔したチェコの解放的な空気のなかで、そして民衆の新しい方向性のなかですぐさまその目的をかなえた。その本——今日まだ読み直せる——は、「社会主義の人間性の道徳的な卓越性を立証している」というのだ。

『絞首台からのレポート』が一九四五年九月にチェコスロバキア社会主義共和国で出版されたとき、このルポルタージュは同年にもっとも読まれた本となる。この本は世界中をめぐった。一九六八年の「プラハの春」にこのレポートの信憑性への疑義がはじめて表明されたが、この「記録」自身をとやかく問題にするということではなかった。その疑義はこの本の記述内容から出たのであり、偽造にかけた時間はわずかであった。フチークはこう説明している。拘留されていたかれが、「かれの」ドイツ人の取調官である、刑事ベームによってプラハの散歩に連れ出され、そのときにレストランを訪ねた、と。これがゲシュタポの誘惑方法であったことは、現在では学者たちの知るところである。

スターリン主義者、ユーリウス・フチークがゲシュタポに誘惑されたという明白な証拠を立証できるのは、裏切りの唯一の生き残りである人物だけであり、トロツキーへの偏向のために党を除名された人物である。その人物ゾンカは、一九四五年にプラハに帰還後に党首ルードルフ・スラーンスキーの要請でトロツキーとの関係を文書で表わさなくてはならなかった。一二頁に及ぶ弁明書のなかでゾンカはフチークの裏切りについて五行書いているが、フチークが死刑となったことを、かれは当時——ひょっとしてまったく——知らなかった。しかし共産党は、あてにならない奴であるゾンカを消さなくてはと分かっていた。共産党はゾンカをノセクの手を借りて消した——見かけは合法的な方法で。

フチークと『絞首台からのレポート』が共産主義体制にとってどれほど重要な意味をもっていたのか、六〇年代、つまり脱スターリン主義の年代に明白になってきた。スターリンの専横の犠牲者である共産党書記長スラーンスキーは、ゾンカの有罪判決が下った五年後に処刑され、その名誉が結果的に回復されたのにたいし、スラーンスキーの専横の犠牲者であるフチークは追放処分のままであり、自らはいまだに「プラハの春」の数か月のなかにいる。ゾンカの追放も西側で影響があった。この作家の抒情詩は再発見されたテオドーア・クラーマー、ヤーコプ・ハーリンガー、エーリヒ・ミューザームなどとおなじ水準にあるが、四〇年間にわたって一冊の本も出版されることはなかった。

オーストリアの文学史家カール＝マルクス・ガウスとヨーゼフ・ハスリンガーがゾンカについてじつに長い間守ってきた沈黙を専門

誌で破り、一九八四年にミュンヘンのカール・ハンザー書店から選詩集を『わが兄弟の桎梏』という表題で出版すると、奇妙なことが起きた。敵への協力というテーゼにたいする二人の研究者の疑義は、あるプラハ出身の男性をウィーンへの旅に駆り立てた。その人物はウィーンの抵抗博物館に、ゾンカの生涯に関する匿名の二頁の報告書をゾンカに対する告訴文を付けて残したが、それは一九四七年のプラハの特別法廷では取り入れられていなかったものだ。

「われわれは、プラハの情報提供者の名前を呼ばないように約束していた」と、二頁にわたる密告のコピーを入手したウィーン労働者部会資料室のエッカルト・フリューは言っている。「情報提供者は臆病な人物である」。その臆病な人物の名前はイジー・ヴェーレであり、かれは名前を呼ばれないようにしておく必要があった。かれは第二次世界大戦後、一九四八年の共産党のクーデターを組織した古くからのスターリン主義者、ノセクの内務省の職員であったのだ。のちに学問の世界で活動したイジー・ヴェーレは、ノセクの主導で人民の「浄化」と、ナチスの犯人捜索に従事した。

陰口をたたかれたこのプラハの大使がグスターフ・フサークのネオスターリン主義のプラハからウィーンへと駆り立てられたのは、かれが知らなかったゾネンシャインの無実の証拠が、とっくに西側にあったからである。この証拠を二人のオーストリアの文学史家、ガウスとハスリンガーが発見したわけではなかったが、まずその発見物が明らかにしているのは、なぜすべての共産主義の権力者はゾンカを道徳的な恥さらしにすることに固執したのか、ということである。つまり、チェコ民族を指導するためのコミュニストの道徳的資格は、ナチスの占領者にたいするユーリウス・フチークが中心となった抵抗が基礎になっていたのである。しかるべき継ぎはぎででっちあげられた、英雄的な『絞首台からのレポート』は依然としてこの国の学校で必読の書である。

社会主義を自由な批判的な思考として擁護したフーゴ・ゾネンシャインは、二つのことを経験した。かれがすでに二〇年代に看破していたのは、スターリンとかれの機関は権力とその行使以外のものは信じていなかったこと、そしてマルクス主義が古いロシアの帝国主義にとって唯一の価値となってしまったことである。かれが見ていたのは、一九四五年以降、西側のタイプのコミュニスト——つまり、マルクス主義をいまだに信じていた人びとである——が、全体主義の権力以外信じていなかった人びとに、新しい道徳の資格をあたえ、その資格を社会主義の死刑執行人にこっそり手渡したことである。

熱心な社会主義者ゾンカの歴史は、世俗化されていく救世主の理念の歴史だったが、その呪縛のなかにいたのが二〇年代のヨーロッパの作家だった。——エルンスト・トラーからエーリヒ・ミューザームまで、ベルトルト・ブレヒトからアンナ・ゼーガースまで、アンドレ・ブルトンからアンドレ・ジィドまで、クルト・トゥホルスキーからアルトゥア・ケストラーまで、イグナツィオ・シローネからヤロスラフ・サイフェルトまで、オシップ・マンデルスタムからマヤコフスキーまで。ほとんどつねに実らぬ恋であった。ほとんどつねに絶対的な自由にもとづいている詩作と絶対的な順応を主張する政治原則との間では衝突が起きた。
歴史のなかで独立した主体となった人間は、自らを対象として認識した。それは全体主義国家を生み出した、啓蒙された世紀を経験したということであり、世界を改善するというあらゆる政治的な見解のなかで、もっとも倒錯した形式であるヒトラーの全体主義とスターリンの全体主義の経験である。この二つの結果は、まともな未来を計画できるという人類の大昔からある傲慢さによって招来された。「神に飽きたので／われわれが叫ぶ夜からは／不可思議な世界が広がることはない」とゾンカは一九二一年に書いている。一九二一年には新しい立場を見いだす。「私はプロレタリアートによるひとの解放を信じている。これは地球の救済である」。
つねにゾンカの「目的への道」は、初期の詩に書かれているように、「無限のことにある」。生涯にわたって「見いだせないもの」をさがそうとする。「わが精神は予感し、見つめるからだ、／わが憧憬が切望して築くものを」。背中にはアウシュヴィッツの経験をもち、前面には共産主義の迫害をもって、ゾンカはこう書く。

最後に孫がさ迷い困窮しながら
救いをもとめるのは先祖の家
ぼくがおずおずと踏み入る朽ちた敷居から
――聖書の祈りのささやき声を聞きながら――
ドアが開くのを待つ。

日の光は消え、うす暗い畑と庭は
わが視界から消える、
わが道の夢と幸福は
雪に埋もれ、獣の足跡も風に吹き飛ばされる。

そしてわが大地の境界は
寒気と雲の高さほどの孤独に沈み、
晩にぼくは煌めく黒ずんだ血をみる、
死者の脇におかれた哀悼の火のように……

＊　＊　＊

筆者は周辺からゾンカの核心に近づこうとしている。核心にはなにも知るべきことはない。つまりプラハで聞こえてくるのは、このドイツ語作家に関する昔ながらの誹謗中傷にすぎなかっ

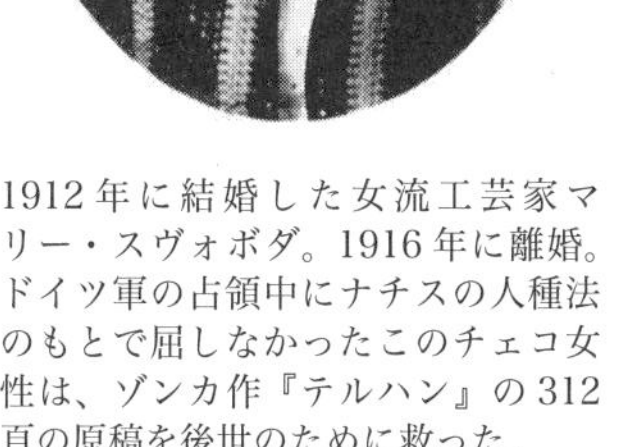

1912年に結婚した女流工芸家マリー・スヴォボダ。1916年に離婚。ドイツ軍の占領中にナチスの人種法のもとで屈しなかったこのチェコ女性は、ゾンカ作『テルハン』の312頁の原稿を後世のために救った。

た。プラハでは、ゾンカにとって致命的であった共産党からの迫害の生き証人たちは全員が恐怖から黙して語らなかった。プラハには一九八四年まで最初の結婚で生まれた長男が生きていた。一九一二年生まれのイヴァン・ソヴァは、建築家として広島の追悼博物館を設計するチェコスロバキア共和国の国民的な芸術家にまで上りつめた。かれは黙していた——自分の子どものことでさえ。ずっと黙したままだった、ゾンカの死後も。ゾンカの義理の娘もおなじくいかなる態度の表明も拒んだ。

ゾネンシャインは二度結婚する。先妻マリーはコリーン出身の高等小学校の校長の娘であり、ユダヤ人ではなかった。彼女はプラハで戦争を生きのび、一九五九年に七二歳で死去した。かれの二度目の妻、ローゼはユダヤ人で、一九四三年に夫とともにアウシュヴィッツへ追放され、一九四三年一二月一〇日、ビルケナウのB収容所で毒ガスで殺害され、焼却された。イギリスに送られていた二人の息子の母親、ローゼ・ゾネンシャインは四三歳で死んだ。

(左) 妻ローゼと一緒の写真は1939年6月に、息子たちの写真はその1年後に撮られたもの。(右) 息子のイリヤとトマーシュ。この子どもたちの母親ローゼとかれは1937年にプラハで結婚。

ゾンカが息子たちにつけた名前は、かれの希望を示す名前であった。イヴァン——スラブ語で根をはることを意味している。イリヤ——ゾンカにとっては「比類のない品行方正な人物」レーニンを意味していた。トマーシュ——これは「民主主義の師匠」であるトマーシュ・G・マサリクを指していた。イヴァン・ゾネンシャインは第二次世界大戦後、イヴァン・ソーヴァになった。二度目の結婚でできたゾンカの息子たちはイギリス風の生活をしていたので、かれらはスペンサーという名前を名乗った。イリヤは名前もイアン・ダニエルに変えた。一九二四年に生まれたウィーン人であるかれは、父親の死去の年である一九五三年から家族とともにカナダで暮らしている。

イアン・D・スペンサーは筆者をトロント空港に車で迎えにきてくれた。かれは知っていることを語り、車のなかではノートをとるのがとてもむずかしく、しゃべりの速度にブレーキをかけた。だが、われわれが一時間のドライブのあとに、カナダの鉄鋼の中心地、ハミルトンに到着すると、かれはすべてを語った。ハミルトンのマックマスター大学の生化学の教授であるスペンサーは、ゴヤにある祖父の畑からそのままカナダにやってきたような気がする、と言った。たくましく、ずんぐりしていて、人を圧倒する、グレーの硬い髭、グレーの硬いごわごわした髪、心をつかむ気遣い、率直な物言い。知識人の印象とはすべてがまったくちがっていた。筆者はドイツに帰ってかなり経てから、スペンサーがかれの分野で世界のトップクラスの研究者であることを知った。

スペンサーは、ゲシュタポがプラハへのドイツ軍侵入の直後に実家に現われたときの様子を、いまだに思いだせる。「父がドアを開けると、だれかが足をドアに挟みました。ひとりではありませんでした。男たちは家のなかにはいり、父の部屋にはいっていきました。この部屋で父は赤旗の徹底した収集をしていました」。一九三九年六月、ゾンカは息子たちを子ども用搬送列車でイギリスに送った。当時まだイリヤであったイアンは一五歳で、弟のトマーシュは一二歳であった。一七歳でイリヤはチェコスロバキア軍に入隊し、侵入されたあとはドイツ軍に包囲されたダンケルクの孤立地点でモントゴメリーの第二一軍隊のなかにいた。

「私の父が生きていることを知ったのです」とスペンサーは語った。「チェコスロバキア軍の新聞で私が読んだ内容は、ゾンカがアウシュヴィッツでロシア軍から解放され、ベネシュの政府団とともにモスクワからチェコスロバキアにもどったというものでした」。解放されたプラハにスペンサーが来たとき、ゾンカはすでに逮捕されていた。ほとんど一年間、平時体制にもどり動員を解除されていた息子はプラハにとどまり、一年間、父親の釈放を実現しようと試みた。それからイギリスにもどり、かれと弟のトマーシュがロンドンから外国のオフォス機関を介入させると、プラハのイギリス外交官は忠実に介入した。

王様と王女のフーゴ・ゾネンシャインとローゼ・ゾネンシャイン。12歳の息子トマーシュのコラージュによる作品、ロンドンに到着直後に完成したもの。

スペンサーは父親の本をもち出してきたが、そのうちの何冊かは寄贈のものだった。だがほとんどは父親が古本屋で買い集めたものだった。息子は一九四五年以降、父親にたいする非難をどうやって知ったのだろうか。ただかれが知っていたのは、ゾンカが同志から要求されたことは、自己正当化するということだった。しかしかれは当時プラハで父親からタイプライターによるコピーで入手していた弁明書をもってはいなかった。「私が知っているのは、父親が無罪を確信していたことだけです」とかれは言う。「はじめのころ、私は父親とともに自由に昼間散歩に出てもかまわなかったのです。父は逃走することもできたのですが、望みませんでした」。

われわれは回想のなかでさがしまわった。だがかつてのイリヤはとっくにいなくなっていた。スペンサーは父親のテーマをながいこと手をつけずに放っておいた。「私は情緒的な人間ではありません」とかれは言う。父親のテーマをかたく紐で縛ってしまった。かれは過去の写真がはいっているボール箱をもち出してきた。妻と一緒のゾンカ。子どもたちと一緒のゾンカ。これらはすべて筆者のまえでばらばらに並べられた。スペンサーは写真のことを語った。はじめ言葉に詰まりながら、そしてだんだんと文になっていった。「考えさせてください……」。かれがこれほど過去に遡ったことはながいことなかった。距離感はたんに歳月を越えて生じたものだった。そして、詩のなかで農村風のスロバキアを称えている父親の息子は気を楽にしていた。素朴な所作をする農夫のような風貌からすると、父親のもとめた人間的な憧れをもつ息子である。ゾンカは現在、人知れずハミルトンから一〇〇キロはなれたカナダの森のなかに生きつづけている。スペンサーの避難所があり、木造の小屋があるこの森に毎年ひきこもった。

筆者が感じたのは、解き放たれた過去とともに恐怖が浮かびあがるのではないかということだった。父親がいつの日かナチスによる迫害の間に弱気になったのではないかという恐怖であり、父親にたいして不利な告白をしてしまうのではという恐怖でもあった。カナダではなく、ずっとあとになって筆者は、後妻の息子たちと手紙のやりとりがあった最初の妻に宛てて、ゾンカがミーロフの刑務所から書いた手紙のなかにつぎの言葉を見いだした。「息子たちに肝に銘じさせてほしい、私がここで死ぬことになれば、だれも私の目を閉じてくれる者はいないと」。

無実の者の罪——ボヘミアの作家たちはこれを記述してきのだ。この罪の意識には名前を変更することにためらいはなかった。筆者がこのような歴史においてスペンサーの過去のアイデンティティとともに新しいアイデンティティをあきらかにして、両者を結びつけることに、スペンサーは同意してよいものか、ながいこと躊躇していた。その理由としてかれがもち出したのは父親のことではなく、自分の元の名前、ゾネンシャインを申告していない移住用書類のことであった。カナダのもっとも優れた生化学者が作家ゾンカの息子であることを公開しない、と筆者は約束した。

スペンサーは筆者の調査の最後にこの約束の義務を解いた。調査の最後に筆者は無実の証拠を集め、最初の証拠をハミルトンで見つけた。スペンサーは思い出のはいったボール箱をふたたび閉じたとき、こう言った。「しないで済んだかもしれない遠い旅でしたね。まあ、私はこれ以上お役には立てません」。それで筆者は、かれと弟が一九四五年以降にゾンカの先妻からもらった手紙の所在を尋ねた。

スペンサーはもう一度家の中をさがしにはいった。かれはなにもさがせず、「大学に行ってみましょう」と言った。「ひょっとして手紙はあそこにあるかもしれません」。われわれは車で行った。かれの研究室のスチール戸棚のなかに、先妻、マリー・ゾネンシャインからのチェコ語で書かれた手紙がはいった古いバインダーを発見した。そしてわれわれは有罪判決を下される前のころの、拘留中のゾンカの絵葉書を発見した。おなじくチェコ語で書かれていた。スペンサーは翻訳した。何時間も翻訳した。マリー・ゾネンシャインが手紙のなかで報告しているのは、彼女がゾンカに食事の追加のめんどうをみたこと、洗い立ての下着をもっていったこと、弁護人と格闘したこと、彼女がゾンカの友人たちから独りにさせられたことなどだった。

ゾンカとの日々の戦いの出来事の箇所には斑点がつけられているが、その文章の意味は四〇年間をふり返ることで、チェコスロバキア共和国の共産主義の歴史を知ることで、ようやくいま解き明かせる。裏切りのパノラマが見えてくる。そしてゾンカの判決はすでに訴訟の前に確定していた。

＊　＊　＊

筆者のつぎの飛行先はイスラエルだった。ここに一九六六年からゾンカの末っ子トマーシュが家族と住んでいる。筆者はエルサレムからキネレット湖に達するまで、レンタカーで下り死海に行き、ウエストバンク地帯を通り、砂漠を越えて行った。それから山頂高くまで行き、花咲く緑の風景を過ぎると、アルプスの前山にいるようだった。五時間のドライブで私は目的地、レバノン国境から一キロはなれたササのキブツに到着した。ササは人口四〇〇人だった。トミーと名前を変えていたトマーシュは、ここで医師をしていた。トミー・スペンサー。息子は故郷を見いだしたが、父親はそうはいかなかった。ユダヤ人女性と結婚し、四人の子どもをもうけたが、彼女の両親はツァーの時代のポグロムの前にロシアから南アフリカに亡命していた。スペンサーはイギリスで妻となる女医と知り合った。スペンサーは、自分の子どもたちが「すべて歴史の筋道が分からなくなってしまう」のを望まなかった。スペンサーの容貌にはゾンカの知性がより洗練されているような面があり、身体的にエレガントで、精神的に気品のある男性である――かれは世界の大都市と関わってもよさそうな外見に反して農村で暮らしている。

大人になってヘブライ語を学んだトミー・スペンサー博士は、イスラエル移住についてこう言っている。「子どもたちは完全に非ユダヤ的な環境で育ち、イギリスで彼らのアイデンティティを失いもせず、獲得することもなく、海のものとも山のものとも分かりませんでした。それを私は望みませんでした」。ササはイスラエルのアンネ・フランク・キブツである。ここにはベルゲン－ベルゼン強制収容所で殺害された少女たちを想起させる博物館がある。ここでは、農業が営まれ、困難な社会環境にある問題のある子どもたちの故郷となっている。そして、レバノン側から射撃があれば防空壕で暮らさなければならなかった。

スペンサーは終戦のとき一八歳だった。かれは父親に再会していない。モスクワから、チェコ政府団を乗せた特別列車が停車するチェコスロバキアのコシーチェにもどる途中、ゾンカは一九四五年に外相ヤン・マサリクに詩の原稿を手渡した。アウシュヴィッツの解放後に書かれた詩である。息子トマーシュが公刊のめんどうをみることになっていて、マサリクは原稿をロンドンにもってきた。大使館は息子に手渡したが、息子は出版者を見つけることはなかった。

スペンサーはこう言う。「私の父は、刑務所にいたときでも、詩集のタイトルがどうみえるか、気を使っていました。私は草稿を送ってもらい、さらに追加として、父親が未決拘留者として一九四五年以降に書いた数篇の詩を手にいれました」。息子は死後の一九六四年に詩集『詩の歩み』を自分の資金で印刷したが出版市場には回らなかった。わずかな部数ではあったが古本屋では関心を呼んだ。自伝の描写のなかでスペンサーはゾンカの有罪をけしからんと指摘している。

スペンサーは、この詩集とともにゾンカの事件を順を追って再検討しようとしたが、なにも実現しなかった。まえもってゾンカのためになにも講じていなかった国際ペンクラブは、アンソロジーとして一、二篇の詩を掲載すると約束したにすぎなかった。

アルノルト・ツヴァイクは、パレスチナで戦争を生きのび、東ドイツに行った作家だが、こう書いている。「ここに心底よりあなたの父上の詩集に感謝の意を表します。私は詩から現実に適応できなかった同時代の戦友という印象を受けました。驚くべきは、かれがこのような適応の意志をつねにもっていたこと、そしてかれの精神状態がその可能性をあたえなかったということです」。

アルノルト・ツヴァイクの手紙で驚くべきことは、(旧東ドイツの)ドイツ社会主義統一党からちやほやされた東ドイツの国民的な芸術家が現実に適応し、現実を忘れさせてしまうほどに東ドイツが対価を支払ったということである。

ササのキブツにいるスペンサーはこう言う。「私の父であればそのような態度を、自己の信条を公にする勇気が欠如していると言ったでしょう」。この父親はトミーに近い存在だった。「それは個人的なことです。私は、つねに困難に陥るという傾向をもっています。戦いになれば、私は保守主義者に対抗する少数派のなかにいつでもいます」。

トミー・スペンサーは父親の文学とともに生きている。息子には知られていない三〇年代の父親の原稿にはユダヤ教の安息日、サバスについてこう書かれている。「金曜日の夕刻。ぼくは世紀のメロディーに揺り動かされている。今年はここにいて、この年が過ぎればエルサレム。遊牧民から農夫へ。千年を越えて耐え抜く亡命。寺院の焼失からはほんの一瞬のことだ」。

家族のなかでドイツ語を用いるのは、この間にハイファ大学とビア・シェヴァ大学で総合医学の教授をしていたトミー・スペンサー一人である。子どものだれもが父親の母国語であるドイツ語を学ばなかった。イスラエルの医者は音楽を通してドイツ語をもちこんだ。かれはピアノとバイオリンを弾き、友人と音楽を奏でる。筆者がササを訪問した日に、医者の同僚がかれとバッハのフーガの技巧について歓談するためにきていた。

さて、ゾンカの過去に集中することにしよう。ここにも多くの写真がある。父親のほとんどの著作もある。そしてスペンサーがすでに紛失したと思っていたゾンカの弁明書があり、これは党書記ルードルフ・スラーンスキーと一九四五年以降のほかの共産党幹部に宛てた二通の書簡という体裁をとっていた。「親愛なる同志よ、きみたちは私が伝記を書くことを望んでいるのでしょう……」。

六年後スターリンの命令で権力を奪われ、その後処刑されることになるルードルフ・スラーンスキーは自分の伝記を「愛する同志」に書かなくてはならなかった。「私はユダヤ人のブルジョア愛国主義者です」。スラーンスキーは、良心の咎めを感じないその知性によってプラハの共産党を権力につけ、スターリンのために自分の義務を果たした。

スペンサーは分かっていない、かれが手にしている父親の弁明書が、なぜ父親ゾンカが一九四五年以降ずっとチェコの刑務所に姿を消さなくてはならなかったか説明しているのを。スペンサーはチェコ語を話さない。この言語を話しても、かれがチェコの戦後史を熟知していないゆえに、おそらく一二ページの書類のなかで決定的な一節に気づくことはないだろう。父親の弁明書を一九四五年のプラハで読んでいたイアン・D・スペンサーも、クーデターにむけて投入するチェコ共産党の危険性を認識していなかった。かれは共産党を一九四五年の視点から認識できず、のちに資料を読むことはなかった。一九四五年以降、熱狂的な共産党員であり、現在自国から市民権を奪われてウィーンに住んでいるパヴェル・コホウトは、当時の若い世代にとってのユーリウス・フチークの意義についてこう言っている。「フチークと抵抗の歴史はわれわれには模範であった。かれがなにを夢想したのか、かれがなんのために闘ったのか、かれがなんのために苦しみ、死んだのか、われわれはいま実践に移したいのだ。党の指導部の要求はフチークの例に基づいている」。おなじく一九四五年以降、熱狂的な共産党員であり現在自国から市民権を奪われているミラン・クンデラは、当時詩人としてフチークの「決然とした勇気」を称えていた。

三人の同志が共産党のクーデターの1年後の1949年に、たがいに祝福しあっている。クーデターが賛美されている表彰の文書を手にしている大統領ゴットヴァルト、内務相ノセクがページをめくっている。かつてのゾンカの友人、首相のザーポトツキーがほほ笑みながら見ている。もう一人のゾンカの友人で、1934年にピーパー書店からドイツ語で出版された長編の作家、イヴァン・オルブラハトはゴットヴァルトのもとで国民作家に昇進した。

パヴェル・コホウトは現在こう言う。「もちろんチェコスロバキアでは、フチークの『絞首台からのレポート』には操作が加えられていたことは知られている。しかしけっして——一九六八年でも——フチークがゲシュタポに拘置されて自分の同志を裏切ったと証明する資料が公開されたことはなかったのだ」。

一九四五年にスラーンスキーと同志にたいする弁明書において、ゾネンシャインは、ゲシュタポによってプラハで追放された様子を描写し、ハイドリヒ暗殺後の経過と関連させて書いている。「……警部は私に突進してきて、『さあ、われわれはおまえのすべてを知ったぞ。フチークはわれわれに情報を流したのだ。おまえは共産党員と仕事をして、かれらのために書いているのだ、否定しないな……』」

一九三八年生まれの作家イジー・グルシャはチェコスロバキア共

和国から市民権を剥奪されボンで暮らしているが、ゾンカのこの資料を「センセーショナル」と評価している。「はじめてここできちんと文書で裏切り者フチークが証明されている。この表明から考えてみるとゾンカには当時、獄中から脱出する機会はなかった。トロツキストのイヴァン・オルブラハト像が歪められたように、トロツキストのゾンカ像も歪められたかもしれない。しかし共産党内部での一大裏切りの消息通であったトロツキストにたいして、党だけは自己保身本能から歪めることはできなかったのだ」。

スペンサー宅で発見したゾンカの自己弁明書には不都合があった。それはコピーなのだ。手書きの補足のついた本物を筆者はオーストリアのシュタイアーで発見した。そこに一九六八年からゾネンシャインの孫娘が住んでいる。マリー・ベルクマイアーといい、かれの最初の結婚でできた息子イヴァンの娘である。現在四〇歳となる彼女も、手元に存在するゾンカの資料の危険性をけっして認識することはなかった。彼女の父親は死にさいし守ってきたゾンカの全遺産が彼女に手に入るように計らっていた。マリー・ベルクマイアーにとって祖父ゾンカの遺産とは、祖父がプラハ郊外の刑務所への道を歩まなくてはならなかったときに、はじめて彼女が会ったときの美しい思い出だった。

教師と結婚しているこの四〇歳の女性はこんなことを思い出している。「家族はゾンカとプラハの駅で会いました。私は当時六歳でその恐怖をまだまったく理解していませんでした。私たちは駅員から特別室に連れていかれました。ゾンカは囚人服を着ていました。祖父の動きは弱く、とても悲しそうでした。そこで私は自分なりに励まそうとして肩のうえに乗ろうとしました。それで祖父は私を高くもちあげました。しかし私たちは外に出てはなりませんでした。われわれ子どもたちはのちの祖父について知ることはもはやなにもありませんでした。父は月に一度、朝に家を出て、夕方に帰ってくると、両親はささやきあっていました。いまでは私は、父がミーロフのゾンカのところにいっていたと知っているのですが」。

ぼくが徴兵検査を受け、番号をつけられ、名前を抹消され、
登録され、書き留められ、記録され、そして頭数を数えられたこ
　と、いくたびか、
グループに分けられ、選び出され、
調べられた。
ぼくには番号のついた独房、ベッド、書類がある、だれの番号
　というのだ、
そこでさるぐつわをかまされ、縛られ、捕えられ、座らされた、
名前を知られず、忘れ去られた。
みじめな数字、そしてその数字をさけび、書きとめた人間――
ぼくがそれだ、それがぼくだ、ずっとそうだったのだ、
ゾンカ、ルンペンプロレタリアート、ゾンカ、乞食詩人、
この地球で愚かにも奇妙なことだ、
神の手もとにある光と夜、
運命の手にある弓、

硬い道のうえで惑わずに、ぼくは自明の行き先に背き苦しむ、
ぼくのための七つの拷問！
ぼくの首を絞め、隷従させ、吊るせ、
番号をそこにおけ――
絞首台はぼくをひきとめない、
ぼくがむかうのはいまそこにいる神。

ゾネンシャインがこの詩を一九二〇年に『零落したゾンカの伝説』のなかで発表したとき、三一歳の作家はすでに拘置経験のある男であった。この戦争反対者はオーストリア＝ハンガリー帝国では国家からはまだあてにならないと見られていた。単刀直入の言い方のためにゾネンシャインはなんども軍事拘留され、第一次世界大戦ではバルカン半島で歩兵になっていた。

ゾネンシャインは今世紀の自己分裂のなかで生き、統一をあこがれて生きた。ゾネンシャインは統一をまず、自分が民謡的な詩で称えて詠んだスロヴァキアの農村風景に見た。そして統一は共産主義としてやってくると思った。ゾネンシャインには共産主義は宗教感情であったが、宗教感情のなかで自分が欺かれたと分かったときに、スターリンの罪悪をみることになった。ゾネンシャインは共産主義の信念を放棄することはなかったが、イデオロギーの束縛が、つねにかれの行き先に追いやった。党から除名されたゾネンシャインは、共産主義のアウトサイダーとして独自の構想を築きあげた。

この構想の中心にあったのはこのような洞察であった。「民主主義が独裁的な手法で根絶されないのであれば、民主主義は民主主義の手法で擁護されなくてはならない。民主主義を享受する者は、民主主義を信じていることを公言し、その比類のなさを擁護する者のみである」。ゾンカがこの文を草したときに、ドイツではすでにナチスが権力に就いていた。おなじ時点でこう書きとめている。「ロシアで起きていることが社会主義への道であれば、私は社会主義者ではないし、ロシアで起きていることが赤いファシズムであるならば私は社会主義者である」。

ゾンカは自分の一体感をユダヤ教、カトリック、プロテスタンティズムのなかにもとめ、これらを共産主義とよんだ。かれはこう告白する。「ゾンカは世界の秩序の反対者であり、神の恩寵の反逆者である」。さらにこう加える。「ひとりの愚か者、ほかにはだれもいらない」。かれはこう書く。「つねに真実あるのみ。嘘をつく権利はない」。かれは聖書をかれの「スロバキアの寓話」と呼んでいる。「私自身はアナクロニズムである」。このように自分のことを特徴づけることで、ゾネンシャインは同時にヤン・フスの例を回想し、こう考える。「清く純粋な例とともに何世紀も譲歩しながら生きている」。

「私は自覚のある貧者の存在のみを信じている」とゾンカは書きとめ、モラビアのスロバキアへとなんども帰っていく。少数派のユダヤ人と多数派のカトリックがいるガヤについてこんな言葉を残している。「ゲットー、カトリックの栄光、そしてこの雄大ではない平原におけるジプシーのオリエント的な怠惰！　美しい郷土を想像するにはわずかな想像力で十分である」。ゾネンシャインはすべて

の政治的、社会的な肩入れとは関係なく自分を放浪者であると理解していた。

ゾネンシャインは仏陀、老子、イエスの生活を放浪性として理解していた。かれに分かっていたことは、「唯一の憧憬、それは天国への憧憬」である。「心の合理性」を主張した。「人間に呼びかけよ、人間を踏みつぶすな」。かれは祈願する。「天にましますわれらの父よ、……」。そして自分の連詩のひとつのためにこのモットーを見いだす。「人間がユダヤの地からくるまでは／ユダヤの地から――（この空想家！）」。かれはこう書きとめている。「私の始祖はナザレのユダだった」。

ゾネンシャインは夢見るひとだった。自分の夢に生き、夢の犠牲者となった。詩作で実現しようとした夢は、かれが同時になんども干渉した現実において権力者の邪魔をした。「われわれは権力の原則に貢献しないので、われわれを利用できない」とかれは認識していた。「イデオロギーほどよくできた尻軽女はいない」。ゾンカはこう書く。「放浪者は自分の運命を自ら選んだ、ただしマルクス主義者はべつの説明をした。精神錯乱者よ、きみたちがのぞんでも……改善されることはないのだ、新しい社会の秩序となっても。投獄されるか、処刑されるかだ、かれらの自由への欲求とともに」。

＊　＊　＊

フーゴ・ゾネンシャイン――ガヤ出身のユダヤ人農家の息子。両親はまだガヤに残っていたゲットーをあとにした。「私はいつでもユダヤ人の味方だった」とゾネンシャインは書いている、「しかも――私の母には不愉快なことだったが――いまだにゲットーに住み、貧しい身なりで、つばを吐かれ、盗人をはたらき、飢えている人びとに私は味方をしていた」。ある詩のなかでゾネンシャインは自身のことは「ユダヤ人の少年、スロバキアの子ども、文化的な私生児」と呼んでいる。ゾネンシャインが自己同一化していたのは、モラビアの田舎の下層の人びとであり、かれらはスロバキア人が多数派を占めるガヤ周辺に住んでいた。

立ち上がれ、道端の男よ、
ハンマーをもち、恐怖を呼び起こせ、
ハンマーを荒々しく牛乳鉢のうえに
はっしと打ちおろせ……

チェコ語をドイツ語とおなじように非の打ちどころなく話したゾネンシャインは、一八歳で実家を出た。「わが穀物畑は天にとなりあっている」と自分の人生を展望していた。天に、風にむけて語られる言葉。「きみがおく星々に。点火のためにぼくはいる。放火犯なのだ」。

おお、真実よ、真実よ、谷間の素朴な娘よ、
山と川の、

花々と種の、
星と太陽の娘よ、
わが人間の心をとりだし、救え。

自由を解放せよ、
愛を放ち
憧憬に翼をつけ
翼に休息をあたえよ、
わが翼に歌を。

夜にあたえよ
平和な夢を、
そのおおいなる充溢とともに
夜が明けゆく。
生を贈れ
手をひろげ
善と真に。

おお、真実よ、真実よ、
谷間の素朴な娘よ、
山と川の、
花と種の、
星と太陽の娘よ。

　こうしてゾネンシャインは人生の二律背反にひき込まれる。抑えきれないものをもとめても護られている。護られているものをもとめても抑えきれない。芸術は価値の上昇にむかい、政治は平等にむかう。かれは芸術の創造過程の孤独から社会主義の大衆の体験に打ち込み、平等化に代償をもとめる社会主義の大衆の体験から作家の表現の孤独へと逃げこむ。

　ゾネンシャインは、ブルノで大学入学資格試験を終えて一八歳でウィーンに行き、学生時代には学生自由統一協会の社会民主党のメンバーとなった。そのほかに、トマーシュ・G・マサリクが設立したチェコ芸術アカデミー協会に属し、この協会のために一九〇八年にアカデミーの年鑑を編集した。ウィーンからブルノの社会民主党の新聞「ロヴノスト」に寄稿し、ボヘミア王国のほかの雑誌もさらに加わった。

　ゾネンシャインはブルノを出た年にはすでに作家として世に登場していた。ドレスデンの出版社Ｅ・ピアソンが一九〇七年に最初の詩集『アド・ソレム』を出版し、そのなかにはすでにのちのゾンカ風の響きがある。「ぼくは人生を突進している／時間の翼にのって／時代とともにわれがちに競って／ぼくは歓喜を、目的を／人生の意味をさがしもとめる／そしてもとめてもむなしい／ぼくは永遠のユダヤ人……」。三年後ゾネンシャインの『愚者の本』が冒瀆的に思えるという理由でスキャンダルの原因となり、没収された。そのなかに「ナザレの愚者」という詩がある。

それは生気のない国——ゴイゼン（乞食）の国、
憧憬にみちみちた空想家の国、
人間は飢え——そして蓄えは腐敗する、
人間はみだらな女の胸に渇きをおぼえる。

われらの花嫁たちはちかくに庭をもち、
そこで葡萄の木にたわわになりすぎた実が輝く、
われわれは渇きをおぼえる——名もない丘で、
われわれは死ぬ——永遠の神の恩寵ゆえに。

それは愚者の国——乞食の国だ——
神よ！　贖罪者が大西洋を見つけた、
二千年まえに——
最高の悪者の国を
すばらしい愚者、乞食が——見つけたのだ。

この国、この愚者の共同体にゾネンシャインは責任を負った。ばかげたことをばかにして笑えないひとに、この詩人はイエスの調子で大声でよびかけた。「私のあとをついてきなさい」。そしてゾネンシャインは前書きでその存在を教えた。すでに執筆ずみの著書『自己神の大衆の陶酔と失神』は一九一〇年に出版されるはずだったが、同年に押収される。その理由は『愚者の本』で抗議を受けた詩を収めたことによる。つぎつぎに押収されていく作品のなかに、ヘルマン・バールとシュテファン・ツヴァイクから称賛されたゾネンシャインの詩集『スロバキアの歌』があった。「きみの歌よ、スロバキアの貧しき民よ／それは絶望の歌／桎梏のなかで呻く魂の叫び／そして自由を渇望する魂の叫び……」。このような詩がこの詩集の一篇にはあるが、「マルケお婆ちゃん」で有名になった詩も収められている。

すばらしい名前のマルケ。
この文字に隠れているのは、
ゲットーの古い寓話のしずかな響き、
ゲットーの古い歌を大声で歌う歓び——
小さな、百歳のマルケに語らせよ、
ユダヤ人の小路の青春時代を、
マルケの母、バーベ・ブラインドルの小路で、
青春時代を……

曾祖母よ！
バーベ・ブラインドルよ！
そうあなたの娘の
マルケはほんとすばらしい娘だった、
踊りはほんと上手、
クレオ・ド・メロード[*1]のように、そして歌は

ゼルマ・クルツ[*2]のようだった！　そして彼女は
ほんとこのふたりの女性よりも
心惹かれる女だった、
だれよりも、ウィーン、パリで身体、
眼、声で人目をひく女よりも美しかった
これほどの女がいただろうか。

曾祖母ブラインドルよ、あなたの娘、
二〇歳だったマルケ、
この若いゲットーのユダヤの女性、
彼女が女王マルケだったのか。

そう、彼女は、八〇年まえのこと。
高貴の出の女性、
美しく、誇らかで、細身で、利発だった、
おお、この娘こそは、あなたの娘だ、
曾祖母バーベ・ブラインドルよ、
わがバーベよ、あなたの娘は、
マルケ、わが父の母。

＊1　クレオ・ド・メロードは、オーストリア出身のバレリーナ。その美貌で有名なオペラ座のエトワールであり画家エドガー・ドガのモデルもつとめた。
＊2　ゼルマ・クルツはポーランド生まれ、オーストリアで活躍したソプラノ歌手。

神よ、彼女はなんと語りの上手なことよ、
日々は移ろい、歳月はまたたく間に過ぎた——
そして、あのひと、わが父が誕生した、
父のあとにつづく一四人の子どもが
七人の息子たち、七人の娘たち。

日々は移ろい、歳月はまたたく間に——
七人の子どもが死んでいった、
七人は老いていった——
わが父はもう葬られて眠っている……

おお、わが父は……五〇歳だった、
ゲットーから先祖のもとに
連れてこられた。
ぼくはまだ三歳に足りなかった。
だが、ぼくの想いなど、だれが知ろう。

四月のある日の午前のこと、
ぼくらの家のまえに馬車がとまった、
黒い馬が繋がれている——
そして白い棺が運ばれ、
ゆっくりと乗せた……
葬送の音楽が鳴りひびいた、

ヨシェフ……
ぼくにはママの泣き声がきこえた……

そしてわれらがマルティンの腕をとり
——われらが下男、忠実なマルティンは、
もう死んだのか——
ぼくは墓まで棺についていった……
そこで二度目の、
古い葬送の音楽の調べが鳴りひびき
かれは埋葬された……

ぼくはまだ想い出す、墓から
人を押しのけ、つぶやいたのさ、
これはおまえの父親だったのか、
ぼくはこの死者が誇りだったのか、
そしてこの人の人生が誇りだったのか、
朝まだきから働け——そして晩も働け。
それが報いることか。
運命は賢い、
聞けよ、父のふたりの妻は死んだ、
子どものできない、病気の女たちだった、
大胆にも父は三度目の妻を、
この女が私を産んだ。

苛酷な労働と寂しかった生活への報い、
それは子どもには尊く不滅のこと。
ぼくの名は父からのもの、
父はあなたの息子だよ、バーベ・マルケ。——

マルケ、わが父の母よ、
あなたは、マルケ——女王だ。

一九一一年にゾネンシャインは軍務に就き、一九一二年から一九一四年まで、それまで詩のなかでのみ詠まれた放浪生活を送る。ヨーロッパ中をてくてく歩き、パリ、フィレンツェ、アムステルダム、リヴィウ（ウクライナ）で暮らした。コリーン出身の歌手で工芸家のマリー・スヴォボダと結婚したが、一九一六年には離婚する。放浪時代の一年目に詩集『乞食 旅先の孤独』がアドリア書店（ウィーン、ライプツィヒ）から出版されたが、出版社では植字工と印刷の機械職人にもとくに具体的に的確に指示があたえられた。放浪時代の最後の年に詩集『世界の深刻さに抗するわが杯』がハイデルベルクのサターン書店から出版され、そのなかでこう書いている。

なんども言っておこう、
いつでもぼくは秘かに見張られていると、
高貴な夜に、底なしの日中に、

道端の静寂な孤独のなかで、並木道でざわめく人種のなかで。
わが血盟の友がぼくを危険に追いやり、
殺人者がぼくに刃物をさっとひき抜く。
救世主、同胞、兄弟よ、突き刺せ！

二九歳の作家は第一次世界大戦の末期、非合法の「社会民主党左派」に属し、このグループから共産党がのちに出現した。ゾネンシャインは赤軍の創設に居合わせ、「一九一八年一一月、私は助言にしたがいロシアの同志とウィーンからプラハにむかった」と書きとめている。そのときズライムで逮捕され、社会民主党員の抵抗のあとにふたたび釈放された。プラハではチェコの社会民主党に入党し、

ゾンカのチェコの作家仲間。ゾンカがともにチェコ共産党の設立に重要な組織的な仕事を果たしたスタニスラフ・K・ノイマン（左上）は、ゾンカを1945年以降になって捨て去った。イヴァン・オルブラハト（右上、1925年の写真）は自分自身の出世のためにゾンカを裏切った。ヴラジスラフ・ヴァンチュラ（右下）は、1942年にドイツ軍によって処刑された。

三〇年後にプラハの共産党書記長になる労働組合員アントニーン・ザーポトツキーと密な接触をはかった。

政治活動家であるこの作家は、社会民主党のなかで政治活動をするほかの作家を見いだすことになる。イヴァン・オルブラハト、ヘレナ・マリージョヴァー、スタニスラフ・K・ノイマン。共産主義へと出発した仲間である。ノイマンとともにゾネンシャインはアナーキズム傾向の文学雑誌「チェルヴェン」を共産党色の強い週刊誌に仕立てた。ノイマンとともにシリーズの本も創刊し、レーニンの『国家と革命』がチェコ語で刊行された。チェコ社会民主党の分裂する過程でゾネンシャインは重要な役割を演じ、共産党グループの主導権をとり、このグループの政治書記となった。

作家ゾネンシャインは政治目標を見いだしていた。「神の反逆者」が新しい宗教を見いだしたのだ。ゾネンシャインは連帯感に憧れをいだき、さらに組織を創り、この組織の拘束をなんとも感じなかった。ゾネンシャインはプラハとウィーンの間を行き来したが、なにもかもが立ち上げと大変革のなかにあり、かれは渦中にいた。「私は駆りたてられ生き生きしていた」。表現主義のウィーンの雑誌「ダイモン」の所有権が協同出版社の所有に移行したとき、ゾネンシャインはこの出版社の創設者になった。協同出版人となったのはアルフレート・アードラー、フリッツ・ランプル、フランツ・ヴェルフェル、アルベルト・エーレンシュタイン、ヤーコプ・モレノ・レヴィであった。「ダイモン」が「新ダイモン」となり、最終的にシリーズ「同行者」が刊行された。

このシリーズでとくに編者となった作家以外で出版した作家は、マックス・ブロート、パウル・コルンフェルト、エルンスト・ブロッホ、ミュノーナ、ゲオルク・カイザー、エルンスト・ヴァイス、ハインリヒ・マン、アルフレート・デーブリーン、アルフレート・ヴォルフェンシュタイン、オスカー・ココシュカであった。協同出版社の創設者たちはカール・クラウスと厄介なことになり、クラウスは、破綻したバイエルン共和国のあとに拘留されたエルンスト・トラーを利するための「世界兄弟的な抵抗」であると中傷攻撃してあざけった。クラウスは抵抗者たちには安全な立場から勇気を送ったが、かれにとって抵抗者たちは、第一次世界大戦の間、残虐行為に黙していた楽天主義者だった。

このことはクラウスによって攻撃されたゾネンシャインにはまったくあてはまらなかった。すでに一九一五年に私家版でゾネンシャインが刊行した詩集『地球の上の大地』の書評で、クラウスは「ファッケル」誌で批判を撤回した。「この詩は、この作家を戦争の肯定者として後世に伝えるにはまったく適していない」。この詩集はあらたに、E・シュトラッヘ書店からエーゴン・シーレによるゾンカの肖像画をつけて出版された。論駁されたクラウスは自分が過ちを認めざるをえなかったことに恨みをはらそうとして、ゾネンシャインをべつの方法で打ち砕こうとした。クラウスはこう書いた。「私は世界を破滅させるゾンカを、仮病を使う人、しかも不器用な作家と見なしている、なぜといって、私は精神病棟からもっとすぐれた詩を手にいれているからだ」。カール・クラウスによるこの評価は当時としてはかなりどうでもよい瑣末なものだった。ゾネンシャインは一九二〇年にE・P・タール書店から出版した詩集『零落したゾンカの伝説』によって傑作を放ち、これはこの作家のさらなる躍進にとって決定的になった。伝説的なゾンカの名前はそのタイトルから生まれた。芸術による自己様式化は成功し、それには偽のものはなにも付着していなかった。カール・クラウス——かれの個人的な悪辣さから切りはなされて——が神聖にして犯すべからざる作家と見なされている現在、ゾンカにたいする動かしがたい悪意のごまかしが生みだされ、ゾンカの作品の受容もおなじく阻止されている。というのは、いまだにクラウスの主張は背景の検証もなくひき継がれているからだ。

文学において敗北を喫したゾネンシャインは戦争経験によってつぎのような確信にいたった。「強固で安定した共産主義インターナショナルのみがあらたな戦争を阻止できる」。そして社会民主党が一九一四年に機能しなくなり、愛国的な排外主義に加わったので、政治活動をする作家にとってはたったひとつの帰結、つまり社会民主主義の粉砕、そして労働運動の先進的な可能性によって共産党を構築するという帰結しかなかった。チェコスロバキアでは社会民主党のヴラスチミル・トゥサルが一九一九年七月からブルジョア政党と連立を組んで首相となった。

トゥサルは左派と右派の対立を食いとめるために、そして社会民主党の分裂を阻止するために、一九二〇年の夏、「共産主義インターナショナル」の第二回世界大会に三人の代表委員をモスクワに派遣した。そのなかにはザーポトツキー〔一九二一年の共産党創設に参加、一九四八年に首相に就任、スターリン主義路線の遂行者〕がいた。社会民主党内部の共産主義グループが非合法でチェコスロバキア共和国から五人の代表委員を追加してモスクワへ派遣したのだが、そのなかにゾネンシャインがいたという事実が、党の分裂の進行を物語っている。

ゾネンシャインはかれのグループと七月六日にベルリンへ旅立ち、七月一二日にさらにシュテッティンにむかった。七月一三日、共産党員を乗せた客船「市長ハーケン」号は出航した。七月二一日、グループはペテルスブルクに到着し、七月二三日、モスクワに到着した。ゾンカはかの地でレーニン、スターリン、ソ連の外相チチェーリンとの会談で歓迎される。スターリンはこの作家からチェコスロバキア共和国の外交に関する秘密報告を受けた。共産党創設を顧慮してチェコの社会民主主義にたいするさらなる行動の指示を受けて、ゾンカは一九二〇年九月二日にムルマンスクへ旅立ち、一九二〇年九月二六日にモーターボートでノルウェーのヴァルデに渡ることができた。ゾネンシャインはヴァルデで逮捕された。

プラハではその当時トゥサルの政府が崩壊していた。首相は社会民主党内における先鋭化した事件がもとで辞職願を提出していた。党の執行委員会における右派の多数派は「マルクス主義左派」にたいしふたたびブレーキをかけた。右派は九月二六日と二八日の間に召集された党会議を取りやめにした。だが左派は支持者とともに会議を貫徹して、独自の共産党の創設にむけた組織的な最初の一歩を進め、一九二一年五月に創設された。

ヴァルデにおけるゾンカの逮捕は、あきらかに社会民主党の危機とトゥサルの働きかけと関係があった。つまり、トゥサルの「右派」に有利な情勢となるまでは、モスクワからやってくるゾネンシャインをながくプラハから遠ざけようとする力が働いていた。そうはならず、一九二〇年一〇月二三日、ゾネンシャインはチェコスロバキア共和国に帰還した。

ゾネンシャインは一九一六年に離婚したマリーの故郷であるコリーンの彼女の自宅に移り住み、政治使命をもってプラハとベルリンを往復した。一九二〇年一二月七日、ゾネンシャインはドイツ旅行を終えた直後にコリーンで反逆罪のかどでふたたび逮捕される。チェコスロバキア社会主義共和国が期待したのは、共産党から宣言されたゼネストだったが、一二月一〇日の呼びかけについてきたのはわずか一六万人の労働者だった。それでも警察とは激しい衝突となり、政府はそのとき三千人を逮捕し、そのなかにはザーポトツキーもいた。ほとんどすべての訴訟は一九二一年初頭にふたたび中止となり、ゾネンシャインも一九二一年一月三一日にふたたび釈放されたが、手続きもなかった。

同年のうちにゾネンシャインは著書『自由の黄金の騎士またはチェコスロバキアの民主主義　わがクッテンベルク（クトナー・ホラ）拘置所の日記』を出版し、ドイツの同志パウル・レヴィに献呈したが、レヴィはローザ・ルクセンブルクの親友で、のちにソ連の共産党による屈服の指示に抵抗し、最終的にはＳＰＤに入党した人物である。クッテンベルクの拘置所に関するこの本のなかで、ゾンカはこう書いている。「スタニスラフ・K・ノイマンと私がいなければ共産主義運動はなかっただろう」。だがゾンカは、おなじノイマンが拘置者への友情よりも共産党の路線に忠実な姿勢を見せたことも指摘している。ノイマンは拘置中にゾンカのために肩入れすることは拒否した。

ゾンカは不屈の精神で拘置中に書きとめている。「わが友人のことなどどうなってもかまわない。人間は独りだ。それでよい……」。外に出て頭のなかを通過したこと、言葉にして考えたことを即座に忘れていた。「現実から私は教えられた。私の盟友は文学だった」。ゾンカはチェコ共産党を公式に創設したあとにふたたびウィーンに行った。かの地の共産党に入党し、チェコ語のセクションで政治書記と労働者援助の書記にもなり、オーストリア共産党とチェコ共産党の秘密情報連絡員となった。

一九二一年に詩集『自由への反乱と力』が「きみのスローガンプロレタリアートはウラジーミル・イリイチ（レーニン）とともに行動に移れ」のモットーをつけて出版されたあと、ゾネンシャインは九年間文学と別れを告げることになる。同年に七冊の本から選んだ「ゾンカ選集」が『アナーキストだったのか』というタイトルでローヴォールト書店から出版された。

これはローベルト・ムージルの言葉だ。「われわれは多すぎる理性と、わずかすぎる精神をもっているのではない、精神の問題であまりにわずかな理性をもっているにすぎない」。ローベルト・ムージルが『特性のない男』のために若い社会主義者シュマイサーとの会話を描写した場面では、ゾネンシャインを念頭におき、感情と精神をもった男として描いている。だがゾネンシャインは理性を精神の問題にもちこめばもちこむほど、より明確にこうみていた。

「作家とプロレタリアート。ハーメルンのネズミ捕りのリーダーになるか、もしくは行進の音楽制作者になるか」。

「われわれが建設した監獄はすべてわれわれのために建設したものだ。われわれの自由への意志はけっして権威に耐えられるものではない、民衆の権威にも」。

「いまやロシアの国は全民衆を収奪している」。

「すべての伝説は下から上にひろがっていく、上から下へではない」。

「知識人はなにが新しいのか、なにがプロレタリア的か分かっている。かれらはそのことでなにを言うべきか、でっちあげる」。

「物質的な楽観主義の道」。

「時宜を得て政党が認められることはない」。

「西側の労働運動は戦わなくてはならない、ソ連に仕えるだけでなく」。

ゾネンシャインは急速に、かれの除名につながる共産党との衝突に近づいていった。社会民主主義に異端者の烙印を押したり、かれらを労働運動から除外しようとするのは無意味だとゾネンシャインは考えていた。正規のチェコ共産党の第二回党大会がプラハで一九二四年一〇月三一日から一一月四日まで開催され、ゾネンシャインは党則に、トロツキーの立場を「メンシェヴィキ的な逸脱である」の文を入れようとすることに抗して、党内部の民主主義に関し自分の意見を述べた。ゾネンシャインはウィーンに帰ったあと処分され、党のチェコ語グループにおける役割を剥奪された。

モスクワのコミンテルン代表団のペトリコフは、オーストリア共産党の臨時帝国議会においてこう語った。「党則への完全な従属と厳格な遵守においてこそ革命的な指導者が登場するのだ」。社会民主主義は「ファシストの左翼」として弾劾された。ゾンカは社会民主主義にそのようなばかげたことで異端者の烙印を押すことはまったく無意味だと考えた。ゾンカの口を封じることはできず、かれは修正主義者の汚名を着せられたが、党からはまだ除名されなかった。しかも、ゾンカはオーストリア共産党の第四回党大会の公式代表者としてプラハに派遣されることになり、オーストリア共産党の中央委員会の指示で演説をした。一九二七年のことである。

ゾンカは党則と戦うことなくそのなかで腕をみがいていった。ゾンカは共産党員として初期から、プラハで一九二九年に党書記長になり、党のスターリン化をやり遂げるクレメント・ゴットヴァルトとは知り合いになる。ルードルフ・スラーンスキー、ヴァーツラフ・コペツキーとも知り合いになった。ゾンカを嫌ったのは、修正主義者をとっくに除名された者と見なしたかったヴァーツラフ・ノセクだった。ゾンカがトロツキーの党除名に抵抗すると、オーストリア共産党は三八歳の人物をトロツキー的な偏向者として解任した。二年後、チェコ共産党における作家の名士たちは党のスターリン化を受けいれようとはせず、抵抗した。名士たちも「トロツキー的な偏向」の理由で除名された。除名されたのは、ヤロスラフ・サイフェルト、スタニスラフ・K・ノイマン、ヨセフ・ホラ、ヴラジスラフ・ヴァンチュラ、イヴァン・オルブラハトだった。

ゾネンシャインは党からの自分の除名についてこう言葉に残している。「党をじっとみて、ついでに党の人物をみれば、この党はこの男を裏切る、と言わざるをえない」。ゾンカはスターリンにたいする共産党の反論を集め、「ほかのチェコ共産党創設者と、コミンテルンの先駆者との合意で」この作家は一九二九年に「コミンテルンの危機または崩壊　チェコスロバキア共産党の状況」というタイトルのビラを書いた。ゾンカは、その中枢がモスクワにあるプラハの政治局に抵抗するように要請し、チェコ共産党の高級幹部を「スターリンのロシア革靴の靴磨き」と名づけた。チェコ語で書かれたビラで、ソ連における「活力のある急進的な後もどり」と「信用できる党内民主主義の体制」を要求した。

ゾネンシャインはウィーンの文化生活に深く根をおろした。プラハでは社会民主主義から共産党員を追放するためにありとあらゆることをしたこの頑固な社会主義者は、労働運動から社会民主主義者を除外することにつねに敵対していた。共産党とは対照的であった。かれは根底では、けっして完全ではありえないという理由で組織体制をもとめることはせず、逸脱するものも収斂させていく有能な人物をもとめていた。「私が『プロレタリアート独裁』というとき、社会の民主的な基盤を確保する権力のみを指している」と書いてい

エーゴン・シーレが描いたゾネンシャイン。これは1920年の詩集『地球の上の大地』に掲載。ゾネンシャインをアルベルト・エーレンシュタインは当時こう評価している。「かれは荘重すぎる讃歌の作家で、叙事的な静寂主義者ではなく、世話人や性愛者としては繊細なまめまめしさのある味方ではない。神経質な彷徨の衝動に駆り立てられた韻律は、正統な言葉の運用をする多くのひとが流麗なソネットで韻を踏むときよりも、多くの力を宿している」。

る。「私はあらゆる独裁者の熱狂的な敵対者である」。ゾネンシャインはオーストリアの社会民主党と良好な関係にあり、オーストリアにおけるドイツ人作家の保護団体で主導的な役割をはたしていた。労働組合に指導されたこの団体はドイツ作家組織団体の姉妹団体として創設されたが、この団体についてゾネンシャインは一九二九年にベルリンの総会でこう発言する。「この団体を導いていた認識は、保護権利だけではもはや十分ではなく、生活の保護への移行が急務であるということだった。高齢者扶助、健康保険、失業保険、失業手当の制度、そして賃金体系、自由業の報酬体系の確立は必要不可欠である」。

　これらの要求がすくなくともほぼ満たされるまでには、数十年経たなくてはならなかった。最前線でゾンカは、ドイツで一九二六年に交付された猥褻で低俗な書物にたいするオーストリア版の法律と戦ったが、この法律は変則的な検閲を意味し、ナチスの手に「有害な書物」という言い方でそっと手渡された。この戦いでアルトゥア・シュニッツラー、リヒャルト・ベーア＝ホフマンなどの作家がゾンカの側についた。それは戦線との二重の戦いであった。フーゴ・ベッタウアーの書物、ジョージ・グロスの線描画、エーゴン・シーレの絵画、レマルクの映画「西部戦線異状なし」への弾圧と迫害が問題となったとき、オーストリアにおけるナチスと教会のグループはそのたびに合致していたのだ。

　「われわれはただ作戦基地のみを擁護している。それが民主主義だ」とゾンカは書きとめている。ゾンカは出版側の人間ではなかったが、書くためには不断に人生を利用する悪循環のなかにいた。ゾンカは他者と連帯する闘争者であり、変わることなく助力を惜しまない人間であった。同時にまた自らを、そして他人を冷徹に観察する人間であった。「私の心にこんな不安をつきつけるいまいましい神よ」と書いている。くりかえし救済の幻想から追い立てられて、「神々しい共産主義」からは締めだされていた。しかし救済はあったにちがいないが、そのためには行動しなかったゾンカ。

　宗教的な要求は芸術的な要求にひき渡され、芸術的な要求は政治的な要求に渡された。そして要求が果たされない場合、ゾンカは個人的にささやいた。妻が夫の故郷であったのだ。妻マリーとの離婚後もゾンカはなんども彼女のもとへもどった。「河にすがりつく岸辺、きみの河は憧れをどこにつれていくのだろう」と書いている。ウィーンでゾンカは銀行員にして速記タイピストのローゼ・ヴォティッツにほれ込む。しかしゾンカは彼女とは一緒に住まず、自分の住居はそのままにしておいた。「第一級の恋で身を滅ぼし、罪で花開く」と書きとめている。またこうも書く。「サバス〔安息日〕に考える、どうやって来週罪を犯そうかと」。かれはだれからも拘束されないようにさまざまな色恋に耽った。無邪気に自分の状況を記している。「自由を見いだすために、すべてを失い、自分を失うひと」。かれは根を下ろす夢を見るが、硬直化して根を下ろすことに恐怖をおぼえた。「ぼくが生きている途中であるかぎり」と詩にある。ゾンカだけは、硬直した、冷たい、狡猾な、無気力な、ひどく退屈な、エロスに敵対的な、愛国的な、老化ぼけした、生来の才知に欠けた世界に対抗していた。この作家にはすくなくとも言葉と身振りの一体化があった。「逃走は精神における生活だ」。行動の軽快さと放浪の称賛──排外的で党派的なコミュニストは初期の行動にもどっていった。「放浪者は故郷への憧れで死ぬ思いをした」。

ゾンカは知っている、「私はいつでも人間社会の周縁部にいくだろう」と。ゾンカの力はファンタジーにあり、それによって弱さのなかでも生きのびられる。かれの文学作品は、人間的な弱さとの対決を書く。弱さを通しての、弱さの告白を通しての生きる意義。弱さの処理と克服を通して。自分に迫る危機と他者に迫る危機を知ることによって。このゾンカは自分自身の放浪癖も見抜いていた。「放浪は自由な幻想の守護者である」。

「きみは言葉が好きか」とゾンカは自問し、答える。「言葉はその意味するところよりも大きい」。故郷と自由は「夢の小屋」で結びついていただけだと知った。ゾンカが実践した寂しさや孤独との戦いを妨害したのは自分自身だった。ゾンカは他者にたいしてだけでなく自分にも反対の立場をとった。「故郷なき自由」と嘆く。今世紀のヨーロッパではみな信仰を失い、相容れないものを、つまり故郷と自由を追いもとめた。かれらはみな、旧い歴史を壊しそのあとに新たな歴史をのぞんだ。だれもが新たなはじまりに立っていた。ゾンカが他人とそれほどにちがっていただろうか。

ゾンカは徹底的に、そして苛酷にかれの世紀の矛盾を生き、そして観察した。息もつかせぬほどの敏捷さで。「われわれに言葉をあたえる境界が故郷だ」と書きとめている。ゾンカの世紀のパノラマがかれの念頭にあった──散文と抒情詩が結びつき、自身に反映される。被害がつぎつぎに並べられ、生活がひとつになる。異質の人びとに形式をあたえる、自身の絶壁に沿って。使徒の書簡、アフォリズム、対話。希望、幻滅、達成、予感。墜落、上昇、離陸。

ゾネンシャインは二〇年代末期から本を執筆し、三〇年代半ばに書き終える。タイトルは『テルハン』となるはずだった。テルハンはチェコ語で放浪者という意味。この本は出版されず、原稿が紛失したとみられていたが、迫害の間、かれの先妻マリーによって保管されていた。彼女の死後は息子のイヴァンに手渡され、かれの死後はオーストリアのシュタイアーにいる妹のマリー・ベルクマイアーの手元にいくようにされた。詩と政治が結びついた『テルハン』は傑作であり、現代人の心を射る稲妻のような文学である。

ゾンカに遺ったものはかれの詩的な記憶である。慣れ親しんだ幾何学が自らをその計測法で監視する。危険な瞬間としての二〇世紀、牧羊の神の時間。関係を断つことが自由になることではない、とかれは三一二頁の本であきらかにしている。こう告白する。「自分という作家は文化の存在を信じている――過去の」。ゾネンシャインはガヤの青春時代を回想している。「当時はすべてが永遠の存在であり、つねに不変であるかのように移ろうことはなかった」。不思議にもかれはガヤに帰ると、こう確信した。「ぼくはながいことここにもどることがなかったので、りんごの木がくるみの木に変わっていた」。

ゾンカは「ある背教者の帰郷」について語っている。「ぼくはぼくを見いだしてくれるひとをさがしている」。かれはこう書く。「ぼくにはガヤで唯一残ったものといえば、ぼくが先祖から受け継いだ寺院だ」。ゾンカは知っている。「生者が死者に語ることを／死者は聞かない／だが死者が生きている者に言うことを／生者は理解しなくてはならない。／われわれのだれもいま一戸の家をもたず／われわれはみな逃亡の途上にある。／時代によって正気を失うな／兄弟のように団結した帝国を建設するために」。

ゾンカは今世紀の背信行為についてこう語る。「裏切るのも、裏切られるのもどうでもよいが、どちらもひとを懐疑的にさせる」。かれは告白する。「私はこの党のことは信じていない」。さらに加えてこう言う、「私はふたたびコミュニストになろう。孤独ではあるが、この孤独のひき立て役になろう」。だがガヤのユダヤ人墓地に目をむけながら、かれは願った。「わが精神がどこかに迷い込まなければ、わたしをここに葬ってください」。

『テルハン』をゾネンシャインはウィーンで書きはじめ、オーストリア政府から追放処分にされた身分のままパリで執筆終了した。追放されたあと、イリヤとトマーシュの母親、ローゼ・ヴォティッツと結婚する。かれは詩人としてながく沈黙したあと一九三〇年にショルナイ書店から詩集『兄ゾンカ、そして世間のこと、または秩序に反する言葉』を出版する。トーマス・マンはこう評価した。「とてもすばらしいのは、この本が告発する社会の酷さにおいて、この詩人らしさが主張され、そこから人間の『知性』として幸福と品位が立ちのぼっていることである」。

エーリヒ・ミューザームは雑誌「狼煙」でこう書いた。「兄ゾンカと名のるすばらしい詩人は熱意にあふれた孤独者であり、そのためきわめて深い社会洞察が、かれの進む道を、つまり『善人』が犯罪者とよんでいる道を決めている」。アルフォンス・パケはこう言っている。「私はこの韻文はすばらしく、限りなくゆたかであると思います。その姿勢には、すべての冒険的なことをこえて、一体感があります」。

チェコの詩人オタカル・ブジェジナはこう書いている。「誹謗のなかで、疑念と信頼の苦悩のなかで、際限のない不安と恍惚においてこの韻文には、自虐的なまでに変わることのない真率さがある。そして民衆の魂と詩人の心には神秘的な結びつきが存在し、また心理状況におけるすべての動揺がこの詩人の歴史と予言に反映されているので、現在の不安と緊張が詩のなかで震えている。その詩の男性的にして大胆で重苦しいリズムのなかで、現世の事物の新しい、より高い秩序への憧れが燃えている」。

それまでゾンカは一九三〇年に出版されたこの作品ほどに多くの称賛の辞を受けたことはなかった。レオ・トロツキーでさえ見解を述べ、同時に詩人と政治家ゾンカのジレンマをあきらかにした。「私はこの本で二つのことを確認しておかなくてはならない。第一に、この作家は詩人であるということ、第二に、かれの世界観は共産主義の世界観とはかなりはなれているということである。だがマルクスはかつてこう言った。『作家というのは変わり者である』。マルクスはこのことを否定的な意味で言ったわけではない。というのはこのことをフライリヒラート〔ドイツの詩人。政治詩人としても名を馳せ、三月革命期にロンドンに亡命し、マルクスと知りあう〕に当てはめていたからだ」。

「二重人格者の答え」という詩のなかでゾネンシャインはこう書いている。

それでつぶさに冷静に見れば、
ぼくの衣装はみすぼらしく、
絶対への道の途上でぼくは
すっかり焼きはらわれたのだ。

つまるところ、
ぼくは天才とおなじく孤独だ、
わが人種と人種の擦りつぶしさ
そしてブルジョアの脱走兵さ。

一九三三年に、センセーションとなったゾネンシャインの初期の詩「大地」。

ぼくヤノはきみの下僕のひとり
土地は狭くとも開墾はつらい
主人よ、ぼくの右手は五本の指、
ぼくの左手は五本の指。

ぼくの鍬は大地の砂利をがちゃがちゃと鳴らしていく
きびしい拍子の曲にのり
ぼくは馬と喜々として進む
巧みに、首にくびきをかけて。

農家と農夫は肥沃の黒土をもち、
ぼくはただの畔、石、残り物。
実りは乏しく、パンはすっぱく
そして雛は巣で飢えて鳴く。

五本の指がぼくの右手にあり
五本の指がその忠実な左手にはあり
ぼくらの家には義なる二神、
キリストとイリイチ（レーニン）が壁にかかる。

一九三三年四月二二日、「ウィーン一般新聞」はこう報じている。『人民の監督』紙に気まずい事件が起きた。昨晩コーヒーハウスでウィーンの詩人ゾンカにだれかが第三帝国の公式新聞を差し出したとき、かれはわっと大笑いした。そこには、あきらかにゾンカが書いたゾンカ作の詩が掲載されていた。それがかれの最高傑作というだけでなく、もっとも知られた作品のひとつでもあった。だが、ゾンカの名前は作者名として詩に冠せられていなかった――そうではなくリヒャルト・ビリンガーの名前だった。最近とくにしばしばナチスの雑誌に見かける名前である」。

リヒャルト・ビリンガーは一九三二年に、ナチスからパレスチナに逃れたエルゼ・ラスカー－シューラーとともにクライスト賞を受賞する。「人民の監督」紙に載ったビリンガーのゾンカの詩は、このように変えられていた。タイトルは「大地」から「ドイツの大地」になっていた。「ぼくヤノはきみの下僕のひとり」は「ぼく、きみのドイツの下僕のひとり」に変えられていた。「小さな土地」は「ドイツの大地」に入れ替えられていた。「労働者の手」に代えて「ドイツ人の手」になっていた。「五本の指がその忠実な左手にはあり」に代えて「五本の指がその忠実な兄弟の手にあり」になっていた。レーニンに代わってヒトラーの名前が登場した。「キリストとヒトラーが壁にかかっている」。ビリンガーの捏造は臆することなくさらに掲載された。

ナチスのシンパ、ビリンガーは「ドイツの大地」の詩によって公式に称賛された。ナチスにはユダヤ人ゾンカの詩は、操作されたビリンガーの詩との関係では「ドイツ語文献による新たな民族の団結、そして生粋の土着性のモデル」と見なされた。ゾンカには剽窃から守る可能性はなかった。ゾンカの状況は、「ローレライ」の歌がナチスによって「民謡、詠み人知らず」にされた、亡きユダヤ人ハインリヒ・ハイネと同じ経過をたどった。

ドイツでゾンカは「焚かれた詩人たち」のひとりであった。ゾンカの作品は「有害で望ましからぬ書物」のリストに載った。焚書の二週間後、国際ペンクラブの第一一回世界大会がドブロブニクで開催され、その大会でエルンスト・トラーはドイツにおける志操のテロ、人間の追放に関する議論をはじめた。それに続いて議場をあとにしたのはドイツの代表団だけでなく、スイス、フランスの代表団も去った。オーストリアの公式代表者でオーストリアのペンクラブ創設者、グレーテ・ウルバニツキーもこれ見よがしにドイツ人の仲間となり、ナチスの党員手帳をポケットにもっていた。

個人的にオブザーバーとしてきていたゾネンシャインもオーストリア・ペンクラブのメンバーであったが、発言の許可をもとめ、追放されたドイツ人作家への連帯のメッセージを読みあげた。ゾネンシャインが要求したのは、国際連盟との連携で追放されたドイツ人作家に権利と生活の保護をあたえるべき国際委員会の設立であった。ドイツにおける焚書の会議を「世界観の傾向に関係なく追放されたすべての人びとの国際会議」とするように、要求した。かれは公式の代表者ではなかったので、かれの要求を議事規定によって押さえつけるのは容易だった。ナチスによって追放された者のために状況を変えるというドブロブニクでのかれの二番目の試みは頓挫し、喧騒のなかで消えていった。「発言を求めてもすべて絶望的であったので、私は最後の最後に壇上にのぼったが、私の発言はこの会議の議長にたいする異議さえも許されなかった」とかれは帰還後に「ウィーン一般新聞」に書いた。オーストリアからある電報を受けとっていたゾンカはこう書いた。「私はファシストとその後援者の妨害を受けながら抗議の電文を会場にむかって叫んだ」。

とりわけオスカー・マリア・グラーフ、テオドーア・クラマー、フリッツ・ブリューゲルによって署名された電報にはこう書いてあった。「ドブロブニクのペンクラブ会議のゾンカ様、総会ではオーストリアの、そして避難したドイツ・ペンクラブのメンバーと作家の名のもとに説明されたし。迫害されたドイツ文学のために、助力となるたのもしい支持を会議とペンクラブに切望す」。国際ペンクラブにはなにも期待できず、臆病なこの能天気の組織は、一九四五年以降ゾンカに肩入れしなくてはならないときもずっと臆病だった。

『テルハン』でゾンカは「スターリンの官僚主義の詩的、哲学的な家畜」を攻撃した。「左派の知識人、かれらは自由に呼吸させる民主主義を公然と支持するのだが、そうするのはようやく、かれらがどちらか一方の独裁体制の『戦術的』理由によって独裁体制に送り込まれることになってからである」。ゾンカは共産党によって社会民主主義者（「社会主義のファシスト」）とナチスが宿命的に同等に扱われたことを思い出させている。ゾンカはこう書く。「コミュニストがまさしくドイツの文化戦線でひき起こした事件に加担した者は、強制収容所に導いた犯罪者たちが排除されないかぎり将来に不安をいだくことになる」。

ゾネンシャインはウィーンで第一共和国の凄惨な没落も直接見聞した。「一九三四年に私は、ドルフュス国家と対決する防衛同盟、ウィーンの労働者の戦いに参加した」。かれは逮捕され、チェコ国民としてウィーンから追放された。理由は、「フーゴ・ゾネンシャインは共産党の熱心な信奉者として役所では有名であり、以前はいわゆる無政府主義の運動でも活動していた」ことによる。ゾンカは国外追放のまえにウィーンの連邦警察本部の刑務所にはいった。ゾンカが早く釈放されたのは、チェコ大統領マサリクが即座に介入して、公使のフィーアリンガーに抗議させたことによる。

一九三四年三月末、ゾンカは家族とともにプラハに到着し、プラハでふたたびカール・クラウスとの争いをひき継いだ。オーストリアの社会民主主義の壊滅と階級国家の統制に直面して沈黙を守ったクラウス。ゾンカはブルノの社会民主主義の亡命紙「労働者新聞」に一九三四年九月一五日に「時代の妖怪」という詩を発表した。そのなかにこうある。

総統、朽ちた権力の道具は、
えりすぐりの死刑執行人の下僕だ、
象徴である処刑台を支配し

十字架の処刑台で憎悪をかきたてる。
かれらは火の龍のように自分の利益のため
世界の睡眠を守る。

世界は惰眠からいつ目覚めるだろうか。

醜く太った金貨の機嫌に仕えるのは
救済者の顔をした詩人、
引っ込み思案の者、専業の叙情詩人だ、
詩人ではなく、景気の耽美主義者だ、
卑しい暴力のかげで、
あらゆる強制労働の神話をでっちあげる。

世界は惰眠からいつ目覚めるだろうか。

この自分の詩にゾンカは「労働者新聞」でつぎの文を添えている。「カール・クラウスに、そして似たような志操と精神の英雄たちに捧げる」。クラウスの死去した年、一九三六年にゾンカは「時代の妖怪」という詩を私家版――ゲルト・アルンツの木彫による――で公開した。

その一年まえにプラハで詩集『ほかならぬパンと自由』が出版されていた――おなじくゲルト・アルンツの木彫による表紙で。そのなかで「ウィーンに寄す」という詩をゾンカは書いている。

眠れない不安の時、ウィーンよ、
きみが見るのは追放された客人、
十字架の下に流れる血、
五箇所の傷を負う息子を見るように、

息子が死の鎖から解かれるように、
きみにも忠実な監視が解かれる。
絞首台のシルエットに
手が夜に突き出ている。

一九三六年五月、ゾンカは自費出版で「追従者、詩人にすぎない人、作家でなく、時流に乗る審美家」への批判書を発表した。四頁の版は友人のゲルト・アルンツの二枚の木版画を付けて刊行された。

同年に帰郷者の詩的な告白である『わがスロバキアの絵本』が出版される。一九三七年には『兄ゾンカ、カルカッタを放浪する』の出版が続いた。同時にドイツ語とチェコ語で書かれた詩集『自由への道』も出版された。そのなかにこうある。「この時代の暴君たちは、なんらかの名前のもとにつねに、(覆面を被ってもしかめ面は隠せず)、その恐ろしい影を交換しあい、影を一緒に地球のうえに毒ガスのように投げかける」。その詩にはこうある。

民主主義よ!
あなたの師匠は
(私は総統に言った、
この言葉よ蘇れ
この名前の栄光のもとに)
T・G・マサリク。

『テルハン』のなかでゾンカはこう書いた。「被告は、自分がコミュニストだったことを認めた。しかし自由への狂信によってかれは民主主義へもどった」。疲労の兆しが見えている。「われわれがいよいよのぞんでいるのは、われわれを私人として平和裡に生活させる政府だ」。だがゾンカはふたたびおのれをひどくひき裂いた。「トロツキーは生きている、レーニン万歳！ 心と、短剣の先の間に」。かれはこう書きとめる。「マルクスの真実を超えることによってのみ、社会主義は可能となる」。そして、「ヒュドラ〔ヘラクレスに退治された九つの頭の怪蛇〕の頭を切り落とさなくてはならない。この頭はスターリンだ」。

スターリン――自分の救世の夢を破壊した男。皮肉をこめてゾンカは『テルハン』のなかでモスクワの「プラウダ」を引用している。「ソ連の制度も永遠ではない」。自分のトロツキーへの肩入れについてはこう書いた。「私はトロツキストではない。私はかれと一緒につねにほかの人間の方法論に反対しているのだ」。

ゾンネンシャインはプラハでもトロツキーとは密かに接触をとりつづけた。友人のイヴァン・オルブラハトは、スターリンに迫害された人びとのための活動では自分の芸名を用いず、戸籍の名前カミル・ゼーマンを用いた。ゾンカはかれとともにソ連における迫害に抗議し、大衆を組織した。ゾンカは、ナチスにたいするコミュニストの拒絶についてトロツキーと議論し、トロツキーとともに左派の雑誌の創刊計画をねった。「すべての面で批判的に」。ゾンカはトロツキーと、リオン・フォイヒトヴァンガーがそのひどい結末を不可避であると認めたモスクワ裁判にいかに対応すべきか申し合わせた。新聞記事の誹謗中傷のなかでトロッキーは「ゲシュタポの駆り立て役」として姿を現わし、これに対抗措置をとるために、訴訟代理人をプラハに送った。ゾンカが連絡をとったのはノルウェーの法務大臣、トリグヴェ・リーであり、かれは一九四五年以降の最初の国連事務総長となったが、ゾンカがかれと知り合ったのはヴァルデで拘留されたあとの一九二〇年のことだった。トロツキーがスターリンの公開裁判について見解を述べることのないように、トロツキーを抑留しているノルウェー政府が、このロシア人のかかえている問題を解除してくれるようにリーに頼んだのだ。一九三七年にゾンカは、「権利と真実のための委員会」を設立したが、その目的はモスクワ裁判を点検するはずの国際的な調査委員会に連絡をとるためだった。ゾンカはスターリンの犯罪が暴露されている資料を公開した。

ゾンカのトロツキー宛の最後の手紙には、一九三九年二月二四日の日付がありメキシコに送付されたが、スターリンはメキシコで一九四〇年に政敵を殺害させた。「今回はあなたに頼みがあります。こちらはどうしてもここから逃げださなくてはならない状況にあるのです。ヨーロッパの国への入国許可を手にいれようとしてもむだなのです。あなたの受け入れ国に私が移住するさいに援助してもらえるでしょうか。いずれにせよこの手紙を受けとったら手紙をください」。この手紙でかれは妻との結婚で生まれたふたりの息子の伝記的な記録を報告している。

プラハのゾンカ。1937年にかれは「正義と真実のための委員会」を設立し、スターリンの追放に関する資料を公開。第二次世界大戦後、チェコ共産党にたいし合法性のための最終弁論としてトロツキー擁護の釈明をした。自分がトロツキストであったことはないが、不当な攻撃にたいしトロツキーを擁護しなくてはならなかった、と説明した。

ゾネンシャインに返信はなかった。一九三九年三月一五日、ドイツ軍はプラハに進駐する。三月一七日、プラハのヴジュショヴィーチェ区にあったゾネンシャイン家の玄関ドアのベルが鳴る。ゲシュタポの隊員三人は入室をもとめた。ゾンカはかれらと仕事部屋にはいった。そのひとりの男とゾンカの間でつぎのような会話が繰りひろげられた。

「あなたはトロツキストか」。

「ええ、そう主張していますが」。

「あなたはトロツキーと連絡をとっているのか」。

「手紙でということであれば、めったにない。かれが最後に手紙をよこしてからすでに数か月がたっている」。

「アメリカからか」。

「メキシコからだ」。

「何語で」。

「ドイツ語」。

「手紙はもっているか。見てもかまわないか」。

ゾンカは郵便物から手紙を取りだしてきて、それをゲシュタポの隊員にわたした。その男はポケットにいれ、三人は立ち上がり、住居をあとにした。これはカナダにいるイアン・D・スペンサーの想い出としていまだに残っているゲシュタポとの遭遇である。ゾンカにはとりあえず静寂はあったが、その静寂はうわべだけだった。絶え間なく監視されていた。ゾンカが行くところはいつでも、だれかがあとをつけていった。夫妻はふたりの息子イリヤとトマーシュが一刻もはやく国外にでられるように手配した。家庭の経済状況はよく、ゾンカはパレスチナにいた繊維工場主の義兄から一〇万クローネをもらっていた。

「いつベルが鳴っても私は身体がこわばった」とゾンカは戦後に回想している。一九三九年七月ゲシュタポは家宅捜索にきた。ゾンカの子どもたちはすでにイギリスに行っていて、かれ自身は家にいなかった。ゲシュタポは資料のはいったトランクを三つもっていった。九月はじめ、ふたりのゲシュタポの隊員がきて、今度は作家を連行していく、ゲシュタポの本部、ペチュカールナ宮殿に。ゾンカはそこに終日座らされ、聴取もなく夕刻釈放された。数か月間は静寂であった。一九四〇年のはじめ、ゲシュタポの隊員がまたやってきて、ゾンカの住居にあった文書の類すべてを片づけていった。手紙、記録、原稿、あらゆる類の手記、小冊子、書物など……テルハンの原稿はこの間に、安全な場所としてプラハに住んでいた先妻マリー、息子イヴァンの母親のもとに移しておいた。

(左) 自分の故郷と連帯するゾンカ。6 篇の詩にヴィリー・シュタイナーが曲をつけ、楽譜付きの『ゾンカの歌』を 1933 年にウィーンで出版。(右) スロバキアの女性とゾネンシャイン、この地方の写真。この写真は、プラハで 1935 年に 300 部出版された『わがスロバキアの入門書』に収められている。

ふたたびゾンカはゲシュタポに連行された。だが今回はパンクラーツ刑務所にはいった。ほとんど毎日ゲシュタポの聴取のためにペチュカールナ宮殿に連行された。ついに二人の囚人と一緒の独房に移された。聴取では役人がなんどもゾンカとトロツキーの関係を話題にした。ゾンカは刑務所から釈放されたが、毎週二度顔をださなくてはならず、新たに聴取を受けた。トロツキーはこの間にメキシコで殺害されていた。だが聴取ではソ連軍におけるトロツキーの影響が、ソ連におけるトロツキズムの強さが問い質された。

ソ連を急襲することで、ゲシュタポにとってはトロツキーのテーマは片づいた。つぎにゾンカには、コミュニストとともにチェコスロバキアにおける抵抗を組織化したのではないかという嫌疑がかけられた。ゾンカは抵抗グループに属し、共産党員にゲシュタポの聴取の内容を教えていた。危険を冒したことが多くあった。ユダヤ人だったからだ。しかしすでに初期の著書で、とくに『わがクッテンベルク刑務所』でゾンカはユダヤ人であることの痕跡を消し去り、母方の家系をプロテスタントの牧師の家族として説明していた。一七世紀にこの地域にやってきたゾネンシャイン家のモラビアの農業における興隆をかれは語っていた。かれが神秘化と様式化を意図したのは、自分が詩人としてモラビアのスロバキアに根を下ろすためだった。

しかしかれのユダヤ人としての出自はあきらかだった。かれはこう書く。「私は当時、私に登録を強いようとするユダヤ教区といつでも戦っていた」。ゾネンシャインは、決められていたように、ユダヤ人の星〔ナチ政権下のユダヤ人が衣服に付けることを義務づけられた黄色の「ダビデの星」のマーク〕を付けることはなかった。一九四二年末につぎの文章が書かれた匿名の手紙を受けとり、ゾネンシャインは妻とともに非合法活動にはいる。「あなたがふたたび星をつけずに通りで見受けられるようなことがあれば、あなたは即刻告発されます」。

この作家が非合法活動家として消えるまでのプラハの様子はこう見えた。「私の個人的な状況はきびしく、めんどうであつかいにくい……きょうも私はそのことで夢見て、突然心配のあまり目をさました。私はまだ生きていることに、迫害から逃れられたことに驚いている。聴取ほどひどいものはない」。

ゾネンシャインはこう報告している。「ゲシュタポの狙いは、ナチスへの協力を強いることにあった。拷問つきで」。こうも告白している。「非合法の活動ではスパイの危険性がますます大きくなった。私はへとへとになり、ときおりペテンにかかった」。自己弁明の書でゾンカはプラハでの裏切りのパノラマを、近隣の知人たちのグループを描いた。ある日このグループから三名がゲシュタポに逮捕された。男二人と女一人。男二人のうちの一人は女の友人で、非合法のビラをまいた男だった。かれを救うために女は、ゾンカを首謀者にしようとした。

この女はゾンカを計略にのせたが、ゾンカは罠にはまったことに気づき、その女が非合法の活動についてゾンカと話そうとすると、失望した愛人を演じた。こうしてゲシュタポの誘惑の罠からのがれた。ゾンカはふたたび逮捕されたが、またも釈放された。一九四二年五月二七日、ゾンカはゲシュタポに顔をだした、決められたように週に二度。一一時にペチュカールナ宮殿に着いた。「私は廊下でながいこと待たなくてはならなかった。突然、興奮状態とカオスが勃発した。だれも私からこのてんやわんやのなかでメモをとる者はいなかった。そばを走りすぎる人の会話の断片から推測できたのは、ハイドリヒになにか起きたこと、そしてかれらがパニックをひき起こしたことだった。午後になってようやく警部が私のことに気づき、大声で伝えた。『消えろ……』」。

それは帝国保護領の代表者ラインハルト・ハイドリヒの暗殺の日であり、負傷を負って一九四二年六月四日に死んだのだ。暗殺の日、ゾンカはゲシュタポの建物の廊下で待っているときに、ナチスが拷問で自白させられずに、そのあと処刑されたあの詩人を見た。ゾンカは自分の友人の最期を見た、ヴラジスラフ・ヴァンチュラを。「かれは私のかたわらに連れられてきた。われわれは黙って挨拶した——眼差しで」。ほぼ二週間後ゾンカはゲシュタポに呼びだされ、フチークに裏切られていたことを知った。フチークは一九四二年四月から刑務所にはいっていた。ゾンカは否認し、対決を要求した。しかしフチークとかれとの対決はなかった。

ゾンカは自分と妻のために偽造の書類を書いておいた。ゾンカは友人の小説家イヴァン・オルブラハトのように隠れたが、オルブラハトは発見されることなく、ゾンカは裏切られた。ゲシュタポはかれを妻とともに逮捕した。ふたりはアウシュヴィッツに追放され、五か月後ゾンカの妻は強制収容所で毒ガスによって殺害された。

目覚めて、星を見あげる。
ぼくにはきみとの再会はない、再会はない。

遠くの霧に一言ささやく。
きみのことを愛している、じっと堪えるきみよ。
格子を通して冷たく星がのぞいている。

見知らぬ暗闇に一言ささやく。
憧憬、死の恐怖、そして不安。
格子を通して星がかすかに光を放つ。

星が消えるのを見る。
忍びなく声が霧の悲しみのなかでひびく……
格子の黒い十字架がじっと見つめている。
ぼくは聞く、ぼくの言葉のこだまを聞く、
むなしく、無となり、消え去ったまま……

そして格子のうしろで朝があける。

ゾネンシャインの妻の殺害のあとにこんなことが起きた。「一九四四年二月はじめ、突然プラハからきたゲシュタポの二人の男がアウシュヴィッツに姿を現わした。かれらは私に私服をあたえ連行していった。二等の急行で私はプラハにもどった。二人の男は私に異常なほどに丁重だった。ペチュカールナ宮殿でかれらは、協力することが私にとって魅力があるように見せようとしていた。私はドイツ人のためにラジオでプロパガンダをすることになった。またもゲシュタポの隊員はひじょうに友好的だった」。ゾネンシャインはノーと言った。それからはゲシュタポは脅しにかかった、処刑すると言って脅かした。かれはまたもやノーと言った。かれはアウシュヴィッツに送り返された。「今度は搬送列車で」。

屈服するな、破滅とならないうちは、
敵対する人間とその種族が
隣人の自由を愛し、
その血を、その精神を、その生活の権利を愛している!

ゾンカは自分の解放について、死後に発刊された最後の詩集『死の足音』でこう書いた。「一九四五年一月二五日午後二時二七分、ソ連の巡回の先遣隊が、まだ私が囚人搬送列車で抜け出していなかったオシフィエンチム(アウシュヴィッツ)の収容所にきた。裾の長い雪用の外套を着て自由の大天使のように雄々しく見えた正体不明の三人は、偉大な解放者である最初の三人の兵隊だったのだ。われわれに言葉はなかった、われわれは手を差し伸べ、泣いた」。

それから奇妙なことが起きた。ソ連は作家のフーゴ・ゾネンシャインを故郷にむけて送らなかった。彼らが送った先はモスクワだった。三月にベネシュは亡命政府の大臣の大半とともにロンドンからモスクワにはいり、スターリンが要求する統治権限をチェコ人のソ連亡命者にまで広げる意図をもって来ていた。「国民戦線」が結成された。スターリンの手練手管はこうだった。コミュニストが政府首脳になってはならない、なってよいのは左派の社会民主主義者だ。しかしズデニェク・フィーアリンガーはとっくにひそかに共産党の信奉者になっていたのだが、まだ見かけだけは社会民主主義者だった。チェコの状況の大変革にむけた重要なポストを一人のコミュニストが獲得したのだ。つまり内相とそれに伴う警察相になったのはヴァーツラフ・ノセクだった。

ベネシュが大統領となり、共産主義に侵入され、政府は、戦う赤軍にしたがって特別列車に乗ってチェコスロバキアにはいった。特別列車とはここではゾネンシャインのことである。すでにこの旅の途上でノセクがゾネンシャインに言っておいたのは、トロツキーとの関係を文書で表明することをスラーンスキーが望んでいるということだった。一九四五年四月三日、特別列車は解放されたコシツェ(カシャウ)にはいった。「国民戦線」の最初の政府が公式に創設され、カシャウの綱領を、そしてチェコスロバキアのソ連化のためにスターリンによって決められた構想を採択した。

ゾネンシャインは政府関係者とともに市のグランドホテルに泊まり、五月八日まで滞在した。チェコで歴史的に信任された勝者は待たなくてはならなかった。プラハでコミュニストは民衆に、隊伍を組んで出発するドイツ軍にたいし蜂起するようにそそのかし、不要でしかない流血の惨事となるように挑発した。犠牲者の大半はチェコ人だった。というのはドイツ人はバリケードを迅速に撤去したからだ。コミュニストはドイツの軍隊が平和的に撤退することに関心はなく、必要なのは英雄的な行為だった。しかしそそのかされた者は英雄ではなかった。連合国の協定にしたがってピルゼン—カールスバート(カルロヴィ・バリ)線の西側にいた英米部隊の援助は、プラハでコミュニストから拒否された。赤軍がプラハを「解放する」ことになり、赤軍がやってきた。

一九四五年五月一〇日、最初のチェコ政府団とゾネンシャインを乗せた特別列車がプラハに到着した。ピルゼンでは息子イリヤが、父親をプラハで訪ねられるように待機していた。息子は、イギリス部隊内の西部チェコ軍の戦車部隊に属していた。ゾネンシャインはプラハでの再会を一九四五年六月九日まで待たなくてはならなかった。この日に西部の軍隊がプラハのパレードで姿を現わすかもしれなかったのだ。しかし息子はどこでさがせばよかったのだろう。かれはゾンカの先妻を覚えていなかった。イリヤ・ゾネンシャインは軍服でプラハの警察に赴いた。ゾンカはその時点ではまだ住居は割り当てられていず、警察はゾンカの息子の助けになれなかった。息子はイヴァン・オルブラハトのことを尋ねた。今度は役人が情報をもっていた。ラジオ局だ。翌朝、イリヤ・ゾネンシャインはそこで、父親が政治的なことはつねに一緒に密に仕事をしていた作家を見つけた。オルブラハトは、どこでゾンカを見つけられるか分からないと言った。「私は二日目も父親をさがせませんでした」とイアン・D・スペンサーはハミルトンで教えてくれた。「われわれの戦車はプラハには二日間しかいられなかったので、ふたたび帰らなくてはなりませんでした」。

　イリヤ・ゾネンシャインはピルゼンでは動員解除の仕事に従事していた。先妻と息子イヴァンのもとに宿泊していたゾンカはこの間にプラハから、ひそかにイリヤの住所を聞きだしていた。ゾンカのイリヤ宛の一九四五年六月一五日の手紙。「いつプラハの私のもとに来れるの、それともこちらから行こうか、返事はすぐにね」。イリヤは父親にくるように頼んだ。ゾンカは六月二六日にこう返信した。

　「ようやく連絡がとれてうれしいよ……あしたおまえのところに行きたいのだが、できないんだ。いろいろやむにやまれぬ、不快な理由があってね。外出日はいつだい。イリヤよ、待ちつづけるというわけにはいかないよ。会うまで長くかかるので、おまえがこちらに来てくれるならせめて数時間なら会いに行けるよ、そのあと私の神経をわずらわせる輩から安らぎをえるために、そちらに送っていくよ、これがいいと思うのだが……」。

　これにつづいてゾンカがしたことは、先妻に宛てた絵葉書の送付だった――バルトロミェイスカー通りの警察の留置所、独房番号五番からだった。絵葉書の日付は一九四五年七月七日。先妻に宛てたゾンカのこの絵葉書から、かれが理不尽な告訴を受けたことがあきらかになった。ゾンカは先妻に、ロンドンにいるかれの友人に相談してほしい、そしてかれらに警告を発してほしいと頼んだ。ゾンカが望んだのは、ナチスの迫害の時代にできあがった詩――『死の足音』――が本の形で出版されることだった。「本の出版と関連のある現地からの声はもちろん決定的に有効となるでしょう」。

　さらにこう書かれていた。「ひょっとしてここにも、わが訴訟事件のために十分精力的に、当然のごとく尽力してくれるひとがいるかもしれませんよ。ぼくに関する調査の実施が必要となれば、ぼくは無罪となるでしょう。なぜかつての政治囚のグループは運動しないのだろう、どこにアウシュヴィッツの仲間や大臣はいるのだろう、カミルはどこに――かれにはゾラの場合のような可能性があるのに……ぼくはとても弱っています。ぼくは二年間、強制収容所と監獄を骨の髄まで体感しています……ここにはなんの運動もありません」。

　カミルとは、ここではイヴァン・オルブラハトのことである。カミル・ゼーマン。だがイヴァン・オルブラハトはトロツキーと関わった足跡を火急に消そうと努めた。ゾラは、著書『われ弾劾す』によって世論に対抗して、腐敗した司法の告訴人となったが、オルブラハトはそのゾラとはちがった。オルブラハトは、ゾラのような人間の道徳的な要求をかかげて生涯をぐるぐるまわっていた。しかしかれはゾンカにたいする卑劣な扱い、そして無実の友人の有罪判決に異議を唱えることはしなかった。無実の大尉ドレフュスへのゾラの尽力——このようなことをオルブラハトは自由にできなかった。かれは出世をめざした。

　そしてかれはどんどん出世した。オルブラハトは、ゾンカの身近な信頼に足る親友として、無実のためのあらゆる証拠を手にしていたが、チェコスロバキアで最悪のスターリン時代にあって高名な国民的芸術家となった。党は友人を裏切ったことにたいしかつてのトロツキストである、オルブラハトに感謝した。かつてこのオルブラハトは、チェコの社会民主党を正義の党としてモラルがないと非難していた。モラルとはなにか知っていると言い立てていたが、このオルブラハトにはそれがなかった。オルブラハトは、かつて存在したいかなる正義の社会民主主義者よりもはるかにひどかった。ところがモラルの正義のはいったキッチュでやたらとあふれているのが、オルブラハトのチェコの読み物である。

　ずっと裏切り者であったのはオルブラハトばかりではなかった。おなじように残虐な時代に国民詩人へと格をあげた、高等芸術家である抒情詩人ネズバルとスタニスラフ・K・ノイマン。ゾンカのよき友人であるこの二人は、ゾンカの拘留後に手をひいた。ノイマンは、ゾンカにたいする公式の反対運動にかかわった。かれはゾンカに脅かされていると感じていた。最初の結婚で生まれたゾンカの息子、イヴァン・ソヴァの結婚のお祝いの言葉は述べたが、約束したにもかかわらず式に出席しようとはしなかった。オルブラハトは、かれらの最初の子どもの教父を務めたが、写真に撮られるときは、一緒に写真に写らないように要求した。イヴァン・ソヴァの娘の一人であるマリー・ベルクマイアーはこう言う。「オルブラハトは、ゾンカの助けになると私の両親に約束したが、なにも助けになることはしませんでした」。

　父親の拘留の直後に、イリヤ・ゾネンシャインはピルゼンからプラハにきた。ゾンカは息子にこう言う。「私はヴァンチュラを裏切ったと非難されている」。その非難に根拠はなく、内務省のノセクの部下はふたたびヴァンチュラと手を切った。この間に動員解除されたイリヤ・ゾネンシャインは、カレル大学の学生として入学手続きをとり、一九四六年二月までプラハにいた。それからイギリスにもどった。

　イリヤ・ゾネンシャインは父親を未決拘留から釈放するように申請したが、拒否された。病気の父には医者の診断はされなかった。やっと刑務所の医者の診察を受けたとき、仮病を使っているようだと医者から診断された。一九四五年八月一二日、ゾンカは二人の息子、イリヤとイヴァンに宛てて書いた。「刑務所は暮らしていくうちにすでに慣れてきたよ。ここの刑務所はひじょうに興味深いので、器の小さな人間のもつ貧しい精神の深い部分への洞察がえられるんだ。ときおりそういう人間への同情の気持ちがわいてくるさ……医者にいく必要はないと言われているけど、耐えなくては……」。

　なんどもゾンカは、かれの知り合いで自分を助けてくれそうな人間にひそかな指示をあたえていた。実験研究室長、アトレー、アメリカのコミュニスト、マクス・イーストマン、イギリスの作家、H・G・ウェルズ。しかし息子たちから文書で問いあわせを受けた人たちは黙りこんだままだった。ゾンカの先妻マリーは、庶民側にいるジャーナリストのパヴェル・ティグリドに援助をもとめた。ティグリドは現在プラハで暮らしている、チェコの亡命文学雑誌の編集者であるが、ゾンカの事件をこう回想している。「それは復讐でした。この件はどこか変で信用できませんでした。私はかれのためにさほどのことはしませんでした。ゾンカはコミュニストで、われわれの仲間ではありませんでした」。

ゾンカの二度目の結婚で生まれた息子たちは、イギリスから、かれらの父親の事件について最後にもう一度転換を図ろうと試みた。しかしかれらがいつ書いても、やさしい慰めの言葉をもらうことも、返事さえなかった。イギリスの外務省はチェコの外務省に説明を請うた。市民階級のマサリクの指導のもとにあったチェコの外務省は、マリー・ゾネンシャインのもとに役人を差しむけた。彼女はロンドンにいるイリヤに手紙を書いた。「残念ながらあなたがたの抗議は徒労に終わったわ。外務省の人間が、ゾンカ氏という人物はどうなっているか問うために、ここにきたの。ゾンカの二人の息子、イリヤとトーマスがロンドンから、父親はどうなっているか尋ねているんだがと……」。

世界は失われ、寒気と暗闇の
壁で囲まれ、夢にからかわれ、
窮乏によって衰弱させられ、死の待ち伏せにあう、
現在のない生……
ドアまで六歩の長さ
そして二歩半の幅
床から丸天井まで四歩、
これが夢の現実だ……

バルトロムニェイスカー通りのプラハ中央警察署で囚人のゾネンシャイン。ここで息子のイリアは父親をさがしだし、文書保管室で撮影した。まもなくして父親との接見は禁じられた。

一九四七年四月二八日、フーゴ・ゾネンシャインはプラハの人民裁判所の特別裁判所から禁固刑二〇年の判決を下された。この五八歳の作家は、ゲシュタポの秘密情報員であったとして有罪と認められた。判決の根拠となったのは、拘留され自分の命を救いたかったゲシュタポの役人ベームが警察相ノセクから強要されて書いた偽の陳述であった。ゾネンシャインは、一九四八年の共産党のクーデタのあとに常套手段となった最初

の犠牲者だった。つまりコミュニストにとって不快な者を刑務所に消えさせるために、ナチスの敵対者をナチスの協力者として晒し者にするという手法である。

　内務省の偽造だけが指示されていたのではなく、検察庁は必要に迫られて、共産党の自由になる範囲でゾンカのスラーンスキー宛ての文書も用いた。問題となったのは、ゾンカの知人の範囲から逮捕された三人の件だった。当時、ナチスは誘惑者の助けを借りてゾンカをコミュニストの共犯者として罪を犯したと証明したかった。今度は、ゾンカの同志が、ゾンカはナチスの協力者であったという罪を証明したが、この作家がゲシュタポで敵を告発したとする、共産党に勤務していた「女性証人」の助けを借りた。ちょうど正反対の関係だ。この女性は逮捕されていた彼女の夫を釈放してもらうために、ひき換えにゲシュタポのまえで「口を割っていた」。

　ゾンカはこの件などについて自分の弁明書で詳細に報告し、いかなる裏切りと密告の沼地でプラハの抵抗運動は生きているか、あきらかにしようとした。プラハの新聞「プラーヴォ・リドゥ」は、弁明書にはまったく出てこない、ノセクの省の「情報」によって記事を詰め込んだ。この新聞は、ゾンカがゲッベルス、トロツキーとは同じ程度の友人関係であったとする裁判の公示を記事に引用した。トロツキーをナチスの近くに寄せるというのは、すでに三〇年代における共産党の手法であった。ゾンカはこのような誹謗中傷にたいし厳密に、「正義と真実のための委員会」で戦っていた。今度は誹謗中傷がかれにもむけられた。

　ゾネンシャインはナチスによる迫害者、アウシュヴィッツの生き残りであり、ロシア人がモスクワに連行し、そこからチェコ政府とともにプラハに帰還させた人物である――共産主義を宗教として理解していたゾネンシャインには、チェコの「人民戦線」ではかれには機会がないことを、分からなかったのだろうか。かれは、かつてのトマーシュ・G・マサリクの信頼できる友人であるエドゥアルト・ベネシュが新しい国家のトップに立つのを見ていた。ひとりの市民を、コミュニストに協力する民主主義者を見た。民主的な社会主義を見た。自分の夢が実現するのを見た。ゾネンシャインは勝者の一員になろうとした。「きびしい戦いで勝ちとったわが世界観」とゾネンシャインは自分の信仰について書いている。ゾネンシャインが見落としていたのは、ゾネンシャインがかつて言ったことをなにひとつスターリン主義者が見逃さなかったことだ。この作家が同志について党の委員会にしたがい記述したのとおなじように、かれらもそうしたのだ。ゾネンシャインは、自分の息子がこの国から逃亡するのを拒否した、なぜならかれは権利は自分の側にあると信じていたからだ。しかし権利を貫徹すべきだった人びとは、権利には関心なく、全体の、全体主義的な権利をほしがった。

　ゾネンシャインがクッテンベルクの刑務所にはいったときは、マサリクの共和国と、つまり法治国家の体制と関わっていたが、プラハで一九四五年以降は、ベネシュが正当性を保証したもっとも高度な国家機能をもつ殺人者と関わることになった。ゾネンシャインは、イデオロギーそのものを信じているコミュニストと関わることになったが、コミュニストにはイデオロギーのためなら戦う覚悟があった。ゾネンシャインの死はスラーンスキーの助言にその「責任」があるが、投獄されたゾネンシャインは、共産党書記長スーランスキーが有罪か無罪かについて共産党の機関紙「ルデー・プラーヴォ」を読み直すことでどう判断すべきか、検証できた。

「法廷に立つルードルフ・スラーンスキー。演説のリズムにしたがって動く赤毛の頭、法廷における百人の目、わが国における数千万人の目、全世界におけるすべての誠実な人間の目が、燃えるような憎悪とともに平和と対決するこの共謀者の頭をこじあける。ユダヤ人の茶色の目、人目を避ける眼差しをしたこの赤毛の頭には、多岐にわたる謀反の糸が寄り集まっている。そう、これがかれだ。このすべてが一緒になっているのがルードルフ・スラーンスキーという名前の人物だ……仕事なりの報い。犬の犬死だ」。

ゾンカの獄中時代、ミーロフ刑務所から出された一ダースを越える手紙は保存されてきたが、スラーンスキーが死刑宣告を受け、自分の夢がこの犯罪者のもとで打ち砕かれるのを、ゾンカが最終的に見ざるをえなかったころの手紙が一通も残っていない。一年後ゾネンシャインは心筋梗塞で死ぬ。ゾネンシャインは信じようとして生きていた。未決拘留所からゾンカは手紙にこう書いている。「わが二重人格はふたたび世界中をぶらつき、私を愛する人びとをさがすことでしょう。それはすばらしい。私は自由のために妥協なく人生のすべてをかたむけ、その自由を私は獄中で待っているのです」。

判決の一〇か月後、獄中に父親を訪ねてきた息子のイヴァンは、イギリスにいる異母弟イリヤに手紙を書いた。「父は身体的にはさほど悪くはなさそうです。おもに苦しんでいるのは精神面です。というのはだれとも理性的に話せないからです。しかし話しているときは、どうにもできないいつもの夢想家です」。

精神の崩壊の徴候を刑務所からの手紙ははっきり示している。精神の崩壊は手紙と手紙の間で確定できるだけでなく、同じ一通の手紙のなかでもくりかえし出てくる。一九五〇年四月九日にゾネンシャインは、食事の小包を受けとれるように倦むことなく戦っているプラハの先妻マリー・ゾネンシャインに宛てて書いている。「愛するひとよ、今日は復活祭の日曜日……快眠。元気はつらつ、気分は落ち着き、いい調子。そして希望であふれているよ。なぜかって。ぼくにはわからない。ひょっとして春がまたきたからだろうか。贈り物がぼくにはあり、それは冬を生きのびられたことさ。寒さで凍えるのをふり払っているよ」。

「ここの人はぼくのことを精神錯乱だと思っているかもしれないね」と続けて書いている。「しかしここの監獄でぼくは言っているんだ、ぼくが生涯戦ってきたことが勝利したので、ぼくは勝利したのだと……社会主義がこの国で誕生すると、われわれもここで感じているのさ」。

しかしそのあとかれはイヴァン・オルブラハト（カミル・ゼマン）のことを思い出している。「ぼくはひどい目にあって監獄にいるが、それでカミルはどうしているだろう。かれは自由で、尊敬され、ひょっとして復讐に燃えた気持ちで幸せになっているだろう。

Lebendig bin ich auf gehetzter Fahrt,
da wurzle ich,
und wachse unerhört in den Himmel
durch den heimischen Boden Erde
nach allen Richtungen mit Reichen-
dem ewigen Wissenwichts befohlen,
muss tief das Herz der Welt erreichen,
fernhin dem Geist die Seele reichen,
tieffern mich selber überholen —

作家ゾンカの手稿。「ここに根ざす」は詩集『世界の苛酷さに抗するわが杯』に収められている。この本は「サターン」の出版社であるハイデルベルクのヘルマン・マイスターから出版された。

かれの長編を何冊か読んだが、時代遅れで、とっくに決着がついた小市民の文学だ……例外なのは、長編『泥棒ニコラ・シュハイ』の数ページだ。そのなかにこの文を発見したよ。『喜びは、人生を人知れず突き抜けてゆくことにあるのではなく、愛されて、憎まれることにあるのだ』。そう、ぼくらもこうであったらね」。

一九五〇年五月二一日の手紙にはこうある。「愛する人よ、大きな包みをありがとう、とくに絵葉書を……この絵葉書でぼくは数時間、ときどき襲ってくるぼくの悲しい無気力を忘れさせてくれたんだ。ぼくの状況——ぼくにはむら気があるだけかもしれないが——は最近しばしば変わっていて、ぼくが落ち着いているなんて言えないと思うよ。心気症患者のようにしばしば鏡に見入ることがあるけど、悲しいまでにこわい表情をした眼にぼくはぞっとしているのさ。もうここから出られないのかと不安だ。そうするとまたしてもぼくの顔の表情はたゆまぬ希望であふれてくるのさ。まだ生活にもどれるという希望にあふれて。この人間的でふつうの瞬間にぼくは、狂気の淵でバランスをとっていると確信したのさ。ぼくは——理性の狂信者だ。これはおそろしくつらいことだ。ぼくは肉体的な病気よりもひどく消耗させる内面の不安をかかえてしぶとく生きている」。

かつての友人アントニーン・ザーポトツキーは一九四八年の共産党のクーデターのあと首相に、一九五三年から大統領になったが、ゾンカはかれに手紙を送ったことを報告していて、「かれがぼくのことをめんどうみてくれている」と書いている。返信への期待は、三通の手紙で貫かれているが、それはゾンカが諦めながらこう確信するまでだった。「われわれが一緒にふたりでモスクワで社会主義の礎を築いてからともかく三〇年がたってしまったね。ぼくもすでにいろんなことを忘れてしまったが、まだ誇りをもって、感動的に思い出せるのは、一九二〇年のすばらしい年だ。ひょっとして人生でもっとも大事な年だったかもしれないが」。

一九五〇年五月二一日の手紙で、ゾンカは外にいる二人の知人に頼みごとをしている。「私は一九二〇年（私がオスロに滞在している間）からさまざまな機会に、トリグヴェ・リーとはよい関係にありました。わが友人たちがかれに数行の文で私の運命に気づかせてくれることは可能でしょうか」。さらにこうある。「私の名前でトーマス・マンの七五歳の誕生日のお祝いの言葉を送ってくれないでしょうか——なぜ私がかれに自分で書けないのかという説明をつけて――。われわれは個人的によい知り合いです――文学的に、そして作家の権利のための共同の戦いで知り合いました。トーマス・マンは六月六日（誕生日は六月五日）にチューリヒ（劇場）にいることでしょう。かれは自分の人生について講演も催すということです」。

一九五〇年八月四日にゾンカは手紙にこう書いている。「最愛の人よ、ふたたび筆をとったよ。知らせがないんだ、だれからも……なぜきみたちがみな沈黙したままなのか見当がつかないよ。曇りで、雨がふっている。わが森には霧がたちこめ、ちいさな鴉さえ森のはずれに姿をみせないんだ。気分がいっそう滅入ってしまう。個人的にまた希望がない状態だ。ただただ、とても怖い。夜へと消え入りそうだ。自由のない人生とはなんだろう」。

ふたたびかれは、著名な人にむけて外部に手紙を送ったが、返信がないことを報告している。文書による抗議も外にむけ、トリグヴェ・リー宛てに「朝鮮における侵略に抗して」という文を書いている。「わが心、わが脳髄は、ばかげた殺人を目にして悲しむ。私は気分をすっきりさせなくてはならなかった。私は知っている、知っているさ、私の声が弱いことを。私の良心は、声をあげるように命ずる」。ゾンカはある詩を引用する。

もてあそばれる反抗的な革命ごっこ、
それは冷たく陰険だ。
幕をおろせ。
夢は崩れなかった。
永遠の法則に耳をかたむける、
ただ夢見る詩人が、
崩れていく。

「ひょっとして私はこれをただしく書きとめているだろうか」とゾンカは書いている。「おお、時代の永遠性……人生はすでに完全に敗北したのだろうか。……夜、私は思いついた、だれかが私の問題をもっとも上手にあつかい、トミーがモスクワに行くことになれば、むだにはならないだろう」。

一九五〇年一一月二日の手紙でゾンカはこう問う。なぜ自分の「友人」が自分に尽力することに恐れを抱いているのかと。そしてこう書いている。「チェコ共産党の三〇周年記念の祝賀があり、コミンテルンの二回目の会議のことが、一九二〇年の一二月のストライキのことが書かれています。ただしく思い出せるかぎり、私は、この運動でいかばかりかの役割を果たしました。先駆的な役割、とさえ言われています。それには資料がありました……そのころ私は時代の先をいってました。現在まで私はわが人生と自分自身を生きのびてきました。ひょっとして、私はいま、自分の死から逃れようとしています。そして私は、私が逃げられないことを知っています、なぜって私は刑務所からは逃げられないでしょうから……」。

一九五三年七月二〇日、ゾネンシャインは、チェコスロバキア社会主義共和国のもっとも恐ろしい刑務所のひとつであるミーロフ刑務所の病院で死去した。享年六四歳。一九五三年七月二二日、刑務所の墓地に浅く埋められた。家族の立ち入りは許されなかった。家族につぎのものが届けられた。

着古された青いコート一着
着古された灰色のコート一着
着古された灰色のズボン一本
着古されたピンクのセーター三着
着古された青のリンネルのシャツ一枚
着古された短い白のトリコットのパンツ一枚
履きつぶされた黒革の靴一足
着古された灰色のウールのマフラー一本
古びた赤い生地のネクタイ一本

モスクワのチェコ大使館の証明書――一九四五年三月一九日交付――、そして一九四五年にコシツェのスロバキア国民議会から証明書が交付された。『夢の詩』と名づけられた韻文は、プラハのゲシュタポに拘留されていた間に書かれ、アウシュヴィッツで完成した。ゾンカが言いたかったのは、かれがこの韻文を夢のなかでたずさえていること、そして自分が解放されたあとにようやく紙に書きとめられたことだった。ミーロフ刑務所で完成した夢の詩をかれは死とともにたずさえていった。一九一五年にゾネンシャインは詩集『地球の上の大地』でこう書いた。

ぼくを盲目にしてくれ、
精神錯乱に、または子どもにしてくれ、
ぼくのために世界の顔を消してくれ、
なぜきみはぼくに読みを一気に教えたのか
その男の顔には殺人者がいる、
地球の、世界の顔には殺人者がいる
女の、空間の、時代の
顔には犯罪者がいる
だがきみよ、きみは
世界の顔のどこにいるのか……

ゾネンシャインはガヤ出身の放浪者、そしてかれの予告の書『テルハン』にこうある。

「わが故郷ガヤはぼくの始原」。

「人間は、事が決まるまえに、告白する勇気をもたなくてはならない」。

「ぼくは泣けなかった、だから歌わざるをえなかった」。

「党派性を越えるのが人間性だ」。

「すべての権力はぼくを抑圧する」。

「規律とは、党信奉者の心配症をつくるもの」。

「きみの敵が復活したら、きみの人生を称えよ」。

「わが精神の葡萄畑に根をおろす」。

「世界の形式に則った権利」。

「真実を体験するのだ、真実をもちこんではいけない。風雨に晒されてきた貧困」。

「プロレタリアには自信がない、かれらは市民でありたいのだ」。

「ぼくはいつか雲のむこう側に立ってみたい、そして濡れずに雨が降る様子をじっと見たい」。

「青春とは、種籾が大地のふところで枯れること」。

「ぼくたちがきみたち殺人者を意のままに、首を絞め殺すなどと、きみたち死刑執行人の下僕にぼくらが大声で伝えるとは、何世紀経っても理解できないだろう」。

「わが兄弟がようやく生まれてくる。わが息子たちの兄弟となる」。

「ペーター・シュレイミールから弟ゾンカへ」。

「三本のスコップが棺に鈍い音をたてて落ちる、これがぼくの最後の鐘の音」。

「きみ、ぼくとパレスチナにいくかい」。

見捨てられた文学風景の逍遥

◉マックス・ブロート

ヘルマン・ケステンはあつかましくもこう言った。「いかなるプラハ学派も愛する神と電話でつながり、喫茶店の芸術家でも神秘的な世界とつながっている。かれらの欲求の対象はほとんどカフェにあった。だれもが極端なこと、滑稽なこと、異質なことに楽しみを見いだし、世界のすべてがプラハにあり、プラハが世界のすべてにあるかのようだ、つまりゴーレム、プラハ城、ユダヤ人墓地、そしてボヘミアの言語問題をかかえるプラハである。かれらはしかるべき特定の場所に誇りがあり、見当はずれの場所にはその何倍もの謙虚さがあり、勇気と恐怖を同時にもっていたのだ。その多くの人間はモラビアの天才、ジークムント・フロイトと関わりがあり、若干の人間のみがラインの天才、カール・マルクスと関わりがあった」。フランス人のアンドレ・ブルトンにとって「化石となった同時性」を伴うプラハは、「魔術的なヨーロッパの首都」であった。ギョーム・アポリネールはこう書いている。「ユダヤ人街の時計の針は反対に進み、きみはゆっくりときみの人生をひき返していく……」。リヒャルト・ヴァイナー（一八八四―一九三七年）はチェコ語で書くユダヤ人作家であるが、カフカのように追放された感情を抱き、プラハ

カフェ・アルコ―過去の時代の象徴。チェコの建築家ヤン・コチェラのデザインによる室内でプラハのドイツ語作家は会っていた。

からパリへと逃げていった。「私は罪のなかで溺死し、そのなかで窒息しそうになり、罪業のなかを歩いているのだ——私は罪業がなんであるかは知らず、けっして知ることはないだろう」。カール・クラウスはプラハの悪口をこう言う。「ヴェルフェル化し、ブローデル化し、カフカ化し、キッシュ化している」。

危篤となったフランツ・ヴェルフェルは亡命先のアメリカからマックス・ブロートに宛てて最後の手紙を書いた。「きみはテル・アヴィヴにとどまるつもりかい」。プラハの人マックス・ブロートはテル・アヴィヴにとどまり、一九六八年に八四歳で亡くなった。プラハを去らなかったかのごとくテル・アヴィヴにとどまっていた。とどまったが、つぎの作品ではプラハに帰還する夢をいだいていた。長編には『ほとんど、優等生』（一九五二年）、『過ぎ去りし夏』（一九五二年）、小説では『霧のなかの少年時代』（一九五九年）、そして有名な回想の書『けんかっぱやい人生』（一九六〇年）、『プラハ・サークル』（一九六六年）がある。

ブロートは不思議なことにこう気づく。「私にはときおり思えるのだが、テル・アヴィヴで文学的なプラハが最後の熱を放射しているようだ。プラハの太陽は地中海に沈む」。ブロートがプラハのドイツ語文化において偉大な人物であることに異論はない。全能の人である。詩人、叙事詩人、哲学者、作曲家、劇作家、歴史学者、演劇評論家、文芸評論家、音楽評論家、エッセイスト、翻訳家、文学と音楽の発見者、チェコ文化の後援者。ブロートが世界の友でいたのは、ヴェルフェルを引用するためだった。

われわれがブロートに世話になっているのはカフカのことだけではなく、フランツ・ヴェルフェルのことでも道を拓き、またローベルト・ヴァルザーの偉大さを認めた最初の人でもあった。ブロートはチェコ人にシュヴェイクと親しませ、ヤロスラフ・ハシェクを著名人にさせ、フリードリヒ・トーアベルクを発見した。作曲家のレオシュ・ヤナーチェク、ヤロミール・ヴァインベルガー、デンマーク人のカール・ニールセンを押しだした。ブロートは表現主義の先駆者のひとりであり、表現主義が文学の主潮となったときにはその道から消え去った。シオニズムの先駆者となると同時に愛する神への特別な道を拓いたのがブロートだった。

ブロートは今世紀のヨーロッパ文化でもっとも刺激的な人物のひとりであった。二〇世紀後半のドイツ語文学界にいたのがハインリヒ・ベルであったとすれば、二〇世紀前半にいたのがブロートであった。ブロートは制度面でチェコの憲法がもっていた核心部分に単独で到達していた。トマーシュ・G・マサリクは、この作家に第一次世界大戦中にユダヤ人の国籍の承認をチェコの単一民族国家として文書で確約した。

プラハ時代にブロートは、もっとも有名な作家の一人というだけでなく、もっとも成功したドイツ語作家の一人であった。一九一五年に出版された長編『テュホ・ブラーエの神への道』の売り上げは一〇万部以上に達したが、八三冊の本をもって市場に突進したブロートの名声はなにも残らなかった。猛烈に他人のために尽力したこの作家はカフカの編集によって流行をつくり、自らは流行からずれていた。
ブロートの生誕一〇〇年に寄せて、プラハ生まれで、アメリカ暮らしの文学者ペーター・デーメッツは「フランクフルター・アルゲマイネ」紙でこう悼んだ。「作品が読まれることなくして、誠実な友人、仲介者として称賛されるという特別な運命がやすやすとかれには転がりこんだ。かれをむしろ有名にしたのは、かれがかつてしなかったこと――つまり友人カフカが望んだようにかれの原稿を破棄すること――であり、長く生産的な人生で、プラハとテル・アヴィヴにおける二重の生活で、作家と評論家として思惟し、書いたことのすべてではなかったのだ」。

作家ブロートのジレンマははじめからあきらかであった。混乱してしまうほど多面的なこの作家には、やや乱暴な言い方ではあるが、哲学的、宗教的な共通点が見いだされた。この共通項にはいらないものは、すべて確固とした価値がないとして脇に押しやられたが、ブロートに敬意を表すれば、つぎの三作がその傾向を示している。『作家―思想家―支援者』は、一九三四年に五〇歳の誕生日のときにモラビアのオストラウ（オストラヴァ）で出版された最初の著作である。つぎの作品が『真実をめぐる戦い』であり、これはテル・アヴィヴのＡＢＣ書店から一九四九年に六五歳の誕生記念に出版された。三番目の敬意すべき作品として『追悼の書』があり――これはかれの死後一年して出版が実現した。光沢紙使用の豪華な三二八頁の革製本に五〇人の作家が結集し、ブロートを褒めたたえている。

いまは亡き作家ブロートには、「友好関係の天才」だったという回想が残されている。実直な男の歌が高らかに響き、それだけに沈黙はいっそうきわだっていた。ブロートの人生は悲劇とともにはじまり、一八八四年五月二七日生まれのこの作家は、四歳のときに当時不治の病であった脊椎湾曲、脊柱後湾に罹り、のちにボヘミア同盟銀行の頭取になる父親は、息子に外国での治療を可能にしようと借金する。

ブロートは、父親について「学者の資質」があった、と書いている。「柔和でひかえめであり、いつでも疾風のごとくやってくる母親にその憤激のまま壁に押しつけられている存在であった」。

この母親は校医の診断に満足せず、アウクスブルクのゲギンゲンで整形外科医の大家となった医学の独習者を見いだす。この医者はブロートを自分の研究所で受けいれ、ブロートのために首の副木と頭用の器具のついたコルセットを開発し、少年はそれを長いこと身につけなくてはならなかった。

「この器具のことでは私は感謝しなくてはならない」とブロート

ブロートは何年も服の下に首の添え木のついた鉄製のコルセットを身につけていた。学生になってようやくコルセットを放棄できた。「首はまた自由になった」とかれはのちに書いている。「わが不幸な身体は、完全とはいえないが、すくなくとも部分的には正常になった」。

はのちに書いている、「わが不幸な身体は、完全とは言えないが、すくなくとも部分的には正常になった。両肩のあいだに埋没してしまった首はむしろ完全に自由にさえなった」。ブロートは身体的な不利益をのちに文学で埋め合わせ、恋の詩、恋物語によって定評のある言葉の誘惑者となり、病がかれの著書に登場することはけっしてなかった。

ぼくがきみを所有したのは一分間。
きみは舞踏会のホールからでてくる
きみの車は早足でやってくる、
そして夜、歩道に
立つきみは、髪に飾りはなく、
帽子をかぶらず、外套は風に翻り、
そしてきみの歩みに向きを変えた……

エルゼ・ラスカー＝シューラーはブロートについて書いている。「民衆がかれにむかって叫ぶことはけっしてないだろう。かれは満足しない。かれはそもそも食事はせず、せいぜい片方の手はなでられるか、キスをされるかである――かれの唇は恥ずかしそうな子どもの唇であった。いつでも自分のことを語り、それは道が終わるところでは辻つまがあい、きまってかわいらしい物語となった。かれは多くの、多くの道を詩のなかの少女とともに歩んだ。グリム童話で、自分が子どものように見えたかれは、ヘンゼルとグレーテルのなかに描かれている……」。

ヘルマン・ケステンがこう書くときは、露骨である。「同時代のドイツ文学でこの作家の再来はあるだろうか、かれはきわめつけのいかがわしい理想主義者、ほれ込みの強い預言者、宗教的な性愛主義者、半分モーゼで、半分カサノバであった」。

この方面の描写でじっさいのブロートの着想はきらめいていた。つねに官能を追いもとめ、いつでも女性を追いもとめる男であった。かれの全生涯はこうであった。官能的なものにおいて超官能的なものをもとめた。自分の宗教をかれはまずプラハの寝床で見いだした。ブロートの性愛路線は計り知れなかった。『恋人の道』（一九〇七年）、『チェコの家政婦』（一九〇七年）、『遊女の教育』（一九〇九年）、『深紅のバラへのハイキング』（一九〇九年）、『フレンツィまたは二級の恋』（一九二二年）、『女神との生活』（一九二三年）、『あこがれの女性』（一九二七年）、『幻滅しない女』（一九三三年）、『アネルル』（一九三七年）、『ミラ』（一九五八年）。

R. P. バウアーが戯画化した作家ヘルマン・ケステン。かれはカフェの来訪者の昔からの知識人仲間であり、プラハ出身のドイツ語作家についてこう書いた。「多くの人間がモラビアの天才ジークムント・フロイトと関わりがあった」。

性愛の本は歴史小説の文学的水準に達していない、とされていた。『ティコ・ブラーエの神への道』(一九一五年)、『ロイベーニ、ユダヤ人の公爵』(一九二五年)、『シュテファン・ロットまたは決断の年』(一九三一年)、『囚われのガリレイ』(一九四八年)。性愛の本で市場に出た本はすくなく、歴史小説は多く出版され、哲学書はまったくなかった。『社会主義とシオニズム』(一九二〇年)、『ユダヤ主義との戦いで』(一九二〇年)、『英雄主義、キリスト教、ユダヤ教』(一九二一年)、フェリックス・ヴェルチュと共著の『シオニズムと世界観』(一九二五年)、『此岸と彼岸』(一九四七年/四八年)。

ブロートは文学研究者によって評価されるのがもっぱらだったが、二流作家として評価されていた。これはまちがいである。ブロートは距離のある恋愛のあり方を打ち出し、そのことでドイツ人にたいするユダヤ人の立場を婉曲に表現した。ブロートは距離のある恋愛のあり方を長編『幻滅しない女』で発展させ、私的な恋人として発展させた。ともあれ距離のある恋愛には、整形外科医の治療にもかかわらず脊椎湾曲になった男にとって保護の機能がついていたわけである。

ブロートはすぐれた人生の解決を自分の哲学の著作にもとめ、これらの著作は、矛盾したことが概念的な思考によって調和されることのない長編作家を超えていた。調和に夢中であったが、いつでも長編の真実のなかに生きていた。いつでも女性による救済によって生き、たえず恋愛中であった。子どもの天才性を守り、本質を見抜いていていた。したがって「醜悪な絵の美しさ」——ブロートの本にこう書かれているように——を称える恥知らずの享楽家であった。

ヘルマン・ケステンは、「プラハ日報」の編集室にブロートを訪ねて、「ヨーロッパの行く末について、またヨーロッパとアメリカの文学の誤った方向について、このうえなくはげしく、そして友好的に」議論したことを報告している。「するとドアを叩くかすかな音がして、私は話している途中でやめたが、ブロートはなにも聞こえないように、ちょうどリルケとヤン・ネルーダの詩を引用しているところだった。すると二度目のノックがあり、『なんですか』とブロートは私に聞き、『ノックの音がしました』と私がいい、ブロートが『おはいり』と叫ぶと、絵のように美しい若い娘がはいってきた。青い目、ブロンドの巻き毛、長い脚、豊かな胸の娘であった。ブロートは立ち上がり、娘のところにむかい、頬に父親のようなキスをした。娘はほぼ二〇歳、かれは当時四〇代半ばであった。娘がほほ笑みながら私をじっと見つめると、ブロートと私はかわいらしい、魅惑的な少女を見つめた。娘にはそもそも文学の匂いはせず、ベッドの女そのものという感じがした。当時はマレーネ・ディートリヒの歌が流行っていたが、娘はそのメロディーを口ずさみ、頭の天辺からつま先まで恋にあわせているということだった。演劇評論家ブロートの事務所にいるその娘は、あのメロディーに似合うテキスト、肉体と化したテキストにみえた。ブロートは私にいった、ケステンさん、たしかまだ家ですることがあるでしょう、と。私は、もちろんです、ブロート博士、といった。でもまたぜひともきてくださいね、とブロート博士は頼み、三〇分、せいぜい四〇分経ったら会いましょう、話は打ち切らなくてはなりません、といった。よろこんで、と私はいい、ぼんやりと眼差しを、私が座っていたソファーに投げかけると、絵のように美しい少女はソファーにむかって歩いていた。私はすでにドアのところにいて丁重にお辞儀をした。三〇分、優に四〇分は遮られることになったが、おもしろい文学対談にふさわしく真面目にお辞儀をした……私がふたたびブロート博士の部屋をノックすると、かれは興奮して、心をときめかせながらほとんどドアまできてソファーに連れていった……私は恥じらいのひかえめな態度でソファーの端に座り、ブロートは机のうしろに腰掛け、官能的なまでにパスカルとキルケゴールを引用した……」。

　ヘルマン・ケステンにとってこのブロートは、「宗教と性愛との間にいる、売買する愛と神の愛の間にいる、プラハの小間使いとプラトン、ゲーテの間にいる永遠の青二才」であった。ひかえめなシャローム・ベン－コーリンでさえこう認めている。「エロスの巻き添えはブロートの自伝『けんかっぱやい人生』では貧乏くじを引いている」。ブロートは自分のひかえめさをこのように説明している。「すべてを語る恋愛作家は、自分が乗っている大枝を切り落としてしまう」。大枝はそのあとまったくちがう人から、つまりけがれなきシオニズムの作家を艶だし加工したあの人たちによって切り落とされた。エローティクな大枝は消えうせた。

　ブロートは一九五四年にこう願っている。「私は精神の最後の擁護者である、と言われているようだ」。しかしこの点で概念的な真空のなかにかれはいたわけではなかった。ブロートの世界観、宗教性は独自の苦悩から出たものであり、その結果であった。この苦悩は脊椎湾曲からきたものだった。長編でブロートはその狼狽について鮮明に示している。

「ロットさん、不治の身体的な欠陥とともに生まれてきたことの意味を、おなじ事情にないひとはだれも、だれも判断はできません。そしてそこにある恐るべきこととは、他人がまったく関わりえない災厄のことです……根本においてわが生涯のすべては一点にあり、この一点は除去できるものではなく、なにによっても補償できないのです。わが脊柱後湾」。

　人生行路における競技場。ブロートはプラハでエスコラピオス修道会の小学校に通い、その後シュテファン・ギムナジウムに通う。プラハ大学で法学を学び、一九〇七年に博士号を取得してこの研究を終えた。ブロートはプラハで勤労者用の年金保険施設に勤め、そのあとは郵便局で勤務する。これは生活の糧としての職であり、就こうとして得た職である。つまり「半分の労力で」片付けるという意味であり、最大の関心事は書くことにあるはずだった。

　ブロートが大学での勉強をはじめたときに知り合ったのが、フランツ・カフカだった。一九〇二年に出会った場所は、「プラハのドイツ人学生の朗読と演説ホール」であった。「プラハ・サークル」はもともとブロート、そして一九三九年にイスラエルにいくことになったブロートの友人フェリックス・ヴェルチュ、そしてカフカによって成り立っていた。そのあとに加わったのが盲目のバウムだった。カフカが死去して、ブロートはルートヴィヒ・ヴィンダーをサークルに呼びいれた。

ブロートの著作の出版は一九〇三年からはじまる。その三年後、二二歳で作家として小説集『死者に死を』によってベルリンのアクセル・ユンカー書店からデビューした。この本は「世界計画における構造上の欠陥にたいする批判」であり、無関心な世界に適応することへの非難である。善は悪のようであり、悪はのぞまれ、悪を変えることはできない。人間の意志の決定性と独自の行動の不自由さ——ブロートはショーペンハウアーの影響下にあった。

人生の空虚から逃れようとする美術品収集家のトックは、こう理解していた。「人生からの最後の避難所を芸術にさがすひとに、風よ、吹け。かれらは社会の勢力、無遠慮、利己心、夢の国への快楽から逃げていく……だがひょっとして宿命をもっているのだろう。かれらが真実を認識していたら、途方もない行為によって真実を世界にあきらかにしなくてはならない。人類は三歩踏み出さなくてはならない。第一歩はかれらを導きシナイの炎のわきを通り過ぎて宗教に至り、第二歩は宗教改革者用の火刑の薪の山を越えて宗教から芸術にみちびき、第三歩は芸術雑誌の炎の上を越えていく」。

ブロートの「主人公」は重要美術工芸品で満たされた自分の家を爆破し、美術品とともに自爆して死に至る——世界の無軌道ぶりからぬけ出して。この思想の路線にあるのが一九〇八年に出版された長編『ノルネピュッゲ城』であり、この作品によってプラハのユダヤ人は突如ドイツで有名になる。描写されているのは、精神的人間の運命であり、そして「現代の子どもであり、子どもは世界の流通によって流れこむ富によって病気となる。あまりに多すぎる妊娠、そしてあまりに多すぎる可能性によって病気となり、精神の自由な取引きの犠牲者となり」、虚無にゆだねたようになり最後は自殺する。のちの「アクツィオーン」誌の編集者、フランツ・プフェンフェルトはこの長編に感動し、ブロート宛てにこう書いた。「あなたは、われわれに関わりのある実際的なことを読ませてくれる長編作家なのです。あなたがまず脳の冒険を描いているのはすばらしいことです！　標語を書くのを許してください。あなたがたのうしろに登場するのは、最高のドイツ人、ハインリヒ・マン、そして小説を書くレンバッハ」。クルト・ヒラーはゲオルク・ハイム、エルンスト・ブラス、ヤーコプ・ファン・ホッディスが属していた若手作家のサークルの中心にいたが、こう書きとめている。「ノルネピュッゲ、これにはおどろき、狂乱、茫然自失した。私には強烈すぎて、重要な、聖なる体験だった。一〇年前のファウストがそうだったように……熱狂して、止めるすべはなく、過熱して、走りまわり、苦痛と歓喜で気が狂っている」。ヒラーがこの長編から読んだことは、「パトスと皮肉のあいだの前代未聞のニュアンスであり、儀式の厳粛さへの嘲笑、不真面目なことの正当化、すべての祭式への懐疑、懐疑の祭式」であった。

『ノルネピュッゲ城』で表現主義の巨匠へと昇りあがったブロートは、表現主義が精神的な袋小路にはいったとみて脱出しようとする。ブロートにあって重要かつ魅力的なことは、かれ個人の危機が今世紀初頭の危機にも反映していることである。進歩の思想をともなう啓蒙は宗教的な信仰の世界を破壊し、「信仰無差別論」をもたらした。

　結果はとくにプラハ、二重のディアスポラの街であきらかとなる。少数民族のユダヤ人は一九一八年まで指導的な役割を果たしたドイツ文化に同化し、他方でドイツ文化は多数民族のチェコ人にあって少数派の文化であった。ブロートは同化したユダヤ人の家庭に育った。『ノルネピュッゲ城』はかれにとって無関心の思想の遮断を意味した。この転機はマルティン・ブーバーに『ユダヤ人に関する三つの演説』をもたらすことになり、一九〇九年にユダヤ人の学生同盟バル・コホバで発表された。

「真のユダヤ人の問題は内面的、個人的な問題であるということ、つまりユダヤ人自身のなかに存在する、相続された本質的な特殊性にたいする、内面的なユダヤ性にたいする個々のユダヤ人の立場であること、このことのみが民族たらしめている」というブーバーの認識が、二五歳のブロートにショックをあたえたのである。かれが「ユダヤ人の民族性」の真の概念を認識したのは、「みすぼらしい東方ユダヤ人の演劇グループ」の登場をプラハで目の当たりにしたときのことだった。「びっくりさせ、反発をもよおさせると同時に魔術的な魅力」。ブロートはユダヤ教のなかに根源性を発見したが、それは第一次世界大戦中に東方のユダヤ人がプラハに押し寄せてきたときよりもいっそうその意を強くした。ブロートはガリツィアからのユダヤ人難民のためのユダヤ人の援助基金に協力し、教師として難民の学校に出向いた。またフランツ・ヴェルフェルとの論争に手紙で決着をつけた。「どんなに真実性があろうとこの矛盾がきみのなかで、現在の普遍的な文化と東方のユダヤ人の生活との間で耐えられるだろうか」と問うヴェルフェルに、ブロートはこう答えた。「ぼくが『帰る』つもりの場所はゲットーではない——断じて『帰る』つもりはない——現在の東方のユダヤ教は私には真実であることの比喩にすぎないが、もちろん私には、ユダヤ教にたいし無秩序のうちに粉々に打ち砕くと非難しながら、すべてを古いままに放置した『新キリスト教徒』を含めて、現代の家族観よりも東方のユダヤ教のほうが現実的で、真実に近いものと思われた」。

　ユダヤ教の問題は、すでに一九〇九年に長編『あるチェコのお手伝いさん』において、そのあとの一九一一年作の長編『ユダヤ女性』、一九一二年作の長編『アルノルト・ベーア　あるユダヤ人の運命』においてあきらかになった。一九一五年に出版された長編『ティコ・ブラーエの神への道』でブロートは、文学的に「超越的なリアリズム」の道を歩みはじめる。プラハのルードルフ二世の宮廷で天文学者として勤めるデンマークの学者ティコ・ブラーエ、そしてティコ・ブラーエの後継者となるヨハネス・ケプラーとの間の対立において学問思想のジレンマが表現されたが、これは今世紀末にチェルノブイリがあきらかにしたひとつのジレンマである。

　創造における人間の課題を自分の認識とは結びつけない学者ケプラーがティコ・ブラーエの課題を黙殺したのは、純粋な「神の法則を地上の不幸のあらゆる混乱において認識し、私をこの法則と結びつける」からである。同時代人のための学問の責任、科学者にたいする道徳的要求――これはすでに一六〇一年一〇月にティコ・ブラーエとともに、ブロートの長編の舞台であるプラハで死んだ。責任意識のある孤独なティコ・ブラーエを支えた人物こそラビ・レーヴであった。「神は、正義のゆえに、正義に仕え、正義を支えるためにあるのではなく、正義は神に仕え、神を支えるためにある」。

「善を創造し神を助ける」という要求を含んでいるブロートの神の概念は、一九四七年にブロートの哲学の大著で表現され、物語風の輪郭となっている長編である。ティコ・ブラーエが死に瀕しても認識していたのは、「じっさいの星の運行であり、それは天文学の知識よりもすぐれ、神の法則、世界秩序をあきらかに表現し、もっとも高度な関連、被創造の概念的な統一となった……」。一九一八年に発表されたブロートの戯曲『女王エステル』には「人間であることは不可能である、それでもわれわれに残されているのは人間以外にない」とある。

ブロートは善と悪のどうでもよいことから道を見いだし、倫理とエロスの間の亀裂、倫理と生命力の間の亀裂を解消しようとはしなかった。ブロートは慈悲が効果をあげられる原動力を発展させようとした。しかし忍耐可能な矛盾への忠誠は、ブロートには慈悲が作用するための前提と思えた。ブロートの二巻の著書『異教、キリスト教、ユダヤ教』で高貴な不幸、かつ高貴でない不幸のテーゼを発展させた。高貴な不幸は人間の有限性から、有限性と無限性の間の乗り越えがたい深淵から出てくる。変わることのない不幸が道徳的な不完全さ、肉体の衰え、心の変化を含むとき、不幸の要因は人間存在の構造にある。この不幸は情熱によって駆り立てられ、その主要な推進力は性となる。それにたいし高貴でない不幸とは人間の根源の不幸であり、これには悪い社会状況の、戦争や他の暴力的な対立が要因となっている。この場合、人間は決定的な介入ができる。だが高貴な不幸では人間はこの状況の悲劇性によってのみ満たされることになる。

このテーゼとともにブロートは「連帯する人間の両立の不可能性」を橋渡しするように目指した。ブロートの異教の定義は、現世を「干渉せずに認める」秩序であった。現世はキリスト教徒にとって根本から悪であり、来世でのみ真の救済がある。ユダヤ教は「現世の奇跡」の本質的な部分を構成している。ラビのシモン・バル＝ヨハイの聖者伝で現世の奇跡があきらかとなり、これがブロートの宗教哲学の核となる啓示である。

ラビのシモン・バル＝ヨハイと息子はローマ人から密告され、逃れて洞窟に隠れ、一二年間洞窟にいた。一二年が経過して預言者エリアがやってきて、洞窟の入り口で叫んだ。ヨハイの息子に、皇帝が死んで命令は破棄されたことをだれが知らせたらいいものか、と。ふたりは洞窟から出てきて、人間が耕し、種をまいているのを見た。そしてふたりはこう語った。ああ、この人間たちは永遠の生活のことをないがしろにして、現世の生活に取りくんでいる。そしてバル＝ヨハイと息子の視線のむかう先で、すべてのものが燃えてなくなった。すると天からの声が聞こえてきた。さてはきみたちは私の世界を破滅させるために洞窟から出てきたのか、ふたたび洞窟へもどりなさい。かれらはふたたびもどりそこに一二か月間いた。天の声がふたたび呼び出す。するとようやくかれらは真に敬虔な人、ならびに恵まれている人にもたらされる段階に達した。かれらはもはや現世を否定せず、現世で高い水準のまま生活できた。シモン・バル＝ヨハイは身体の膿瘍を見られて、こう語った。あなたが私をご覧になっていますが、あなたがそのようにご覧にならなければ、私の心をそのように見ることもないでしょう。われわれに奇跡が起きたので、私はよい住居と出会いたいと思います。この物語の意味をブロートはこう説明した。バル＝ヨハイは一二年間の孤独のなかで神と一体化し、日常の生活を神の眼差しで焼き焦がしたが、かれはまだ十分な恩赦の状況にはなかった。キリスト教の教えによればおそらく恩赦とはならず、ユダヤ教の教えではまだ恩赦にならない。ヨハイはもっとも高次の段階へと純化するためにふたたび洞窟に入らなければならない。これはすなわち、奇跡に出会うと同時に人間的にみるということである。そして、神のまえで生活の実態のなさを認識するが、それでも生活をするということである、外面的にはかつてとおなじような真摯さをもって、内面的には新しい、純粋な、解放された心の状況によって生活することである。

シオニストのブロートは、マサリクの共和国でつねに大統領の対話の相手であった。ブロートはカレル・チャペック宅での金曜日の談話の客であり、この談話でマサリクは毎週、作家、哲学者、企業家と会っていた。共産党のドイツ語の雑誌「左派戦線」でブロートは自分の政治的な立場をこう表明した。「大衆の運命を変えられるのは地下資源と、生活に必要な基幹産業の国有化によってである。標準的な生活をこのように改善しなくてはすべての文化は壊れる。こう確信して私は社会主義を、生活のあらゆる領域における集団化をさらに進めて、精神生活の基礎としても肯定した。共同体、社会的、物質的な生活の事柄において私は社会主義者である。個々人の魂の孤独において（たとえば愛の葛藤において）花開く事柄において、私は個々人の生活にキルケゴールの意味で、無限の形而上的な価値と意味を認める個人主義者であると感じている。したがって私はあらゆる地上の富裕者の集団化に賛成する。しかし社会の大変革から出てくるあの尺度を越える精神の集団化には賛成しない」。

同年に――一九三一年――ボヘミアの「魔笛」といわれたブロートの長編『シュテファン・ロット、または決断の年』が出版された。第一次世界大戦が勃発する直前におけるシュテファン・ロットの物語である。神の名における世界の禁欲と世界の名における神の否定の両極の間で、シュテファン・ロットは自分の道を見いだす。神のことでは畏敬の念をこめて、人間のことでは活動的に。あちらでは崇拝し、こちらでは介入する。作品は第一次世界大戦の勃発で終わる。「主人公」は現実に苦しみながら。

一九一三年と一九一四年のブロートの回想は、未来の悲劇を展望していると証明された。チェコスロバキアは没落するというのである。ブロートのシオニズムの友人である「自衛」誌の編集主幹フェリックス・ヴェルチュ、のちにイスラエルの外交官のウリ・ナオルとなったハンス・リヒトヴィッツは、プラハにこもってヒトラーがくるとは信じようとしなかった。たしかにかれらは自分たちの移住を実行したが、だれもが移住しないですまそうとしていた。ドイツ軍がプラハに進駐するまえに、ブロートと妻エルザは最終列車でチェコスロバキアをあとにする。そのときフェリックス・ヴェルチュも同行していた。ハンス・リヒトヴィッツは進駐のあと、オストラウの炭坑の迷路を通ってポーランドに逃れた。

ヤロミール・ヴァインベルガーの従姉妹である女流ジャーナリストのエマ・クルチンガーは、ブロートが一九三九年三月一七日にコンスタンツァで「ベッサラビア」号に乗船する様子を観察していた。「眼前には私の生涯で忘れられないあの悲しみの姿があった。われわれの前には深くおじぎをするブロートの姿があった。力強くまっすぐ頭を支え伸ばし、歯を噛みながら、重いトランクを手から放そうとせずもっていた。もっとも価値のあるものを隠していた。原稿と絵である。笑っているように思えた。しかしとどまることなく目から流れ落ちる涙がべつのことを物語っていた。かれのうしろには妻がいた。顔面は蒼白で、辛苦で押しつぶされそうになり、苦しみながら、しかし諦めることはせず、自分のことには注意をほとんどむけず、すべての動作は愛する夫のために役に立つ意思表示となっていた。生活を破滅させせられた夫のために……われわれ全員とおなじように。だがそれはかれにはとくにつらかったが、しっかとそして内面的にプラハの大地に根ざしていたので、かれにとってどこかでふたたび故郷があろうとはだれも信じられなかった」。

(上) 1926 年プラハで妻 (中央) と。(左) 1913 年のマックス・ブロート、出版者のクルト・ヴォルフと出会ったドレスデンで。

ブロートはテル・アヴィヴで劇作家とハビマー劇場の監督になり、一九六八年に死去するまで滞在した。一九一三年に結婚した妻は一九四二年に死去した。妻の死去の年に長編『丘が呼んでいる』が複写機で印刷された。これはパレスチナ到着について書かれた本であり、戦時中の唯一の本である。自由意志でプラハを去ることなどありえなかった文化シオニスト、ブロートは、戦前のかれの宗教哲学的な書物を検証し、まとめの作業にはいり、二巻の書物『現世と来世』は一九四七年にスイスで刊行されることになった。「第二次世界大戦の圧力のもとで書かれ、直接の抵抗として考えられた」。そのなかでかれは核時代の危険性も予見していた。「私は二八七ページの本で核実験に警告を発したが、その存在についてはまだだれにも知られていなかった」。ブロートがこれを書いた当時、宗教哲学的な主著を完結した第二次世界大戦中のことだった。

その本にはこうある。「現在支配している社会主義の理論は、ひとが控えめでない場合、そのひとに反動主義者の烙印を押すことをためらってはならない――つまり物質的な欲求という自明の満足、社会正義の勝利のほかに、個人の個性の自由も要求する場合のことである。この自由は人間にあたえられているもので最も偉大なものに導く。つまり次の世代にとってもっとも必要不可欠なものに、ある不可避のことに、つまり諦念に導く。人類（全体としても個人においても）は諦念を学ばなくてはならない。そうでなければ人類は滅亡する。だが人類はただしい方法で諦めなくてはならない（したがってたとえばけっして正義を諦めてはならない）。そうでなければ人類はおなじく滅亡する」。

ブロートは、ユダヤ教は改宗者をつくってはならないと主張するユダヤ教の見解に反対した。ブロートはユダヤ教を万人救済説の宗教とみていた。「ユダヤ教はけっして一国に限定するものではない……特殊な時代状況のみを考慮して他国における布教活動がときおりなされてきた。つまりパレスチナにユダヤ人センターがあるかぎり、多くの異国籍の者がユダヤ教に改宗させられ、優れたタルムードの教師がユダヤ教への一連の改宗者のなかから生まれたのである。だがユダヤ教のプロパガンダで特徴的なことは、現世の微細な格差を具体的につねに注視することにあり、その格差はユダヤ教の内部でも平準化されない」。

ブロートはマルクスとエンゲルスの社会主義では「身体にたいする精神の適合性、そして自然な、経済社会的な基盤にたいする創造的な着想の適合性が認められていないとみていた」。キリスト教についてブロートはこう書いている。「キリスト教は現世を否定する理念のもとにある。キリスト教は現世を否定する像のなかに神性をみていて、不可視の世界のために可視の世界の崩壊を待望している」。ブロートは、「世界の知恵」と「神を恐れる知恵」を完全にひき裂くルターの態度を不幸とみなしている。「現世の否定から人間の蔑視まではほんのわずかな距離である。ドイツ人の政治的な去勢にたいしては昔から最高のドイツ人も抵抗してきたが、その政治的去勢は完全な無力に由来し、人間の本能がもつ根本的な邪悪さについてのルターの考え方に由来している」。

カトリック教会についてブロートはこう判断を下している。「カトリック教会は、このような現世の激しい蔑視と人間のもつ当然の能力から遠ざかる術を知っていた。無限の洞察力によって、上からくる慈悲と人間の活動の間の中心が模索されている」。ユダヤ教についてブロートはこう書く。「これは具体性の宗教である。『秘蹟の行為』だけでなく、まったく理性にかなった、もしくは純粋に活力にあふれたわれわれの機能、つまり勉強、手洗い、食事においても……罪を犯すときでさえもいたるところで『神のひらめき』が埋もれている」。さらにこうある。「未完のことは完結したものを豊かにする。未完の光において条件付けられたことは無のなかに消えることはない、このほかに誠実な、自分のために存在している意味をもつこと――これは世界の本来の奇跡である」。そして、「愛する者のみが神をもとめる。神もあらゆる創造物のなかで本来、愛する者のみを理解するのかもしれない」。

神を崇める――これはブロートにとっては、神をその創造において助けることであった。神は人間が地上で活動する力であるために助けとなる必要があると確信していたブロートは、倦むことを知らない協力者だった。イスラエルの国立劇場「ハビマー」で弛まず働いた。いつでも尋ねる人、助言をあたえる人に囲まれていた。そのうえ全世界と、とくにナチスによって迫害された人間と交信をしていた作家であった。

愛する人ブロートはテル・アヴィヴで恋人プラハについてこう書く。「愛は卓越したものを目指す、というのはここプラハではまさしく世界のもっとも深い部分に眼差しが開かれ、この世界では愛の衝撃によって個人主義を通し完全なもの、絶対的なもの、永遠の愛をつかめるようになるからだ」。恋人プラハは騎士デ・グリューのように夢見る。騎士デ・グリューが本来愛したものは、欠点を除いた、すべて優れた点だけをもつマノンであった。恋人プラハが夢見たのは、そうではないマノンであった。

テル・アヴィヴで最も身近な協力者はトロッパウ（オパヴァ）生まれのイルゼ・エスター・ホッフェであった。仕事部屋で彼女と一緒のブロート。1960年。

ブロートは夢を見た、そしていくどとなくかれの愛の夢は現実によって破壊された。作家だからこそ分かったことは、「愛される男の欠陥が個性の問題を解く手がかりになることである」。ブロートはこのことを恋愛の長編でなんども表現する。大成功をもたらした長編『憧れをもたれた女性』（一九二七年）は、マレーネ・ディートリヒの主演で映画化された。

ブロートのプラハは変貌していったが、不実になったわけではなかった。ようやく両大戦間の多くの出版物で表明された宗教―哲学的な思想は、個人的な苦悩とともにその重要な特性を獲得することになった。遊びの要素から、プラハ固有の遊びからは真剣にさせるものがあった。ブロートのプラハはようやくテル・アヴィヴでにぎにぎしくかれを迎えることになった。その理屈はかれを拘束することなく解放した。かれは賢い人間になったが、「脱線」してプラハの恋人の直感にむかうのを諦めなかった。

ブロートがようやくドイツを訪問したのは、かなり後年になってのことだ。一九五四年にはじめて、かれの兄と家族を殺害した国を旅行した。さらにその一〇年後、八〇歳のときにふたたびプラハを訪れた。「私にはヨーロッパとイスラエルは人間性という概念でともに結びついている」とブロートは一九六三年に語っている。「したがって私は新しい作品にもその主人公として偉大な人文主義者ロイヒリンを選んだが、かれは、人文主義のドイツの文化遺産の中心から呼びだされ、ユダヤ人を護るために、ヘブライ文学のために言葉を掛け、この戦いで雄々しく多くの敵を打ち負かした」。

個別の論文『ロイヒリン、そしてかれの戦い』は一九六五年に出版された。ヨハネス・ロイヒリンは、一四五五年にフォルツハイムに生まれ、一五二二年にシュトゥットガルトで死去する。『ヘブライ語入門』（一五〇六年）によってヘブライ語研究の創設者となり、異端審問所で引用されたロイヒリンは、その時代におけるユダヤ人の権利の偉大な擁護者であった。一九一五年に『ティコ・ブラーエの神への道』によってはじめられた、宗教的―文学的な議論をしたこのサークルはロイヒリンに関するブロートの論文で閉じることになった。一九四八年に出版された長編『獄中のガリレオ・ガリレイ』はこのサークルにふさわしかったが、ヘブライ語で書かれていなかったので、ブロートはあやうくイスラエルのビアリク賞をのがすところだった。

「永遠の恋は消えることはないだろう」とブロートは一九五一年に出版された長編『師匠』で書いている。「これは死とおなじように勁い」。イエスの像に関するこの本のなかで、ブロートはユダの人物像にキリスト教の解釈と矛盾する解釈をあたえている。ユダはブロートの本では後悔から自殺するわけではない。「私はイエスが消えてしまうので自殺をする。かれが行くから私は死ぬ。そして私はかれを愛していたので……私の希望をかれに託したのだ、私のすべての希望を、私とともに世界を建設するという希望を」。

ブロートは著書『現世と来世』でルーマニアから逃げてきたユダヤ人の老女のことを伝えている。彼女はテル・アヴィヴでこの作家にこう語る。「私は生涯にわたって神の存在を信じてきました。ドイツ人がやってきて、私たちの夫は殺害されました――そして女たちと老女も――私はまだなお神の存在を信じていました。ドイツ人がわれわれの年老いた、敬虔なラーヴを殺害したのですが、そのまえに拷問していました――それでも信じていました。しかし、かれらが乳飲み子を木の幹に打ちつけるのを見て以来、脳は飛び散ってしまいました――そのとき神の存在を信じるのをやめました」。

イスラエルでのブロートの作品を構築し、「神の苦悩の教え」をかれに模索させたのが、これらの経験であった。「私の考えと感情の中心には信頼がある」とブロートは一九二三年に書きとめている。「この概念から慈悲の気持ちが芽生える。信頼とは困難に耐えてがんばりぬく勇気である。待つ者の勇気は攻撃する者の勇気よりもすぐれている」。ブロートは一九六八年一二月二〇日に死去した。テル・アヴィヴのトルンペルドル通りの旧墓地にブロートは埋葬された。ユダヤ人の作家ビアリクの近くである。

◉オット・ブロート

いかにして世界の苦悩は、全能にして慈悲深い神の信仰と調和できるだろうか。弟オットのアウシュヴィッツでの訃報に接して、「いつでもあった」この疑問がマックス・ブロートには「はげしい叫び」となった。

マックス・ブロートの弟オット、カフカとともにガルダ湖畔のリーヴァで。カフカ、マックス、オットの三人はここで休暇の日々を過ごした。

オットはマックスよりも四歳若かった。かれは長編作家としてオランダの出版社アラート・デ・ランゲから、モルヒネ中毒にかかった女性の愛の歴史が描かれた長編『陶酔者たち』で一九三四年に世に登場する。自伝的な物語である。おなじ書店から一九三八年にマックスとオットによる共著の長編『日本における冒険』が出版された。マックス・ブロートは一九五二年に刊行された長編『取りもどしたい夏』で兄弟に共通するプラハでの青春期を偲んでいる。

オット・ブロートは第二次世界大戦後ずっと忘れ去られた作家であった。マックス・ブロートの膨大な遺稿のなかに未公開の弟の作品が紛れていた。長編二作の遺稿、このうちの一作はヴォルテールの生涯を描いたものであり、ほかには抒情詩があった。マックス・ブロートは、遺言によってかれの秘書で協力者のイルゼ・エスター・ホッフェを文学の遺産管理人に定めた。さらに彼女に世界文学の偉大な宝物のひとつであるカフカの遺稿を贈ったのだ。そのなかには手稿のオリジナル原稿、書簡、日記があった。テル・アヴィヴにあるイルゼ・エスター・ホッフェの三部屋の住居にはマックス・ブロートの遺稿の一部が眠っている。

しかし、宝物を発掘しようとするひとは、城にむけて出発しても到着しないカフカのKに似ることになる。イルゼ・エスター・ホッフェは一九〇六年にトロッパウ（オパヴァ）に生まれ、おなじくナチスに占領されたチェコスロバキアからの難民となり、「城」に住んだわけである。そこで目にした事物は彼女自身の秘密にもなった。われわれは、彼女の娘のひとりが飼う猫と彼女の犬の間をくぐりぬけながら、マックス・ブロートの本を過ぎて、箱のケースや木箱でいっぱいの戸棚と本棚に移った。しかし手掛かりは見つからなかった。筆者は彼女と一緒にオット・ブロートの原稿をさがしたが見つからなかった。なんどもさがしまわったが、成果なしだった。のちにべつのだれかが彼女とさがした。またもなにも見つからなかった。

長編の原稿『正義は勝つ』の中心の題材は、ヴォルテールの生涯におけるカラス事件〔フランスのトゥルーズで一八世紀におきた異端者迫害の事件。プロテスタントの衣料店主カラスが、カトリックに改宗しようとした長男マルクを絞殺したとする冤罪裁判〕であるが、マックス・ブロートはこの原稿について回想の書『プラハ・サークル』のなかでこう書いている。「断章はいま存在している形でも発表できるかもしれない。欠けているのは、あきらかに第六章のみだった。だれかが、さらなる歴史的な事実を簡潔な報告の形で加えた補遺を書くべきだろう。ヴォルテールの厳密な環境の知識をすべて用いて、そして私の弟が獲得した、魅力的で親しみのある語りによって成り立つ文学として書かれるべきだろう……こうすればこの本は（ヴォルテールの意味での）狂信主義にたいする有効な狼煙となり、すべての時代のあらゆる暴政にたいする狼煙となれるだろう」。オット・ブロートは妻、娘とともに救済される可能性はあった。かれの兄はパレスチナからすべての必要条件をあたえていた。しかしこの弟はプラハにとどまった、というのは出国の書類が家族にのみ適用され、義理の両親には適用されなかったからだ。かれは両親を無防備のままにしたくはなかった。一九四二年、家族全員がテレージエンシュタット（テレジーン）のゲットーにむかった。それからユダヤ人を絶滅するためにアウシュヴィッツに連れていった最終列車で、死へ旅立たざるをえなかった。娘のマリアンネはテレージエンシュタットに残され、ヴェルディの『レクィエム』の上演で歌ったが、最終的に殺害の場所となるベルゲン＝ベルゼンに追放された。

マックス・ブロートは弟のことをこう回想している。「弟が第一次世界大戦で予備役の大尉としてかれの砲兵中隊――わずかな成功した将校のひとりであった――をイタリアのイゾンツォからアルプスの峠を越えてニーダーエースタライヒに無事に帰還させて連れもどしたときに、われわれは弟のたくましい実行力に誇りをもった」。ブロートは続ける。「祖国は、部隊全員の投入を決行し、成果のあった弟の救助活動にたいし三〇年後に格別の感謝をした。だが祖国は弟をアウシュヴィッツで毒殺したのだ」。

テル・アヴィヴにあるマックス・ブロートの書斎の壁には、すばらしい声の才能があり、おそらく歌手としての道を進んだであろうかれの姪、マリアンネの写真が掛かっている。「彼女の写真は私を悲しく、警告しながら、とがめるように見つめている。『おじさん、あなたは生きています。そして最高の才能を授かった私は人生の出発点で死にました。私は人生の甘美をほとんど経験せず、辛さと恐怖のみを経験しました』。ブロートの机には死に至るまで、一九三七年の古い電話帳がおいてあった。イスラエルではだれもが休息しなくてはならない安息日（土曜日）はブロートには創作の日だった。「安息日はかれの最高の労働日であった」とイルゼ・エスター・ホッフェは回想している。「だれもかれに近寄ってはなりませんでした」。

◉ヴィクトーア・ハートヴィガー

ヴィクトーア・ハートヴィガーは一九一一年一〇月四日に三三歳足らずでベルリンで死んでしまったが、すでに表現主義の可能性を探求して、ローベルト・ヴァルザーによって称賛されることになる静寂の様式を見いだしていた。文学者のハンス・W・エッペルスハイマーは、一九五五年にプラハの作家ハートヴィガーを『現代文学の考察』（「アエネイアースの盾」）で、現代的な意味においてマリネッティ、シェーンベルク、カフカ、ピカソ、カンディンスキーと同等の評価を下した。エッペルスハイマーにとって、一九〇三年に出版されたハートヴィガーの詩集『私は存在する』は最初の表現主義的な詩の刊行物であった。

プラハの人フランツ・ヴェルフェルが、一八七八年一二月六日生まれのハートヴィガーに対抗して自分の詩集『われわれは存在する』

を刊行したときに、その複数の詩がゲオルク・ハイム、ゲオルク・トラークル、ヤーコプ・ファン・ホッディス、アルフレート・リヒテンシュタイン、エルゼ・ラスカー＝シューラーの共同体に刺激的に突き刺さることになった。それには一九一三年という年号が書きこまれていた。ハートヴィガーの遺稿から詩集『われわれのなかに放浪者がいたら』と長編『アブラハム・アプト』が出版され、二冊ともハートヴィガーの変身を予告していた。つまり普遍的な芸術として形づくられていく表現主義が、まったく自立した文体様式に変化することを予告していた。

文学批評と研究は、ハートヴィガー以降にやってくる表現主義者が打ち上げた花火に身を投じることになるが、論争的に表現すればこうなる、前衛の後衛が称賛されている、と。作家ハートヴィガーの作品は消えて一九八四年になってようやく「エディツィオーン

1912年に出版された遺稿詩集に載ったヴィクトーア・ハートヴィガーの肖像。1911年に33歳直前に死去したハートヴィガーは、ドイツ語を用いる最初の表現主義者であり、その質についていまだに認識されていない、最後の表現主義者である。

テクストと批評」（近代初期のテクスト）にふたたび掲載された。その号でも無知なる大いなる野合が機能して、とっくに議論されてしかるべきプラハの作家の作品が議論されずに終わった。

歌が夏の息吹によって届けられ
歌が遠くであちこち行きかう。
花が尋ねるのがきみには聞こえるだろうか。
花はもうかれのことは知らない。
放浪者のかれを。――

かわいい子よ、眠れ、星もみな眠っている
そしてベールを編む、きみの頭のまわりに
そしてきみの心のまわりに夏の糸を。
聖ヨハネの日の前夜がかすかに身震いする
霜と氷ゆえに――
われわれのなかに放浪者がいたら。

ハートヴィガーはオーストリア＝ハンガリー帝国における軍医少佐の息子であった。父親は駐屯地から駐屯地へ移動した。プラハ、プシェミシル（ポーランド）、カシャウ（コシツェ）、クレムスミュンスター（オーストリア）、アルナウ（ホスティネー）、ピルゼン（プルゼニュ）、カーデン（カダニ）……そして家族も移動した。ハートヴィガーの遺稿管理人であるアンゼルム・リュートが語るには、

ギムナジウムの生徒であったハートヴィガーは「社会を幸福にする理念」を闘いとろうとしたが、息子は父親を怒らせることになった、という。父親は自分の見解に従うようにもとめた。この見解というのは行動の作法そのものであり、規律、秩序、従属である。ハートヴィガーは強情に、自分から音楽の嗜好を追放しようとする父親の試みにすべからく抵抗した。ハートヴィガーが身をもって分かったことは、母親が父親の厳しい支配のもとで崩れてしまい、父親に与していた母親は息子を助けられないということだった。母親は、ハートヴィガーがプラハ大学で勉強をはじめる直前に死去する。ボヘミアの森の司教のもとで埋葬され、そこは駐屯地の生活とはかけはなれた家族の定住地だった。ハートヴィガーはこう書く。

ぼくは晩年の長い恋から生まれ、
わが朝に冷たい露がおりた。
不安な時を、母はぼくを支え、
あわれな母は死んだ。
母はぼくに憧れをもたせた
そして祈祷書、夢、苦痛を。——
ぼくは人生に突き進み、
ある春の日、小夜鳴き鳥が歌っていた。
愛はわが肉体からすべてを吸いとり、
赤い門が日中に燃えている。
わが希望の信念は歌にあり、
小夜鳴き鳥が自ら歌となり、りんごの木は咲いた。

のちのハレ大学の教授フェルディナント・ヨーゼフ・シュナイダーはドイツ文学者のなかではアウトサイダーであったが、一九二一年にハートヴィガーの論文を公表した。教授は医者の息子と一八九九年にプラハのマリーエン広場にある古いクレメンティヌムで知り合っていたが、そこの部屋にはドイツ大学の哲学部がはいっていた。「黒いフロックコートを着て講義室のなかを進み、コートと帽子を壁にかけ、それからすでにかなりぎっしりと埋まった腰掛け椅子にむかい、腰を下ろした。眼差しは漫然として虚ろであった。目立つ容姿。背の高い、ほっそりとした体つき、薄くなった金髪、先のとがった顎ひげで終わる端正な顔つき、明るい水色の眼。眼差しは覆われた童話の世界のベールを通して迫ろうとしているようだ。左目の下には傷跡があり、それが瞼をいくぶん細くし、そのことで目全体が大きく、より鋭い輪郭となり、きわだって悪魔的な表情になっていた。新入生か、と私が質問すると、作家!と答えた。ある友人が教えてくれていた通りの答えだった」。

二一歳のハートヴィガーは、「若きプラハ」と呼ばれた文学グループに属し、プラハを支配していた偉大なフーゴ・ザールスとフリードリヒ・アードラーを擁する名士の団体「コンコルディア」に対抗した。「若きプラハ」——パウル・レッピン、詩人のオスカー・ヴィーナー、のちに本の挿絵画家として著名になるリヒャルト・テシュナー、フーゴ・シュタイナーがいた。「若きプラハ」——これにははじめはリルケが、のちにマイリンクも加わった。「若きプラハ」はカフェ「ルネサンス」で落ち合い、そこでマックス・ブロートによればプラハの文学のすべての方向を定める「決定的」な役割を果たしたドイツの詩人、デトレフ・フォン・リーリエンクローンを出迎えた。

ハートヴィガーの最初の詩集『詩』が一九〇〇年にドレスデンの出版社E・ピアソンから出版され、現在残っている一冊が、プラハのチェコ国立図書館に所蔵されている。一九〇一年にハートヴィガーは学友とパリを旅行し、『パリのファンタジー』ですでにこの大都市を、ハイムがずっとあとになって観察したように、こう描いている。脅迫、醜悪、腐敗と退廃で充満した詩だ。

大きな弧を描いて雪だまがふわふわと浮かぶ。——
深い霧をとおして
機械の重い腕が合図をおくる、
鴉がぎいぎい音をたてる。——
眠りそうな大男たち、
重苦しい巨像がゆれながら
河に沿い
黒い列をなしている。
タールを塗られた腹で
汚れた波が
ぴしゃぴしゃ、ばちゃばちゃ音を立てる
そしてかつての苦役が
かれらの黒い親衛隊を追いたてる
かれらは立ち上がり、足で床をこする、
手足を動かし、
冷たく、沈黙してかれらは
かれらの存在の悪疫をひきずる。——

地表に深く鉄の爪で
鉤つき棒が葬られ、
朽ちていく岸辺の野菜は裂けて
ぬかるみとイグサから
青ざめたしかめ面が浮かび上がる
そして腐敗物が息をする。——
するとぶつぶつと不満の声が
あやしげな客に
あびせられる、
招かれざる客を
煤けた兄弟の手がひく。——
最初の明かりが霧に泳ぐ、
青いスレートに
ぼんやりと朝日が落ちる。
灰色の手押し車が
舗道のうえでぎいぎい音を鳴らす。——

殺人（ラ・モルグ）。

二三歳のハートヴィガーは、学業を早く終えるように強要する父親と縁を切ったが、父親の援助資金が打ち切られ、いきおい借金をする羽目になる。文学史家のアウグスト・ザウアー教授のもとでの研究を断念し、ボヘミアにおけるドイツの学問、芸術、文学のための奨学金を受給した。旧市街リングのシュヴェーフェル（シルコヴァー）通りの角に建つ最上階の部屋を引き揚げ、ベルリンに出発した。

一九〇三年夏にベルリンの出版業者、ゲオルク・ハインリヒ・マイアーがハートヴィガーの表現主義的な詩集『私は存在する』を出版した。ハートヴィガーは強引に自分の詩集にアレティノの言葉を添えた。「ねずみを追いはらってくれ、ぼくは軟膏を塗られている」。ハートヴィガーは不潔だった。エーリヒ・ミューザームはこのプラハ出身者を自分の部屋に泊めることになった。ミューザームはこう回想している。

「すると突然、叙情詩人がカフェ・デス・ヴェステンスに現われた。かれは巨漢で、乱れた金髪の束と力強い八字髭で見かけは粗野であり、とくにそれがきわめて粗暴な振る舞いと結びついているので、かれの詩の深く、絵のような美しさを想像させることはなかった」。ミューザームがめんどうをみて、ハートヴィガーはアウクスブルク通りのおなじ住居にかれ自身の部屋を借りることになった。「ハートヴィガーはすべてにおいて節度がなかった。飲酒、喫煙、悪態、幸福感の横溢、世界苦において。かれにはタバコ、シュナップスを買う金銭はなく、ある女性にふられては、怒りをなにかにぶちまけ、はげしく罵倒した。これほど怒りながら身の毛もよだつような下品な振る舞いを怒りのままにできた人間をほかに知らない。しかしなにかよい方向に向かうと、予期せぬ金銭がはいり、そして詩がうまく書けると、少女にキスをさせてはかれの大きな水色の目が輝き、声は温和となり、猫なで声になった。この男の巨体には内面の舞踊が感じられた。なんどかハートヴィガーは夜に、パンツのままどやどやと私の部屋にやってきて私を起こすことがあり、私が詩を気にいったのか、ある詩のなかで言葉の組み合わせを決めながら許容範囲はどうか知ろうとした。完成した詩をもってきては、これまでの成功作のなかで最高のものであると手に負えない熱狂ぶりで説明し、クマのような声で朗読した」。

ミューザームはペーター－ヒレ－カバレットにおけるハートヴィガーの朗読会のめんどうをみた。おなじくアウクスブルク通りに住んでいたハンス・ハインツ・エーヴァースとエーリヒ・ミューザームがグロブス書店から「現代文学の案内書」の執筆を依頼されたときは、ハートヴィガーにも執筆の義務があった。四人目の執筆者として参加したのがルネ・シッケレだった。

ハートヴィガーは、ボヘミアとは接触をたもち、ボヘミアのドイツ人の精神生活のための月刊誌「ドイツ人の労働」で発表した。アルフレート・クラールはプラハの保守的な雑誌「コンコルディア」で重要な役割を果たし、ベルリンで「フォス新聞」の文芸欄の編集者となった人物だが、こんどはかつての「若きプラハ」の人間のめんどうをみることになる。かれがハートヴィガーに書評と小品を委嘱したために、途中からではあったがベルリンでの生計は賄えるようになった。フランツ・プフェンフェルトは一九一一年にかれの雑誌「アクツィオーン」を創刊したさいにハートヴィガー、ハイム、ヤーコプ・ファン・ホッディスの詩を掲載した。

ハートヴィガーは不安定な精神のまま、アウクスブルク通りの部屋を諦めて、宿から宿へと移動していった。ミューザームによって力強くそして粗野に描かれたハートヴィガーは、わずかな歳月のうちに生活を破綻させていった。友人たちはこの人物を「衰弱した容貌、仏頂面で憂いに沈んでいる」と形容する。それでも最後に、落ち着きのないこの人生に落ち着きが出たのだが、すでに遅かった。ハートヴィガーは、ダーフィト・フリードリヒ・シュトラウスの姪の娘である作家エルゼ・シュトラウスと結婚したが、その直後に死去した。

ハートヴィガーの死去したあとになって分かったことは、この抒情詩人が偉大な散文家であったことである。一九一一年の死去の年にベルリンのヴェーバー・ハウス書店から小説『面会日』が刊行された。アクセル・ユンカー書店がオルプリートシリーズ（メーリケらが考え出した空想上の島）のなかで小説『悲劇的なサルのヨーゴの愛と結婚』を刊行した。アルフレート・リヒャルト・マイアー書店は、私家版で出版された長編『アブラハム・アプト』に触手を伸ばし一九一二年に出版した。フランツ・ブライはすでに一九〇九年にこの長編の一節を、フランツ・カフカが一九〇八年にデビューした隔月の雑誌「ヒュペーリオン」に掲載していた。

『アブラハム・アプト』――これはフランシスコ会の視線で世界を放浪する男のけっして華々しいとはいえない物語である。つまりその世界では、進歩主義者、数学的な人間であるハートヴィガーが名づける方程式の愛好家が、比喩の愛好家を攻撃している。『アブラハム・アプト』によってハートヴィガーは、半世紀後に書かれることになるエーリヒ・フロムの『愛の技巧』〔愛するということ＝邦題〕が宣伝する詩的な具体化に成功した。

アブラハム・アプトはこう語る。「私はわが額とともに陽光に接している。私の腕を高くもち上げてくれ、あの多くの光のなかへ。地上の帯がわれわれを縛る。われわれはあいもかわらず憎しみと希望のせいで死んでいく、そしてわれわれが永遠に死んでいくように、木々の根はわれわれにむかって成長する。成長に成長をつづけ、両手をくぼめながらわれわれは待つ、なにかが成長しているからだ。われわれは受けとめるために大きく口を開ける。きみたちの手と口が満たされなくてはならない、と死者たちは思う。死者たちは亡骸の荷をたがいに転がしながら運び、たがいに疑いの眼でじっと見つめあう。そうして死者たちは横たわり待つ、亡骸と亡骸はぶつかりあい、沈黙につぐ沈黙となる。木々は死者たちと遊び、死者たちに成長による世界の苦痛をおしえる」。

『アブラハム・アプト』でハートヴィガーは聖書の詩の簡潔さでこう語る。「アブラハム・アプトの心の童話は終わろうとしなかった」。「そしてかれの眼もドアをさがしていた、かれはそのドアから呼ばれていたのだ。天のみを知り、完成した大人を導くドアをどこにも見つけないのが子どもの目である」。おなじ描写法でハートヴィガーの遺稿となったある愛の救済の夢物語が書かれている。『ブランシェ』は一九二二年に、おなじくアクセル・ユンカー書店のオルプリートシリーズで出版された。さらにもう一冊アクセル・ユンカーが出版した作品が、『イル・パンテガン』。発行部数五〇〇部の、ヴァルター・グラマッテの六枚の銅版画のついた表現主義の傑作である。

これは皮相にも自分の権力に問題があるとみるや、殺人を犯す権力をもつ人間の物語である。しかしハートヴィガーがここでこじんまりと描いている歪曲された世界は、すでに大胆に歪曲された幻想の世界を目指している。つまりすべてを縛りつけて殴る全体主義の権力を目指している。愛想のなさ、決裂、不和の描写は、登場人物が完全に打ち砕かれるまえにとっくに破綻を予告している。どこにも避難場所はなく、キリスト教の牧師のメッセージでさえも悪の呼びかけに聞こえてしまう。

パンテガンに恋人を奪われる女性がひとりだけ権力をもつ人間に――非暴力で、憎悪せずに抵抗する。彼女は訴える。殺害された恋人への愛がなによりも強いと知って抵抗する。彼女は訴える。「もしもだれか、天使をもつ者がいれば、天使をパンテガンに導きたまえ。しかしどこにも天使はいないでしょう、街にも、天にもいないでしょう。われわれは天国にもパンテガンの憎しみ、パンテガンのざわめきが充満しているのではないかと恐れなくてはなりません。パンテガンは運命でさえあり、パンテガンには抵抗できず、パンテガンを超えることはできません。パンテガンはわれわれを奪い、投げつけます」。だが逃げ道を知らない愛する人である彼女自身が逃げ道となる。彼女のせいでパンテガンは破滅する。

かれの遺稿の詩のひとつで「失われた獲物」という題の詩にこうある。

私は猟師の小屋に日々ながいこと座っていた、
私の目はカモメを追って旅をしていた、
私は網のなかでわが時間を捕まえた。
そして獲物は落日の黄金に輝いていた、
私は灼熱をわが心で消した。
カモメは岩のベンチのまわりを漂い、
影は陸に忍びより、
わが網は重たくぶらさがっていた。――
だが私にはほかに愛するものがあり、
冷たい獲物を
海に放った。
濃紺の潮が鳴りひびき、
村々は眠りからさめて耳を澄ました、
海は鐘のように音をたてた。
だが神が私を追いやったのだ。
世界は漁村となった、

カモメの夢、
風のような雲の層に白い道。
　祝いがはじまる。

マックス・ブロートがハートヴィガーのことを「プラハのペーター・ヒレ」と呼ぶときに、念頭にいだいたのは詩作する放浪者、ベルリンのボヘミアン、ペーター・ヒレ（一八六四―一九〇四年）のことだった。ヒレに抜けていたのはエルゼ・ラスカー＝シューラー的なものであり、それ以外のことでは伝説になっただろう人物だった。マックス・ブロートはエルゼ・ラスカー＝シューラーを不滅にした作品『ペーター・ヒレの本』のことを念頭にいれていた。

◉パウル・レッピン

プラハ最後のトルバドゥールであるレッピンは、エルゼ・ラスカー＝シューラーによって歌にこう詠まれた。「きみよ、夜になった／われわれは憧れを分かち合うのだ／そして黄金の産物を覗き見るのだ……」。しかしそれは彼女の「ボヘミアの王」にはまったく通じなかったので、彼女は愛しながらレッピンの作品をその本質において認識することになった。

一九〇〇年頃の春、取り返しのつかない時代よ！
きみは敬虔な人間にひそかな驚きを用意した。
日中、さまよう雲の小舟がほがらかに滑りながら
三角旗を掲げた、春めいた黄金のプラハの空に泳いでいた。
古い橋が縁起よく、まぶしくきらめくことよ!!
あの石造りのトルコ人像はよい仲間だった――
かれの怒り狂ったサーベルに陽光をあびた露がきらめき、
三月の風が路上を掃きとり、空は青かった。

ヨーハン・フォン・ネポムクは目を覚まし、河に目をやり、
護るべき聖なる忠実さに目をやり――
祈る修道女たちはおずおずと敬虔な歩みをすすめ、
途中でおずおずとその遺産をうばった。

いたるところ恋が芽生え、いたるところその輝きがあり、
燃えるような心が大聖堂の聖体顕示台のように輝きわたる、
世界が草原の茨の茂みのように燃えずに、照らさないのであれば、
慈悲はまだこの嘆かわしい世界でなにをもとめるのか

一九〇〇年頃の春、われわれにふたたび贈られよ
われわれは貧しく、もの悲しい夜の幽霊に苦しめられ――
われわれに必要なのは救世主のように走る人生の光、
われわれは突き落とされた者、闇の淵に追放された者だから。

このように序の詩がはじまる散文『一九〇〇年頃の春』は、

一九三六年にチェコスロバキア共和国のドイツ人のブッククラブ（プラハ－ブルノ）から刊行された。五八歳になったレッピンは、この本で第二次世界大戦で最終的に失われることになるすべてをまとめてみた。これはドイツ語文学のもっとも美しいものに属す細密画であるが、出版者は見つからなかった。「誕生日」、「古い写真」、「サナトリウム」、「ワイン酒場」、「銀色の軒樋の夢」、「時計職人の物語」、「ケーキ職人の想い出」、「ぼくがもう一度若返れたら」、「ペーターが早出しのワインを天国に贈る」、「老アブラハム」、「身体障害者の伝説」、「居酒屋での山上の垂訓」、「岸辺の家」……

ぼくは枯れ果て、罪に囲まれる、
だがプラハの教会は世界でいちばんの秀麗さ
おおいなる約束がその内部の空間を満たす、
イチジクの木の永遠の比喩。

これほど古く、焚かれた中心の地はなく
いつしかこの国に日曜日がくるだろう。
哀しげな人よ、不安になるな！
すでに鐘は鳴り、いざ恋はやってくる。

ふたたびレッピンの追憶はヴルタヴァ河畔の街へ。一九三八年に二巻本の『プラハのラプソディー』が出版され、散文は『母の横顔』、詩集は『薄明るい詩節』であった。この刊行は、友人であるシュテファン・ツヴァイク、フーゴ・シュタイナー－プラークによる六〇歳のレッピンへの敬意のたまものだった。フーゴ・シュタイナー－プラークが挿絵画家としての道を切り開いたのは、一九〇三年にケルンのシャーフシュタイン書店から出版されたレッピンの処女詩『暗闇で叫ぶ鐘』であり、ふたたびかれがレッピンの挿絵を描き、シュテファン・ツヴァイクが序を書いた。二巻の作品が生前におけるレッピン最後の出版物となった。

そのあとドイツ軍がプラハを占拠する。レッピンはユダヤ人ではなかったがナチスにそう見なされた。ナチスの詩人で文学史家のアドルフ・バルテルスは、レッピンを「すべての叙事的な価値を破壊するユダヤ人のアスファルト文士の一味」に加えた。ゲシュタポは「チェコスロバキアにおけるドイツ人作家の保護同盟」の秘書であったレッピンを逮捕した。これはチェコスロバキアでルートヴィヒ・ヴィンダーとヨハネス・ウルツィディールによって創設された同盟であり、レッピンはゲッベルスによって創設された新しいドイツ作家同盟への加入を拒否し、「ズデーテン大管区」への加盟を拒否した。

プラハの最後のトルバドゥール、レッピンはボヘミアの偉大なる掟破りの作家であった。昼は役人で、夜は場末の酒場で大道芸人の歌を歌い、ミニスカートで舞台で踊った。

遺稿のなかでレッピンは自分の逮捕を

こう述べている。「早朝、私服の役人によってベッドから連れ出され、緊急の家宅捜索で押収された手紙と書類のはいった大きなボール箱がひとつ持ちだされ、私は警察にひき渡された。そしてすでに悪名高い四課の囚人であふれた囚人室に閉じ込められた。夜に国家警察による一時間の聴取にひきつづき、パンクラツの刑務所に移送された。そこでは積み上げられたわら布団で急ごしらえの兵舎の仕事部屋にほぼ一〇〇人に近い人間とともに宿泊させられた」。一週間後レッピンはふたたび釈放されたが、当時すでに病気の影が差していた。何年もまえからボヘミアンの時代に潜伏していた梅毒に苦しんでいた。

長い祝祭が終わりに近づき、
しばし眠れないぼくには、
まだ銀色のホールにバイオリンの歌が
聞こえるようだ。

仮面のふるまい、仮面舞踏会、
踊りの休憩に空を見あげる至福の輝き、
禁じられた欲望が目をさましては口ごもる、
真夜中すぎの舞踏会のささやき。

ドナウ河の音楽とワルツのステップが、
ひそかに家路につく、

人気のない通りに、今しがた
夢の雪が舞い降りた……

六〇歳の作家は、プラハの偉大なる掟破りの恋愛詩人であった自分自身のことを回想している。昼間は国家の役人、夜は友人とプラハの飲み屋と場末の酒場をわたり歩き、しわがれた声で大道芸人の歌を歌い、そしてミニスカートで舞台で踊った。

ああ、豚肉は高値となり、
春はやってきた。
市民は大勢で今年
初の水浴びをした。

そして月明かりに、塗りこめられた
角質はみな、ぶよぶよ、ぐにゃぐにゃ。
カール四世の記念碑に
同性愛の若者が集まる。

そして自由の身となり
コルセットをはずした娘たちが、
通りにやってくる、
好色のわれわれを知る娘たち。

そしてひとは気が触れ、
そして希望が心の支えとなる。
早めに一人前になるひと、
ようやく第二の性病になるひと。

このように二二歳のレッピンの口をついて出てきたわけだが、「ブルジョアを仰天させる」は、あの時代のモットーであった。しかしプラハはパリではなく、ベルリンやミュンヘンではなかった。プラハは村だった。そして指導層——ドイツ人——が精神的に、そのほかでも村の過半数のチェコ人にたいしバリケードで封鎖した村であった。この状況でレッピンが頑迷固陋なドイツ人に出会った場所はドイツ人がもっともはげしく反発する場所であり、その礼儀や道徳はレッピンの野卑な性表現で危険に晒された。

「若きプラハ」は世紀末の直前におおよその形ができあがっていた。「若きプラハ」はドイツ人の田舎くさい閉鎖性を打ち破った。境界の彼方で文学との接触が試みられ、境界の内側でチェコ人との接触がはじまった。レッピンはチェコ語を流暢に話し、ヴルタヴァの街が真の故郷だった。レッピンのポルノグラフィーに板張りをしながら、硬直したドイツ精神はあらゆる傾向の新人との出会いを待っていた。レッピンは一九〇〇年と一九〇一年に『春』という題をつけた叙情詩のパンフレットのシリーズを編集した。このシリーズに発表していたのが、オスカー・ヴィーナー、カミル・ホフマン、オットカル・ヴィニッキー、シュテファン・ツヴァイク、ライナー・マリア・リルケであった。ルネ・リルケには特集号がまるまる捧げられた。

だがドイツ人の会館や指導的な団体「コンコルディア」で権力をもつフーゴ・ザールス、フリードリヒ・アードラー周辺にいたビーダーマイアーに固執する信奉者は、逸脱を認めることはなかった。叙情的なパンフレットは受けいれられた。ふたたびレッピンは——一九〇六年に——雑誌「われわれ」で体制側の保守的な文化政治を打破しようとしたが、ついに神経にさわったドイツの文化担当幹部に中傷の機会をあたえた。一九〇五年、ベルリンで出版されたレッピンの長編『ダニエル・イェズス』は、肉体のために戦う、キリスト教から絞め殺される魂の物語であった。

レッピンはこの長編で官能と精神の完全化と一体化への人間の憧れを示している。ダニエル・イェズスは、愛の陶酔に吸収されるために富を贈る。しかしかれの愛の特徴は、二〇〇〇年に及ぶキリスト教によって生じたエロスと宗教の不和である。ダニエル・イェズスはべつになったものをふたたび統一することに失敗し、性の深淵に没頭し、その没入からでてくるのはきまって自己満足のみであり、救済への憧れに駆りたてられた「愛する」人間を「むさぼり食う」。

レッピンは、宗教的動機による感情の歪みがもたらす帰結を長編に書いた。レッピンの使命はこうだった。キリスト教の文化が人間から充足した生をだましとったのは、肉体を晒し者にして、肉体を軽蔑してきたからだという。「現代のヨーロッパ人」は、レッピンの考えでは欠陥のある奇妙な姿をした「四肢が無力となった悲劇的な残骸をともなっている。妥協する人間が精神と勃起した男根のあいだにいる」。

「ノイエ・ルントシャウ」誌のなかで評論家のアルトゥア・エレッサーはこの長編を「猥雑」そのものとみていた。リヒャルト・シャウケルはべつの箇所でこう反応した。「これほどの不快な本を手にしたことはめったにない」。この発言を「プラハ日報」はとりあげ、レッピンを四日間のうちで二回も打ちのめした。レッピンが誤解するとすれば、自分に才能があると思うときだろう、と書いてドイツの批評に言及したものもあった。そして、レッピンは「芸術の寺院から追い立てられる」ことになる。

三年後にエルゼ・ラスカー＝シューラーはこの争いに介入してきた。「ここでは作品が地に足をつけて歩くことはない、私がもとめるのは現世ではない。レッピンの長編は翼の姿であり、天国と地獄はざわざわする噴水からできている。レッピンが『ダニエル・イエズス』を、もしくはダニエル・イエズスが『パウル・レッピン』を創造したのだろうか」。エルゼ・ラスカー＝シューラーは、ヘアヴァルト・ヴァルデンに『ダニエル・イエズス』をふたたび前衛誌「嵐」に掲載するように尽力した。この長編は第一次世界大戦後にアルフレート・クービンの表紙絵をつけてウィーンのエド・シュトラッヘ書店から刊行された。

ボヘミアのボードレールは一八七八年一一月二七日に時計職人の息子として生まれたが、父親はその職業を諦め、書士として弁護士事務所にはいった。レッピンはプラハのシュテファン・ギムナジウムに通い、郵便電信電話局の職員となり、五〇歳で退職した。レッピンの若いときの友人にカミル・ホフマン、俳優のアレクサンダー・モイシがいた。レッピンはイジー・カラーセク・ツェ・ルヴォヴィク周辺にいたチェコ人のデカダンスと密接な関係をたもち、カラーセクの雑誌「現代展望」のために書いた。

二三歳のレッピンがデビューを飾った作品は、娼婦を題材にした長編『人生の扉』であり、愛情から追いやられた娼婦がテーマであり、初期のレッピンがなんども登場する。このテーマに結びついているのは人生からの、人生への逃走の場所としての売春宿である。この二律背反のなかでボヘミアンのレッピンは行動する。長編『ダニエル・イエズス』はグスタフ・マイリンクの作品に、そしてアルフレート・クービンの長編『裏面』に重大な影響をあたえた。

一九〇七年にレッピンは結婚し、一年後に息子の父親となり、ライヒェンベルク（リベレツ）出身の七歳若い妻ヘンリエッテに、人生をエロス化して楽園を奪回するつぎの長編『救済の山』を捧げた。レッピンのこの作品にエルゼ・ラスカー＝シューラーが尽力したことで、ベルリンの出版者エーリヒ・エスターヘルトが出版することになった。プラハ出身者のレッピンがエルゼ・ラスカー＝シューラーと知り合ったのは、一九〇七年にベルリンをはじめて訪れたときのことである。

一九一四年に出版された長編『ゼーヴェリーンの黄泉行き』では、主人公は古都プラハであてどのない放浪をする。散歩者ゼーヴェリーンは不快な事務所に勤めており、毎夜ヴルタヴァ河畔の街をうろつく。かれの感覚は際限のない憧れとともに未知の充足をもとめ、それは愛から愛に通じる道となる。チェコ人女性のズデンカもかれを救済できない。「彼女は、ゼーヴェリーンが何年もなじんできた街中を一緒に歩きまわり、例の鋭敏な聴覚を発揮して、かれに内在した街、彼女に手ほどきした街の雑音、遠い叫び声を聴きとった。目を閉じたままかれに導かれても石や敷石の匂いから、歩いている通りが分かった。かれは郊外の景色の単調な美のことを教え、聖ヴェンツェンスラウスの記念碑が立つ、大きな石門のあるヴィシェフラート城の戦慄について解き明かした。彼女はヴルタヴァを愛することを学んだ。暗闇のなかで対岸の明かりが水面でゆらぎ、タールの匂いが鎖の橋のうえに……」。

アルネ・ノヴァークはこのレッピンを「誘惑的な夜の作品の巨匠」と呼んだ。表現主義の雑誌「人類の夜明け」ののちの編集者であるクルト・ピントゥスはこう書いている。「このゼーヴェリーンは自身のなかに、多くの現代人でさえも抑圧、苦痛として、否定的に感じるものをもっている。かれには意志のかわりに破綻した感情のみが安らいでいる、冒険の気持ち、憧れが住んでいる。しかしそのまわりには『味気ない冷たい壁』がそびえている」。

第一次世界大戦の終戦のときに三〇歳となり、タブー破りの男の周辺は静かになった。タブーは破滅によって最終的に一掃され、プラハ文学界の「最年少の若者たち」は、レッピンが体験し、苦しんだことをむなしくもとめることになる。レッピンは「喜びの守護者」とともに一九一八年にウィーンの「ドイツ－オーストリア出版社」からプラハの芸術の生活、そして生活の芸術にかんするモデル小説を刊行した。悪名高い「演出」をする文学の若い「監督」をレッピンは皮肉をこめて書いた。若い作家はウエイトレスのスカートをつかみ、同時に一方の手で、自分がしていること、そしていま起きつつあることをメモにした。

自分のことであると悟られたと思ったフランツ・ヴェルフェルは、一九二七年に短編『忌中の家』でレッピンを戯画化して「復讐した」。「その不幸な人間に割りあてられたのは、厳密に規制された義務を、悪魔のような詩人の不埒な義務と結びつけるという厳しい人生の運命だ……若者のテーブルにある若い作家がいることでペプラー氏の血は沸点にたっした。その勤勉な若造はいくぶんは成功をおさめていたのだ。ペプラーは叫んだ、私の世代は人生を精力的にさがし、梅毒を発見したが、この卑怯な若者が精力的にさがしているのは人生ではなく、出版者だ、と。ペプラーは真っ赤になって若い世代の皮肉な高笑いを受け流した。『きみたちはブルジョアだ！　きみたちは新米の詩人だ！』」。

ルードルフ・ペヒェルはレッピンの長編『喜びの守護者』についてこう書いている。「レッピンは巨匠である。かれは驚くばかりの理解力で文学カフェのサークルであらゆる恥知らずの言動も猥雑さも、事物のまわりを皮のように覆っている言語で描写した。才気煥発に、意地悪く、心底からぶしつけに、考えられないような状況でもグロテスクな喜劇を理解する鋭敏さで描写した」。

クルト・ヴォルフ書店は、レッピンのそれまで散在していた著作を全集版として出版しようとしたが、その計画を取り消した。エルゼ・ラスカー＝シューラーは、レッピンの戯曲『青いサーカス』をベルリンの国立劇場のレオポルト・イェスナーが受けいれるように試みたが――むだであった。この作品はプラハの新ドイツ劇場の小舞台で一九二四年に初演されたが、成功したのは一年後であり、チェコ語の翻訳でプラハの「コメディア」で四〇回上演された。

レッピンは二〇年代の末期に、「もっぱら歴史的な関心から自らを墓場の屍」と思いはじめる。かれは自分の人生をふり返り、長編『青の客』に書き、この作品は一九七三年に西ドイツで出版されることになったが、反響はなかった。だが一九三四年一二月八日、レッピンは成功する。ユリウス・ゲルナーの演出、フリッッツ・ヴァルクの主演でプラハの新ドイツ劇場の舞台で――舞台美術はフーゴ・シュタイナー＝プラーク――ある作品が上演され、宿命としての他者的存在として表現された。『ゴーレムの孫』である。

おなじ一九三四年にレッピンは、シラーの生誕一七五周年にあたってチェコスロバキアにおけるドイツ人作家の保護同盟からシラー記念賞を授与された。一九三七年にレッピンの息子は盲腸炎で二九歳で死去する。この息子は、ザールスの息子ヴォルフとフランツ・B・シュタイナーを中心とした文学グループに属していた。レッピンの息子の詩をキッシュはかれのルポルタージュ『楽園アメリカ』（一九二九年）の題字にした。

レッピンは、一九三八年末にチェコ政府を通じて公式の表彰を受けた。一九三九年三月、ドイツの占領軍がきて、この作家の健康状態は悪化し、ますますひどくなっていく神経の痛みに苦しめられる。まだ『モニカ　地獄の恋一三章』という題の長編を書いていた。レッピンが愛した医者の妻とは、一九一〇年生まれのマリアンネ・ホープのことであり、入手がしばしば困難になっていた薬のめんどうをみてくれた。

レッピンは長編のなかで苦痛について書いている。「かれには、皮膚が踵から剥がれ、むきだしの肉を靴で研ぐという感覚がした。朝から眠りにつくまで絶え間なく、つらい麻酔薬で足を炭化する暖炉に晒されていたのも同然であった」。

一九四四年春、レッピンは脳卒中に見舞われ、それ以来、六七歳の作家は車椅子に縛りつけられることになり、ほんのささいな補助にいたるまで他人の助けが必要であった。レッピンは愛の葛藤で苦しみ、片側には妻がいた。「私が彼女と結婚したとき、彼女は天国からきた天使であり、故郷の森にいる忠実な、愛すべき蝶のようであり、私の肩にとまり、疑うことを知らず、気高く、彼女が偶然出くわしたアザミのように忍耐強く寛大であった」。

レッピンはうつ病の状態に陥り、またも書くことでうつ病から解放された。そこから繊細な愛の歌であるマリアンネの連作が生まれるが、これは計画されていた『囚人　ある老人の詩』という表題の詩集の書き始めでもあった。レッピンは一九四五年四月一〇日に死去し、妻ヘンリエッテは一九四六年三月一五日に死去した。

レッピンの「故郷への祈り」にはこうある。

きみ、奇跡でいっぱいの古きプラハよ
ボヘミア国の心よ、
菩提樹で囲まれ、ニワトコにも――！
きみの美しさは不滅の輝きのなかで
よく燃えさかる。

聖ネポムクよ、きみ忠実な人よ――
きみは愛を信じていた――
廃墟に永遠の灼熱が、愛に
聖なる火がくすぶる
そしてきみの石の頭を彩る。

ヴルタヴァの橋を警備する
きみの歩哨に気をつけよ！――
西から東まで
愛を錆びつかせるな！――
聖ネポムクよ、注意せよ！――

レッピンは、マックス・ブロートにとって「悲しげに明かりが消えていく古都プラハの選りすぐりの本物の歌手、いかがわしい小路の、飲み明かした夜の、浮浪者の歌手、華美なバロックの聖像をむだに信心する歌手」であった。シュテファン・ツヴァイクはこう述べている。「プラハが詩的にわれわれをくりかえしひき寄せるもののすべて、つまり古い建造物の高貴さ、陰のような存在、しばしばみられる奇抜さ、曲がり角の多い狭い路地、そして浮世ばなれさせる甘い憂鬱は、レッピンの詩になんども見いだされるものであり、その詩はプラハのもっとも美しい家々のように失われた時代にできたものだが、その美しさによって古びることはない」。

◉オット・ピック

独り、やせ細り、身をかがめて
詩人が通りをゆく
とびきり夢の力を
証す自分の街の通りをゆく。

夢見るひとは心動かされず街を見る、
予感は新しいものに耐えて生きのび、
この詩人の忠実な夢は
変化にそそのかされない。

われわれが将来も愛する、
古きプラハのトルバドゥール、
かれはあふれんばかりの憧憬の心で
夢と昼を称える。

この詩でレッピンを描いたオット・ピックは、チェコ文学の翻訳

フランツ・カフカ、アルベルト・エーレンシュタイン、オット・ピック、リーゼ・カツネルゾン（1913年、ウィーンのプラーター公園で）。

家としてチェコスロバキアとドイツの偉大なる仲介者のひとりであっただけではなく、作家でもあった。かれの作品もいまは完全に忘れ去られている。一九一二年にアクセル・ユンカー書店から出版された作品が詩集『親和的な体験』、つぎに短編集『練習』（一九一三年）、詩集『われわれが人生の真ん中で思うとき』（一九二六年）と『小さな鐘』（一九二八年）、小説『遊ぶ子どもたち』（一九二八年）、そして詩集『称賛』。

　一八八七年五月二二日にプラハで生まれたオット・ピックは、まず銀行員となり、つぎに一九二〇年から編集者、そして「プラーガー・プレッセ」の文芸評論家となる。ピックはヴィリー・ハースとともに一九一一年に「ヘルダー・ブレッター」の共同編集者となり、チェコ人のブジェジナ、カレル・チャペック、シュラーメク、フランティシェク・ランゲルの作品を翻訳した。

　フランツ・ヴェルフェルはピックの五〇歳の誕生日にこう書いた。「私が最近くりかえし私のいとしい少年のころの友人のことを思い浮かべると、わが心に現われるのはすこぶる重要なかれの中規模の作品ではなく、かれ固有の詩である。かつてそのか細い臆病な響きを受けとめたひとは、作品とその作家のなかにこわごわと隠れている重苦しい子どものような人間性を受けとめたひとは、遠のいていった少年期のこの詩を忘れることはないだろう」。ドイツ語を用いるユダヤ人であった作家オット・ピックは、亡命中の一九四〇年三月二五日に五三歳でロンドンで死去した。最後の詩集『称賛』でピックは「不滅」についてこう書いた。

詩人はごうごうたる滝のごとし、
われわれの表面を深淵に落とし込む。
だが泡立つ波の奥底で、
知が高揚もなく安らいでいる、黙したまま……

◉パウル・アードラー

　一八七八年四月四日にプラハで生まれたパウル・アードラーは、散文作品を三作書き、作家として別れを告げた。いまだに世界文学から排除されているつぎの三作品はアードラーの友人、ヤーコプ・ヘーグナーのヘラーアウ書店からつぎつぎと出版された。『エローイム』（一九一四年）、『つまり』（一九一五年）、『魔笛』（一九一六年）。文学雑誌に掲載された四作の小説がさらに、一九二〇年代末に滴り落ちてきた。アードラーが創作をそれ以来発表することはなかった。そのかわりに、詩作を手本として、詩作にしたがって生きた。ユダヤ人アードラーは自身を社会主義者と思っていた。社会主義はかれにとって金銭による催眠からの覚醒であり、資産に関心のある経済との闘いであった。

ドイツ革命が第一次世界大戦後に破綻したときに、友愛の考え方に関する古いエゴイズムが勝利したときに、アードラーは自分の生活をもつ個人として、社会主義が模範となってなにをするか示した。アードラーが実践した人間愛は華々しいものではないが、その使命感はかれの創作にも伝わっていた。創作は政治から排除されたままだった、というのは創作はあらゆる政治のイデオロギーの境界石を越えていたからだ。かれの創作は文学史から排除されたままであり、創作が宗教史からみれば美学的な基準に従わなかったからだ。しかし宗教にとっては三次元に近づいたかれの創作は、「まさしく」芸術作品にちがいなかった。

プラハにいたフランツ・カフカは、自分にはどうにも成功しないことがこのアードラーでは成功した、と思っていた。カフカは賛嘆しながらグスタフ・ヤノーホに寡黙な作家のいることを教えた。「かれには仕事はなく、あるのは天職だけなんだ。妻子とともに友人から友人へと渡っていく、自由な人間であり詩人なのだ。ぼくはかれの近くにいてたえず、わが人生を弁護士事務所の生活のなかで溺死させるという良心の痛みを感じていたのさ」。

ミュノーナの筆名で作家として有名な哲学者、ザロモ・フリートレンダーは一九一八年にこう評価していた。「パウル・アードラーは言葉をもつ音楽家である。論理学者が論理的に用いるのとおなじ言葉をもつ音楽家である。あらゆる芸術において重要なのは、思い違いをされているかもしれないが、感性やファンタジーではない。重要なのは神々しさ、規範的なこと、絶対的なことの感覚的な身体化、つまりそうではないにしても、かくあるべしという身体化である」。

ユダヤ人アードラーはいかなる信者ももつ誠実な信念への畏敬のうちに生きていた。かれにはいかなる異教信仰の背景にもある「魂のかけがえのない部分」があった。かれは不信心者とは出会おうとせずに、いつまでもその都度、異教との対決にかかずらう現在の宗教を批判した。雑誌「アクツィオーン」にアードラーは一九一六年にこう書いた。「信仰することとは、自分の心情で神にむかうことである」。このことにかれはユダヤ教徒とキリスト教徒との間の深い一致をみていた。「キリスト教の息子」にはユダヤ教から崇拝された「父親」の人間性があると思えた。

アードラーは、人間はつねに善と悪の揺れ、真実と誤謬の揺れのなかで生きるという確信から出発した。社会主義はアードラーにとってはまずもって志操の変節、精神の変容であり、エゴイズムを基本とする経済体制の抑圧であった。しかし社会主義の現実化をめぐる戦いでかれは敵を破滅させることの道徳的な正義を、社会主義者に告白したわけではなかった。というのは現世で正義のためにだれも戦っているわけではないからだという。アードラーは、世界を飢餓から解放するという労働者階級の正義があることを信じている。同時にそこに精神の転換にとっては意義の乏しい「教条的な貧困の運動」を見ていた。

アードラーはこう書いている。「物質主義的な歴史研究者が資本のことを考慮にいれたときに、資本がまったくべつの、深い精神の層における人間を屈服させることは、恥辱である」。アードラーにとって、人間がこの人生において「真の存在」に達することができないのはたしかなことである。死の内面的な体験と現実性が理由であるという。心理的な歪み、心理的な病において、アードラーは人間の自我に共通にみられる屈折の証拠を認識していた。しかしアードラーはこのことからこう推論している。「世界の窮乏からでてくる結論は人間愛である」。

アードラーはこう書いている。「それでもわれわれの現世における人生行路は、ある意味で永遠に意義を獲得するものだ。その条件とは、すべての人間的な活動力のある考え方を、神々しい空間にそびえさせると決断さえすればよいことであり、また現世の人間に神のほかに独自の神々しい力が割り当てられることである。ついでに絶対にしてはならないことは自由意志を授けたり、それを可能にしてしまうことである。そうすると人間に可能になってしまうのは、現世の行動をとおして直接に、永遠に、自分の天国をまわりに創造したり、部分的に準備する、もしくは最終的に地獄さえも創造することである。だがこのことは神の施しによってつねに解決されなくてはならない」。アードラーはその創作で信仰と知の無類の統合を果たしたのであるが、一四の言語をマスターした博学の研究者であった。一八九六年から一九〇〇年までアードラーはプラハのドイツ大学で法学を学び、最高点の評価を論文にあたえられ博士号を取得した。法学部の必修科目のほかに哲学と論理学も修めた。一九〇一年、裕福な商人の家庭出身の息子であるアードラーはウィーンに行き、金融機関で雇用され、そこから法律実習生としてオーストリア＝ハンガリー帝国の裁判所に移る。

数か月後にはスキャンダルがおきた。お針子を職とする貧しい未亡人が、しばらくの間、分割払い込み金を受けられなかった。個人的な不幸な出来事がその女性に味方となったが、アードラーは、合法的に形式上はミシン工場シンガーの言うことを正しいと認め、お針子の主張を否定せざるをえなかったが、法律と裁判官の宣誓は矛盾していた。アードラーはこの裁判官の宣誓を盾にとり、この女性に不利な判決を下すのを拒否した。アードラーは、自分が「未亡人と孤児を守る」と宣言し、それを尊重するとした。これがかれの法律家としての人生行路の最後であった。

二四歳の作家はそれまでプラハの月刊誌「ドイツ人の労働」に抒情詩人として登場し、ヨーロッパへの放浪の旅にでた。まずパリに、つぎにポラに行き、そこでかれは艦艇の海軍学校でフランス語の教師として勤めた。ウィーンを訪ねたときにウィーン生まれのヤーコプ・ヘーグナーと知り合い、恋人となった二人は一九〇三年に、イタリア旅行を決意しその旅行は七年間続いた。徒歩旅行でブレナー峠を越え、一九〇八年にフィレンツェの別荘「トレ・デル・オリヴェ」に受けいれてもらうまでこの国をあてもなく歩きまわった。ここに住んでいたのは、彫刻家のパウル・ペテリヒと妻のピアノ演奏家エリーザベトであった。

この別荘にはエリーザベト・ペテリヒの義理の妹、アンナ・キューンも住んでいたが、一八七四年にウィーンに生まれた彼女は、ミュールハイム/ルーアのシュティネ・コンツェルンの法律顧問をしていたカール・キューンの未亡人であった。アンナ・キューンはペテリヒ家の子どもたちの世話をしていた。キューンに三〇歳のアードラーはほれ込んだ。プロテスタントに改宗したカトリックのアンナ・キューンは財産を相続し、そのお金でふたりはウィーンのノイレングバッハに住居を構えた。二人が結婚したのはずっとのちのことで、一九二五年、プラハでのことだった。

ノイレングバッハでの滞在は短く、ふたりはベルリンに引っ越すことになる。ドレスデンの田園都市ヘラーアウでは友人のヤーコプ・ヘーグナーが一九一二年にヘラーアウ書店を創設し、同年にアードラーはアンナ・キューンとヘラーアウに引っ越し、その間に娘の父親となった。ヘラーアウでは息子が誕生し、家族は一九二〇年まで滞在し、アードラーは、ザクセンの新しい文化センターであるヘラーアウで、有名となったポール・クローデルの『告知』のドイツ初演を観る。アードラーがクローデルの作品を翻訳し、ヤーコプ・ヘーグナーが出版した。ヘーグナーはカトリックに転向したが、アードラーはこの道はともにしなかった。しかしかれはカトリックを信仰世界の重要な部分として自分の創作に採りいれた。生涯の間ヘーグナーはアードラーの大事な議論のパートナーだった。カフカもヘラーアウを訪問し対話に参加した。

ヨハネス・ウルツィディールは、『プラハの三枚折聖画像』でヘラーアウでのアードラーに関し卓越した記述を残している。ウルツィディールはその本で主人公ヴァイセンシュタイン・カールにこう語らせる。「私はパウル・アードラー氏にヘラーアウで夜中の三時、四時になんど起こされたことだろう。『起きてください、ヴァイセンシュタイン。ぼくは霊感が必要なんだ。一緒に散歩にでなくてはなりません』。私は起きて急いでセーターを三枚着た――かわいそうな犬はいっぱい着込んだ――そして私たちは暗闇のなかを棒切れ、石、墓石、藪につまずきながら朝まで歩いたのだ。そして私がくずおれると、アードラー氏は叫んだ。『かまわないさ、ヴァイセンシュタイン、これが人生さ。永遠をさがしても、いつでもそれは一時的なことさ』。そしてさらに進んでいき、私がつまずくと、かれは叫んだ。『新鮮な空気を楽しみなさい、ヴァイセンシュタイン。神が新鮮な空気、きれいな水をお創りになったのさ、でも悪臭と浄水毒物混入も人間の仕業さ』。またこう叫んだ。『そうさ、生きていることを実感しなくてはならないんだ。人生の大半は生きていることで成りたっているんだ』。このような夜のレースから多くのすばらしい本が生まれた」。

これほど奇妙に思える作家アードラーはひどく窮屈な経済分析によって驚かせた。これは一九一七年に出版された仮綴本『国民経済の精神について』のことであり、いまだに現代の書き物のように読める本である。「進歩の理念は肉にも魚にもならない。この理念は展望のないあやしい小人族の経済全体における小ぶりの高度な生活のことである。国民経済の進歩の有名なタイプを例にとってみよう。

現在のラインの黄金の財宝、例えばデュッセルドルフの地域のことである。崇拝されてきた老父であるドイツ河川は、魚を殺し、鉄を溶接する金権政治家の汚れた煙で覆われた運河に変身。これは洞イモリではないか。だれがかつてこれほどに盲目であったというのか、だれがここでなにも気づかずに、進歩した胎児の母なる大地の内臓のなかでピシャピシャできるというのか。星が特権的な帝国産業、騎士階級のために輝けるようにもう夜になってしまい、人間はこの贈り物を喜ぶために、すでに生活をかなり諦めてしまったにちがいないのだ」。

べつの箇所には利益団体についてこう書いてある。「かれらはみな才能の乏しい大学教育を受けた人間とおなじく、嫌悪を催させる経済像を、多くのみせかけの展望をともなう公式の美しい国家の構築物に歪めることに従事しているが、その展望は将来の人類のための利欲を認めている。経済のエゴイズムが嘔吐をもよおし、仲間意識をテーブルのうえに吐くのである。この方向性は、あの古い警察の知恵と近すぎる関係にあり、警察は猥褻行為を規制したが、そのことで少なくとも犯罪者の性格を直接変えようと夢想することはなかった。このすべての楽観的、自由な発展の教えにも、経済のエゴイズムが耳を傾けようとしない精神面における道徳的／非道徳的なダーウィン主義にも、そしていくぶん陶酔した人道主義理論の『自由放任主義』にも、宗教心はなく、凡庸であり、どこかに身を隠し無関心なのである。またわれわれの職業連盟や労働者階級における社会政策上の防衛機構もおなじである。かれらはみな、根本にある天罰をあっさりと未来の相続の恵みに変えることができるのだ」。

アードラーは一九一七年以来、ドイツ独立社会民主党（ＵＳＰＤ）に属していた。一九一八年一一月、かれが労働者と兵士のレーテを手本にして創設した「精神的労働者の社会主義団体」は、ストライキと反乱を起こす労働者と密接な協力にあった。アードラーはビラを書いて、敵対する政党に「たがいに射ちあわないように」もとめ、熱くなるデモの途中に配備されてあった機関銃を出窓から撤去させ、流血を阻止するために興奮した大衆にむかった。

アードラーの新しい帝国は、マルクス主義によって追求された階級なき社会よりも福音の愛の帝国に近かった。アードラーが見抜いていたのは、社会民主主義が根本的な変化の可能性を模索しなかったこと、そしてこの政党が市民憲法を利用することがなかったことである――「社会の権利が個人の権利と財産を破る」――アードラーは政治闘争を中断した。

民衆よ、きみはまだ敗北したわけではない。
計算机に座り、
毒に震えるな――カード札を切るように！
取り押さえられ青ざめた男たちの
最後の一撃に震えるな……

雑誌「アクツィオーン」の編集者フランツ・プフェンフェルトはすでに一九一六年にプラハの作家パウル・アードラーに特集号を

捧げたが、アードラーの声はこの雑誌のなかで次第に消えていった。第一次世界大戦後に破綻した政治の転換期に直面してみると、一九一四年に出版された第一作『エローイム』におけるアードラーの以前からの嘆きが新たに重要性を帯びてきた。「主よ、あなたは私をか弱くお創りになりました。私はあなたのまえでどうすればよいのでしょう。どうかふたたび私を私の国にひき渡してください、あなたが私に約束してくださった、私が住める国に。そして石の荒野から私を救ってください！ そして車のことですが、車は私を打ち砕きました。私は気前よく、従順だったのです。私は親切で、賢いと思われていましたが、それは車がここにやってきて、私のものではない空気、身体、魂の場所へと連れ去るまでのことでした。そして私は長い歳月のうちに悲惨なことになったのです。あなたの約束、あなたへの私の愛も消えてしまいました、神よ、わが愛は、私の野原の木や花、そして川や動物に宿っていたエローイムにあります」。

古い世界のなかに新しい調和を探求することは、孤独者の探求であった。アードラーは孤独から解放されていた。そこでふたたび文学の孤独に帰っていき、自分の人生である文学をつくりあげた。多彩な文化の中心にあって『エローイム』によって、自然と歴史の総体を表現する詩的形式を見いだすことができた。

アードラーは著書『つまり』でヨーロッパ的・キリスト教的な世界の状況をかれらの商売の精神と財産欲求によって説明した。この世界では人間性は狂気を犠牲にしてのみ守られるので、アードラーの「主人公」、パオロ・ザウラーは精神病院への道を歩む。ザウラーは自分の悲劇のなかで自分がキリストと結びついていると思っている。アードラーの場合「つまり」はキーワードであり、神の意識における存在の軽妙さに眼差しを開くものであり、神話力によって精神の高揚する世界を創り、その世界を傲慢な政治の世界と対比した。

アードラーはこの本の冒頭にヘルダーリンの文を載せる。「するとハインリヒは出かけていった」、これはまさしく精神病院に通じる道でもあった。パオロ・ザウラーはこう語る。「私は幼児イエスもとても好きだ。その母のことを私はすこし恐れている、彼女は古い陶器でできているからだ。頬は赤く、両手には杖をもっている。幼児イエスはすべすべした大きな球であそぶのが好きだ。しばしばその子は私と揺り木馬であそび、いつも私は馬になり、神の子が私の背中に騎乗する」。神の子どもへの帰還。

プラハには、気味の悪いゴーレムとはべつに、プラハの優雅な幼児イエスである、蝋人形のイエズラートコがいたが、それはカルメル会修道士通りにあるバロックのマリーエン教会にあり、時の経つ

1916年6月3日、フランツ・プフェンフェルトの雑誌「アクツィオーン」が特集号を38歳のプラハ出身の作家パウル・アードラーに捧げた。当時のアードラーの評判はなにも残っていない。

につれて絹、金襴やほかの豪華な材料のコートを着ていた。ひとを慰めるはずのこの小さな像は、ルードルフ二世の時代にスペインからプラハに運ばれてきた。アードラーはその魔法を本の中心に据えているが、その文章には強烈でバロック的な爆破力があった。

『虚構の工場主』の作家、カール・アインシュタイン（一八八五―一九四〇年）はこう書いている。「アードラーは人間とその内声に従い、論理の風船をふくらますが、破裂をおそれることはない。論理が絞め殺されるところでは、決定的に重要な人間的なこと、根本的なことが達成された」。ルネ・シッケレ主宰の「ヴァイセン・ブレッター」誌には当時こう書いてある。「この本には先駆者は存在せず、ヘルダーリンの運命の照射を聞きながら、この運命のように自ら輝いている」。「劇場」誌はアードラーにおける「因果性と論理の不合理からの解放」を認めていた。

『魔笛』で作家として別れをつげたアードラーは、この本のなかで読者をすべての神話的、歴史的な時間空間に導いた。読者はエジプトの世界の薄明にはいりこみ、ベルリンの子どもの支離滅裂な思春期の体験にひきずりこまれ、性的な恍惚につつまれた高貴なシンフォニーのあるヴェネチアにいることに気づき、『魔笛』の劇場は炎上状態となった。アードラーはこの状況ですべての様式の要素をおそろしいグロテスクな要素と混ぜ合わせ、「そのグロテスクから魂は、新たに永遠の放浪をはじめるために決められた彼岸へと逃げる」（カール・オッテン）。

アードラーについてカージミア・エートシュミット（一八九〇―一九六六年）は回想の書『生き生きとした表現主義』のなかでこう書いている。「アードラーの言語には、未来派の芸術家やベッヒャーが新しい恍惚に達するためにひき起こしたような荒廃はなく、むしろここでは調和をさがす人間がべつの星にいるかのように自分の夢を歌っている。アードラーは保守的なカフカよりもはるかに、夢の世界へと遠ざかっていった。かれ自らが創った神話的な空間で神の探求者精神を発展させた。楽園のように精神錯乱した空間で石が歌い、馬が語り、深くゆっくりと創造との対話はすすんでいく」。

カール・オッテン（一八八九―一九六三年）はナチスの時期をイギリスで生きのびた作家だが、文学研究者のルド・アビヒトとともに、第二次世界大戦後にアードラーの再発見のために尽力した数すくない人物である。オッテンは一九五九年に編集した選集『散文ユダヤ人作家』のなかでこう評価した。「アードラーは現代と現代人の道徳やその状況を描写する小説の価値について疑問を投げかけた。かれの答えは、ひそかに絶対的な真実へと変化していく作家としての真実、つまりその試みということになる。われわれ現代人は科学技術の完成と精神的な脆弱さによってもたらされた。われわれの道徳の質は未発達であり、科学技術と歩調を合わせることができなかった。したがってわれわれは自ら首を絞める技術万能主義者から神々しい共同体の原意識へと立ち返らなくてはならない。われわれヨーロッパの神話力は人間の使命を信じることにあるのだが、その力の場に立ち返らなくてはならない」。

一九二一年にアードラーはヘラーアウを去り、新しく創刊されるドイツ語の雑誌「プラーガー・プレッセ」で芸術と演劇批評家のポストをひき受けた。九か月後に、T・G・マサリクの主導で創刊されたこの政府広報紙の高額報酬のポストを諦めたが、理由は、アードラーにはこの新聞の路線があまりにチェコ的、愛国的だったからだ。この点でアードラーが執筆した、マサリクに書き送った陳情書は争いをもたらすことになった。編集部はアードラーに無視されたと感じたのである。マサリクはアードラーへの返答で編集部の新たな秩序を提案したが、このことは何人かの編集部員の解雇を意味することになった、というのはこの新聞の路線に関する合意が、議論によって形成されなかったからだ。アードラーはこの新聞から去ることを優先させた。

一九二一年、アードラーは家族とともにふたたびヘラーアウにもどる。翻訳の仕事、とくにジャン・コクトーとポール・ヴァレリーを翻訳した。「文学世界」、「断面」、ウィーンの「舞台」にエッセイと書評を書いた。日本文学にも従事し、日本の伝統と他国の文化を比較した。一九二五年にアードラーによって『日本文学事典』が刊行され、一年後ミヒャエル・レフォンと共著で『日本文学　歴史と選集　古代から現代まで』を出版した。

ヒトラーの権力掌握の後、アードラーは息子と娘をプラハに送る。三月一一日、突撃隊の部隊が自宅に侵入し、アードラーは非合法の家宅捜索に抗議した。突撃隊のメンバーは大声でかれに怒鳴った。「汚ねえユダヤの口だまれ」。それからメンバーはかれを打ちのめした。拳の一撃がかれの口に当たり、歯が何本か折れた。アードラーは逃げるように家をあとにして、プラハにむかった。かれの妻は、ナチスの意味では「アーリア人」であったが、家具をもって二週間後にかれについていった。

アードラーの伯父のひとりが一九三三年にプラハで交通事故で死亡し、主な遺産を作家に託した。五万クローネあり、生活費はこれではじめは安泰であった。一九三八年にアードラーはリベラルな路線を執り、「プラーガー・プレッセ」にふたたび書いた。チェコの危機の年となった一九三八年にプラハを去り、ボヘミアのティネチに小さな家を借りた。ミュンヘン会談のあとに、プラハ郊外のズブラスラフのプラチケーホ二二四番地に引っ越した。かれは、ナチスがチェコスロバキアのズデーテン地方に手を伸ばすとは信じようとしなかった。

ドイツ軍のプラハ進駐の翌日である一九三九年三月一六日、ナチスに没収された「プラハ日報」はこの見出しで発刊した。「ユダヤ人の浄化始まる」。父親の興奮について息子のハンス・アードラー――この間に死去したが――はドイツ文学者のルド・アビヒトにむかってこう言った。「一九三九年六月三〇日に恐るべき不幸がわれわれを襲いました。父は脳卒中に罹りました。顔、言語、そして体の左側が麻痺し、数日して盲腸の炎症が加わりました。私が父を運びこんだプラハにあるチェコの病院の医者は諦めたが、炎症は食いとめられ、その後快復し、われわれの自宅にもどりました。しかし事態はこういう結果となりました。熱のために電気療法がはじめられなくなり、動かない関節が萎縮症となり、その結果父はそのまま麻痺しそうになりました」。
アードラーの精神力はもどった。自分が脳卒中に罹ったとは信じなかった。麻痺は残り、毎日ロッキングチェアに座るか、ベッドに伏していた。「アーリア婦人」の夫であるアードラーはかろうじて強制収容所への移送を免れた。アードラーの息子ハンスはデマク(DEMAG)のベルリンのエンジニア事務所で設計士の仕事をみつけ、それで両親を支えた。

ズブラスラフのアードラー宅の背後にある高台には、チェコの作家でレジスタンス運動の闘士、ヴラジスラフ・ヴァンチュラの住居があった。ふたりは以前からの知り合いで、ヴァンチュラが一九四二年にドイツ人に逮捕され、拷問をうけ、処刑されるまで毎晩、ヴァンチュラは政治と芸術にかんする長い対話のために、麻痺したアードラー宅にやってきた。

アードラーはユダヤ教の祭祀教区に属することはなかった。家族で定期的に一九三九年までヨム＝キプルの祭りが祝われるだけだったが、一九三九年以降はアードラーもふたたびユダヤ教の安息日を守った。戦後、息子のハンスはユダヤ教区の支援で父親のために年金一千クローネをうまく確保できた。一九四六年五月、アードラーはまた脳卒中に罹り、一九四六年六月八日、自宅で死去した。七月一一日、ユダヤ教区の使用人がやってきて、簡素な黒い板で囲われた車が迎えにきた。プラハのオルシャンスカーの新ユダヤ人墓地にアードラーは――カフカの墓から三〇〇メートルはなれている――ユダヤ教の儀式にしたがって両親の墓に埋葬された。かれの妻は一九五〇年に死去し、ズブラスラフのキリスト教墓地に埋葬された。
一九一八年にアードラーはこの詩を「アクツィオーン」に掲載していた。

ぼくには世界がなんたるか分からない
世界などないからだ、神のみぞ知る。
ぼくが知るのは、感情というものはすべて
神のいない世界のことだ。

ぼくに告知するものはない
そしてぼくのことはなにも知らない。
すべての矛盾を、そしてわが罪を
ぼくから幸せの気分で投げ出した。

世界を自身の子どもとして
守る永遠なる神のために
世界のすべてが神の徳となる、
最後の審判の日のために。

◉フランツ・ヤノヴィッツ

パウル・アードラーが一九二〇年に作家として沈黙したときには、一四歳若い抒情詩人、フランツ・ヤノヴィッツはすでに死んでいた。アルフレート・リヒテンシュタイン、エルンスト・ヴィルヘルム・ロッツ、エルンスト・シュタードラーなどとともに第一次世界大戦で戦死した。文学史のあつかいが正当であれば、一八九二年七月二八日にボヘミアのポジェブラディに生まれた起業家の息子フランツ・ヤノヴィッツはゲオルク・トラークルと肩を並べる存在であったはずだが、フランツ・ヤノヴィッツは文学史のどこにも登場しない。かれ自らの手で準備した詩集『現世で』はかれの死後にクルト・ヴォルフ書店から出版されたが、忘れ去られ新たに出版されることはなかった。かれの文学の遺稿は部分的に雑誌「ブレナー」と「ファッケル」に発表された。二五歳で死んだ作家の抒情詩と散文の整理の作業はまだである。

生きとし生けるものは何も知らず。死者がさまよい
飛びながら触れると、生きるものは目覚め、眺め、
そして観る！——そして言葉を発する。このかすかな
過ぎゆく飛行に満たされ、きみは賢者を創った、
死に行くものはつねに、危急のときを解し、
きみの天国は沈黙して青ざめ
そして大きな太陽が天国を黙して旅する。

この詩は「ブレナー」誌が一九二〇年八月に発表した遺稿にある作品である。叙情詩人フランツ・ヤノヴィッツの意義を最初に認めたのは、またもやマックス・ブロートであった。現在では有名となっているブロートの文芸年鑑「アルカディア」で、ブロートは一九一三年に、ローベルト・ヴァルザーのテクスト、カフカの『判決』の初版と並べて、ドイツ語を用いる二一歳のユダヤ人の詩を一四篇掲載した。

この国に広がる静寂が
ぼくに魂の奥深いところで呼びかける！
緑の草原に深く根をおろした、
重たいわが靴が輝いている。
鳥がかろやかに菩提樹の冠となって大地に下り
ぼくはその飛び立ちに頭を差し出す
そして鳥たちを——ぼくは鳥のために青く茂っている——
満足させて大枝に住まわせるのだ。
心はべつとなったぼくたちを元気づけるようだ、
おお、愛する牧草地、ぼくたちの幸福がくるのはいつのこと、
結婚式のようにぼくたちはたがいにふわふわと浮いている、
そして神はぼくたちに、ぼくたちは神にもどるのか。

意気消沈した憂鬱家、狂気に暗く包まれたゲオルク・トラークルにたいし、ヤノヴィッツにはつねに先駆的で、夢想的な陽気さがあり健康そのものであった。だがヤノヴィッツにも、トラークルの抒情詩をきわだたせているあの暗さ、強迫観念、退廃があった。ヤノヴィッツは強迫を観察して記述することはあっても、それに晒されることはなかった。力強い、ねばり強い生き生きとした描写は、懼

抒情詩人フランツ・ヤノヴィッツは第１次世界大戦で25歳のときに戦死。準備していた唯一の詩集の刊行を目にすることはなかった。

ることなく視覚的な要素であふれていたが、この点でかれはドイツの夭折の作家、ゲオルク・ハイム（一八八七—一九一二年）と通じ合うものがある。だがヤノヴィッツが果たしたことはすべて、ドイツの大都市の風景とはかけはなれ、牧歌的なボヘミアの光景にとどまっている。この点で母方の家系がボヘミアに根を下ろしていたゲオルク・トラークルとはふたたび似通うことになる。

内面にむかい、ひきとめられたものが、
心の深い時間のなかで沈黙する。
それがきみの部屋のドアを突き破り、
きみは小さな食卓に目をやる。

きみの喉を締めるものが、きみの喉も救う、
それは飛び出て、忠実にぶらぶら歩き、
部屋にはいり、空気の海にもどり、
準備のできた港へとはいる。

きみの弟は絵姿にすぎず。だが
降下のとき、鳥のように空に身をゆだね
言葉はかれに乱暴な翼で飛び込んだ。

だが話すことのすべて、
歌うことのすべてに狂気の表情がある——世界は言葉の周辺をぐ
　るりとまわり
言葉に近づくのは沈黙のみ。

もともと音楽家であるヤノヴィッツの父親は、卓越したピアノ演奏家であり、八歳のときには月光のソナタを暗譜で弾いてピアノ教師を驚かせる。奇跡の子どもとしてエルベ河畔の生まれ故郷の街、ブラントアイスの城にあるザルヴァトーア大公の宮廷で演奏会を開いた。プラハの音楽学校に通ったが、結核の病で中退せざるをえなくなる。それ以来田舎で暮らし、ボヘミアを演奏旅行してまわり、そのあと農場主として自分の力をためした。三八歳で結婚し、ポジェブラディに居を構え、そこで最後は父親の企業であるブラントアイスの製油所をひき継ぎ、一社増やした。

ヤノヴィッツは四人兄弟の末っ子であった。八歳のときにプラハにきて、大学入学資格試験のあとにライプツィヒ大学とウィーン大学で学び、はじめは化学を、つぎに哲学を学ぶ。かれの博士論文はオットー・ヴァイニンガーの哲学に捧げるはずであったが、完成に至ることはなかった。ヤノヴィッツは、休暇はいつも故郷で過ごした。

一九一三年の詩にこうある。

おお、子どもたちよ、近くに寄れ、村で
まだ金や岩の粉であそぶ子どもたちよ。
ぼくの最後の天国と葉を
きみたちの眼に沈めよ。

のびやかに芳香をはなつ
わが牧草に、輝く手で触れなさい
池に浮かぶきみたちの姿を
暗いグラスに描きなさい。

白い小屋が叫び、
睡眠の合図の光を送る、
だがわが願いを聞いてくれ、
わが暗闇からまだ去らないでくれ!

ヤノヴィッツはボヘミアの神の探求者に幅のある考え方をあたえた。かれの遺稿には、信仰の問題を独断的な方法で追求したアフォリズムがある。

「人生とは、宇宙を目標にする内面の旅である。われわれは地球の本質に触れている」。

「死と生を内面的に体験しなくては生きたことにはならない」。

「道徳の法律というものはない。善が、最高のものであり続けるのなら、理由なく選ばれ、施され、実現されなくてはならない」。

「決定的なことは死ぬことである、つまり死ねることである。決定的なことは人間生活の成果である(聖書)。決定できない者は、死ぬことよりも生きることができない。その者は非力で、小心者で、絶望者だ」。

「理念のほかに理念の敵も理解し、見えるようにすることは文学の使命である。このことを哲学は断念している。哲学は真実をもとめている。だが文学は真実を見いだすが、真実にたいし嘘をもって反論する」。

「死の瞬間に意識が消えるとともに意識にあったものが消えるという信念は、明かりが点いているかぎり部屋は存在している、と考える子どもと似ている」。

マックス・ブロートとおなじくフランツ・ヤノヴィッツは、「悪魔と神の戦いにおける人間の援助」の必要性について確信をもっていた。おなじく遺稿のなかに死の観念についてのエッセイが見いだされる。「私がもっとも内面の部分で確信していることは、最期の瞬間には無限の時間があるということだ。多くの人間にはグロテスクに思えるだろうが、本来の、集中した、もっとも価値のある人生はまさにこの最期の瞬間にある。あらゆる自己欺瞞は、苦しい内省と、改心するために人生は十分に残っているという希望からはじまる。死が間近に迫っているひとは、嘘をつける力があるときは嘘をつくが、自分のまえにある人生が途方もなく長く思える若者が嘘をつくときの軽さで嘘をつくわけではない。絶えず快適さに安住し、苦しく、つらいもののすべてをはるか先の時代に移そうとする傾向が、人間にはある。そして言い知れぬなにかが沈黙してしまうのは、死が惑うことなくある領域、つまり人間が通常は好んで指し示す領域を遠ざけるときである。また今日から明日まで待てばこの厳しさは和らげられるが、その明日がもはやなくなるときである。するとようやく、なんども延ばされ、こわごわと賢く回避された時間、なんども裏切られた孤独自身の、洞察の、そして改心の時間がやってくる。死はいつでも苦痛と思われたので多くの人間は可能なかぎり早い死を望む。なぜならばこの時間はここではいよいよ避けられないからだ。そのあとには薄明も、自己欺瞞も、逃げ道も、慰めもない。すると人間は自分自身のことに目覚めなければならない、その自分自身のなかで耳にしていた問い、つまりどうやって生きたらいいのかという問いに自ら答えなくてはならない。すると人間は自分のことに集中して生きなくてはならない、というのは救いとなる享楽的な生活、内面的な事柄を忘却して夢うつつとなる外部の生活はもはやないからだ。さて答えが出されなくてはならない、結果を出さなくてはならない。そして結論はつねに、イエス、またはノーである。最期の審判の日、私の考えでは救世主は、最期の日以外のことは考えず、その日は一年という人間の区分の単位ではなく意識の象徴（光）として理解されている。したがって救世主は警告する、この最後の瞬間が不可避のものとしてやって来ざるをえないと、そして人生はまちがって導かれることはなく、悔いもなく、まちがった終わり方をすることもないと。救世主が神に望まれた定めにしたがい、完全な善人となって裁くだろう。そしてここでもイエスかノーになるだろう。いかなる人間も、自分を見いだすと、すぐに世界ははじまり、人間が自分の生活を閉じると、すぐに世界は破滅していく。天から落ちてくる星や倒壊する山などをともなうのも救世主の特徴であり、世界史が完結するというむごたらしい眺めをともなうのも救世主の特徴である。というのはある意味では、人間の運命も世界の運命であるからだ。世界は善と悪、存在と非存在の区分を人間とおなじように経験する。存在するものが存在し、もはやなにもなくなれば終焉となり、永遠のはじまりとなる。そのあと筆舌に尽くしがたいことがやってきた」。

一九一三年、ヤノヴィッツは一年間の志願兵として第二チロル国防軍連隊に入隊した。この連隊とともにかれは一九一四年夏に第一次世界大戦に突入する。一九一七年一〇月二四日、モンテ・ロンボンでの突撃のさいに小銃二丁の銃弾によって肺に重傷を負い、その結果二五歳の兵士は一九一七年一一月四日に野戦病院一三〇一で死亡し、ミッテル・ブレートの軍事墓地に埋葬された。

カール・クラウスは中尉ヤノヴィッツの訃報に接し、シドニー・フォン・ナートヘンリーに手紙を書いた。「フランツ・ヤノヴィッツ、わが人生の光源が消えました」。長兄のオット・ヤノヴィッツはウィーンでクラウスの音楽伴奏者として登場し、クラウスとの接触を早くから図ってきた。カール・クラウスは、ヤノヴィッツの著作『現世で』を「ファッケル」編集長として詩の献辞をつけてクルト・ヴォルフ書店から出版するさいに骨を折った。ヤノヴィッツの死後に発見された手紙の断片につぎの詩があった。

人生の心のきびしさに
堪えるのは容易だ。
だがだれが羽毛のような喜びの軽さに
堪えられるのか、
夏の空高く、
吹く渦巻きにだれが堪えるのか、
そう、だれが世界の広大さに、広大さに堪えるのか。

この詩は、ミラン・クンデラがパリ亡命中に書いて、一九八四年に発表された長編『存在の耐えられない軽さ』の叙情的なパラフレーズとなって響いてくる。この散文作品へのご託宣かもしれない。

◉ハンス・ヤノヴィッツ

一九一三年刊のマックス・ブロートの文芸年鑑『アルカディア』にはハンス・ヤノヴィッツの名前もあり、散文二作を掲載している。カール・クラウスの音楽伴奏者オットと並んで掲載されたのが、戦争で亡くなったフランツ・ヤノヴィッツの二番目の兄、ハンス・ヤノヴィッツだった。ハンス・ヤノヴィッツはポジェブラディに一八九〇年一二月二日に生まれ、現在では映画史家としてのみ知られている。一九二〇年のカップ一揆の日に、ベルリンのクアフュルステンダムにある有名な映画館「マルモアハウス」で「カリガリ博士の小屋」が封切られ、その成功はセンセーショナルとなった。「カリガリ」の映画は、最初の重要なホラー映画であると同時に表現主義の傑作となり、映画史の頂点で聳えていた。

世界的に有名となった台本をハンス・ヤノヴィッツはカール・マイアーと共同執筆する。映画のなかで若者は、見世物小屋の所有者カリガリが催眠術の被験者チェザーレを催眠状態にして殺人を犯させる犯罪者であることを暴く。カリガリを追跡していくうちに、かれが精神病院の院長であることがあきらかになる。筋の枠は、物語を説明するこの若者が精神病院の収監者であることを示し、じっさいには院長が狂気の大量殺人者であるかどうかは保留にしてある。

ジークフリート・クラカウアーは著書『カリガリからヒトラーへ ドイツ映画の心理学的な歴史』でこう書いている。「人間の手先を自分の意のままに動かすのに催眠術を用いるという意味で、カリガリ博士はまったく特殊な先駆けとなった——つまり、その技術は

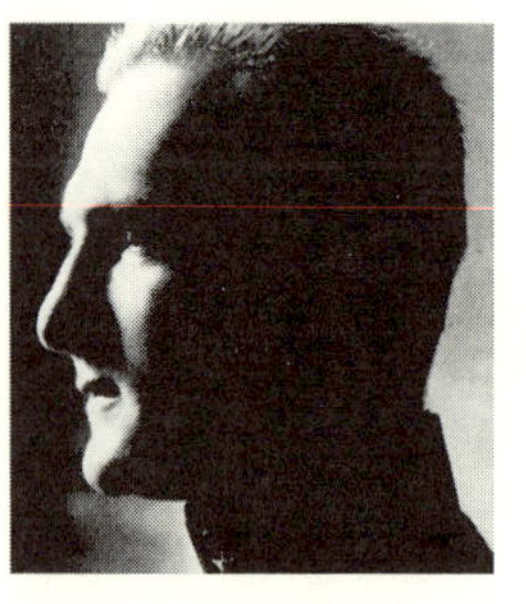

士官ハンス・ヤノヴィッツは平和主義者として第1次世界大戦から帰還。ベルリンで有名な「野生舞台」を創設。かれはナチスからアメリカに逃げたが、ハリウッドで地歩を固める試みは頓挫した。

その目的でも方法でもヒトラーがのちにはじめて大規模に用いたあの『精神の操縦』を予見しているのだ」。

一九五四年五月二五日、幻想家ハンス・ヤノヴィッツは、一九三九年にやってきたニューヨークで忘れられながら死去した。ナチスから追跡された、ヒトラーからの亡命者であった。なんどもかれは新たな映画化のためにハリウッドを動かそうと試み、一九四一年に第二部「甦るカリガリ博士!」も書いた。三幕物の戯曲である。かれはこの映画の曲折した成立史を『ある有名な物語の物語』で一〇五頁にわたって解説した。そのあとにクラカウアーはこの『物語』の知識を援用して燦然と輝く『カリガリからヒトラーまで』を書いた。

1920年作の傑作映画「カリガリ博士の小屋」に出演のヴェルナー・クラウス、コンラート・ファイト、リル・ダゴヴァー。台本はハンス・ヤノヴィッツ。

『カリガリ博士の小屋』(制作、エーリヒ・ポマー、監督、ロベルト・ヴィーネ、主役、コンラート・ファイト、ヴェルナー・クラウス、リル・ダゴヴァー)はボヘミアのユダヤ人ハンス・ヤノヴィッツの唯一の作品ではない。かれはF・W・ムルナウの映画「ジキル博士とハイド氏」でも台本を書き、これは有名なジキル博士とハイド氏の最初の映画化となった。ヤノヴィッツは芸術的にセンセーショナルな当時の映画シリーズをすべて書き、制作した。「永遠の大河」、「人生のサーカス」、「雌豹」、「ロスヴォルスキーの恋人」、「古い法律」、「漏らしたい秘密」。最後の映画の原作はシュテファン・ツヴァイクの小説であった。

台本作家ハンス・ヤノヴィッツは抒情詩人、長編作家としても登場する。一三歳のときに詩を書きはじめ、一八歳のときに最初の小説が「ボヘミア」紙に掲載された。一八歳で穀物会社の社員としてミュンヘンに行き、この企業のために通信の仕事をした。ドイツ語のほかに英語、フランス語、チェコ語をマスターし、そのほかにこのボヘミア人はミュンヘン大学で歴史と社会学を修めた。一九一〇年から一一年にかけてザルツブルクで兵役につき、そのあとハンブルクのドイツ劇場の演出助手となり、俳優として端役でも出演した。出演が演出をするための条件であった。『一九一三年のプラハの謝肉祭』という題で「演劇のファンタジー」を書き、そのなかで世界戦争を予見していた。

八か月後、ヤノヴィッツはクラスニクでダウン伯爵の歩兵部隊で兵士の任務についたが、おもにその部隊はポーランド人で構成され、コサックの砲兵中隊であった。ヤノヴィッツは中隊を統率する第一次世界大戦で中尉となり、戦地から平和主義者として帰還する。ベルリンでは「野生舞台」を創設し、かれの「アスファルトのバラード」はそこで毎日歌われ、ベルリンのディー・シュミーデ書店から一九二四年に限定版で番号をつけて——千部——一八九二年にロッズで生まれた画家マルセル・スロドキの一六枚の石版画付きで出版された。一九三三年にナチスからフランスに逃れることができたスロドキは、一〇年後フランスでナチスに逮捕され、アウシュヴィッツで殺害された。スロドキはチューリヒのキャバレー・ヴォルテールにおける最初のダダイストの一人であり、ベルリンの「野生舞台」で芸術監督の仕事をした。

ボクサー、ジャズバンド、シミー－ラッフェン、
猿人、類人猿、
賢くなった気晴らし屋、
売春婦、高利貸し、
脱税者、ルーデンドルフの信奉者、野蛮なユダヤ人、
殺し屋－理想主義者、
龍の殺し屋、野蛮なキリスト教徒！
ぼくがこうして通りを歩けば、
ぼくがこうして新聞を覗けば！……

シュティネスはがりがり掻き、
シュティネスは印刷し
通りを下り、上る
シュティネスは幽霊となる、
さっさとかかれ、
マルクは落ちて、
この男は昇る！
百万マルクなんて端金！
世界の時計を
だれも止めやしない、
競争の甲斐あるのは
一〇億だけ！
星の群れが
妬みで黄色に染まる
シュティネスが海を買う、

シュティネスが時間を買う、
収穫は
シュティネスの玉座となる――
太陽はふくれっ面となり、
嵐がとどろく
いまや夜はただ金銭のため――
だが神はぶつぶついう――気にするな！
小さいシュティネスだ、気に――するな――

「アスファルトのバラード」が一九二四年に出版され、ハンス・ヤノヴィッツは故郷ボヘミアにもどると、父親は死去していた。三四歳の作家は父親の企業の経営責任者となり、出版を続けた。雑誌のための小説、そして一九二七年に長編『ジャズ』をディー・シュ

ミーデ書店が出版し、ほとんどのヨーロッパの言語に翻訳された。
ドイツ人がチェコスロバキアを占領する直前、製油所は火事になり、アメリカに亡命中のハンス・ヤノヴィッツはこれを詩に書いた。

偽装を好む時代。
だが重ねて警告があった。
火事で偽装された
警告だった

われわれは家を
火事から守り、
何度もわれわれは
そのなかに埋もれた。

炎の製油所、
塔、倉庫は――
崩落し
消失した。

父の家族は
火災を耐え抜いた。
揺りかごから墓場までの、
両親と子どもたちの、
おばたちと乳母たちの、
年々歳々の情景があった。
さらに夢の劇場は生気を帯びた。
そのためわれわれはみな
数週のわざわいのあと
ふたたびひとつになった。

背後の火災
狭隘な小路、
かれは新しい山野にむかい
最後の道を歩きはじめる
新たな日々を、新たな夜々を…

ハンス・ヤノヴィッツはニューヨークでボヘミアの過去になんども立ちかえった。その感情が強まるほどにヤノヴィッツは亡命における疎外感を味わった。そして、かつて一世を風靡した台本作家にはハリウッドからの断りの手紙が山積みになり、疎外感を味わわざるをえなかった。ヤノヴィッツがニューヨークで書いた連詩は故郷ボヘミアへの逃避であり、家族の歴史への逃避であった。「私はどこへいったら」と抒情詩人ヤノヴィッツは問う。「家郷はもうない。／古い家は略奪され、空になった……」。
ぼくたちの当時の思い、それは真実を語る父のこと。

それを知るぼくたちは、駆逐され、追放された。
異国に長くありて、
ぼくらは故郷を喪失し、残るものはない。

ハンス・ヤノヴィッツはアメリカ亡命中に詩集『橋の陰で』を書いたが、出版者はつかなかった。長編『他人のように』を書いたが、出版者は見つからなかった。短編集『ニューヨークのファンタジー』を書いたが、出版者は見つからなかった。生活費は自作の香水で稼ぎ、ニューヨークに小さな会社を立ちあげた。余暇に数百頁の散文、詩、エッセイを書いた……ベルリンのクストス・ゲロ・ガンデルトという映画を紹介し啓蒙した情熱家がいなかったら、ヤノヴィッツの遺稿は最終的にニューヨークのゴミのコンテナにはいってしまっただろう。ニューヨークでカリガリ映画のドキュメントをさがしていたガンデルトが遺稿の全部をベルリンのドイツ・フィルムライブラリーに送って救われた。ヤノヴィッツが最後に所有していたうちの主要部分である文学の遺稿のためには、これまでのところ、新たにボヘミアの作家の作品を編集刊行することに関心をもつ人はいない。

◉エリーザベト・ヤンシュタイン

エリーザベト・ヤンシュタインに希望はほとんどなかった。彼女はイグラウ（イフラバ）で一八九一年に生まれ、一九四四年にイギリスのウィンチコムで死去した。ジャーナリストだったヤンシュタインは、ウィーンで日刊紙「ノイエ・フライエ・プレッセ」で執筆し、その後特派員としてパリに赴き、ドイツ軍が一九四〇年にフランスに進駐すると、イギリスに逃れることができ、ロンドンから電車で二時間はなれたウィンチコムに定住した。この迫害された女性はほかの亡命者との交流はなく殻に閉じこもっていたので、現在ウィンチコムに、回想するひとはだれもいない。女流詩人ヒルデ・シュピールは一九三三年以降パリで、現在ではほとんど情報のないこの女性をまだ目にすることがあった。「ひじょうに優雅な女性で、亡命者の興奮状態から逃れていました」。彼女は嘆くことはなかった。そしてユダヤ人の大グループ「われら」を拒否していた。ドイツにいるかれらはすべてが順調であり、たえず古きものと新しいものを比較することに関わっていたが、けっしてこの古きものと新しきものを切りはなせないのがフランスであった。ヤンシュタインはこのような苦悩と関わろうとしなかった。ヒルデ・シュピールはイギリスに亡命して迫害から生きのびロンドンで暮らしたが、ヤンシュタインと再会することはなかった。ヤンシュタインの本は忘れ去られている。『現実への祈り』は最初の詩集であり、一九一九年にエト・シュトラッヘ書店から出版されたが、表現主義の最盛期のなかで格別の調べを詩にもちこんだため、オスカー・レールケは「ベルリン株式新報」でこう批評したほどだった。「最近の詩に共通しているのは、べつの道を歩もうとする努力であるが、ヤンシュタインには、内面から聞こえる歌のような響きに言葉をあたえる勇気がある」。

なにもかもうとましい。

おお、明かりが消えて、暗闇がくる
わたしは善人ではない、敬虔ではない
そして目をつむり手をあわせなさい、
手はおそろしさに縛られているからだ。

抒情詩人オスカー・レールケは、「ベルリン株式新報」でヤンシュタインの書評をすることで、彼女の文学の道に付き添った。一九二〇年にエト・シュトラッヘ書店からヤンシュタインの散文作品『曲線』が出版されたが、これは自己省察であった。「兄弟に終わりはない」と彼女はそこに書いた。「死は死である。目標は目標である。幕が下りて、舞台は暗くなり、壁から沈黙が滴る――しかし、終点に向かう曲がり角、曲がり角がある。どんな情景なのだろうか、柔らかく、冷たい、丘の多い上り坂だ――すべては希望へと走っていき、峡谷もなく、絶壁もなく叫びは砕け散ることもない。するとふたたびおぼろげな低地は狂気でひき裂かれ、橋は粉々に砕け、馴染みのものはすべて置き去りにされ、血のなかの狂乱という一つの知識のみが残った……おお、兄弟よ、兄弟よ、曲がり角だ！

オスカー・レールケは「ベルリン株式新報」の批評家としてヤンシュタインの文学作品を守った。かれにとってこの女流作家は、抒情詩における「簡明さ」という点で成功している「価値ある最後の作家」のひとりであった。批評のなかで賛嘆しながらこう際立たせた。「現実的、非現実的な世界がヤンシュタインではたがいに交替する」

……私はきょうほど私の道のことなぞ知りたくないと思ったことはない。ようやく私が最後の寝床に身を横たえると――ずたずたになったマットレスや羽毛布団だ――もしやほんの一息、心臓の鼓動の間、われら貧しい人間がもちえるすべての明晰性が私に宿るかもしれない」。

われわれは子どものようにありたいものだ――
暗闇、裂け目、苛酷さのみをわれわれは見ているのか？
ビロードのようなチューリップが庭に咲き、
朝風に蕚が開いている……

レールケにとってヤンシュタインは「最後の価値ある作家」であり、「その簡明さは戦いと忠実さによってのみ到達可能であり、最後の作家たちにはおぼろげにしかみえず、負けそうになるあらゆる誘惑を通りすぎた」。レールケがはじめてヤンシュタインに夢中になったのは、彼女の詩集『着陸』が一九二一年にミュンヘンのドライ・マスケン書店から出版されたときのことだった。「エリーザベト・ヤンシュタインは人間的に、芸術的に高い才能に恵まれ、自分の天性に属するもの、属さないものの対立のなかで自分の問題をみて、具体化する才能に恵まれている。大都市と田舎の間で鉛のように重く響く対立関係ですら彼女には生気を帯び、心気症患者から、俗物人間から対立関係を解消する……現実世界と非現実の世界がたがいに場所を取り替える」。

祈りのときのおだやかさで、
われわれは料理の盛られた食卓から
追い払われる。われら偽善者を通りぬけ、
永遠の不安の車輪が行く、
われわれは手を合わせずに
言う、「主よ、われわれの客であれ」
脳は数千の人影でいそがしくにぎわい、
鉢にかかる布でさえその縁で休みをとる。
ここでも、疲弊したわれわれの足の上で、塵が燃えている
腕の振りは重く、垂れさがり、
頭は新たな時を迎え
険しい海岸のように落ちていく。
われわれの呼吸は朝風のごとしか、
われわれの輝く目は光を乞うているのか。
嘘を、ひき裂け、そしてわれわれの存在を見せよ、
そしてわれわれを打ち砕く石を投げかえせ、……

◉ヴァルター・ザイドル

一九〇五年四月一七日にトロッパウで生まれた、「プラハ日報」の音楽評論家ヴァルター・ザイドルが長編作家として世に問うたとき、デンマークの作家カリン・ミハエリスはベルリンの「フォス新聞」にこう書いた。「神よ、この若者、ヴァルター・ザイドルを護りたまえ。そして長寿させよ、このような本を多く書けるように」。カリン・ミハエリスがここで指しているのは、エーリヒ・ライス書店から出版された小都市にまつわる風刺的な長編『煉獄の炎のなかのロメオ』のことである。「冒頭から最後の文まですばらしい、すばらしい。この本のスタイルには芸術的に完全に魅了されてしまい、人間的にも驚嘆してしまう。しっかと機会をつかみとる、なんという思慮の深さ。このロメオは青年なので、永遠の存在だ。ロメオの出会いは、これまで書かれたもののなかでもっとも楽しいものだ」。

　五年後にザイドルは死去した。三二歳であった。ザイドルは友人たちと一九三七年に船旅を企て、カプリではチフスに罹り、ナポリの国際病院でこの病人を救助できず、一九三七年八月二九日に死去した。遺灰はプラハの骨壺用墓地に埋葬された。長編三作を遺した。作家として成功者の階段を昇りはじめたザイドルは、同時代人として、反ユダヤ主義の思想時代において現実の問題すべてを克服していた。

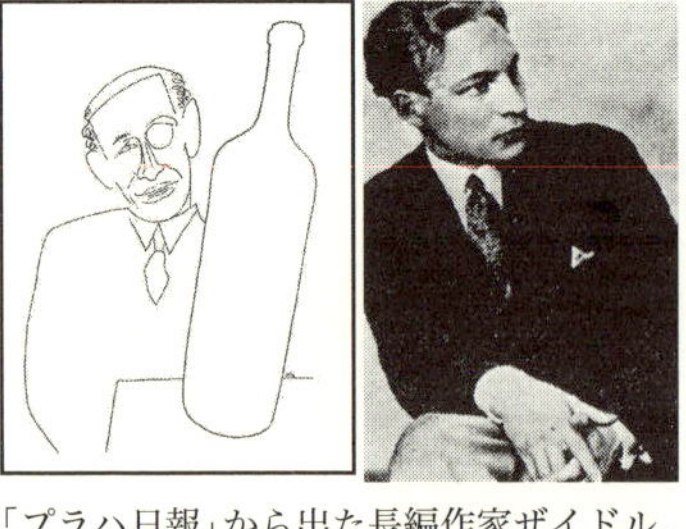

「プラハ日報」から出た長編作家ザイドル。アドルフ・ホフマイスターによる戯画。ザイドルは1937年32歳でチフスに罹り死亡。

　マックス・ブロートは「プラハ日報」の同僚についてこう書いた。「ザイドルとおなじく認められたグループに属していた何人かの『仲間』は、勝負を決めるゴングが鳴らされた瞬時

にわれわれから離反したが、ザイドルは勇気あるすばらしい気骨をもって最後まで耐えぬきとどまった」。ザイドルは読者の記憶には残らず、けっして古書売買業者の「秘密情報」にもはいらず、その長編は手探りのリストに消えていった。作品のテーマは独仏の相互理解である。

ザイドルは、筋金入りの反動主義者であった帝国議会代議士フェルディナント・ザイドルの息子で、父親は第一次世界大戦で大尉として戦死した。最後の長編『恋人たちの山　ある若きドイツ人の手記』では父親の威圧的な秩序の世界からの解放を描いた。ザイドルは将校となるべく、ライタ河畔のブルックにある軍事学校に入学。君主国の崩壊のあとにドゥックスにある実科ギムナジウムに通い、つぎにピルゼン（プルゼニュ）の商業高等学校に通った。大学は故郷をはなれてグルノーブル大学にいき、文学史、音楽学、フランス語の聴講届けを出した。

「プラハ日報」の記者として音楽に心酔していたザイドルは、音楽に心酔していたマックス・ブロートにまたたく間に好意をもたれた。結局この新聞には文学の三つの星がいた。そのなかの「第三の男」は現在ザイドルのように忘れられている。その人物とは一八九一年九月二八日、ノヴェー・モスト・ナド・ヴァーホムに生まれ、一九二二年にE・P・タール書店から詩集『いずこへ』で頭角を現わしていたパウル・ノイバウアーのことであり、一九二八年にはベルリンの世界舞台書店から恋愛長編小説『マリア』――前書きはマックス・ブロートが書いた――を出版した。スロバキアのユダヤ人ノイバウアーはドイツ軍の占拠のあとナチスに殺害された。

ザイドルは一九三〇年に二五歳のとき、アルマテーア書店から出版した長編『アナスターゼとリヒャルト・ワーグナー』でデビューする。アナスターゼという奇妙な名前をもつ若者は、フランス人の父親とドイツ人の母親の間の息子である。母方の伯父が厳格なワグネリアンであり、甥はあらゆる党派性から抜けて母親の忠告に従う。「あなたは二つの民族の側に立って美を愛さなくてはなりません」。アナスターゼはパリで称賛される前衛の音楽評論家となり、リヒャルト・ワーグナーのなかに音楽の「獣性」をみていたが、それはバイロイトで『トリスタン』の第二幕によって圧倒され、ヴァーンフリートの邸宅で観光案内人としてとどまるまでのことだった。ザイドルはここで転機を迎え、それまでの近代主義者アナスターゼにたいし、ドイツと矛盾することになるフランス的な解釈を示す。つまりワーグナーが、本来はドイツ人にあって拒否されるものすべてを、進んでひき受けるという矛盾である。

ザイドルの『アナスターゼ』は「フランクフルト新聞」からすると「もっとも機知に富んだ、決着のつくまで槍で戦うドンキホーテ的行為」であった。長編『恋人たちの山』が一九三六年にモラビアのオストラヴァにあるユリウス・キトル書店から出版され、ザイドルは最初の絶頂期を迎えることになる。マックス・ブロートはこの作品で「近代の古典の域」に達したとみて、ザイドルを「フロベールに通じる道をさがした並はずれた小説家」と呼び、「大家の長編」と評価した。独仏の関係が半世紀後に決着することをすべて先取りしているボヘミアの長編であり、グルノーブルで出会うチェコスロバキア出身のドイツ人男性とフランス人女性の恋の物語である。ザイドルは広範囲におよぶ自伝的な本として書き、この作品で複雑化する政治の解決を、合意を基本とするボヘミア的方法によって示した。同時にこの恋物語はドイツ、チェコの複雑な関係を描き出す可能性をザイドルにもたらした。

　ドイツ人とフランス人に関して「この二つの国は協力すればなんでもできてしまうということを想像してみよう。考えられないことだが！　作品のもつ破壊的ではない、創造的な力か」と長編に書かれている。「はじめなくてはならないんだよ」。グルノーブルからきた「ボヘミア人」は帰還したあと、チェコ人の友人と夜のプラハをぶらつく。「ねえ、ぼくはフランスではいつもボヘミアのことを思い出さなくてはならなかったんだよ——あそこで故郷のことを意識することになったのさ。でもいつも思い出してばかりいたのは森、音楽のある村々、風で揺れている穂状花序の海、または爆弾倉で破壊されたブリュックス（モスト）の大地だったよ——ボヘミアの田舎ということさ。でもプラハ、このイメージはボヘミアの雄大さだね——これはぼくのイメージのなかで欠けていたものさ。きみは思わないかい、この街の唯一の特徴はなにか、なにかを統一させることだよ、それがきみとぼくの民族の間にある昔からの反目よりも大きいのさ」。

●ゲオルク・マンハイマー

ゲオルク・マンハイマーがプラハの日刊紙「ボヘミア」で担当したのは、国会の報道であった。一八八七年五月一〇日にウィーンで生まれたこのユダヤ人は、すでに早い時期にチェコスロバキアにいた。ルードルフ・フックス以降ではチェコ人ペトル・ベズルチの傑出した最初の翻訳家であり、私家版でその翻訳『青シタバガ』、『反逆者の歌』が一九三〇年と三一年に出版された。マンハイマーは一九三三年に異議を唱えて「ボヘミア」紙を去った。ドイツにおけるヒトラーの権力掌握とともにこの新聞のナチス政治への順応の傾向もあきらかになり、この路線は最終的には編集部内でルートヴィヒ・ヴィンダーによって打ち砕かれた。マンハイマーは「真実」誌の編集長としてファシズムにたいするジャーナリズムの徹底した戦いを繰り広げることになる。ドイツでは一九三三年にミュラー＆I・キーペンホイアー書店（ポツダム）から出版されたマンハイマーの児童書『ある赤ん坊の日記』は市場から回収されたが、この詩集の挿絵を描いたのがフリードリヒ・ファイグルだった。

　マンハイマーは一九三七年に詩集『あるユダヤ人の歌』を刊行し、一九三八年には『十二時五分前』という題の詩集が出版された。この二作はプラハのノイマン書店から出版された。

『ある赤ん坊の日記』の装丁はフリードリヒ・ファイグルによる。

だれがドイツ語を話すかって？　ドイツが話すのさ、
いまきみを支配している男たちさ、
シュトライヒャー、ゲッベルス、ローゼンベルク、そしてかれか。
煽動者か、または煽動された者か、だれだ。
だれがぼくに答えをくれるのか、過酷な戦いを解決するのか。
ぼくは時代に聞き耳をたてる、たてる、たてる。
ぼくは聞き耳をたてる。そして徐々に壊れていくわが心。
ぼくは聞き耳をたてる──答えは返らず。

マンハイマーは『あるユダヤ人の歌』を「ユダヤ国家のために戦うあらゆる人びと」に捧げた。──「ユダヤ人の母親が語る」がこの詩の題である。

わが子よ、
荒れ野を
はげしく風が吹いている。
われらふたりは吹きとばされ
たがいに分からなくなってしまうのか、
わが子よ。

わが子よ、
きみは世界の木に宿り
神を両手でささえる
葉っぱにすぎないのだ。
きみ、小さな葉っぱよ、小さな子よ！
いじわるな風がきみのめんどうをみるだろうか
郊外で。

なんとわが子よ──
いじわるな風のまえを
火付けが走っていく。
そして風が掃きださないものを
大火が喰いつくす。
だれが火事を消すのか？　だれだ、
わが子か。

わが子よ、
荒れ野をわたる風も
いつかは静まるかもしれず
灰となったうえを、
新しい世界のうえをわたる風もいつかは……
わが子よ。

ボヘミアへの愛の宣言とともに詩はこのように閉じる。

おお、ボヘミアの歌よ。きみはわが耳にひびく！
ぼくが新しい庭を通り、ダガンの植民地の
門に、はいと歓声をあげてはいったとき
ぼくはきみとともに心いっぱい歌ってきた、
ある朝のことだった。安息日だった。ひばりが
まだ湿った夜の露から湖へのぼっていく。
牧草は遠くの合唱隊に耳を傾け
牧草は歌う——だが大地は黙したまま、
そして数百の天使が手に手をとり踊った、
これはきみの国、これはきみの故国！

この国を占領したドイツ軍に逮捕されたマンハイマーは、プラハ一九のシュターデル通りに住んでいた。

おお、神よ、なにゆえにあなたは私を
これほどにむごく罰するのか
私の名誉を奪った言語を
わが天敵が話す言語を
私は話し、愛さなくてはならないのだ、わが息の絶えるまで。

一九四〇年九月三日、マンハイマーはザクセンハウゼンの強制収容所に送り込まれた。囚人番号一七七一九。囚人のカード式目録の最後にはこう書かれている。「一九四二年二月一七日、傷病兵の移送、シュロス・ハルトハイム」。オーストリアの地で殺害された。

おお、ドイツよ、ドイツよ！　おお、ドイツの言葉よ！
わが心は目覚め、わが心はまえに進むのだ、
わが心はその傷を忘れた。
わが心は忘れた、耐えること、苦しむことを。
ぼくは合図をおくり、ともに歌うのだ。
ぼくの言葉を口からひき裂くのはなに者だ。

空高く船のマストから
赤旗がはためき、輝く白いマストから
黒く縁取られた十字、
私を家から追放した鉤十字だ！
「いざ、いざ街をでなくては……」
最後までは歌えなかった。

◉ヨーゼフ・ミュールベルガー

一九〇三年四月三日、ボヘミアのトラウテナウ（リーゼンゲビルゲ＝独名）で生まれたヨーゼフ・ミュールベルガーには、ナチス政権下で認められていたすべての機会があたえられていた。かれの初期の作品には一九二六年作の『詩』、一九二九年作の『歌う世界』、おなじく一九二九年作の小説『リーゼンゲビルゲから』があり、これらの作品は「血と大地」の思想にはいる可能性があった。しかし

ミュールベルガーは参入することはなかった。ミュールベルガーがズデーテン・ドイツの狭苦しい出版社で目立ちはじめてから、最大級の誘惑があったときも参入しなかった。カタリーナ・キッペンベルクは一九三四年に、インゼル書店でミュールベルガーの小説『少年と河』、戯曲『ヴァレンシュタイン』の原稿を採用した。この小説についてヘルマン・ヘッセは「新チューリヒ新聞」に書評をこう書いている。「日々新しい作家が称賛されているが、ここにいるのが真に称賛されるべき作家である。この小説は望まれたわけではなく、こしらえられたわけでもなく、できあがったというわけでもなく、鳥のメロディーのようだ。この本は一ページ目から喜びが湧いてくる。私が長いこと読んだなかでもっとも美しく、素朴な文学である」。

当時三一歳のトラウテナウ出身のミュールベルガーは、一九三四年に、チェコスロバキアの愛国精神からするとバランスのとれた中心人物となった。自己中心的な愛国主義者の敵対者であるこのズデーテン・ドイツ人は、プラハの作家から、とりわけマックス・ブロートから尊敬と共感をまたたく間に手にいれた。ミュールベルガーは、文化雑誌「ヴィティコー」の編集者として——出版者ヨハネス・シュタウダと共同で——雑誌を三年以上持ちこたえることはできなかったが、一九二八年から一九三一年の間、プラハの文化にたいするズデーテン・ドイツの偏見に突破口を開いた。

ズデーテン地方出身のミュールベルガーは、ボヘミアのドイツ語文学に関するかれの雑誌「ヴィティコー」と著書によってプラハへの橋を架けた。プラハの作家たちは、ナチスがその文学的栄光を破滅させたミュールベルガーを評価した。

ミュールベルガーが都市と田舎を結びつけるように編集をした雑誌「ヴィティコー」に、プラハ出身者の作家全員が寄稿した。原稿が掲載されたのは、マックス・ブロート、ルードルフ・フックス、パウル・レッピン、オットー・ピック、ルートヴィヒ・ヴィンダー、ヨハネス・ウルツィディール……エルンスト・ヴァイスであった。フランツ・カフカ、フランツ・ヴェルフェルの原稿も掲載された。一〇二〇頁にのぼる一六冊の雑誌は現代では、ズデーテン・ドイツとプラハの間の迫力のある歴史的な共生のドキュメントとなっている。ミュールベルガーは一九二九年二六歳のとき、表現の的確性ゆえに現代でもまだ感動を呼ぶ、ボヘミアのドイツ文学を出版した。

マックス・ブロートは第二次世界大戦後、ミュールベルガーについてこう評価した。「かれはヒトラーの進駐するまえの危機の時代に、ズデーテン・ドイツにあった小さなグループに属し、そのグループは反ユダヤ主義とファシズムの執拗なささやきに強力に抵抗していた」。一九四六年にヴュルテンベルクにやってきて、アイスリンゲン／フィルスで一九八五年六月二日に死去したボヘミアの作家の精神の強靭さを、ドイツ文学界は例外なく無視した。作家としてのミュールベルガーが一九四五年以降にようやく開花したにもかかわらず、この小説家は決定的な影響力のある文芸欄では無視されたままであった。

　五〇年代の初頭に「シュヴァーベン・ドナウ新聞」と「新ヴュルテンベルク新聞」への寄稿記事でミュールベルガーの文学を推奨し称賛した一人が、ジークフリート・ウンゼルトであったが、のちにズーアカンプの出版者、そのあとのインゼルの出版者になっても、ミュールベルガーの作品を出版計画にいれることはなかった。「はじめ私は採用しようとしたが、ペーター・ズーアカンプはそうしませんでした」とウンゼルトは回想している。「その後ミュールベルガーのことは私の視野から消えました」。

　のちにミュールベルガーの読者となったのはほとんどが故郷を追われた人びとだけだった。かれらこそがミュールベルガーに賞を授けたのである。一九六五年にアンドレーアス・グリューフィウス賞、一九六八年にズデーテン・ドイツ文化賞、そしてアーダルベルト・シュティフター賞、一九七六年にシュトゥットガルト福者教区のヴェンツェル－ヤクシュ賞、この賞はちなみに二年後におなじくブルノ・クライスキーが受賞している。ミュールベルガーに敬意を表することは、悲劇的な結末をもたらすことになった。つまり、自分を進歩的と思っている人びとは、じっさいこのズデーテン・ドイツ人と関わることはなくなった。この人物は「反動的」と思われていたのだ。

　ミュールベルガーはもの静かな、目立たない人物であった。かれの本に見いだせる故郷は、オスカー・マリア・グラーフの故郷とおなじである。ミュールベルガーは、バイエルンの田舎作家グラーフと対をなすボヘミアの作家である。『ボグミル　罪なき生活とエドヴァルド・クリマの苛酷な最後』は、かれの最後の長編であり、一九八〇年にランゲン・ミュラー書店から出版されたが、あっさりと無視された。ボグミル――神から愛された者――は憎悪、復讐、狂信、党派性などに感染されることはない。ドイツ人女性とチェコ人男性との間の息子は、チェコスロバキアにおける両グループの攻撃的態度に耐えなくてはならず、国の破壊の歴史のなかできりきり舞いにさせられ、最終的にはアメリカで死ぬ。

　『ボグミル』、長編のモリタート〔大道芸人が手回しオルガンを回しながら、語り歌う殺人などの恐ろしい物語〕はミュールベルガーの傑作である。その主人公とおなじくミュールベルガーも人生において内面の均衡をたもっていた。かれはヴェンツェル－ヤクシュ賞を受賞したとき、こう言った。「ただ保守的であれば恐るべき硬直さをもたらし、進歩的であれば断じて破壊をもたらす。人間には不可侵のままであるべき要素がある。また変わりうる、変わらなくてはならない要素もあり、人生は豊かでなくてはならない……この意味で保守主義と進歩主義は矛盾しあうものではなく、むしろ矛盾しあうものが見かけではたがいに入り混じっている」。

　ミュールベルガーは、ボヘミアの森出身のドイツ人と、両親が言語境界で農場をもっていたチェコ人との間の息子である。「東西の境界だけでなく、南北の境界でも成長しながら、わが恋はコペンハーゲンの明晰性とも、ラグーザの酩酊ともおなじ程度に関わりがあり、ランボーの確固たる形式ともコンスタンチノープルの夢うつつとも関わりがある」。ミュールベルガーがここに表現しているこの壮大さは、かれの音楽の才能を断固として向上させた母親のおかげである。

　父親はトラウテナウの郵便局の下級官吏であったが、ミュールベルガーの妹アウグステ・レーゼルの思い出によれば軍人精神の人物であった。「しかし母はすべてにおいて成果を収めていました」とアイスリンゲン／フィルスで暮らしている八七歳のこの女性は語っている。「母は、二人の息子が大学にいけるように、家族全員が、つまり二人の娘もこの学業を支えるように貢献しました。われわれ子どもたちは母を通して二つの言語の環境で成長しました」。

第１次世界大戦開戦時のミュールベルガー家。口髭をたくわえた父親、隣がセーラー服姿のミュールベルガー、そして息子のアロイス。かれはトラウテナウの社会民主党市長となり、チェコ人への排外主義に警告を発したがむだだった。父親の右隣の姉アウグステは、現在87歳でアイスリンゲン／フィルスに暮らし、こう回想している。「母はふたりの息子が大学で勉強できるように努めました」。

　ミュールベルガーはプラハ大学で文学を研究し、一九二六年に博士号の試験に合格した。一年後スウェーデンに行きウプスラ大学で芸術史を研究し、そのあとトラウテナウの両親のもとにもどる。ミュールベルガーは一九四六年には自宅を購入したが、ようやく西ドイツに移住してからのことだった。トラウテナウの両親の家では切り詰めて生活し、両親が家の支払いをすべてめんどうみた。息子ヨーゼフが奮発できた唯一の贅沢は、夏の数か月をビーラウの部屋で過ごすことであり、トラウテナウから歩いて三時間の道のりの場所で書いた。

　ミュールベルガーの弟は、ウィーン大学での勉強のあとトラウテナウの市長となり、ミュールベルガーとおなじく社会民主主義者でもあった。弟はミュンヘン会談の直前にドイツ人にチェコ人との良好な関係を壊さないようにさせた。「われわれは当地ではつねにたがいに理解しあってきた。このことをわれわれは忘れてはならない。そして私はきみたちに言おう、もしもわれわれの政治がチェコ人から離反すれば、戦争に発展するだろう」。併合のあとミュールベルガーの弟は逮捕され、のちにふたたび釈放された。アウグステ・レーゼルが回想しているように「打ちひしがれた男であった」。次に逮捕されたのは、ナチスが一九三七年以来ドイツで出版禁止処分にされてきたミュールベルガーであり、その後ふたたび釈放され、くりかえし尋問に呼び出された。

きみたちは
わが文学作品のように
わが人生も異端者の人生のように燃やして灰燼にするのか。
すでに死者となって大地に撒き散らされ、荒涼となり、風が吹き渡り火を熾している。
きみたちが灰を河に投げこめば、
そよ風が火花をみつけ運び去るだろう、
種子は花盛りの火となった木々の森にまかれるだろう
灰となっても実らないわけではない!

ミュールベルガーはトラウテナウで追っ手から逃れるために軍隊に志願したが、一九四五年には下士官としてアメリカ軍の捕虜となりルクセンブルクに行き、アメリカ軍はこの作家を通訳としてあつかった。釈放後の一九四五年夏、トラウテナウにもどり、ナチスの時代を顧みて、新たにはじまる追跡に目をむけてこう書いている。

いくたびかのエマオ〔復活したイエスがここで二人の旅人のまえに姿を現わした〕。
にわかに日は暮れて、ゴルゴタは血を流し、
苦悩に満ちて人類は自ら十字架を打つ、
木を、酷使された木を、
生贄はなく、そして救済とはならず……

四二歳の作家はトラウテナウの駅で逮捕された。「兄は汽車でやってきました」と妹のアウグステ・レーゼルは回想している。「汽車に乗ることは当時ドイツ人には禁止されていましたが、気にかけていませんでした」。母親が刑務所から連れだした。ミュールベルガーは強制労働に投入されたが、拒否した——占領されたズデーテン・ドイツにおいてドイツ政治への参加を拒否したように。ミュールベルガーはまたも逮捕され、ふたたび母親が連れもどした。かれはチェコ人女性の息子としてトラウテナウにとどまれたが、強制労働とひき換えにするつもりはなかった。

ミュールベルガーは庭を掘り起こした。かれの原稿がはいった長持ちを、この間に殺害され、遠くに追い返された作家の手紙がはいった、鉄で打ちつけた長持ちを掘り起こした。そしてほとんど書き終えていた長編『夢の谷間』を完結した。この作品は、いかに新しい権力状況が、ボヘミアに住んでいた人間たちの心に毒薬として届けられたかを描いている。この長編は一九六七年になってようやく西ドイツで出版されることになる。

ミュールベルガーはトラウテナウから最初に搬送されたドイツ人の仲間に加わった。母親は、許可されたものよりも多くもち運べるようにめんどうをみた。机、二つの長持ち、一つは衣類と下着類でいっぱいであり、もう一つには原稿、手紙、書類、価値のある本がはいっていた。ミュールベルガーはヴュルテンベルクに到着した様子をこう回想している。

「私は一九四六年八月一三日、数日間、乗車したあと、ゲッピンゲンですし詰め状態の貨車から降りたときに、わが眼差しはホーエンシュタウフェン山をさがしていた。秋の恵まれた田舎の最初の日に私はここのすばらしさを知った。向こう側には、若きシラーの桃源郷ロルヒがあった。ここで老メーリケは陶芸職人グロースから教

わったことがあった。三月に魔法の庭となる果樹園、ワイン畑、ネッカー河――これはヘルダーリンの世界、イタリアから吹いてくる微風。近くのシュヴァーベンのグミュントからパルラー家〔建築家一族〕はプラハに移った。ケプラーはのちにプラハとは大いに成果をもたらす絆で結びつくが、近くのアーデルベルク修道院の学校に通っていた。プラハにはメーリケが小説に仕立てたモーツァルトも旅した。そして工業都市に変貌したゲッピンゲンでヘルマン・ヘッセは『少女は歌う』を書いた……シチリアからエーガーに及ぶシュタウフェンの広く豊かな世界……そう、私は楽園に追放されたように感じていたのだ！　この世界はわが古き故郷と結びついていた。エーガー河畔のホーエンシュタウフェン城、シラーのヴァレンシュタイン、『ボヘミアの森』、パルラー家、ケプラー、『プラハへの旅の日のモーツァルト』――窓はすべてここから故郷にむいている」。

西洋世界と結びついていたミュールベルガーは、一九三七年にルードルフ・フックスとともに、チェコスロバキアのドイツ作家保護連盟によって新たに創設されたヘルダー賞を受賞する。バーデンヴュルテンベルク州は四〇年間かれを教授として遇した。ミュールベルガーはこう回想している。「一九四五年まで私が暮らしていた国家は、私がここに、いわゆる五回目の国家にやってくるまでに四回シャツを換えた。王座は崩壊し、帝国は震えていただけではなかった、震えたのは帝国だけではなかった！　揺るぎないと思えた状況も変わらざるをえなくなり、それまでとはちがう次元に移った。私はわが故郷では境界の間で暮らしていた。トラウテナウからプロイセンのシュレージエンに行き、アグネーテンドルフでゲアハルト・ハウプトマンを訪ねるには一日のハイキングで十分であった。ドイツとチェコの言語境界に行って、カレル・チャペックの故郷に着くのに二時間歩けば十分であった。プラハへは汽車でほんのわずか。多面的、多彩なこの街は、私のほんとうの故郷と対をなしていた」。ミュールベルガーはまずホルツハイムに定住し、「エスルング新聞」の文芸欄の編集者、つぎにゲッピンゲンの「ヴュルテンベルク新聞」の編集者となった。インゼル書店は一九四八年に、一九三一年から一九四六年の間に成立したミュールベルガーの詩集『詩』を出版した。インゼル書店はふたたび、ひとりの少女へのふたりの若者の恋（『少年と河』）を出版計画にいれた。ミュールベルガーの出発は前途有望であった。『深紅の筆跡』という題の短編が出版され、寓話、説話、『虹』という夢物語、『田園』という夏物語、そして小説『ワイン畑の絞首台』が出版された。

この物語の中心となったのは、ドイツ人の若者の宿命であり、かれは殺害されたユダヤ人を自分の父親やほかのドイツ人とともに埋葬しなくてはならない。そのさい若者は、ユダヤ人の遺体の脇にメーリケの『プラハへの旅の日のモーツァルト』を発見し、ポケットにいれては、仕事のあとに読むが、監視人によって発見されてしまう。

「かれは狂乱状態のようになりその小さな本を細かくバラバラにひき裂き、若者をなぐり、若者はくずおれる、かれの呻き声は踏みつける長靴の下でおしつぶされ、番人が死者を足で踏みにじり、踏みつづけ、休む――本に載っているチェコ語のプラハ（Praha）

ではなくドイツ語のプラーク（Prag）がかれを殺人者にしたのだ……」。

ミュールベルガーは小説のなかで、ドイツに住んでいる父親から息子に報告させている。「デューラーの弟殺しの木版画を知っているかい。この像は恐ろしくも現実となり、踏みにじられた人間からわが血が流れ、そしてかれのうえに流れるんだ――かれはチェコ人ではないんだ、というのは血を流して地面に横たわっている男はアベルだから……文明が人間にほどこした光沢がほんの少しひっ掻かれ、ほんの少しこの光沢から剥がされ、姿を現わしているんだ……かれらは足を上にしてわれわれのうちの一人を吊るしているが、それはかれらが月並みの拷問には飽き飽きしていたからなんだ。だから足から吊り、そして頭の下には火が、穏やかな火、それでゆっくりとことは進むんだが、それはわれわれがぐるりを見守るためだったんだ。そして叫び――これは永遠に黄金の街に、永遠に世界に残っているんだ。そして哀れな懇願、頭皮が火であぶられ、そして眼がゆっくりと流れでて、しくしく泣くことは止んだ……こんな方法を人間はどこで手にいれたのだろうか。答えは、当時のプラハにあり、いつでもどこにでもあったのだ。それは昨日あり、そして昨日あったように、明日もあるんだね。この環境があればこそ、増えていくんだ。コンスタンツでのフスの火刑、一五二五年のベーブリンゲンでの農民の火刑、そしてわれわれはそのワインを飲んでいるんだ。この街におけるダニエル・ハウフの魔女信仰、プラハの聖ニクラウス教会におけるオペラ上演のような仮借のない拷問による異端だ、審問、これが教会なん理解できるかい」。

ミュールベルガーはさらに一三冊の小説を書いたが、作品では戦中、戦後の殺戮、殺害について、また個々人の勇気、同情、禁じられていた恋についても語られている。小説『ワイン畑の絞首台』とともに複数の物語が一九六〇年にベヒトレ書店から出版された。ミュールベルガーが自分にはあくまでも忠実である、震撼させる本である。「喧嘩あり――誹謗はなし！」。これらの小説では罪を負うことはない。罪は人間が日々戦わなくてはならない悪の侵入として描かれている、というのは悪は人間のなかに毎日潜んでいるものだからだ。旧約聖書にある真実。

ミュールベルガーはブーバーの認識を信じていると公言する。「信仰とは人間の感情ではなく、力を抜かず自粛することなく現実に、現実の全体にはいっていくことである」。ミュールベルガーは自分

30年代初頭のボヘミアの故郷でのミュールベルガー。実家に住んでいた。かれは執筆のためだけに家を出て、部屋を借りていた村に3時間の道のりを歩いた。

の文学をマリー・フォン・エープナー－エッシェンバッハの言葉にもとめた。「私が思うには、われわれはみな、意識的にせよ無意識的にせよ、いつの日か道徳について語ることになる新しい言語へとアルファベットの文字を組みあわせることになる」。この意味でミュールベルガーの小説集『ワイン畑の絞首台』は傑作である。

ミュールベルガーは百冊近い作品を遺した。ドイツ人とチェコ人の間で詩作する仲介者となったかれには、ドイツ人の仲介者はいなかった。ミュールベルガーがチェコ文学の発展をドイツ側から一九四五年を過ぎても追跡したことを、そして一九七〇年に著書『チェコ文学史』で隣国のドイツ語文学を傑出した叙述で表現したことを、現在知るひとはほとんどいない。

◉ルイス・ヴァイネルト－ヴィルトン

ルイス・ヴァイネルト－ヴィルトンは、一八七五年三月一一日にボヘミアのヴェーゼリッツ（ベズドゥルジツェ）に生まれたドイツ推理小説の巨匠の一人であったが、ドイツにむかって勇躍することはなかった。かれは第二次世界大戦後にチェコ人によって開設された収容所の一つで、一九四五年九月五日に死去する。戸籍上の名前がアロイス・ヴァイネルトであるヴィルトンは、公務員の家系の出身で、エーガー（ヘブ）のギムナジウムに通い、職業士官となり退役した。ジャーナリストとなってまず「プラハ日報」に勤め、その後「プラハ夕刊新聞」の編集主幹をひき継いだ。一九〇一年に戯曲『水車小屋の農婦』でデビューし、この作品は保守的なドイツの文化団体「コンコルディア」から賞を受けた。

ヴァイネルト－ヴィルトンは1945年にチェコ人がドイツ人用に開設した収容所で死去。

一九二一年からヴィルトンは管理人としてプラハの「新ドイツ劇場」の幹部となっていたが、二〇年代末に「ドイツのエドガー・ワラス〔イギリスの推理作家〕」といわれ、つぎの作品で昇りあがった。推理小説『戦慄の絨毯』、『白い蜘蛛』、『夜の女王』、『豹』、『夢魔の足』、『電灯』、『黒い事件』、『中国のなでしこ』、『湖畔の出来事』、『蠍』。かれの推理小説は英語にも翻訳された。第二次世界大戦前にこのプラハ出身者の本を出版したゴルトマン書店は、戦後何冊か新たに刊行した。

作家のハンス・レギーナ・フォン・ナックはナチスの敵対者として占領時代を生きのび、戦後はウィーンに定住したが、未完の自伝でこう書いている。「ヴァイネルトは積極的に参加した反ファシストであったにもかかわらず、一九四五年に高齢者であるとしてチェコ人によって投獄され、獄中でみじめにも亡くなった、そして――ドイツ人には埋葬許可が出されていなかったので――共同墓地にほうり込まれた。チェコ人が数年して、ほかならぬかれらが墓に埋めたこの男の長編が、共同制作で映画化されたと聞けば、それは薄気味悪い話であろう」。

◉ハンス・レギーナ・フォン・ナック

ハンス・レギーナ・フォン・ナックは、一九一九年にドレスデンのアオローラ書店から出版されたオカルト小説『魂の女放浪者』の作家であり、両大戦間のプラハで喜劇作家と推理作家として成功する。マックス・ブロートとともにスター方式への風刺である喜劇『オプンチア=ウチワサボテン属』を書き、ハンス・デーメッツによって一九二六年にブルノの市立劇場で初演され、『息ぴったりの八本のオール』は占領直前にプラハのドイツ劇場で初演された。

有名な弁護士の息子として一八九四年八月二一日に生まれたナックは、法学も学んだが、画家をめざし、そのあと「プラハ夕刊新聞」の文芸欄の編集者となり、演劇批評家、書評家として勤めた。オペレッタの歌手であったかれの妻ミランダ・ナレンタは、プラハのユダヤ人であった。ドイツ人による占領期間にナックの妻は、「異種族間の結婚」によって正式に守られていた。

しかし終戦のころナチスは「異種族間の結婚」のユダヤ人も追放した。ナックの妻はテレージエンシュタットに連行され、かれ自身はユダヤ人女性の夫として、特別にこの種の人物のために造られたプラハ近くの収容所にはいり、そのあと、収容所として改修されたプラハのスタジアムに移された。そこでナックは終戦を迎える。プラハのラジオ局でアナウンサーの職に就いたナックは、一九四八年の共産党の暴動のあとに妻とともに国を去る。

30年代初頭、妻のミランダとナック。ドイツの占領軍は妻を強制収容所に、ナックを収容所にいれた。

ナックは一九七六年七月一四日にウィーンで死んだが、そこでふたたび自分の原点と結びつけようと試みていた。ベルクラント書店から一九五四年に詩『時代と道』を、一九六五年に叙情的な寓話『沼のある風景』を出版し、私家版で『ゲッセマネの夜』を公刊した。一九七〇年にオーストリアのテオドーア・ケルナー賞を受賞した。生活費はアメリカの長編小説を翻訳して稼いでいた。

◉ヨーゼフ・ヴェックスベルク

芸術の表現形式としてのジャーナリズムが文学史で持ち場を見いだした。エーゴン・エルヴィン・キッシュとトゥホルスキーは文学の境界を広げることで、とっくに受容されていた。アルフレート・ポルガーが受容されたのは、著作集がローヴォルト書店から出版されてからのことだった。この仲間に参加せずにはいられなかったヨーゼフ・ヴェックスベルクは一九〇七年八月二九日にモラビアのオストラウに生まれ、一九八三年四月一〇日にウィーンで死去した。一九三八年にニューヨークにやってきたモラビアのユダヤ人の小説を特別ランクのアメリカの雑誌「ニューヨーカー」は、四〇年間にわたって掲載した。ヴェックスベルクは「エスクワイアー」誌では家族同然の扱いであり、この二誌で書いた多くのものはまとめられて本として出版されている。

ヴェックスベルクは、第一次世界大戦でハプスブルク君主国のために戦死した銀行家の息子であり、多彩な達人であった。ルポルタージュとおなじく文芸欄でも名人芸の域に達していた。ヴァイオリンについて物理学と形而上学の視点で本を書いたが、自身が卓抜したヴァイオリン奏者でもあった。食通としての楽しみに情熱をそそぎ美食家としての経験談をなんども書いている。ヴェックスベルクは帝国の保守的なカカーニン人であり、かれ自身は全体主義思想の断固たる敵であった。共産主義のイデオロギーを拒否し、この拒絶の姿勢をヴェックスベルクはなんども文書で確認している。アメリカの言語に押し流されたシュヴェイクであった。

そのうえヴェックスベルクは、かれの時代にあって心酔させる芸術家であった。まだ祖父はモラビアのオストラウでもっとも富裕な

ドイツ人が知らないヴェックスベルク。アメリカの特派員として1945年に帰還し、母親をモラビアのオストラウでさがしたが、アウシュヴィッツで殺害されたことを知った。

人物であったが、孫は財産面の遺産に助けをもとめるわけにはいかなかった。ヴェックスベルク家の銀行は破綻し、モラビアの炭鉱地帯にいた元気なこの息子は去っていった。ウィーン大学では世界貿易の分野を履修登録し、音楽学校にも通った。しかしそれからパリにひきよせられてソルボンヌ大学で法学を学ぶことになる。およそ同時期にプラハ大学でも登録していたが、用務員に謝礼して聴講証明書をこっそり手にいれてもらい、それで一九三〇年に本物の試験で「秀の成績」をとりプラハ大学のゼミを締めくくっている。

ヴェックスベルクは大学の勉学期間に豪華汽船の船員となり世界中を旅し、費用は小編成の第一ヴァイオリン奏者で稼いだ。一九三六年に極東に旅行したときには、旅行記を書き、プラハの「朝刊新聞」に持ちこみ、そのあとにベルリンの「フォス新聞」にも持ちこんだ。さらにカリフォルニアからニューヨークまでのグレイハウンドのバスツアーをした。帰国してプラハでユダヤ教の政党の議会秘書となり、同時に世界漫遊家の本である処女作『大きな壁』を書き、一九三七年にモラビアのオストラウのユリウス・キトル書店から出版された。

一九三八年九月、チェコ政府はヴェックスベルクをズデーテン問題の講演旅行者としてアメリカに派遣した。かれの汽船がニューヨーク港にはいると、ミュンヘン会談が締結され、ベネシュは辞職した。ヴェックスベルクと妻はそのままアメリカにとどまり、アメリカ国民となった。かれはドイツ語の新聞である「ヴェルトヴォッへ」誌、「ルーツェルン日報」に書いたが、目標は米語で書く作家

になることであり、念頭にあったのは、「ニューヨーカー」に書くことであった。一九四三年六月一九日、この雑誌は最初の物語を掲載した。

ヴェックスベルクは一九四四年に軍に召集され、シュテファン・ハイム、クラウス・マン、ハンス・ハーベとおなじく戦争遂行のための心理学的な教育を受ける。この教育を受けていた一九四五年には十分な時間があったので、アメリカでかれを一躍有名にさせた『青い鳥をさがして』を書いた。これはかれの少年時代の体験の回想であり、アメリカの作家ヴェックスベルクの誕生となった。かつてのチェコ国籍者は米語で自分の著書を書きつづけた。『青い鳥をさがして』は一九四九年にアルフレート・アンデルシュの翻訳で『ほら吹き音楽家』としてカールスルーエのシュタールベルク書店から、のちに『朝食からシャンパン』の題でローヴォルト書店から出版された。

ヴェックスベルクは米軍の特別部隊の上級下士官として一九四五年にヨーロッパにもどり、まずラジオ・ルクセンブルクに配属され、つぎにアメリカ占領軍が主導権をとっていた「ケルン急使」の編集者となった。さらに雑誌「スターズ・アンド・ストライプス」の特派員となり、軍事特派員として戦後すぐにソ連に占領されたチェコスロバキア地域にはいることに成功した。生まれ故郷の町モラビアのオストラウに行き、母親をさがしもとめたが、母親はアウシュヴィッツに追放され、殺害されたということだった。ヴェックスベルクはテレージエンシュタットのゲットーでもさがしていた。

ヴェックスベルクは、一九四六年にニューヨークのアルフレッド・A・クノップ書店から出版された衝撃的な作品『ホームカミング』を書いたが、ドイツ語に翻訳されることはなかった。「私は祖国で九人に出会った、私がかつて知り合った千人のなかの九人に出会った。過去から現在に通じる橋はないと認識しなくてはならなかった。もどる道はなかった。あるのは汚れた家々、いかがわしい通り、炭塵と臭気、孤独と悲しみだけだった。残っていたのは私が知っていた街だけだった。私は、いまようやく家に帰ったことを知った、アメリカに、自宅に」。

一九四八年にボストンのヒュートン・ミフリン書店から出版されたヴェックスベルクの最初の長編『大陸的な触感』では、アメリカとヨーロッパの日々の生活が対比されている。おなじくこれもドイツ語には翻訳されなかった。一九五五年にニューヨークのアルフレッド・A・クノップ書店から出版された長編『自己欺瞞』では、スラーンスキー裁判で処刑された、かれの少年時代の友人フリッツ・グミンダーの運命を描いた。この本は一九七〇年になってモルデン書店からドイツ語訳が出版された。アメリカでは、二一冊の本が公刊された。「ニューヨーカー」はかれを特派員としてウィーンに派遣したが、妻はアメリカに残った。ウィーンで書いた『プラハ 神秘的な街』は、かれの文学的な頂点をなすものであり、ニューヨークのマクミラン書店から出版されたが、ドイツ語訳は出版されていない。

ドイツ語の翻訳で読める最後の著書『わが父のカフスボタン』は、

死の一年前に出版され、モラビアのオストラウとウィーンへの回想の書である。まだ印刷されていない作品に『愛の物語、だがラブストーリーではなく』があるが、これはヴェックスベルクの最後の愛情表現であり、妻が死んだときヴェックスベルクはあとを追って死んだ。

◉ヘルマン・グラープ

一九〇三年五月六日にプラハで生まれた、企業家の息子ヘルマン・グラープも二つの才能にめぐまれた人物だった。グラープは卓越したピアニストでもあり、薄い作品を残した偉大な作家であった。もの静かでほとんど内気なグラープは、ナチスから逃れてニューヨークに行ったが、ストラディヴァリウスのバイオリンをもつリポーターである、ジョーク好きのヴェックスベルクとは、文学的に対をなす人物であった。すでに幼少のときにグラープはピアノのレッスンを受け、家にはイギリス人の乳母がいた。プラハでグラーベン・ギムナジウムに通っていたグラープは、ほかにも家でフランス語の個人授業を受けていた。莫大な資力をもつ父親はプラハのドイツ劇場と大学図書館の後援者であり、父親の功績のおかげで家族は、一九一五年にフランツ・ヨーゼフ皇帝から爵位を授けられた。

両親はグラープと弟にローマカトリックの洗礼を受けさせたが、両親はユダヤ教のままだった。グラープはウィーン大学、ベルリン大学、ハイデルベルク大学、プラハ大学で学び、一九二七年、ハイデルベルク大学で哲学の博士号を授与され、一年後にプラハ大学で法学の博士号を授与された。大学での勉学期間にピアノの修行をウィーンのリヒャルト・ローベルト、エドゥアルト・シュトイアーマンのもとで終え、アルノルト・シェーンベルクの師匠でもあり義兄でもあるアレクサンダー・ツェムリンスキーのもとで音楽理論を学んだ。若きグラープは友情によってジョージ・セル、ルードルフ・ゼルキンと結びつき、実家では多くの客との交流があった。このプラハ人はリヒャルト・シュトラウスと密接な関係を築き、一九二四年からはテオドーア・W・アドルノと友好関係にあった。

一九三二年から一九三八年までグラープは「プラハ月曜新聞」の音楽記者であり、ピアノ教師でもあり、音楽教育家でもあった。一九二八年からは文学と関わり、マルセル・プルーストに近づき技量を磨いた。グラープはプルーストとともに——のちにアドルノも書いているように——「おどろくべき子ども時代の絵画的な世界を除いては、かれ自らの症状が測定器になってしまった心気症、そして天才的な記憶力を共有しあっていた」。

一九三四年四月一日、「プラハ日報」にグラープの最初の小説『乳

グラープは1935年に『街の公園』でデビュー。この作品は1948年にエルンスト・シェーンヴィーゼによってザルツブルクの「銀のボート」書店で復刻され、グラープが死んで8年後にウィーンのベルクラント書店から小説集『ブルックリンの結婚』が刊行された。

母』が掲載された。一年後三二歳の作家は、ツァイトビルト書店（ウィーン／ライプツィヒ）から長編『街の公園』で作家としてデビューする。家庭教師にめんどうをみられている一三歳のレナートの物語であり、目立たないこと、束の間のことが華やかであると分かってくる作品であり、舞台は第一次世界大戦勃発直前のプラハである。グラープはかつてのフランツ・ヨーゼフ駅とマリーエン通りの間で育ち、「街の公園」からは二〇〇メートルの距離であった。

アドルノは、友人のグラープをこう評価していた。「ヘルマン・グラープは大事にされて成長できたので、輝かしいエレガントな社会はとっくに破壊されていたというのに、かれにとってはオーストリアの印象主義はまだあたりまえのことであった。カフカがすでに唯一の登場人物が悲惨な死を遂げていく不幸な寓話を書いていたのにたいし、グラープは脆弱な主体を通して堅固な市民性との詩的葛藤を模範として生きていた。しかしグラープは自分の脆弱さと匹敵する執拗さでアナクロニズムによる異化の手法をつくった。冷たい成熟した世界にたいする戦慄が表現手段となった。巨大な怪物を、人間的な経験を剥奪された者を、この世界に捧げる人物を表現手段としたのである。環境への順応主義的な圧力に抗して反乱を起こすのではなく、優美な卑劣さとユダヤ人の冗談で自身を守り、洗練された、陰影に富んだ作家としてきわめて無機的なもの、壊れやすいもの、非人間的なものと逡巡しながら関わったのである。叙情的な散文を書くこの作家は、自らの天分と前歴を気にすることなく戦慄の重みに屈した。かれの強さは弱さの意識にあった」。

テオドーア・W・アドルノはグラープの友人であり崇拝者だった。アドルノはグラープをマルセル・プルーストに喩えた。「グラープはかれとともに、おどろくべき子ども時代の絵画的な世界を除いては、かれ自らの症状が測定器になってしまった心気症、そして天才的な記憶力を共有しあっていた」。

一九三五年、エルンスト・シェーンヴィーゼはこのプラハ出身者に雑誌「銀色のボート」に寄稿するように勧め、小説『タクシー運転手』、『乳母』の原稿を受理する。だが両作品とも出版されたのは一九四六年のことだった。一九三九年二月、グラープはパリに旅行し、三月一日に「ドビッシーホール」で古楽器のピアノ三台で演奏した。グラープは一九四六年にエルンスト・シェーンヴィーゼ宛にこう書いている。「私はフランス崩壊のときに信じられないような厳しい状況から逃れなくてはなりませんでしたが、首尾よく六月末にはポルトガルにいました。五か月後にポルトガルから通常のルートでここにやってきました。わが母は不幸きわまりない事情の連鎖でプラハにとどまることになり、ポーランドに追放され亡くなりましたが、私に伝えられたところでは自然死でした。しかしこの状況下で自然死がいかに加速されたか分かろうというものです」。

グラープの父親は、すでに一九三七年に死んでいた。母親には、プラハのドイツ人に貢献した男の妻になにが起きるかは想像できなかった。グラープは一九四一年の初頭、ニューヨーク一五二ウエスト八八番地に、音楽学校「ミュージック・ハウス」を創設し、経営することになる。グラープの生徒にはのちに有名になるプラハ生まれのピアニスト、リリアン・カリルがいた。そして一九四二年にベルギー出身のピアノ教師と結婚する。追放、逃亡、新大陸への到着のことをこう書いている。

「いまは残念ながらわれわれ幽霊の国には無秩序なことが多い。知ってのとおり時代はかつてはちがっていた。門番に尋ねれば返事がていねいにこう返ってきたものである、幽霊がここに出ます、あそこにも、いつも決まりきった時間にです。いまは門番は微笑み、こう言う、家のなかは静かです、と。幽霊が消えていった先のことはなにひとつ分からず、幽霊はつねに不意にやってくる……こうしてみんなが狼狽しながら苦しんでいるのだ、幽霊自身も。これはまだ続くだろうか。この絶望状況はすぐには終わらないのだろうか」。このようにはじまる、七篇から成る小説集は、一九五七年にウィーンのベルクラント書店から出版されたが、そのときすでにグラープが死んで八年経っていた。発病した癌の最初の兆候はすでに一九四六年にあった。二度の手術でも病状は快方にむかわず、ほとんど完全な麻痺状態でグラープは一九四九年八月二日に亡くなった。そしてニューヨーク郊外の墓地、フラッシングに埋葬された。友人の死去についてアドルノは一九四九年に「ノイエ・ルントシャウ」誌にこう書いた。「三年間ヘルマン・グラープはやむなく不治の病との闘いのうちに過ごしたが、その病状については英雄的なまでに押し黙っていた。かれの明晰な意識は、あらゆる無神経な運命論を嘲笑しているようにみえた。かれに可能だったことが完成できずに死んだことは、精神自身がいかに無力かを証明している」。

グラープのプラハ時代の友人、H・G・アードラーはこう書いている。「グラープの様式性は、ドイツの散文ではほかに比肩できるものはほとんどないだろうが、むしろこれに反して親縁性があるのはシェーンベルクの音楽、もっと厳格にいえばウエーベルンである。このほかでも音楽と比較することには正当性がある。つまり主題の展開のことであり、主題――音楽のモチーフのあり方は多義的である――は永遠に紡がれ、そしてふたたびとりあげられる。このことはさらに旋律的でリズムのある文構造にも相当し、たんに音読でもあきらかとなる。グラープはカフカの細部にも匹敵するような技術で、息を奪うような朗読の簡潔さと、そのときの細部のおどろくべき深さと充足をもって読者にあるべき形を提示する。わずかな印刷ページのなかでその都度すべての――つまり人間的なということ――世界を包みこむ。こうしてかれは、名人芸的なわずかな筆遣いで、人間の非人間性のゆえに寄る辺ない人間に押し寄せてくる現実を永遠のものとして記録することに成功した」。

グラープが遺したのは、長編『街の公園』と七篇の小説からなる『ブルックリンの結婚式』のほかには、わずかに三作の散文作品である。作品は一九八五年からフィッシャー書店から出版されている。遺された散文作品の一作にはこうある。「カウンターに近寄ってきたその男は、失礼、私は死人です、と言った。恥じるようにひそかにそう言った。テーブルのうしろの女はその発言の重大さに気づかないようだった。彼女は頭をあげずにまえに並べられた留め針とボタンをずっと片づけていた。ようやく彼女が見あげると、その男がほんとうに死んでいることに気づいた……」。

◉オスカー・イェリネク

一八八六年一月二二日にブルノで生まれたオスカー・イェリネクもナチスによるアメリカへの追放のなかで生きのびた。イェリネクは、第一次世界大戦でイタリア戦線における砲兵隊の士官であり、ドナウ君主国の解体は、べつの不幸を招くことになる不幸と感じていた。結局かれの言うとおりになった。イェリネクは政治的に煽動する作家ではなかったが、一九三八年のペンクラブの声明で、ナチズムに断固として反対したオーストリアの作家であった。

イェリネクの人類学的な見方は旧約聖書から採りいれたものだった。自分の作家精神を二重の受難と理解していた。つまり、情熱と苦難の道として。「精神が政治と妥協すれば、政治は精神的にはならないが、精神は妥協される」と書いている。だがイェリネクは政治的な生活から目をそらすことはなかった。ナチスが一九三三年にドイツで政権を握ったときに、イェリネクをオスカー・マリア・グラーフとおなじく追放リストから除外した。ナチスは農村で戯れる文学を望んでいたのだろう。

ブルノ出身の18歳のイェリネクはウィーン大学で法学を学んだ。1907年に最初の著書を刊行し、1925年に文学の懸賞を獲得して裁判官の職を辞めた。これ以降作家として犯罪事件をなんども追究した。

「第三帝国」でイェリネクの短編『田舎裁判官』が映画化されることになり、作家にたいし「異議」が出され、この短編を改作、改名できないか、と書簡がきて、かれはこう返信した。「偽装なんてありえない。私はなにも隠しだてはしていない。私はユダヤ人である」。日記にイェリネクはこう書きとめている。「目をそらすことは、目をそっぽにむけることだ」。

織物商人の息子イェリネクは、ブルノで第一ドイツ国立ギムナジウムに通い、一九〇四年に大学入学資格試験を受けた。ウィーンでは法学の勉強のあとに、博士号を取得し、そして裁判官職の試験のあとブルノの地方裁判所に着任し、そのあと志願兵として一年間兵役を務めた。そしてウィーンのブリギッテナウの裁判所に配属されたが、そこではおなじ職位で数年まえにアントン・ヴィルトガンスも勤めていた。一九〇七年、イェリネクが作家としてデビューした作品は、ブルク劇場における当時の重要人物を紹介する内容であった。『二〇年代のブルク劇場』。

一九一二年、イェリネクは教師の家系の出身であるヘートヴィヒ・ミュラーと知りあい、一九一七年に結婚する。ヘートヴィヒ・ミュラーはウィーンで洋装店を経営していた。彼女の妹マリアはカール・カウツキーの末っ子フェリックスと結婚していた。社会民主主義者のカール・カウツキーは、一八五四年にプラハで生まれ、亡命中にアムステルダムで死去した。イェリネクと妻ヘートヴィヒはカウツキーの未亡人のおかげで、ナチスからフランスに逃れることができ、彼女の仲介で夫妻は別荘を手にいれた。ルイーゼ・カウツキー自身は八〇歳のとき、アウシュヴィッツ強制収容所で死去した。

イェリネクに最初の文学的な成功がもたらされたのは一九二五年のことであり、三九歳の法学者は、フェルハーゲン&クラージング書店のコンクールに応募し受賞した。二千五百作品のなかから短編『田舎裁判官』が選出された。ついにイェリネクは、自身をはじめから法と正義の間の矛盾で苦しめていた、嫌いな裁判官職を放棄できた。作家としてイェリネクはこれ以降なんども犯罪事件を追究し、罪と償いの葛藤を描いた。

イェリネクはショルナイ書店から出版された『九人の子供の母』(一九二六年)、『息子』(一九二八年)、『蜂起する全村』(一九三〇年)、『ダロシッツの女視霊者』(一九三三年)によって短編の名手へと変貌する。イェリネクは煽動せずに強い社会的な関心をもって書いた。穏やかに構築された、自信にみちた文章で、感銘深い簡潔な言語で書いた。出来事の経過はきわめて劇的に書かれている。つまり復讐による殺人、嫉妬、憎悪、姦通。農村的な生き方と都市の官僚主義との間の葛藤を描き、チェコ人、スロバキア人、ドイツ人、チェコスロバキアのユダヤ人の間にある葛藤の多い生活を紹介した。

ヤーコプ・ユーリウス・ダーヴィトの作品とおなじように、モラビアの低地「ハンナ」はイェリネクの物語の舞台となる土地である。田舎裁判官が登場し、自分の生活の困窮を法律の条項の力で隠しているが、素朴で原始的な農婦をわがものにできると信じこんでいる。結婚した女性に裏切られて、殺すことになるが、愛していたものを壊すときにようやく、力強く行動する男となる。またモラビアの光景のなかで夫を殺したハンカは、自分のつぎの結婚を祝うのだが、殺害された夫の復活を彼女の子どもをとおして体験することになる。この光景のなかで料理人のヴァルノハは、女を追いかけまわす制服の男に毒をもって対抗するが、別人を、よりによって殺してはならないかれの恋人ズデンカを殺してしまう。この光景のなかで盲目のユダヤ人女性ユーディトは、古い絆の崩壊にむけて狼煙をあげ、寺院に火をつけて、ユーディトも自分の信仰も捨てようとする人間と炎のなかで死ぬ。

イェリネクは短編『息子』で、リヒャルト・ガブリエールというカトリックの聖職者とユダヤ人女性との間の息子で、聖職者が経営するギムナジウムに通う生徒を描いている。ガブリエールは、生徒たちが聖母マリアを祝賀するときに神の母を称賛して書かなくてはならないときに、スキャンダルと思えるような解釈をする。ピラトのもとでイエスが裁かれるときにマリアが居合わせることになにも申し立てをしない福音書を拠りどころにして、マリアがはりつけの刑に現われるのは、信用ならぬヨハネの捏造にすぎないとガブリエールは推測し、この推測をもとにレポートを書く。強盗殺人で裁かれるバラバの母親は、息子をピラトに哀願して無事に解放してもらうのにたいし、救世主イエスが一人きりでローマの総督のまえに立っている様子を、そして孤独のままイエスが十字架への道を歩まなくてはならない様子を描いた。母のいないイエスは、むせび泣く女の足を示しながら総督に語る、「悲しめる母よ」と。生徒ガブリエールはマリアの祭壇のまえで自殺することで放校処分から免れる。

イェリネクの信仰告白。「不死の信仰はその後見人から解放され、宗教、哲学からも解放された。不死の信仰は、約束や一時しのぎの慰めとは関係ない。不死の信仰は、なにかが起きるだろう、――起きるという信仰ではない。だれもが自分の影響を及ぼしつづけることの喜ばしい感情を維持しなくてはならない、もしくは悪も作用を及ぼしつづけるという負担の気持ちを維持しなくてはならない。一方で人生の苦境にあって負担が軽減され益するようになれば、他方でその責任感は先鋭化されていく。不死の信仰は、四次元ではなく、無限に続く三次元の一つである。ひとは天使にならず、悪魔の虜にはならない――人間のままである。人間、この独立した被造物は死ぬことはない。肉体は塵となって消えるか、燃えて灰燼となる――しかし人間から放射されるものはけっして消えることはなく、新しい光に点火する。すべてのしぐさ、すべての眼差し、すべての微笑み、すべての思想、すべての苦悩、すべての喜び、すべての意志、すべての響きの連続が尽きることはない――余計なことを言えば、すべての行為がそうである。現代人とは、現代におけるすべての技術的な成果を信じている人間のことではなく、永遠の現在を信じている人間のことである」。

作家としてイェリネクは自身をこう見ていた。「私は大都市の文明に誘われても時代の流れに繋がれていた。私がいちばん好きなことは街の周縁をうろつきまわることだ、そこでは周縁が絶対的なことと隣り合っている。小さな家々の素朴な人間たちが勇敢にその重荷を背負い、山々や森を手探りしながらすすみ、またはドナウの永遠の流れが神に合流しながら、私に無限の遍歴への憧れを贈ってくれる」。

イェリネクは、ウィーンでヒトラードイツによるオーストリア併合を体験する。一九三八年八月五日、イェリネクはチェコスロバキアへの逃亡に成功し、イェリネクと妻は、母親のもとで住んだブルノでフランス行きのヴィザを獲得しようとする。彼らがヴィザを手に入れたときは、イェリネクの母親と別れることになろうとは思わなかった。「こうしてわれわれはヒトラーに二度巻き込まれることになりました」とイェリネクは戦後ある友人に書いている。「パリに旅立つ前日、最初のドイツの兵隊――オートバイにまたがって――が到着したとき、われわれは用件を片づけるためにヴァーツラフ広場で愚かな民衆のなかにいました。四週間にわたって出国の許可をもとめて待っていました――われわれがその当人でした。われわれは墓のまえである友人に偶然出会い、かれは、コリーンのゲシュタポのもとでなら出国が簡単にできる、と言ってくれ、われわれはそこへいきました……」。そしてかれらは必要な書類を手にいれた。

イェリネクはこう回想している。「翌朝、四週間まえに手に入れたパリ行きのわれわれの乗車券は期限が切れることになっていて、新しい乗車券は――おそらく手続きは無限にかかり――申請しても、外貨でしか手にいれられなかっただろう。それでわれわれは最後の汽車で……」。一九三九年四月一日、ふたりはパリに到着する。かれらの視線はさらにアメリカへの旅立ちにむかう。パリにはヘートヴィヒ・イェリネクの二人の妹が住んでいた。だがイェリネクはまず三か月間収容所に消えてしまい、ジャン・ジロドーの口利きでふたたび釈放された。

一九四〇年四月八日、イェリネク夫妻は汽船「シャンプラン」号でニューヨークに到着した。同道していたのは作家の妻の家族四人で、そのなかには七七歳になる妻の母親がいた。ブルノをはなれたくなかった作家の実母は、一九四〇年に死んだ。「母は、自分の子どもたちが……さまざまな国々に散らばっている間に、いたって質素な最後の住居をヒトラー政権に奪われたあと、ある親切このうえない女性宅の賃貸部屋で亡くなった……」。

一九四三年六月、イェリネク家はロサンジェルスの親戚の家に引越し、ハリウッドのノース・ガードナー通りに住居をさがすまで、ホテル暮らしをした。ヘートヴィヒ・イェリネクは工場に勤め、家計のめんどうさえみた。オスカー・イェリネクはこう書いている。「いつかふたたび散文を書くことになるとは思えない時期があり、詩を文学の唯一限られた表現手段と思っていた」。しかしイェリネクは詩から短編にもどり（『無罪放免者』）、そして短編から最初の長編へと歩んでいった。『二月一三日の村』という題をつけるはずだった長編を数年間か書いたが、完成直前に諦めた。チロルにあるオーストリア風の村の物語が描かれ、その村は豪雪でしばらくの間外部世界から閉ざされるが、外部世界ではこの間にオーストリア併合のあとに「第三世界」に移っていく。

イェリネクはある手紙のなかで長編計画の「内面的な理由」をこう書いている。「この長編の本質ではないとはいえ、その背景となっている政治的なリアリズムに、私は耐えがたくなりました。この長編の外部世界では『ナチ』という言葉なしではなんともならないので、私はもはやこの言葉を書きつけることはできません……」。

一九四五年にイェリネクはアメリカ国籍を取得する。一九四七年の六一歳の誕生日にこう書きとめている。「肉体よ、耐えろ、肉体よ、耐えろ。まだすべきことは多い……」。妻が日々三四〇枚のシャツの背面を電動ミシンで生産している間に、イェリネクは詩、警句、日記、思想書を書いた。カリフォルニアについては、この作家はこう思っていた、「世界でいちばん美しい亡命地」であるかもしれず、「心情の地下水において『美しく』、そして『亡命国』という言い方は、ひどい形容矛盾ではない」と。

イェリネクは一九四九年一〇月一二日にハリウッドで死んだ。膨大な遺稿はマールバッハのドイツ文学資料館に保管された。「きみが足で踏みしめている土地は、行方知らずの場である」。このようにブルノ出身の作家は自分の状況を特徴づけていた。「自画像」という詩にこうある。

ぼくは動きまわる人間にあらず、
ぼくは果実を成らす木にあらず。

ぼくの足はこの国を歩きまわらず、
ぼくは木の根に呪縛されているのだから……

◉オスカー・ノイマン

オスカー・ノイマンは一八九四年一〇月三日に西ボヘミアのブリュックスに生まれ、すでにギムナジウムの生徒のときにシオニズム運動に参加し、スロバキアを活動地域にしていた。まず抒情詩人として、つぎに第二次世界大戦の間は、傀儡政権に導かれたこの国の多くのユダヤ人の救済者となって活動していた。プラハ大学とウィーン大学で学んだノイマンは、一九二〇年にブラチスラヴァで、スロバキアの砂糖カルテルの中央オフィスに勤めた。企業での八年間の勤務のあとにジャーナリズムの世界にはいり、ブラチスラヴァの「ユダヤ民族新聞」の編集主幹となる。一九二四年にノイマンの最初の詩集『ふたつの闇の間で』がブラチスラヴァのS・シュタイナー書店から出版された。

そして古テントを張るきみたちを、
追いまわす疾風。
微笑んできみたちに屋根を架ける平和はなく、
薄明の悲しみと夜の叫びの金切り声のみが……

ノイマンは「ユダヤ人の基金」を組織し、「ユダヤ人政党」の党員となり、「スロバキア・シオニズム団体」の議長をひき受ける。

一九二九年には詩集『時代からの逃走』がノイマンによって出版された。

夢のごとく高みから浮遊しながら降りてきた、
人間世界で人間として生きてきた。
手は白く、繊細で、ほっそりと、
声は朗らかで朝の鐘の響きのごとく。
粗末な労働シャツを身につけ、
十字を切り、人間とは疎遠のままだった……

ドイツ人によるチェコスロバキアの壊滅のあとにスロバキアが占めた特別の地位によって、ノイマンはシオニズムを組織化し、一九四一年に組織が崩壊のあともさらに非公式に活動できるようにした。ノイマンとかれの友人は、ナチスが要求した強制収容所のユダヤ人にたいする処置を一九四一年まで遅らせることができた。そのあと一九四一年に「ユダヤ人本部」の強制力のある組織が結成され、ノイマンはまず幹部となり、のちにユダヤ人からユダヤ人の最長老に選ばれると同時に、ユダヤ人の救済に加わり、ユダヤ人をポーランドからスロバキアを

スロバキア出身のシオニスト、ノイマン。戦争末期、多くのユダヤ人を救済した抒情詩人は、1944年に強制収容所の捕虜となった。

経由してハンガリーへと秘密裡に通過させた。この活動に関する著書『死者の影で』は一九五六年に発刊された。

一九四四年の秋、自ら囚人となったノイマンは、まずスロバキアの強制収容所のセレトの囚人に、そのあとテレージエンシュタットの囚人となる。戦後ノイマンは移住し、一九四六年二月、パレスチナへ行きイスラエルの役人となる。「モシャヴ・ベール-トゥヴィア」で年金生活を送っていた一九八一年四月二六日に死去した。一九二四年にこう書いている。

ぼくらの夜の黒服を剥ぎとってください
そして主よ、戯れにとりどりの色をください。
いつもぼくらの歌は死んでいました、
そして太陽がぼくらの道を嘲ることはありませんでした。
ぼくらの呪いの固い手を剥ぎとってください。
大いに悩んだぼくらに新たな魂をください。
そしてぼくらに新たな憧憬の道で
昔の国の方向を示してください。

◉ルイス・フュルンベルク

ルイス・フュルンベルクは自分が作家になれた理由のあらましをある国で書いたが、その国とは自分の故郷としては認めたくなかった国、パレスチナであった。一九〇九年五月二四日にイグラウで生まれたユダヤ人フュルンベルクは、チェコスロバキアで残酷な虐待を受けたあとにナチスの占領者から逃れ、最後はユーゴスラビアに辿り着き、ドイツ人の襲撃のまえに最後のオリエント急行でトルコに到着した。そのあとはイギリス軍の部隊搬送船でハイファに運ばれ、エルサレムで一九四一年から一九四六年まで暮らし、チェコスロバキアに帰還した。

フュルンベルクは、ズデーテン・ドイツ人とともにドイツ語も追放された国にやってきたのだ。共産主義者であり、亡命中にべつの解決の可能性を思い描いていたフュルンベルクは、追放を受けいれた。かれは自分の疑念を「党／党／つねに正しい……」という詩で気分を紛らわしたが、この詩によって西側ではその時代をとおしてあきらかに晒し者となった。フュルンベルクはチェコスロバキアではスターリンから迫害の圧力を受け、一九五四年に東ドイツに逃れた。

1944年、エルサレムでのフュルンベルク。ここでかれの抒情詩の連作『匿名の兄』が完成し、キッシュのあとがきを付けてまずバーゼルで、つぎに東ドイツで出版された。この写真は1959年のディーツ書店版による。

ヴァイマルではドイツ古典文学の国立研究所と国立追悼記念所の所長となり、一貫して共産党の忠実な支持者であった。一九三九年に最後にナチスの犠牲とならなかったのは共産党のおかげだった。葛藤は内面にむかった。フュルンベルクはヴァイマルで発症した最初の心筋梗塞は凌ぎ、二度目に死を招いた。ライナー・マリア・リルケと並ぶほど多くの詩を書いて表現の術を心得ていたフュルンベルクは、一九五七年六月二三日、四八歳のとき東ドイツで死去した。

フュルンベルクは二歳のときイグラウからカールスバート（カルロヴィ・バリ）に移ったが、母親はかれの出産後すぐに亡くなり、父親はカールスバートの郊外フィッシェルン（リバージェ）で工場をひき継ぎ、再婚した。社会的な身分の上昇の象徴となったのは家庭のピアノであった。フュルンベルクはピアノ教師にきてもらい、ヘンデル、モーツァルト、ベートーヴェン、マーラー、ドヴォルザークなどの音楽に接した。ギムナジウムを中退し、陶器工場に見習いにいき、陶器の専門学校に通った。

フュルンベルクは肺結核に罹り、陶工の職を諦めざるをえなかった。そして最初の詩ができあがった。

わが夭折がぼくのとなりを歩く
わが兄弟のような影
そしてぼくが笑い、夭折がぼくのとなりで笑う
そしてぼくが泣くと、夭折はぼくのとなりで泣く
わが夭折がぼくのとなりを歩く
わが兄弟のような影。

フュルンベルクの文学の偶像リルケは、スイスの西方にあるミュゾットの館の塔に住んでいたが、一七歳のフュルンベルクはその偶像への道を歩んだ。のちに詩集『匿名の兄』では一九二六年のリルケとの出会いを報告することになる。フィッシェルンではじめて音楽と文学のプログラムに登場し、ヴィヨンとヴェーデキントによる歌曲とモリタート〔怖い物語〕を自分のピアノ伴奏で歌った。一九二七年、プラハに行き、そこで商業学校に通うことになる。同年に『閉じてない紙に書いた』という題の初めての詩集が出版され、一年後に『単調なメロディー』という題で第二詩集が出版された。

商業学校を早く辞めたフュルンベルクは、一時的な仕事で家計を賄った。劇場歌手のヴォスコヴェツとヴェーリヒに魅了されてその出演を追いかけたりもした。フュルンベルクはルードルフ・フックスの翻訳によってチェコの文芸に導かれ、のちにフックスはかれの音楽性を自身の詩に採りいれた。フュルンベルクが一九二八年に共産党に入党したのは、ヴァンチュラからサイフェルトにいたる卓越したチェコの作家全員が、共産党をそのスターリン化ゆえに見捨てる直前のことだった。

一九二九年、フュルンベルクはベルリンに行き、まず酒場のピアニスト、つぎにウルシュタイン書店の原稿審査係りとして勤めた。ベルリンでは大喀血で苦しみ、チェコスロバキアにもどりようやく快復するまで続いた。フュルンベルクによって創刊された「左派の声」は、チェコスロバキアのもっとも重要なアジ・プロのグループ

となり、ほとんどの文面と書き方はフュルンベルクに拠るものだった。読者はズデーテンの産業の中心地にいた。一九三三年にもこのグループはモスクワの国際労働者劇場の大会に参加し、パリの青少年世界平和会議にも参加した。

もっとも影響力のあったプログラムの一つは「ラジオの法王」である。「白い下着を着て／かれは黄金のマイクに話しかける、愛する神の孫に……」。この歌によってフュルンベルクには「教皇大使」という渾名がつき、のちに詩集『地獄、憎悪と愛』の筆名として用いることになる。ふたたび一九三六年の初頭に肺結核を発症したが、かれのグループと協議を重ねたことで心労が祟ったためだった。党は治療のためにフュルンベルクをルガノに送った。一九三七年、フュルンベルクは共産党員のロッテ・ヴェアトハイマーと結婚する。

1937年、ピアノを弾く共産党員フュルンベルク、「ノイデックの民衆の日」にアジ・プロのグループ「新生」とともに。教皇の歌はフュルンベルクに「教皇大使」という渾名をもたらし、この筆名で詩集『地獄、憎悪と愛』はロンドンで出版された。

フュルンベルクが書いた叙情的な散文作品『人生の祝賀』は、重い病気の物語、その病気における孤独の物語、孤独からの解放の物語である。この本は一九三九年二月チューリヒのオプレヒト書店から出版され、亡命の書となった。ドイツが一九三八年三月一五日にチェコスロバキアを占領したときに、フュルンベルクは地下に潜行する。ゲシュタポはかれを追いかけ密着した。日々、フュルンベルクと妻はべつの隠れ家をさがさなくてはならず、最後に、ポーランド国境を越えて逃げようとしたが逮捕された。

ロッテ・フュルンベルクは、六週間の拘留後にゲシュタポによってポーランドの国境側に追放され、難民の搬送船でイギリスに到着する。フュルンベルクは、「左派の声」や、その後のグループ「新生」でともに戦った人びとによる復讐を体験することになる。一九三八年六月になっても、ライヒェンベルクでフュルンベルクの『祭りのカンタータ』が上演され、反ファシズムのデモンストレーションを呼びかけることになり、二万人の人びとがやってきた。ゲシュタポに拘留されてナチスの憎悪を感じとったフュルンベルクは殴られ拷問を受ける。ドイツ人の銃身をまえにして、自らの処刑用の墓場を掘らなくてはならなかった。これはゲシュタポのぞっとさせる薄気味の悪い冗談だった。銃身の引き金がひかれても装填されてはいなかった。共産党の友人たちがゲシュタポの一員を買収し、フュルンベルクは釈放となる。ロッテ・フュルンベルクはロンドン発上海行きの偽造船便切符を手にいれてあったが、ルイス・フュルンベルクが到着したのはイギリスではなくイタリアであった。かれはイタリアで妻と再会し、そこからスロベニアに行き、一四か月間フュルンベルク夫妻は滞在することになる。ユーゴスラビアから逃亡する直前に息子ミシャが誕生した。

フュルンベルクはエルサレムでの一九四一年から一九四六年の間に、多産の時期を迎え、「ギリシャの植民地」にある一部屋の住居で完成させた詩集『地獄、憎悪と愛』は、一九四三年にロンドンで出版され、戦中の唯一の出版物となった。かの地で成立したのが反ファシズムの抵抗の頌歌『スペインの結婚』であり、構想したのが自伝的な抒情詩集『匿名の兄』であった。一七八七年の「ドン・ジョヴァンニ」のプラハ初演までさかのぼる『モーツァルトの小説』も執筆した。

「私はモーツァルトの小説をプラハへのノスタルジーから書きました」とフュルンベルクはある手紙に書いている。そして『モーツァルトの小説』だけがノスタルジーの作品ではなかった。「エルサレムに雪が舞い降りた」と詩に書いている。

おお、故郷よ、感謝！　われらが痛みを知るきみよ！
きみはその腕からわれわれを離さず。
今日、なんという幸せな目覚めよ。
夜、私は雪の降る夢を見る。
そして朝、通り一面に積もる白雪。
わが部屋のまえのヒマラヤ杉、
かかる重みでたわわとなる。
おお、夜が聞き届ける故郷の夢！

現在までイスラエルに住んでいるヴォルフ・エーアリヒはフュルンベルクの友人のひとりであり、一九〇九年にティルジット（ソヴィエツク＝カリーニングラート）に生まれ、ケーニヒスベルク大学で法学の博士号を取得した。一九三六年からテル・アヴィヴでイスラエル共産党政治局のメンバーであり中央監査委員会の議長であった。エルサレム時代のフュルンベルクの苦難については東ドイツではくりかえし書かれてきたが、じっさいこの苦い思いはあったのだろうか。ヴォルフ・エーアリヒはテル・アヴィヴのかれの住居に座る筆者に、書棚から埃をかぶった友人の本を取り出しながら、エルゼ・ラスカー＝シューラーも朗読していたフォーラム「エルサレム・ブッククラブ」のこと、ふたりが設立したことなどを説明してくれた。

「苦い思い？　私はルイスのもとで苦い思いをしたことはありませんでした」とエーアリヒは回想する。「いかなる過去の夢をみるにつけかれの姿勢は祖国にたいし好意的でした。かれがここに滞在したくないということ、それはイスラエルへの嫌悪からではありませんでした。かれはボヘミアを必要としたのです。苦い思い――いいえ、それは事実とはちがいます。祖国における完全無欠なドイツ人には重要な任務があると信じていました。かれは、ヘンライン〔一九三九年五月、ナチ党のズデーテンラント大管区指導者となる〕の部下は、戦後チェコスロバキアから追放されると想像していました。しかし、ほかに多くの人間が罪人として出ていかざるをえなかったことに想像は及びませんでした。かれの祖国における少数派ドイツ人には重要な役割があることが念頭にあったのです」。

フュルンベルクは思い違いをしていたことになる。ヴォルフ・エーアリヒはルイス・フュルンベルクとロッテ・フュルンベルクがこの国を去るとき、ふたりがエルサレムの駅に立っている姿をまだおぼえている。「私はかれを住居に迎えにいきました。梱包するものはなにもありませんでした。すべては大きなトランク一個ですみました」。

血が溢れ出るわが心よ
きみは分かっているかい、
いま故郷ではりんごが熟し、
森が色とりどりに染まっているんだ。

砂岩の噴水地から
ほそぼそと噴水が立ち昇るのを。
荒野のバラの藪に
最後の夏の蜘蛛の糸が巣をつくり

ゲットーの墓地に
いま、イヌサフランが咲き
そして聖ロレットの回廊で
バロックの天使が跪いている……

フュルンベルクはイギリス人によってシナイ砂漠に開設されたエル・シャットのキャンプを経由してチェコスロバキアにもどる。プラハでは共産党機関紙の特派員としてスウェーデン、オランダ、デンマーク、ノルウェー、オーストリア、パレスチナで勤務した。プラハの放送局のドイツ語放送の常任解説者となった。ウィーンでは一九四七年に『モーツァルトの小説』が出版され、当時のソ連軍占領地域では『地獄、憎悪と愛』の増補版が出た。一九四八年のチェコスロバキアにおける共産党のクーデターのあと、フュルンベルクは情報省の協力者となったが、当時は、オスカー・コスタ――ペーター・ポントの筆名で作家、翻訳者として有名であった――が西側部門の報道部長であった。

　ある手紙のなかでフュルンベルクはこう書いている。「私には絶望に陥る傾向があるが、精神的には反抗的気質がある。私は絶望的な気分で書かれた詩の創作を非人間的、反人道的と思っている。私はそれに反抗する」。リルケを思い起こしながらフュルンベルクは創作した。「われわれとおなじようにかれに歓喜の声をあげ、苦しみぬく者のみが／知る、家を出るとはなんたるかを」。リルケの孤独はフュルンベルクの孤独でもあったが、かれがその孤独に耐えたところでかれの創作は成功した。だがくりかえしイデオロギーによる支えをもとめた――かれ自身が最終的にひき起こした崩壊を恐れながら。かれは罪人ではなかった。かれは権力者がとっくに悪用していたかれの信仰の犠牲者となった。

降る雨に、ますます翳る時代、

光がひとつ消えて、つぎの光が消えていく、
われわれはふたたび夜に追いやられる、
——ああ、もう終わればいいのだが……

スターリンの迫害の時代がチェコスロバキアにやってきた。スラーンスキー書記長が処刑されるまえに、「シオニズムの反乱」はすでに首脳部の下部組織で処理された。ユダヤ人オスカー・コスタは、一九四九年に逮捕された最初のコミュニストのひとりであった。フュルンベルクはかれと友人関係にあったが、反対の立場をとらざるをえなかった。「かれがそうしたのです」とコスタの息子トーマスは回想している。「かれは自らが救われるために私の父を誹謗したのです」。

オスカー・コスタは獄中で自殺を試みる。そのあと有罪の判決を受け、息子は連帯責任をとらされた。トーマス・コスタは社会福祉事業の職業を諦め、プラハを去らざるをえなかった。掘削機の運転手となり、つぎにコック、つぎに書店員になった。一九六五年に父親の名誉は回復し、トーマス・コスタは党のスヴォボダ出版局の代表責任者となり、「プラハの春」の推進者の一人となった。ドプチェクの時期はスヴォボダ出版局の経営責任者となり、ソ連占領のあとは西側に逃げた。西ドイツでは労働組合専用の同盟出版社の代表者となった。

スターリンは死んでも、プラハではそれとは関係なく迫害は続いた。フュルンベルクは一九五三年にチェコスロバキアの教育相に採用されて勤めていたが、その後首尾よく東ドイツに受けいれられた。

1952年、ホーエ・タトラ（ヴュソケー・タトリ）でミシャとアレナの子供たちと一緒のフュルンベルク。2年後この作家は故国を去り東ドイツ国民となった。

フュルンベルクがすでにエルサレムで予感していたことは、帰郷を試みる実験は失敗に終わるのではないかということだった。一九四五年一〇月一五日、かれはロンドンの「国際ドイツ人グループ」のクルト・K・ドーベラー宛に手紙を書き、ドイツ語を用いるチェコスロバキアの作家として自分のジレンマをこう表明する。「私はチェコスロバキア出身のドイツ語作家としてチェコスロバキアのペンクラブには所属できないので、そちらのグループに私を受けいれてくれるように推薦をお願いします」。

◉フランツ・カール・ヴァイスコップ

著名な共産主義者としては二人目となるフランツ・カール・ヴァイスコップは、反ユダヤ主義に染められたスターリンの迫害をチェコスロバキアで体験し、フュルンベルクより一年早く東ドイツの安全な場所に移った。ヴァイスコップが生涯にわたって手練手管とし

ていたのは、政治闘争の渦中にあり安全な立場にいても、命知らずな政治闘争家であるという印象をあたえることだった。危機的な状況では控えめに振る舞い、ころあいよく消えていった。共産主義的な進歩主義をつねに個人の利益にうまくつなげていたが、これがストレスとなり前半生を犠牲にした。

ヴァイスコップは一九五五年九月一四日、五五歳のとき東ドイツで死去した。東ドイツに移り住んで二年後のことだった。アルフレート・カントロヴィッツはスペインの市民戦争だけでなく、ファシズムと戦い人生の危険を冒したが、同志ヴァイスコップのことを「臆病で、陰険で、陰謀を企てる、万能な楽天主義者」と特徴づけた。このような人物が作家たりえるだろうか。かれはそれができた。作家F・C・ヴァイスコップとしては、政治におけるかれの機敏さ、敏捷さのすべては必要ではなかっただろう。またかれの文学的な能力をもってすれば首尾よく切り抜けられたであろう。

ヴァイスコップには十分な直感力があったので、長編作家としては煽動的な手法は大胆に諦めることにした。煽動のためにジャーナリズムの分野とルポルタージュの手法を用いたのは、ソ連に関する著書『二一世紀への乗り換え』(一九二七年)、『粗造りの建築』(一九三二年)などだった。ヴァイスコップは大長編を三作書き、世界文学におけるかれの位置を不動なものにする。オーストリア最後の日々とチェコスロバキアの最初期を書いた『スラブの歌』、占領されたプラハにおけるドイツ兵の物語『決死隊』、ふたたびハプスブルク帝国の没落を扱った、未完の三部作の第一巻『平和との別れ』。

ヴァイスコップの母親はチェコの家系の出身で、息子はドイツ語同様にチェコ語もよく話した。それに、おなじく母親から教わった非の打ちどころのないフランス語が加わった。父親はプラハの銀行員であった。ヴァイスコップはプラハで一九〇〇年四月三日に誕生する。ギムナジウムを去り一九一八年に一年間の志願兵となりオーストリア＝ハンガリー帝国の軍隊に連れていかれたが、前線に出ずに、ヴァイスコップの連隊は静寂と秩序が守られるようにプラハに配属された。社会を転覆させるような事件——プラハにおけるチェコ人によるドイツ系ユダヤ人の迫害が精緻に描写されている——は一九三一年にキーペンホイアー書店から出版された長編『スラブの歌』に書きこまれている。

ヴァイスコップはユダヤ教と結びつきのないユダヤ人だった。結びつきを社会主義に見いだした。プラハ大学ではドイツ文学と歴史を学び、一九二三年に博士号を取得した。一九一九年からドイツ社会民主党の左派に属し、東ドイツ建国の公示にさいしてヴァイスコップはチェコ共産党の共同創設者として名前を挙げられた。この名前の列挙は、ヴァイスコップにはそれまでなかった政治的な意味

共産党員ヴァイスコップは妻とともに第２次世界大戦をニューヨークで生きのび、戦争末期以降はワシントンのチェコスロバキア外交官となった。

をかれにあたえる伝説となった。一九二三年にヴァイスコップの最初の著書『太鼓がゆく……三年間の詩』がベルリンの出版社、「青年インターナショナル」から出版された。この本でヴァイスコップは、自分でドイツ語に翻訳したチェコの詩と自身の詩を同列に並べた。そのかたわらでずっとチェコの抒情詩の重要な仲介者となり、翻訳された『チェコの歌』(一九二五年)、『心―ひとつの盾』(一九三七年)は両作ともにマリク書店から出版された。

一九二五年からヴァイスコップは公式にチェコ共産党のために活動し、学生の雑誌「前衛」の唯一のドイツ人メンバーとなり、ユリウス・フチークも属していた。ヴァイスコップはプラハで、はじめはまだチェコ共産党に属していなかった文化政策的な週刊誌「ツヴォルバ」に書いた。「ル・モンド」にも書き、素朴な大衆が社会状況と執拗に関わる小説を書いた。一九二七年、はじめてソ連を旅行し、モスクワにおける革命的作家の第一回国際会議に参加し、一九三〇年にはシャルコーの第二回国際会議に参加する。一九二八年にプラハからベルリンに引越し、一九三三年まで滞在し、ベルリンではザルツブルク出身の女流作家アレックス・ヴェディングと結婚した。

ヴァイスコップはプロレタリアの革命的な作家同盟のメンバーとなり、日刊紙「明日のベルリン」の文芸欄の編集者を務める。ベルリンでは長編『スラブの歌』が成立したが、この長編が説得的であるのは、ヴァイスコップがハプスブルクの崩壊前のチェコの大衆をありのままに、つまり受動的である、と表現したことにもよる。ヴァイスコップはシュヴェイクのように行動の暗い部分を描写する――これはチェコの作家ヨゼフ・シュクヴォレツキーの視点と似ていて、シュクヴォレツキーはチェコスロバキアにおける第二次世界大戦の終戦を描いたが、その長編を『臆病者たち』と名づけた。書評家は一九三一年に雑誌「左カーブ」で、長編のプロレタリア的な要素の欠乏を残念がった。「ここでは国家が、古いオーストリアがほとんどいかなる外部からの助力もなく粉々に砕けている……ほんとうにこれは大衆の圧力によるあの革命の歴史だろうか」。長編の外ではヴァイスコップは、徹底して大衆の圧力による党の路線を追いもとめ、かれのジャーナリズムでの言明は国家の創設者T・G・マサリクをすさまじいまでの敵手の一人にした。ヴァイスコップは第二次世界大戦中のアメリカ亡命で影響力のあるベネシュのグループをまえにして、あらゆる非難を避けることが好都合となると、今度は国家創立者マサリクを賢明な、民主的に思考する政治家として描いた。この評論は、『ドナウ川のトワイライト』の題で最初はまず英語で出版され、つぎに長編『平和との別れ』にもはいった。一九四八年にまず英語で出版された『ある時代の子どもたち』("Children of their time" Knopf, New York)、これは変革の時代における家族を全景として構成された全三部作の第二部であるが、この作品でヴァイスコップはマサリクの構想にたいする理解をさらに広げていった。一九五一年――スターリンの迫害の時代であり、スラーンスキーは権力を奪われ、逮捕されていた――ヴァイスコップはさらに二〇章をこの長編に加えたが、新たな章ではマサリクはまたもや否定的な人物として存在し、一九一八年の国家建設へのプロレタリアの参加を共産主義による歴史のでっちあげであると描く。

今度はヴァイスコップは、創作においてプロレタリアの党派性に回帰していったが、これを以前は自ら守らずにいたのであり、べつの場ではなんどもジャーナリストとして異議を唱えていたのだ。一九二五年にはチェコの抒情詩人ネズヴァルとサイフェルトの様式の実験を「退廃的」として断罪した。ヴァンチュラの長編『パン屋のマルホウル』をセンチメンタルな貧乏小説家の周辺に位置づけた。一九四二年にナチスによって抵抗者であるとして処刑された政党批判者ヴァンチュラにたいし党を擁護し、ヴァンチュラを「サロン共産主義者」と呼んだ。ヴァイスコップはアメリカの帝国主義を攻撃したあとは、さっさとアメリカ亡命のために消えていき、静かにしていた。

ヴァイスコップはチェコスロバキア国民として、一九三三年のヒトラーの権力掌握のあと邪魔されずに故国に帰還し、プラハに難民としてやってくる多くの亡命者を救助した。プラハでは再編された「労働者グラフ新聞」、のちの「大衆グラフ新聞」の編集主幹となり、ヴィーラント・ヘルツフェルデとともにプラハでブレヒトクラブを設立する。ドイツの反ファシストに捧げられた逸話『強者』と一九三一年から一九三三年にかけてのプロレタリア女性の運命を――抵抗の準備ができるまで――描いた長編『誘惑』を書いた。

ミュンヘン会談のあとにヴァイスコップは、「編集者は誤ってペンと武器を交換する」という記事を書いて「大衆画報」に別れを告げるが、スペインの市民戦争に赴くことはなく、ほかの反ファシストを鼓舞するため、行き先はパリとなった。そこでピエル・ブクの筆名で『チェコスロバキアの悲劇』を出版した。一九三九年には「アメリカ作家同盟」による会議の招待でニューヨークに行き、ほぼ一〇年間合衆国に滞在し、モスクワの亡命新聞との接触を絶った。

1955年、ウィーンのペンクラブ会議で。東ドイツ代表団のメンバーであったヴァイスコップ。かれの右がアルノルト・ツヴァイク、左がボード・ウーゼ、名人芸的な適合者であるかれもチェコスロバキアでは切り抜けられなかった。1927年のモスクワでの第1回革命作家国際会議で、ヴァイスコップは母国で唯一のコミュニストのドイツ語作家であった。

ヴァイスコップはアメリカの出版界に確固とした地歩を占め、ニューヨークで書いた長編『新しい日のまえに』、『決死隊』、『平和との別れ』が英語で出版された。党の明確な指示から遠くはなれて市民としての自分の根源を見いだしたヴァイスコップは、ボヘミアの地にある古きオーストリアの美学の肯定的な面を認識した。一九四三年のオーストリア－アメリカ労働組合員の会議でヴァイスコップはこう発言する。「チェコスロバキア出身のわれわれドイツ人は、多くの点であなたがたオーストリア人に親近感を覚えています。われわれは、あなたがたとおなじく、柔和な言語を話しますが、その響きには遠縁となるわが国北部ピルカレン〔旧東プロイセン〕とユーターボク〔旧東プロイセン〕の粗いアクセントと共通点はすくないのです……リルケはオーストリアの文学史にはいるのか、チェコ人に属するのか、だれが決めようとしているのでしょう」。

一九四一年一〇月二六日のチェコ語の新聞「ニューヨーク報知」がチェコの作家になるようにと要求したのにたいし、ヴァイスコップはこう応えた。「私がドイツ文学、ドイツ語から『抜け出る』ようにというあなたがたの提案は、私には非現実的で、まったく無意味であり、有害とさえ思えます……野蛮であることにドイツ語は責任ありません、ハイネ、マルクスの言語であり——そもそも作家にとって自身の言語を放棄することは不可能です……」。ニューヨークでさらにヴァイスコップは、一九三三年から一九四七年までの亡命におけるドイツ文学のすばらしい概観の書『異国の空の下で』を書いた。これは東ベルリンのディーツ書店から出版され、イデオロギー的で教師ぶった口調を放棄しているおかげで、ヴァイスコップの狼狽させるような集中力は現在でも評判を落としていない。

戦争が終わりヴァイスコップは、ヨーロッパで事態が進展していく様子を慎重に待った。この作家はチェコスロバキアの外交官として雇われ、ワシントンのチェコスロバキア大使館参事官となりアメリカ滞在を一九四九年まで延ばした。そのあと公使としてストックホルムに赴任し、そこから一九五〇年に大使として北京に移った。二年後召還されプラハにもどった。

プラハを、ヴァイスコップは以前このように見ていた。「流れる雲が、光と薄明の絶えざる交替を、音のない魔術的な音楽のごときものをもたらす。すべてが動きはじめる、プラハ城の斜面にある宮殿、クラインザイテの家並、がっしりした橋の門、精神化しているゴシックの教会塔……この街に惚れこんだ人たちは『彼女が踊っている』という」。

ヴァイスコップがそのとき目にしたのは、スターリンの処刑から釈放されたあの同志たち、つまり一九四八年に民主主義に自分たちの側でとどめの一突きをくらわしていた同志たちの「死者の踊り」であった。

ヴァイスコップは一九五二年九月二〇日にこう書きとめた。「スラーンスキーと同志にたいする訴訟がはじまった……陳述（つまりスラーンスキー）からの多くの引用を含んだ起訴状を戦慄を覚えながらしか読むことはできなかったが、それは不法行為というだけでなく、またある文言（「ユダヤの出自」等）のせいでもなかった……」。

ヴァイスコップが東ドイツで見いだした課題はまたもや、操縦されやすいコミュニストの輝ける仕事になった。ヴィリ・ブレーデルとヴァイスコップは雑誌「新ドイツ文学」を主導した。ヴァイスコップが死んで五年後の一九六〇年に『全集』が八巻の薄葉印刷で刊行され、残った在庫は西ドイツで投売りにされた。まだ西ドイツではヴァイスコップへの関心は乏しいままであり、不当にも西側ではほとんど読まれていない。人間性よりも文学の質がすぐれているという作家は多くいるものである。その最たるものがベルトルト・ブレヒトであり、ソ連亡命よりもアメリカ亡命を優先させ、そのあと慎重に東ドイツにオーストリアの旅券ではいり定住した。

◉フリッツ・ブリューゲル

スターリン主義者の工作によって買収されなかった者のひとりにフリッツ・ブリューゲルがいた。一八九七年二月一三日にウィーンで生まれたフリッツ・ブリューゲルは、有名な社会民主主義者のジャーナリスト、ルートヴィヒ・ブリューゲル——オーストリアの社会民主主義史に関する五巻本の著者であり、一九一八年以降は政府官報の編集主幹となり、最後はナチスの収容所で死去——の息子であり、形式的にはチェコスロバキアのドイツ語作家である。オーストリア型ファシズムにたいする一九三四年のウィーンにおける社会主義者の蜂起は失敗に終わり、参加していたブリューゲルはそのあと国内に隠れ家を見つけたが、そこは父親が生まれたところでもあった。チェコの国籍を獲得したブリューゲルは、第二次世界大戦後に外相のヤン・マサリクからベルリンのチェコ軍事使節団の外交官に任命される。

博士号をもつ歴史家ブリューゲルは、労働者と勤労者のための社会科学研究図書館ウィーン支部の館長となり、社会民主党の教育事業に参画していた。マルクス主義の理論家カール・カウツキーの息子、ベネディクト・カウツキーとともにブリューゲルは、一九三一年に資料集『ルートヴィヒ・ガルからカール・マルクスまでのドイツ社会主義』を公刊した。同年に仮綴本『インターナショナルの道』を社会民主党の出版部から四万二千部出版した。

ブリューゲルは、抒情詩人として一九二三年にE・P・タール書店から出版された『献呈』によって世に問うた。コンスタンツのオスカー・ヴェールレ書店は一九二三年／二四年にブリューゲルが改作したアイスキュロスの作品『アガメムノン』と『供養する女たち』を出版し、一九三一年には詩集の第二作として『亡きアドニスを悼

いちばん右側がブリューゲル、ウィーン近郊で友人とハイキング。筆名ヴェンツェル・スラデクの抒情詩人は1932年にファシズムへの戦いに割ってはいった。オーストリアのファシズム政権から1934年にプラハに逃げ、チェコ国民となり、1946年にベルリンのチェコ軍事使節団の代表代理となった。『謀反人』は共産党員によるチェコ民主主義の破壊を描いた小説。

む』を出版した。ヴェンツェル・スラデクの筆名で書いた著書『要点は……』のなかの歌で政治詩人としてファシズムとの戦いにはいった。

チェコスロバキアでは、ブリューゲルは一九三五年にプラハの「闘争」社から『二月のバラード』を出版して頭角を現わし、この作品はオーストリアで頓挫した労働者の蜂起に捧げられた。一九三七年にチューリヒのオプレヒト書店から出版された『ヨーロッパからの詩』はブリューゲルの政治路線を推し進めることになる。

ドイツの介入から逃れてブリューゲルはフランスに行くが、同行したのは結婚することになるチェコ女性ヴェラ・ドゥブスカであった。ある手紙のなかでブリューゲルはその時代について書いている。「われわれがまず南フランスのル・ラヴァンドゥーに行くと、戦争になりました。土壇場で、妻をチェコスロバキア軍によってイギリスに避難させることに成功したのです。私はまだ留まらなくてはなりませんでした、というのはチェコの総領事館に山のような緊急の仕事があり、それが数百人の人間を救うことになったのです。総領事館をヴィシー政権の命令で閉鎖せざるをえなくなり、私はスペイン経由でポルトガルに行き、そこからロンドンにむかい一九四一年二月末に到着し、即座にチェコスロバキアの外務省で勤務をはじめました。戦時中でも私は、戦後は政治担当官としてチェコスロバキアの使命を携えてドイツに行くように任命を受けていました」。

チェコ語を話すブリューゲルは亡命中の外相、ヤン・マサリクの信頼を受けると同時に、仲間の同志によって一九五二年に処刑された共産主義者ヴラジミール・クレメンティスとも良好な関係にあった。戦争直後このウィーン人はチェコスロバキアの旅券でプラハに帰還し、政治家への関心についてこう説明する。「西ドイツと東ドイツの両共和国の態度が毅然とせず、そしてソ連が東ドイツとの関係で逡巡していた時代に、古い宥和政策の路線を堅持しようと努める人物をもつことはプラハの人たちには都合がよかった」。

一九四六年四月、四九歳のブリューゲルがチェコの軍事使節団の代表者としてベルリンに派遣され、すぐさま自分の社会主義の希望が消えていくのがわかった。「すべてがあまりに先鋭化してしまいわれわれの状況は日々ひどくなっている」。だがブリューゲルはモスクワによる屈従を信じようとはしなかった。当時のソ連に占領された地域、そしてチェコスロバキアでも個人的な権力闘争があるのを見ていたが、この争いの背景を見ることはしなかった。つまり凄惨なスターリンの政治によって、取りもどされたばかりの自由が取り消されるのを見てはいなかった。

共産主義者が一九四八年二月にプラハでクーデターを起こし、まだヤン・マサリクがただひとり市民として職務にとどまったときも、ブリューゲルは最後まで貫徹した。軍事使節団では少佐からはじめたが、大将となった。使節団の六人のメンバーでは代表の地位をひき受けたが、使節団は共産党のクーデターのあと退却した。一九四八年三月一〇日の朝、外相ヤン・マサリクはチェルニ宮殿の住居の窓の下で打ちのめされて発見された。しばらくしてブリューゲルはプラハに呼び寄せられると、マサリクの後継者、共産党員のクレメンティスはかれに交代を告げ、新しい地位を割り当てた。
ブリューゲルにはプラハでなにが起きているかを把握するのに十分な時間があった。チェコ共産党は異分子を「一掃し」、党にたいし従順さが足りないと思われた人物を処刑させた。この殺害のボスが、党の書記長ルードルフ・スラーンスキーであった。死刑判決を受けた者のなかには、非の打ちどころのない陸軍大将でベネシュの支持者、ヘリオドル・ピーカがいた。ブリューゲルは残務を処理するためにベルリンにもどった。フランスでの亡命時代の友人、アルフレート・カントロヴィッツは、ベルリンにもどったあとのブリューゲルに会った。「かれは見たもの、聞いたものに心底から衝撃を受けていた。かれの逃亡の決心は固かった。循環障害、心筋梗塞によって打ちのめされ、ふたたび正気にもどったとき、私はヴァンゼーのアメリカの病院にかれを見舞った。すでにアメリカ軍の庇護にあったので、かれの決意の問題にはけりがついていた。どこに行くかということだけが、まだ問題であった。ソ連軍に占領されていた、かれの生まれた町ウィーンにはとうてい帰れそうになかった」。
ブリューゲルは妻ヴェラとともにまずスイスに行き、それからイギリスに行った。イギリス亡命ではチェコスロバキアにおける出来事の真相を知ることで、共産主義者による国への暴力を長編に書いた。歴史において屈服しなくてはならないことが多すぎたために屈服していく民族の物語である。ブリューゲルが示したことは、いかに全体主義が抵抗する力そのものをもぎとったのかということである。ブリューゲルはスラーンスキーの手法を明かしたが、これは犯人があとで自ら犠牲者となる手法と同じである。長編『謀反人』は一九五一年にチューリヒのオイローパ書店から出版され、そのあと英語の翻訳でロンドンのゴランツ書店から出版された。この作品でブリューゲルは共産党の政権掌握に関して信頼に足る本を後世に遺しただけでなく、ヨゼフ・シュクヴォレツキーの『臆病者たち』、ミラン・クンデラの『笑いと忘却の書』と同程度の文学作品も遺した。チェコの両作品の間をブリューゲルの長編は仲介している。二六歳のときブリューゲルは最初の詩集でこう書いている。

神が私を息もつけぬ沈黙へひきあげた。
わが耳で沈黙するのは、世界の言葉。
歳月は私をドレスとベールで包み、
私を暗闇にひきとめる手となる。

神が私をひきあげた！　おお、秋のように朽ちていく
わが沈黙のうちに神が満たされんことを！
おお、神がきて、神の大きな叫び声が
固く閉じられたわが耳で砕け散る。

楽の音はあるのか。きみたちが語るのは踊りとステップ、
わが目は聞こえず、わが耳は盲目だ！
両手が収穫祭の準備をはじめると、
風景は沈黙のまま消えていく、

それが私には聞こえない。
神が私をひきあげた！　神は私を、私を
終焉となる暗い深淵に滑りころがす。

ブリューゲルは五八歳のとき一九五五年七月四日にロンドンで死去、妻ヴェラは首を吊り自殺した。

◉ロマーン・カール・ショルツ

ロマーン・カール・ショルツは、モラビアのシェーンベルク（シュンペルク）に一九一二年一月一六日に生まれた。ウィーンのクロスター・ノイブルク修道会のアウグスチノ司教座参事会員となったが、はじめは筋金入りのナチ党員であった。一九三五年、ショルツは新任司祭の初ミサにあたり、なにを望むか聞かれてこう言う。「望みが叶えられるのであれば、一番望みたいのは突撃隊の征服です」。だがチェコスロバキアにおけるドイツの排外主義のなかで成長し、コンラート・ヘンラインの理念との結びつきを感じていたショルツは、一九三六年にはじめてニュルンベルクのナチスの帝国党大会の訪問者としてファシズムに直に触れて、この体制の断固たる反対者に変わった。抵抗者グループの組織者であるショルツは一九四〇年七月二二日に逮捕され、一九四四年三月一〇日ウィーンで三二歳のときに処刑された。

ショルツは作家としての証しをほとんどすべて獄中で書いた。『運命のいたずら』という題でまとめられたほぼ百篇の詩、そのほかに五〇篇の詩、二本の戯曲、二本の長編、そのうちの一作が一九四七年にウィーンのヴィルヘルム・アンダーマン書店から出版された『ゴーネリル　ある出会いの物語』であり、若きカトリックの司祭とイギリス娘との恋物語は、戦争の勃発と司祭のイギリスとの訣別で終わる。『ゴーネリル』は自伝的な特徴をもつ本であり、ショルツは一九三九年にイギリスを訪ねていた。

神学校生の 1935 年、クロスター・ノイブルク修道会における祝祭で。ショルツは左から２番目。

死に臨んでショルツは刑務所の独房でこう書いた。

わが眺望に大西洋が
広がることは二度とないだろう、
嵐とともに海の彼方へと
わが憧れはかもめのように……

私生児であったショルツは母親の両親のもとで育ち、母親はシェーンベルクを去り、シュタイアーに引っ越していった。カトリックの宗教教師によって高い知性を見いだされた生徒は、一九三〇年、大学入学試験に合格し、宗教教師の仲介でクロスター・ノイブルクの神学校にはいった。勉学を修了したショルツは一九三六年に司祭に叙階され、ハイリゲンシュタットの聖ヤコビ教会の助任司祭となった。一一か国語をマスターした神学者は、文学への野心もあり、自費出版で詩集『すばらしき遠き事物』を出版した。

きみはだれだろう。
嵐に種を蒔く夢が
心に浮かぶことはなく、すでに消え去ったのか、
幸福もなく、意味もないのか？
あるのは答えのない問いのみか、
腐敗のための成熟のみか。
どこから。どこへ。
幸福はなく、意味もないのか？
それがきみだ。

一九三八年、ショルツはクロスター・ノイブルクのギムナジウムの宗教教師となり、つぎにクロスター・ノイブルク神学校の教授となる。同じ考えの持ち主をさがしていたショルツはかれらと「オーストリア自由運動」を創設し、クロスター・ノイブルクのドイツ駐屯地の主任司祭となり、党のバッジを裏面にして付けていた。抵抗グループの組織化は二年間続き、集中訓練にあて、禁じられていた文書を入念につくった。一九四〇年の初頭、ビラまきや張り紙の活動がはじまり、ショルツはブルク劇場のメンバーと接触をはかった。

接触はブルク劇場の俳優レーマンを通してなされたが、レーマンは一九三四年当時クロスター・ノイブルク神学校の修練士であり、司祭の職に就いたままでいいのか決心がつかなかった。一九一五年生まれのレーマンがグループにひき入れた俳優オット・ハルトマンは、熱心な努力によってあっという間にグループの幹部に受けいれられた。するとハルトマンがスパイであることが判明する。ゲシュタポに密告していたのだ。ショルツが出廷するまでほぼ四年間かかったが、一九四四年二月二二日、人民裁判所第二部に出廷するまでに、監獄を一五か所終えていた。

ブルク劇場の俳優で教授のフリッツ・レーマンは、幸いにも禁固刑を免れていたが、ときおりショルツと同じ監獄になった。レーマンはこう回想する。「私はショルツとは独房のトイレを通じて結ばれていました。水を汲みつくすと配水管を通して夜通し独房から独房へ意思疎通ができ、たがいに話ができました」。いかに絶望的であってもショルツに書きつづけさせたのはレーマンだった。ショルツのめんどうをみたのがクロスター・ノイブルク出身の若きグレーテ・フーバーだった。司祭のかつての弟子は、かれの従兄弟だと偽って長期間の面会許可を取った。

一九二三年生まれのグレーテ・フーバー‐ゲルヴァゼヴィッツは訴訟のさいもウィーンにいた。「死刑の判決が下ったとき、私はロマー

ン・カール・ショルツのもとに行きました、泣きながら。私の涙が流れるのを見て、かれはこう言いました。『泣かないこと！　平静を保ちなさい！』。こう言うかれのことが私の記憶に残っています」。現在英語教師である彼女は、ショルツを助けるために恩赦の申請書をもらいに二度、ウィーンの枢機卿テオドーア・イニッツァーを訪ねた。「枢機卿はショルツの態度に腹を立て、こう言って私を追い返しました。『そんなことはしないものだよ』。かれはロマーン・カール・ショルツのためになんの手も打ちませんでした。とてつもない卑怯者でした」。

ショルツはギロチンで死んだ。「私があなたたちに語るのは、生きた夢です。／私はつねにあなたがたの側にいます。／あなたがたの思いを私が星にむけましょう。／あなたがたは私の詩節のなかにわが魂をもっています」と、ショルツの最後の詩の一節にあり、これは印刷されないまま友人レーマンのもとにある。

ぼくはきみを憎む、きみ死刑執行人の民族よ
(ぼくがきみの言語を話そうとも)
そして、ぼくは祈る、驚愕の神が
きみの人類に苦悩の復讐をするように。

◉フェリックス・グラーフェ

五三歳の抒情詩人フェリックス・グラーフェは、一九四一年七月二五日にゲシュタポによって逮捕される。グラーフェは義兄に反ナチス志向の詩を書き送り、それをビラ用に複写するのを任せた。義兄フランツ・タストルはクロスター・ノイブルクで喫茶店を経営し、おなじく抵抗グループの指導者であった。ゲシュタポがスパイ潜入に成功したために、タストルのグループも頓挫し、グラーフェの詩が載ったビラがばら撒かれたのはわずかであった。グラーフェは人民裁判所の特別部によって義兄とともに死刑判決を下され、一九四二年一二月一八日に処刑された。

一八八八年七月九日にフンポレッツで生まれたフェリックス・グラーフェは、すでに子どものときにボヘミアを去り、ウィーンの学校に通い、大学では哲学、文献学、文化史を学び、一〇学期のあとに学業を中断した。そのあと一九〇八年にミュンヘンに行き、文献学の勉強を続け、フランク・ヴェーデキント、ハインリヒ・マンと知り合い、アルフレート・ケアと親交を結んだ。一七の言語を熟知したグラーフェの最初の詩をカール・クラウスは、「ファッケル」誌に掲載した。一九一〇年に最初の詩集『イドリス』を出版したのは、ミュンヘンのハンス・フォン・ヴェーバーのヒュペーリオン書店だった。

ボヘミアはグラーフェにとってぶち壊された夢であった。グラーフェが愛したアニー・バスは、その地の駐屯地の軍医少佐の娘であったが、プラハで一九〇九年に死去する。グラーフェの従姉妹のひとりであったこの娘に、詩集『イドリス』を捧げた。

ぼくの準備はできている—お願い、お入り—

きみの櫛はいつものおなじ場所—
きみがぼくの褥から出ると
残るのはあたたかい謎めく光。
生粋の葡萄酒の古甕は
忘れさせない—そしてわが孤独のただひとつの苦しみは
泊まりの仲間
お入り、さあ、床の準備はできている。

チェコ人ヨゼフ・スヴァトプルク・マハル（一八六四—一九四二年）の詩をグラーフェが翻訳したことで、ボヘミアの核心がこの本から伝わってくる。「そして赤松がきみの上で幸せに歌い—／夏の太陽を小枝にはこびいれ—／繊細で、独特な暗い花の匂いが、／きみを草地に入れて奇跡を聞かせた」とマハルは、自身の詩でプラハと距離をとっていたグラーフェの調子で語っている。

彼女の星が目覚める夜、はじめての沈黙となる
なんとうるわしいことよ。
暗闇にいる見知らぬ放浪者よ、
きみはきみ自身によそよそしく、時代から遠い。

孤独のうちにきみを過ぎる者が、
異郷の言葉を語り、異郷の服を着る
そしてなぞの輪舞がつづく、
この街は夜、だれのものでもないからだ。

静まった遠い彼方からの夢のように、街は横たわり、
そして星にいとおしい顔をあげる、
画家カナレットの陽気な街のようだ。

だが耳を澄ませ、最初の騒音はすでに目覚め、
慰めと夜毎の夢は吹き消され、
そして汚れた、かび臭いゲットーがきみに金切り声をあげる。

グラーフェはミュンヘンでドレスデン銀行の行員となり、一九一四年末にウィーンにもどる。この難聴者は軍隊には召集されず、ウィーンで「オーストリア一般基礎金融機関」のポストをひき受けた。一九一五年、クービンとも親しい関係にあったマリアンネ・ヴァイルと結婚し、二人の息子の父親となった。

子どもたちよ、遅咲きのバラを
見つけたら、花束にしなさい。
黄金の夏が膨らんでは消えていく、
すでに家中に芳香をはなつりんご……

この詩の題は「ルイト・ホラ」である。一九一六年の詩集とおなじくミュンヘンのハンス・フォン・ヴェーバー書店から出版された

が、グラーフェはさらに本を書くことはなかった。フランシス・ジャムの『アルメード　若い娘の情熱の小説』（一九一九年、ヤーコプ・ヘーグナー書店）の翻訳者としてグラーフェは、自分には過分と思われた大成功を収めた。この作家は成功をめざしたことはなく、大評判をとろうともしなかった。ほかにはオスカー・ワイルドの『読書のバラード』、ガブリエレ・ダヌンツィオの詩、ポール・ヴェルレーヌ、バイロン卿、シェリーの作品、スウィンバーンの悲劇『カリドンのアトランタ』を翻訳した。一九一八年に表現主義の雑誌「出発」の編集責任者をひき受けたが、この雑誌に挿絵とともに本文が掲載されているのはつぎの作家である。マックス・ベックマン、リオネル・ファイニンガー、オスカー・ココシュカ、クービン、エーリヒ・ヘッケル、エルンスト・ノルデ、マックス・ペヒシュタインである。本文だけ掲載されている作家はつぎの通り。パウル・アードラー、フリッツ・ブリューゲル、アルベルト・エーレンシュタイン、パウル・コルンフェルト、ヨハネス・ウルツィディール、エルンスト・ヴァイス、マックス・ヘルマン-ナイセ。

　グラーフェは生活のために銀行の職を一九三二年まで続け、中世の写本、古文書、自筆本、銅版画、木版画、デッサンの専門家として幅を広げていき、芸術史の論文も発表した。一九三三年、ウィーン最大の競売会社、ドローテウムで芸術部門のグラフィック・アートの専門家となる。グラーフェは個人的にはクービンの資料館を建設し、かれが発見したものには、一五世紀ウィーンのヴィンタープルガーの未知の版、ニュルンベルクのイェルク・グロッケンドンによるパッシオ・クリスティの単葉の彩色木版画の当時未知のセットがあり、ドイツのユダヤ人向けのフリードリヒ大王による立法を含んだ一四世紀の写本も発見した。

（左）第１次世界大戦前のグラーフェ。詩集『イドリス』と『ルイト・ホラ』はこの頃の作品。ヨーゼフ・シュトレルカは1961年にグラーフェの作品の歴史原典批判版で再発見の成果を挙げた。（右）1941年にゲシュタポによって逮捕される直前のグラーフェ。反ナチスの詩のために1942年に52歳で処刑された。

　一九二七年にグラーフェは再婚し、ふたたび息子の父親となる。グラーフェは処刑されるまでに手紙を二通書くことが許され、二度目の妻、末の息子に宛てた手紙でこう書いている。「なにがなんでもきみたちは悲しんではならないよ、私もそうするからね。私は世界と折り合い、わが無実の感情をもって静かに、憎むことなく、気丈に彼方へいくのだ……」。最初の妻と二人の年長の息子に宛てた二番目の手紙にはこうある。「われわれプラトン流の哲学者が永遠の帰還を信じてきたことに、まちがいはないね」。そしてグラーフェはつぎの文で締めくくる。「毒人参、または打ち首になろうと／おなじ儀式にかわりなし／だがかれらが罰を信じるとは／それはとんでもない変わり身」。
アルフレート・クービンは友人の処刑に、絞首によって死後硬直する蛇の顔をした作家の線描画で応じた。グラーフェの詩集『ルイト・ホラ』につぎの詩節がある。

偉大な慰めの女性となる夜がひそかに
神秘にみちた旅の支度をすれば、
ぼくは不安のため息で眠りこむ。
つぎの夢ではどこにいるだろうか。

◉エルンスト・ヴァイス

一八八二年八月二八日にブルノで生まれたエルンスト・ヴァイスは、第二次世界大戦後は完全に忘れ去られた作家ではなかった。一九四〇年のドイツ軍のパリ進駐のさいに自殺した作家のことを気づかせたのは、アンナ・ゼーガース、ヴィリ・ブレーデル、ヘルマン・ケステンだけではない。一九五〇年に長編『ゲオルク・レターム、医者にして殺人者』が新たに出版されると、カフカの波がヴァイスを際立たせることになる。カフカの日記にはヴァイスがくりかえし登場する。六〇年代にクライセルマイアー&クラッセン書店がこの作家のデビューを試みたが、果たせなかった。

ようやく果たしたのがズーアカンプ書店であり、一九八二年にヴァイスの生誕百年記念に一六冊入りのカセット本が、ドイツ通信社の編集員、ペーター・エンゲルとヘッセの信頼するフォルカー・ミヒェルの編集によって出版された。倦むことなくエンゲルは、自分が一九七三年から編集していた「ヴァイス・ブレッター」誌で、ヴァイスについての報告と討論の場を設けこの作家に注目を集めた。作品と人物に関し卓越した研究をしたのは、ボヘミアの古都に生まれ、一九四〇年にパレスチナに行ったドイツ文学者のマルガリータ・パツィであり、一九七八年に刊行された『プラハ・サークルの五人の作家』はその成果である。

ヴァイスは、かれが四歳のときにはすでに死去したユダヤ人の織物職人の息子であり、一九〇二年にブルノの第二ドイツ・ギムナジウムで大学入学資格試験に合格し、プラハ大学とウィーン大学で医学を学び、ウィーン大学で一九〇八年に博士号を取得して学業を修了する。「際限のない愛とかなり満足のいく成功をもって実践した」と自分の職業について語るヴァイスは、外科を専門とした。ヴァイスはベルンとベルリンに滞在したあとに、ウィーンのヴィーデン病院外科のシュニッツラーの叔父ユーリウスのもとで勤務し、最後に勤務したのはプラハの総合病院の外科であった。

1930年代のヴァイス。1928年発刊の長編の装丁をデザインしたのは、ルネ・ジンテニスであった。

その間にヴァイスは長編を四作、戯曲を一作公刊した。一九一三年にS・フィッシャー書店から出版された最初の長編『ガレー船』ですでにヴァイスは批評家を味方にひき入れた。ベルトルト・フィアテルは、感情の乏しさゆえに科学に逃避し、実験で死ぬことになる医者の物語についてこう書く。「これは時代がかかえる深刻な問題のための書であり、深刻化する自我、自我の病気、現代の才能のある人間に特徴的なノイローゼのための書である」。愛の不可能性は、くりかえしヴァイスの作品に現われるテーマとなる。

ヴァイスは一六篇の長編、三篇の戯曲、多くの小説、そして詩とエッセイをそれぞれ一作ずつ書いた。一九二一年からベルリンに住んだが、ドイツを去るまえの最後の作品『ゲオルク・レターム、医者にして殺人者』（ショルナイ書店）は一九三一年にオーストリアで出版され、現代のハムレット小説となった。ふたたびヴァイスは「魂のある実験」を推し進め、追い込まれてこう断言した。「私はそもそも愛することができるのか疑った」。ヘルマン・ケステンはヴァイスのこの作品を特徴づけた。「失われた個人主義は凍るような宇宙を孤独のうちに逍遥するのだ。父親の家は戦場、家庭は狩猟用の網、結婚は罠、愛は裏切りと呪い。父親は息子と対立し、女は男と、肉体は精神と、死は生と、職業は私的な嗜好と対立関係にある」。

外科医のヴァイスは文学において自分の手術の領域とはなにかを見いだし、自分の世界における最初の破壊を第一次世界大戦で軍医として体験した。生きのびることで諦めていた精神世界にすがりつき、中央ヨーロッパ的な思考の精神面における破滅の歴史を作品で表現した。「私はわが心の奥底では古いオーストリア人である」と書いている。

一九三三年二月二七日の帝国議会炎上のあと、チェコスロバキア国民であるヴァイスは、プラハに帰還し、瀕死の母親のめんどうをみる。ヘルマン・ケステン宛に当時こう書いている。「私は当地で大いなる孤独と落胆のなかで生きていますが、希望を諦めてはいません、すべてがまだ変わるという希望を、そしてひょっとしてわれわれが自ら語らないにしても、まだわれわれの存命中にわれわれの理念が理念にふさわしく支配をはじめるという希望を」。一九三四年にモラビアのオストラウのユーリウス・キトル書店から出版された長編『刑務所の医師、または祖国喪失者』で、腐敗した時代にあって人間性のみを重視する人間像を展開した。

母親が死去したあとにヴァイスはパリに亡命する。アムステルダムのクヴェリード書店から一九三六年に出版された長編『貧しい浪費家』にはこうある。「希望をいだくことはよいことだ、ひじょうによいことだ、たとえ信じなくとも」。これに続いたのが、真の愛が不可能な人間の物語である長編『誘惑者』であり、一九三八年にチューリヒのフマニタス書店から出版された。ヴァイスの長年の友人であり、ニューヨーク在住のハンス・ザールは、マルガリータ・パツィにこう表明する。「かれは女性や友人にたいし気むずかしい、不幸な人間でした――つねに『裏切られた』という感情のためにその裏切りに刃向かっていました。かれがパリで宿泊したみじめなホテルの部屋は修道士の独居房のようでした。壁に絵はなく、快適なものはなにもありませんでした。ヴァイスは無愛想で、考え方は性急でした……永遠にもとめる人、そして永遠に幻滅する人でした……かれにもたらされた尊敬には、切望していたにもかかわらず不信の念をもって接していました。しかし世界は悪辣なことで満ち、かれの運命はそれに裏切られることになっていました」。

ドイツ軍のパリ進駐の日、ヴァイスは致死量の睡眠薬を服用し、湯船につかりながら動脈を切り自殺を図った。この自殺者は自信がないために、二重に心をわずらわしていた。自ら書いているように、「圧倒的な優勢」のまえに屈した。それには長い途中経過があったが、ハプスブルク世界の没落とともにはじまっていた。ヴァイスは西洋の歴史世界の崩壊を作家として分析的に記述すると、同時にそれを追い払おうとしたが、この崩壊をヴァイスは最終的に迎えいれた。

「神の否定と悪の世界の否定、この間には呪いがある。呪いは飛び散る火花、対立を収める火花となり、肯定的なもの、助ける行為となる。呪いが犯人だけを助けることになれば、犯人をひとり漫然と炎のなかで浄化する」と書いていた。

ヴァイスは、チェコスロバキアの旅券でポルトガルに逃れようと思えば意のままになった。ヴァイスと友人関係にありマルセイユに逃れたアンナ・ゼーガースは、逃亡の最中にもヴァイスの運命を執筆に使っていた。ゼーガースの長編では、パリからマルセイユに逃れる若い組み立て工が、作品ではヴァイデルという名前になっている自殺者ヴァイスの最後の本の原稿を救い出す。その原稿は実在していたのだ——それはヒトラー小説であり、戦後、ニューヨークで突如その姿を現わし、死後に『目撃者』という題で西ドイツで発刊された。

◉ヴァルター・ゼルナー

ヴァルター・ゼルナーは、一八八九年一月一五日カールスバートに生まれた法学者であった。ゼーリヒマンが本名であるかれは、カトリックに改宗後は公式にゼルナーの名前が認められたユダヤ人であり、当時は偉大なる神秘的な人間であった。賭博師、哲学者、作家にして、竹の杖をもちブラシのかかった燕尾服にチョッキを着て、グレーのネクタイをつけた早変わり芸人でもあった。ダダの芸術運動の共同創設者の狂気ぶりには、社交上手な洗練さがあった。一九一八年に宣言書『最後の弛緩』を発表して、第一次世界大戦中にスイスに逃れたこの作家には、パリにまで及ぶ影響力があった。

(左) ダダイズム運動のリーダー、怪奇犯罪小説の巨匠であるゼルナー、チューリヒのレーミ通りで。(右) 1年後、画家のクリスティアン・シャートのアトリエで、後列左がゼルナー、前列左がシャート、その隣が彫刻家のアレクサンダー・アルヒペンコ。

だがゼルナーがメディア上で最初の討論の場にしたのは、リベラルな「カールスバート新聞」であり、父親が発行元であったこの新聞に、ウィーン大学で学んでいたゼルナーは「芸術の手紙」を掲載した。ゼルナーはまたたく間にダダ運動からはなれていき、ヨーロッパをあちこちと移動する独立独歩の人となる。レーニンともチューリヒで知り合いになり、ロシアの一〇月革命のあとに炯眼にもこう書いていた。「いかなる革命も愛するファウストへの切望に満ちた怒りであった」。チューリヒ市の住民課と外国人管理局は、ゼルナーの住居の三四箇所全部を一九一五年から一九三三年まで記録していた。

　ゼルナーが生計をどう賄っていたのかは知られていない。なにはさておきかれには、「最後の弛緩」の宣言書を捧げたオランダの富豪アントニー・ヴァン・ホーボーケンという忠実な後援者がいた。ゼルナーはあやしげな社交界、犯罪者の世界の怪奇犯罪をその残酷さ、いかがわしさ、陳腐さとともに——虚勢の時代の肖像を書いた。ゼルナーの作品はハノーファーのシュテーゲマン書店から出版され、この出版社は一九二七年／二八年に全集を七巻のカセット本で刊行し、ゼルナーの友人の画家が装丁の絵を描いた。

　高等詐欺師の時代を弾劾する冷徹な表現の背景には、偽善が人間の嫌悪感となるまでの絶望感が潜んでいる。この雰囲気のなかでゼルナーの犯罪者たちは、まだきわめて誠実な人間たちである。その誠実さによってかれらの創作者は帳消しになると感じていた。「人間の脳はたんなる遺伝性の慢性潰瘍ではないのか」とゼルナーは問う。一九三一年にゼルナーの本『雌虎』が俗悪な書物リストに載せられるに及び、アルフレート・デーブリーンが作家のゼルナーに賛成の演説をぶって取りやめさせた。

　すると改めてミュンヘンから禁書の動議が届く。一九三三年四月二五日、ゼルナーにその決定は下される。ナチスはもう間近にきていた。ゼルナーは、ベルリンのユダヤ人で生涯の伴侶ドロテーア・ヘルツと安全な場所に移動し、一九三八年にふたりは結婚した。ドイツのオーストリア併合のあと、ゼルナーと妻はチェコスロバキアに隠れ家を見つける。上海に移住しようとしたが、チェコスロバキアの残りの部分を占領していたドイツ人の動きのほうがすばやく、ゼルナーと妻はかつてのユダヤ人街のコルコヴナ五／九二〇に住む羽目になった。

　そこから夫妻は一九四二年八月一〇日、テレージエンシュタットに行き、八月二〇日、八〇三と八〇四の番号を付けられて東方に追放される。目的地不明、とプラハのユダヤ教区にある流刑囚のカードボックスには記されている。一九四二年一〇月、アウシュヴィッツへの追放がはじまり、あきらかになったのは、ゼルナーと妻が移動したのは、「特殊部隊B」が二つの移動可能なガス室を配置していたミンスクの地域だった。排気ガスがひき込まれ殺害された。

　ハイデルベルク大学の学生トーマス・ミルヒは、まる一〇年かけてゼルナーの人生行路を究明した。チューリヒ、ジュネーヴ、ルガノ、バルセロナ、パリ、ベルリン、ウィーン、カールスバート、プラハ……ベルリンのゲアハルト書店の当初の試みは、『最後の弛緩』と『青い猿』の再版によってゼルナー像を完全に補完することだったが、一九六四年に頓挫していた。アイン・マン書店のクラウス・

G・レナーは一九八一年にトーマス・ミルヒ編集による八巻本のゼルナー著作集の刊行を開始し、一九八四年に完結した。第八巻で独文学者ミルヒは、時間のかかった調査の結果を公表し、神秘的なゼルナーの伝記が伝説を超えてはじめてあきらかとなった。一九五三年生まれのトーマス・ミルヒは、ゼルナーの晩年の謎をあきらかにし、最後はプラハで語学教師としてどうにか暮らしていたことが分かった。同時にミルヒの再発見は大きな反響を呼び、いよいよゼルナーに無気力な文学研究者に尽力させるように仕向けた。

　このゼルナーにはすでに早くから、なにがヨーロッパを破壊するのか分かっていた。一九一六年にスイス亡命中にこう書いている。「精神に反しているがゆえに、深い罪を犯す決まり文句こそがこのような災厄を生むのだろう。殺害を命令できるのは、言葉によって明確に満たされないので、自らを震撼させるために話す者のみだ。言葉に鈍感である者のみが行動にも無関心のままだ」。

◉ペーター・キーン

　ナチスは薄気味の悪い演出によって真の目的が強制収容所にあることをごまかした。演劇、オペラ、コンサートと喫茶店——このすべてがテレージエンシュタットのゲットーにはあり、このすべてが赤十字の偵察員を感動させることになった。一九四一年のゲットーの建設以来テレージエンシュタットに追放されたユダヤ人の芸術家は、さらにアウシュヴィッツの地下壕の毒ガス室にむかった。一九四四年一〇月末、テレージエンシュタットは「芸術家不在」となる。

　ゲットーを通過していった人間は全部で一六万人いたが、そのうちの三万四千人がテレージエンシュタットで死去する。テレージエンシュタットを通過して東方に追放された六万人のチェコスロバキアの市民のうち九五パーセントが命を落とした。皇帝ヨーゼフ二世統治下の一八世紀末に建設されたかつてのこの要塞には、ほかにゲシュタポの刑務所もあり、ほとんどが政治犯の囚人であり全部で三万四千人が刑に服していた。

死を目の当たりにして作品を創作した画家で作家のキーン。22歳でキーンは、テレージエンシュタットのゲットーにはいった。3年後かれと妻イルゼは、アウシュヴィッツで殺害された。

バビロンの壁の下
座ったわれわれは泣いていた
将来に想いを馳せて
われわれの足枷は帰還のために解かれず
秋の嵐のまえの砂塵のように
われわれは四方に渦を巻くだろう
敵対する砂漠でだれもが孤独だ。

この詩を書いたペーター・キーンは、一九四一年にゲットーの建設のためにテレージエンシュタットに追放された千人の若いユダヤ人のひとりだった。ユダヤ人「自治」のためにチェコ事務所の画家に指名され、図面やポスターを仕上げなくてはならなかった。そしてキーンはテレージエンシュタット通貨の紙幣の図案も考案したが、まったく通用しないこの通貨もナチスのだまし戦術であった。

キーンにはふたつの才能があった。画家と作家である。キーンは、一九一九年一月一日にユダヤ人の繊維工場主の息子として北ボヘミアの国境の街ヴァルンスドルフに生まれた。一九三〇年に実科学校に通うためにブルノにきた。一九三六年に大学入学資格試験に合格し、ブルノの実家を出て、プラハの造形芸術アカデミーのヴィリー・ノヴァークのクラスを受講した。

ロンドン在住のグラフィックの画家である、キーンの従姉妹のケーテ・フィッシェル－シュトレーニッツは、こう回想している。「ペーターはひじょうに早熟でした。文筆も絵画も一四歳のときにはじめました。すばらしい才能と集中力があったので、芸術を職業とする選択にためらいはありませんでした。私の両親はガブロンツ（ヤブロネツ・ナド・ニソウ）でタバコ屋の本店を経営していましたが、わが家を訪ねてきたキーンは、新しい明るい壁紙に感激してしまい、デッサン用の木炭をとって白山の戦いを描いたのです。はしゃぎ屋で、快活で、たえず陽気な人間でした」。

フィッシェル－シュトレーニッツ夫人は、キーンの義妹のルネ・モルトンを自分の住居に呼び寄せて、その後二人の女性は、なんとか間に合って子ども移送車でチェコスロバキアを去りイギリスにむかった。ケーテ・フィッシェル－シュトレーニッツの両親と弟は脱出できず、アウシュヴィッツで殺害された。ルネ・モルトンの両親と妹のイルゼ、つまりキーンの妻は、おなじ道をテレージエンシュタットからアウシュヴィッツにむかった。二五歳のキーンが妻と彼女の両親と一緒になったのは、三人が一九四四年一〇月にアウシュヴィッツ行きの移送車の最後の一台に乗せられたときだった。

哀れな葉よ、わが呪いを道にはこべ！
きみたちは時代に、
陰鬱な過去の氷に、融けようとする、
はじめての陽気な春の日。

涙を顔に流してはいけない、
きみたちは泳いだ、涙のなかを存在の岸辺へと。
きみたちの言葉のなかで燃えあがる炎は
きみたちを灰になるまで燃やし、スラグ煉瓦にする。

きみたちが日中歩けば、異人となり
将来は、心を閉ざした物乞いとなろう！
わが青春の乙女たちは老婆となり、
きみたちが伴う老婆を、ぼくは判らなくなる。

半ば腐った小船のように、

脆いオールは動かず、
見えるのは、マストに沈むきみたち。
忘れられた言葉のごとく沈黙するきみたち。

きみたちの嘆きを、ある陽気な種族は
下品などもりというだろう、
そして沈みこんだ日々に
自分の眼で見たのは監獄。
老人たちのみが、
色褪せたきみたちの苦しみを予感するだろう、
そして降ろされた旗とともにきみたちに挨拶するだろう、
そして陰鬱な時代の思い出に陰鬱に頷くだろう。

銀行員ストランスキーの娘で、一九一九年プラハ生まれのルネ・モルトンは、こう回想している。「将来の私の夫がペーター・キーンを私たちの家族のもとに連れてきました。一九四〇年にキーンは私の妹イルゼと結婚しました。かれはアカデミーの勉学を終えることはできませんでした」。一九四〇年から一九四一年までキーンはグラフィックの私立学校「オフィツィナ・プラゲンジス」に通うことになる。テレージエンシュタットに連行された二二歳のキーンは、四〇〇点の油絵を遺し、そのなかには戦後になって再発見されたものもわずかにあった。テレージエンシュタットで制作された多くのペン画、水墨画、鉛筆画は遺され、いまもチェコスロバキアのテレージエンシュタット資料館とイスラエルのテレージエンシュタット資料館「ギヴァト・ハイム」に保管されている。

一九三七年にヴィリー・ノヴァクの絵の教室でキーンと親しくなったペーター・ヴァイスは、最後はスウェーデンに亡命先を見つけるが、この友人のことを一九六一年にズーアカンプから出版された『両親との別れ』で偲んでいる。「そして最後となった日に私は、アカデミー時代の友人の一人であるキーンと明るい通りに立っていた。われわれの間に置いた大きな絵、それは私が燃える街を描いた絵であった。キーンは上空を凝視してむせび泣くように息を吸いこんだ。私には上から棒切れのようなものが落ちてくるのが見え、われわれの立っている通りの石畳のうえでぱしっと音をたてた。私にはこれがなんの棒切れか分かった。黒い棒切れについた頭のまわりを血が流れ、棒切れは身体であり、わきに転げまわり、腹に膝をぴたりと押しつけられたままで、大きな石の子宮のなかにいる胎児のように硬直していた。方々からひとが走りよってきた、われわれは燃えている街の絵をそのままにして去った。キーンはむせび泣いていた。逃げろ、ペーター・キーン、ここにとどまるな。逃げろ、隠れろ、眼鏡の厚いプリズムの奥で呆然と見つめるきみの眼差し、逃げろ、遅れないように。だがキーンはあとに残った。キーンは殺害され、焼かれた」。

1937年ころ、妻イルゼと一緒のキーン。

一九四二年の夏と秋、キーンはテレージエンシュタットのゲットーで抒情詩の連作『ペストの街』を書いた。それはチェコ語に翻訳され、ギデオン・クラインによって曲が付けられ、一九四三年にチェコ人のアンサンブルによって何度か演奏された。連作のなかの一七篇が遺されている。

……そしてぼくらはぼくらの小さな夢に
ぼくらの貧しい夢にしがみつく
目を覚ましたくはないのだ
どの道でもどこかで待ち伏せをする
死者の復讐のように明日を畏れる
ぼくらは心地よい暖かな夢に寄り添い、
氷のような昼の風が夢のなかを吹きぬける。

チェコの劇団がテレージエンシュタットでキーンの小品の戯曲『操り人形』も上演した。占領され、異国の支配者を殺した英雄のいる国の話であり、一九四二年のハイドリヒ暗殺事件にたいするキーンの答となった。

キーンは『アトランティスの王、または死神は退位する』という題のついた「四点の絵にある伝説」でもファシズムの弾圧に抗している。死神は、神のいない腐敗したアトランティスの国で戦争中毒の王ユーバーアル〔「どこでも」〕を拒絶する。死神は支配者の犯罪に耐えきれずストライキを起こす。もはやたがいに殺すことのできない人間は、ペストに見舞われ、生きることもできなければ死ぬこともできなくなる。カオスが突然はじまる。もはや死者によって支配できない王は、死神にストライキを断念するように頼む。死神はその頼みに理解を示し、帰還のための最初の犠牲者として王を要求する。

キーンの伝説は、ヴィクトーア・ウルマンの作曲とともに一九四四年の秋にテレージエンシュタットで上演されることになり、すでにリハーサルは進行していたが、ナチスは上演を禁止した。『アトランティスの王』は三〇年以上待たなくてはならず、一九七五年、このオペラはアムステルダムで初演された。キーンの抒情詩が世に問われるまではまだ待たなくてはならない。

隅にしゃがむ昔日のぼくの
似姿をこねてつくり、壁にかける。
すると似姿は地上に出てしまい
ひとり空中に掛かる壁のあいだに立つぼく、
時代の氷の穴のように、
埃をかぶった過去のように。

雨が降り、陽が射し、――その似姿は外出する、
歩きだし、悩み、暮らす、そしてぼくの声に、
ぼくの顔に語りだす、
そして似姿は愛し、憎しみ、笑い、泣く、

わが心にだけは似姿はない——
わが心に似姿はない。
ときおり似姿はもどり、ぼくをじっと見つめる。
盲目のぼくの眼、似姿のきらきらした眼。
あまたの悪行をしてきた似姿、
そして似姿はふてぶてしく、ぼくは篤い病となる……
似姿の手に妙な痛みがへばりつき
わが心は自分にささやく、
きみよ、似姿を殺せ！

だがぼくは心にいう、出ていけ！

ペーター・キーンはゲットーの夢から出てきた。

白く湿ったロンドン、静まるコペンハーゲン——
ぼくはきみたちの通りを縦横に
あてもなく歩き、そして異国の言語で尋ねたい、
よい安宿はどこに……

べつの詩にはこうある。

ふたたび穏やかな日々が通りを大股で歩くだろう、
暖炉の安らぎに満ちた夕べが思い切り伸びをするだろう、
ふたたび羊雲が鉤針でレースを編むだろう、
空に、平和の時代のように……

ぼくらがとっくに解放した水平線の後方に、
少年たちは見知らぬ島を予感し
ふたたび戦争を探すだろう、荒涼とした広野で、
血濡れの旗を。

キーンの百篇以上の詩がチェコスロバキアには保管されている。テレージエンシュタットのゲットー時代の詩は、H・G・アードラー宅とケーテ・フィッシェル－シュトレーニッツ宅にあり——筆者のために居間のテーブルに広げられた。義兄の写真を数葉見つけたルネ・モルトンは、捜索した挙げ句に罫線の入ったノートを見つけ、その九一頁にキーンは、テレージエンシュタット研究ではこれまで知られていなかった戯曲を二篇書きつけていた。一九四三年に完成した『国境で』、一九四三年一一月一五日に完成した『悪しき夢』。キーンはテレージエンシュタットのゲットーにいる自分のことをこう書いた。

だれもが避けていくぼくは
底知れぬ哀しみ、
独りこの道を歩むぼくは
底知れぬ哀しみ。

ぼくの歩みは異国のようだ
ぼくの眼差しは冷たい炎のようだ
ぼくの色褪せた服は灰のようだ、
ぼくは底知れぬ哀しみ。

ぼくはやってきた、どこからか分からない、
ぼくはいく、どこにか分からない、
そしてぼくを見る者は陽気になれず、
奇妙な痛みが襲うから、
かれの笑いは黙しつづけ、
泣かなくてはならない、なぜかは分からない。

ぼくは底知れぬ哀しみ
わが盲目の眼が泣く
すべての事物から遠くはなれ
時代のなかで孤独だ
迷える子どものように。

◉ゲオルク・カフカ

テレージエンシュタットで風景詩「アルカイオス」、「オルフェウスの死」を書いたゲオルク・カフカは、一九四四年五月に自分の意志で母親に従ってアウシュヴィッツにむかい、母親はガス室で殺害された。ゲオルク・カフカはシュヴァルツハイデ収容所で、一九四四年に二三歳で死去した。

主よ、見よ、死者があなたにやって来る。
ぼくらが愛した孤独な死者は
遠くのまま。
ぼくらはかれらの唇となり
あなたにお祈りをしなくてはならない、
永遠なる主よ。

かれらの疲れた心をやさしい手で掬いたまえ。
心は鎮まるのだ。
故郷をさがす一羽のツバメが、
眠りにつく。

光に飽きたかれらの眼に
あなたの服を掛けたまえ、
かれらはあなたのかんばせの夢をみる、
暗闇のあなたよ。

青銅の鐘のようにかれらの唇を沈黙させよ
昼に、
時を告げ、別れと苦痛を母が赦すとき。

あなたの仕事を準備する
かれらの両手、
おお神よ、永遠の収穫期よ、
かれらに休息を。

だが生きているぼくらは、
日々むだにできず。
ぼくらは辛苦を耐え忍ぶ
あなたの夢のため。

おお主よ、生者があなたにやって来る。
ぼくらが愛した孤独な生者。
ぼくらに生者は見えず。
だがあなたにはひらめく、
主よ、光よ。

ゲオルク・カフカは、フランツ・カフカの遠縁の親戚であり、一九二一年にテプリツ－シェーナウ（テプリツェ）に生まれた。メルヒオール・フィッシャーと劇作家のディーツェンシュミットの街である。ここにゲーテは来て「黄金の船で」という古い旅館で『エグモント』を執筆、リヒャルト・ワーグナーはここで『タンホイザー』を作曲、ショーペンハウアーはこの湯治場に滞在、ベートーヴェンは喜びの歌の序曲を作曲、ゴットフリート・ゾイメはここで永眠。

ゲオルク・カフカはテプリツの小学校に通い、そのあと文科系のギムナジウムに通った。一九三九年にプラハのシュテファン・ギムナジウムで大学入学資格試験を受け、初等教員と市民教員のためのユダヤ人のゼミナールに通い、その後、母親とともに一九四二年にテレージエンシュタットに連行されるまで、二年間教えていた。

◉ハンス・ヴェルナー・コルベン

一九二一年にプラハで生まれ、一九四三年にテレージエンシュタットにきたハンス・ヴェルナー・コルベンは、収容所で抒情詩人となった。スコダとライバル関係にある乗用車「プラガ」、ならびに飛行機と機関車も生産した大企業家一族の出身であるコルベンは、家族とともに一九四四年秋にアウシュヴィッツに追放され、弟のハインツはアウシュヴィッツからの逃亡に成功した。コルベンはカウフェリング強制収容所に移送され、そこで発疹チフスに罹り一九四五年に死去した。「予定より早い死」は、テレージエンシュタットで完成した詩。

森から猟師の角笛の歓声があがり、
長く伸びる夕日の影、
そとでは熟した穀物がざわめく、
黄色い大波のなかでざわめき、
犠牲者の死を待つ。

騎士が牧草地を進み、
ひづめは熟した命を踏みつける、
騎士が遺したものは
われわれになにも与えなかった死者の足跡、
よい終末を待ちわびた死者の足跡。

角笛よ、なぜそれほど哀しく鳴らすのか、
黄色い穀物の数束ばかりを嘆き悲しむのか。
あらたに熟した穀物がとうに忘れられた
古い表土のうえに置かれ、
すべてが、すべてが健やかになる。

深い夢から角笛が響きわたり、きみは彷徨う、
暴力でむなしく死んだ者が、
収穫のまえに失われたものが、
また生まれることはなく、
残るのは酷使のみ。

◉ゲオルゲ・ザイコ

ナチスの敵ゲオルゲ・ザイコは、そのつもりになればアメリカ合衆国に逃げることはできた。必要な身元保証書をもっていたザイコは、自分に用意されたアメリカの保証書を、あるオーストリアのユダヤ人に転用できるようにめんどうをみた。信頼できるナチスの犠牲者を救済するために自らは犠牲となった。ナチスの時代にウィーンのアルベルティーナ美術館の館長であったザイコは、世界的に最も有名なグラフィックの収集品が紛失しないように救った。またきわめて価値の高い版画がナチス高官に略奪されないように手配した。つまり、何人かのナチスが自分で確保し本物と思っていたのは、すばらしい複製品であったのだ。

ザイコは、一八九二年二月五日、現在は地図から消えているボヘミアの地、ゼーシュタトル（エヴジェニツェ）に生まれた。その街は第二次世界大戦後、やむなく褐炭・露天掘りの街になった。エマーヌエル・ゲオルゲ・ヨーゼフ・ザイコ――これが正式の名前――は、財産家の製粉業者の娘とこの街の巡査長の間にできた息子であった。のちのザイコの妻マグダレーナは学位をもつ美術品の修復専門家であり、ザイコには、ボヘミア地方での子ども時代の思い出をなんども語って聞かせた。「営んでいた農業のこと。スロバキア人が手伝いにくる収穫期のこと、木々の実の成熟の様子、ジャム作りのこと、ゴシキヒワがとても好きだった母が、父にアザミの種を、畑の筋に蒔かせていたことを語っていました」。

地方警察官の地位を諦めなかった父親とともに、家族は転勤になると一緒に引っ越した。コモタウ（ホムトフ）、つぎにゲルカウ（イルコフ）に越した。ライヒェンベルクでザイコはギムナジウムに通ったが、両親がウィーン近くのメートリングに越したために、学校を終えたのはボヘミアではなくオーストリアであった。祖父から多くの蔵書を受け継いだザイコは、一九一二年、ウィーン大学で勉

学をはじめ、哲学、心理学を専攻し、つぎに考古学と芸術史を専攻し、ドイツ文学の講義も聴いた。学業の間に知り合ったフランツ・テオドーア・チョコルが、ザイコの最初の作品を強引に掲載した雑誌「ブレナー」には、一九一三年に小説『最後の目標』が掲載された。第一次世界大戦の勃発直前、ザイコはチョコルとともに、ペテルブルクのドイツ劇場で客演するイダ・オルロフの一座にはいり劇団の旅巡業に出る。第一次世界大戦では後方兵站基地でオーストリア＝ハンガリーの軍事日誌をつける地位に就き、哲学の博士号を取得して学業を終えたのはようやく一九二七年のことだった。この間にザイコはヘルマン・ブロッホと知り合い、友情に発展していくが、ブロッホが実践した文学の過激な手法にザイコが従うことはなく、有名作家になるまえにすでに、イギリスの雑誌に掲載された芸術史のエッセイで名前を売っていた。

一九三二年、ザイコは喜劇『宮廷と個人の情報』を完成し、ヨーゼフシュタット劇場に採用され、一九三八年秋に初演されることになっていたが、この作品が一九八六年にオーストリア放送協会による朗読の上演で公開されるまでにほぼ四〇年かかった。苦労を重ねたザイコに、この国でオーストリア国家文学栄誉賞の授与が決定されたのは、死の直前であった。

ドイツのオーストリア併合のあと、ザイコは出版禁止の措置を受け、長編『筏のうえで』を書いたが、出版できたのは一九四八年のことだった。アルベルティーナ美術館に雇用されたザイコは、ユダヤ人の出自である女友達のイェラ・グロースが追放されるまえに救おうという思いになった。抵抗運動にはいってからは、爆撃のまえにアルベルティーナの在庫作品を、ナチスが中身を一掃した金庫室、つまり国立銀行の金庫室に収納した。

オーストリアの役所によるザイコにたいする戦後の扱いは屈辱的であり、役所はコレクションの救世主から、アルベルティーナの管理責任者の役目を取りあげた。道徳的にも専門的にも問題はなかったこの人物を侮辱したのだ。ザイコは訴訟を起こさざるをえなくなり、一九五〇年にアルベルティーナを去る——この館が年金でザイコに保証することはなかった。一九五五年、二番目の長編となる『船内の男』を執筆した。長編『筏のうえで』においてザイコは社会の没落を、両大戦間を漂流するヨーロッパに喩え、第二の長編ではオーストリア型ファシズムの潜在性を「帝国にもどる」まえに示していた。ザイコは長編の作品で無意識の世界を通る道を鮮明にして、苦悩において認識の前提をみていた。「なぜならば苦悩は認識の最後の形であり、あらゆる認識は自らを肯定する最後の形であるからだ」。自我はザイコにとってたえず変化していく

定住しようとしたイタリアでのザイコ。

認識を束ねるので、心理的な世界と身体的な世界との根本的な相違が見られないことになる。モラビア出身で物理学者、哲学者のエルンスト・マッハの汎感覚主義は、ザイコの作品にその文学的な結晶を見ることになった。

一九六二年一二月一二日、オーストリア国家文学栄誉賞があたえられたザイコは、妻マグダレーナとともに、オーストリアを去りイタリアのサレルノの辺りに移住しようとしていたが、一九六二年一二月二三日、レーカヴィンケルで七〇歳で死去した。妻はそこで骨董品を修復して売り、かれのほうは計画していた「オーストリア的な短編」を書くつもりだった。

そのうちの一作の内容は、第一次世界大戦直後のアドルフ・ヒトラーとの出会いである。ザイコはパリに行き勉学を続ける決心をしていたときに、知人が荷物をもってきて、ミュンヘンの指定のホテルでそれを渡すように頼んでくる。その知人はこの荷物の引き渡しと引き換えにホテルの無料宿泊を約束する。ザイコはその荷物をもっていき、ミュンヘンのホテルで渡し、その受取人から夕食を招待される。少々髭をたくわえた男性もやってきて、「同僚！」とその人物はかれに祝杯をあげる。翌朝ザイコはふたたびかれと朝食のときに会い、談笑し、かれはザイコの二つのトランクを見て、そのひとつをもってザイコを駅まで送る。「あなたがもう一度ミュンヘンにくることがありましたら、ちょっと立ち寄るのを忘れないでください」とその見知らぬ人物は言う。「どうかヒトラー氏のことを訪ねてください」。

◉ディーツェンシュミット

劇作家ディーツェンシュミットは、一九一九年二五歳のときにクライスト賞を受賞し、一九三三年にナチスが権力の座についたときはベルリンにとどまっていた。ヘルベルト・イエーリングとともに「ベルリン日報」には批評家として、一九三九年初頭にナチスの権力者によって閉鎖されるまで雇われていた。ディーツェンシュミットは、政権に同調した編集部のほかの同僚のように「ドイツ一般新聞」や新しく創刊された雑誌「帝国」から受けいれられることはなかった。作家としてのディーツェンシュミットは一九三三年以来、「世界観的にひどく問題があり、耐えがたい」作家として歓迎されざる者のリストに載ったが、信心深いこのカトリック信者は最後まで困難に耐えて自分の考えを貫いた。聖人伝説の戯曲『クリストファー』で主人公クリストファーが一九二〇年に表明した姿勢、つまり「きみは善人でなくてはならない」という思いに忠実であった。かれは、自分が一九三九年に挫折した人間であると自覚したが、自分の信念では、善は最後にはナチズムのドイツでも認められると考えていた。外的環境にかれは打ち負かされた。ディーツェンシュミットは勘違いしていたのだが、その勘違いは作家にとって悲劇的な結果をもたらし、あまりのことにかれは口もきけなかった。五人の子供の父親であるディーツェンシュミットは、カトリック教会の支援によって、ボンドルフ・イム・シュヴァルツヴァルトで戦争を生きのびたが、戦前の作品に繋がるような作品を一作も書けなかった。

第二次世界大戦が終結してディーツェンシュミットが見たのは、ズデーテンからのドイツ人追放にさいしナチスの犯罪的な思惑が続いていることであった。このことは一九二八年にチェコスロバキアのドイツ文学国民賞を受賞したディーツェンシュミットにとっては最大の打撃となる。晩年に、ディーツェンシュミットはある友人に戯曲『母なるボヘミア』について詳しく述べていたが、この作品は、ドイツ人を追放したのちに自身はドイツ人のもとに隠れ家を見いだすチェコ人の物語であり、このことがエスリンゲンで一九五五年一月一七日に六一歳で死去するまで脳裏からはなれることはなかった。この作家がふたたび自分の言語を取りもどすことはなかった。

ディーツェンシュミットは一八九三年一二月二一日、帽子工場主となったエールツ山地の住民の息子としてテプリツ－シェーナウに生まれた。国立実科ギムナジウムの生徒のときに、その萌芽にあっても将来のディーツェンシュミットを思わせる最初の戯曲を書いていた。あれこれ悩む宗教的な姿勢が混ざり合った写実的な性愛の話である。学校時代にアントーン・フランツ・シュミット——当時はまだこう呼ばれ、名前の変更はプラハの当局者によって一九二七年に許可された——は、一年以内に父親と母親が死去し孤児となった。

1922年にディーツェンシュミットはブリュックスで結婚し、ベルリンのアトリエ、エリーテで妻とともに写真を撮ってもらう。

帽子工場は売却され、ディーツェンシュミットの相続分はすぐに使い果たされた。

ディーツェンシュミットは皮膚結核を病み、死への道は前もって決まっていた。多くの診療科をへて、手術を受けることになるプラハの大学病院に入院した。医師団はかれに、まずたいていは麻酔から醒めることはないだろうと説明していたが、自分のすべての希望をこの手術に託した。結果は、身体障害者となって病院をあとにすることになった。不幸にも注射のさいに神経にさわり、結果的に左足の麻痺が生じたために、姉が医者から見放されたディーツェンシュミットをテプリツ－シェーナウに連れ帰ると、障害はむろん残ったが健康にむかった。

すでにカトリックから遠ざかっていたディーツェンシュミットにとって健康をとりもどしたことは奇跡であった。それ以降は作品にはA.Z.E.G.のイニシャルが書かれた。「A.Z.E.G.（Alles zur Ehre Gottes！）すべては神の名誉のために！」。一九一一年には松葉杖をついて大学入学資格試験を受けた。一九一二年に「わがユダヤ人の友人へ」と献辞を書いた最初の作品『全能の神の女王』が、一九一九年になってベルリンのエスターヘルト書店から出版されることになった。主人公はシェロメ・アレクサンドラであり、有名なサロメのおばである。

一九一三年、ディーツェンシュミットはベルリンに行き、文学史を学び、ジャーナリズムの学校に通った。ベルリンでは一九一三年から一九一四年にかけて短篇を、一九一八年に『死神王』の題の伝説を書き、ともにエスターヘルト書店から出版され、一九一五年、アブラハムによる『ハガルの追放』という戯曲が完成した。「私はこの作品を、ハガルとその子どもへの残虐な不当行為にたいする憤懣やる方ない気持ちで書きはじめた」とディーツェンシュミットは書いている。「この作品は老いて孤独になったサラの悲劇となったが、私はサラを裁きたかったのだ」。

「世界舞台」の編集者ジークフリート・ヤーコブゾーンが、ディーツェンシュミットの作品をエスターヘルト書店にもちこんだ人物だった。ディーツェンシュミットはボヘミアにもどり、ブリュックスに定住する。一九一九年のボヘミアの作家へのクライスト賞授与に決定的な後押しとなったのが、悲劇『小さな女奴隷』であり、「神の子ども」への裏切りを批判した作品である。かれが批判したのは、社会的な困窮から逃れるために未成年の少女に財産目当ての結婚を許す状況である。「菩提樹下の小劇場」で上演されることになっていたこの作品の初演は、警察から上演を禁止された。

この作品は最終的に一九一九年の五月にベルリンのフランクフルター・アレーのローゼ劇場で初演があり、結婚させられるプロレタリアの子役はイーダ・オルロフが演じ、成功し大評判となった。ドイツでの舞台は二百回を越え、チェコ語にも訳されプラハで上演され、ディーツェンシュミットは一夜にして高額の印税をとる作家となったが、そのあと印税はインフレで無に帰した。クライスト賞受賞の理由は作品のもつ「ゴヤのような力」が根拠となり、かれの作品には「あらゆる種類の暴力にたいする嫌悪が消しがたくあることが特徴的である」とされた。

『クリストファー』と『聖ヤコブの巡礼』によってディーツェンシュミットは、一九二〇年に聖人戯曲のシリーズを書きはじめ、その最高潮の作品として完成されたのが民衆喜劇『愛するアウグスティン』であった。『愛するアウグスティン』は、パウル・ベッカーが支配人のカッセル州立劇場でエルンスト・クジェネクの舞台音楽によって初演を迎えた。聖人戯曲ではカトリック教会による反宗教改革のバロック演劇が用いられている。一九二八年、ディーツェンシュミットは『裏の家の殺人』によって現代のテーマをあつかい、この作品をレオポルト・イェスナーは『裏の家の伝説』という題でベルリンのシラー劇場で初演させた。

聖人伝の話はこうである。若い反ユダヤ主義者のエンゲルハルトが、貧乏の巣くうベルリンの質素なアパートの裏の家でひそかにアパートのオーナーを殺す。通りすがりに走ってきた者のなかにいたのがユダヤ人の行商人シモンであり、かれは瀕死の男の体を支える。その男は最後の力をふりしぼりどもりながら野次馬に殺人者の名前を告げようとするが、かれの口を封じ、執拗に頼むのがこの老ユダヤ人である。「それを言うな」。するとベルリンからきたこの賢者ナータン自身が疑われたが、証拠不足で釈放となる。殺人者は自ら神のもとに行き行動によって償う。

「ベルリン日報」はこう書いた。「シラー劇場の観衆は感動していた」。「ベルリン新聞」はこう批評した。「ディーツェンシュミットはいつも通り直截に問題の核心をとらえている。霊感の純粋さ。霊感がすばらしい成果をあげている」。ベルリンの「ユダヤ自由新聞」は作品をこう批評していた。「この老行商人は神とともに、そしてかつての嫌気を催す殺人者の『自己』とともに、殺人者の魂の誕生をもとめる。この作品には言葉で尽くせない詩情と美しさ、ユダヤ人の精神性をめぐる深い知識、注目に値するタルムードの知識の部分があり、老ユダヤ人が若い殺人者に説くあらゆる考え、あらゆる信仰の表明はタルムードの出典箇所から裏づけられている――そして殺人者はこの憔悴した魂の格闘の終わりに両手を挙げて叫ぶ。「神よ、神よ、助けてください、もう生きられません!」――すると戦いと問題点が老ユダヤ人の言葉とともに消えていく。「なんということだろう、かれが以前にこのような罪を犯していなかったならば、どうしてかれの口からこのような歌ができただろう」。同紙はさらにこう書く。「この作品のユダヤ性がいっそう高貴に結晶化していくのをみると、恍惚に浸りながらユダヤ人として観客席に座ってしまうのだ。なぜならばここでいかに戦いの決着がつけられるのか緊張をもって感じることになるからだ。ここでは伝説が重要ではなく、独自の戦いで獲得される認識の表明が重要である。つまり神の神聖さを深く信心するユダヤ人には、きわめて貧しい環境にあっても、いかがわしいことこのうえない軽薄な犯人にたいし神の認識をめぐる戦いを強いるに十分な偉大さと力があるという考えである。――この作品を書いたディーツェンシュミット氏に感謝」。

だがここではディーツェンシュミットの不吉な短絡的結論も、「第三帝国」に固執して出された結論であり、この犯罪者に神の認識をめぐる戦いを強制できるという信念がこの結論にはふくまれている。ヒトラーの機関紙「フェルキッシャー・ベオバハター」は、ハンス・ハニー・ヤーンの『メデア』とフォイヒトヴァンガーの『ユダヤ人ジュース』とともに、一九三二年のディーツェンシュミットの作品も「マルクス主義の劇」に分類し、「高貴な心に打ち克てないユダヤ人」が登場する作品は即刻中止するように通告した。ベルリンではアレクサンダー・グラナッハがユダヤ人の行商人シモンの役を演じ、反ユダヤ主義者エンゲルハルトの役割をファイト・ハルランが演じた。

ナチスが権力に就くまえのディーツェンシュミットの最後の作品『神の裏切り者』は、一九三二年にウルムで初演された。ディーツェンシュミットのユダはすべての弟子のなかで一番信仰心が篤く、イエスがなぜエルサレムに移住したのか完全に理解していた唯一の弟子である。このユダは、神の意志を満たすと信じて身を捧げる。ユダは自分の行為によって神の権利に介入したので身を滅ぼした。ディーツェンシュミットは「神の裏切り者」にこう言わせる。「主よ、私は知っています、私へのあなたの愛は選ばれた、おどろくべき神の恩寵であり、また愛が注がれる人間を打ち砕く恩寵でもありました」。

ディーツェンシュミットはベルリンとブリュックスに住居をもっていたが、ともに放棄して、一九四二年にフライブルクのボンドルフに定住した。「カトリックの精神生活の援助基金」からの支援で家族とともに暮らした。ゲシュタポによって監視されていたこの作家は、ふたたびライヒェンベルクに反ファシズムの友人を訪ねた。戦後はプラハに越そうとしたが、平和になり新たな驚愕的な情報がボンドルフのディーツェンシュミットのもとにはいってきた。「わが故郷の街テプリツェにある療養所と城の庭園は絞首台のある森に変わってしまった。わが愛する友人の多くが、一九四五年以前にアウシュヴィッツへの道を歩まねばならなかったように、今度はべつの友人たちがチェコの収容所で辱めを受け、殴殺された」。

ディーツェンシュミットは、ヒトラーがひき起こした追放事件を悲しんで、一九四五年にこう書いた。「恐ろしかったのは、ベネシュ博士はヒトラーによるポーランドでの追放の手口に理屈抜きに従ったことだ。ああ、私はひどいキリスト教徒なのだ。呪うことも憎むこともしてはならない――しかし私はこの『指導者』をいっそう激しく私の死の瞬間まで憎みつづけるのだ。チェコ人がベネシュの悪しき例に従うことで恨まれてはならない。『勝利を収めた』民族がべつの民族の没落から学んだとはけっして思えないのだ」。

ディーツェンシュミットの経済状態は、一九四五年以降は乏しくなり事実上飢えるほどであった。かれの姉妹はエスリンゲンの自宅にひきとり、そこでかれは死去した。エスリンゲンは最後の休息場所だった。ミュールベルガーはディーツェンシュミットの墓石にこう語りかけた。「二〇年前にかれは沈黙した。この沈黙は誠実な男、実直な男に敬意を払ったが、一九三三年以降の時代はかれに深い衝撃をあたえ、かれは粉々に割れた鐘のようになりもはや響くことはなかった。もっとも深い、もっとも高潔な人間性をそなえたこの作家は、瀕死の重傷を負った。言葉が生き埋めになっていると知ること、それはこの作家には臨終のことであった」。

◉ヨーゼフ・パウル・ホーディン

ヨーゼフ・パウル・ホーディンをヨーロッパで知る者は、かれが卓越した芸術批評家、芸術史家であると知っているが、かれを有名にしたのは、個人的な知り合いであったエドゥヴァルド・ムンクの存在、ならびに友人であったオスカー・ココシュカに関する浩瀚な伝記である。一九〇五年八月一七日に生まれたこのプラハ人は一九四四年からロンドンに住み、今世紀の偉大な画家について一ダースに余る書物を著し、ありあまる称賛の声が浴びせられた。

ホーディンはロンドンの「現代美術研究所」の研究所長であり、このプラハ大学の法学博士は、ウプサラ大学から哲学の名誉博士号を受け、ウィーン大学の芸術史の教授職に就いた。ヴェニスのビエンナーレでは一九五四年に美術批評の国際賞を受賞し、最高の国家栄誉があたえられ、そのなかにはノルウェーの聖オラヴ勲章もあった。一九六五年、記念論文集『J・P・ホーディン―ヨーロッパの批評家』がロンドンで六〇歳の誕生日に出版されている。

現在八二歳になるこの批評家は作家としてはいまだに認められていない。「人間生活がその中心で裂けている宿命的な時代である」とホーディンは書いている。「過去は、今となっては蒼ざめた夢となって、すべての希望と存在の大いなる謎とともに登場してくる。しかし、かれにはじめからあったのは、任務を遂行するというなんともしがたい衝迫の思いである」。ホーディンははじめから作家になろうとしていたが、その才能はプラハではすでにはやくから議論の余地のないほどだった。長編『殺人者』にはプラハの科学・芸術のドイツアカデミーから賞が授与され、シュテファン・ツヴァイクとハインリヒ・マンはホーディンの文学的出発を称えた。ヨハネス・ウルツィディールはホーディンの長編の原稿『湿原のテラス』の出版者としてグスタフ・キーペンホイアーを見つけたのだが、ナチスが権力に就いてユダヤ人ホーディンは機会を失った。

ドレスデンを舞台にした芸術家小説が三〇年以上遅れて一九七〇年にハンブルクのクリスティアン書店から出版されたが、その意義が認められることはなかった。当時ホーディンは六五歳であった。車庫にあった金属製の箱には若きホーディンの文学の構想がはいっていた。それは短編と長編であり、第二次世界大戦を通してこのプラハ出身者とともにあり、最後はほとんど消失しそうになっていた。その作品はある男のトラウマを描いたものであり、ナチスドイツにたいする息子の抵抗で両親が生活を犠牲にするというトラウマであった。この作家はこのトラウマを結局は無視できなかった。「私は病気になり、苦痛に満ちた屈辱的な神経の虚脱と鬱病を体験し、医師たちは神経過敏な性格のなかに長引くノイローゼを認めた」。

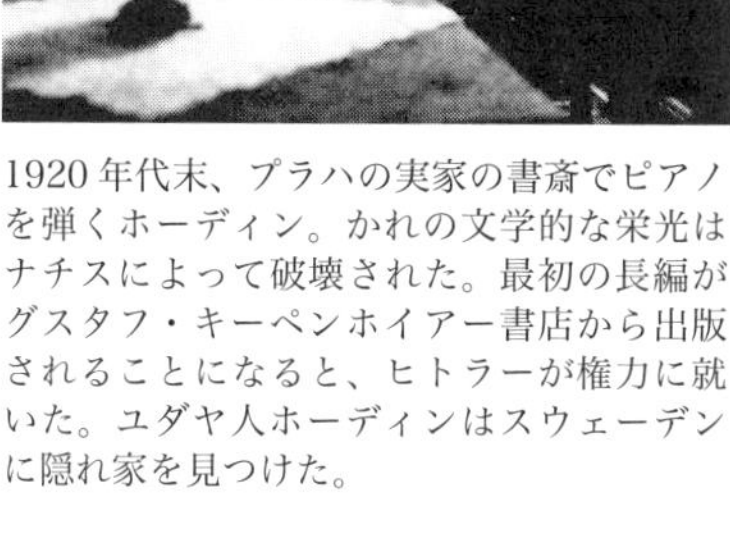

1920年代末、プラハの実家の書斎でピアノを弾くホーディン。かれの文学的な栄光はナチスによって破壊された。最初の長編がグスタフ・キーペンホイアー書店から出版されることになると、ヒトラーが権力に就いた。ユダヤ人ホーディンはスウェーデンに隠れ家を見つけた。

軍隊時代をしのいだあとに、家で中尉の軍服を脱ぎ捨て私服にさっと着替えて両親と別れた日のことを、ホーディンは思い返している。「両親は自分に最後の眼差しを送るためにバルコニーに出てきた。まえには母が立ち、髪はもうすっかり白くなっていた。母のとなりには、小さくて半分隠れていた父が立っていた」。ホーディンはマサリク駅行きの路面電車に乗ったが、それは芸術都市ドレスデンに定住するためだった。その時なにをつぶやいていたのだろうか。「私は約束を果たしたらもどってくる。私はもどる……」。

ホーディンは約束したことを五〇年代末に果たした。「私はプラハには異常なほど憧れていた」と言う。「この憧れが私をひき裂くことになった」。ホーディンはもどらなくてはならなかった。だがそのもどる道はかれのトラウマの中心を通り抜けた。筆者はロンドンのかれの仕事部屋に座った。「そのとき私はこの机のそばに立ち、なにが自分に起こるのか分かりませんでした。悪寒でふるえながら敵対的に冷酷に私を凝視する紙に一ページ半書き、鉛筆を落としてしまいました。私は書いたものを読み通す勇気はなく、通りに走り出てロンドン中を、なにも見ずに、聞かずに何時間もさまよいました。そのあとふたたび机にもどり書きました。またも立ちながら、わがプラハの少年期の物語を書きました」。

1933年にプラハから旅立つまえのホーディン。第2次世界大戦後にイギリスで卓越した批評家となった。1945年以前に書いた散文は、ガレージの箱のなかに長いこと眠っていた。1970年以降ハンブルクのクリスティアン書店はホーディンの文学作品をひき受けた。

それはたんなる回想以上のものとなった。失われたプラハ、そしてプラハ不在の孤立感を書いた比類なき創作となった。これと対をなす作品が、一九二八年にアウスィヒ・アン・デア・エルベ（ウースチー・ナド・ラベム）に生まれ、現在アメリカ合衆国に住んでいるハナ・デーメッツの自伝的長編『ボヘミアの家』である。両作品は発展小説である。一方はヴルダヴァ河畔の首都の作品であり、他方はボヘミアの田舎の作品である。ハナ・デーメッツの長編は一九七〇年にウルシュタイン書店から出版され、ホーディンの本はクリスティアン書店が発刊するまでに二五年以上も読者を待たせたが、またもや反応はなかった。ホーディンは本の題をプラハに関するカフカの有名な引用からとった。『ここの母親は爪を立てている』。ホーディンの本にはこうある。「しばしば私は考えながら路地や小路をさ迷い歩いた、半ば物思いにふけりながら、半ば夢見ながら、まるで蜃気楼であるかのような詩的雰囲気の靄の光景に見とれて。プラハ――これは街ではない、世界であり、運命である！」。ホーディンの経歴が暴力的に遮断されたところに、ふたたびもどすのがむずかしかったのはなぜか。ロンドンにいるこのプラハ出身者は答える。「かつてダンテはラヴェンナで、べつの階段を昇りつづけることがいかに苦しいかを重々しい言葉で書きつけた。現在私はこれがなにを意味しているかようやく分かった。それはアダムの、神自身から追放された最初の亡命者の経験のことである」。

人物写真家の息子であるホーディンは自分の初期に体験したドストエフスキーの読書のことを想いだしている。「私はプラハを歩いて、家々が私に突進してくるのではないかという気持になりました――マイトナーが当時描いたように。私はプラハから脱出しなくてはなりませんでした。かれの作品はすべて読みました。ハムスンを通じて外へ出ることになったのです。かれはドストエフスキーを晴朗なものへと翻訳したのです。ハムスンは私を助けてくれました。私にとってハムスンは解放の過程にいました」。

ホーディンはドレスデンでは国際展覧会で、ココシュカやムンクの作品をはじめて本格的に知ることになったが、さらにベルリンに行き、長編『見知らぬ階段』を書いた。ベルリンではナチスの暴力沙汰も目にした。ベルリンでチェコの外交代表部の外交官で作家のカミル・ホフマンがかれにこう忠告してきた。「ここに滞在するつもりであれば、去りなさい。私はあなたをじきに守れなくなります」。ナチスの権力掌握のまえにホーディンはパリに行く。パリではアンナ・ゼーガース、グスタフ・レーグラー、エーゴン・エルヴィン・キッシュと知り合った。一九三五年一月、ホーディンはパリからストックホルムに引っ越した。

ストックホルムでは、ドレスデンで知り合い好意をもっていたビルギト・エケソンと結婚した。スウェーデン人の踊り子であった彼女はヴィグマンの弟子で、ストックホルムで舞踊学校を経営し、国の指導層とは良好な関係にあった。彼女を通してホーディンは国王の息子で画家のオイゲン王子と知り合った。「それから私は望まなかったが政治の世界にはいりました」とホーディンは回想している。イギリス亡命中のエドヴァルト・ベネシュは、このプラハ出身者に情報提供者としてスウェーデンとの良好な関係を築くように約束させた。「あなたはそうすべきだ。あなたは士官だ」。ホーディンは答えていわく、「私は情報を手にいれ、渡してきました」。

その当時の状況についてこのプラハ出身者はこう言う。「スウェーデン人はナチスが勝利することを確信していました。スウェーデンはドイツ軍に占領されていなかったものの、それでも占領国家でした。ドイツ大使館には四百人のSS部隊がいて、十分な情報収集をしていたのです」。ホーディンも逮捕され、一九四二年にスウェーデンからスパイ行為の理由で自由刑が下されるまで、すぐれた業務を残していた。「私の逮捕後に情報がドイツの新聞に掲載されました」とホーディンは回想している。「プラハでも掲載されました。その直後、私の両親はゲシュタポに連行されアウシュヴィッツに追放されて殺害されたのです」。

ベネシュは一九四四年二月、スウェーデンで逮捕、釈放されたホーディンをイギリス人が迎えにいくように配慮した。「かれらは暗闇のなかを軍用輸送機ダコダでやってきて、同夜のうちにストックホルムから私とともに離陸しました。スコットランドに着陸するまで五時間かかりました。私は救われ、芯まで凍えていました。このような冷気を飛行機で体験したことはありませんでした」。

ホーディンはロンドンのベネシュ宅で報告するまえに、一九三四年から個人的な知り合いであるココシュカを訪ねた。ホーディンは、ロンドンのノルウェー亡命政府におけるチェコ政府報道担当官になった。ロンドンの印象はこうだった。「それは衝撃的だった。イギリス人はヨーロッパ人ではない。他人をぼろぼろにするために、かれらはいつでもバランスに執着しているのだ」。ホーディンには政治的な名誉欲はなく、プラハに帰還することはなく、イギリスにとどまり芸術批評家の仕事をした。以前に書いてあった長編と小説は金属の箱に消えていた。

ハンブルクのクリスティアン書店から一九七四年に小説『エルフェルディンゲの人びと』が出版されたが、ここでも反響はすくなかった。一九八六年、このハンブルクの書店は小説集『失われた生活』を公刊する。ロンドンのホーディンの金属の箱はずっとまえから空ではなかったのだ。ロンドンのホーディン宅にいる筆者にスウェーデンで書いてあった長編について語った。筆者がドイツにもどると、八〇歳の作家はこう書いてきた。

「一九三五年にストックホルムで突然、大陸でひどいことが準備されていることが私にあきらかになったのです。気味の悪い将来への予感に押しつぶされながら『精神病院』の原稿を大量に書きはじめました。私はあえてわが小部屋で書かずに、ストックホルム港に近い小さな公園のベンチに座り、そこでほぼ三〇〇頁を、その当時の典型的な出来事を書いて埋め尽くしました。私は法学部生のときプラハで研究のために精神病院を訪ねたことがありましたが、私の長編もさまざまな病棟に分かれており、たとえば躁鬱病、精神分裂病、パラノイアの患者などの病棟でした。ひとりの分裂病の患者が山上の説教を朗読し、パラノイア患者がナポレオン（ヒトラー）などとして登場します……あなたから刺激を受けてこの長編にさっと目を通してみると、着想と生き生きとした感情が横溢しているのにおどろきました。そこでこの本が失われないように編纂を決めたのです。あなたは私を大いに興奮させ、ふたたび惑溺させるように煽ってくれました。そしてまだ十分な歳月が慈悲にめぐまれて私にあたえられるならば、響くままに聞こえるままにこの古い事柄に触れようと思います」。

『ここの母親は爪を立てている』のなかでホーディンはプラハとの別れを記述した。「かれは新しい人生の敷居にたっていた。そもそものはじめから純粋に、見て、聞いて、匂いを嗅ごうとした。先入観にとらわれない方法ですべてを理解して学ぼうとした。存在の奇跡に本心を打ち明けようとした、花が露に語るように。かれはその壮大な計画によって生活をたえず改革し、生活をさらに凶運に近づけようとする人間を避けた。ピューリタン的な偽善を避け、権力に飢えている煽動者を避け、愛の代わりに憎悪を説き、すべてをより知ろうとしてもなにも知らない人間すべてを避けた。かれはその当時も予感できただろうか、かれの新しい人生の発展段階が、人類史においてもっとも恐ろしく、無慈悲きわまりない局面とともに崩壊していくと」。

訳者あとがき

（凡例） ドイツ語版ではチェコの地名はドイツ語表記でなされているが、この翻訳では基本的に各章内で初出の場合、ドイツ語表記と並べてチェコ語の表記も併記する方針を採用した。なお訳注は〔　〕のなかにいれる形で表記した。

一九六八年八月二一日、モスクワ時間の零時、ワルシャワ機構軍の三五万人の兵士が戦車六千両とともにチェコスロバキアの国境を越え、プラハは朝方には戦車で埋め尽くされた。中欧屈指の美しい都にとって、それは三十年戦争以来いくどとなく経験してきた屈辱と忍従にほかならなかった。国民にラジオを通じてブレジネフ率いるソ連軍を挑発せずに冷静さをもとめたドプチェク第一書記は、モスクワに連行され監禁状態となった。またもや、一九三九年のナチス侵攻のときのように、プラハの民衆は戦車に言葉の力で対抗し若いモスクワの兵士にも訴えた。地下放送、壁の落書きによって、戦車に鈎十字の印をつけ、道路の標識を「ドプチェク」、「スヴォボダ」、「モスクワ行き」に換えて抵抗の限りを尽くした。それは、異端者ヤン・フスに学んだことであり、初代共和国大統領トマーシュ・ガリッグ・マサリクの教えでもあった。

日本の新聞も連日、ソ連のプラハ侵攻を、軍靴で石畳を踏みにじる残虐ぶりを、「プラハの春」の挫折をヨーロッパ現代史の一大事件として報じていた。この侵攻の日、私は大学に入って最初の夏休みの数日を九十九里浜の海辺の町で過ごしていた。六八年はパリでは五月革命が、日本では全共闘運動が全国の大学を席巻していた年であった。高校時代にフランツ・カフカを耽読し魅了されたままに、独文学に羨望と期待をもち揚々として上京した田舎青年には、その青春の共同体はまだどこか知性の本源とは異なる集団に思えた。つまるところ私はその運動にたいし共感と拒絶のあいだにいた。来日したサルトルを熱狂的に迎えいれた大学のキャンパスもすこし眩しすぎたのかもしれない。そう、女子学生は人文書院のサルトル全集を小脇にかかえ学内を闊歩して、流行の一端を担っている風であったのだから。それから半世紀経ったいま、あまりにも静かすぎる日本の大学はどこに向かっているのだろう。

二〇一七年八月、私はカレル大学のクルト・クロロップ研究所、カフカ協会、リテラトゥアハウス・プラハなどを訪ね、資料調査、インタビューのために滞在していた。中庭にあるカフカ協会から旧ユダヤ人墓地のあるシロカー通りに出ると、古都の路地裏を蟻のごとく行き交う観光団、スマホを手にせわしく歩くチェコの若者たちの姿が、いや応なく目にはいってくる。

真夏のプラハはあわただしく、気怠い。そこからヴァーツラフ広場に出てみると、「プラハの春」を想起させようとパネルが展示されていたが、足を止めるのは高齢者が大半であり、民衆の蠢き、記念集会などを期待していた私の予測は裏切られ、なにやら自分のなかに六〇年代への郷愁と幻想があることに気づかされた。ビロード革命でヴァーツラフ広場を埋め尽くした民衆のあの高揚感は跡かたもなく消え去ったいま、ミニトランプと称せられる実業家アンドレイ・バビシュ首相率いるチェコでは、ロシアから投下される資本に群がる旧支配層幹部の汚職もはびこっているという。こうして歴史の風化は、人びとの記憶も掻き消すのだろうか。あの抵抗と反逆の精神はいずこに、と思わずにはいられなかった

かつて、戦争を忌み嫌い、それを遂行する権力者を憎み、平和を希求した時代があった。平穏な日々を希いながらも、肉親がアウシュヴィッツに送られ、自らは亡命先を求め国境を越えていった文学者の群像があった。その不合理を詩に仮託し、手紙に遺した作家たちの舞台が、本書に登場するプラハ、ボヘミア、モラビアである。かれらのテーマは、帰郷、孤独、国境、越境、虐殺、強制収容所、監獄、母国語、記憶、同胞、裏切り…と続き、すべてのテーマがこの文学的営為のなかに凝縮されていた。そのひとつ、ひとつを獄中で、強制収容所で、亡命先で体験し、小説、詩という媒体で表現した作家たちであった。

二〇一八年のいま、これらのボヘミアの亡命作家を紹介することにどのような意味があるだろうか。この閉塞感の漂う日本の状況のなかで、チェコスロバキアの一九一八年を、一九三八年を、一九四八年を、一九六八年を読み解くことにどのような意味があるだろうか。単純に歴史は繰り返すのだろうか。その歴史から学んだはずの現代に生きるわれわれは、二一世紀のいまも、おなじことを繰り返している。

翻訳とは、ひたすらテクストに心を傾けることであり、本書であれば、ゼルケ氏自身が発見した作家の著述、引用されている詩、作品、書簡をテクストの総体として認識し、受け容れ、解釈することである。それと同時に、訳者が向かい合っているこのテクストにも、生活者である訳者がおかれている日本の文化状況のなかで、つまり大学で教える学生にも、その学生が飛び込んでいく格差社会にも、おなじように心を傾けなくてはならない。そうでなければ、訳業のもつ意味もなくなるからである。たんなる文化の置き換え、文化の移入という視点では捉えきれない課題が翻訳にはあるように思う。

本書は、原著（Jürgen Serke: *"Böhmische Dörfer——Die Wanderungen durch eine verlassene literarische Landschaft"* (Paul Zsolnay Verlag, Wien, 1987) の翻訳であり、原題は直訳すれば『ボヘミアの村々——見捨てられた文学風景の逍遥』となる。著者であるユルゲン・ゼルケ氏は、すでにこのテクストを一九八七年に書いていたわけであり、この後にドイツ再統一、

チェコ国内ではビロード革命の時期に入ることを考えると、この事実はなんとしても重い。

原著が出版されたときの西ドイツ国内の反響はすさまじく、酷評に晒されることになった。筆者とのインタビュー、ラジオ・プラハのアーカイブから当時の受容状況を再現してみよう。大方の評者は、ゼルケ氏の共産主義者への評価は手厳しすぎると指摘していた。東側での共産主義者の行動の実態に関係なく、当時の西ドイツ国内では左翼への共感があふれ、当然のなりゆきとしてゼルケ氏によって紹介されたボヘミアのドイツ語作家は無視され、隠された存在になっていた。本書のなかでゼルケ氏は西ドイツにおける過去の歴史の無理解、出版への無理解を冷厳に述べる。「西ドイツは、自分たちの『焚かれた詩人たち』を再発見するのに多くの時間を要した。右翼、左翼の枠組みのなかで文学を研究して、勝手に消耗していたので、ボヘミア出身のドイツ人作家の質を認識するにはべつの努力が必要だったのだろう」。共産党政権下のチェコスロバキアでは原著にたいする反応は、当然のごとく、「すべての記述が誤っている」（「ルデー・プラーヴォ」紙）という論調が中心であり、「ツヴォルバ」紙は、このドイツ語版が信じるに値しない本であると宣伝するために四人の文学者を動員したという。このようにチェコ国内でドイツ語の本がこれほどの反響を呼び、しかも完全に否定の対象となること自体が異例であった。時を経て二〇〇一年に翻訳されたチェコ語版は、チェコで二度も、文学と政治の領域で受賞したわけであるから、なんとも皮肉な運命をたどったことになる。

本書の冒頭にも出てくるように、ゼルケ氏は、一九六八年当時はＵＰＩの特派員としてプラハに滞在し、クンデラ、ヴァツリーク、コホウトなどが参加していた作家会議と関わり、政権と対立する作家グループとの交流が進むうちに、チェコ事件が勃発し、当然ながら好ましからぬ人物として国外に出ざるをえなくなった。亡命した前述の作家たちとは亡命先の西側諸国で会い、調査とインタビューを重ね、その成果として、『焚かれた詩人たち』（拙訳、アルファベータ社刊、Jürgen Serke, *Die verbrannten Dichter*, Weinheim und Basel, 1992〈初版は一九七七年に刊行〉）で、かれらの亡命生活の実態を明らかにし、未発見の作品が公開されることにもなった。

さて、訳書のタイトルにもなっている「ヨーロッパはプラハで死んだ」とは、なんとも大仰な印象を受けるかもしれないが、ゼルケ氏によればこのような説明となる。「ドイツ人の占領者はこの国のユダヤ文化を破壊した。チェコ人は一九四五年の解放のあとにこの国のドイツ文化を破壊した。そのあと共産主義への権力委譲とともにやってきたのは、『ボヘミアの終息』であり、この国が、マルクス主義の唯物論を実現しようという夢をいだいたことは、ヨーロッパに背をむけることであった。ヨーロッパはプラハで死んだ」。つまりボヘミアは、ドイツ文化、ユダヤ文化、チェコ文化の混淆のなかで成立していたわけだが、一九四八年のソ連主導の共産主義革命によってボヘミアが終焉し、その崩壊過程にあったプラハが終息したというわけである。具体的には本書で詳述されているように、「ミュンヘン会談」における裏切り、ズデーテン地方の割譲、ナチスの侵攻という過程はチェコスロバキア崩壊の前史であり、戦後における共産主義への権力移譲によって誕生したソ連の傀儡政権によってチェコスロバキアの支配はつづくことになった。ボヘミアを舞台にしてヨーロッパ精神は途絶した、という意味になろう。言い換えれば、一九一八年のハプスブルク家の崩壊、一九三三年のナチス政権の誕生、一九三八年のミュンヘン会談、一九四五年のナチス政権の崩壊、一九四八年の共産党のクーデターというドイツ、チェコスロバキアの二〇世紀の変遷の結末が、一九六八年の「プラハの春」の頓挫という帰結を生んだとも言えよう。「ボヘミアは死に、プラハは死んだ。そこで生き残った者は亡命するか、亡命を強いられた」というわけである。この歴史のドグマのなかでドイツ語作家は世界の辺境、辺縁へと追いやられ、亡命文学という形で拡散していき、イギリス、アメリカ、イスラエル、南米などの亡命先で拒絶するか適応するかの選択を迫られながら、自らの文学的営為の方向性を決めざるをえなかった。

ゼルケ氏は、この文学の繁栄を築いたのがユダヤ人であったと説明する。「もっぱらドイツ語だけに熟達していたわずかな人びとは、プラハやボヘミアの名前がついたスラブの海にうかぶドイツの島に繋がれていた」。さらにプラハにおける少数民族の存在と文学の関わりはこのように説明される。「プラハのドイツ語文学、それはおもにユダヤ人の文学であり、歴史の地盤にもとづく言語的な境界の内側で生きており、その歴史の地盤ではチェコ語、ドイツ語、ヘブライ語、もっとほかの言語、つまりハプスブルク君主国によるカカーニエンの言語も対等であり、言語上の境界によって引かれていた区分は許されていなかった」。本書は、このように定義されたボヘミアのドイツ文学の作品、個々の作家の書簡、家族のエピソードなどを素材にして縦横無尽に織りなされたテクストである。

本書の構成は、全体の序として「ヨーロッパはプラハで死んだ」があり、それに続き第一次チェコスロバキア共和国の時代、ナチス占領の時代を中心に一五名の作家が個別にあつかわれ、ボヘミア、モラビアにおけるナチス体制下の文学状況、亡命先での執筆、生活の様子が仔細に紹介されている。そして「見捨てられた文学風景の逍遥」の副題が掲げられた最終章で三一名の作家が紹介されている。ここでも記述の中心となっているのは、一九三三年を境に亡命した作家がチェコスロバキアを脱出するまでの事情とその過程、そして亡命先での生活の詳細である。おもに四六名の作家を出身地別に分類してみると、プラハ出身者が一六名、プラハを除くボヘミア出身者が一七名、モラビア出身者が一〇名、そのほかの三名はウィーン等の出身者となる。このような形でそもそもドイツでこの時代のチェコ系ユダヤ人の作家、ドイツ系ユダヤ人の作家、ドイツ人の作家、チェコ人の作家など多彩な作家が紹介されたのははじめてのことであり、むろんチェコでもはじめての試みであった。チェコスロバキアにおけるドイツ語作家にたいするナチズムと共産主義という二つの全体主義国家による弾圧と追放のドキュメントとして読むことができよう。

ゼルケ氏の叙述の姿勢は、『焚かれた詩人たち』における手法と同様に、作家の足跡を時代のなかで再現することにある。ドキュメントと写真によってこそ訴えることが可能となり、そのインパクトの強さのゆえに反響も大きかった。じっさいに、ゼルケ氏はジャーナリストとしての持ち味を大いに発揮して、八五年から八七年にかけてドイツ語作家を訪ね、さらに作家を知る家族、友人等もイギリス、アメリカ、スイス、アルゼンチン、イスラエルに訪ねた。

これらの作家の多くはゼルケ氏によって「忘れられた」と称される作家であり、刊行されたものの初版の部数は少なく、再版の目途もたたない場合が多かった。またゼルケ氏によって原稿が発見されたが、出版の機会に恵まれなかった、またはなかなか出版者、出版社が見つからなかった作家も多くいた。そのような未発表の原稿に出版の機会が及ぶようにすることが再発見の道であり、その道筋をつける役割を果たしたのが本書であった。この意味でゼルケ氏の果たした役割は計り知れないものがあり、今日では前著の『焚かれた詩人たち』と並んで、ドイツにおける影響と作用は、出版界、教育界にも及んでいるのが現状である。

こうしたジャーナリストとしての資料収集によって、リルケ、カフカ、ヴェルフェルの三巨星では終わらない文学史の隙間が埋まり、文学史の底流を支える群小の作家たちの活動が再構成されることになった。しかし書簡、日記、資料がすでに引き取り手もなく消え去った例も少なくない。この事実は個人の「記憶の場」から「集合的記憶」への転換を要請しているともいえる。

この状況をいかばかりでも打開する動きとして、ゼルケ氏の収集した資料、書簡、未公開の作品などを恒久的に展示する博物館が、エルゼ・ラスカー・シューラー協会の肝いりでゾーリンゲン市に二〇〇八年三月三〇日に誕生したことは、ゼルケ氏の三〇年以上に及ぶ再発見、発掘の地道な作業が結実したことによる。ゾーリンゲン市は、「迫害された芸術の博物館」を誕生させることで、歴史教育の一端を担う役割を負っていることも付け加えておくべきだろう。

この調査のなかで、ゼルケ氏にはアメリカの亡命文学研究の泰斗であるジョン・M・スパーレク教授との出会いもあり、たとえばハーンの作品、資料の公開という形で進展していった。スパーレク教授は全米で、とくにニューヨーク、カリフォルニアで渉猟した亡命作家の資料をフランクフルトの国立図書館の亡命部門に集積することで、亡命研究に寄与した研究者である。両者の例を見ても、亡命文学研究には次から次に出会いを生み、世界各地に離散したディアスポラの作家たちを郷土へと呼び寄せる仕掛けがあるのではないかとさえ思えてくる。

　つぎに本書の影響史を簡単に跡づけてみたい。本書は前述したようにこの種の本としては、例外的にセンセーショナルな反響をドイツ内外に及ぼし、二〇〇一年にはチェコ語版（Jürgen Serke: *Böhmische Dörfer Putování opuštěnou literární krajinou*, Triáda, 2001）が刊行され、二〇〇二年に新設された「マグネシア・リテラ」賞という文学賞があたえられた。外国人の作家に、しかもドイツ人の作家に与えられたことの意味は大きい。翻訳出版に強い意欲を示したトリアーダ社で編集を担当したロベルト・クルンプハンズル氏によれば、出版が決まってから完結するまで一〇年以上の歳月を要し、四人の翻訳者が本文、詩の翻訳、時代考証などを分担することによって刊行に至ったという。小出版社の一二平米の編集室から産み出されたチェコ語訳は、ゼルケ氏をして「とくに写真の製版においてオリジナル版よりもすばらしい本」と絶賛せしめるほどの出来ばえとなった。出版時の書評は、おしなべて好評であり、新聞、雑誌のほとんどが掲載し、ドイツ語作家とその作品を復権させたことへの称賛であふれていた。一九八七年のドイツ語版の反響とは比較すべくもなかった。

　またドイツ側からは、リヒャルト・ヴァイツゼッカー元大統領、ハンス・ディートリヒ・ゲンシャー元外相なども受賞歴のある「ドイツ・チェコの協調のための芸術賞」が二〇一二年にゼルケ氏に与えられた。二〇一七年六月二三日には、チェコ外務省から外国人を対象とした賞（Gratias-agit-Preis）が授与された。授賞理由は、『焚かれた詩人たち』、『ボヘミアの村々』などの著書、展覧会、並びにゾーリンゲン市の「迫害された芸術の博物館」において、チェコの文学の普及に貢献したことによるという。もはやチェコには存在しなくなったドイツ語文学を知らしめ、再認識させたことが受賞の最大の理由であった。結果的に本書にはチェコ側、ドイツ側から合わせて三賞が与えられたことになり、本書が上梓されてから三〇年における受容史の一端をこの受賞歴は雄弁に語っていよう。

　本書の影響作用によって二〇〇四年一〇月にプラハで九日間にわたって「エルゼ・ラスカー・シューラー」協会主催のフォーラムが、ゼルケ氏が中心の一人となって開催された。ゲンシャー氏、ヴァーツラフ・ハヴェル元大統領なども参加し、三〇年代のチェコスロバキアにおけるドイツ語文学、そしてドイツ、チェコのズデーテン地方をめぐる不幸だった関係について議論が交わされた。また「ボヘミアの作家たち」をめぐっても亡命、追放の問題が討議され、ズデーテン地方をめぐる歴史認識、ドイツ人追放の問題、戦後補償の問題も俎上にのぼったことは言うを俟たない。プラハ、ボヘミアの文学が、徐々にチェコ社会でも認知される機縁となった。このようにチェコ国内でも、三〇年代の忘れられた作家たちが遅ればせながら再発見の道を歩んでいることは大いに評価されてよいだろう。

さらにこのフォーラムでは、「外交官としての亡命作家」もテーマとして設定され、カミル・ホフマン、ヘルマン・ウンガー、ヨハネス・ウルツディールなどが外交官として、ベルリン、ロンドン、ウィーンなどで亡命者の救済に尽力したことは、特筆されてよいだろう。たとえばカミル・ホフマンについては、その遺稿のなかから「政治日記」が発掘され、公刊されたことにより、ホフマンの三〇年代におけるベルリンでの外交官としての活動、役割が明らかになると同時に、外交官ならではのナチス当局との交渉、ベルリンから見るプラハのベネシュ政権の崩壊過程が明らかになった。このような立場にあったプラハのドイツ語作家の位置づけも、キリスト教徒のなかのユダヤ人、チェコ人のなかのドイツ人、社会の下位者のなかの高位者という「三重のゲットー」の概念から解き放ち、再検証すべき対象となるだろう。

本書の直接的な影響作用ではないが、チェコの大学でもビロード革命以降、たとえばパラツキー大学（オロモウツ）では、インゲボルク・フィアラ‐フュルスト教授を中心にモラビアのドイツ語文学（モラビアで生まれたドイツ語作家、モラビアで暮らしたドイツ語作家、モラビアと何らかの形で関わりのあったドイツ語作家）の研究、調査が進められ、目下「モラビアにおけるドイツ語文学事典」の作成プロジェクトが進行中であり、そこで扱われている作家、芸術家の数はヴィンダー、ヴァイス、ウンガーをはじめとして千名をこえている。このような機運のなかで、チェコにおけるナチス時代のドイツ文学研究が推進されており、『ハーケンクロイツ下の文学　ボヘミア、モラビア一九三八―一九四五年』(Peter Becher, *Ingborg Fiala-Fürst: Literatur unter dem Hakenkreuz Böhmen und Mähren 1938-1945*, 2004) が刊行されたのはその成果の一端である。

本訳書の刊行はまことに難産という言葉がふさわしい経過をたどった。ゼルケ氏にはすぐに訳業にはいり刊行することを約束して別れたのであるが、出版業界をとりまく環境は想像を絶するものがあり、容易に出版先が見つかるはずもなく、この種の重厚長大な出版物の刊行には多くの出版社が難色を示した。あやうく「出版には至らなかった」、「出版社（者）はみつからなかった」本になりかけた。出版の目途が立たないままに、勤務先の短大の紀要に試訳を分載し、ほぼ完訳という段階で、新水社の村上社長の出版のご快諾があり、まさに干天に慈雨とはこのことかと思えるほどの僥倖に恵まれた。村上社長には度重なる校正でも多大な労苦を強いてしまった。

訳業にさいしてはゼルケ氏の助力、メールのやり取りがなければ、完成に至ることはなかった。そのジャーナリスティックな独特の文体、山葵（わさび）の利いたともいうべき風刺の文体、表現スタイル、イロニーに溢れた表現を日本語に移し換えることは至難の業であった。とりわけ詩という表現形式、またそれを日本語に移すことの意味と限界についてはしばしば、その難業とともに考えさせられた。どれほどまで原文の持ち味を伝えられたか心もとない次第である。

この翻訳もチェコ語版に匹敵する歳月を要し、多くの研究者に支援を仰ぐことになった。リンツ在住の社会学者の畏友カール・フリッシュアウフ氏（Karl Frischauf）からは懇切なるドイツ語の助言を、カレル大学講師のステパン・ズビトヴスキー氏（Stepan Zbytovsky）からは、プラハのドイツ語文学について貴重な助言をいただいた。五〇歳を越えてカレル大学で博士論文執筆中の独文学者コンスタンティン・クートゥーリヤニス氏（Konstantin Koutouriyanis）は、訳者のプラハ滞在中にクルト・クロロップ研究所、リテラトゥアハウス・プラハの案内役を務めてくださり、終いには学術誌で、日本におけるプラハのドイツ語作家の受容、ゼルケ氏の『焚かれた詩人たち』、そしてこの訳書について詳らかに紹介してくださった。（Konstantin Koutouriyanis: Die Geschichte der vergessenen Prager deutschen Schriftsteller in Japanischer Übersetzung, Digitale Medien im Daf-Unterricht, Nr. 45）また、同氏はプラハの新聞の文芸欄（Jürgen Serkes literaturhistorische Arbeit: "Böhmische Dörfer" erscheint nun auch in Japan, "Prag aktuell", 15. 1. 2018）で、拙訳の紹介、日本で出版されることの意義について多くの紙幅を費やしてくださった。感謝に堪えない。同氏と筆者は、フックス、ウンガー、ハーン、ホフマンなどのドイツ語作家を研究しているうちに、互いにこの世界のどこかにいるかもしれない研究者、読者に向かって書いている最中に知遇を得たのだった。カフカ的な、この時代らしい、スマホ時代の出会いであった。

最後に、惜しむことなく文字通り献身的に伴走役を務めてくださった勤務先の山田雅子教授には感謝の申し上げようもない。図書館司書の湊伸子さん、同僚の諸氏にも衷心より謝意を表したい。浅学菲才の身にはこの訳業は力量を超えた仕事であり、理解の及ばぬ個所、思い違いによる誤訳もあろうかと案じられる。どうか読者諸兄のご叱正を賜りたい。とまれ、これをもって諒とされたい。

（この稿は埼玉女子短期大学紀要三五号に掲載した「『ボヘミアの村々』に寄せて」を全面的に改稿したものであることを付記しておく。）

二〇一八年三月一八日　　日高市の学舎にて　　浅野　洋

[訳者紹介]
浅野　洋（あさの　ひろし）
慶応義塾大学独文科卒。日本翻訳家協会事務局長・理事。元埼玉女子短期大学教授。専門はオーストリア世紀末文学、ナチス時代の亡命文学。著書に『異文化から学ぶ文章表現』（新水社）、『就活女子の文章表現塾』（新水社）。訳書にJ・ゼルケ『焚かれた詩人たち』(アルファベータ)、F・フンツェーダー『ネオナチと極右運動』(三一書房、共訳)、S.シュヌーデバイン『文化批判としての宗教』（恒星社厚生閣、共訳)、H.カンツィク『ヴァイマル共和国の宗教史と精神史』(御茶の水書房、共監訳)、アルバン・ベルク『ルル』(音楽の友社、共訳)、『マリア・カラス舞台写真集』(アルファベータ、共訳)ほか。

ヨーロッパはプラハで死んだ
──ヒトラー、スターリン支配下の文学風景

2018年5月31日　第1刷
著　者───ユルゲン・ゼルケ
訳　者───浅野　洋
発行者───村上克江
発行所───株式会社　新水社
東京都千代田区神田神保町2-20
Tel. 03(3261)8794　Fax. 03(3261)8903
振替 00150-7-36898
http:// www.shinsui.co.jp
印刷所───モリモト印刷株式会社